서술이론 II

구조 대 역사 그 너머

엮은이

제임스 펠란 James Phelan
오하이오Ohio 주립대학교 영문학과 인문학 특훈교수이자 학술지『내러티브Narrative』의 편집자
이다. 서술이론에 관한 다수의 책을 저술하였으며 주요 연구서로는, Living to Tell About It : A
Rhetoric and Ethics of Character Narration(2005), Experiencing Fiction : Judgements, Progressions, and
the Rhetorical Theory of Narrative(2007) 등이 있다. 피터 라비노비츠Peter J. Rabinowitz와 공동 편
집으로, 오하이오 주립대학교 출판부의 서술이론 학술지 연속물 발간을 담당하고 있다.

피터 J. 라비노비츠 Peter J. Rabinowitz
해밀턴Hamilton 대학교 비교문학과 교수이며 학과장이다. 저서로는 Before Reading(1987), Author-
izing Readers(마이클Michael과 공동저술, 1998) 등이 있다. 또한 비평가이자 레코드 음악잡지
『팡파르Fanfare』의 객원 편집자이다. 제임스 펠란James Phelan과 공동 편집으로, 오하이오 주립대
학교 출판부의 서술이론 학술지 연속물 발간을 담당하고 있다.

옮긴이

최라영崔羅英, Choi Ra-young
부산대학교 사범대학 국어교육과를 졸업하고 서울대학교 인문대학 국문학과에서 석사학위(서
정주론)와 박사학위(김춘수론)를 받았다. 2002년『서울신문』신춘문예평론으로 등단하였으며
서울대에 출강해 오고 있다.
연구서로는『김억의 창작적 역시와 근대시 형성』(소명출판, 2014; 제5회 김준오시학상 수상
(2015)),『김춘수 시 연구』(푸른사상, 2014; 대한민국학술원 우수학술도서(2015)),『현대시
동인의 시세계』(예옥, 2006; 대한민국문화부 우수학술도서(2007)),『한국현대시인론』(새미,
2006),『김춘수 무의미시 연구』(새미, 2004; 대한민국학술원 우수학술도서(2005)) 등이 있다.
이론번역서로는『서술이론』I(소명출판, 2015)이 있으며 그 외 많은 논문들과 평론들이 있다.

서술이론 II

초판인쇄 2016년 8월 1일 **초판발행** 2016년 8월 10일
엮은이 제임스 펠란 · 피터 J. 라비노비츠 **옮긴이** 최라영
펴낸이 박성모 **펴낸곳** 소명출판 **출판등록** 제13-522호
주소 서울시 서초구 서초중앙로6길 15, 1층
전화 02-585-7840 **팩스** 02-585-7848
전자우편 somyungbooks@daum.net **홈페이지** www.somyong.co.kr

값 38,000원   ⓒ 소명출판, 2016

ISBN 979-11-5905-095-4 94800
        979-11-5905-027-5 (세트)

H. Porter Abbott
Alison Booth
Wayne C. Booth
Peter Brooks
Royal S. Brown
Alison Case
Seymour Chatman
Melba Cuddy-Keane
Monika Fludernik
Susan Stanford Friedman
David Herman
Linda Hutcheon
Michael Hutcheon
Emma Kafalenos
Catherine Gunther Kodat
Susan S. Lanser
Fred Everett Maus
Sean McCann
J. Hillis Miller
Alan Nadel
Amit Yahav
James Phelan
Peggy Phelan
Gerald Prince
Peter J. Rabinowitz
David H. Richter
Shlomith Rimmon-Kenan
Marie-Laure Ryan
Harry E. Shaw
Sidonie Smith
Dan Shen
Meir Sternberg
Richard Walsh
Robyn R. Warhol
Julia Watson
Tamar Yacobi

서술이론

II

A COMPANION TO NARRATIVE THEORY

구조 대 역사 그 너머

제임스 펠란 · 피터 J. 라비노비츠 엮음
최라영 옮김

소명출판

일러두기

• 주석은 내주로 표기하며, 이 중 연도의 '[ ]' 표시는 초판연도를 뜻한다.

역자 서문

　『서술이론』 II는 작년에 출간한 『서술이론』 I에 이은 *Narrative Theory* (Black-well, 2006)의 완역판이다. 이 번역서는 2007~8년 역자가 가족과 영국에 체류하던 시기에 시작한 작업을 거의 9년에 걸쳐 완성한 것으로서 세계적 명성의 문학, 문화 이론가 40여 명의 논문들을 번역한 글들이다. 이 책의 번역은 각각의 논문의 세부내용까지 이해하고서 길고 복잡한 원문들을 우리말 방식으로 비교적 자연스럽게 바꾸는 것을 목표로 삼았다.

　이 책은 시, 소설, 드라마 등과 같은 문학일반을 포함하여 영화, 오페라, 음악, 무용, 퍼포먼스, 디지털, 법, 성서 등의 광범위한 사회, 문화 영역들을 아우르고 있다. 이 영역들에 접근하는 방식 내지 범주는 주로 문학적 '서술'이며 혹은 문학에서 요청되었거나 계발되고 있는 다양한 접근법들에 해당된다. 비유하자면 문학에서의 '서술'이라는 '항로'로써 광범위한 바다와 같은 분야들을 정형적인 방식이 아닌 각각의 고유한 지형을 따라서 개척해가는 일에 견줄 수 있다. 논문들을 편찬한 제임스 펠란과 피터 라비노비츠는 이 책에 실린 논문들과 그 연구방법들의 특성에 관해서, 절벽동굴의 괴물 스킬라와 그 주위 바다의 위협적인 소용돌이인 카리브디스, 그 사이를 지나가는 일에 비유하였다. 그것은 다양한 분야를 아우르는 융복합적 방식이 지닐 수 있는 위험성을 암시하는 것으로서 그것은 사이렌의 유혹적 멜로디를 들으면서도 소용돌이에 빠져들지 않고 제 항로를 모색하는 일로서 다시 견줄 수 있을 것이다.

이 책은 '서술'의 미세한 범주로부터 광범위한 범주들로서 문학, 문화, 사회 전반에서 작용하는 말, 언어, 서술, 스토리 등의 원리와 관련한 다양한 접근법들을 다루고 있다. 즉 이 책은 서술, 서사 일반의 다양한 원리와 현상을 중심으로, 문학을 비롯한 문화, 사회 등의 거의 모든 분야들에 융복합적으로 접근하는 창의적 독해들이라고 요약할 수 있다. 그리고 이러한 독해들이 공통적으로 지향하는 방식은 '서술Narrative 일반'에 의한 제반분야들 상호간의 포괄적 '소통Communication'이라고 명명할 수 있을 것이다. 첫 번째 역서 1권, 즉 원서의 프롤로그와 1부와 2부는 서술이론의 역사, 서술자의 (비)신뢰성, 암시된 저자, 독자의 결합, 서사구성의 원리들, 2급 서술 등, 주로 서술, 서사, 문학과 관련하여 최근까지 쟁점화되어온 문제들을 담고 있다. 두 번째 역서 2권, 즉 3부와 4부와 에필로그는 서술형식, 종교, 역사, 정치학, 윤리학, 음악, 영화, 오페라, 퍼포먼스, 디지털 엔터테인먼트 등의 광범위한 영역들에서 서술의 문제와 관련하여 전개, 발전되고 있는 상호작용적 특성들을 조명하고 있다.

이번 역서에 실린 논문들을 차례로 살펴보면, 먼저, 이 책의 첫 번째 글인 다윗 리히터David H. Richter의 「장르와 반복과 시간적 질서—성서 서술론의 몇 가지 측면들」이 있다. 이 글에서 리히터는 성서 서술론에서 편집자의 의도와 관련하여 성서에서 반복된 내용과 모순된 지점들에 관하여 성서서술의 '허구성'과 '풍자성' 등을 인정하는 방식으로써 더 높은 차원의 종교적 깊이의 방향성을 제시하고 있다. 구체적으로,

그는 요나, 사울, 사무엘, 다윗의 이야기를 다양한 관점에서 고찰하면서 성서 '편집자'의 독자들을 향한 궁극적인 의향을 드러내고 있다.

해리 쇼Harry E. Shaw의 「왜 우리의 용어들이 머물러 있지 않으려 할까?—검토되고 역사화된 서술커뮤니케이션 다이어그램」은, 『허영시장』과 같이 서술자의 존재가 희미한 작품에서 '서술자의 정신mind', 곧 '암시된 저자'의 실체를 그려봄으로써 독자들의 가능한 이해방식들을 조명하고 있다. 이를 위해서 그는 채트먼의 '서술전달다이어그램'을 역동적인 방식으로 독해할 것을 권유하고 있는데 서술자의 정신의 '인격화'로써 텍스트를 철저히 조명하는 방식은 현대적인 유명론적 관점을 취한 독해법이라고 할 수 있다.

앨리슨 케이스Alison Case의 「서술이론의 젠더와 역사—『데이빗 카퍼필드』와 『황량한 집』의 회상적 거리의 문제」는, '역설적 역언법paralipsis'을 중심으로 『황폐한 집』의 에스더의 순진한 유년기 의식에 의해 이후 그녀의 성숙한 시각을 은폐하는 '이중적 의식'의 특성을 조명하고 있다. 케이스는 이 문제가 작가의 서술숙련성의 문제가 아님을 지적하는데 그것은 『데이빗 카퍼필드』의 남성화자, 데이빗이 에스더와 유사한 상황에서 과거의 의식과 이후의 의식을 명백히 구별지어 드러내는 방식을 지적하는 것에 의해서이다. 에스더의 역설적 역언법은 19세기 영국사회의 여성의 서술에 관한 사회관습적 맥락과 관련되어 있음을 밝히고 있다.

제임스 펠란James Phelan의 「서술판단과 서술의 수사학적 이론—이언 매큐언의 『속죄』」는, '허구물'인 소설에서 현실의 잘못을 '속죄'하는 것이 가능한 일인가 하는 문제를 고찰하고 있다. 구체적으로, 펠란은 해석적 판단, 윤리적 판단, 미학적 판단을 식별하는 방식에 의하여 소설 속 주인공, 브라이어니의 속죄의 문제, 독자를 끝까지 오인하도록 만든 작가 이언 매큐언의 윤리적 문제 등을 심도 있게 다룬다. 펠란은 허구적 인물, 브라이어니는 소설 밖의 현실에는 무지하다고 상정되므로 소설 내에서 속죄는 실현될 수 있다고 보며 그리고 작가의 경우는 실제의 진술에서 허구의 진술로 나아가는 부분에서 상징적인 비유적 장치로서 독자의 오인의 문제에 대한 자신의 답변을 드러내고 있는 것으로 밝히고 있다.

앨리슨 부스Alison Booth의 「러슈모어 산의 변화하는 얼굴들-집합적 초상화와 참여된 국가 유산」은, 러슈모어 조각상과 명예의 전당을 주요사례로 들어서 국가와 민족을 대표하는 인물형상의 의미와 가치를 논의하고 있다. 그리고 인물연구를 위한 제반 과정 즉 청중의 민주적 투표, 시대의 가치관을 반영한 대표인물의 선정과 교체 방식, 국가 및 지역의 정체성 문제 등을 다루고 있다. 한편, 부스는 유명한 작가, 정치인, 위인, 스포츠스타 등의 영웅적 형상들을 초상과 조각으로서 기념하는 방식의 부정적 측면을 지적하며 그것들이 지역과 국가의 이익 창출과 연관된 측면에 관해서도 중립적 태도를 취하고 있다.

시도니 스미스Sidonie Smith와 줄리아 왓슨Julia Watson의 「자서전의 곤혹스러움-서술 이론가를 위한 조언 노트」는, 생애쓰기와 관련하여 역사상의 인권 침해상과 관련된 '자서전적 증언서술'의 문제를 다루고 있다. 자서전적 증언서술은 피식민지인, 전쟁피해자, 전쟁위안부 등의 고통과 경험과 인간주의와 관련하여 조명되고 있다. 한편으로, 집합적 주체로서 청중의 인정에 호소하는 생애쓰기에 관한 자서전적 속임수의 사례와 그것들의 윤리성의 문제를 지적하고 있다. 다른 한편으로는, 자서전의 정전이 지닌 권위적 지위와 대비되는 삶의 고통을 호소하는 소외된 사람들의 자전적인 서술들이 지닌 진실함의 가치를 강조한다.

제럴드 프린스Gerald Prince의 「포스트콜로니얼 서술론」은, 포스트콜로니얼 서술론을 포스트콜로니얼한 것들 즉 혼종, 이주, 타자성, 파편화, 다양성, 권력관계들과 연관된 가능한 서술론적 상응물이라는 관점에서 논의한다. 구체적으로, 콜로니얼리즘과 관련된 경계, 횡단, 전이, 이산 등의 공간의 문제, 기억, 망각, 기억상실 등의 시간의 문제, 인종, 타자성, 혼종성, 동화, 저항, 양가성 등의 인물의 문제, 결합, 삽입, 교체 등의 서술연속의 문제, 포스트콜로니얼한 지위와 관련한 서술자 언어의 문제 등을 설명한다. 즉 프린스는 포스트콜로니얼 서술론을 비언어적, 비문학적, 비허구적, 비현존적 서술을 포함한 가능한 모든 서술들로서 파악한다. 그는 서술론의 미래를 위해서, 직접적 담론과 같은 서술의 새로운 측면들을 점검하고 서술연구의 경험론적 토대에 의하여 서술텍스트를 생산, 처리하는 서술능력과 관련한 현실주의적 모델의 개발을 강조한다. 그럼에도 그는 서술의 구조적 논리와 정합성이 중요한 학문적 토대로서 작용한다는 사실을 인정하고 있다.

멜바 커디-킨Melba Cuddy-Keane의 「모더니즘의 소리풍경과 지적인 귀 -청각적 지각을 통하여 서술에 접근하기」는, 시각에 관한 어휘론의 체계와 계열관계를 이루는 청각에 관한 어휘론 즉 '소리풍경', '소리표지', '청진자', '주조음', '청각적 흐름'의 분리와 통합, '청각적 복구' 등의 특질에 관한 논의를 전개하고 있다. 그리고 그러한 세부적 표지들에 근거하여 버지니아 울프의 작품들에서 새롭게 부각되는 청각적 형상들의 특성과 작가의 정신세계를 논의하고 있다. 그는 '청각적 지각'이 시각적 지각과 작품의 세부결을 독해하는 방식은 상이할 수 있지만 궁극적으로 동일한 작가의 정신세계를 지향하고 있다는 점을 강조한다.

쉴로미스 리몬-케넌Shlomith Rimmon-Kenan의 「두 목소리, 또는-결국 누구의 삶이고 죽음이고 이야기인가?」는 '질병서술'에 관한 논의로서 주로 환자와 가족이 함께 기록한 서술들에서 삶과 죽음이라는 존재론적 문제를 다루고 있다. 구체적으로 그는 니에라트의 질병서술을 들어서 환자와 아내가 질병과 죽음에 갖는 고통의 문제와 현실적 의료기제의 문제를 들추어낸다. 그럼에도 이 글에서 중심적인 부분은 질병서술들에 관한 '전유'의 문제로서 리몬-케넌은 니에라트의 문체를 자기식으로 바꾸는 해머맨의 서술방식을 논의하는 것에서 비롯하여 그들의 서술에 관하여 각자의 방식으로 상이한 기록을 남긴 의사들, 독자들, 그리고 이 글을 쓰는 리몬-케넌 자신의 전유방식을 자의식적으로 살펴보고 있다.

4부의 첫 번째 글인 피터 브룩스Peter Brooks의 「법에서의 서술과 법의 서술」은, 스토리들이 '법적 실천'에 있어서 핵심적인 조건이 된다는 사실을 강조하고 있다. 구체적으로, 특정한 상황에서 서술하는 방식에 따라 판이한 결과를 초래하는 법적 사건사례들을 제시하고 있다. 이를 통해 브룩스는 '스토리텔링'의 역할과 서술의 '개연성' 문제가 법적 현실에서 복합적인 방식으로 더욱 공인력있게 다루어져야 한다고 주장한다. 이러한 그의 주장의 주요한 근거는 법에서의 서사성의 문제가 사회적 약자들의 목소리와 스토리에 주의를 기울이며 그들의 권익을 위한 보호기제가 될 수 있다는 부분이다.

알란 나델Alan Nadel의 「이차적 자연, 영화적 서술, 역사적 주체 그리고 〈러시안 아크〉」는 '러시안 아크'를 사례로 들어서 상영시간과 극의 전개시간이 일치하는 즉 보여주기가 곧 말하기가 되는 영화적 서술의 특성을 설명하고 있다. 이를 통해 나델은 할리우드식 영화기술의 금기를 깨는 방식을 설명하는데 그것은 할리우드식 영화의 '자연화'에 의한 촬영편집들을 제2의 자연으로서 이해하고 수용해온 관객의 관습들에 질문을 던지는 것이다. 무엇보다도 나델은 이 영화의 '클로즈업' 기법이 하나의 촬영 장면이 아닌 장면 이동의 기능을 지니며 촬영 장면들의 '봉합suture'을 배제함으로써 관객의 이해 그 너머 부재한 세계의 권위를 믿는 자기만족적 능력을 부정하고 있다고 주장한다.

린다 허천Linda Hutcheon과 마이클 허천Michael Hutcheon의 「끝을 이야기하기—죽음과 오페라」는 '죽음'과 '죽어가는 것'을 주요주제로 삼는 오페라의 특성에 주목하고 있다. 오페라에서 관객은 무대에 올려져 노래로 불리는 서술들에 상상력을 투사하며 음악의 감정적 호소력은 관객의 서술세계에의 참여를 돕는다. 그럼에도 오페라의 관례들, 장치들, 공연작업들은 관객이 그러한 서술세계로부터 거리를 두도록 하는 몰입과 거리두기의 이중적 특성을 경험하도록 한다. 이와 같은 오페라를 통해서 관객들은 죽음의 불안에 직면하고 죽음에 매혹되며 또한 죽음을 응시하는 가운데 삶의 가치를 새롭게 사유하게 된다. 죽어가는 것과 죽음이라는 결말의 서술에서 서사와 음악의 결합적 호소력은 오페라의 죽음의 주제가 보여주는 심미적 쾌락과 도덕적 이해를 설명해준다.

로얄 브라운Royal S. Brown의 「음악과 영화—서술, 영화—서술로서의 음악, 또는─'이것은 주악상, 그 이상의 것이다'」는, 영화의 악보가 모티브 구조의 순환으로써 시작과 중간과 끝이라는 연대기적 함의들의 균형을 깨뜨림으로써 통시성을 전복하여 신화적, 혹은 준─신화적 텍스트의 특성을 보여준다고 주장한다. 그는 그러한 사례로서 '북북서로 진로를 돌려라'와 '우리생애 최고의 해'를 들어서 비종결과 서술의 연속, 지속성을 지적하며 영화음악의 기능이 극적 상황의 정서적 영향력을 강화할 뿐만 아니라 엄격한 음악적 코드를 위반함으로써 메타 서술적 지속성을 제공한다고 설명한다. 이와 같은 방식으로, 영화─서술은 음악적으로 발생된 구조, 시각적 구조, 그리고 언어적 구조 사이의 풍부한 상호작용을 만들어냄으로써 서술의 '스토리'에 관한 메타텍스트의 종류들을 창조하고 있다.

프레드 에버렛 마우스Fred Everett Maus의 「고전적 기악 음악과 서술」은, '기악 음악'과 통상적인 '서술' 담론 사이의 '유추들'에 의미를 두고 있다. 마우스는 '음고音高' 혹은 '피아노파트'를 주인공으로 비유한 격과 맥클래리의 서술을 들어서 개별적 경험주체가 사회관습과 특정원리들에 저항하며 한편 그것들을 수용하는 극적 방식을 설명하고 있다. 그는 현재, 서술과 관련된 음악이론적 작업이 음악과 서술의 유추, 즉 통찰과 경험에 의한 음악비평이 음악과의 관계 속에서 창조되는 단계에 있다고 지적한다. 그리고 음악에 관한 개별적 수용들의 가치와 다양성에 관해서 음악비평적 서술로서 이야기하는 방식의 의미를 강조하며 그 방식이 작가의 다양한 연주법의 기저로서 작용하면서 음악과 텍스트의 시학이 형성된다고 주장한다.

캐서린 군터 코닷Catherine Gunther Kodat의 「"나는 스파르타쿠스다!"」

는, 고대로부터 구성되어온 '스파르타쿠스'라는 반복적 주제와 변화양 상에 관하여 '형상figure' 혹은 '직관상eidetic'의 문제와 관련하여 논의하고 있다. 파편적 서술들에 의해 고대적 영웅으로서 지속되어온 스파르타쿠스는 시대와 사회의 변화에 따라서 강조되는 형상과 이미지가 변화되는 가운데 오늘날에 이르고 있다. 코닷은 스파르타쿠스가 혁명적 인물에서 최근의 퀴어적 인물로 변모한 사회적 맥락과 관련하여 문학, 발레, 영화 등의 재현물의 사례들과 관련지어 설명한다. 즉 스파르타쿠스는 역사적인 영웅형상에 관한 파편적 서술들의 결합에 의해 문학, 문화, 사회, 정치 등의 맥락을 수용하는 단일하면서도 역동적인 영향력을 보여준다.

페기 펠란Peggy Phelan의 「퍼포먼스 예술사의 파편들―희미하게, 렌즈에 비친 폴록과 나무스」는, 퍼포먼스 예술의 특성과 퍼포먼스의 역사 서술이라는 모순된 관계를 지적하며 폴록이 지닌 예술의 특성을 설명한다. 펠란은 폴록의 유리페인팅과 나무스의 사진촬영이 결합하게 된 과정을 설명하면서 폴록이 무아경의 상태에서 창작에 임하였으며 작품의 시작과 중간과 끝의 구별을 해체하였다는 것, 그리고 그의 액션페인팅이 주체와 대상, 행위와 말하기를 뒤흔들며 현재를 갱생시키는 힘을 보여주었다고 설명한다. 그리고 펠란은 나무스의 렌즈에 저당 잡힌 예술가로서 폴록을 보는 관점에서 사진렌즈 앞에서 폴록이 유리에 액션페인팅을 하는 과정과 그가 차창 유리를 박차고 죽음에 이르게 된 경위에 관해서 일반적 서술이 아닌 퍼포먼스적 글쓰기로써 기입하고 있다.

마리-로르 리안Marie-Laure Ryan의 「서술과 디지털적인 것―매체와 더

불어 생각하는 법을 배우기」는 '시스템의 지원'과 '서술의미의 요구'의 절충에 초점을 두고 논의된다. 구체적으로, 리안은 '상호작용적 소설'에서 세계법칙에 의하며 이인칭 현재시제를 쓰는 타자와의 디지털적 관계에 가치를 부여하며 '버그'를 한 사례로 들어 디지털매체와 더불어 생각하는 형식에 관해 설명한다. 리안은 디지털 텍스트에 관하여 서술의 일관성과 인간적 흥미 그리고 디지털 시스템의 송신능력과 세계적 범위의 네트워크 양자 모두에 의미를 부여한다. 무엇보다도 그는 디지털의 텍스트성이 소설, 드라마의 대체물과는 구별되는 것이며 그것의 성취는 매체와 더불어 생각하는 방식들 즉 서술 아카이브, 말과 이미지의 역동적 상호작용, 환상세계들에 대한 사용자의 능동적 참여에 근거를 둔다고 강조한다.

포터 애보트H. Porter Abbott의 「모든 서술적 미래들의 미래」는 이미 씌어진 것과 새롭게 씌어지는 서술의 양면적 특성을 강조하면서 서술엔터테인먼트의 개발자의 관점에서 참여자와의 상호관계에 의한 매개의 확장과 스토리의 창조를 설명하고 있다. 즉 에보트는 전통적, 선조적 '서술엔터테인먼트'와 시적, 무정부적인 '하이퍼텍스트'의 특성을 대비하여 논의한다. 특히 그는 관객 참여자의 서술방식으로써 플레이어들의 개발공간을 창조하는 '머드Muds'에 의한 엔터테인먼트의 상호작용성에 주목한다. 그에 따라, 그는 읽기와 게임 읽기를 전통적 서술, 게임에, 한정된 무정부적 사회행위를 하이퍼텍스트 읽기, 배열 및 한정된 머드 플레이에, 그리고 쓰기로서의 삶을 서술 쓰기와 개방된 머드 플레이로서 계열화한다. 그리고 그는 독자의 조합에 의한 한정된 것을 넘어 독자와 매체의 상호작용에 의한 새로운 스토리의 개척에 서술의 미래의 의미를 부여한다.

　마지막의 어휘록은 원서의 역자들이 이 책에서 다루어진 서술론의 주요 어휘들에 관하여 각각의 논문 저자의 규정방식에 충실하게 정리, 서술한 것들이다. 그리고 말미에 실린 참고문헌들은 각 장의 논문들이 수록한 참고논문들로서 연구자들이 관심분야에 접근할 수 있는 훌륭한 길잡이가 된다. 또한 제임스 펠란과 피터 라비노비츠의 역자서문 논문은 역서 1권에 수록되어 있으나 1권과 2권의 전체 내용을 아우르며 소개하는 글이라 이번 권에 포함시켰다.

　이 책의 글들은 문예이론사의 쟁점과 빈틈을 파헤쳐서 우리가 관습적으로 이해하기 쉬웠던 문학과 문화의 실제적 현장들을 예리하게 직시하도록 한다. 무엇보다도 이 책은 다양한 학문분야가 융합되는 가운데 각각의 개별성들을 구현해내는 주요한 '패스path'로서 '서술', '서사', '소통' 등을 그 핵심어로서 제시하고 있다. 그리하여 복잡, 다단한 현대 미디어 사회에서 우리가 문학과 문화와 현실을 어떻게 바라보고 접근해가야 할 것인가에 관한 다양한 나침반들과 정치한 항해법들을 제시해주고 있다.

　역서의 완역본 서문을 쓰면서 필자는 문학 연구분야에서 추구해온 하나의 세계를 정리하고 또 다른 세계로 접어드는 듯한 감회를 지닌다. 힘들 때마다 숲과 같은 의지처가 되어주신 훌륭한 스승님들, 특히 김용직 선생님, 오세영 선생님께 감사의 말씀을 올린다. 그리고 연구 제반과 관련하여 진심어린 조언을 해주신 김유중 선배님께 감사의 말씀을 올린다. 또한 23장과 19장을 꼼꼼히 검토, 수정해주셨으며 주요 어휘들의 번역에 도움을 주신 방민호 선배님께 감사의 말씀을 올린다.

그리고 무엇보다도 9년 전의 필자의 뜻을 펼치도록 해주신 소명출판의 박성모 대표님과 공홍 편집부장님 및 편집부에 감사의 말씀을 올린다. 그리고 늘 곁에서 든든하게 후원해준 남편과 착한 성찬이에게 사랑의 마음을 전한다.

2016년 7월 역자 최라영

| 목차 |

4부 | 문학적 서술을 넘어서

에필로그

서술이론 I 목차

서문

최근 서술이론의 전통과 혁신

제임스 펠란James Phelan & 피터 라비노비츠Peter J. Rabinowitz

광범위한 논문집의 서문을 쓴다는 것은 언제나 스킬라Scylla와 카리브디스Charybdis 사이를 항해하는 일이다. 이 책에서 이 비유는 일반 비유의 차원을 넘어서 훨씬 더 구체성을 띠고 있다. 당신이 머리에 떠올릴 스킬라는 해안선에서 멀리 돌출한 곳의 절벽동굴에 사는 괴물일 것인데, 스킬라의 많은 팔들은 아주 가까이 온 배의 선원들을 잡아끌었던 것이다. 그리고 카리브디스는 그 절벽을 피하려고 하는 배를 위협하는 소용돌이였다. 이러한 이미지 요소들은 몇 가지 방식으로 이 책의 서문과 서술이론 그 자체의 문제를 환기시키고 있다.

이를테면 서문은 어떻게 조직되어야 할까? 한편으로 우리는 내용을 단지 요약하기만 하면서 명확함을 지향할 수도 있다. 스킬라의 절벽에 가깝게 다가가는 것과 같은 이러한 접근은 돌처럼 단단한 명료함을 제공해줄 수 있을 것이다. 그러나 이 방법은 논문들과 독자들 모두에게 서 영혼을 잡아 끌어낼 위험성을 지닌다. 다른 한편으로 우리는 변함 없이 확장적인 자기반영의 소용돌이에 직면하게 된다. 결국, 서문은 그 자체가 쉽게 하나의 서술이 될 수 있다. 그리고 서술 연구의 역사를 포 함하는 최근의 서술 연구에 관한 서술은, 학문적 훈련에 의하여 날카로 운 자의식을 가진 저자들에 의하여 씌어질 때, 특히 끝없는 순환 고리 를 헛돌게 될 위험성이 있다.

이 작업은 스킬라와 카리브디스가 단순히 회피될 수 있는 잠재적 위 험이 아니기 때문에 여전히 더욱 어렵다. 사이렌처럼 스킬라와 카리브 디스는 또한 매혹을 선사한다(이 책이 음악에 관한 세 편의 글과 곁길로 음악 적 쟁점을 다루는 한 편의 글을 포함하는 것은 적절하다). 실지로 누구나, 서술 이론에 관한 학문 그 자체는 절벽과 소용돌이의 구별과 유사하게 매혹 적이거나 생산적인 두 가지 방식으로 나뉜다고 주장할 수 있을 것이 다. 즉, 한편으로 우리는 안정된 상륙, 즉 서술이 만들어지는 근본적이 며 불변하는 원리들의 이론적 기반에 관하여 연구하였다. 이 접근법은 종종, 구조주의 서술론 혹은 고전적 서술론이라고 불리는 것과 관련된 다. 그리고 이 접근법은 특히 포스트구조주의 출현 이후에는 종종 구 식이며 심지어 기묘하기까지 한 것으로 여겨지곤 한다. 또한, 이 접근 법은 이것이 고려하는 작품으로부터 생명을 빼앗아버리는 것으로 여 겨지곤 한다. 그러나 우리는 이 책에서 이러한 접근법이 여전히 지극 히 활력적인 연구 영역이며, 또 여전히 작품을 선명하게 조명하는 작 업을 만들어내고 있음이 명확하게 되길 희망한다. 요즘 들어 이 접근 법의 주장들은 '모든 서술들'에 관해서가 아니라 '다수의 서술들'이나

'특정한 역사적 시기의 서술들'에 관해서 이야기하고 있는 데서 알 수 있듯이 좀 더 신중해지는 경향이 있다.

다른 한편으로, 우리는 탐욕스러운 회전운동을 경험하는 학문을 지닌다. 이 소용돌이는 부분적으로는 서술이론의 상당부분이 자의식적이고 자기비판적인 특성을 지닌 것으로 인해 야기된 것이다. 우리가 과거에 '이론실천theorypractice'이라 부른 것은, 이를테면, 특수한 이론적 가설들의 해석결과들을 사용하여 바로 그 가설들을 테스트하고 재검증하는 방식이었다. 그러나 서술이론의 회오리는 종종 '서술 전환'이라 불리는 것에서 또한 유래하는데, 이 경향은 '서술'이라는 용어가 점점 더 폭넓은 분야들을 포괄하게 하고 연구 주제의 범위를 계속해서 확장, 흡수하게 만든다(어떤 사람들은 '빨아들인다'는 표현을 쓸 것이다). 서술이론은 다년간에 걸쳐 점증적으로 역사적이고 정치적이며 윤리적인 질문들에 연관되어 왔다. 동시에, 서술이론은 문학 연구라는 애초의 발상지로부터 영화와 음악과 그림을 포함한 다양한 미디어들과, 예를 들어 법과 의학 같은 비문학적인 다른 분야들에 관한 검토를 포괄하는 쪽으로 이동해 왔다.

따라서 이 책이 스킬라와 카리브디스 모두를 반영하는 것, 즉 서술이론의 항구적 원리에 관한 연구와 최근 이론의 많은 전환들과의 연관 모두를 반영하는 것은 전혀 놀라운 일이 아닌 것이다. 이 책의 아주 많은 글들 그 자체가 소용돌이의 즐거움을 찾는 사람들을 만족시킬 만큼 충분한 회전운동을 제공하고 있기 때문에, 사실상 이 서문은 대체로 카리브디스의 절벽에 더 가깝도록 항해하고 있다. 그럼에도 불구하고 우리가 이 서문을 쓰는 일이 친숙하면서도 교묘한 경로를 따라 항해하는 일을 포함하는 것이며 이 서문을 읽는 당신 또한 그러하리라는 것을 경고해줄 만큼 우리는 충분히 자의식적이다. 점차 명확하게 그 이유가 드러나겠지만, 우리는 당신이 우리식의 항해의 선택이 불가피한 것은 아님을 인식하였으면 한다. 당신은 어떤 다른 항로를 아주 잘 그려볼 수도 있을 것이다. 그럼에도 이 서문 이상으로 더 많은 것들을 독해할 때까지 그 경로를 취하는 일은 참으로 어려운 작업일 것이다.

　이 책은 서술이론에 관한 현대의 역사를 논의하는 프롤로그로 시작한다. 첫 번째 글인 「서술이론의 역사 (I)—초기 발달의 계보학」에서 데이빗 허만David Herman은 이 분야의 기원을 개관하고 있다. 그런데 허만은 니체Nietzsche와 푸코Foucault가 촉진한 '계보학'의 개념에 강한 영향을 받았으며 그런 연유로 허만의 글은 단순계열적 방식으로 움직이는 것을 거부하고 있다. 허만은 특히 초기 구조주의 서술론이 "수십 년에 걸쳐 대륙들, 국가들, 사유 학파들과 개별적 연구자들에게 보급된, 지적 전통과 비판이론 운동과 분석적 패러다임의 복잡한 상호작용"으로부터 성장한 방식에 관심을 지닌다. 즉 허만의 연구는 "특수한 이야기들을 공유된 기호적 체계에 의해 지지되는 개별적 서술 메시지로서" 다루면서 서술을 연구하는 시도이다. 허만은 웰렉Wellek과 워렌Warren의 영향력 있는 『문학의 이론Theory of Literature』을 중심 거점으로 하여, 그로부터 안과 바깥으로 움직이면서 광범위한 영역에서 표면적으로는 경합하는 비평가들 사이에 서로 겹치는 연관들을 보여주려고 한다. 그럼에도 이 비평가들은 '단일하게 지속되어온 연속적 연구의 전통'은 아니지만 당시로 볼 때 적어도 '가족 유사성으로서 특징지어지며 군집을 이루는 발달들'을 반영하고 있다. 허만의 주요 요점들 가운데 하나는, 어떤 주어진 시기에 당대 이론가의 연구로부터 흡수해 들일 수 있는 것이란, 근본적으로 그 시대의 독해 패러다임이 지닌 영향력에 의존하고 있다는 것이다. 그리하여 그의 역사는 역사의 이모저모를 되짚어보면서 '오래된' 이론적 연구들이 '새로운' 문맥 속에서 어떻게 새로운 반향들을 얻게 되는가 하는 것을 논증하고 있다.

「서술이론의 역사 (II)—구조주의부터 현재에 이르기까지」에서, 모니카 플루더닉Monika Fludernik 또한 점진적 발달들이 언제나 좀 더 완성된 비평의 축적에 기여하는 단선적인 연대기를 거부하고 있다. 그보다 플루더닉은 자기 반영적인 방식으로 서술이론을 서술이론 역사의 해석에 적용하여 두 개의 경쟁적인 '플롯'을 설계하고 있다. 그러고 나서 플루더닉은 그 두 번째의 플롯을 따라서 서술이론이 어떻게 가지들을 넓히며 뻗어 나갔는지를 보여준다. 특히 그녀는 형식주의 연구로부터 젠더와 정치학의 쟁점들을 포함한 화용론으로 옮겨가며, 미디어 연구 및 다양한 사회과학의 서술 전환narrative turn 연구로 나아가서는 마침내 언어학과 인지주의의 쟁점들에 이르고 있다. 마지막으로 플루더닉은 글의 첫머리로 되돌아가서 미래의 가능성을 일별하는 것으로써 능숙하게 끝맺고 있다.

이 책의 프롤로그는 브라이언 맥헤일Brian McHale의 「망령들, 그리고 괴물들—서술이론의 역사를 쓰는 일의 가능성 혹은 불가능성에 관하여」로 끝난다. 여기서 맥헤일은 서술이론에 관한 통찰력을 발휘하여 우리가 허만과 플루더닉에게 위탁한 연구들에 문제를 제기하고 그들의 작업을 의문시하고 있다. 특히 맥헤일은 자신이 '관념의 역사history of ideas'와 '제도적 역사institutional history'라고 명명한 두 가지 상이한 종류의 역사를 규정짓고 있다. 그리고 그는 그 역사들 간의 알력이 서술이론의 진정한 역사를 불가능한 것으로서 만들고 있다고 주장한다. 맥헤일은 좀 더 도발적인 용어들을 사용하면서, 고전적 서술론의 스킬라에 상응하는 '구조'에 특권을 부여하는 서술이론과, 서술 전환의 카리브디스에 상응하는 '역사'에 특권을 부여하는 서술이론 그 둘 사이에는 화해하기 어려운 대립이 놓여있음을 주장하고 있다. 글의 순서상으로, 맥헤일의 글이 프롤로그의 마지막에 놓이지만, 그것이 독자가 그의 말을 최종적인 것으로서 취해야 한다는 것을 의미하지는 않는다. 그럼에도 우리들은 프롤로그란 의문들을 해결하기보다는 더 많은 의문들을 열어젖히는 하나의 도발이여야 한다고 본다.

제1부, '다루기 힘든 문제들에 관한 새로운 조명'에서는 과거 40년 혹은 50년 동안 서술이론의 흐름에서 되돌아가는 물결로서 지속되어온 몇 가지, 즉 지속적이면서도 핵심적으로 남아있는 서술이론의 논쟁들을 살펴보고 있다. 첫 번째 글은, 허만의 역사와 플루더닉의 역사에서 이미 소개된 웨인 부스Wayne C. Booth의 「암시된 저자의 부활—왜 성가실까?」이다. 이 글은 부스가 1961년, 『소설의 수사학The Rhetoric of Fiction』에서 처음 소개한 개념, 암시된 저자the Implied Author, 즉 텍스트에서 풀이되기로 저자의 '이차적 자아second self'로 되돌아가고 있다. 이 책의 여러 집필자들을 포함한, 많은 후속 이론가들은 이 개념이 쓸모없거나 과잉이라고 주장하였다. 대조적으로, 부스는 이 개념이 이전보다 좀 더 중요하다고 믿고 있다. 부스는 처음에 이 관념을 전개하도록 이끌었던 맥락들

을 재고하는 것으로부터 출발하고 있다. 그리고 소설 논의를 위하여 개발된 이 개념이, 소설뿐만 아니라 시에서도 그리고 우리 일상의 상호작용 속에서 자신들을 드러내는 방식에 이르기까지, 우리의 이해를 어떻게 향상시켜줄 수 있는지를 계속해서 보여주고 있다.

다음 두 편의 글은, 부스가 『소설의 수사학』에서 소개한 또 하나의 주요 서술론 용어인 '신뢰할 수 없는 서술자the unreliable narrator'에 관하여 다른 각도에서 다루고 있다. 첫 번째 글은 부스의 암시된 저자 개념에 불만족스러워하는 비평가들 중의 한 사람인 안스가 뉘닝Ansgar Nünning 이 쓴 것이다. 뉘닝은 「신뢰할 수 없는 서술의 재개념화—인지적 접근과 수사학적 접근의 종합」에서 신뢰할 수 없는 서술에 관한 개념 규정에 불만족스러움을 표현하면서 신뢰할 수 없는 서술로 인해 쏟아져 나온 논쟁들의 세부 맥락들에 참여하고 있다. 그리고 뉘닝은 텍스트에서 신뢰할 수 없는 서술을 대하였을 때 사실상 독자들이 어떻게 비신뢰성 unreliability을 인지하느냐 하는 질문에 특별한 관심을 보여주고 있다. 뉘닝은 비신뢰성이 단순히 텍스트의 '구조적' 측면이나 '의미론적' 측면에서 규정될 수는 없다고 주장한다. 그에 의하면, 비신뢰성은 또한 독자가 텍스트로 가져오는 '개념적 틀conceptual frameworks'과 관련된다. 좀 더 일반적으로, 뉘닝은 비신뢰성에 관한 적절한 모델은 수사학적 서술이론가들과 인지적 서술이론가들 사이에서 분명하게 갈라지는 논쟁들이 제공한 최근의 통찰들을 통합할 필요가 있다고 주장한다. 뉘닝은 답변되어야 할 것으로 남아있는 일련의 여섯 개의 질문들과 함께 도발적으로 자신의 글을 맺고 있다.

뉘닝이 새로운 통합적 이론을 개발함으로써 신뢰할 수 없는 서술을 설명하는 것에 개입된 어려움들을 줄여나가기를 희망한다면, 타마 야코비Tamar Yacobi는 「저자의 수사학, 서술자의 신뢰성과 비신뢰성, 서로 다른 독해들―톨스토이Tolstoy의 『크로이체르 소나타*Kreutzer Sonata*』」에서 일반론의 다음 단계로 진전함으로써 동일한 영역에 관한 다소 다른 시각을 제공하고 있다. 야코비는, 비신뢰성은 독자로 하여금 텍스트의 명백한 모순들을 해결하도록 용인하는 하나의 '독해 가설reading hypothesis'로 간주될 때 최상으로 이해될 수 있다고 주장하고 있다. 그녀는 톨스토이의 중편소설에 관한 상이한 독해들이 상충되면서 발생하는 폭넓은 격차들을 살펴보면서 자신의 주장을 입증하는 사례를 보여주고 있다. 야코비는 이러한 상이한 독해들에 관해 공통적 특질을 지닌 몇 개의 부류로 범주화한 다음에, 독자가 텍스트를 읽고 이해하면서 발생하는 모순들을 다룰 때에 사용하는 몇 가지 공유된 통합적 메커니즘의 작용으로 인해서, 이러한 모든 범주들이 어떻게 차례로 만들어지게 되었는지를 계속해서 보여주고 있다.

힐리스 밀러J. Hillis Miller와 단 쉔Dan Shen의 글은, 서술이론가들을 오랫동안 당황시켰던 다른 복잡한 문제, 즉 내용에 대한 형식 혹은 의미에 대한 문체의 연관성이라는 관점에서 빈번하게 출현한 문제들에 착수하고 있다. 언급한 두 가지의 연관성에 관하여 밀러는 헨리 제임스의 『사춘기*The Awkward Age*』를 정밀하게 독해하는 가운데, '실체에 대한 형식'이라고 표현하고 있다(「헨리 제임스Henry James와 '초점화', 혹은 제임스가 '짚Gyp'을 사랑하는 이유」). 많은 서술론자들은 이론의 목적이 새로운 독해들을 생산하는 것은 아니라고 주장해왔다. 그럼에도 밀러는 해석적 판단을 종종 거부하는 것처럼 보이는 세대에게는 서술론적 특징들이 실지로 좀 더 급진적으로 해석에 도움을 줄 때에야 그것들이 가치를 지닐 수 있다고 주장한다. 즉 밀러는 이 세대들은 서술론적인 특징들이 '문학작품을 더 나은 독해나 더 나은 가르침으로 이끌 때에 단지 유용한 것으로 간주한다'고 주장한다. 밀러에게 훌륭한 독해란 반드시 단순하고 안정된 것만은 아니다. 즉 훌륭한 독해란 독해 그 자체의 소용돌이 속에서도 잘 끝맺을 수 있는 것이다. 인내심이 있으며 이론적으로 정교한 밀러의 분석은, 형식적으로 변칙적인(적어도 제임스의 정전 내에서는) 그러한 서술에서 제임스가 어떻게 실체와 형식 간의 구별을 깨뜨리는 데에 성공하는지 그리고 어떻게 텍스트의 '올바른 독해'가 그 독해의 종결로서의 '비결정성'에 이르는 것이 되도록 드러나게 하는지를 보여주고 있다.

쉔은 「서술론과 문체론은 서로를 위해 무엇을 할 수 있는가」에서 하나의 익숙한 가정을 살펴보면서 출발한다. 그 가정이란 서술론적 사유에서 핵심적인 스토리와 담론의 구별('무엇'이 이야기되느냐와 '어떻게' 이야기되느냐의 구별) 그리고 많은 문체론적 사유에서 핵심적인 내용과 문체의 구별('무엇'이 표현되느냐와 '어떻게' 표현되느냐의 구별)은 대략적인 등가 관계를 이룬다는 것이다. 그녀는 적절한 사례로 든 어니스트 헤밍웨이Ernest Hemingway의『우리의 시대에In Our Time』의 간결한 삽입장interchapter을 사용하면서 그러한 유사한 구별들이 단지 피상적이라는 것을 계속해서 보여준다. 그리고 그녀는, 서술의 문체에 관한 전적인 이해는, 서술론과 문체론 양자의 통찰들을 종합하는 상호학문적 접근법을 요구한다는 것을 계속해서 보여주고 있다.

1부의 마지막 글인 리처드 월시Richard Walsh의 「서술 허구성의 화용론」은 힘겹게 지속되어온 서술이론의 문제들 중의 하나인 허구의 특성에 관심을 보여준다. 월시는 허구가 무엇이고 또 어떻게 작용하는지를 설명하는 시도들의 역사를 조사하고 있다. 월시는 그러한 시도들의 풍부한 다양성에도 불구하고, '허구성fictionality의 현대적 진술들'이 일반적으로 이론적인 화제의 하나 혹은 그 이상의 작은 레퍼토리를 주제로 하고 있음을 지적한다. 또한 월시는 인내심 있는 탐구를 통하여 핵심적인 현대적 진술들 특히 발화행위이론과 가능세계 이론에 토대를 둔 것들을 보여주고 있다. 그런데 이 모든 방법들은 '진실의 영역에서 허구적 행위를 분리함으로써' 다양한 전치의 종류들로 축소된다. 즉 월시와 야코비의 글의 차별성에도 불구하고, 그들의 글들은 방법론적으로 흥미로운 유사성을 지니고 있다. 월시는 하나의 대안으로서, 진실이라기보다는 연관이 주요용어가 되는 허구성에 관한 화용론적 진술들을 제공하며, 카프카Kafka의 『심판The Trial』의 발단을 분석하면서 그러한 해석적 힘을 보여주고 있다.

제2부 '수정과 혁신'은 서술이론의 몇 가지 기본개념에 관해 상당히 새로운 견해를 제공하는 글들을 함께 모아놓았다. 필자들은 다양한 방식으로 이 개념들에 관한 신선한 수확을 보여주고 있다. 즉 어떤 것들은 우리의 기존 이해 범주에서는 적절하게 논의될 수 없는 서술들에 초점을 맞추고 있으며, 어떤 것들은 이론의 논리 그 자체나 이론과 독자의 경험 간의 불편한 조합에 초점을 맞추고 있으며 또 어떤 것들은 이러한 방법들의 결합을 사용하기도 한다. 2부의 글들은 모두 '이론실천'에 참여한다는 점에서 자의식적인 독자에게 몇 가지 도발적이면서

새로운 이론화를 제공할 뿐만 아니라 현재의 이론을 어떻게 수정하느냐 하는 데에 있어서 암시적인 첫걸음을 제공한다.

브라이언 리처드슨Brian Richadson은, 제임스 조이스James Joyce의 『율리시즈Ulysses』에 주로 초점을 맞추고 20세기의 다른 아방가르드 서술들을 다루면서, '서술 전개의 대안적 형식들'을 고려하도록 하는 '플롯의 시학 너머로' 능숙하게 옮겨간다. 리처드슨은, 크레인R. S. Crane, 폴 리쾨르Paul Ricoeur, 피터 브룩스Peter Brooks, 그 외 여러 이론가들이 개발한 주요한 모델들이, 브룩스의 용어로 '계획과 의도'를 서술에 제공하는 일관된 인물들을 개입시키는 논리적 연관 사건들의 연속으로서 플롯을 이해한다고 지적하면서 시작한다. 그러나 리처드슨은 이 개념을 거부하는 소설쓰기의 전통을 지적함으로써 이러한 모델들에 의심을 던지고 있으며, 근본적으로 상이한 논리들을 통하여 시종일관 독자를 움직이고 있다. 그리고 나서 리처드슨은 중요한 결정적 사실들 즉 이 대안들의 영역에 관한 통찰력 있는 연구를 전달하고 있다. 그 연구는 『율리시즈』의 다중적 전개원리로 시작해서, 리처드슨이 일컫기로, 다다이스트들과 윌리엄 버로우William Burroughs와 같은 그들의 후계자들이 보여준 우연적인 전개로서 종결하고 있다.

「그들은 사자들을 쏘았다, 그렇지 않은가?—『긴 이별The Long Goodbye』의 '패스Path'와 대위법」에서, 피터 라비노비츠의 주요한 관심은 시간과 시간의 재현에 접근하는 우리의 도구들에 놓여 있다. 라비노비츠는 음악과 서술에서의 시간 처리의 유사성과 차이를 해명해 가면서 출발한다. 그리고 그는 서술이론이 인물이 서술의 사건들을 경험하는 질서를 언급할 수 있는 새로운 개념을 필요로 한다고 제안하면서 끝맺고 있다. 그는 이 개념을 '패스'라고 부른다. 그는 '패스'가 (사건들의 연대기적 질서와 관련한) '스토리'나 '파불라' 그리고 (이 사건들의 재현의 질서와 관련한) '담론'이나 '슈제' 사이에서 잘 만들어진 구별을 보충하고 있는 것으로 간주한다. 그는 인물들이 스토리의 질서뿐만 아니라 담론의 질서 속에서도 사건들을 경험하지 못할 것이기 때문에 그리고 그 차이는 독자들에게 중요할 수 있기 때문에 우리가 이 개념을 필요로 한다고 주장하고 있다. 라비노비츠는 레이먼드 챈들러Raymond Chandler의 『긴 이별』의 새로운 독해를 통하여 이 개념의 해석적 가치를 보여준다. 그리고 라비노비츠는 스토리 질서와 담론 질서 그리고 '호랑이-덫' 일화와 관련된 필립 말로우Philip Marlowe와 다른 인물들의 '패스들'을 조심스럽게 추적하고 있다. 상이한 '패스들' 간의 대위법을 인식하는 것은, 우리가 그 일화의 중요성을 재해석하도록 이끌 뿐만 아니라 또한 말로우가 그 일화의 중요성을 이해하지 못했음을 드러내고 있다. 그리고 이것은 이 소설의 규범적 독해를 전복할 수 있는 새로운 사실인 것이다.

우리는 라비노비츠의 글에서부터 수잔 스탠포드 프리드먼Susan Stanford Friedman의 「공간의 시학 그리고 아룬다티 로이Arundhati Roy의 『작은 것들의 신The God of Small Things』」으로 이동하면서 시간으로부터 공간으로 관심을 전환하게 된다. 프리드먼은 서술이론이 공간보다는 시간에 특혜를 부여해왔다고 진술하며, 시간을 강등함으로써가 아니라 "서술을 위한 발생적 힘으로서 시간과의 충만한 동반관계로" 공간을 회복시킴으로써 그러한 불균형함을 시정하기를 바라고 있다. 그녀는 에드워드 소자Edward Soja, 미하일 바흐찐Mikhail Bakhtin, 프랑코 모레티Franco Moretti, 그리고 로렌스 그로스버그Lawrence Grossberg처럼, 공간에 관한 좀 더 깊은 관심을 주장해온 이론가들에 주목하면서, 우리가 정적인 배경으로서 공간을 간주하는 것을 멈추고 "적극적이고 동적이며 '충만한'" 서술의 구성요소로서 공간을 인정하기 시작해야 함을 제안하고 있다. 좀 더 구체적으로, 프리드먼은, 우리가 서술의 발생과 전개와 결말에서 경계와 경계의 넘나듦이 하는 역할에 좀 더 관심을 가질 것을 제안하고 있다. 그리고 그는 로이의 소설에 관한 정력적이고 통찰력 있는 독해를 통하여 공간의 시학의 결과들을 탐구한다. 또한 그는, 소설의 공간들이, 탐욕스럽고 잔혹한 연결과 분리의 복합적 경계들 즉 역동적으로 진행되는 플롯의 변화 속에서 지속적으로 세워지고 위반되는 경계들을 어떻게 포괄하는지를 보여준다.

수잔 랜서Susan S. Lanser의 글, 「보는 이의 '나' ─ 애매모호한 결합과 구조주의 서술론의 한계」는 월시의 글과 흥미로운 자매편을 형성하면서 논픽션의 '나'가 저자와 일치하는 것과는 달리 허구물의 '나'는 저자와 다르다는 잘 알려진 가정에 어떤 새로운 시각을 취하고 있다. 랜서는 이 가정이 상황을 지나치게 단순화한다고 주장하면서 세 가지 주요한 범주로 된 좀 더 복합적인 체계를 제안한다. 편집자에게 쓰는 편지와 학술 논문과 같은 결합 텍스트는 주요인물인 '나'와 저자가 일치하는 것이다. 그리고 분리 텍스트는 '국기에 대한 충성의 맹세' 혹은 신뢰할 수 없는 서술자를 지닌 소설처럼 주요인물인 '나'와 저자가 일치하지 않는 것이며 혹은 농담이나 애국가처럼 주요인물인 '나'와 저자의 관계가 텍스트의 의미와의 필연성이 결여된 것이다. 그리고 애매모호한 텍스트는 주요인물인 '나'가 저자와 연관되기도 하고 혹은 그 둘이 구별되기도 하면서 결합 텍스트와 분리 텍스트 사이를 움직이고 있는 것이다. 소설과 시는 전형적으로 애매모호한 텍스트이다. 랜서는 이 분류에 근거하여 서정시와 서술과 같은 장르들은 기본 설정 즉 시는 결합 텍스트이며 소설은 분리 텍스트라는 조건을 지니지만 수많은 여건들 아래서 이러한 기본설정의 경계들을 넘나드는 것이 되고 있음을 주장하고 있다. 독자들은 직관적으로 어떻게 이러한 단층선fault lines을 항해하는지를 알고 있지만, 이론가들은 독자들이 그렇게 하는 방식들에 주의를 기울이지 못해왔다. 랜서의 글은 샤론 올즈Sharon Olds의 시, 「아들Son」, 앤 비티Ann Beattie의 단편소설, 「찾아서 바꾸어라Find and Replace」 그리고 필립 로스Philip Roth의 소설, 『인간의 오점*The Human Stain*』과 같이 다양한 작품들을, 우리가 어떻게 읽고 있는지에 관한 시사적 분석들을 보여주면서 이러한 해석적 실천들을 설명할 수 있는 이론적 체계를 제공하고 있다.

「네오내러티브–또는, 사실주의 소설과 최근 영화에서 '서술할 수 없는 것'을 어떻게 표현할 것인가」에서, 로빈 위홀Robyn Warhol은 서술에서 재현될 수 있는 것과 재현될 수 없는 것을 지배하는 관습들에 토대한 다양한 유형의 분류를 제공한다. 위홀은 '가상서술된 것the disnarrated'과 '서술되지 않은 것the unnarrated'의 현상을, '서술할 수 없는 것the unnarratable'이라는 더 큰 범주 내의 한 사례로서 점검한다. 그리고 그의 작업은 장르 관습들과 이 관습들의 변화를 확인하기 위한 것이다. 제럴드 프린스Gerald Prince에 의해 처음 명명된 '가상서술된 것'은, 발생하였을 법한 무엇 혹은 발생한 것으로 상상되었으나 실제로는 발생하지 않은 무엇인가에 관한 서술이다. '서술되지 않은 것'은 발생했던 무엇에 관한 서술이 결핍된 것이다. 즉 이것은 '발생한 것으로 추정된 무엇을 명백히는 이야기하지 않으면서 서술자가 서술을 거부하는 것을 전경화하는' 서술의 단락들에서 발견될 수 있다. '가상서술된 것'과 '서술되지 않은 것' 둘 다는, 워홀에 의하면, '서술할 수 없는 것'을 재현하는 전략들이다. 그리고 워홀은 '서술할 수 없는 것'을 네 가지 유형들로 분류하고 있다. 그 유형들로는, '서술할 수 있는 수준 아래에 있는 것the subnarratable'(당연하게 여겨서 그다지 서술할 만한 가치가 없는 것), '서술할 수 있는 수준 위에 있는 것the supranarratable'(말로 형언할 수 없는 것), '서술할 수 있는 것에 적대적인 것the antinarratable'(사회적 관습이 수용할 수 없는 서술으로서 명명된 것), 그리고 '서술할 수 있는 것을 벗어난 것the paranarratable'(형식적 관습이 서술할 수 없도록 만드는 것)을 들 수 있다. 워홀은 이러한 범주들에 근거를 두고서 할리우드 영화가 '서술할 수 없는 것'을 지배하는 형식적 관습 혹은 사회적 관습을 위반함으로써 자신이 '네오내러티브'라고 명명한 것들을 어떻게 통시적으로 창조해왔는지를 보여준다.

「서술의 특질과 힘으로서의 자의식 — 보편적 구도에서의 말하는 이대 정보제공자」에서, 메이어 스턴버그Meir Sternberg는 서술 재현에서 소홀히 여겨진 특질로서의 자의식 즉 서술자의 자의식뿐만 아니라 인물들의 자의식에 관심을 지닌다. 스턴버그는 세 가지 중요한 주장들을 만들어내고 있다. ① 자의식은, 그 전체를 보여주는 것으로부터 전적으로 부재한 것에 이르는, 스턴버그가 일컫기로, 자신을 제외한 청중들을 전적으로 의식하고 있는 화자로부터 유일한 청중이 자신인 정보 제공자에 이르는 연속선을 따라 그려질 수 있다. ② 자의식은 늘 중개되어온 것으로서 그것은 저자에 의해 중개된 서술자의 자의식이기도 하며 혹은 서술자와 묘사적 상황에 의해 중개된 인물의 자의식이기도 하다. 그리고 ③ 서술의 형식과 기능에 있어서 자의식의 중요성은 아직까지 이해되지 못하였다. 스턴버그는 이러한 요지를 드러내기 위한 신중한 논의와 사례들을 제공하면서 자의식의 현상이 아직 인정받지 못해온 원인에 관한 분석을 포괄하고 있다. 그 결과는 설득력 있는 사례이며 이것은 자의식의 현상 특히 자의식의 연속선상에 놓인 자의식적이지 못한 결말이 좀 더 깊은 주의를 받을 필요가 있음을 알려주고 있다.

「포Poe의 『타원형 초상화The Oval Portrait』에서 연속과 삽입과 에크프라시스Ekphrasis의 효과」에서, 엠마 카팔레노스Emma Kafalenos는 서술의 구조를 이해하는 또 하나의 접근법을 제공하면서, 포의 이야기를 분석하고 있는 자신의 글에서 제목을 구성하는 세 개 용어의 상관관계에 관하여 기능분석을 활용하여 탐구하고 있다. 카팔레노스의 기능분석은 블라디미르 프로프Vladimir Propp와 츠베탕 토도로프Tzvetan Todorov의 연구에서 제안된 모델들을 수정하면서, 서술에서 사건들이 어떻게 연속된 다섯 단계를 거쳐서 진행되는지에 초점을 맞춘다. 그 다섯 단계는, 평정, 혼란, 그 혼란을 해결하려는 인물(혹은 행위자)의 노력, 그 노력의 성공이나 실패, 그리고 마침내 새롭게 구축된 평정이다. 카팔레노스는 문학작품의 시각적 구성재현인 '에크프라시스'와 삽입서술 둘 다를 포함하고 있는 포의 이야기를 점검하면서, "기능분석은 사건들이 이야기되는 방식이 그 사건들의 원인과 결과의 해석에 미칠 수 있는 효과의 크기를 보여준다"는 자신의 주장을 증명하고 있다. 좀 더 구체적으로, 카팔레노스는 어린 소녀의 죽음을 서술하는 포의 이야기의 마지막 단락이, 삽입된 서술의 기능분석에 어떻게 영향을 미치는지 그리고 그 이야기 전체의 기능분석에 있어서 어떻게 또 다른 상이한 영향을 미치는지를 보여준다. 또한 그녀는 이러한 차이에 기여하는 요소들을 확인하면서 '에크프라시스'의 역할에 특별한 관심을 기울이고 있다. 이와 같이 『타원형 초상화』에 관한 카팔레노스의 통찰력 있는 독해는 ① 삽입된 서술의 사건과 삽입된 서술의 액자 속 사건 사이의 연결, 그리고 ② 서술에서 '에크프라시스'의 역할에 관해 우리가 이해하는 방식의 모델로서 역할할 수 있다.

카팔레노스는 '내부텍스트성intertextuality'의 한 종류에 초점을 맞추면서 단일한 이야기 속에서 재현되거나 삽입된 몇몇 텍스트 간의 상호작용을 점검하고 있다. 한편 시모어 채트먼Seymour Chatman의 글, 「『댈러웨이 부인Mrs. Dalloway』의 소산―2급 서술로서의 『세월The Hours』」은, 관심을 전환하여 상호텍스트성에 주목하고 있다. 채트먼의 탐구는 2급 텍스트의 '거듭 쓴 양피지palimpsests'(기존의 원천 텍스트와 명백한 상호텍스트성을 갖는 텍스트)에 관한 제라르 주네뜨Gérard Genette의 연구에 토대를 두고 있다. 채트먼은 2급 서술이 그것의 원천에 가질 수 있는 다양한 관계의 종류들을 분류한 다음, 버지니아 울프Virginia Woolf의 『댈러웨이 부인』에 존경을 표하는, 마이클 커닝엄Michael Cunningham의 『세월』에 주목하고 있다. 채트먼은 커닝엄의 소설이 주네뜨가 '치환'이라고 일컫는 것 즉 새로운 인물을 창조하지만 수정이나 패턴의 기저로서 원천 텍스트를 사용하는 작품으로 간주하고서 커닝엄의 소설을 조명하고 있다. 좀 더 구체적으로, 채트먼은 커닝엄의 『세월』이 울프의 『댈러웨이 부인』의 '보충물' 즉 원전을 변형시키지만 그 원전을 바꾸는 것을 추구하지 않는 서술로서 간주하고 있다. 이러한 기본틀 내에서, 채트먼은 치환의 '방식'에 초점을 두면서 두 소설의 구성요소들이 만들어내는 많은 관계들을 추적하고 있다. 채트먼은 유사성과 차이성 그 모두에 주의하기 때문에 커닝엄이 울프의 작품의 원천을 창조적으로 활용한 것뿐만 아니라 커닝엄이 울프의 작품에 대해 빚진 것에 관해서도 보여줄 수 있었다. 좀 더 일반적으로는, 채트먼의 분석은 두 소설 각각이 보여주는 구체적 기교와 함께 2급 서술들에 대한 접근법의 가치를 조명하기 위해 작업하고 있다.

제3부는 '서술형식, 그리고 역사, 정치학, 윤리학과의 관계'를 고려하는 글들로 구성되어 있다. 이 영역의 글들은 성서의 서술로부터 최근의 의료적 서술로 이어지는데, 의료적 서술은 4부의 전개, '문학적 서술을 넘어서'와 연결점을 제공하는 마지막에 해당된다.

데이빗 리히터David Richter의 「장르와 반복과 시간적 질서—성서 서술론의 몇 가지 측면들」은, 성서의 서술이 서술론적 모델들에 선사하는 도전들을 인정하면서 논의를 시작한다. 즉 성서의 서술은 명확히 확인할 수 있는 저자들에 의하여 씌어지지 않았으며 서술의 일관성이 추정되기가 어렵다. 그리고 실지로, 성서의 서술에 있어서 고유한 정체성은 종종 불명확하게 나타난다. 그렇다면 서술론이 성서의 연구에 무엇을 제공할 수 있는가? 리히터는 역사적인 정보에 근거하여 장르, 반복, 시간적 질서의 개념을 유연하게 적용하는 것이 중요한 해석적 도움을 가져올 수 있다고 답하고 있다. 리히터는 요나Jonah의 책에 관한 다른 시각의 독해가 요나서가 속한 장르에 관한 상이한 가정에서 출발한다는 것을 보여주면서 논의를 전개하고 있다. 리히터는 요나의 책이 풍자적 우화라는 견해를 옹호하고 있다. 그러나 그는 자신의 특유한 분류가 저항에 직면할 것이라고 강조하는데 그 이유는 그러한 분류는 성서의 일부가 허구라는 생각을 수용하는 일을 수반하기 때문이다. 리히터는 두 번째 사례로서 사무엘기Samuel 상권에서 다양한 반복의 활용을 논의하면서, 그러한 반복의 용례들이 가능할 수 있는 많은 해석들을 거쳐서 편집자가 지닌 중요한 역할에 주목하기에 이른다. 그러고 나서 그는 이 반복들이 사무엘기 상권을 「라쇼몽Rashomon」의 선행물 혹은 『압살롬, 압살롬!Absalom, Absalom!』을 만들어내는 것으로 종결되고 있다고 주장한다. 이 작품들은 화자들이 말하는 스토리보다 화자들의 모티브가 더 큰 재미를 주고 있다. 리히터의 세 번째 사례는 사무엘기 하권에서의 시간적 질서이다. 여기서 드러나는 사실들은 다윗David이라는 인물에 관한 우리의 이해를 급진적으로 재구성하도록 이끈다. 서술론적인 근거를 지닌 이러한 해석들은, 리히터가 주장하기로, 연속적 전체를 이루는 서술로서의 성서에 초점을 두기보다는, '발췌인용구'(맥락과는 분리된 짧은 글들)에 초점을 두는 것을 왜 종교들이 선호해왔는지를 설명하도록 돕고 있다.

해리 쇼Harry E. Shaw의 「왜 우리의 용어들이 머물러 있지 않으려 할까?—검토되고 역사화된 서술 커뮤니케이션 다이어그램」에서는 서술론의 개념들이 역사적 지속성을 지니는가에 관한 질문이 이어지고 있다. 쇼는 서술이론의 기본도구들에 관한 이해, 좀 더 확장된 서술 개념들 그리고 서술의 역사 사이에서 우리가 필요로 하는 관계에 관해 논의한다. 쇼는 실제 저자로부터 암시된 저자, 서술자, 텍스트, 저자적 청중, 암시된 독자, 그리고 마침내 실제 독자에 이르기까지 서술커뮤니케이션에서의 움직임을 도표로 나타내는 유명한 다이어그램에 초점을 두고 있다. 그리고 그는 우리의 상이한 관심들이 다이어그램의 요소들에 어떻게 다양한 의미들을 부여하는지를 보여주면서 논의를 시작한다. 서술에 관한 수사학적 관점에서 연구하는 이론가들은 암시된 저자의 개념이 필수적인 구성요소라고 발견한다. 반면에, 서술에 관한 정보적 관점에서 연구하는 이론가들은 이 개념이 불필요한 것이라고 발견한다(쇼는 이 부분의 논의에서, 이 책 전반부에서 부스의 글과 뉘닝의 글이 제기한 암시된 저자의 논쟁들에 관한 자신의 견해를 제공하고 있다). 쇼는 수사학과 정보 진영 간의 차이들을 논의하면서, 주네뜨 법칙, 즉 우리가 다이어그램의 화자로부터 청중으로 옮겨감에 따라 다이어그램의 구성요소들의 실체성이 사라지게 된다는 견해가 특별히 수사학자들과 관련된다는 사실에 주목한다. 정보지향적 이론가들은 텍스트에서 식별할 수 있는 존재로서 저자적 청중을 한정지음으로써 견고한 의미를 부여하고 있다. 한편, 수사학자들은 서술자에 관한 자신들의 이해로 되돌아가서 저자적 청중을 논의함으로써 더 훌륭하게 답변하고 있다. 쇼는, 이 견해의 결과들을, 『허영 시장*Vanity Fair*』에서 새커리Thackeray의 서술자에 관한 독해와 관련지어 논의한 다음에, 자신만의 어떤 역사적 굴절성을 보여주면서 자의식적 서술 전환의 사례를 만들고 있다. 즉 쇼는 자신의 이론적 편애가 서술의 역사에서 특별한 시기 즉 19세기 영국소설의 분석에 관한 관심의 일부임을 보여주고 있다.

앨리슨 케이스Alison Case의 「서술이론의 젠더와 역사—『데이빗 카퍼필드*David Copperfield*』와 『황폐한 집*Bleak House*』의 회상적 거리의 문제」는, 19세기 영국소설에서 형식과 역사 간의 필연적인 연관성을 강조하는 쇼의 견해를 이어간다. 그럼에도 케이스는 페미니즘 서술론의 렌즈를 통하여 보기 때문에 그 영역에 관한 그녀의 견해는 상이하다. 사실상 케이스의 글은 제임스 펠란의 「수사학으로서의 서술Narrative as Rhetoric」에서 '역설적 역언법paralipsis'에 관한 논의에서 놓치고 있던 역사적 차원을 덧붙이고 있다. 펠란은 순진한 인물 서술자의 서술에서 그 서술자가 종국에 가서 드러내는 변화들을 제공하지 않을 때 그러한 기술이 구사된다고 설명한다. 펠란은 또한, 그 기술이 비록 엄격한 재현을 위반하지만, 감성과 무의식의 힘을 극대화하여 인물의 변화를 만들어내도록 하기 때문에 종종 효과적이라고 주장한다. 케이스는 펠란의 진술이 20세기의 사례들에는 유효하지만, 19세기에 이 기술은 종종 '젠더화된 문학적 약호'의 일부일 뿐이라고 주장한다. 구체적으로, 역설적 역언법은 서술에 관한 지배력의 결핍을 드러낸다고 하여, 반드시 '여성'을 의미하는 것은 아니지만 '여성적'이라는 특성으로서 서술자를 표현하고 있다. 케이스는 『황폐한 집』과 『데이빗 카퍼필드』에서 동일한 문제에 관한 디킨스Dickens의 다른 관점의 접근법을 대비시키면서 자신의 주장을 발전시킨다. 그것은 회상적 인물 서술자로 하여금 앞서 나온 그 인물의 순진한 의식을 어떻게 공감적으로 재현하도록 만들어내는가 하는 것이다. 디킨스는, 에스더 서머슨Esther Summerson의 서술 부분에서, 역설적 역언법을 사용하며 또한 에스더가 이야기의 표현력이 미흡하다는 것을 나타내는 다양한 장치들을 사용하고 있다. 반면에 디킨스는, 데이빗의 서술 부분에서 데이빗이 서술표현에 능숙하다는 것을 주목하는 서술자의 관점에서 논평을 사용하고 있다. 게다가, 케이스는 젠더, 기술, 그리고 서술의 능숙함 사이에서 그와 같은 연결고리들을 만들어내면서 디킨스야말로 그가 속했던 세대의 전형이라고 주장하고 있다.

제임스 펠란의 「서술판단과 서술의 수사학적 이론—이언 매큐언Ian McEwan의 『속죄Atonement』」는 형식과 역사에 관한 초점으로부터 형식과 윤리학에 관한 초점으로 옮겨간다. 펠란의 주요 이론적 주장은, 서술 판단의 개념이 서술형식, 서술윤리학, 그리고 서술미학에 관한 수사학 적 이해에 핵심적이라는 것이다. 왜냐하면 서술판단은 각각의 영역이 다른 나머지 영역들로 개방되는 것을 허용하는 일종의 경첩으로서 기 능하기 때문이다. 펠란은 세 가지 종류의 판단들, 해석적 판단, 윤리적 판단, 미학적 판단을 식별해 봄으로써 자신의 주장을 전개하고 그 판 단들의 상호관계와 관련된 여섯 개의 주제를 명확하게 나타내고 있다. 그리고 그는 스토리텔링에 관한 독자의 윤리적 판단의 문제와 인물들 의 윤리적 판단의 문제를 엮는 복합적 소설, 『속죄』의 분석을 통하여 자신의 이론적 주장을 발전시킨다. 『속죄』는 죄와 속죄의 관계문제에 명백하게 관련되어 있다. 먼저 이 작품은 열세 살 브라이어니 탤리스 Briony Tallis가 어떠한 의도 없이 언니의 애인을 성적 가해자로서 오해하 게 되는 것을 보여준다. 두 번째, 이 작품은 브라이어니가 자신의 실수 를 깨닫고 그것을 수습하려는 노력을 보여준다. 그러나 매큐언은 속죄 할 무렵의 브라이어니를 보여준 다음, 저자인 그가 청중의 편에 그러 한 오인을 조장하였다고 누설한다. 즉 우리가 읽은 이 소설은 매큐언 의 것일 뿐만 아니라 브라이어니의 것이기도 한 것이다. 그들의 소설 둘 다의 세계 속에서, 브라이어니의 실수는 실제적인 것이었으나 브라 이어니의 속죄는 순수한 허구였던 것이다. 브라이어니의 언니와 언니 의 연인은 결코 재결합하지 않았으며 그 두 사람은 사실상 그러한 재 결합이 가능할 수 있기조차 전에 죽었다. 이와 같이, 우리는 자신의 과거를 허구로 만들어내도록 한 브라이어니의 윤리학, 그리고 우리가 서술을 오인해서 독해하도록 한 매큐언의 윤리학, 그 두 가지 모두를 명명할 필요가 있다. 펠란은 매큐언이 그러한 오인을 만들어내서 소설의 심미적 · 윤리적 힘을 증진시키는데 성공하였을 때에도 심지어, 매큐언은 우리로 하여금 심미적 · 윤리적인 면에서 브라이어니의 정당성을 불충분한 것으로서 간주하도록 이끌어가고 있다고 주장한다.

　다음 두 편의 글은 생애쓰기를 다루고 있다. 앨리슨 부스Alison Booth의 「러쉬모어 산Mount Rushmore의 변화하는 얼굴들 − 집합적 초상화와 참여된 국가 유산」은, 초상화와 전기의 연관성 그리고 집합적 전기와 정치학의 연관성을 연구하고 있다. 부스의 방법은, 문학적 형상들의 갤러리에, 그리고 '러슈모어 산'과 '위대한 미국인의 명성의 전당'과 같은 미국 역사의 중요한 부분을 기념하도록 디자인된 장소에, 포함되어야 할 초상화 / 전기가 누가 되어야 할 것인가에 관한 결정들에 초점을 맞추고 있다. 각각의 경우에, 부스는 개별적 초상화(그리고 그것의 암시된 전기)를 선택하고, 집합적 초상화('인물연구prosopography'라는 용어를 사용하는)를 전개시키며, 그리고 더 큰 국가적 공동체를 위하여 집합적 초상화가 갖는 의미를 추적하는 가운데서 복합적 상호작용을 고찰하고 있다. 인물연구는, 불가피하게, 누가 포함되었는지 혹은 누가 제외되었는지 그리고 왜 그렇게 되었는지에 관하여, 대표성이라는 정치적 질문을 제기한다. 결과적으로, 부스가 자신의 요약에서 밝힌 대로, 인물연구는 "기념비적인 집합적 재현에 있어서 청중들뿐만 아니라 인물연구의 추천인들"을 개입시키고 있으며, 문화적 유산의 특정한 친족관계를 요구하면서 전기와 역사의 연관을 형성하며 잃어버린 무엇을 만져 볼 수 있다는 잔상을 남기고 있다.

시도니 스미스Sidonie Smith와 줄리아 왓슨Julia Watson은, 「자서전의 곤혹스러움―서술이론가를 위한 조언 노트」에서 생애쓰기에 관한 쟁점을 이어간다. 그러나 그들은 이 작업에서 다양한 종류의 질문들을 의미 있게 제기하고 있다. 그들은 서술이론으로부터 좀 더 관심을 받을 만한 자서전적인 실천에서 네 가지 주요한 곤혹스러운 지점들을 탐구하고 있다. 먼저, 스미스와 왓슨은 자서전적인 속임수(그리고 속임수와 관련한 주장들)에 관한 다양한 동기와 결과를 분석한다. 그럼에도 그들은 그 동기가 무엇이든지 간에 자서전적인 속임수가 독자들에게 어떤 배신의 감정을 일으키도록 한다는 것을 강조하면서 글을 결론짓는다. 두 번째 곤혹스러운 지점 즉 소설과 논픽션의 경계를 조롱하는 포스트콜로니얼적 작품들에 관한 논의는, 다른 사람의 이야기를 말하고 있는 자서전이라는 주장과 누군가의 이야기를 말하고 있는 소설이라는 주장 둘 다를 포괄하고 있다. 이와 같은 실험작업은, 스미스와 왓슨이 주장하기로, "자서전 정전의 복합성, 그리고 자기 재현 및 진실 말하기라는 주요양식들을 다루고 연구하는 자서전 비평가들"에 대해 의문을 제기하도록 한다. 다음으로, 스미스와 왓슨은 인권 침해의 증언을 포함하는 자서전적 서술들에 관심을 가진다. 이 자서전적 서술들은 종종, 집합적인 것을 말하며 청중의 인정을 호소하는 자리에 자서전적 주체를 위치시키고 있다. 게다가, 저자의 경험을 인정하는 것은 또한, 그 인정과 관련한 무엇인가를 수반하기 때문에, 그러한 호소들은 청중에게 특별한 윤리적 부담감을 갖도록 만든다. 마침내, 스미스와 왓슨은 물질성에 관해 논의하면서 최근의 혼합 매체로 된 자서전이 몸과 재현 매체와 자서전적 주체 사이에 놓인 연결고리와 관련한 질문을 제기한다는 것에 주목하고 있다. 이 글은 이 책에 모아놓은 많은 글들처럼, 다소 자의식적인 의견 제시로서 끝맺고 있다. 즉 스미스와 왓슨이 주장한 모두 네 개의 곤혹스러운 지점들은 최근의 서술이론으로부터 어떠한 조명을 받는 동시에 또한 서술이론에 대한 도전을 제공하고 있는 것이다.

제럴드 프린스는 포스트콜로니얼적 생애쓰기에 관한 스미스와 왓슨의 논의에서 하나의 가닥을 집어 올려 「포스트콜로니얼 서술론」이라는 광범위한 자신의 글에 그것을 짜 넣고 있다. 프린스는, 이 혼성물 hybrid에 관한 자신의 버전이 "(후기) 고전적 서술론의 결과들을 채택하고 또 그것들에 의존할 (…중략…) 것이겠지만, (후기) 고전적 서술론을 변화시키면서 서술을 바라보는 일련의 포스트콜로니얼적 렌즈를 착용함으로써, 아마도 (후기) 고전적 서술론을 더욱 풍부하게 만들 것"이라고 설명하고 있다. 프린스는, 놀랄 만큼 많은 서술론적 범주들을 포괄하면서 인상적으로 신속하고 명확하게 이동함으로써, 그리고 그 서술론적 범주들이 새로운 관점에서 어떻게 보여지는지를 제시함으로써, 포스트콜로니얼적 서술론의 개념에 관해 정교하게 작업하고 있다. 몇 개의 사례를 들자면, 누군가는 목소리의 관점에서 포스트콜로니얼 서술론의 '언어적 힘 혹은 공동체적 대표성'에 초점을 둘 수 있을 것이다. 또한 누군가는 서술자의 관점에서, 포스트콜로니얼의 위상과 발화적 상황을 바라 볼 수 있을 것이다. 그리고 누군가는 이 책에서 꽤 주목을 요하는 공간의 관점에서, 경계횡단과 혼재향에 주목하고 있는 수잔 프리드먼Susan Friedman의 글이 다룬 쟁점을 살펴보게 될 것이다. 프린스는 현재의 서술이론과 미래의 서술이론을 위한 중요한 세 가지 기획을 포괄한 좀 더 광범위한 시야 속에서 포스트콜로니얼 서술론을 스케치하는 가운데 자신의 글을 끝맺고 있다. 그 세 가지 기획은 ① 이 글에서처럼 서술에 관한 새로운 사례들을 고려함으로써 현재의 범주들을 지속적으로 재검증하고 수정하는 것, ② 서술론을 위한 경험론적 토대를 만드는 노력의 일환으로서 서술의 다양한 요소들의 역할을 연구하는 것, 그리고 ③ 서술능력의 모델에 관한 계발노력을 부활시키는 것이다. 프린스는 자신의 글의 말미에서 이 책의 1부와 2부의 글들에 동기를 부여하고 있는 관심사의 종류들을 되짚어보면서, 이 책의 에필로그의 글들에서 제기되고 있는 관심사의 종류들의 미래를 가늠해보고 있다.

미래에 대한 이러한 조망은 멜바 커디-킨Melba Cuddy-Keane의 「모더니즘의 소리풍경과 지적인 귀 — 청각적 지각을 통하여 서술에 접근하기」로 이어진다. 이 글은 서술의 미래에 관한 프린스의 첫 번째 프로젝트와 관련한 하나의 모델로서 역할할 수 있을 것이다. 그 이유는 이 글이 서술에서 소리의 재현을 다루기 위한 어휘론과 방법론을 발달시킬 것을 모색하고 있기 때문이다. 동시에, 이 글은 쇼와 케이스의 연구에 반향을 주고 있으며, "모더니티가 '인간의 감각기관'에 있어서 새로운 경험의 계기가 된다"는 역사적 주장을 만들어내면서, "새로운 지각적 앎과 함께 지각, 특히 청각적 지각에 관한 새로운 이해를 자극하고 있다." 커디-킨은 버지니아 울프의 소설에서 소리 지각에 관한 울프의 재현을 분석하면서 이 글의 두 가지 주요 관심사를 동시에 조합하고 있다. 커디-킨은 (표지landmark와 풍경landscape의 패턴을 따른) '소리표지soundmark'와 '소리풍경soundscape'과 같은 용어를 고안하였으며, (시각을 묘사하는 서술론의 용어들, 초점화, 초점화하다, 초점자의 패턴을 본뜬) '청진화', '청진화하다', '청진자'와 같은 용어들을 고안하여 사용하고 있다. 그리고 커디-킨은 「큐 정원Kew Gardens」에서 『세월』에 이르기까지 울프가 사용한 소리풍경의 획기적 영역과 중요성을 보여주고 있다. 커디-킨의 유연한 분석은 우리가 "의미론이 아닌 음향학적 독해에 의하여 (…중략…) 서술감각을 만들어내는 새로운 형식들을 발견할 수 있게 된다"는 것을 보여준다.

쉴로미스 리몬-케넌Shlomith Rimmon-Kenan의 글, 「두 목소리, 또는 — 결국 누구의 삶이고 죽음이고 이야기인가?」는, 일라나 해머맨Ilana Hammerman과 해머맨의 남편, 위르겐 니에라트Jürgen Nieraad가 쓴 질병에 관한 두 가지 층위의 서술, 『암의 표지 아래서 — 귀환이 없는 여행Under the Sign of Cancer : A Journey of No Return』의 윤리학에 관한 깊이 있는 사유를 보여준다. 이 책의 전반부는 급성 골수백혈병 말기의 니에라트의 진술이며 후반부는 니에라트의 죽음 이후 해머맨의 시각에서 니에라트의 질병을 이야기하는 진술로 구성되어 있다. 리몬-케넌은 해머맨의 논법을 "같은 중심을 갖는 관련 범주들"로서 구조화한다. 그 범주들이란 "죽어가는 남편과 그의 아내의 관계, 두 가지 층위를 지닌 서술의 실천, 의료 '조직'에 의한 남편과 아내의 전유됨, 이 서술에 관한 의사들과 다른 독자들의 공표된 반응들, 그리고 이 글에서 입증되고 있는 저자인 나 자신의 사적인 전유"가 될 것이다. 그 결과는 펠란의 연구처럼 서술의 형식과 윤리학의 문제들을 연결하는 하나의 분석을 보여주는 것이 된다. 그럼에도 리몬-케넌은 논픽션적 질병서술과 그 서술에 대한 공표된 반응들 — 뿐만 아니라 서술에 의해 제기된 쟁점들에 관한 그녀의 사적인 관심과 사유─에 초점을 맞추고 있다. 그리고 이것은 리몬-케넌으로 하여금 다양한 일련의 윤리적 질문들로 이끌고 있다. 해머맨의 서술은 니에라트의 경험에 관한 불가피한 전유인 것인가? 혹은 그녀의 서술은 의료 조직에 관한 정당한 진술고발인 것인가? 또한 리몬-케넌 특유의 분석은 또 하나의 전유가 되는 것인가? 리몬-케넌은 지적이면서도 정밀한 이런 질문들을 취하면서 결정적으로 자신의 논문제목에서 취한 질문들에 답변하는 것은 유보하고 있다. 그렇게 함으로써, 리몬-케넌은 서술에 관한 진지한 윤리적 참여로부터 결과할 수 있는 지적인 소용돌이를 보여주는 설득력 있는 사례를 제공하는 셈이다.

앞서 우리가 말했듯이 서술이론은 확장주의적 특질을 지니고 있다. 제4부, '문학적 서술을 넘어서'는 전통적인 문학적 서술을 훌쩍 넘어선 영역들에 기여할 수 있는 서술이론의 탁월한 역할을 사례로 보여주는 일곱 편의 글을 모아놓고 있다. 그러한 영역들에 기여하느냐 혹은 그 영역들을 삼켜버리느냐? 4부에 속한 몇 편의 글에서 제기된 질문들이 보여주듯이, 서술 이론가들 사이에서조차 (누군가는 제국주의적이라고까지 말할 법한) 이러한 잠재적 확장주의가 끼치게 될 영향에 관하여 의혹을 나타내는 경우가 있다.

4부의 영역은 일반적 측면에서의 언어적 분야로부터 비언어적인 분야로 이동하고 있다. 즉 이 영역은 최근 문화에서 인식되지 못해온 서술 메커니즘의 힘에 관해 논의하는 두 편의 글로 시작한다. 먼저, 「법에서의 서술과 법의 서술」에서, 피터 브룩스Peter Brooks는 법적 영역의 '스토리텔링의 역할'에 관하여 숙고한다. 스토리들은 법적 실천에 있어 절대적으로 핵심이 된다. 그러나 브룩스에 따르면, 법은 공개적으로는 그 스토리들이 핵심이 된다는 것을 인정하지 않는다. 대신에, 법은 '서술을 규제하는 법적 노력들'을 통하여 단지 암시적으로 그리고 단지 최소한으로 스토리의 중요성을 인정한다. 그러한 법적 규제는 '말하기의 조건들'을 유지시켜서 "서술들이 말하기의 조건들을 판단하도록 책임진 사람들에 도달되"도록 하며 그리하여 서술은 통제되고 법칙에 지배된 형식을 취하게 된다. 즉 서술 내용은 다른 말로 하자면 억압되는 것이다. 브룩스의 글은 청중들 — 판관과 배심원들 — 에 의해서 스토리들의 수용과 해석을 특별히 다룰 것을 요청하는 '법적 서술론'을 주장하면서 결말을 맺고 있다.

「이차적 자연, 영화적 서술, 역사적 주체 그리고 〈러시안 아크Russian Ark〉」에서, 알란 나델Alan Nadel은, 서술영화narrative cinema에서 인식되지 못해온 관습들의 영향에 관하여 연구한다. 대부분의 관객들은 서술영화를 '자연적인 것'으로 지켜보는 가운데 자신들의 관점을 취하고 있다. 그럼에도 사실상 이와 같은 영화들은 "관객이 현실을 향해 있는 특혜받은 하나의 창문을 얻는다는 환영을 창조함으로써 반직관적인 경험을 자연적인 것으로 만들고 있다." 이러한 자연화naturalization는 관객들이 의미심장한 사회적 · 심리적 결과들을 거느린 망각이라는 배움의 종류에 참여할 것을 요구한다. 나델은 '고전적 할리우드 스타일'의 관습들 — 특히 클로즈업의 활용으로 이 지면에서 사례를 보여주는 — 에 초점을 두고 있다. 그리고 그는 알렉산더 소쿠로프Alexander Sokurov의 2002년 영화, 〈러시안 아크〉에 관한 분석으로써 결론을 맺고 있다. 즉 〈러시안 아크〉가 어떻게 '개입되어 있는 영화적 서술의 문체와 역사를 의문에 붙이는가'를 보여준다.

다음, 세 편의 글은 얼핏 봐서는 법이나 영화에 비해 서술의 관심사로 볼 때 아주 많이 동떨어져 있는 것처럼 여겨지는 영역인 음악을 다루고 있다. 「끝을 이야기하기─죽음과 오페라」에서, 린다 허천Linda Hutcheon과 마이클 허천Michael Hutcheon은, 음악과 스토리에 관한 오페라의 결합을 설명하기 위하여 규범적 서술론적 모델이 의미 있는 변화를 취해야 할 필요가 있음을 주장한다. 저자들은 고통과 죽음을 주제로 한 오페라들에 관한 질문에 주목함으로써 그와 같은 변화의 힘을 보여주고 있다. 그와 같은 작품들이 어떻게 즐거움을 창조하는 것일까? 저자들은, '콘템플라티오 모르티스contemplatio mortis(죽음에 관한 관상觀想)'에 관한 근대 초기의 실천과 무척 유사한 방식으로 전통적 서술이론가들의 연구(특히 프랭크 커모드Frank Kermode의 연구)를 확장시키고 있다. 즉, 오페라가 공유하는 대중적 경험들은 청중에게 '죽음을 연습하게 하고' '죽음의 불안'에 직면하게 한다는 것이다.

「음악과 영화─서술, 영화─서술로서의 음악, 또는─'이것은 주악상, 그 이상의 것이다'」에서, 로얄 브라운Royal S. Brown은 독립적 스토리와 결합된 색다른 종류의 음악, 영화음악을 살펴본다. 영화음악에 관한 전통적 논의들은 이 독립적 스토리의 서술 특성에 특전을 부여해왔다. 그리고 그 논의들은 우리가 스크린에서 보는 서술에 겹쳐서 배가되는 단지 일련의 주제와 동기로서 음악을 축소시키고 있다. 대신에, 브라운은 서양음악이 의존하는 코드 형식의 음악 그 자체 속에서 '준─서술quasi-narrative의 특성'을 살펴본다. 구체적으로, 브라운은 휴고 프리드호퍼Hugo Friedhofer의 〈우리 생애 최고의 해The Best Years of Our Lives〉와 버나드 허먼Bernard Herrmann의 〈북북서로 진로를 돌려라North by Northwest〉를 분석의 대상으로 삼고 있다. 브라운은 그들이 작곡한 타이틀 시퀀스title sequence에서의 시간 관념과 영화음악이 상호작용하는 방식들에 주의를 집중하고 있다. 그의 분석은 콘서트홀에서 익숙한 '엄격한 음악적 코드를 위반함으로써' 영화음악이 어떻게 스크린 액션의 무미건조한 겹쳐짐, '그 너머로 종종 떠오르게 되는지'를 보여준다. 또한 그는 영화음악이 '서술의 본질이 된다는, 바로 그 '스토리'에 관한 메타텍스트meta-text의 종류'를 최상의 상태로 전해주고 있다는 논평을 제공하고 있다.

　음악에 관한 마지막 글, 「고전적 기악 음악과 서술」에서 프레드 에버렛 마우스Fred Everett Maus는, 표면적으로는 서술의 관심사로부터 아주 동떨어진 것처럼 보이는 음악 즉 비프로그램 기악곡을 다루고 있다. 마우스는 매리언 격Marion A. Guck, 수잔 맥클래리Susan McClay, 안토니 뉴컴Anthony O. Newcomb의 작품에 특별한 관심을 기울이면서, 음악학자들이 1970년대에 진지하게 서술이론을 처음 취하기 시작한 이래로 떠올랐던 논쟁들 중의 주요견해들을 지형화하고 있다. 그리고 나서 마우스는 음악과 서술은 느슨한 유추적 관계임을 주장하면서, 음악에 관한 텍스트의 "시학"에 관하여 좀 더 주의 깊게 고려해야 한다고 주장한다(음악에 '관한' 텍스트의 "시학"을, 음악학자들이 논의한 음악에 관한 융통성 없는 재현으로서 단순하게 간주하지 않는다). 그는 이러한 견해에 근거에서 아주 중요한 주장을 피력하는데 그것은 우리가 안정되고 일관된 이상적 대상으로서 음악작품들을 고려할 것이 아니라 '같은 악보로 시작할 때에도 각각의 연주자들이 개성적으로 창조할 수 있는 다양한 극적인 연속'으로서 고려해야 한다는 것이다. 마우스는 베토벤Beethoven의 5번 교향곡의 한 악절에 관한 몇 가지 상이한 연주들을 조심스럽게 분석하면서 이러한 요지를 논증하고 있다.

이 책의 글들 대부분은 특수한 텍스트의 세부들 속에서 개별적으로 취한 주장의 근거들을 고찰하고 있다. 그런데 「"나는 스파르타쿠스다!"」에서, 캐서린 군터 코닷Catherine Gunther Kodat은, 앞서 글들과는 근본적으로 상이한 연구를 보여주고 있다. 즉 코닷은 많은 다양한 서술들에 등장하는 특별한 인물, 스파르타쿠스를 연구하였다. 그녀는 조심스럽게 형상figure이란 용어를 끄집어내는데, 아주 설명할 수 없을 정도로 항거, 투쟁하도록 운명지어진 한 사람의 형상에, 우리가 왜 계속해서 매료되는지에 관한 질문을 취하고 있다. 그리고 이 질문에 답하기 위하여, 코닷은, 번스타인J. M. Bernstein 이후, 직관상eidetic의 변주에 관한 주요한 사례로서 스파르타쿠스 형상의 반복을 설명하는 논의를 취하고 있다. 코닷은 외견상으로는 스파르타쿠스가 "파편화되어 있는 서술들(즉 스파르타쿠스가 공통 줄거리가 되는 조각나고 불완전하며 또한 모순된 노예 폭동의 초기 역사들)을 결합하여 하나의 단일한 형상이 지닌 힘"을 드러내는 것으로 간주된다고 주장한다. 그리고 코닷은 다양한 미디어(특히 하워드 패스트Howard Fast의 소설, 스탠리 큐브릭Stanley Kubrick의 영화, 그리고 아람 하차투리안Aram Khachaturian의 발레)에 등장하는 '스파르타쿠스'의 다양한 버전들에 관하여 탐구하고 있다. 코닷의 탐구는 토대로서의 서술 그리고 서술이 사실상 포함할 수 없는 형상으로서의 스파르타쿠스 사이에 놓여 있는 어떠한 근본적인 긴장감을 드러내고 있다. 마침내 스파르타쿠스는 퀴어적 인물로서 나타나며 그 인물의 스토리는 불가피한 '우리의'

이야기가 될 수도 있을 것이다.

이 책의 마지막 부에서 가장 급진적인 글은 아마 틀림없이 페기 펠란 Peggy Phelan이 쓴 「퍼포먼스 예술사의 파편들—희미하게, 렌즈에 비친 폴록과 나무스」일 것이다. 펠란은 퍼포먼스 예술의 역사에 초점을 두면서 서술을 향한 요청 그리고 (코닷처럼) 서술이 지닌 한계 모두를 자의식적으로 탐구하고 있다. 그녀는 잭슨 폴록Jackson Pollock의 액션 페인팅을 주요한 사례로 논의하는 가운데 하나의 눈부신 역설에 직면한다. 한편으로, 서술은 퍼포먼스 예술의 역사를 창조하기를 원하는 사람들에게는 필수적인 것이다. 다른 한편으로, 폴록의 작품이 비평가들(특히 폴록의 작품들을 찍은 나무스의 사진이라는 매개를 통하여 그의 작품을 논의하는 주요한 비평가들)에 의해 취급되어온 방식에 관한 펠란의 진술에서 보듯이, 서술은 그 자체로서 '주체와 대상의 구별, 행위와 말하기의 구별을 뒤흔드는' 목적을 지니는 퍼포먼스 예술의 바로 그러한 정신에 역행하는 구실을 하고 있다. 이 글은 '퍼포먼스적 글쓰기'로 된 실험들 중의 하나로써 결말을 맺고 있다. 즉 그녀는 폴록의 액션 페인팅에 관하여 "액션이 살아 움직이는 듯한" 산문을 경유하여 숙고하고 있다. 즉 "액션이 말해주는 힘은 현재를 갱생시키는 매 순간의 숨결 속에서 거주하고 있는 것이다."

에필로그는, 제럴드 프린스의 글의 결말처럼, 서술의 최근 발달들을 고려하면서 또한 암시적으로든 혹은 명시적으로든 서술과 서술이론 모두의 미래를 향한 길을 가리키는 두 편의 글을 포함한다. 마리-로르 리안Marie-Laure Ryan의 「서술과 디지털적인 것—매체와 더불어 생각하는 법을 배우기」는, 소프트웨어 시스템의 가능성과 실제 서술의 가능성의 실현 사이의 관계에 초점을 둠으로써 최근 25년에 걸친 디지털 서술digital narrative의 발달을 탐구하였다. 리안은 세 가지 종류의 주요한 디지털 서술에서, 자신이 '행동유도성affordances'이라고 일컫는 숙련된 연구들을 제공하고 있다. 그 세 가지 서술이란 인포콤 소프트웨어Infocom software에 기초한 상호작용적 소설, 스토리공간Storyspace에 토대한 하이퍼텍스트 서술, 그리고 플래시 소프트웨어Flash software에 토대한 혼합매체 서술mixed-media narrative이다. 그러고 나서 리안은 소프트웨어의 잠재력을 활용한다는 취지를 담은 글의 주제구, '매체와 더불어 생각하기'에 관하여 좀 더 큰 이론적 요지들을 전개시키는 작업에 착수하고 있다. 매체와 더불어 생각하기는 "저술 시스템이 제공하는 제반 특질들에 관한 과도한 개발이 아니라 시스템의 행동유도성과 서술 의미의 요청을 절충시키는 기술이다." 이 관점에서 볼 때, 누구라도 인쇄 서술의 준거에 의하여 디지털 서술을 판단해서는 안 될 것인데, 왜냐하면 각 종류의 서술들을 근본으로 삼는 기술들은 매우 상이한 행동유도성을 제공하기 때문이다. 다른 말로 하자면, 디지털 서술이 셰익스피어Shakespeare나 프루스트Proust의 서술과 같은 것이 아니라고 해서 무엇인가가 결핍된 서술로서 인식해서는 안 될 것이다. 그보다, 우리는 "자유롭게 탐구할 만한 서술 아카이브들archives, 말과 이미지의 역동적 상호작용, 그리고 멀티플레이어 온라인 컴퓨터 게임에서 발견할 수 있는 판타지 세계로의 능동적 참여", 이와 같은 것들을 제공하는 가능성의 영역들을 얼마나 잘 활용하느냐에 의해 디지털 서술을 판단해야 할 것이다.

마지막 글, 포터 애보트Poter Abbott의 「모든 서술적 미래들의 미래」

는, 서술의 미래를 위한 서술 형식과 그것의 결과들이 지닌 힘에 관한 고찰로서 현재 '기술적 지원을 받는' 서술 엔터테인먼트에 관한 저자의 분석에 근거를 두고 있다. 애보트는 그와 같은 서술들(륀Ryhn이 분석한 종류들뿐만 아니라 무MOOs와 머드MUDs게임)이, 서술의 영역을 확장시켰으며 상호작용성에 좀 더 주의를 기울여왔다는 사실에 주목하면서 논의를 시작한다. 그럼에도 애보트는 궁극적으로 서술들과 인쇄서술들의 근본적 구조에 있어서, 륀의 분석과는 달리 그것들의 차이보다는 유사성에 좀 더 주목하고 있다. 그러나 애보트는, 디지털적인 우리 세대를 강조하는 전환들이, 우리의 행위와 인지에서 발달하고 있는 전환들 즉 일관된 기본-서술master-narrative로부터 좀 더 파편화되고 열린 결말을 갖는 특수한 서술들을 향해 이동하는 것을 신호하고 있는지 어떤지를 질문함으로써 좀 더 심화된 연구에 착수하고 있다. 즉 애보트는, 2001년 9월 11일의 테러리스트들 그리고 조지 부시George W. Bush와 추종자들 사이의 갈등을 보여주는 기본-서술들에 관한 고찰을 포함하는 최근의 정치적 장면에 주목하여 독해하고 있으며, 이를 통해 저자는 여전히 잔재해 있는 구체제에 관해 한 번 더 생각해보도록 한다. 그럼에도 그의 대답은 다음과 같은 질문을 던져주고 있다. 즉 서술 e-엔터테인먼트의 현재의 발달들과 구체제들 사이의 관계는 무엇인가? 애보트는 서술 e-엔터테인먼트의 발달들 속에서 '이미 주어져 있는 서술의 특성'에 대한 거부감을 표현하며, 아직은 서술로서 형성되지 못한 경험을 뜻하는 '미리 서술할 수 있는 것the prenarratable'에 궁극적으로 아주 큰 관심을 표현한다. 좀 더 일반적으로, 애보트는, '미리 서술할 수 있는 것'과 서술 사이를 오가는 일은 우리가 자신의 삶을 살고 있는 것과 그것을 서술하는 것 사이의 진폭을 오가는 일이며, 우리의 정신건강을 위해 필수적인 것으로서 간주되는 동요의 과정과 유사한 방식으로 일치한다고 주장한다. 결과적으로 엔터테인먼트 기술의 종종 멋진 발달들은, "서술 혹은 그 밖의 것들이 일반적으로 매여 있는 제약들 속에서 여전히 이루어질 것이다. 그리고 그러한 제약들은 시간 그 자체가 하나의 형태를 지니고 그것을 어떤 식으로 읽어내도록 준비하고 있다는 환영을 우리에게 주고 있다."

　서문에서, 우리는 이 책의 집필자들과 함께 명백하게 토대를 잘 갖춘 지식이라는 뚜렷한 암벽 그리고 이론적·해석적 혁신이라는 물결의 소용돌이 그 사이를 항해하였다. 우리는 이 항해를 되돌아보면서 몇 가지 더 큰 결론들에 이르게 된다. ① 최근 서술이론은 번성하고 있는 하나의 기획이다. 그 이유는 정확히, 서술이론은 그것의 혁신을 추구할 때조차도 그것의 역사와 전통을 강하게 의식한 채로 남아있기 때문이다. 한 가지 항해상의 실수가 스킬라 혹은 카리브디스 어느 하나에 너무 가까이 가도록 하는 것이라면, 똑같이 중대한 실수는 스킬라와 카리브디스 둘 다를 망각하고 항해하는 것이다. ② 전통과 혁신 사이에서 항해하는 최상의 방법이란 없는 것이다. 그리고 서술이론의 학자들이 계속해서 그 새로운 항로를 발견하였을 때조차 그들은 그 항로에서 다방면으로 통하는 복합적 경로들을 발달시켜왔기 때문에 서술이론의 분야는 현재 번성하고 있다. ③ 우리의 집필자들이 진행하고 있는 연구들은 서술이론의 분야가 확장, 번성하는 데에 실질적인 역할을 담당할 것이다.

3부
서술형식, 그리고
역사, 정치학, 윤리학과의 관계

18

장르와 반복과 시간적 질서
성서 서술론의 몇 가지 측면들

데이빗 리히터David H. Richter

"성서 서술론"이란 말은 일종의 모순형용이다. 특히, 우리가 이데올로기적 시각에서가 아니라 그것만의 독특한 형식적 특질을 고려한 각도에서 성서의 서술론에 접근할 때 더욱 그러한 것이 된다. 현대의 서술론은, 펠란Phelan과 플루더닉Fludernik의 양식에서 보듯이, 수사학적인 동시에 또한 구조주의적이며, 사무엘기 책에서보다는 『압살롬! 압살롬!Absalom! Absalom!』과 같은 작품의 복잡한 특징들에 유효하도록 창조되었다. 다시 말해, 현대 서술론의 분석은, 씌어진 온전한 전체 즉 서술적 기교를 갖추고 있는 작품들을 위해 고안된 것이다. 그것은, 발굴된 정보들을 통해 생애와 사고방식이 확인 가능한 저자들, 혹은 — 익명의 작품의 경우라면 — 지리적으로나 역사적으로 다소 확신있게 지정 가능한 저자들이 쓴 모든 글들을 대상으로 하지는 않는다. 현대의 서술론은, 이후 편집자들이 부과한 생략, 전치, 그리고 첨가로 인해, 알아볼 수 없을 정도는 아니라 해도, 작품 텍스트들이 왜곡되어 만들어질 수 있다는 것을 추정한다. 그리고 현대의 서술론은, 주어진 서술이 소설로서 독해되도록 의도되었는지 혹은 사실로서 독해되도록 의도되었는지 혹은 두 가지의 복합적 결합으로서 독해되도록 의도되었는지를 독자들의 직관에 의해 쉽게 알 수 있다고 상정한다. 나아가, 서술론은 적어도 대략 즉각적인 방식으로 주어진 서술 텍스트가 자리매김하는 장르 체계를 이해할 수 있다고 상정하고 있다. 뿐만 아니라 우리가 인지 규칙, 의미화 규칙, 구성 규칙, 그리고 일관성 규칙을 사용하여 텍스트의 어떠한 의미를 자유롭게 위치지을 수 있다고 상정하고 있다. 다시 말해, 그것들은, 신앙의 외부체계로부터 유래한 특별한 해석의 규칙들이 아닌 것이며, 라비노비츠Rabinowiz에 의해 확인되고 명확해진, 세속적 이야기들을 해석하기 위한 일반적 규칙들인 것이다. 그 규칙들 중에 그 어떤 것도, 범접하기 어려운 서술의 종류인 성서의 서술에는 들어맞지 않는다. 이 글에서, 나는 장르, 반복, 그리고 시간적 질서라는 서로 연관된 세 가지 쟁점에 초점을 맞추어 논의를 전개해 보고자 한다.

장르

나는 첫 번째 텍스트로서 우리에게 익숙한 요나Jonah의 이야기를 살펴보고자 한다. 요나는 부도덕한 니느웨Nineveh 사람들이 처벌받게 된다는, 그들의 운명을 예언하도록 명해졌었다. 그런데 그는 그곳의 반대

방향으로 배를 타서 자신이 부여받은 미션으로부터 도망치려고 하였다. 신은 폭풍우를 일으켜서 요나가 도망치지 못하도록 하였다. 요나는 폭풍우가 자신의 잘못으로 인한 것임을 시인하면서 물속으로 몸을 던졌으며 그리고는 물고기에게 삼켜지게 되었다. 그런데 삼 일 후에 물고기가 해변가에다 그를 토해낸 것이다. 신은 요나를 다시 한 번 니느웨로 가도록 하였으며 결국 그는 미션을 완수하였다. 니느웨 주민들은 요나의 예언을 믿었으며 그들은 단식하고 기도하며 회개하였던 것이다. 그리하여 신은 그들을 가엽게 여겨 파멸시키지 않았다.

이것은 요나 이야기의 처음부터 사분의 삼 정도까지이며 이 부분이 정통 유대교, 기독교, 그리고 이슬람교로 유입되었다. 그리고 이 이야기는 요나가 자신의 미션을 거부한 일부의 스토리 곧 하나의 거친 조각을 설명하는 지점에서 제각각 다른 방식으로 변형되었다. 요나에 관한 유대교적 독해는 대체로 욤 키푸르의 날Yom Kippur에 읽히는 예언서의 역할과 일치하고 있다. 그것은 종종, 요나의 의문스러운 행위를 무시하고 그 대신에 회개와 단식과 기도로써 신의 처벌을 피한 니느웨 사람들에 집중하고 있다. 그리고 요나에 관한 기독교적 독해는 으레 마태복음과 누가복음에서 예수가 그 자신을 요나와 동일시하는 것으로부터 시작되고 있다. 즉 마태복음 12 : 38~41에서 요나는 깊은 곳으로 가라앉아서는 삼일 후에 떠올라오는데, 이것은 근본적으로 예수의 죽음과 부활을 예언한 것이 된다. 또한 누가복음 11 : 29~32를 보면, 예수는 신의 말씀을 전하여 정신적 변화를 촉구하는 예언자의 표지로서 요나를 독해하고 있다. 이와 같이 해서 요나는 여러 측면에서 끝없이 설명되어왔던 메시아의 원형이 된다. 한편, 코란에서는, 예언자 유누스Yunus는 몇 가지 도덕적 교훈을 가르치고 있다. 즉 요나는 마지막 심판 때까지 고기의 뱃속에 남겨져 있었던 "내버려진 사람들 중의 한 사람"이었다. 다만, 요나가 고백과 기도로써 자신의 오명을 씻으려 하였으며 그것에 알라신이 답하여 요나를 구조해준 사실을 제외한다면 말이다.

　이러한 모든 독해들에서 공통적인 것은 이것들이 요나의 마지막 장을 간과하는 것에는 일치하고 있다는 점이다. 이 장에는 니느웨의 외곽에서 니느웨가 파멸되는 장면을 기다리며 지켜보고 있던 예언자가 그려져 있다. 자신이 차라리 죽기를 바랐던 신의 미션을 수행하느라고 아주 참담한 몰골이 된 그 사나이는 요나였다. 요나는 야훼YHWH를 향해 자신의 요지를 명백히 말한다, 당신께 제가 여기에 오는 것을 왜 거부하였는지를 말씀드리지 않았나요? "다시스Tarshish를 향해 도망치기 전에, 당신께서는 은혜와 동정의 신이시며 분노에는 느리며 온정은 가득하여 결국 악을 회개시킨다는 것을 제가 이미 말씀드리지 않았는가요?" 그러고 나서 니느웨 사람들이 깨우침을 얻게 될 것으로 보였기에 신은 요나를 향해 그로서는 결코 할 수 없는 전능한 일들을 일으킨다. 즉 신은 박넝쿨을 만들어내어 요나가 가혹한 아시리안의 태양을 피할 수 있도록 그늘을 만들어주었다. 그리고는 요나가 그 피난처에 기뻐하자 박넝쿨을 파먹어버리는 벌레들을 만들었으며 이와 함께 뜨겁고 건조한 동풍을 불러내었다. 요나가 또 다시 분노하며 죽기만을 바랐을 때 신은 질문하고 있다, 너는 어찌하여 박넝쿨을 염려할 수 있었느냐, 그것은 너의 노력과 수고도 없이 어떠한 밤에 나타나서 그 밤에 사라졌다, 또한 너는 나의 다른 창조물들, 수천 명의 니느웨 사람들을 어찌하여 염려할 수 없었느냐?

메이어 스턴버그Meir Sternberg는 『성서 서술의 시학*The Poetics of Biblical Narrative*』에서 이 스토리가 정확히 그릇된 결론으로 비약하도록 작용하고 있다고 설득력 있게 주장하고 있다. 마찬가지로 또한 우리도 요나가 신의 미션을 피해 도망치는 이유와 관련하여 1장을 독해하면서 "요나가 심약하여서 최후의 심판의 메시지를 큰 도시로 전할 수 없을 것이다"(Sternberg 1985 : 318)라고 추정할 것이다. 한편, 요나는 폭풍우가 자신의 잘못으로 인한 것임을 뱃사람들에게 시인하는 정직함을 보여주었으며 또한 배에 탄 사람들을 구하기 위해 배 밖으로 몸을 던지는 자기희생적인 자발성을 보여주었다. 그럼에도 이러한 특성들마저도 요나의 됨됨이에 관한 어떤 오해를 키워나가는 것이 되고 있다. 4장의 도입부에서 우리에게 주어진 정보는 "이야기 세계와 세계관에 관한 전체적 모델을 파편화시키고 있다, (…중략…) 그것은 플롯과 플롯의 참여자들이 갑자기 변형되어서가 아니라 그들은 항상 그랬었다는 사실이 갑작스레 비추어지기 때문이다"(Sternberg 1985 : 319). 스턴버그는 일반적인 시각에 볼 때 이 스토리가 "신이 니느웨 사람들을 처벌하는 것"으로부터 "예언자를 교육시키는 것"으로 옮겨가고 있다고 주장하고 있다(p.320).

이처럼, 스턴버그의 독해는 다양한 정통 신앙들이 요구하는 교화적 독해와는 급진적인 대조를 보여주고 있다. 즉 정통 신앙들은 독자들이 요나의 동기들을 발견하도록 하는 반전에 관해서는 어떠한 연관도 피하고 있다. 나로서는 정통 신앙의 독법들이 요나의 책에 관한 대중적인 의미를 애초부터 빼앗아버렸으며 현명한 서술론자들의 수정적 견해들 일체를 훌쩍 넘어서고 있다고 추정하고 있다. 심지어는 스턴버그의 독해 또한 필요 이상으로 교화적이라고 할 수 있을 것이다. 말하자면, 스턴버그는 요나가 자신의 경험에 의해 교육받았다고 단정짓고 있지만 그럼에도 요나가 신의 마지막 질문에는 어떠한 답변도 못하였으므로 독자를 제외한다면 어느 누구도 어떤 것을 배웠다고 하는 텍스트상의 증거는 없는 셈이다. 시각을 뒤집어놓는 것은, 신의 자비와는 대조적인 요나의 나르시스적인 무정함이라고 할 수 있다. 요나는, 유대인들의 신에 대한 불신이나 혹은 동료들의 약탈과 같은, 예언서들에서의 일반 신학적, 도덕적 쟁점들 중에 그 어떤 것도 제기하고 있지 않다. 그리고 요나가 말하는 유일한 예언은 정확하게 다섯 단어의 헤브루어로 되어 있다. 이것이 예언서들 가운데서 요나서를 독특한 것으로 만들고 있다면, 그것은, 2세기 너머 그 이전에 톰 페인Tom Paine이 지적한 것처럼, 요나서가 결코 예언의 책이 아니라 예언에 거의 반하는 책 즉 피를 부르는 예언자들에 관한 풍자이기 때문이라고 할 수 있을 것이다. 헤브루 성서에서 보복을 향한 저주를 보여주는 발람 22절로부터 엘리사의 대담함을 조롱하는 아이들에 대한 그의 소심한 복수를 보여주는 열왕기하 2장에 이르기까지, 예언자들은 아마도 가장 대중적인 풍자의 대상이라고 할 수 있다. 요나의 저자는 구체적인 예언자를 염두에 둘 필요는 없었겠지만 만일 그랬다고 한다면 아마도 요엘이 강력한 후보가 될 것이다. 요엘과 요나는 언어학적으로 연관을 지니고 있으며 두 책 모두에서 승리자에게 좋지 않은 결과가 주어지는 운명이 그려져 있다. 그리고 요나를 특징짓는 야훼YHWH는 요엘에게서 나온 말을 대신하는 단어인 것처럼 여겨지기도 한다.

요나서에서 반예언자적인 풍자가 있다고 한다면 엘리사의 곰들이나 말하는 당나귀로 인해 놀라는 발람 이상으로 유쾌하고 엉뚱한 것도 없을 것이다. 또한 여기에는 터무니없는 분위기를 만드는 데 결정적으로 기여하는 동물들이 나온다. 사람들은 단식하고 삼베옷을 입었으며 니느웨 왕도 몸소 단식하고 삼베옷을 입었다. 그런데 그 후에 왕은 다음과 같은 칙령을 내렸다. 그것은, "남자와 짐승, 무리와 떼까지 모두 함께 단식이 행해져야 하며 어느 누구도 음식을 먹거나 물을 마셔서는 안 된다, 그리고 모두가 삼베옷을 입고서 야훼를 향하여 장엄하게 울어야 한다"(요나 3 : 7~8)는 것이었다. 나는 이것이 한편 터무니없지만 참으로 멋진 순간으로 기억하고 있다. 누구나 황소 무리와 양떼가 애처롭게 울면서 회개하고 있는 것을 손쉽게 상상해볼 수 있을 것이다. 그리고 바로 이 장면은, 요나서의 저자가 마지막 구절에서, 신이 친히 아끼는 창조물로서 "왼손과 오른손을 구별하지 못하는 십이만 명 이상의 사람들 **그리고 또 그만큼이나 많은 소떼**"(4 : 11, 강조는 인용자)를 언급한 그 순간을 암시적으로 나타내고 있다.

요나서에 관한 이러한 독해가 엉뚱하거나 놀라운 것이 아니라면, 이러한 방식으로 스토리를 그려보는 것이 타당하게 여겨진다고 한다면, 우리는 심지어 세속적 학자들 사이에서도 요나서를 풍자적 우화로서 독해하기를 명백하게 꺼리고 있는 현상에 관해 설명할 필요가 있다고 할 것이다. 그리고 이러한 독해는 "예언자에 관한 교훈적 스토리"(Day 1990 : 39) 혹은 "예언자 교육의 스토리"(Sternberg 1995 : 320) 그리고 그 밖에 다른 몇몇 형식들과는 상반되는 것이다. 이를테면, 존 데이John Day 는 "뚜렷한 문학계층이 고대 그리스와는 다른 방식으로 고대 이스라엘에 존재하는 '풍자'를 의식적으로 일컬었는가 혹은 그렇지 않았는가" (p.39) 하고 질문하고 있다. 이 쟁점은 "풍자"를 뜻하는 성서의 헤브루어가 결핍하였다는 사실을 넘어서서 좀 더 근본적인 지점을 들추어내는 것이다. 나는 요나서를 일명 풍자적 우화라고 일컫게 되면서 야기되는 실제적인 문제는 이것을 암묵적으로 소설로서 분류하는 것에 있다고 생각하고 있다. 예수를 위해서 요나의 미션을 성서에서 잘 알려진 허구적 인물의 미션과 견주어 보는 것이 어리석은 일은 결코 아닌데도 불구하고, 복음서의 두 곳에서의 요나에 관한 언급들은 이 문제를 아주 예민한 것으로 만들어버릴 수 있을 것이다. 삼 일의 낮과 밤 동안이나 물고기의 뱃속에 있었으면서 살아남은 사나이, 도보로 횡단하는 것만도 삼 일이 꼬박 걸리는 로스앤젤레스 카운티 면적의 거대한 청동기 도시, 그리고 적절한 때에 맞추어 나쁜 날씨와 박넝쿨과 벌레들과 거대한 물고기를 창조한 신, 나는 이 모든 것들을 특징으로 갖는 이야기가 진짜의 것인지 옹호할 이유가 없어지게 된다는 사실이야말로 실지로 독실한 신자들에게 기쁨을 주는 일이라고 믿고 있다. 그러나 성서의 일부 책을 허구로서 특징짓는 행위는, 요나의 분노와 유사하게, 씌여진 글 그대로의 진실을 믿고 있는 상당수 성서 독자들을 격분시키는 일이 될 수 있다. 그리고 요나서를 파멸을 말하는 무정한 예언자에 관한 특수한 풍자로 보는 것은 곧 닥쳐올 재앙을 예언하는 일이 선한 일일 뿐만 아니라 즐거움일 수도 있는 복음주의자들에게는 아주 마음에 들지 않는 일일 수 있다.

나로서는, 성서의 이야기들이 비허구적인 것임에 틀림없다고 주장하는 것은 아주 지나치게 제약을 두는 일이라고 생각한다. 나는, 여호수아서로부터 열왕기하에 이르는 율법의 "신성한 역사"로서 포괄되어 왔던 성서의 몇몇 이야기들은 어떤 측면에서는 이것이 허구물로서 독해되도록 고안되었다는 발상으로부터 세계가 훨씬 더 많은 것을 얻을 수 있다고 생각하고 있다. 일례로 나는 사사기의 책 끝부분의 기브아의 첩 이야기는 사울 왕에 반대한 풍자시로서 기원하였을 것이라고 주장하여왔다. 그것은 유다의 베들레헴에서 온 신뢰없는 첩이 다윗을 반영할 것이라는 것이다. 즉 다윗은 처음에는 사울 왕에게 충성을 팔았으며 그리고는 다시 사울의 적인 팔레스타인 왕, 가드의 아기스에게도 충성을 팔았던 것이다. 사사기의 책에 쓰여진 다른 스토리들도 이 이야기와 유사한 패턴을 보여주고 있다. 그리고 나는 이스라엘에서 이 천 년 혹은 삼천 년 전에 쓰여진 서술들을 특징짓고 있는 일반 체계들에 관해 우리가 알고 있는 것이 얼마나 빈약한가를 좀 더 일반적인 시각에서 고려해 보아야 한다고 생각한다. 그렇게 해본다면, 우리가 기본적으로 취해야 할 입장은, 그리스인들이 다루었던 방식으로 그 서술들을 그것들의 장르에 적합한 이름을 부여하는 일을 할 수 있든지 없든지 간에, 우리가 풍자시와 풍자 이야기를 포함하고 있는 그 시기의 다른 문화들에서 발견할 수 있는 것과 같은 방식으로 허구적 장르와 사실적 장르가 혼합된 서술들을 지니고 있었을 것이라고 상정하는 일이 마땅하다고 주장하고자 한다.

마찬가지로, 나는, 이천 년 혹은 삼천 년 전에 사용된 독해의 규칙들에 관해서는 아직까지 거의 발견하지 못하였기 때문에, 우리가 오늘날의 관점에서 볼 때 텍스트의 병치들이 의심스러운 독해를 발생하도록 하는 것과 유사하게, 역사적 텍스트들이 지향한 저자적 청중들도 당연히 그렇게 간주되지 않았을까 하는 가능성을 상정할 필요가 있다고 주장하고자 한다.

반복

사무엘기1에서, 이스라엘의 마지막 판관 사무엘은 카리스마 있는 이스라엘 지도자로서 휘둘렀던 권력을 포기하고서 구세 군주의 향방을 위해 신의 말을 교신하는 예언자라는 들러리의 입지에 놓이게 되었다. 이러한 연유로 해서, 사무엘은 첫 번째 왕 사울에 대하여 심한 양가적인 태도를 보여주게 되는데 이것은 그와 사울과의 관계가 혼란스러운 형국으로 치닫도록 만들고 있다. 이와 같은 사무엘의 양가적 태도는 그가 이스라엘에 왕을 추대하도록 하는 일을 거부하였을 때에 직접적인 방식으로 표출되고 있다. 또한 이것은 사무엘이 사울을 이중의 속박 속에 두는 일화들에서도 나타나고 있다. 사울은 사무엘이 신의 이름으로써 명한 것을 한 가지 방식으로 해석하였으며 그가 다른 방식으로는 해석하지 못했던 연유로 인해 비난받게 되었던 것이다. 그럼에도 사울의 입장으로서는 그러한 사실을 이해할 수 없을 수밖에 없었다. 그는 사무엘을 믿고 있었으며 자신의 실수가 지적될 때마다 죄인의 입장에서 항상 감사해하면서 용서를 구하는 것으로 답하고 있다. 사울이 충직하게 사무엘을 믿고 있었던 독자였던 것과 마찬가지로, 우리들 또한 씌어진 텍스트를 액면 그대로 믿고 있는 독자가 되어 있다. 그 같은 독자 편에 선다면, 우리는 통상적으로 보면 군주에 대항하지만 특수하게 보면 사울에 대항하고 있는 사무엘의 원한에 관해 우리가 이미 알고 있는 것들을 무시해버려야 할 것이다. 그럼에도 그렇게 하면 할수록, 이 같은 일화들에 의혹을 가져보는 독해들이 요청된다는 사실을 깨닫게 된다.

다시 말해, 믿는 독자들은, 사울이 한 번도 아니고 두 번이나 야훼의 의지를 수행하는 데에 실패함으로써 이스라엘의 왕이 되기에는 무능력함을 드러내었다고 이해할 것이다. 그러나 사무엘은 한 번은 사울에게 부적절한 지시를 하였으며 그리고 또 한 번은 그에게 너무나 모순된 여러 지시들을 하였다. 의혹을 갖는 독자들이라면, 사무엘은 사울이 무엇을 하든지 간에 그가 잘못된 상황에 놓일 수밖에 없도록 되는, 이럴 수도 저럴 수도 없는 그 같은 상황에 처하도록 하여 그가 왕좌에 오를 수 없게 복수하고 있는 것으로 이해하게 될 것이다. 흥미롭게도, 믿는 독자로서 독해할 것인가 혹은 의심하는 독자로서 독해할 것인가 하는 딜레마는, 사울이 애매모호한 사무엘의 말로부터 그 의도를 추론하지만 이럴 수도 저럴 수도 없는 상황에 놓이게 되는 것을 독자들도 똑같이 경험하도록 하는 문제와 밀접한 연관이 있다.

또한, 사무엘과 사울의 관계를 해석학적으로 가늠하는 독자의 입장에서 보면 그것이 우리가 지지하는 위치에 있는 인물의 입장과는 상충되는 측면이 있음을 지적할 필요가 있다. 다시 말해, 그 이야기에 관하여, 사울이 취한 입장과 연관지어 "믿는" 독해를 채택하는 사람들은, 사울이 잘못된 길로 갔으며 그리하여 왕으로서 폐해져야만 한다는 사무엘의 주장에 동의할 것이다. 반면에, 그 이야기에 관하여 (사울의 왕좌를 곧이곧대로 받아들이기를 거부하는) 사무엘의 특성들에 의혹을 갖는 의심의 해석학을 채택하는 사람들은 사무엘의 음모로 인한 희생자로서 사울을 보게 되는 경향이 있을 것이다.

역사를 성스러운 것으로 믿는 독자들은 믿음의 마음으로 출발하는 성향이 있다면 또 다른 한 편의 순전한 사실들은 자연적으로 의심의 해석학 모드를 조장할 수 있을 것이다. 즉 사울이 두 번 폐위되어져야만 했던 사실은 단지 한 번만 그래야 했었던 경우보다는 설득력이 있어 보이지 못한다. 이것은, 어떤 행동을 취할 때 그러한 일련의 이유들 전체를 열거하면서 제시하는 사람들이 그러한 방식으로 해서 진짜의 것을 감추고 있음을 드러내는 경우와 흡사하다. 특히 사울은 두 번 폐해졌음에도 불구하고 그 후로도, 15장 부분에서 그려지기로, 전투에서 죽을 때까지 오랜 세월 이스라엘을 명백히 계속 통치하였다. 실지로, 사울의 아들, 다윗은 왕위를 계승하였으며 그리하여 사무엘 2와 5에서 사울이 죽은 지 몇 해 만에 다윗은 자신의 왕국으로 돌아왔던 것이다.

더욱 박차를 가해 보자면, 사무엘 1에 관한 의심의 독해는 텍스트가 말하고 있는 것에 관해서뿐만 아니라 그것이 어떻게 구성되었는가에 관해서 어떠한 질문들을 제기하기 시작하고 있다. 그리고 그 질문들에 관해 숙고해본다면 우리는 사무엘 1에서 등장하는 끝없이 중복된 사건들로 인해 상당히 혼란스러워지게 될 것이다. 다시 말해, 두 번에 걸친 사울의 폐위는 단순하지 않은 측면이 있는 것이다. 그것은 사울이 왕으로 되는 것에는 일치하는 세 가지 버전을 뒤따르도록 하였으며, 이스라엘이 왕에 의해 통치되어야 한다는 명령을 거부하고 있는 사무엘에 관한 적어도 두 가지 다른 버전이 뒤따르도록 하였다. 사울의 폐위 버전들에 이어서 그 다음으로는, 다윗이 어떻게 사울의 측근이 되었는지에 관한 두 가지 상이한 이야기가 있다. 각각 다윗의 신부로 되었으나 이후에 다윗과 헤어진 사울의 두 딸, 사울로부터 다윗의 두 차례의 이탈, 요나단과 함께 한 다윗의 두 차례의 형제애 맹세, 가드의 아기스 왕을 향한 다윗의 두 차례의 접근, 다윗을 습격한 사울의 두 차례의 군대 파견 — 다윗은 사울이 아주 무력해졌을 때 그의 목숨을 구해 주었다 — 그리고 사울의 죽음에 관한 두 가지 버전을 포함한 기타 등등. 두 개의 주사위를 던져 나온 같은 수와도 유사한 이와 같은 사건들은 성서의 기타 다른 장에서도 나타나고 있다. 이를테면 창세기가 천지창조와 관련하여 모순된 두 가지 진술로서 시작되는 것을 들 수 있을 것이다. 그러나 성서의 다른 장 그 어디에도 위의 경우처럼 이렇게 많은 사례들이 집합적으로 함께 놓여진 것은 찾아볼 수가 없다.

주사위를 던져서 나온 같은 수와도 같은 사건들 가운데 일부의 사건들은 연속해서 두 차례 아주 쉽게 발생할 수 있었다고 이야기할 수도 있을 것이다. 즉 사울은 화요일에 다윗에게 창을 던질 수 있었으며 또한 다윗을 놓칠 수 있었다. 그리고 사울은 수요일에 그와 똑같은 일을 반복할 수 있었을 수가 있다. 또한 사울은 3월에 다윗이 딸과 결혼할 것을 제안하였으며 4월에는 다윗이 자신의 또 다른 딸과 결혼할 것을 제안하였을 수도 있다. 두 주사위의 같은 수와 유사한 사건들 가운데 또 어떤 것들은 명백하게 대안의 스토리로서 제공되는 것처럼 여겨진다. 즉 우리는 권위 있는 서사, 사무엘기의 서술자에 의해서 사울의 죽음에 관한 한 가지 버전을 들을 수 있다. 이것을 액면 그대로 취한다고 하면 가능한 어떤 목격자도 있을 수 없을 것이다. 한편, 또 다른 버전에서는 아말렉인의 목격담 진술이 있다 — 우리 모두는 아말렉인들이 얼마나 믿을 만한 사람들인지를 알고 있다 — 그들은 사울의 왕관과 팔찌를 바치며 다윗에게 호의를 표하고자 하였다.

같은 수의 두 주사위와 유사한 사례들에서도, 그러한 모순들이 조화롭도록 만들고 있는 어떠한 시도가 있다. 즉 다윗과 사울의 첫 번째 만남에 관한 두 개의 스토리는 1 사무엘 17 : 15에서 조화를 이루고 있다. "그러나 다윗은 사울에게서 떠났다가 돌아와서는 베들레헴에서 아버지의 양을 키우고 있다." 즉 편집적 방식으로 부드럽게 넘어감으로써, 비록 우리가 다윗이 이미 사울의 사적인 종자이자 그의 음악인이자 또한 그의 기사종자였던 것을 알았다 할지라도, 다윗은 베들레헴으로부터 음식 꾸러미를 가지고 새로 온 양치기 소년이 될 수 있었던 것이다. 그러나 같은 수의 두 주사위와 유사한 또 어떤 사건은 보편적 화해의 모드를 거부하고 있는 것으로 생각된다. 한 가지 사례로는, "이 예언자들 중에 사울도 있습니까?"라는 금언처럼 알려진 어구의 원천으로서 제시되는 아주 상이한 두 가지 에피소드를 들 수 있다.

이와 같은 독특한 특성들은 적어도 세 가지 방식으로 풀어볼 수 있을 것이다. 믿음의 독해로 보면, 모든 것이 두 번 일어나는 세계 속에 우리가 존재해 있다는 그와 같은 사실에 충분히 만족할 수 있을 것이다. 그러한 세계 속에서의 우리라면, 반복이나 명백한 모순들로 인해서 의혹을 갖는 일도 없을 것이다. 혹은 우리는 로브-그리예Robbe-Grillet의 누보로망과도 같은 이야기로서 사무엘기1을 간주함으로써 삶의 세계에 나타난 모순들을 수용할 수도 있을 것이다. 로브 그리예의 작품에서 어떤 일은 한 번 발생하지만 일관성 없는 방식으로 다시 아주 여러 차례 서술되고 있다. 이것은 사건들의 세계가 언어에 의해 지형화될 수 있는 방식을 수수께끼적인 것으로 만들어버리는 서술에 해당된다. 혹은 우리는 편집자의 정신 속에서 사무엘기1의 이야기를 바라보는 또 다른 방식을 통해서 그와 같은 모순들을 수용해 볼 수도 있다. 사무엘기1의 편집자는 다수의 중요 사건들의 원천에 관한 대체버전들을 포함하는 자료들을 모두 모았다. 또한 편집자는 두 가지 이야기 중에 어떤 것이 진짜의 것인지의 여부를 결정짓는 일에는 개입하려 하지 않았다. 즉 그는 이야기 둘 다를 포괄할 수 있도록 하는 서술을 만들어냈지만 그럼에도 그는 우리가 그 모순들을 알아차릴 수 있도록 의도했던 것이다. 역사가 투명함을 상실하게 되면서 그리고 다양한 버전의 사건들 사이에서의 모순점들이 이야기 속의 행위주체들보다는 이야기의 편집자에 의존하는 의혹을 갖는 독자들의 관심사에 초점이 맞추어지기 시작하면서, 사무엘기1은 '라쇼몽' 즉 아주 적합하게 명명된 (『압살롬, 압살롬!』) 포크너Faulkner의 역사소설의 전조물로서 바꾸어지기 시작하였다. 토마스 수트펜Thomas Sutpen의 이야기에서의 관심사는, 이 소설의 핵심에 있는 비극적 인물의 행위 혹은 악마적 인물의 행위에서부터, 우리가 제공받게 되는 모순된 버전들을 만들어내는 다양한 서술자들의 동기에 이르기까지, 다양한 스토리텔링들을 보여주며 이야기를 바꾸어내는 과정들을 보여주고 있다.

시간적 질서

다윗의 이야기들에 좀 더 가까이 접근하게 되면서, 두 개 주사위의 같은 수와도 같은, 정교한 이 같은 퍼레이드는 결국에는 의혹을 지닐 만한 독해의 사례들은 결코 아닌 것으로서 결론을 맺게 된다. 사무엘기2에서 그와 같은 몇몇 쟁점들은 다윗의 통치시기로 볼 때 언제 그 일들이 발생했고 그 일들은 누구로 인한 것이었는지 하는 의문과 관련을 지닌다. 그럼에도 나는 연대기상의 변칙들 모두가 의문을 가지도록 하는 것은 아님을 명백히 하고자 한다. 메이어 스턴버그(1990)는 성서에서 시간을 재현하는 기본적 메커니즘을 연구하였는데, 그 연구에 의하면, 다수의 변칙들은 맨 처음 일어난 사건의 기본규칙들에 견주어 볼 때, 그것들만 제외하면 모든 것이 일반적임을 뜻하는 예외들로서 놓여 있다.

　그러나 잇달아 일어나는 것이 불가능한 두 개 주사위의 같은 수가 존재할 수는 있는 것처럼(사울 왕과 다윗의 두 차례 중요한 만남처럼), 사무엘기2의 나머지 부분들과 연대기적으로 볼 때 수수께끼와 같은 관계를 지니는 일화들도 있다. 이 일화들은 우리로 하여금 다윗 왕의 통치를 재구성하여 이해하도록 한다. 사무엘기2의 21에서 기록된 애매모호한 일화를 한번 생각해 보자. 삼 년간의 기아를 겪은 후에, 신께 다윗은 왜 이스라엘이 이러한 벌을 받고 있습니까 하고 질문하였다. 그러자 다윗은 그 벌이, 사울이 유다와 이스라엘을 시기하고 있던 기브온 주민들을 해하고자 하였으며 결국 그들을 살해한 사울의 집에서 행해진 살인죄로 인한 것임을 듣게 된다. 기브온 주민들을 학살한 이와 같은 사울의 일화가 통치시기를 고려할 때, 적합한 자리에서 언급되지 않은 것은 의아한 일이다. 또한 신이 단지 기브온 주민들만을 위해서 이스라엘에 기근을 일으키도록 하였으며 그것도 다윗의 통치 말기 무렵까지 지연시켜 기근이 나타나도록 하였다는 사실도 이상하게 여겨진다. 무엇보다도, 이러한 모든 것들 중에 가장 이상하게 여겨지는 일은 사울을 속죄시키는 일이 전적으로 무고한 그의 후계자들을 처형하는 일을 치렀어야만 했는가 하는 것이다. 즉 다윗 왕은 짧은 협상이 이루어진 다음에 기브온 주민들에게 무고한 일곱 명의 후계자를 건네주는 데에 동의하였다. 그리고 기브온 주민들은 사울의 고향마을 기브아에서 그들을 십자가에 못 박고 그 시체들을 새의 부리에 쪼이도록 하였다. 그들은 바로, 사울의 첩 리스바의 두 아들과 사울의 딸이자 다윗의 아내 미갈의 다섯 아들이었다.

그러나 누군가는 이러한 비정한 복수의 시기에 다윗이 "사울의 아들인 요나단의 아들, 므비보셋을 살려주었다"(21 : 7)는 상이한 근거를 들어 상반되게 주장할 수 있을 것이다. 이러한 주장은 우리가 이 일화를 9장 1절과 연결짓도록 하여 시간 프레임에 관한 한 가지 단서를 제공하도록 한다. 즉 9장 1절에서 다윗은 '내가 요나단을 위해 우정을 보여줄 수 있는, 혹시 남겨져 있는 사람이 사울의 집에 있습니까? 하고 질문하고 있다. 다윗의 질문은 다소 상황에 맞지 않으며 그의 진술이 놓인 그 자리에서 보면 이렇다 할 동기도 없어 보인다. 그럼에도 이 일화는 다윗이 왕가의 재판에서 므비보셋을 위해 너그러운 조항을 만들도록 이끌고 있다. 무엇보다도 다만 이 장면만이 다윗이 사울의 모든 후계자들을 기브온 주민들에게 이미 보낸 상황이었음을 이해하도록 돕는다.

일단 이와 같은 관련을 지어본다면, 우리는 사무엘기2의 말미에 있는 기브온 주민들의 복수가 연대기적으로 볼 때 잘못 놓여져 있음을 알 수 있다. 그 일화는 통일 이스라엘을 다스린 다윗의 통치 말엽에 놓여 있어서는 안 되는 것이다. 즉 우리가 텍스트의 상황으로부터 기대할 수 있는 대로라면, 그것은 다윗의 통치가 시작될 무렵에 놓여 있어야 하는 것이다. 그러나 이와 같이 이해하는 방식은 다른 두 가지 질문들을 제기하도록 한다. 그중 쉬운 질문은 이야기가 서술되는 21장에서 그 일화를 말함으로 해서 얻게 되는 수사학적인 어떠한 목적이 있는가 하는 것이다. 다윗은, 밧세바의 이름없는 아이의 죽음, 장자인 암논의 죽음, 애지중지한 압살롬의 죽음으로 고통을 겪고 슬퍼하였다. 이후에도 다윗은 자신의 아들이 선동한 시민전쟁에서 간신히 살아남았다. 이모든 시련들을 겪은 이후에 공포감을 주는 다윗의 결단들은 시민의 복지를 위해 행해졌으며 이후에 그러한 비정한 행동들은 차츰 누그러지게 되었다. 그 일화가 전후 적절한 때에 맞춰서 이야기되었더라면 다윗의 통치 초기 무렵에 그것을 유발한 다른 어떠한 원인이 있었던 것처럼 해석될 수 있는 것이다. 사무엘기2는 잇단 행운의 일들 즉 상대적으로 결백한 다윗의 손에 왕좌를 남겨주는 일로부터 시작되고 있다. 다윗은 사울과 요나단의 전투에서의 죽음들로 인해 운을 얻게 되었으며 또한 사울의 애브너 장군, 사울의 아들이자 계승자, 이스보셋이 암살됨으로써 행운을 거머쥔 결과를 얻게 되었다. 그럼에도 다윗은 이러한 죽음들과 개인적으로는 아무 관련이 없었던 것이다. 그런데 이 시기로 추정되는 기브온 주민의 일화는 대학살을 일으키며 다윗의 통치가 시작되고 있음을 보여주고 있다. 또한 이 일화는 다윗이 변변치 않아서 해를 끼칠 수 없는 므비보셋을 제외하고는 사울의 모든 남성 후계자들을 제거한 방식을 보여주고 있다.

풀기 어려운 두 번째 질문은 도대체 이 일화가 왜 포함되어 있는가 하는 것이다. 왜냐하면 이 일화는 어느 누구라도 이것이 잘못 놓여져 있다는 사실을 놓칠 만한 것이 아니기 때문이다. 이 일화의 존재는, 이야기가 최종적으로 종결되는 때까지 청중들이 다윗의 특성과 그의 통치를 이해하기 위해서 소급적 방식으로 재구성해내도록 의도한 편집자의 방식과 관련이 깊다. 기브온 주민의 일화로 인해 마음의 충격을 받은 사람들이라면 같은 장(21 : 19) 뒷부분의 충격적인 또 다른 구절로 해서 마찬가지로 어안이 벙벙해질 것이다. 그 장은 다윗의 전사들의 장엄한 행위들에 관한 목록, 그 사이에 끼워져 있다. "곱에서 다시 팔레스타인들과 전쟁이 있었다. 그리고 엘하난은 (…중략…) 베들레헴인들은 가드의 골리앗을 죽였다. 골리앗의 창 자루는 베틀의 채와도 같았다." 즉 이 구절은 텍스트가 명백하게 변조된 사실을 보여주고 있다. 이 구절에 관해서라면, 우리 모두는 사무엘기1의 17에서 어떤 불멸의 순간으로서 새총과 다섯 개의 부드러운 돌을 지닌 소년의 영웅적 행위를 그려보게 될 것이다. 그럼에도 이 구절은, 소년의 그 행동이 다른 어떤 시간대에 일어났을 것임을 뜻하는 것처럼 여겨지며, 또한 그러한 영웅적 행동들이 전적으로 다른 누군가에 의해 성취되었을 것임을 뜻하는 것처럼 여겨진다. 사무엘기1의 17장 끝부분의 요약 구절들은 이스라엘의 괴물 같은 모든 적들이 "다윗과 그의 부하들의 손아귀에서 쓰러졌다는 것"을 우리에게 이야기하고 있다. 그것은, 실제로 전설적 행위를 수행한 사람이 누구이든지 간에, 마치 그러한 위대한 모든 행위들 대부분은 군주에게 속해야만 하는 것처럼 혹은 마치 역사를 초월한 의기양양한 전설들이 있어야만 하는 것처럼 우리에게 이야기해주고 있다. 그러나 그러한 것을 실제 일어난 방식으로 이야기하는 것은 우리가 전설로부터 갖게 되는 희망을 꺾어버릴 수가 있는 것이다. 실지로 열왕기 두 번째 장에서 우리가 보게 되는 다윗의 최후의 모습은 노쇠한 노병의 모습만을 보여주고 있다. 다윗은 침대에서 떨고 있었으며 솔로몬에게 자신의 마지막 지시들을 비통하게 이야기하고 있었다. 그의 지시들에는 야훼의 명령에 순종할 것에 관한 신앙이 깊으며 너그러운 암시도 있었다. 그러나 거기에는 자신이 죽은 이후에 아들이 죽여야 할 사람들의 구체적 명부도 있었다. 그것은 냉담한 작별인사였으며 그의 위선은 역겨움을 줄 뿐만 아니라 〈대부The Godfather〉에서 그 어떤 장면보다 공포감을 주는 것이다.

성서의 서술 대 성서 이야기들

의심하는 독해를 향한 유혹 그리고 그러한 독해로부터 출현할 수 있는 결코 한정지을 수 없는 연관들을 고려한다면, 우리는 두 권의 성스러운 책으로서 사무엘서와 요나서를 채택한 종교들이 그 텍스트들을 왜 연속적인 서술로서 독해하는 방식을 피해왔는지에 관해서 이해할 수 있게 된다. 또한 우리는 성서학자들이 성서연구 혹은 설교를 위해 발췌가 가능할 수 있는 텍스트 덩어리들로서 그 텍스트들을 일컬어왔으며 또한 그들이 왜 그것들을 잠망경식으로 독해해왔는지도 이해할 수 있게 된다. 개별적인 잠망경들은, 예수가 요나의 책에서 발견하였던 것처럼, 비록 전체로서의 서술로는 아니지만 이치에 닿게 도덕적으로 교화시킬 수 있는 것이다. 우리는 성서의 서술들이라기보다는 성서의 이야기들을 알고 있다. 그리고 그것들을 성서의 이야기로서 받아들이는 것이 안전한 방식이 되기도 한다. 다시 말해, 그러한 방식은, 구체적으로, 마지막의 날에 다시 찾아올 혈통을 보유한 고결한 왕의 모델로서 다윗을 생각하고 있는 유대인들에게나 그리고 이미 이 땅에 왔으며 또한 다시 오게 되실 그리스도 왕의 원형들 중의 한 사람으로서 다윗을 생각하는 기독교인들 모두에게 수용적인 것일 수 있기 때문이다. 이와 같이 광범위한 문화적 서술들 속에서, 사무엘의 악덕과 이치를 거스르는 행동들로 인해 비운을 맞게 되는 사울의 비극적 이야기 그리고 신권에 의한 괴물로서 공포감을 주고 있는 다윗의 이야기는 우리가 아주 굉장히 힘들여 하나의 전체로서 독해할 수 있는 이야기가 되어왔다.

19

왜 우리의 용어들이 머물러 있지 않으려 할까?
검토되고 역사화된 서술 커뮤니케이션 다이어그램

해리 쇼Harry E. Shaw

나는, 서술론과 서술시학에서 어떤 선생이나 학생도, 익숙한 것이든 다른 형태의 것이든, 서술 커뮤니케이션 다이어그램을 사용하지 못하지는 않는다는 추측이 위험스럽다고 여긴다. 예컨대, 오래 전에 시모어 채트먼Seymour Chatman(Chatman 1978 : 151)에 의해 제시된 서술 커뮤니케이션 다이어그램은 다음과 같다.

실제 저자 → │ 암시된 저자 → (서술자) → (서술자적 청중) → 암시된 독자 │ → 실제 독자

다이어그램의 버전들은 다르지만, 어떤 형식이든지 간에, 이것은 그 유용성을 입증해왔다. 아마도 바로 그 이유 때문에 그것을 어떤 철저한 검토 아래 두는 것은 적절해 보인다. 나는, 다이어그램의 용어들이

순응력이 있기 때문에, 이 다이어그램이 폭넓게 받아들여지거나 혹은 부분적으로 활용되었다고 믿는다. 서술론과 서술 그 자체에 관하여 꽤 다른 견해를 지닌 비평가들은, 다이어그램의 다양한 용어들에 일부 다른 의미를 부여하는 것만으로도 다이어그램을 활용할 수 있다.

　어떤 사람들은, 서술론에 관한 익숙한 비판을 상기하면서, 비평가들이 너무 추상적이고 꽉 짜인 체계를 우회하는 방식들만을 찾고 있다고 결론지을 것이다. 그럼에도, 이것은 나 혼자만의 견해는 아니며, 나는 그 차이들을 펼쳐내어 결정적 다목적용 다이어그램의 고안 방식을 찾기를 바라는 것도 아니다. 대신에, 나의 희망은 다이어그램에 관한 명시적, 잠재적 의견충돌의 가능조건들을 밝혀내는 것이며, 그렇게 함으로써, 다이어그램의 용어들을 다른 방식으로 상상하는 것에서 무엇이 관건이 되는지를 제시하려고 한다. 그 방법으로서, 나는 두 가지 세부사항을 제안하고자 한다. 첫째는 다이어그램의 사용자가 커뮤니케이션 상황의 두 가지 다른 함축모델을 다이어그램으로 끌어온다는 것이다. 그리고 두 번째는, 다이어그램에서 기술되는 용어들이, 다이어그램의 왼쪽에서 오른쪽으로 이동함에 따라 필연적으로 불명확해진다는 것이다. 좀 더 일반적 수준에서, 나의 주장은, 우리가, 서술론 본연의 범주를 포괄하는 몇 가지 큰 근본문제들에 관해서 우리가 기존 신념들로서 다른 방식은 취하지 않고서 한 가지 방식으로만 다이어그램을 상상하려 한다는 것이며 이것이 내 주장의 핵심이다. 또 다른 나의 주장은, 우리가 규범적인 것으로서 간주하는 픽션의 종류에 의하여 그렇게 한 가지 방식으로만 다이어그램을 상상하려 한다는 것이다. 이것은, 말하자면, 우리가 다이어그램을 사용하는 것이 몇 가지 의미에서 역사적인 것임을 입증하는 것이다. 따라서 나는, 이 모델의 결정적 버전이 아니라, 이 글에서 내가 추천한 이 모델의 버전이, 이 같은 두 가지 이유에 근거해서 내가 선호하는 비평을 반영하고 있음을 인정하면서 이 글의 결론을 맺게 될 것이다.

서술 커뮤니케이션 다이어그램의 개념은, 단순한 근본적 이미지 즉 다른 사람에게 이야기를 말하는 누군가의 이미지를 환기시키고 있다. 그러나 이 이미지는 다양하게 역점을 두는 것이 가능하다. 그리고 나는, 실지로, 그것의 구성요소들을 계발하고 활용한 사람들이, 커뮤니케이션 발생상황에서 무엇이 핵심적인가를 상상하는 상당히 이질적인 두 가지 방식에 의존하는 경향이 있다고 생각한다. 만약 두 사람이 대화하는 것을 지켜본다고 할 때, 그들이 말하고 있는 것, 말하고 있는 사람과 듣고 있는 사람에 관한 것, 그리고 이야기를 말하는 사람이 자신의 경험을 말하는지 혹은 다른 사람의 경험을 말하는지 하는 것, 그리고 후자의 경우라면 이야기하는 사람이 다른 사람의 말과 행동을 그대로 옮기는지 혹은 그것들을 요약하는지 하는 것, 그리고 기타 등등에 집중하는 가운데 어떤 객관적 입장을 취할 수 있을 것이다. 우리는, 바깥에서 보며 서술상황의 흐름과 변수를 측정하는 데에 중점을 두는 것을, "정보"의 측면에 관한 강조라고 일컬을 수 있을 것이다. 여기서 나는 주네뜨Genette를 떠올리는데, 그는 꾸준히, 서술 초점화에 관한 세미나 토론에서, 정보의 이동이나 흐름의 관점에서 이야기하고 있다. 정보의 관점을 특성화하는 외재적 해석은, 즉각적인 지각들로써 더불어 시작되지만 그러나 그것에 한정될 필요는 없는 것이다. 우리는 예를 들어 이야기화자가 텍스트에 나타나는 다른 증거들과 무엇을 상충되게 말하는가를 측정함으로써 그의 신뢰성을 평가하는 시도들 속에서 즉각적인 지각들을 넘어서는 것이다.

그럼에도 스토리텔링 상황의 두 사람의 인물을 다양한 방식으로 다르게 참여해 보는 일 또한 가능하다. 우리가, 외부에서 보여지는 대로 정보의 흐름을 초점화하지 않고서, 우리가 직접 그러한 상황에 참여할 때 모두가 익숙하게 여기는 역할, 즉 어떤 화자가 우리에게 스토리를 말할 때 우리는 이야기하고 있는 그 사람의 머릿속에 있는 어떤 것 그리고 그 사람이 성취하기를 바라는 효과 혹은 목적을 생각하는 일을 취하게 될 것이다. 이야기화자는, 이야기를 듣고 있는 특정한 청자에게 호소하도록 고안된 어떤 이야기의 버전을 만들고 있는 것처럼 보이지 않는가? 이야기화자는, 심지어는, 특정한 종류의 역할을 채택하고 그에 따라 특정한 신념과 가치를 인정하게끔 청자를 교묘히 끌어들이려 시도하고 있지 않는가? 그리고 이야기화자의 의도가 그 자신의 가치들에 관한 무엇을 드러내는가? 이러한 방식으로 서술상황을 연관시킬 때 우리는 정보의 문제로부터 "수사학"의 문제로 이동한 것이다. 두 가지 접근법은 기호의 독해에 근거를 두고 있음에 틀림이 없을 것이다. 그럼에도 후자는 수사학적으로 기호를 독해함으로써 내재적 세계를 재구성하며 실지로 그 세계에서 거주하도록 한다.

나는, 커뮤니케이션 다이어그램의 포함된 용어들이 상당수의 논쟁들을 야기해온 것은, 우리가 그것들을 정보의 측면에서 사유하느냐 혹은 수사학의 측면에서 사유하느냐에 따라 그 특성이 상이하기 때문인 것으로 믿고 있다. 가장 극적인 사례는 암시된 저자의 범주이다. 이 범주는 분명히 수사학 양식에 속하는 것처럼 보이는데 그것은 이 범주가

『소설의 수사학*The Rhetoric of Fiction*』이라는 제목을 붙인 웨인 부스Wayne Booth에 의해 고안되었기 때문만은 아니다. 암시된 저자는 어떠한 서술작품에 영향을 미치는 수사학적 목적의 배후에 있는 정신을 비평적으로 재구축한 것이다. 암시된 저자는, 믿을 만한 의인화된 주체를 만들어냄으로써, "이 작품을 창조한 것으로 믿고 가치부여해야 하는 것은 무엇인가?" 하는 질문에 초점을 맞추도록 한다. 따라서 암시된 저자는 방대하고도 섬세한 많은 기술들을 활용하도록 초대하는데, 이 기술들의 대부분은 정식화되어 있지도 않고 거의 의식되지도 않고 있다. 그럼에도 우리는 일상적인 삶 속에서 다른 사람들의 가치와 의도를 평가하고자 할 때 이 기술들을 이용하게 된다. 암시된 저자는 풍요로운 해석학적 전문지식이 예술작품에 초점화될 수 있도록 하는 특별한 교육학적 미덕을 지닌다. 그러나 이것은 동시에, 그 해석학적인 앎이 과도하게 넘치게 되는 것을 막아(자연적으로 이렇게 되는 것이겠지만), 우리 모두가 알고 있는 주체, 다시 말해 실제로 예술작품을 만든 저자를 검토하도록 만든다. 그런데도 그 초점은 작품 자체에만 머무르도록 하는 특별한 교육학적 미덕을 지니는 것이다. 이러한 명백한 미덕들을 고려한다면, 암시된 저자의 범주가 폭넓은 수용을 얻었다는 것이 놀랍지는 않은 일이다. 그리고 그것은 순전히 불필요한 것이라는, 주네뜨와 다른 사람들의 주장에서 어딘가 삐딱함이 없지 않다고 여기기는 어렵다. 그러나 우리가 수사학의 문제로부터 정보의 문제로 전환해보면, 그 삐딱스러움이 사라지게 되는데, 그 이유는 그 개념이 불필요한 것'이 되기' 때문이다. 정보진영에서 주장하는 대로라면, 우리는 암시된 저자의 말을 읽을 수 없거나 혹은 이야기를 말하고 있는 암시된 저자의 목소리를 결코 들을 수 없다(나는, 수사학의 관점의 연구자로서, 이것이 전적으로 사실인 것은 아니라고 믿고 있다). 가령, 정보비평가는, 서술자의 신뢰성을 평가할 때 우리가 서술에서 듣는 모든 종류의 객관적 단서들에 반응한다고 계속해서 논의할 것이다. 그럼에도, 이러한 단서들과 이 단서들 속에서 우리가 발견하는 모순들에 대해서 의인화된 원천을 창조할 필요는 없는 것이다. 단서들이 진행시키는 특별한 주체를 조합해내지 않고서도, 우리는 단순하게 그것들에 주목하고 또한 그것들을 평가할 수 있다. 우리는, 누군가가 그 이야기를 썼다는 것을 알고 있으며 우리가 서술자가 이야기를 말하는 것을 듣고 있다는 사실을 알고 있다. 만약 여러분이 정보 진영에 속한다면, 이것이, 우리가 알고 있는 모든 것이며 그리고 우리가 알아야만 하는 모든 것이 된다. 이와 같이, 우리가 잠시, 서술 커뮤니케이션 다이어그램의 왼편에 해당하는 용어들만을 생각한다면, 우리는, 암시된 저자가 다른 것들과는 상이한 종류임을 알게 된다. 실제저자와 서술자는 다이어그램에 관한 정보진영의 견해와 수사학진영의 견해 둘 다와 조화를 이루지만 암시된 저자는 단지 수사학적 견해에만 들어맞는 것이다.

　나는 지금, 좀 더 체계적인 방식으로 다이어그램 전체에 영향을 주는 당혹스러운 세력, 내가 "주네뜨의 법칙"이라고 일컬어 기술한 세력으로 이동한 것이다(내가 이것을 "법칙"이라고 부른 것은, 여기서 쟁점 중인 것이 다이어그램으로 끌어오는 전제들에 의존하는 것이 아니라 다이어그램 그 자체의 고유자질에 의존한다는 사실을 강조하려는 것이다). 주네뜨는 "서술 커뮤니케이션의 **방향성**vectorality으로서 일컫는 것을 직접 확인하였다. 즉 "어떤 서술의 저자는 모든 다른 저자들과 마찬가지로 저자가 말을 걸고 있는 그 순간에는 아직 존재하지 않는 독자에게 이야기한다 …… 암시된 독자는 실제저자의 머릿속에서 '**가능할 수 있는**' 독자라는 관념이다"(Genette 1988 : 149). 이처럼 외견상 악의가 없고 또한 상식적 진술에서 나온 함의들은 중요하다. 이 진술은 커뮤니케이션 다이어그램의 대칭성을 파괴하는 경향이 있는데, 다이어그램 오른편의 "청중" 용어를 왼편의 "서술자" 용어보다 덜 실체적인 것으로 만들고 있다. 정보진영에서 만들어진 주네뜨 고유의 공식이, 어떤 서술주체의 "머릿속에 있는" 무엇에 관한 문제를 끄집어냄으로써, 내가 수사학진영으로서 일컬어 온 것들의 전형적 특징을 상기시킨다는 것은 놀라운 일이다 ─ '머릿속으로 들어간다는 것'은, 확실히 색다른 것인데, 그것은 어떤 불가피한 궁색함으로서 간주되며 유용하지도 않은 해석적 절차를 조명하는 것이 된다. 보편적 시각의 세력이 개별적 용어와 화법의 힘을 번복한다는 것은 바로 이러한 것일 것이다.

주네뜨의 법칙은, 서술 커뮤니케이션 다이어그램의 항목들이 우리가 왼편에서 오른편으로 이동해 감에 따라 좀 더 산만해질 것임을 암시한다. 우리는 이러한 통찰에 대하여 어떻게 반응해야 할 것인가? 정보의 관점에서 이 용어들을 규정한다면, "서술자적 청중"와 "암시된 독자"라는 용어에 대한 고도의 견고함과 구체성을 얻는 것이 가능하다고, 그러나 나는 주네뜨 법칙의 효과라는 것은 수사학의 시각을 벗어날 수가 없다고 믿고 있다. 먼저 정보관점에 주의를 기울이면서 "서술자적 청중"과 "암시된 독자"의 용어범주를 매우 좁힘으로써 둘 다를 안정된 것으로 만드는 것은 가능하다. 이런 방법으로 좁혀질 때, "암시된 독자"라는 용어는, 암시된 저자를 특징짓는 의식적 설득의 영역보다 앞서 존재하면서 또한 그것을 뒷받침하는, 문화 속에 깊이 파묻혀 있던 문제들을 명시하는 어떤 방법이 되는 것이다. 내가 생각하기에, 암시된 독자는 많은 분석자들에게 이러한 방식으로 이미 존재한다. 그 이야기는 어떠한 수준의 언어능력을 가정하는 것처럼 보이는가? 어떠한 수준의 문화적 지식을? 어떠한 일련의 공유가치들을? 암시된 독자에 관한 이야기는 이러한 구상들 속에서 경험적 요소를 많이 포함할 것이다. 따라서 강의실에서 암시된 독자를 규정하는 시도는, 오래된 과거의 텍스트의 암시된 독자가 현대판본의 주석을 통해 현대의 학생들에게 제공된 지식들을 이미 알고 있는 것으로 암시하면서 시작하는 것은 당연한 것이다.

객관적으로 관찰할 수 있는 정보의 영역에 서술자적 청중을 한정하는 효과는 아주 극적일 것이다. 그와 같은 구상하에서는, 서술자적 청중은 명백히 서술자의 말을 듣고 있는, 각별히 묘사된 이야기의 수신자가 될 필요가 있다. 서술자적 청중은 서술자가 스토리를 이야기할 때에 머릿속에 두는 단순히 그러한 형상이 아니다. 즉, 두 가지 종류의 서술자적 청중이 나타날 것이다. 하나는, 한 인물이 서술자로 행하면서, 다른 인물에게 말을 하는, 그에 따라 후자가 서술자적 청중이 되는 액자형 이야기에서 나타날 것이다. 다른 하나는, 『트리스트럼 샌디*Tristram Shandy*』의 서술자가, "마담, 당신이 마지막 장을 읽는 데에, 어떻게 그렇게 부주의할 수 있습니까"라고 외치면서 서술자적 청중을 일깨울 때처럼(20장), 서술자가 갑자기 특별한 누군가에게 말을 걸 때 나타날 것이다. 이런 종류의 서술자적 청중은 종종, 실제 청중이 피해야만 하는 특성들을 사례로 보여주도록 선택된 "희생양" 격의 서술자적 청중이다.

만약 우리가 수사학의 관점에 주의를 기울인다면 정황이 달라진다. 즉 우리는 서술자적 청중과 암시된 독자의 의미를 제한하는 것에 의해서 그것들을 안정된 것 혹은 고정된 것으로 만들 수 없음을 알게 될 것이다. 적어도 나는 그렇게 하는 방법을 찾을 수가 없었다. 언뜻 보면 이러한 사실은 당혹스러운 것이다. 처음에는 충격이 있지만 그럼에도 이것은 문제가 될 것이 아니고 실제로 놀라울 것이 없다는 사실이 드러난다. 이것은, 수사학의 관점에서, 어쨌든 우리가 관심을 가지는 암시된 저자의 마음, 또는 내가 어느 순간에 충분히 논의하겠지만, 서술자의 마음에서 발생하는 것이기 때문이다. 확실히, 하나의 이야기가 일제히 다른 청중들에게 이야기될 가능성을 염두에 둔다는 것, 그리고 암시된 저자에 의해서 인도되는 서술자가 어떤 종류의 청중들을 '통하여' 다른 종류의 청중들에게 이야기할 가능성을 염두에 두는 것은 중요하다. 그러나 생생한 구별을 마음속에 유지하기 위한 최상의 방식이, 청중을 집합적 범주들로 구체화하는 것인지 어떤지는 아주 의아하게 여겨진다.

나는, 결국에는, 어떤 주어진 대목을 기술하거나, 서사적 상황의 전형적 사례로써 좀 더 일반적 설명을 하기 위해 쓰인 문장들이라면, 어떤 경우이든, 다이어그램 왼편의 주체들이 청중에 관해 염두에 두는 것들을 포괄할 것이라고 생각한다. 이렇다고 할 때, 단순하게, 청중을 상상하고 또한 그들을 움직이는 주체들과 그들의 수사학적인 시도들에 초점을 되돌리는 것이 왜 안 되겠는가? 그리고 만약 그럴 수 있다면, '이' 목적을 위해서 다양한 종류의 서술자적 청중 그리고 또 다른 청중주체들을 열거해보는 일은 중요한 발견적 가치를 지닐 수 있을 것이다. 예를 들어, 로빈 위홀Robyn Warhol은 서술자, 서술자적 청중, 그리고 독자 사이에 가능한 다양한 관계들의 윤곽을 그려 보임으로써 "참여적인" 서술자라는 말이 무엇을 의미하는지 명확하게 하고자 하였다(Warhol 1989 : 25~30). 그러나 나는 서술자적 청중의 개념이, 그것이 가능하게 하는 통찰이 서술자의 목적에 관한 통찰들에 겹쳐질 수 있도록 하는 바로 그때, 가장 풍부하게 기능할 수 있다고 주장하고자 한다. 위홀의 공헌 (나는 이것이 매우 의미 있는 것으로 생각한다)은, 결국, 참여된 서술자적 청중이 아닌, 참여하고 있는 서술자의 형상을 우리의 서술론 논의에 더해준 데 있다.

위홀이 제시한 사례를 빌려와서, 여기서 내가 염두에 두고 있는 것을 좀 더 견고하게 해보자(1989 : 34). 스토Stowe의 서술자는 『톰 아저씨의 오두막집Uncle Tom's Cabin』에서 "미국의 어머니들"에게 이야기할 때, 그들 스스로를 노예 어머니들의 자리에 놓을 것을 권고하는데, 그녀가 실제로 염두에 두고 있는 청중은 미국의 어머니들을 포괄하고 있다. 그러나 그들을 넘어서 확장되는데, 즉 그녀는, 자신이 지목하는 명시적 서술자적 청중을 '**통과하여**' 가능한 모든 독자들에게 이야기하고 있는 것이다. 즉, 그 청중은 모두 자신이 어머니라고 상상하는 것에 의해, 그들이 여성이 아니고 어머니가 아니고 혹은 심지어 미국인이 아닐지라도(사람들은 『톰 아저씨의 오두막집』이 영국의 남성 노동자들에게 미친 심오한 영향을 생각할 것이다), 모두가 그들 자신을 어머니라고 상상하도록 함으로써 노예제도에 관한 자신들의 감정에 초점을 맞출 것을 요청하고 있다. 여기서 한 부류의 청중 그 이상이 문제가 되고 있음을 깨닫는 것은 중요하다. 그것은 정보의 관점에서 (집합적) 서술자적 청중으로서의 "미국의 어머니들"을 기술하도록 하는 그 같은 목적에 일조하고 있다. 많은 것이 꽤 명확해진다. 그러나 다이어그램의 오른편에 놓인 용어들은 스토가 실제로 이야기하기를 원하는, 어머니가 아니고 미국인도 아닌 청중의 부류를 기술하는 데에 얼마나 많은 도움을 줄 수 있는가? 그들은 두 번째 서술자적 청중 그룹을 구성하는가? 이러한 가능성을 밀고 나가려면, 우리는 첫 번째 서술자적 청중과는 다른 두 번째 서술자적 청중 그룹의 차별성을 명시해야 할 것이다. 그렇게 할 때, 우리는 곧 암시된 저자의 마음속에 들어있는 우리자신을 발견하게 될 것이다. 서술자적 청중이라는 용어로서 얼마나 많은 다양한 그룹들을 명시하기를 바랄 수 있겠는가? 아마도, 그것보다는, "암시된 독자"라는 용어를 사용하여 그것들을 기술해야 할 것이다. 그러나 우리가 그렇게 한다면 그 용어는 쪼개지기 시작할 것이다. 그것은, 사실상 스토의 암시된 저자의 마음속에 들어있는 것은 어떤 다양한 청중들의 집합이기 때문이다. 어떤 청중들을 위해서, 스토의 암시된 저자는, 이미 어떤 견해를 갖고 있는 사람들에게 그 견해를 설파하는 말을 하며 그리하여 더욱 공고한 결속력을 고취할 필요가 있다. 또 어떤 청중들을 위해서, 스토의 암시된 저자의 과제는 달라지는데 그것은 그들을 설득해내는 일이 필요한 것이다. 이와 같은 가능성들을 논의하려면, 우리는 암시된 저자의 마음속에 들어있는 우리자신들을 다시 발견하게 되는 것이다. 아마도 그곳이 우리가 머물러야만 하는 영역인 것이다.

수사학적 관점에서 보면, 우리가 정보적 관점에서 할 수 있는 것처럼, 그 범주를 한정하는 것에 의해서, 서술자적 청중과 암시된 독자의 견고함을 증대시키는 방법은 없는 것처럼 보인다. 좀 더 확실한 견고함과 명료함을 얻는 유일한 방법은 주네뜨 법칙의 확산효과에 의해 영향을 받지 않는 다이어그램의 왼편에 있는 형상들에 주의를 기울이는 것이다. 일반적으로, 우리가 이러한 방법으로 연구하고 있다면, 우리는, 암시된 저자의 마음속에 있는 우리자신들에 관심을 갖게 될 것이다. 머릿속에 그려지는 청중들을 함축하고 있는 어떤 주어진 대목이나 장면의 수사학적 목적에 관해 논의하는 대부분의 시도들은, 암시된 저자가 염두에 두고 있는 것을 고려하는 것에 의해서 다루어질 수 있다. 즉 실제로, 암시된 저자의 범주 그 자체는, 어떤 주어진 작품의 전반적인 수사학적 의도의 결과를 기술하기 위한 방법으로 고안되었다. 그러나 이야기의 형체가 충분히 발달해서, 우리의 관심을, 서술자 자신의 수사학적 목적들로 옮겨가는 것이 필연적인 소설들이 있다. 나는 어떤 지면에서 조지 엘리엇George Eliot의 소설들에서 그와 같은 상황이 존재한다고 주장했었다. 엘리엇은 때때로, 자신의 독자들이 그들의 일상적인 삶 속에서 아주 구속되는 것과 똑같은 방식으로, 역사에 의해 구속된 것처럼 보이는 상황 속에, 자의식적으로 놓여있는 서술자를 창조하고 있다(Shaw 1999 : 236~255). 엘리엇은 부분적으로는 그러한 구속들로부터 벗어나는 면제된 이의 언어로는 간단히 해낼 수 없는 방식으로, 역사적인 실제세계의 독자들에게 영향을 미치기를 원하였다. 우리는 "거기에 있었던" 사람들을 믿는 경향이 있다. 그들은, 거기에 없었던 사람들보다 삶의 어려움들이 어떤 것인지를 내부로부터 알고 있기 때문이다. 엘리엇에게 있어서 그와 같은 어려움들은 역사 속에서의 인간을 포함하는 것이다.

조지 엘리엇의 역사화된 서술자는, 역사 속에서의 명확하고도 한정된 입장을 받아들인 결과로서, 서술자가 윤리적 권한을 휘두를 수 있는 입장을 가정하고 있다. 우리는 새커리Thackeray의 소설들에서도 유사한 상황을 발견할 수 있다. 물론 새커리의 서술자는 엘리엇의 충만하게 가정된 역사성과는 꽤 다른 역사성에 의해 에워싸여 있다. 대신에, 어떤 세계 속에서 모든 인간이 직면하는 윤리적 상황에 관한 이해가 있다. 그 세계는, 마땅히 도시적 현대성의 세계로서 확인할 수 있지만, 내가 생각하기에, 새커리는 『허영 시장Vanity Fair』의 세계에서, 좀 더 무시간적인 관점에서 제시하고 있다. 새커리의 서술은 어조의 전환에서 너무 다면적이고 복합적이어서, 어떤 유형의 서술주체가 우리에게 이야기하고 있는가 하는 것에 관한 이해방식들 또한 아주 크게 상이해진다. 즉 우리가 단락들, 그리고 심지어는 개별 문장들을 어떻게 해석하는가에 따라 아주 많이 달라지는 것이다. 나의 견해는, 우리가 만약, 암시된 저자만이 아니라 서술자가 "염두에 두고 있는" 것에 계속해서 주의를 기울이지 않는다면, 새커리가 성취한 것들을 놓칠 수 있다는 것이다. 새커리의 서술자는, 때때로 고귀함과 친절함으로 특징지어지는 세계, 그러나 좀 더 빈번하게는, 잔인함과 어리석음과 맹목성과 자기몰두 그리고 (서술자가 이 모든 것들에 반응하는 일이 부적절하다고 여기는 것을 고려한다면, 터무니없는) 윤리적 자부심에 의해 특징지어지는 세계에 대해 적절한 반응을 쌓아나가고자 애쓰는 자신을 발견하게 되는 인물이다. 서술자는, 때때로 자기모순적이고 또는 기껏해야 다만 부분적으로 성공적인 복합적 시도를 행한다. 그리고 때때로 내부에서 이 모든 것을 취하며 내부에서 이 모든 것에 적절하게 반응하고 있다. 그렇게 함으로써 우리들을 자극하여 세계 속에서 우리가 존재하는 지점을 정확히 보도록 만든다.

이렇게 하려고 하는 사람이, 윤리적 상황 너머의 어딘가에 위치한, 실체가 없는 암시된 저자가 아니라 서술자라는 사실은 아주 중요하다. 서술자의 어려움들 그리고 그의 권위는, 정확히, 그가 기술하고 있는 인물들과 같은, 곤경 속에 놓여있는 스스로를 발견한다는 사실에서 발생하는 것이다. 확실히, 서술자는 『허영 시장』의 세계가 어떻게 하면 인물들이 행하는 것보다 더 나아 보이도록 역할할 수 있는지를 이해하는 것처럼 보인다. 그리고 서술자는 아마도, 그들 중 최상의 인물만큼 훌륭하지도 않고 혹은 최악의 인물만큼 나쁘지도 않을 것이다. 그러나 그의 욕망과 동기와 행위 속에서, 서술자는 다만 "피조물"일 뿐이며 그래서 인물들 모두가 그러하듯이 똑같이 한정되어 있다. 그리고 이것을 인정하려고 하기만 한다면, 독자인 우리들도 그 서술자와 마찬가지인 것이다. 『허영 시장』의 다음 대목을 생각해보자.

우리는, 세계가 요청하는 부드러움과 섬세함을 지니고서, 레베카 크롤리Rebecca Crawley 부인의 일생의 어떤 부분을 불문에 부쳐야 한다. 악덕에 대해서 어떤 특별한 이의도 없고 악덕이 적절한 이름으로 불리는 것을 듣는 것에서 견디기 힘든 혐오만을 지닌 그러한 도덕적 세계 말이다. 마치 조로아스터교인들이 악마를 숭배하지만 그에 관해서 언급하는 않는 것과 마찬가지로, 『허영 시장』 속에는 우리가 결코 그것들에 관해 발설하지는 않지만 그럼에도 우리가 잘 알고 있으며 행하고 있는 것들이 존재한다. 그리고 실제 고상한 영국여성이나 미국여성이 자신들의 순수한 귀에 승마용 반바지breeches라는 말이 들려도 지나쳐주는 것처럼, 공손한 대중들은 악덕에 관한 정확한 묘사를 읽어내는 것을 견딜 것이다. 그럼에도, 마담, 두 사람이 그다지 큰 충격을 주지는 않으면서 우리 면전에서 매일같이 세상을 거닐고 있습니다. 그들이 지나갈 때마다 당신의 얼굴이 붉어진다면 당신의 안색은 도대체 어떻게 되겠습니까! 당신의 무던함이 놀라움이나 분노감을 드러내어야 할 때는 다만 외설적인 그들의 이름이 크게 외쳐질 때뿐이겠지요. 그리고 그것이 이 이야기를 통해 줄곧 품어온 저자의 바람이었겠지요. 즉 지금 만연하고 있는 유행에 각별히 따르면서, 그리고 가볍고 너그럽고 쾌활한 태도로 사악한 존재를 단지 암시만 하는 것이지요. 그러한 필자의 바람이 지속되는 것은 어떤 누구의 좋은 감정도 침해하지 않도록 하기 위한 것이에요. 나는, 확실히 어떤 악덕들을 지닌 우리의 베키Becky가, 아주 고상하고도 공격적이지 않은 태도로 대중에게 제시된 것은 아니다라는 누군가의 말을 거부하고 있다. 노래하면서 미소짓고, 어르면서 속이고 있는 이러한 사이렌을 묘사하면서 저자는 적절한 자부심을 지니고서 줄곧 독자들에게 묻고 있다, 한 번이라도 독자들에게 공손함의 법칙들을 잊었던 적이 있는가? 그리고 한 번이라도 수면 위로 괴물의 흉측한 꼬리를 보여주었던가? 그렇지 않다! 즐기려는 사람들은 꽤 투명한 물결 저 아래를 훔쳐볼 것이다. 그리고는 몸부림치며 빙빙 도는 것을, 악마처럼 흉측하고 끈적거리고 퍼덕이는 것을, 혹은 그것이 시체들 주위를 맴돌고 있는 것을 보게 될 것이다. 그러나 나는 수면 위에서 묻고 있다, 모든 것이 적절하고 유쾌하며 점잖지 않았던가? 또한 『허영 시장』에서 저런 하고 탄식할 만큼 극도로 메스꺼운 부도덕가가 있었던가? 그럼에도 사이렌이 죽은 남자들 사이 저 아래로 잠겨들며 사라질 때, 그 물은 물론, 그녀 위에서 점점 흐려지며, 그것을 아주 호기심 있게 들여다보는 일은 놓쳐버리게 된다. 바위 위에 앉아 하프를 타며 머리칼을 빗어 내리고 노래할 때 그리고 당신에게 오라고 손짓하며 거울을 들고 있을 때 인어들은 아주 아름다워 보인다. 그러나 인어들이 생래적 터전 속으로 잠겨 들어감에 따라 그것들은 사악한 것이 되는 것이다. 그리고 우리는 인어들이, 비참한 절여진 희생자들을 두고 흥청거리며 잔치를 벌이는 사악한 바다식인종들임을 잘 살펴보지 못하는 것이다. 그래서 베키가 나타나지 않을 때는, 그녀가 특별히 잘 다루어진 것도 아니며 그리고 그녀의 행동들에 관해서 덜 말하는 것이 사실상 더 낫다는 것을 명심하라. (Thackeray [1948]1994 : 637~638)

이 대목에서 서술자의 머릿속에 있는 것은, 단순히, 로던Rawdon이 로드 스테인Lord Steyne과 함께 있는 베키를 발견한 뒤에, 그녀의 아래쪽 소용돌이치는 곳을 단지 가리키려는 바람을 내포할 뿐 아니라, 그리고 더 핵심적으로는, 독자가 그 소용돌이치는 아래쪽을 너무 능숙하게 상상하지 않을 것임을 확실히 하고자 하는 바람 또한 내포하는 것처럼 보인다. 이 대목은, 베키가 하고 있으며 또한 그렇게 되어가는 것을 비난하고 있다. 그러나 그것은 또한, 완전히 재현되기를 원하지는 않는 광경들에서 외설적 갈망을 즐겨 채워대는 사람들, 더욱이 병적인 어스름 속에서 그 광경들을 즐기려는 사람들을 향한 분노와 경멸을 가리키고 있다. 서술자가 "즐기려는 사람들은 물결 저 아래를 **훔쳐볼** 것이다"라고 말할 때 그는 독자들의 관음증 성향을 포착하고 있다. 그가 물결이 "꽤 투명하다"고 덧붙일 때, 그는 무엇보다도 그러한 성향에서 자신이 한 일에 관한 어떠한 복합성을 받아들이고 있다. 외설적인 과장의 요소가, 우리의 상상들 속에 존재하는 경향이 있다. 그리고 여성의 아랫도리에 대한 순전히 불합리한 남성의 두려움은, 하프를 "타는" 인어들과 "사악한 바다" 식인종들과 "절여진(?)" 희생자들의 이야기와 함께 "사이렌"의 이야기를 전해준 패러디에 의해서 강조된다. 베키는 죄가 있다. 그러나 베키의 죄를 상상하는 우리의 방식이, 우리들, 즉 서술자를 포함한 모두를 또한 떳떳하지 못하게 만든다. 이것이, 베키가 왜 우리를 분노하게 하는가에 관한 한 가지 이유이며, 그렇다고 이것이 베키가 행하는 특정한 양상들이 우리를 분노하도록 해서는 안 된다고 말하는 것은 아니다.

"사이렌" 대목에서 충만한 복합적 어조를 이해하려면, 논하건대, 그것을, 인간들의 광경들을 접하고는 분노, 슬픔, 연민, 그리고 불신으로 가득 차 있는 의인화된 서술주체의 마음의 탓으로 돌리는 것이 유용하다. 특히, 의기양양한 도덕주의가 그 복합성과 인간적 약점에 연루되는 것으로부터 그들 자신을 면제하도록 하는 광경들에서 그러하다. 만약 우리가 『허영 시장』의 독자로서 행하고 있는 이러한 종류의 마음을 상상하는 과정에 참여해왔다면, 우리는, 서술자가 삶의 복합성들을 잡아채려는 시도를 끝없이 추구해감에 따라, 그러한 역할들이 진전되고 누적되어 가리라고 기대할 것이다. 이 기대의 결과로 인해, "사이렌" 대목에 이어지는 두 번째 단락에서 서술자가 우리들에게 상당히 다른 어조로 주요한 이미저리들에 의미 있는 변형을 가해서는 다음과 같이 말할 때, 그것은 놀라운 것으로 다가오지는 않을 것이다. 즉 베키의 "**쇠락**'과 영락은 돌연히 발생하지는 않았다. 그것은 서서히, 그녀의 불행과 힘겨운 많은 몸부림들 이후에 일어났다 — 마치 물에 떨어진 남자가 어떤 희망이라도 남겨져 있는 동안에는 돛대에 매달려 있다가, 어느 한 순간, 그 몸부림이 헛됨을 깨닫고 돛대를 팽개치고 물에 잠겨가듯이."
(p.638) 이 장면은, "사이렌" 대목의 한 부분에서 가져온 물에 빠져 죽는
것에 관한 독특한 관점을 보여준다. "사이렌" 대목에서 베키와 같은 여
성은 남성들을 물속으로 꼬집어 내려서 파멸에 이르게 한다. 그런데 여
기서 희생되는 사람은 베키이며 비유적인 죽음은 실제적인 것이다. 나
는 내친 김에, 역사적인 시각에서 혜택을 지닌 우리의 관점에서 볼 때,
서술자가 베키의 곤경을 향해 가장 큰 관대함을 보이는 그 순간에, "사
이렌" 단락이 시작되면서 희생양이 되는 여성서술자적 청중들을 서술
자의 배후에 남겨두면서, 서술자가 베키를 물에 빠져 죽어가는 "남성"
으로 상상하도록 함으로써 베키의 곤경에 위엄을 부여한다는 사실이
더욱 놀랍다는 것을 덧붙이고자 한다.

　새커리의 서술자를 극화된 윤리적, 수사학적 주체라고 생각하면, "사
이렌" 대목을 이해하는 것은, 서술자가 베키의 죄, 그녀가 속한 사회의
죄, 그리고 그 대목의 독자로서의 우리의 죄를 잡아채게 되는, 충만한
윤리적 복합성들을 충족시키려는 서술자의 마음을 따라가는 것을 의
미한다. 그러나 만약 실체성이 덜한 서술자를 상정한 서술 커뮤니케이
션 다이어그램의 버전을 통하여 『허영 시장』에 접근한다면, 이 대목에
관한 우리의 독해는 바뀌기가 쉽다. 저명한 서술론자인 제임스 펠란
James Phelan은, 피조물적인 존재 또는 "우리들 중의 하나"라는 입장을
상정하는 것과는 거리가 멀게, 새커리의 "기교" 속에 놓여있는 서술자
가 "아이러니컬한 한 수 위의 술책을 향한 선호"를 드러낸다고 진술하
였다. 그리고 독자로서 우리는 "메타적인 목소리의 의기양양함 또는
비열함 또는 거만함에 참여하도록"(Phelan 1996 : 55) 초대된다고 주장하

였다. 이 대목에서 우리가 듣게 되는 많은 목소리들과 어조들은, 펠란에게는, 곤혹스러운 현실을 잡아채도록 하는 서술자의 복합적인 시도가 아니다. 그것들은 다른 종류의 의도성을 드러내는 것이다. 즉, "괴물의 흉칙한 꼬리"를 말하면서, 서술자는 "면책특권을 가진" "멜로드라마의" 목소리를 채택하며 그에 따라 "흉칙한 여성생명체, 베키를 향한 쇼맨Showman의 명확한 비난"을 전달하고 있다. 이 대목 어딘가에서 들리는 "정제된 목소리"는, 그 아래에서 쇼맨이 "베키를 추하고 사악하고 흉악하다고 주장하도록 하는 어떤 덮개의 역할을 하고 있다"(1996 : 57). 아주 명확하게, 펠란과 나는, "사이렌" 대목에서 아주 다양한 목소리들, 그리고 그 목소리들로 이루어진 아주 상이한 관현악편곡을 듣게 된다. 우리가 이 대목을 그렇게 다르게 감지하는 이유를 충분히 설명하는 일은 의심의 여지없이 흥미로울 것이다. 그러나 나는, 지금으로서는 무엇보다도, 우리가 서술 커뮤니케이션 다이어그램을 어떻게 상상하는가에 관한 차이들이 우리의 이 같은 불일치함에 역할하고 있다는 것에 흥미를 가지게 된다. 이 쟁점에 집중하는 일은, 서로 다른 두 개의 영역 즉 서술의 "목소리"의 의미에 관한 탐구 그리고 페미니즘 비평과 일반 서술론의 연계에서 공헌한 펠란의 귀중한 논문들에 관해서는 의견을 표명하지 않도록 한다. 수사학적 주체를 배치하는 데에 있어, 인간으로 보이는 지점으로까지, 새커리의 서술자를 실체적인 것으로 보는 나의 견해는, 서술자와 그 의도에 대해 회의할 수 있는 모든 특권들을 인정하도록 이끈다. 예를 들어, 나는 서술자의 성차별주의를 펠란이 한 것보다는 덜 의식적인, 즉 좀 더 문화적으로 뿌리 깊은 수준에 위치짓는다. 펠란은, 새커리의 서술자에 대하여 덜 관용적인 견해를 취한다. 그리고 나는 펠란의 서술자의 이미지가 나의 것보다는 상당히 덜 견고한 데에는 한 가지 이유가 있다고 믿는다. 즉, 펠란에게, 서술자는 소설 대목에서 다양한 아이러니들의 "원천"인 동시에 새커리의 "대변자"이다. 그리고 우리는, "대변자"가 얼마나 많은 정신과 의도를 불러 모을 수 있는가에 의아스러워해야 하는 것이다. 펠란이 채택한 서술 커뮤니케이션 다이어그램 버전(이것은, 또한 『허영 시장』의 경우에, 암시된 저자의 존재를 명백히 최소화하고 있다)은, 나로서는 새커리의 소설에서 어떤 서술주체의 마음속에 있을 법한 것을 상상하려는 시도를 단념하도록 만드는 것처럼 여겨진다. 그 대신에, 우리는 단연코, 서술자에 의해서 만들어진 다양한 목소리들의 바깥에서 관찰하는 정보모드 속에 있는 우리자신을 발견하게 된다. 이것은, 의심의 해석학적 모드 속에서 무척이나 많은 친숙한 종류의 비평을 가능하도록 만든다. 의심의 해석학적 모드는, 서술자와 실제 인간들을, 문화적 목소리들의 집합에 의해 말하는 존재로서 간주한다. 말하자면, 어떤 주관적 의도를 작아 보이도록 하는 효과로서, 서술자와 실제인간들이 그들의 주관적 의도에 봉사하는 목소리들을 말하는 독립적 주체로서 간주하지 않는 것이다. 이와 같은 시나리오 속에서, 펠란이 한 것처럼, 하나의 목소리가, 그 목소리를 위한 "덮개"를 제공하는 다른 목소리들을 지니면서 명확한 이데올로기적 풍자를 전달한다는 사실을 발견하는 일은 놀랍지 않다.

독자가 "사이렌" 대목에 관하여 펠란 혹은 나에게 동의하든 그렇지 않든, 나는, 우리가 서술 커뮤니케이션 다이어그램 속에 존재하는 형상들을 어떻게 상상하는가는 해석을 위해서뿐만 아니라, 무엇보다 우리가 허구적 장면을 어떻게 기억하는가를 위해 중요하다는 것에 모두가 동의할 수 있기를 희망한다. 나는 지금, 다이어그램을 구성하는 다양한 용어들의 의미들을 혼란스럽게 만들 수 있는, 좀 더 다른 포괄적 전제조건에 관심을 돌린다. 서술 커뮤니케이션 다이어그램의 다른 점유자들을 희생하면서까지 서술자를 확대하며 심지어는 서술자의 마음속에 무엇이 존재하는가를 탐색하는, 이 글에서 끌어내온 다이어그램의 버전은, 특정종류의 산문소설 즉 19세기의 사회소설에서 가능한 한 유용하게 접근하는 다이어그램을 만들고자 하는 바람을 반영한다. 그러나 이와 같은 선택은 특정한 우선적 가치들, 즉 서술론 자체의 활용과 궁극적으로 그 범위에 관한 실로 특정한 관점들을 암시한다. 그리고 우선적 가치를 다른 것들에 둔다면 다른 선택들을 취할 수 있을 것이다. 우리가 논의를 출발한 채트먼의 다이어그램 버전은 이러한 관점에서 유용한 것이다.

실제 저자 → | 암시된 저자 → (서술자) → (서술자적 청중) → 암시된 독자 | → 실제 독자

채트먼은 말로 된 서술뿐만 아니라 영화서술을 포함하는 다이어그램을 만들고자 하였다. 그 결과, 그는 자신의 다이어그램에서 서술자와 서술자적 청중을 "선택적인 것"으로 만드는데 이것이 괄호의 의미이다. 이것은 그의 목적을 위해서는 적절하며 참으로 필수불가결하다. 그러나 이러한 선택은 19세기 소설에 초점을 맞춘 비평가들에게는 거의 일어나지 않을 것이다. 비슷한 방식으로, 우리가 보아왔듯이, 주네뜨는 "암시된 저자" 용어의 유용성을 부정하고 있다. 주네뜨는 정보적 관점의 맥락에서 암시된 저자가 "실제 저자"의 용어에다 아무것도 아

닌 것을 보태고 있으며 따라서 불필요한 것으로서 오컴Ockham의 면도 날로써 잘라내어져야 마땅하다고 세심한 논리로 논증하고 있다. 그러 나 "무슨 목적을 위하여 불필요한가?" 하는 의문을 갖게 된다. 그 답변 은 논리에 선행하는 수준에 존재하는 것이다. 주네뜨는 이데올로기에 관한 질문들이 서술론 영역의 바깥에 있다고 믿고 있으며 그리고 정당 하게, 이데올로기의 표지들에 초점을 맞추는 도구로서 암시된 저자를 개념화한다. 또한 채트먼과 주네뜨 모두는 서술론이 포괄해야 하는 것 에 관한 자신들의 관점에 부응하여 다른 방식은 안 되는 하나의 방식 으로 다이어그램을 굴절시키고 있다.

커뮤니케이션 다이어그램에 초점을 맞추어야 할 것이라는 어떤 종 류의 현상에 관한 쟁점은, 서술론과 그 용어들이 얼마나 일반적일 수 있는가에 관한 질문을 제기한다. 그리고, 그렇게 해서, 이 쟁점은 중세 시대 스콜라 철학자들 사이에서 떠올랐던, 실재론자들과 유명론자들 사이에 있었던 철학적 논쟁들을 상기시킨다. 개별적인 것의 궁극적 실 재를 믿고 있는 유명론자들은, 주어진 사례 속에서 서술론적인 용어들 이 텍스트의 개별성들을 충분히 설명하지 못한다면 일반론으로서는 아주 쓸모없다는 것을 주장하고 싶었을 것이다. 실재론자들은, 일반적 용어들이 개별적인 사례들에는 맞지 않는 실재를 지닌다는 것에 설득 되어서는, 어떤 부류의 잘 만들어진 일반론에는 속하지 않는 개별 텍스 트의 양상들을 하찮은 "잡음"의 영역으로 밀쳐버리고 싶었을 것이다. 이러한 관점에서 보면 어떤 문제도 일어나지 말아야 할 것이다. 서술 론적으로 말하자면, 어떤 장르 혹은 시대이든 간에, 어떤 그리고 모든 서술들에 대해서, 중요한 어떤 것을 포괄할 수 있는 하나의 다이어그램을 만드는 일이 가능해야 할 것이다. 그와 같은 다이어그램에서는 반드시 높은 수준의 일반성은 문제가 되지 않을 것이다. 그럼에도 그러한 다이어그램은 우리를 산만함으로부터 구해주며 나무들에 관해 중요한 것을 잃어버리지 않고도 숲에 집중할 수 있도록 도와줄 것이다. '콩브레의 사제The Curé of Combray'(어원학의 인상적인 지식임에도 불구하고 확실히, 다의적인 계몽의 원천이 되는)는, 우리가 일반성의 수준들 사이에서 표류할 때 얻거나 잃게 되는 것에 관하여 좀 더 진짜 같은 장면을 보여주는 것으로 여겨진다. 그는 교회의 뾰족탑에서 보도하기를,

> 당신은 같은 시간에, 예를 들어, 비본느Vivonne 코스와 생 따시스 레 콩브레Saint-assise-lès-Combray 관개수로처럼, 통상적이라면 다른 것 없이 어느 하나를 보게 되는 장소들을 볼 수 있다. 그것들은 키 큰 나무들의 장막, 또다시 주이 르 비콩트Jouy-le-Vicomte의 다양한 운하들에 의해 분리된다. (⋯중략⋯) 매번, 나는 어느 한 장소에서 운하의 일부가 보이는 주이에 가곤 하였다. 그리고 그때, 나는 모퉁이 하나를 돌아서 다른 것을 보았다. 그러나 두 번째 것을 보았을 때 나는 더 이상 첫 번째 것을 볼 수 없었다. 나는 마음의 눈 속에서 그것들을 함께 놓으려 해 보았다. 그것은 전혀 소용이 없었다. 생 띨레르Saint-Hilaire의 꼭대기에서 보면 그것은 아주 다른 것, 즉 그 장소를 에워싸고 있는 어떤 규칙적인 망이 되는 것이다. **'여러분이 어떤 물길도 볼 수 없을 바로 그때에'**, 그것은 마을을 아주 간결하게 잘라내고 있는 마치 거대한 틈인 것처럼 보이며 그렇기 때문에 그것은 잘려진 다음에도 여전히 한데 모여있는 한 덩어리 빵과 같아 보인다. (Proust 1981 : 114~15, 강조는 인용자)

오래 전에, 서술론의 기본 텍스트로 통하는 주네뜨의 『서사 담론*Na-rrative Discourse*』은, 서술론적 담론에서 오른 쪽 환경과 오른 편에서만, 알아차릴 만한 손실 없이 일반성의 척도를 오르내리는 일이 전적으로 심지어 득의에 찰 정도로 가능하다고 설명하였다. 『서사 담론』은 아주 느긋하고도 변함없는 조명에 의해 일반 범주들을 틀 짓는 일로부터 프루스트Proust의 『잃어버린 시간을 찾아서*Remembrance of Things Past*』의 세부들을 숙고하는 데까지 나아가고 있다. 아니, 그것은 어떤 특정한 부류, 특정한 시대의 소설에 대한 주네뜨의 정식화들로부터 유래한, 몇몇 감추어진 편향들에서 초래된 어떤 단순한 환영은 아닌 것인가? 우리가 이 문제를 어떻게 판단하든 한 가지만은 확실해 보인다(적어도 이러한 글을 쓰고 있는 유명론자에게는). 토대에 좀 더 가까운 현상적 실존으로부터 입법화하기 위해서, 어떤 높은 수준의 시각에 적합한 정의들을 허용해야 한다는 어떤 정당한 사유는 없는 것이다. 우리는 뾰족탑 꼭대기에서 그것을 볼 수 없다는 단지 그 이유로 강이나 운하, 거기에 물이 정말로 존재한다는 것을 부정해서는 안 된다. 뮤타티스 뮤탄디스Mutatis mutandis (고쳐야 할 것은 고쳐야 한다), 이 격언은 서술 커뮤니케이션 다이어그램(혹은 어떤 다른 서술론적인 구조물)의 다목적 버전에 이르는 기획에는, 아무리 불편한 것이라고 해도, 내가 기술해온 모든 섭동력들에 적용되는 것이다. 그 어떤 것도 우리가 선호하는 방식으로 틀을 짜고 용어들을 사용해야 한다고 말해져서는 안 된다.

내가 서술 커뮤니케이션 다이어그램을 굴절시킨 것은, 부분적으로, 서술론적 장치를 활용하고자 하는, 특히, 산문소설의 한 부류, 19세기 영국에서 창작된 사실주의 소설에 "지근거리"의 초점을 맞추어 활용하고자 하는 바람에 기인한다(나는, 이것이, 예를 들어, 서술자를 의인화하는 나의 스캔들적인 경향에서처럼, 독자들에게도 내내 분명히 나타나는 것이라고 생각한다. 나는 아주 기꺼이, 서술자에게 어떤 마음과 성별을 부여하는데, 그것은, 내가 중심적으로 마음에 두는 서술자들에게는 감탄할 정도로 어울리는 속성들이기도 하지만, 어떤 다른 종류의 소설의 서술자들에게는 기껏해야 불편하지 않을 정도로 들어맞기도 한다). 그렇게 함으로써 내가 활용하는 다이어그램은, 많은 측면에서 볼 때, 역사의 힘을 반영하고 있다. 나는 다이어그램에 관한 내 모든 언급들이, 예를 들어, "서술자적 청중"이라는 용어가 어떻게 사용되어야 하는가에 관한 나의 권고처럼, 옳으며 그리고 유용하다고 믿고 있다. 그리고 나는 서술자가 가능한 한 실체적인 형상으로 만들어져야 한다는 제안보다 유용하고도 옳은 것은 없다고 믿고 있다. 또한 나는, 두말할 나위 없이, 할 수 있는 한 명료하게 우리의 용어들을 정의하고 우리의 개념들을 분명히 보여주는 이지적인 선택과 경향을 향해, 가능한 한 산뜻하게 초점을 옮기고자 하는 시도들이 가치를 지닌다고 믿고 있다. 그렇지 않았다면 나는 애초에 이 논의를 끄집어내지 않았을 것이다. 동시에 나는 서술자에 관한 내 견해는, 자명하게도, 특히 19세기 소설의 비평에 유용해 보인다는 것을 아주 잘 알고 있다. 그 영역에서, 서술자들은 내가 엘리엇과 새커리의 서술자들을 경유한 주장으로써 얻은 유사한 종류의 실재성을, 다른 시대의 소설들에서보다 훨씬 더 큰 정도로 지니는 경향이 있다(『허영 시장』에서의 서술상황과 『소리와 분노 *The Sound and the Fury*』에서 얻어지는 서술상황의 차이를 생각해 보라. 『소리와 분노』는 많은 서술자들과 목소리들을 가지고 있다. 그러나 그 어떤 것에도 새커리의 서술자의 마음의 범주가 지니는 그러한 "정신"을 부여하는 일은 가능하지 않다). **결과**

적으로, 나는 또한 적어도 현대소설을 위해 내가 지금 추천하는 것이 허용하는 것보다 더 포용력 있게 서술자적 청중을 정의내리는 데 도움이 된다고 판명되기만 한다면 기꺼이 그 가능성을 품을 것이다. 새커리와 엘리엇의 서술자들처럼, 내가 역사적으로 굴절된 가치들을 우선시한 사실은, 서술 커뮤니케이션 다이어그램을 어떻게 분석해야 하는가에 관해서 내가 추천한 몇몇 견해의 보편적 적용가능성을 경감시킬 수 있을 것이다. 그러나 그 사실은, 또한 다이어그램이 포괄하는 용어들이 정당한 이유에서 머물러 있을 것 같지 않다는 내 주장을 강화시키는데, 그것은 그 용어들이 역사의 일부이기도 하며 또 역사의 일부가 되는 것들을 가리키고 있기 때문이다. 이러한 변화는 유심히 관찰되어야 한다. 우리가 그것의 잠재적 영향들을 유념한다면 그러한 변화가 극복할 수 없는 문제들을 제기할 이유는 없다. 또한 우리가 그 변화에 대처하는 방법을 유념하고 경향들을 점검, 정리하며, 서술 커뮤니케이션 다이어그램과 같은 구조물들을 차단하기보다는 탐구의 장치들로서 기능하도록 고려한다면 마땅히 그러할 것이다.

20

서술이론의 젠더와 역사

『데이빗 카퍼필드』와 『황폐한 집』의 회상적 거리의 문제

앨리슨 케이스Alison Case

서술론은 다른 여타 분야들 중에서도 서술의 기술방법들을 좀 더 정확히 확인, 기술하며 그럼으로써 그것들의 의미와 관련성에 있어서 미묘한 차이들을 고려하는 도구가 되고 있다. 최근 몇 년 동안에, 페미니즘 비평가들은 문학 서사들의 내용뿐만 아니라 형식에 있어서 젠더 이데올로기의 영향력을 검토하는 데에 서술론의 이 같은 방법론을 효과적으로 활용해오고 있다. 이를테면, 소설의 형식적 구조 속에서 그리고 그 구조가 생산하는 독해의 역학 속에서 젠더가 어떤 방식으로 약호화되는가 하는 질문을 들 수 있다. 그에 따라 로빈 워홀Robyn Warhol은 "젠더의 문화적 구조화 맥락에서의 서술구조와 전략에 관한 연구"로서 "페미니즘 서술론"을 규정하고 있다(Warhol 1996 : 21). 즉 페미니즘 서술론은, 남성저자의 텍스트를 준거로 취하는 매우 보편적인 경향으로 인해 무시받거나 오해받고 혹은 특별히 훼손되어온 개인 혹은 집단으로서의 여성저자들이 보여주는 특징적 구조들과 전략들을 점검하는 논의를 의미하고 있다. 또한 페미니즘 서술론은, 예를 들면 서술의 목소리들이 동종발화 서술에서 젠더화되는 방식들을 들여다봄으로써, 저자가 남자건 여자건 간에 텍스트 '내부에서' 젠더화된 특징들에 주의를 기울이는 작업에도 도움이 되고 있다.

물론, "젠더의 문화적 구조화"에 관한 이야기를 시작하자마자, 우리는, "어떤 문화?", "언제?"를 질문해야만 하는 역사의 영역 속에 있게 된다. 이를테면 여성은 생물학적으로 남성과 다르게 이야기를 말하는 경향이 있다는 주장 즉 젠더 본질주의로 귀속되어버리는 전문가들의 그러한 방식을 제외한다면, 페미니즘 서술론 그 자체는 우리로 하여금 상당히 구체적인 정도로 역사적, 문화적 일반화들에 근거해 있도록 요청하고 있다.

나는 디킨스Dickens의 『황폐한 집Bleak House』에서 에스더 서머슨Esther Summerson의 동종발화 서술을 주요한 사례로 들어서 독특한 순간을 보여주는 몇몇 장면들을 살펴볼 것이다. 나는 그 순간들이 제임스 펠란James Phelan의 "역설적" '역언법逆言法, paralipsis' 개념 중심의 방법론으로서 효과적으로 설명될 수 있다(Phelan 1996 : 82~104)고 주장할 것이다. 그럼에도 역사와 젠더 두 가지 모두와 관련을 지닌 까닭으로 해서 펠란의 역설적 역언법 논의가 『황폐한 집』의 사건에 관한 의미들을 전적으로 밝혀낼 수는 없을 것이다.

역설적 역언법은, 다른 방식이었다면 서술자에게 맡겨져 있었을 법한 서술에 관한 인식과 시각에서, 일정한 모순을 드러내는 회상적 동종발화 서술자에 관하여 일부의 정보를 생략하거나 혹은 잘못 재현하는 것이다. 이것은, 서술하는 인물 쪽에서 누설, 환멸, 그리고 심적 변화 같은 상당히 극적인 지각변화를 계속해서 이야기하는 동종발화 서술의 전반부에서 아주 보편적으로 나타난다. 그 같은 지점에서는, 서술하고 있는 모든 것을 알고 있는 자아와 서술되고 있는 순진무구한 경험적 자아 사이에 상당한 인지적 간극이 존재할 필요가 있는 것이다. 이러한 간극은, 역설적 역언법 속에서 지워지는데 그렇게 해서 서술자의 '고유한' 지각과 판단이 서술되고 있는 순진한 자아의 그것과 부합하는 것으로 간주되는 것이다. 서술자가 접촉하는 또 다른 인물은, 그가 이후에 신뢰할 수 없거나 경멸받을 만한 사람으로서 드러나게 된다는 사실에도 불구하고, '바로 그 서술자에 의해' 존경할 만하거나 신뢰할 만한 인물로서 묘사되기도 한다.

이러한 현상을 보편적인 사례와 구별짓는 일은 중요한데, 그것은, 특정한 유형의 서술자들이 그들의 청중을 무지 속에 두도록 만들기 때문이다. 예를 들면 그러한 서술자들은 관찰된 몇몇 측면들을 부각시키고 그 밖의 다른 것들을 지나쳐버림으로써 곧 이어 나타나게 될 진실을 누설하지 않도록 청중들을 미묘하게 오도하고 있다. 역설적 역언법 속에서 서술의 목소리 그 자체는, 스토리가 서술되고 있는 바로 그 시간까지 부정확하게 알고 있는 서술자의 믿음이나 판단들을 지지하고 있는 것처럼 여겨진다. 이 현상은 '역설적'이라는 꼬리표가 붙는데 그 이유는 서술의 목소리가 재현의 논리에 어긋나는 것으로 간주되기 때문이다. 대다수 독자들은 동종발화 서술자의 "나"와 인물의 "나" 사이를 애써 구별짓는 습관을 지니고 있지는 않다. 그리고 처음 읽어보는 독자들은 곧 이어지는 서술자의 관점 변화에 반드시 의식적이지도 않다. 그 때문에 역설적 역언법은 언뜻 감지되기가 어려운 경향을 지니며 — 회고적인 재독해의 방식을 통해 명백해지며 — 그리하여 심지어는 역언법이 종종 서사론적인 인식의 결과로 인한 것이 되기도 한다 (Phelan 1996 : 104). 그럼에도 아주 예술적으로 정교하며 성공적인 서사에서 특히 역설적 역언법이 발생하고 있으며 그것은 종종 서사변형과 모순들이 일어나는 방식의 측면에서 흥미를 주고 있다. 그것은, 역설적 역언법이 드러나는 장면은, 서사 재현에 있어 일관성 있는 목소리를 창조하는 것과는 대비적으로, 저자에게 아주 중요한 이 지점에 무엇인가가 존재한다는 것을 암시하고 있기 때문이다. 펠란의 진술에서, 이 "무엇인가"는 예술의 기교적 효과를 의미한다. 즉 역설적 역언법은, 서술자의 목소리가 서술자이자 주인공의 유년기 자아의 순진한 시각을 공유하도록 함으로써, 독자로 하여금 차후의 깨달음 혹은 환멸의 충격이 아주 전적인 방식으로 경험되도록 하면서 이야기의 정서적 힘을 강화하고 있다. 내가 이 글에서 주장하는 것은 이와 같은 설명이 20세기의 소설미학에 지배적으로 적용되고 있다는 것이다. 특히『황폐한 집』에서 사용된 장치는 그 시대에 적합한 젠더화된 문학적 코드를 하나의 수단으로 하여 서술하는 에스더의 목소리의 여성성을 강화하는 또 다른 목적을 보여준다.

　『황폐한 집』에서 역설적 역언법에 관한 매우 명확한 사례는 대모와 함께한 유년시절에 관한 에스더의 서술이 시작되는 장에서 나타난다. 다음은 관련 진술의 강조를 포함한 단락의 전체를 옮긴 것이다.

'**그녀는 괜찮은, 훌륭한 여성이었다!**' 그녀는 일요일에는 늘 세 번씩 교회를 갔으며 그리고 수요일과 금요일에는 아침기도를 다녔다. 그리고 강연이 있을 때면 언제나 참석하며 결코 빠진 적이 없다. 그녀는 잘 생겼는데, 만약 미소를 짓는다면 천사처럼 보였을 것이었다(그렇게 생각하곤 했었다). 그러나 그녀는 결코 미소짓지 않았다. 그녀는 항상 근엄하고 엄격하였다. 그녀는 아주 꽤 괜찮은 여성이었으며, 내가 생각하기에는, 다른 사람들의 나쁜 행동들이 평생을 두고 그녀를 찡그리게 만들었다. 나는 그녀와 아주 다르다고 느꼈는데, 아이와 성인여성이라는 차이에 관해 매번 생각해보아도 그러하였다. 나는 아주 가난하고 아주 보잘 것 없으며 또한 아득한 저편에 있는 것처럼 느꼈다. 다시 말해, 나는 그녀를 결코 자유롭게 대할 수는 없다고 느꼈다 — 아니, 내가 바라는 바대로 그녀를 사랑할 수조차도 없다고 느꼈다. 그것은 아주 유감스럽게도, 그녀가 얼마나 훌륭한지를 또한 그녀에 비해 내가 얼마나 하찮은지를 생각하게끔 하였다. 그리고 나는 내가 좀 더 나은 마음씨를 지니기를 열렬히 희망하곤 하였다. 그리고 나는 아주 종종, 오래된 소중한 인형과 그것에 관하여 이야기하였다. 그러나 '**나는 내 대모를 사랑한 적은 결코 없었다, 그녀를 사랑했어야 하는데도.**' 그리고 내가 좀 더 괜찮은 소녀였더라면 틀림없이 그녀를 사랑했을 것이라고 느꼈다. (Dickens 1987 : 15~16, 강조는 인용자)

몇 페이지를 넘기면 유사한 사례가 또 나타나는데 그것은 그녀가 가정부 일을 그만두고 떠나는 순간을 묘사하는 서술에서이다. "**레이첼**Rachael **부인은 너무나 훌륭해서 헤어질 때 어떤 감정도 느끼지 않았다. 그러나 나는 그렇게 훌륭하지 못했으며 그래서 몹시 울었다**"(p. 22, 강조는 인용자).

이러한 진술들을 서술자 에스더의 진실한 평가로서 받아들이는 것은 명백하게 무의미한 것이다 ─ 에스더는 『황폐한 집』에서 상술되는 전체 이야기가 종결된 지 칠 년이 지나 글을 쓰고 있다. 에스더가 대모 레이첼 부인과 관련하여 상황을 알게 되었다는 '진술'은, 자신의 유년 시절에 관한 상황을 이해하고 있으며 또한 선함을 구성하는 무엇들 ─ 단순히 어리석은 진술들로서 간주하게 되는 ─ 에 관한 스스로의 결론에 이르렀음을 보여준다. 표면적인 가치만을 취한다면 이러한 진술들은 에스더의 서술에서 재현적 일관성을 깨뜨리고 있는 것처럼 보인다.

서술에서의 절대적 미덕으로서 재현의 일관성을 취한다면 위와 같은 역설적 역언법이 감지되는 진술사례들은 우리 비평가들로 하여금 두 가지 선택에 맞닥뜨리도록 한다. 먼저, 우리는 단순하게, 이 사례들을 기교상의 실수나 어떠한 오류로서 독해하는 방법을 선택할 수 있다. 이에 관해서는 오랜 비평적 전통에 따라서 이 소설에 관한 아주 초기의 리뷰들을 거슬러볼 수 있다. 한 가지 사례로서 존 포스터John Forster 의 유명한 진술이 있는데 그는 에스더의 서술을 정확히 다음과 같이 이해하고 있다. 즉 이 실험적 서술은 "성공적 가치를 지니지 못하며 확실히 성공적이지 못한 것이다"(Forster 1907 : 610). 즉 그는 에스더의 소설이 성공적이지 못한 것으로 파악되는 이유로서 서술자로서의 그녀가 알고 '있어야' 하는 무엇과 그리고 그녀가 알고 있는 것처럼 보이거나 알고 있다고 주장하는 무엇, 그 사이에 놓인 불안정한 관계를 지적하고 있다.

다음으로는, 역설적 역언법의 발생을 상당히 자연스럽게 받아들이거나 심리학적으로 해석하는 방법이 있다 ─ 원칙적으로 볼 때, 아마도 어떤 서술상의 변형이나 모순도, 사실적으로 재현된 서술자의 의식과 연관되며 그로부터 기인한 것이라고 할 수 있다. 아주 명료한 방식은 수사학적 기능 면에서 역언법이 어떤 역할을 하든지 간에 그것을 그야말로 단순하게 받아들이는 것이며 또한 그 수사학적 자의식을 서술자로부터 기인한 것으로 받아들이는 것이다. 결론적으로 말하자면, 저자가 재현적으로 일관성이 없는 순진한 목소리를 채택하고자 하는 정확히 같은 이유들로 해서 서술자는 기만적인 순진한 목소리를 채택하고 있는 것이다. 이러한 해석은 일관성이 결여된 재현의 문제를 풀어가도록 하며 결과적으로는 부가적인 서술상의 존재를 창조하고 있다. 즉 역언법의 영역을 서술하고 있는 외견상 순진하고 비참한 자기비판적 퍼소나는 '바로 그 **서술자에 의해**' 이차적인 허구적 구조물이 되는 것이다 ― 그리고 물론, 그 서술자는 저자에 의한 허구적 구조물이기도 하다. 만약 이러한 논리가 들어맞지 않는다면 정신적 질환으로서 풀어가는 한계를 두지 않는 영역도 언제나 우리에게 개방되어 있다. 예를 들면 우리는 서술자가 과거의 심리 상태를 서술하면서 그것을 다소 신경증적인 방식으로 재구해낸다고 결론지을 수 있다. 혹은 우리는 그녀가 때늦게 깨달은 동떨어진 관점을 취하지 못하도록 하는 외상적인 특정한 방식에 묶여져 있다고 결론지을 수 있다. 이러한 해석적 선택들은 모두가 또한 많은 비평가들이 에스더의 역언법적 서술장면들을 설명하기 위해 시도해온 것들이다.

그러나 이러한 서술상의 변칙들을 받아들이는 것에는 지불해야 할 대가가 있다. 그것은 결과적으로 감동을 받게 되든지 않든지 간에, 디킨스의 동시대인들 모두가 그가 창조하기를 의도했다고 추정하는, 자기를 지워버리는 여성적 선함의 이미지를 불어넣는 것으로부터, 에스더의 심층적 성격화라는 전체적 의미로 전환하면서 치루게 되는 것이다. 즉 자의적이면서도 기만적으로 이러한 공감을 얻는 순간들을 만들어내는 수사학적으로 영민한 에스더는 덜 매력적인 인물이 될 것이며 그리고 다만 그녀의 영민함이 어느 정도까지 미치고 있는지에 관한 질문을 바로 제기하도록 할 것이다. 예를 들면, 자신의 선함에 관한 다른 인물들의 칭찬을 보도하면서 동시에 그것을 겸손하게 부인하는 무수한 사례들이 있다. 그런데 과연 이것들도 유사하게 수사학적으로 자의식적인 것인가? 에스더가 정신적으로 병들었거나 치명적으로 정서적 손상을 입었다고 독해하는 것은, 확실히 그녀를 좀 더 온정적 시선으로 보도록 한다. 그런데 그것은 또한 대체로 이 책의 서사궤도를 어둠 속에 지속적으로 놓여있도록 만드는 것이 된다. 게다가, 두 가지 접근법 모두는 빅토리아 시대 소설의 독자층 거의 전체가 에스더가 찬탄받게 될 것으로 상상하는 가운데서 이 소설의 요점을 완전히 놓쳐버리고 있음을 시사하면서 결론을 맺게 된다.

『황폐한 집』은 여러 면에서 볼 때 신뢰할 만한 재현적 서술 목소리가 창조되기를 명백히 열망하는 소설작품에 속한다. 그런데 역설적 역언법의 현상에 관한 펠란의 분석은, 심지어 이들 작품에서, 서술하고 있는 의식에서의 재현적 일관성이 적법한 방식으로 고도의 우위를 점하지는 '못한다'는 사실을 인정함으로써 앞선 접근법들을 유효하게 넘어서고 있다. 대신에, 펠란은 소설에서의 문학적 관습은, 그 같은 분열이 스토리를 이야기하는 것에 있어서 수사학적으로 효과적일 때에는, 동종발화적 "나"의 인물 기능과 서술자 기능이 지엽적으로 분열하고 있는 지점을 허용하고 있다고 주장한다(Phelan 1996 : 105). 역설적 역언법은 수사학적으로 자의식적이지 못한 다만 한 가지 극단의 사례이며 펠란은 이것을 일반적인 동종발화 서술로서는 "표식이 부재한 사례"로서 이해하고 있다(p.81).

그와 같은 분열을 보여주는 빅토리아시대 소설로는 다소 덜 논쟁적인 『폭풍의 언덕Wuthering heights』을 들 수 있다. 독자들은 이 작품을 독해하면서 주요 서술자 록우드Lockwood라는 인물에 관한 판단에 명확히 초대되는데, 그것은 우리가 록우드의 생애와 사상과 감정과 행동을 알게 되는 무엇들에 근거를 두게 된다. 그러나 동시에, 록우드는 넬리 딘Nelly Dean이 말하고 있는 언쇼Earnshow 가족의 긴 이야기를 날마다 일기장에 낱낱이 명백하게 기록하고 있다. 만약 실제현실의 인물로부터 록우드의 이야기를 접한다면 우리는 망상과 강박에 사로잡힌 무질서함과 같은 무엇인가뿐만 아니라 말한 내용을 기억하고 있는 거의 초인간적 능력을 읽게 될 것이다. 그럼에도 이와 같은 이야기 형식은 이 소설이 록우드의 초상을 그릴 것을 의도하지는 '않고 있음'을 명백히 드러내고 있다. 넬리의 이야기를 기록하는 록우드의 수고는 스토리가 이야기되는 데에 필요한 허구적 장치이다. 다시 말해 그와 같은 수고는 말할 것도 없이 그의 됨됨이와는 무관한 것이 된다.

유사하게, 에스더의 사례에서 어떻게 역설적 역언법이 발생하는지에 관한 펠란의 진술은, 위와 같은 서사적 장면에서 발생하고 있는 무엇에 관한 최상의 설명으로서 이해될 수 있다. 앞에서 조명한 진술들은 특히 대모와 레이첼 부인 두 사람이 모두 그녀를 지배하여 정서적으로 학대하는 것에도 기꺼이 스스로를 탓하는 애처로움을 보여주고 있다. 이 진술들은 소설의 결말에서 나타나는 좀 더 성숙하고 계몽된 에스더의 시각이 아니라 에스더의 유년시절의 시각을 명확히 반영하고 있는 것이다. 이것들이 포함된 것은 디킨스가 유년기에 겪은 에스더의 불행에 독자가 공감적으로 빠져들기를 원하기 때문이다. 그렇게 몰두되어 있는 독자들에게, 이러한 진술들은 몇 백 페이지를 넘어가서 에스더가 채택하게 되는 견해와 시각과 모순된다는 사실이 지각되지 못할 것으로 간주된다. 그것은 또한 일 년이 지나서 연속물로 간행된 이 소설의 첫 독자들에게도 마찬가지일 것이다.

그럼에도 중요한 것은, 이 장이 에스더의 서술 목소리를 어린이의 순진한 시각과 일치시키도록 일관성 있게 역할하고 있지 않다는 것이다. 앞에서 조명되지 못한 단락들을 포함하여 이 장의 대부분은 어린아이의 관점을 보여주는 역설적 역언법에 의존하지 '않고 있다.' 대신에 그것은, 우리가 "애매한 거리두기"라고 일컬을 만한 어떤 방법을 사용하고 있다. 그와 같은 거리두기에서, "나는 생각하였다", "나는 소망하였다", 혹은 "그것은 아주 유감스럽게 생각하도록 하였다"와 같은 과거시제 꼬리표들이 관찰과 판단을 특별히 과거의 의식에 할애하고 있다. 그와 같은 진술들은 서술하고 있는 의식과 서술된 자아의 지각 사이에서의 간극을 결코 주장하지도 않으며 또한 그것을 부정하지도 않고 있다. 그러나 그 진술들은 다른 증거들 — 가령 명확히 아주 적대적인 판단으로 이끄는 대모가 에스더를 대하는 실제적 세부사항들 속에서 — 과 결합하고 있다. 그리하여 그것들은 그러한 시각이 표면적 가치에서 취해져서는 안 된다는 서술자의 인식을, 미묘하게든 그리 미묘하지 않게든 하나의 신호로서 보내고 있는 것이다. 다른 말로 하자면, "나는 그렇게 훌륭하지 못했다"와 같은 진술들은 아이인 에스더가 순진하게 자신을 탓하는 의식과 서술하고 있는 의식을 일치시키도록 초대하고 있다. 반면 대조적으로 "나는 생각하곤 하였다"와 같이 눈에 띄는 한정 어구들은 지금의 서술자가 그러한 유년기의 시각이 지닌 한계를 인식하고 있음을 시사해주고 있다.

여기에서 무엇이 일어나고 있는가? 이 단락에서의 애매한 거리두기와 역설적 역언법 사이에서 동요하고 있는 일관성의 결여가 바로 시사하는 것은, 이러한 진술들이 「마이 올드 맨My Old Man」(1996년 펠란이 핵심 사례로서 사용한 헤밍웨이 소설)에서처럼, 이야기의 시작부분에서 제시된 인물의 시각 속에서 여전히 살고 있는 순진한 서술자를 대면하고 있다고 독자를 확신시키도록 의도되지는 않았다는 사실이다. 따라서 이러한 진술들은 서술자의 역할에 관한 곧 이어질 환멸에 감정적인 힘을 강화하도록 작용할 수는 없는 것이다. 사실상, 그와 같은 명백한 환멸은 일어나지 않고 있다. 즉 전반적으로 소설이 전개됨에 따라 여기서처럼 단순히 애매한 거리두기로써 암시되었던 성숙된 의식은 에스더의 서술에서 점차로 지배적인 것으로 된다. 대신에, 나는 역언법이, 그 장에서 꽤 손쉽게 독자에게 전달하는 대모의 "선함"에 관한 판단적인 대략적 독해로부터, 서술하고 있는 에스더의 의식을 근본적으로 분리해서 보도록 기능한다고 주장하고자 한다. 그리고 더 중요한 것은, 역언법이, 어린 에스더가 냉담한 보호자들에게서 정당한 반응을 끌어낼 수 없음을 탓하기보다는 그들을 "사랑하고자" 하는 자신의 노력이 연민과 인정을 명백히 얻을 만하다는 인식으로부터, 서술하고 있는 에스더의 의식을 또한 그렇게 분리해서 보도록 기능하고 있다는 사실이다.

이러한 관점에서, 역언법은 에스더 서술의 수없이 많은 특징적 부분들과 일치하고 있다. 그것은 그녀의 서술이 서술하는 자아와 서술되는 자아의 구별을 순간적으로 붕괴한다는 점에서 역언법과 유사하게 작용하기 때문이다. 예를 들면, 소설의 전반부에서 줄곧, 서술자로서의 에스더는 자신에게 관심을 보여온 가무잡잡한 젊은 외과의사 우드코트 Woodcourt를 아주 수줍게 또한 쑥스러워하면서 빈번하게 언급하고 있다. 다음 단락을 보자.

> 나는 언급하는 것을 잊어버렸다 — 적어도 나는 언급하지 않았다 — 우드코트 씨가 배저 씨Mr. Badger 댁에서 만났던 그 젊은 외과의사임을, 또는 잔다이스Jarndyce 씨가 그날 저녁만찬에 그를 초대하였음을, 혹은 그가 왔었음을, 혹은 그들이 모두 가버렸을 때 나는 "이제, 내 친구야, 리처드Richard에 관해 좀 이야기해 줄래!" 하고 에이더Ada에게 말하였으며 그러자 그녀는 웃으며 이야기하였음을 —
>
> 그러나 나는 내 친구가 이야기한 것들이 중요하다고 생각하지는 않는다.
> (Dickens 1987 : 202)

여기에, 후속 전개들이 신뢰하기 어렵다고 입증할 수 있을 만한 진술은 보이지 않는다. 그런데 지난 시간을 되짚어보며 머뭇거리는 진술들의 문체는 자신감이 부족한 젊은 여성의 시각을 반영하고 있으며, 그것은 젊은이가 자신에게 매료되었는지 어떤지 확신할 수 없으며 그럴 수 있음을 상상하고 있는 자신의 은밀한 추정을 부끄러워하는 연애 초기 단계의 진술로 보여진다. 그럼에도 이 장면을 '쓸' 때쯤이라면 에스더는 우드코트와는 결혼한 지 7년 째였으며 또한 그가 구애했던 과거에는 그녀가 그의 관심을 상상하지 못하고 있었음은 짐작건대 그녀가 잘 알고 있던 일이었다. 그러나 이 사실이 알려주는 대로라면 그녀의 서술은 그 당시에 자신이 지닌 매력과 겸손함을 의식하고 있는 자화자찬을 의미할 수 있는 위험성을 지니고 있다. 첫 장의 역설적 역언법과 함께, 이러한 순간들은 그녀의 회고적 서술이 지니고 있는 재현적 일관성을 파괴하고 있다. 즉, 에스더의 회고적 서술은, 뒤늦은 깨달음에 인식론적인 특전을 암시하는 한편, 겸손의 미덕으로 자신을 낮추는 여인이라는 전체 이미지를 약화시키는 앎과 판단의 형식들로부터, 서술하고 있는 의식을 명확하게 분리시키고자 하는 것이다.

또한 물론, 에스더가 자신의 회고임을 아주 명백히 표시한 부분들이 지엽적으로 아주 드물게 나타나고는 있다. 그러한 것들에도 불구하고 빅토리아 시대의 많은 논자들은, 에스더의 스토리에 관해서 그것을 말하는 것과 그것을 경험한 것이 거의 동시대인 것처럼 대략적으로 다루어왔다 — 그들은 그녀를 18세기 서간체의 여주인공과 비교하며 그리고 어떤 경우에는 그녀의 서술을 "일기"로서 언급하고 있다(Dyson 1969 : 54). 또한 나 자신의 경험으로 보면, 『황폐한 집』을 처음 독해하는 수백 명의 독자들과 마찬가지로, 학생들은 위와 유사한 순간들을 설명해내는 일을 도전받고 있으며, 심지어는 소설을 다 읽은 다음에도, 에스더라는 인물이 당시에 생각하고 느끼고 있던 무엇을 언급함으로써 그 순간들을 설명해내려 하고 있다. 그럼에도 그들은 서술에서의 회고적 층위로 인하여 '서술자'가 알고 있는 것과 느끼고 있는 것이 아주 상이하게 되었음을 알아차리지 못하고 있는 것이다.

우리는, 디킨스가 이전에 저술한 동종발화 소설 『데이빗 카퍼필드 *David Copperfield*』에서 유년기의 순진한 시점을 매우 다른 방식으로 재현한다는 사실을 경험할 수 있다. 그리고 이러한 다른 재현방식은 많은 측면에서 서술의 기교들 속에서 역사와 젠더의 역할에 관해 내가 이야기하고자 하는 지점들을 사례로서 보여주고 있다. 이 소설은 『황폐한 집』과 마찬가지로, 작품의 대부분이 애매한 거리두기를 수반하는 데이빗의 유년기 시점을 보여주고 있다. 그것은 가령 다음과 같은 것이다, "나는 피고티Peggoty가 왜 그렇게 기이하게 보이는지 혹은 그녀가 왜 기꺼이 악어들에게 되돌아가려고 하는지 도무지 이해할 수가 없었다"(Dickens 1989 : 18). 그러나 『데이빗 카퍼필드』에서 이와 같은 모드는 서술자의 회고적 거리를 명백히 환기시키는 일정한 간격을 두고서 간간이 끼어들어 있다. 이를테면, "이후에 이해한 바로는, 여기서 나를 도와주는 것으로 알고 있다"(p.18) 혹은, 더 명확하게는, 장차 자신의 계부가 될 멀드스톤Murdstone에 대한 데이빗의 감정을 보여주는 다음의 단락을 들 수 있다.

　　나는 처음과 다름없이 그를 좋아하였다. 그리고 똑같이 그를 향한 불편한 질투를 지녔다. 그러나 아이가 본능적으로 싫어한다는 것 혹은 어떤 일반관념 즉 나와 피고티가 어떤 도움 없이 어머니를 모실 수 있다는 것, 이러한 것들을 넘어서 생각해 본다면, 그것은 확실히 내가 더 나이들었더라면 알아차렸을 법한 '**그러한**' 이유는 아니었다. 그 같은 것은 어떤 것도 내 마음 아니 그 가까이에도 떠오르지 않았다. 나는 말하자면 작은 조각들 속에서 관찰할 수 있었다. 그러나 이러한 수많은 파편들의 망을 만들어내고 그 속에서 어떤 사람을 파악하는 일에 관해서라면, 그 일은 아직까지는 나를 넘어서 있는 것이었다. (Dickens 1989 : 24, 강조는 원문)

이 단락에 관한 놀라운 사실은, 이 서술자는 당시 일어나고 있는 일에 관해 충분히 이해할 수 있을 정도로 곧 이어 발생할 일들을 알고 있음을 진술하고 있다는 것이다 — 이것은 이후 시각에서 얻게 되는 보편적 특전이다. 뿐만 아니라 놀라운 사실은 서술자가 당시에 자신에게 가능한 한정적 정보들로부터 멀드스톤의 성격을 추론해내고 관찰한 "작은 파편들"로부터 "망을 만들어" 그 망 속에서 어떤 특성을 포착하는 일을 언급하고 있다는 것이다. 또한 그와 같은 분석능력을 지금의 서술자 자신은 지니고 있지만 당시의 자신은 지니지 못하였음을 밝히고 있는 것이다. 그러나 이것은 또한 "그 일은 아직까지는 나를 넘어서 있는 것이었다"에서처럼, 그와 같은 능력을 곧 갖게 될 것임을 신호로 보내고 있다. 그리하여 이와 같은 진술들은 우리가 서술자의 회고적 거리에 관해 상기하도록 만들며 그리고 그 같은 간극의 가까이에 있는 데이빗을 바라보는 것을 기대하도록 알려주고 있다 — 사실상, 이 단락이 암시하는 것은 부분적으로 멀드스톤을 향한 데이빗의 본능적 혐오 속에서 우리가 "아직까지는" 갖지 못한 분석능력의 배아를 인지해야 한다는 것이다. 유년시절 데이빗의 서술을 전반적으로 볼 때 그것이 회상임을 자주 환기시키는 것은 사실상 그러한 간극을 점차로 좁히고 있음을 표시하는 것으로 이해될 수 있다. 그 결과, 어떤 의미에서 『데이빗 카퍼필드』의 서술은 "이 이야기는 내가 어떻게 이 스토리를 이야기할 수 있게 되었는지에 관한 것이다"라고 요약할 수 있다.

회고를 통해 드러나는 데이빗의 지혜 그리고 다른 인물들의 성격, 동기, 가능한 관계에 관한 꽤 자의식적인 권위있는 진술, 이와 같은 것들을 통해서 디킨스가 강조하는 것은 19세기 소설에서 상당히 독특한 서술의 권위에 관한 모델과 연관되어 있다. 『진실을 말하며Telling the Truth』에서 바바라 폴리Barbara Foley는 소설의 "재현은 '구성적으로' 사회적이며 역사적인 현상"(Foley 1986 : 42)이라고 지적한다. 그녀는 영국소설과 미국소설이 참조하는 관습은 실질적으로 각 세기마다 바뀌고 있다고 주장한다. 즉 18세기의 특징적 모델은 "유사사실적 소설"이며 그러한 소설이 참조하도록 요청하는 것은 고백, 여행서사, 기타와 같은 비허구적 서술 형식들과 유사한 서술에 근거해 있다는 것이다(1986 : 107~108). 그녀는, 이와 대조적으로, 19세기에 주류를 이루는 사실주의적 전통에서는, 소설이 제공하는 사회적 형상의 정확성에 매여 있는 경향이 있다고 주장하고 있다(pp.143~145). 약간 다른 관점에서 그녀의 주장을 옮겨보자면, 대체로 유사사실적 소설은 담론의 형식 속에 관습적인 방식으로 픕진성을 '위치짓는 일'에 오랜 세월에 걸쳐 많은 전환을 보여주고 있다는 것이다 ― 그러한 픕진성 속에서 독자들은 "재현 효과"를 찾아보게 된다. 반면에 사실주의 소설은 스토리의 내용 속에 픕진성을 위치시키고 있다. 18세기 초에, 관습적인 픕진성의 지위는 지각하고 있는 의식으로 전환되고 있다. 그 결과, 참조하도록 요청되는 어떤 바탕은 지각된 것의 표면적인 객관적 시각이라기보다는, 사실주의 소설에서와 같이, 지각에 관한 주관적 경험에 충실하도록 하는 것이 된다(Foley 1986 : 185~188).

역설적 역언법과 같은 서술현상의 지위에 관한 이 세 가지 모델의 의미는 무엇인가? 세 가지 가운데 마지막의 것은 단연코 역설적 역언법의 사례를 만들어내는 가장 풍요로운 바탕이 되는 것처럼 보인다. 생생한 지각경험에 충실하는 것이 가치로운 일이라면 — 혹은 어느 정도까지는 그렇게 가치로운 일이라면 — 이후의 인식에 특전을 부여하는 회고적 거리는 적어도 사실적 서술에 이점을 주는 만큼이나 그 서술에 장애물이 될 것이다. 그리고 경험하고 있는 의식과 서술하고 있는 의식을 융합하는 것에서 오는 이점들은 드러나지는 않지만 서술의 "재현 원리"를 위반하는 대가를 상당히 치러내야 할 것이다.

그럼에도 유사사실적 소설에서 서술의 "재현 논리"는 소설의 목적과 요청에 핵심적이며 그러한 재현논리를 위반하는 일은 아마도 심각한 문제들을 제기할 수 있을 것이다. 확실히, 몰 플란더즈Moll Flanders는 개심하고 참회하는 것으로 추정되는 이 이야기를 쓸 때의 자신의 심경보다는, 범죄행위를 통해서 부당하게 즐거움을 얻었던 과거의 어떤 심적 상태를 쓰고 있는 것이다. 그리고 이러한 서사는 헤밍웨이의 「마이 올드 맨My Old Man」에서처럼 독자들이 조용히 지나쳐버릴 수 있는 단순히 수사학적인 효과적 변형은 아닌 것이다. 오히려 이것은 그녀가 결국 도달한 참회가 지닌 깊이와 진실성에 의문을 제기할 수 있는 타당한 근거가 되는 것이다 — 그것은 이 "고백"의 소설 편집자가 자신의 서문에서 염려하면서 지적하였던 것이다.

정확한 사회적 초상에 부여한 가치를 지켜나가고 있는 19세기 사실주의 소설에서, 특징적인 서사형식은 독특하게도 인식론적으로 특전을 부여받은 이종발화 서술자가 될 것이며 일반적으로 그 서술자는 "모든 것을 알고 있다"고 전제된다. 이와 같은 서술자에게는 역설적 역언법의 범주가 단순하게 적용될 수가 없다. 이 시기의 동종발화 서술들은 이종발화적으로 서술된 소설들 혹은 이후에 나타난 동종발화적 서술들에 비해 유사사실적 소설의 관습들과 더 밀접한 연관을 지니는 경향이 있다. 19세기의 동종발화 서술자들은, 20세기의 많은 동종발화 서술자들과는 달리, 실제 삶을 그린 자서전작가들과 명백한 유사성을 보이는 경향이 있었다. 즉 그들은 회상적 서술이 시작되는 부분에서 글쓰기에 관한 자신들의 계획을 밝히고 있다. 가령, 에스더는 "이 지면에 내 삶의 일부를 쓰기 시작하면서 굉장히 큰 어려움을 겪게 되었다"고 고백하고 있으며, 데이빗 카퍼필드는 익명적이며 대중적인 독자들 혹은 그 외 사람들 앞에서 "이 지면이 보여주어야만 하는" 무엇들에 관해서 언급하고 있다. 즉 이 텍스트들이 유사사실적 소설의 가치를 공유한 부분에 관하여 고려한 다음에, 우리는 역설적 역언법이 종종은 아니더라도 문제적인 어떠한 기술로서 작용하는 것에 관해 생각해야 할 것이다.

그러나 『데이빗 카퍼필드』가 실제생애를 쓴 자서전을 설득력 있게 모방한 작품이라는 것을 뜻하는 것은 아니다. 즉 기술적으로 한정된 시점에도 불구하고, 이 작품의 서술 목소리는 실제적으로, 디킨스의 이종발화 서술자들과 수사학적으로 많은 공통점들을 지니고 있다. 다시 말해, 디킨스는, 자서전의 재현논리를 실제적으로 위반하는 일을 회피하면서, 데이빗을 서술자로 활용하여, 그 외 다른 지면에서 이종발화 서술자들로써 이야기한 바 있는, 동일한 유형의 스토리를 이야기하도록 한다. 그리고 이종발화 서술자들 또한 이와 유사한 참조를 요청하도록 한다. 즉 서술 목소리는 주요 인물과 일치되는 반면에, 그것은 디킨스의 다른 서술자들이 주장한 지각과 판단의 동일범주와 명료함을 열망하고 있다. 이러한 열망은 좀 더 명백하게 되는데 그것은 물론, 데이빗이 결국 디킨스 자신과 놀랍도록 유사한 소설가가 된다는 사실로 인한 것이다. 동종발화 서술자가 이종발화의 사실주의적 서술자의 지위를 열망한다는 것을 고려한 다음에, 그러고 나서 역설적 역언법은, 그것이 위반하는 무엇이 서술의 재현논리라기보다는 서술에서 요청되는 '**숙련성**'에 관한 부분 — 그와 같은 서술자에게 권위를 부여할 수 있는 일관되고 완전한 시각 — 이라는 점에서, 전체적인 다른 문제를 제기하게 된다. 『데이빗 카퍼필드』에서 서술자는 회고적 해석의 특혜를 종종 환기시키고 있는데, 이것은 우리가 인물의 지각들로부터 거리를 두도록 함으로써 재현적 효과를 손상시킨다기보다는, 이러한 서술자가 말하는 어떤 것에 관해 그가 알고 있다는 사실을 우리에게 확신시킴으로써 오히려 재현적 효과를 강화시키고 있다.

이 사례는 에스더에게 명료하게 적용할 수 있는 것은 아니다. 『황폐한 집』에서 포괄적인 시점은 서술의 권위를 지니면서 에스더의 이종발화적이며 "전지전능한" 공동서술자에 지배적으로 속한 것이 되고 있다. 서술의 권위를 지닌 공동 서술자의 시각의 범주는 에스더와 연관된 아주 겸손하고 한정된 시점과는 대조를 보여준다. 물론, 이들 두 텍스트에만 의존해서, 여기서 차이를 결정짓는 것이 젠더의 문제임이 틀림없다고 주장할 수는 없을 것이다. 그러나 18세기와 19세기의 영국 소설이라는 폭넓은 맥락 속에서 두 텍스트들을 위치시켜보면, 이 텍스트들은 점차 확대되는 젠더화된 패턴을 어떤 간결한 사례로서 보여주고 있다. 그러한 패턴 속에서 자의식적으로 숙련된 서술은 남성적 속성으로서 약호화되고 있으며 반면에 여성 서술자들의 신뢰성은 자의식을 지니지 못한 상태에서 사회적 진실들을 형체화하고 반영하는 것과 연관되는 경향이 있다(Case 1999 : 4~34). 따라서, 예를 들면, 이 시기에 여성의 서술 목소리는 서간체 혹은 일기양식 속에서 반영되는 경향이 있었다. 서간체 혹은 일기양식은 리처드슨Richardson의 『파멜라*Pamela*』 혹은 이후에 콜린스Collins의 『흰 옷 입은 여인*The Woman in White*』에서처럼 자신이 전개하는 스토리의 궤도와 의미에 관한 서술자의 무지에 근거한 효과에 종종 의존하는 형식을 보여준다.

에스더는 그와 같은 서술자들에 속하고 있다. 그것은 빅토리아시대 논자들이 에스더를 파멜라에 견주거나 혹은 그녀의 서술을 "일기"로 언급하는 것에서 암묵적으로 인지되고 있다. 에스더의 서술이 젠더화된 패턴과 일치하면서 애매한 거리두기의 주요 양식은 잠정적으로 보류된다. 그것은 『데이빗 카퍼필드』에서처럼 회고적 서술자로서 인식론적인 특혜를 명백히 환기시키는 형식이 아니라 오히려 명백한 역설적 역언법의 순간들 그리고 서술하는 의식과 서술되는 자아의 구별을 유사한 방식으로 허물어버리는 망설이거나 자기비난의 표현과 같은 다른 형식들에 의한 것이다. 이것은 서술자가 세부적으로 이야기하는 감정과 경험들에 비교적 무분별하게 '몰두되어 있다'는 인상을 창조해 내는 효과를 보여준다. 그 시대에 여성의 신뢰성이란 회고적 서술이 가능하도록 하는 비판적 거리와 수사학적 자의식의 종류들의 결핍상태와 연결되는 경향이 있다.

두 소설은 동일한 서술의 문제 — 회고적 동종발화 서술자가 과거 자신의 순진한 의식을 어떻게 공감적으로 재현해 내는가? — 에 관하여 대조적인 해결책을 예리하게 보여주고 있다. 그 문제는, 순진한 인물에의 몰입을 방해한다는 이유로 저자는 회상적 거리의 사용을 주저한다는, 20세기의 사례들을 이해하는 같은 방식으로, 『황폐한 집』에서 에스더의 "역설적" 진술 사례들이 이해되어서는 '안 된다'는 것을 명확히 할 것이다. 대신에, 그 문제는 그같이 지속적으로 거리의 '결핍'을 요청하고 있는 작가의 **열망**을 재현한다는 것을 보여준다. 다른 말로 하자면, 디킨스가 회고적 서술상황임에도 데이빗이 특정한 서술을 능숙하게 표현한다는 것을 표시하는 사실과 마찬가지로, 에스더는 그같이 능숙하게 표현'할 수 없음'을 표시하는 사실도 중요한 것이다. 탈역사적 관점에서 볼 때 역설적 역언법은 환멸을 드러내는 동종발화 서술의 재현적 효과를 강화하는 측면에서 확실히 수사학적으로 효과적인 것이다. 그럼에도 디킨스가 그러한 관점의 역설적 역언법을 『황폐한 집』에서는 활용하였으면서 『데이빗 카퍼필드』에서는 이 서술기술을 회피하였던 사실을 충분히 규명할 수는 없을 것이다. 역설적 역언법에 관한 탈역사적 독해는, 소설의 재현적 권위를 구성하고 젠더화하는 두 작품이, 역사적, 문화적 측면에서 역할하는 특정한 문학적 관습을 간과해 버릴 수 있기 때문이다.

21

서술판단과 서술의 수사학적 이론
'이언 매큐언'의 『속죄』

제임스 펠란James Phelan

제목이 제시하듯이 이언 매큐언Ian McEwan의 『속죄*Atonement*』(2001)는 주인공의 잘못과 그로 인한 재앙스런 결과들을 바로잡으려는 그녀의 노력에 초점이 맞추어져 있다. 브라이어니 탤리스Briony Tallis는 언니의 연인 로비 터너Robbie Turner를 사촌 롤라Lola를 성폭행한 사람으로 오해하였다. 그러고 나서 몇 년 후에 그녀는 자신의 실수를 속죄하기 위해 자신이 할 수 있는 무엇이라도 하고자 하였다. 일련의 사건들은 그 자체로서 브라이어니에 의한 판단이나 브라이어니에 대한 판단과 같은 쟁점들을 일으키기에 충분한 요소를 지니고 있다. 그리고 그러한 판단의 쟁점들은 이 소설에 핵심적인 문제일 뿐만 아니라 우리가 이 소설을 경험하는 일에 있어서도 핵심적인 것이 된다. 또한 매큐언은 마지막 20페이지에서 놀랄 만한 반전을 담고 있는 이야기 전개를 보여주고

있다. 이것은 저자로서의 매큐언에 관한 우리의 판단문제에 있어서도 똑같이 중요한 쟁점을 만들어내고 있다. 마지막 페이지들은 자신의 일흔일곱 번째 생일날 밤, 브라이어니가 쓴 일기이다. 즉 이 페이지들은 앞선 330페이지가 매큐언의 소설 일부이면서 동시에 브라이어니의 소설이라는 것을 밝히고 있다. 다른 말로 하자면, 브라이어니의 "속죄" 부분은 솔직하고 흥미로운 한 편의 모더니즘 소설인 것이며 이것은 매큐언의 『속죄』에서 1부, 2부, 3부를 차지하는 것이다. 한편 매큐언의 소설은 「런던 1999」라는 이 책의 제4부에 속한 것으로서 지속되고 있다. 다른 무엇보다도 이 부분은 그의 『속죄』가 소설가인 여성 서술자를 차용한 자의식적이며 자기반영적인 소설이라는 사실을 갑작스럽게 밝히고 있다. 게다가, 브라이어니가 쓴 일기의 기록들은, 그녀가 자신의 소설 그 자체를 속죄를 위한 노력의 주요 결과물로서 간주하고 있음을 보여주는 바로 그러한 현재의 순간에 가서야, 자신의 소설이 자기의 잘못에 관한 사실적 진술들과 속죄에 관한 허구적인 진술들로 뒤섞여있다는 사실을 드러내고 있다. 그렇다면 우리는 그렇게 갑작스럽게 불쑥 제기되는 이 모든 것들에 관해서 ① 브라이어니의 소설 그리고 ② 매큐언이 쓴 소설을 어떻게 판단해야 하겠는가?

나는 이 글의 말미에서 이러한 질문들과 관련한 답변들을 제공해 보고자 한다. 그러나 먼저, 판단의 핵심을 그 서술이 목적하는 것들에 비추어보면서, 나는 『속죄』가 서술의 수사학적 관점에서 항상 암시적인 핵심이 되어온 무엇인가를 명백히 보여주고 있다고 주장할 것이다. 그에 따라 나는 서술판단의 중요성에 관하여 수사학적인 관점에서 일반적인 여섯 개의 주제들로서 접근해보고자 한다. 그리고 나는 앰브로즈 비어스Ambrose Bierce의 「심홍색 양초The Crimson Candle」라는 비교적 복잡하지 않은 사례를 참조로 하면서 이 주제들을 보여주고자 한다. 그 다음에 나는 『속죄』의 풍부한 복합적 특징들에 관한 논의로 다시 돌아갈 것이다.

서술판단의 여섯 가지 주제

'**주제 하나 : 서술의 판단은 서술의 윤리학일 뿐만 아니라 서술의 형식과 서술의 미학에 관한 수사학적 이해에 핵심적인 것이다.**' 이 주제의 추론은 이들 영역 각각이 나머지 다른 두 영역에 개방적인 것이 되도록 허용하는 경첩으로서 서술의 판단이 기능하고 있다는 것이다.

나는 이 주제를 실체적으로 나타내기 위해서 서사성에 관한 수사학적 이해에 관심을 전환하고자 한다. 한 가지는 ① 서술의 수사학적 개념에 매여 있는 것으로서, 그것은, 누군가가 다른 누군가에게 무엇인가가 일어난 어떠한 사례와 어떠한 목적을 말하는 것이다. 그리고 또 한 가지는 ② 서술진행에 관한 개념에 매여 있는 것을 들 수 있다. 이 관점에서 보면, 서사성은 이중의 겹으로 된 현상이며 인물과 사건과 말하기의 역동학과 그리고 청중 반응의 역동학 둘 다를 포함하고 있다. 가령 "어떤 일이 일어났다고 (…중략…) 누군가가 말하고 있는" 단계는 그 첫 번째 층위가 된다. 즉 서술은 인물들과 / 혹은 상황들이 어떠한 '변화'를 겪는 동안에 관련된 일련의 사건들에 관한 보도에 개입하고 있다. 내가 다른 지면에서 논의하였듯이(Phelan 1989), 그 변화에 관한 보도는, 인물들 내면의 불안정한 상황들 그리고 두 인물 혹은 여러 인물들 사이에서 그러한 상황들에 관한 (전적으로든 부분적으로든) 도입과 분규와 해결이라는 전형적인 과정으로 진행된다. 이 불안정성의 역동학은 — 저자와 서술자와 청중 간의 불안정한 관계에 관한 — 이야기하기에서의 긴장의 역동학을 동반할 것이다. 그리고 두 가지 흐름의 역동학의 상호작용은, 신뢰할 수 없는 서술을 사용하는 서술들에서도 "발생한 무엇인가"를 이해하는 데에 중요한 결과들을 가져올 것이다.

두 번째 층위 곧 청중 반응의 역동학에 주목해보면(혹은 "다른 누군가"의 역할이라는 개념의 측면에서 보면), 서사성은 주요한 두 가지 활동 곧 관찰하기와 판단하기를 장려하고 있다. 저자적 청중은 자신들과는 별개의 외부적 대상으로서 인물들을 지각하며 또한 자신들의 암시된 저자로부터도 인물들을 뚜렷이 다른 대상으로 지각한다. 그리고 저자적 청중은 인물들, 그들의 상황, 그리고 그들의 선택들에 관한 해석적, 윤리적 판단을 부과한다. 청중의 관찰자 역할은 판단하는 역할을 가능하도록 하는 무엇인 것이며 그리고 특수한 판단들은 미래의 사건들에 관한 우리의 욕망들에뿐만 아니라 우리의 정서적 반응들에 있어서 필수적인 것이다. 간단히 말해서, 사건들이 진행하는 방식과 마찬가지로, 그 쌍둥이와도 같이 관찰, 판단의 활동에 근거를 두는 진행이 있는 것이다. 그에 따라 수사학적 관점에서 보면, 서사성은, 인물들에 의해 또한 그들의 변화에 따라 반응하는 청중에 의해 경험되는 '두 가지 종류의 변화와 상호작용'을 포함하고 있다.

추상적인 이론작업으로부터 실천적인 결과물에 주의를 돌려서, 이어지는 짧은 두 개의 서사를 통해 '상대적 서사성relative narrativity'을 고려해 보도록 하자.

제임스 펠란이 쓴 「심홍색 양초」

죽음에 임박해 누워있는 한 남자가 긴 병 내내 자신의 곁을 꾸준히 지켜 온 아내에게 이렇게 말하였다.

"곧 영원히 이별을 고할 것 같소. 몹시 사랑한다는 것을 당신이 알아주었 으면 하오. 내 책상에 심홍색 양초가 있을 것이오, 그 양초는 고위 성직자 의 축복을 얻은 것이오. 당신이 어디를 가든지 무엇을 하든지 간에 내 사랑 의 작은 추억물로서 당신이 이 양초를 지니고 있어준다면 나는 참 기쁠 것 이오." 아내는 그에게 감사해 했으며 그녀 역시 그를 사랑하기 때문에 그가 요청한 대로 할 것임을 그에게 확신시켰다. 그리고 그가 죽은 이후에 그녀 는 자신의 약속을 지켰다.

앰브로즈 비어스가 쓴 「심홍색 양초」

죽음에 임박해 누워있는 한 남자가 아내를 침대 맡으로 불러서는 말하였다.

"곧 영원히 당신을 떠날 것 같소. 그래서 그런데 당신의 사랑과 정절을 보여주는 마지막 징표를 내게 주시오. 우리의 성스런 종교에 따르면, 천국 의 문에 들어가기를 바라는 결혼한 남자는 무가치한 여자에게 결코 자신 이 모독된 적이 없다고 맹세하도록 요구받는다고 하오. 내 책상에 심홍색 양초가 있는데 그 양초는 고위 성직자의 축복을 얻은 것이며 신비스러운 독특한 의미를 지닌다오. 그 양초가 존재하는 한 당신이 재혼하지 않을 것 을 내게 맹세해 주시오."

여자는 맹세하였으며 남자는 죽었다. 장례식에서, 여자는 불이 붙여진 심 홍색 양초가 아주 다 타버릴 때까지 그 양초를 들고서 관의 머리맡에 서 있 었다. (비어스 1946)

「심홍색 양초」의 두 가지 버전 모두는 서사에 관한 수사학적 규정에는 들어맞는다. 왜냐하면 둘 다가 화자와 청중, 불안정성에 의한 진행 (남편들은 약속을 종용하고 부인들은 그것에 답하며 그리고 부인들은 각각 자신만의 다른 방식으로 약속을 이행한다), 그리고 청중에 의해 진전되는 일련의 반응을 포함하고 있기 때문이다. 그럼에도 비어스의 버전은 어떤 고도의 서사성을 지니고 있다. 내게 놀라움을 주는 무엇은 그 차이가 비어스의 버전이 실질적으로 불안정하다는 것을 알려주며 또한 아주 기발한 생각으로 그 불안정성을 해소한다는 그런 단순한 이유 때문만은 아니다. 비어스의 버전에서 고도의 서사성을 만들어내는 것은, 아주 실질적인 일련의 두 가지 판단에 매여 있기 때문이다. 두 가지 판단이란 인물에 의한 판단과 청중에 의한 판단을 의미한다. 그리고 무엇보다도, 나의 기본적 입장은 청중에 의한 일련의 판단들이 적어도 인물에 의한 일련의 판단들만큼이나 서사성에 있어서 근본적이라는 것이다.

다른 말로 하자면, 우리는 불안정성 그 자체에 의한 진행인지 혹은 그렇지 못한 진행인지 하는 것을 단지 지적하는 것만으로, 비어스의 버전과 내 버전의 차이를 위치지을 수는 없는 것이다. 그 차이를 위치 짓는 일에 가까워지려면, 우리는 불안정성에 의한 진행이 서술판단들을 동반하며 그 다음에는 도로 그 판단들이 서술에 관한 감정적, 윤리적, 미적 참여에 상당히 영향을 미친다는 사실을 주시해보아야 한다. 이러한 요지는 두 번째 주제로 이끌어 가게 한다.

'주제 둘: 독자들은 서술판단의 세 가지 주요 유형을 만든다. 각각의 유형은 다른 두 개 유형과 겹치거나 영향을 끼칠 가능성을 지닌다. 세 가지 유형의 판단이란, 행위의 특성 및 서사의 다른 요소들에 관한 해석적 판단, 인물과 행위의 도덕적 가치에 관한 윤리적 판단 그리고 서사와 그 부분들의 예술적 특질에 관한 심미적 판단을 말한다.' 이 주제는 두 가지 추론을 가능하게 한다. 추론 1 : 단일한 행위는 복합적인 판단의 종류들을 불러일으킬 것이다. 추론 2 : 인물들의 행위는 그들의 판단을 내포하기 때문에 독자들은 종종 인물들의 판단에 관해 판단한다.

예를 들면, 비어스의 「심홍색 양초」 버전에서, 남자와 여자는 아내의 서약이 수반되는 맹세의 특성에 관하여 서로 다른 해석적 판단을 만들어낸다. 그리고 그러한 해석적 판단은 윤리적 판단과 겹치고 있다. 사실상, 그들의 해석적 판단은 아내가 맹세한 약속에서 유발된 윤리적 의무와 관련한 것이다. 남편은 아내의 약속을 그녀가 평생 결혼하지 않도록 묶어두는 것으로 간주한다. 한편, 아내는 약속의 말 자체에서 빠져나갈 구멍을 찾은 것이다. 그것은 그녀가 장례식에서 약속을 그야말로 말 그대로 행하고 그러고 나서 약속으로부터 자신이 자유를 얻는 것을 허용하는 방식이었다. 우리 독자들은 인물들의 판단에 관하여 해석적 판단을 할 필요가 있다. 다시 말해, 우리는 자신의 맹세에 관한 아내의 해석이 지닌 타당성의 문제를 결정해야 하는 것이다.

인물들의 해석적 판단은 윤리적 판단과 겹치는 것이기 때문에 청중들의 판단 또한 그런 방식으로 겹친다는 것은 놀라울 것도 없는 일이다. 실지로 한 가지 판단의 힘이 다른 판단의 힘을 결정한다는 것은 가능한 일이다. 예를 들면, 우리가 아내가 자신의 약속에서 타당성 있는 구멍을 찾았다고 말한다고 하면 우리는 또한 그것이 그러한 약속에 관한 하나의 정당한 윤리적 수행이라고 이야기할 수도 있을 것이다. 유사한 방식으로, 이와 다른 관점도 있다. 만약 우리가 아내의 해석적 판단이 타당하지 않다고 말한다고 하면 우리는 또한 그녀가 자신의 약속을 깨뜨리는 잘못을 하였다고 이야기할 수 있을 것이다. 또한 유사한 방식으로 또 다른 관점도 있을 것이다. 그럼에도 또한 법적 판단과 윤리적 판단을 분리하는 것이 가능하기 때문에 우리는 적어도 어느 정도 선까지는 해석적 판단과 윤리적 판단을 분리할 것이다. 우리는 아내의 해석적 판단이 유효하지 않다고 결정할 것인데, 그것은, 장례식에서 양초를 태워버리는 것을 자신의 남편이 약속의 이행으로 간주하지 않을 것임을 아내가 알고 있기 때문이다. 그러나 우리는 또한 그녀의 행동에 대해 윤리적으로 긍정하는 판단을 할 수도 있는데 그것은 약속을 굳이 고집하는 윤리적으로 결핍된 행동을 하는 남편에 대한 아내의 적합한 반응으로서 간주할 수 있기 때문이다.

이러한 윤리적 질문들에 관한 결정들은 미적 판단의 결과들을 제공할 것이다. 실지로, 「심홍색 양초」의 비어스의 버전과 그것과 관련한 필자 버전의 심미적 특성에 있어서 큰 차이를 보여주는 부분은, 비어스의 버전과 비교할 때 필자 버전의 윤리적 판단에 있어서 상대적인 무미건조함으로부터 초래된 것이다. 비어스의 버전에서 취할 수 있는 일련의 해석적, 윤리적 판단들에 관한 질문은 일반적인 관점을 요하는 세 번째 주제로 이끌도록 한다.

'주제 셋 : 개별적 서술들은 명백하게든 혹은 종종 암시적으로든 독자들을 특수한 윤리적 판단으로 안내하기 위하여 그 서술들 고유의 윤리적 기준을 세우고 있다. 역으로, 수사학적 윤리학 내에서, 서술판단은 내부에서 바깥으로가 아니라 바깥에서 내부로 진행하게 된다. 그것은 서술판단이 심미적 판단에 밀접하게 매여있는 바로 그러한 이유 때문이다.' 달리 말하자면, 수사학 이론가는 기존의 윤리적 시스템을 서술에 적용하는 방식으로써 윤리적 비평을 행하지는 않는다. 그것은 수사학 이론가가 아리스토텔레스, 칸트, 레비나스, 혹은 그 외 다른 사상가들의 정교한 윤리학을 얼마만큼 존경하는가 그렇지 않은가와는 별개로 그렇게 하는 것이다. 대신에 수사학 이론가는 서술이 토대한 윤리적 원리를 재구성해낼 것을 추구한다. 확실히, 수사학 이론가도 텍스트에 윤리적 가치들을 부여한다. 그러나 그나 그녀는 책을 읽어나감으로써 그러한 가치들이 도전받으며 또한 거부되기조차 하는 상황에 개방적이다.

비어스는 문체의 선택, 서술자의 활용, 그리고 서술진행의 조정을 통하여 자신의 윤리적 원리들을 드러내고 있다. 문체의 선택은 남편이 사랑, 관대함, 그리고 정의, 그와 같은 기본적 가치들을 어기며 행동하고 있음을 드러내고 있다. 그것은, 내 이야기 버전에서의 소통적인 인물의 말과 그의 말을 비교해보면 더욱 명확해진다. 단적으로 현격한 대비를 보여주는 부분을 들어보면, 비어스의 인물은 요청하지 않고 있다. 그는 명령을 내린다. 그는 아내를 침대 맡으로 "부른다" 그리고는 부가적으로 해야 할 일들을 전달한다. "한 가지 마지막 징표를 주어라", "당신이 재혼하지 않을 것임을 맹세하라." 이러한 말들의 윤리적 하위텍스트는 가부장적이고 종교적이며 그것은 그가 말하는 "원리" 속에서 명백해진다. 그 텍스트는 "나는 당신의 윗사람이며 나의 운명은 아주 중요한 것이니 당신의 개인적인 결정과는 상관없이 내가 명한 것을 해야 한다"는 것이다. 그의 말이 의미하는 모든 요소들은 심홍색 양초라는 피할 수 없이 남근적인 상징주의에 의해 강화되고 있다. 결과적으로, 우리는 ― 암묵적으로 또한 자발적으로 ― 그에 대해 윤리적인 면에서 부정적인 판단에 이르게 된다.

　비어스는 여성인물에 관한 해석적인 혹은 윤리적인 우리의 판단들은 의미가 없다는 것을 드러내는 서술진행을 마지막 문장에까지 보여주고 있다. 마지막 문장에서 서술자의 단순한 묘사는 반신반의하게 하는 예기치 못한 결론을 제시할 뿐만 아니라 여성에 관한 해석적 판단과 동시에 윤리적 판단을 촉진하도록 하며 그리고 작품 전반에 관한 우리의 심미적 판단을 촉진하도록 한다. "여자는 불이 붙여진 심홍색 양초가 아주 다 타버릴 때까지 그 양초를 들고서 관의 머리맡에 서 있었다"는 것을 읽게 될 때, 우리는 약속에 관한 예기치 못한 그녀의 해석적, 윤리적 판단을 알아차리면서 동시에 인정하게 된다. 동시에 나타나는 이 같은 반응들은 결말에 반전을 주고 있으며 우리가 이 이야기를 긍정하고 심미적으로 판단할 수 있도록 실질적으로 돕고 있다. 또 다른 관점에서 요지를 말해보자면, 남편에 관한 우리의 윤리적 판단을 고려할 때, 우리는 자신이 빠져나갈 구멍을 찾아서 그렇게 신속하게 극적으로 행하는 아내의 통찰과 가치 둘 다를 인정하게 된다. 우리는 그 구멍이 기술적으로 유효한지 ─ 다시 말해 그녀가 법적인 의미에서 약속을 이행하였는지 혹은 자신의 목적에 유리하도록 약속을 단순한 방식으로 처리하였는지 ─ 를 결정지을 수도 있고 그렇게 하지 않을 수도 있다. 그러나 남편의 윤리성에 관한 우리의 부정적 판단은 우리가 이 이야기의 효과로부터 벗어나지 않고 이와 같은 질문에 개방적일 수 있도록 허용하고 있다.

　여성이 남편의 장례식 동안에 자신의 약속으로부터 풀려나도록 행동했던 것은 또한, 약속에 관한 여성의 관점을 말해주는 주석인 것이다. 또한 우리는 결혼이라는 것 그 자체에 관해 생각해 보도록 초대된다. 실지로, 마지막 문장에 관한 추론들은 아주 많을 수 있기 때문에 우리는 약속에 관한 아내의 처리방식으로부터 서술에 관한 비어스의 운용방식으로 다시 옮겨가지 않을 수 없다. 그리고 그러한 움직임은 네 번째 주제로 이끌도록 한다.

'주제 넷 : 서술의 윤리적 판단은 인물들과 그들의 행위에 관한 우리의 판단을 포함할 뿐만 아니라 스토리텔링 그 자체에 관한 우리의 윤리학, 특히 서술자, 인물, 그리고 청중과 암시된 저자와의 관계에 관한 윤리학을 포함한다.'

우선, 서술자와 비어스와의 관계에서 출발해 보자. 서술자는 전형적으로 세 가지 주요한 기능들 — 보도하기, 해석하기, 그리고 평가하기(Phelan 2005를 보라) — 을 제공한다. 비어스는 서술자가 유일하게 보도의 기능에 한정되도록 한다. 그리고 그는 서술진행과 문체를 통해서 추론적으로 해석하고 가치평가할 수 있는 독자의 존재에 의존하고 있다. 마지막 문장을 둘러싼 갑작스럽고 당혹스러운 추론들이 가리키는 대로라면, 이 기술은 정직하며 — 서술자는 신뢰할 수 있으며 유능한 보도자이다 — 동시에 새침한 것이다. 즉 서술자는 우리가 아내의 책략을 알아차리지 못하도록 하며 또한 아내의 내부 관점을 알려주지도 않는다. 이 같은 제한을 두는 서술의 기술은 인물들과 자신의 청중에 관한 비어스의 윤리적 관계설정의 결과들을 보여준다. 그는 인물들이 자기 자신들을 위해 말하고 행동하도록 하며 그리고 우리가 추론을 거쳐 그를 지지할 것이며 해석적, 윤리적 차원에서 그의 서술에 만족할 것이라고 추정하고 있다. 이러한 추정을 확인하는 작업은 다섯 번째 주제로 이끌고 있다.

'주제 다섯 : 개별 독자들은 개별 서술의 윤리적 기준들을 평가해야 하며 그리고 그들은 다양한 방식으로 그렇게 할 것이다.'

성격화와 서술진행을 다루는 비어스의 방식은 남편의 이기심과 그리고 약속에 관한 아내의 탁월한 대처방식을 보여준다. 그런데 비어스가 남편을 취급하는 방식에 대해 전적으로 인정하는 일부 독자들도 있겠지만 다른 한편에서는 그것에 불편해하는 독자들도 있을 수 있다. 나를 포함해서 그와 같은 독자들에게, 쟁점은 비어스만의 고유한 창조가 타당하지 못하다는 것이 아니라 결과적으로 헛된, 남편의 노력을 드러내는 것에서 비어스가 즐거움을 얻는다는 것에 있다. 이러한 즐거움은 감정적으로 냉담하고 윤리적으로 결핍된 것으로 여겨지는, 그러한 죽음이 부여한 의미를 유쾌하게 감싸는 경계를 만들고 있다. 이러한 요지는 여섯 번째 주제로 이끌고 간다.

'주제 여섯 : 개별 독자들의 윤리적 판단은 설명할 수 없는 일이지만 그것은 독자들의 심미적 판단과 연관되어 있다.'

앞에서 우리는 비어스가 이끄는 해석적, 윤리적, 심미적 판단들이 이야기의 결말 속에서 어떻게 겹쳐지는지 — 그리고 각각을 서로 강화하는지 — 에 관해 살펴보았다. 그러나 내가 강조하고자 하는 것은 스토리텔링에 관한 우리의 윤리적 판단이 우리의 심미적 판단을 위한 결과로 작용하며 그리고 같은 방식으로 그 역도 가능하다는 것이다 — 비록 두 가지 판단의 종류가 구별된 채로 있기는 하지만, 「심홍색 양초」에 관한 내 반응을 전체적으로 살펴보면, 나는 남편의 헛된 노력에서 쾌락을 얻는 비어스의 윤리성에 관한 판단이 다른 방식이었다면, 서술의 심미성에 관한 긍정적인 판단이었을 것으로부터 빗나가도록 하였을 것임을 발견하게 된다. 유사한 방식으로, 심미적 판단은 윤리적 판단을 위한 결과가 될 수 있는 것이다. 예를 들면, 비어스가 인물들에 대해 명백한 윤리적 판단을 취하고 개입하는 서술자를 썼다면 비어스는 그러한 판단들을 추론하는 우리의 즐거움을 반감시키는 심미적 오류를 범하였을 것이며 그 오류는 비어스가 말하고 있는 윤리에 관한 부정적 판단으로 이끌었을 것이다. 왜냐하면 그러한 기술은 청중에 대한 비어스의 불신을 전달하는 것이 될 것이기 때문이다.

매큐언의 『속죄』에서의 판단 - 브라이어니의 오인

나는 오인의 재현 즉 브라이어니 탤리스가 로비 터너가 탤리스의 사촌, 롤라를 강간한 남성으로 오인한 이야기와 관련한 판단의 역할로부터 논의를 출발하고자 한다. 먼저, 파트 1이 단지 매큐언의 소설임을 고려할 때 우리가 할 수 있는 판단들에 관해 살펴볼 것이다. 그리고 나서 파트 1이 또한 브라이어니의 소설이기도 하다는 것을 알게 될 때 우리가 판단을 수정한다고 하면 어떤 식으로 하게 되는지를 살펴볼 것이다. 이 소설의 파트 1의 많은 부분은 브라이어니의 잘못과 관련한 맥락을 제공하는 것에 바쳐져 있다. 즉 1935년 6월의 어느 무더운 날, 인물들, 주변상황, 그리고 사건들이 놀랄 만큼 집중된, 브라이어니의 오인의 이야기가 조심스럽게 전개되고 있다. 그날 다함께 모인 인물들은 네 그룹으로 나뉠 수 있었다. 브라이어니; 브라이어니의 언니, 세실리아 그리고 탤리스의 가정부의 아들, 로비, 로비는 세실리아처럼 캠브리지 대학을 갓 졸업했다; 롤라와 롤라의 남동생들, 잭슨Jackson과 피에로Pierrot, 그들은 탤리스의 사유지에 머무르고 있었는데 부모님의 결혼생활이 파경에 이르렀기 때문이었다; 그리고 브라이어니의 친구, 폴 마샬과 세실리아의 오빠, 레온Leon. 파트 1에서 마샬은 배경 속에 있는 존재이며 이 장의 서술은 주로 브라이어니에게 초점을 맞추고 있으며 그 다음으로 세실리아와 로비에 초점을 맞추고 있다. 그럼에도 디너만찬에서 로비는 마샬의 얼굴에 2인치의 상처를 발견하게 되는데, 그것은 롤라가 브라이어니에게 자신이 입은 상처와 멍을 보여준 직후였다.

브라이어니는 아이에서 사춘기로 접어드는 열세 살이다. 그 무렵, 브라이어니는 자신의 첫 번째 희곡 〈아라벨라의 시련The Trials of Arabella〉을 썼다. 그것은 제목과 동일한 이름의 여주인공이 많은 고난을 극복하고 결국 왕자와 결혼하는 낭만적 이야기이다. 브라이어니는 이 이야기로써 자신과 사촌들의 장대한 공연을 꿈꾸었으나 그것은 낭만적이지 못한 일상의 현실로 인해 깨어진 꿈이 되었다. 한편 세실리아와 로비는 서로가 사랑과 성적 욕망을 억압해왔음을 알게 된다. 그것은 로비가 무심코 세실리아에게 습작노트를 잘못 건네준 다음이었으며 노트는 로비의 즉흥적인 과잉된 감정들을 강렬하게 담고 있었다. 즉 "꿈 속에서 나는 당신의 음부, 달콤하고도 촉촉한 음부에 키스한다. 상상 속에서 나는 당신과 온종일 사랑을 나눈다"(McEwan 2001 : 80). 한층 더해서, 로비는 브라이어니에게 노트를 전해달라고 부탁하는데, 브라이어니는 건네주기 전에 노트를 읽는다. 얼마 있다, 브라이어니는 도서관에서 새롭게 발견한 사랑의 정점에 막 이르려는 세실리아와 로비를 방해하게 된다.

열다섯 살 된 사촌의 환심을 사려 애쓰던 중이던 브라이어니는 롤라에게 로비의 노트에 관해서 이야기한다. 브라이어니는 롤라가 로비를 거의 '미치광이'로 생각한다고 여기게 된다. 아홉 살 쌍둥이들, 잭슨과 피에로는 새롭게 바뀐 환경에서 아주 힘들어했으며 그런 나머지 쌍둥이들은 디너만찬 동안에 도망을 치기로 결심하였다. 그런데 쌍둥이들은 자신들의 계획을 설명하고 있는 기록을 남겼던 것이다. 그리고 롤라가 습격받은 사건은 쌍둥이들을 찾는 동안에 일어났다. 브라이어니는 어둠 속에서 롤라와 폭행범을 마주치게 되었고 다만 폭행범이 도망치는 모습만을 보았다. 그럼에도 브라이어니는 그 모습이 로비라는 해석적 판단을 하게 된다. 매큐언은 브라이어니가 그렇게 강하게 주장하게 된 이유와 판단을 재현해내고 있다. 그것은 좀 더 구체적으로 살펴볼 가치가 있다.

> 브라이어니는 거의 모든 순간에 (롤라를) 돕게 되는 거기에 있었다. 롤라에 관해서라면 모든 것이 맞추어졌다. 즉 끔찍한 현재는 근접한 과거를 수행한 것이 된다. 브라이어니가 직접 목격한 사건들은 사촌의 재앙을 미리 말해주었다. 브라이어니, 그녀가 그렇게 순진하지만 않았다면 그렇게 어리석지도 않았을 것이다. 당시의 브라이어니가 보기에, 사건은 아주 일관되고 또 아주 딱 들어맞는 것이어서 브라이어니가 그렇게 이야기한 무엇 이외의 다른 어떤 것은 있을 수 없었다. 브라이어니는 로비가 관심을 세실리아에 한정지을 것이라는 자신의 가정이 유치하다고 책망하였다. 브라이어니는 무엇을 생각하고 있었던가? 어떻든 로비는 미치광이였다. (McEwan 2001 : 158)

놀랍게도, 이 단락은 브라이어니의 해석적, 윤리적, 심미적 판단들의 상호작용을 상세히 보여줄 뿐만 아니라 브라이어니의 해석적 판단이 그녀의 윤리적, 심미적 판단에 의해 남용되는 방식을 상세히 보여주고 있다. 브라이어니는 자신이 현장에서 본 도망치던 인물은 로비여야 한다고 확신하였다. 그것은 브라이어니가 눈으로 본 증거 때문이 아니라 그 해석이 그전에 목격한 로비의 일에 근거를 두고 만들어낸 자신의 이야기에 들어맞았기 때문이었다. 그리고 이야기를 그렇게 짜맞춘 것은 브라이어니가 윤리적으로 판단한 결과인 것이다. 즉 세실리아에게 쓴 편지의 문장을 쓰는 사람은 "미치광이"임에 틀림없다. 그런 연유로 로비는 롤라의 강간범인 것이다.

그럼에도 매큐언은 이러한 판단들 각각이 실수투성이라는 신호를 명확히 보내고 있다. 내적 초점화의 기술이 지배적인 일부 장면들을 통하여, 매큐언은 로비를 더할 나위 없이 존경받을 만한 젊은이로 제시하고 있는 것이다. 그리고 매큐언은 세실리아에게 쓴 로비의 편지가 로비와 세실리아 두 사람 모두의 억압을 깨뜨리고 그들을 열정적인 사랑의 상태로 끌고 가는 기능을 하고 있음을 보여준다. 브라이어니의 윤리적 판단이라는 구심점이 없다고 하면 그녀의 미적, 해석적 판단들은 모두 허물어질 것이었다 — 그럼에도 우리는 파트 3에 가서야, 롤라와 마샬에게 있던 상처와 멍자국이 집에서 벌인 다툼으로 인한 것이었으며, 그것은 로비가 어둠 속에서 브라이어니를 발견하기 이전이었음을 알게 된다.

브라이어니가 로비를 오판한 것은 우리가 브라이어니의 윤리적 판단을 강하게 부정할 수 있는 가능한 근거가 된다. 그럼에도 매큐언은 우리를 상당히 복합적인 반응으로 조심스럽게 이끌고 있다. 그것은 브라이어니의 실수를 지속적으로 암시하면서 또한 한편으로 브라이어니의 실수에 대한 우리의 판단을 누그러뜨리도록 하는 것이다. 거시적인 층위에서, 매큐언은 다양한 인물들과 사건들을 수렴해가는 조심스러운 추적에 의존하면서 브라이어니의 판단이 얼마나 지나친 결정이었는지를 보여주고 있다. 한편, 미시적 층위에서 매큐언은 사건에 관해 뚜렷이 말한 자신의 이야기를 바꾼다는 것이 브라이어니에게 얼마나 어려운 것인가를 보여주고 있다.

일찍이, 그 다음 주중에, 확신으로 둘러싼 표면은 지워짐과 잔금이 없지만은 않았다. 브라이어니는 그러한 것들을 의식할 때면 언제나 자주는 아니지만 자신의 가슴을 엄습하는 어떠한 감각을 느꼈으며 자신이 알고 있던 무엇이 액면 그대로가 아니며 혹은 다만 보여지는 것에 근거한 것도 아니라는 생각에 휩싸이게 되었다. 자신에게 진실을 말했던 것은 단순히 그녀의 눈이 아니었던 것이다. 너무 어두웠기 때문에 (…중략…) 자신의 눈은 그녀가 알고 있으며 근래에 경험한 것들 모두를 요약하도록 확신시켰다. 진실은 아귀를 맞추는 것에 있었으며 말하자면 상식에 근거를 둔 것이었다. 그러한 진실이 브라이어니의 눈을 지시하였다. 그래서 브라이어니는 계속 반복해서 이야기하면서 로비를 보았음을 뜻하였으며 무엇보다 그녀는 열의에 차 있었을 뿐만 아니라 완벽하게 정직하였다. 브라이어니가 의미한 무엇은 다른 모든 사람들이 그런 상황에서 초조하게 이해한 무엇 이상으로 아주 복합적인 것이었다. 그리고 그러한 미묘한 복합성들을 표현할 수 없다고 느꼈을 때 어떤 불안감이 브라이어니를 엄습하였다. 브라이어니는 진지하게 애써볼 수조차 없었다. 어떤 기회도, 어떤 시간도, 어떤 허락도 없었다. 이틀 동안에, 아니, 겨우 몇 시간 동안에, 어떠한 과정이 신속하게 진행되고 있었으며 그것은 브라이어니의 통제를 아주 벗어나 있었다. (McEwan 2001 : 158~159)

이 단락은 다시 한 번 브라이어니의 실수를 강조하고 있다("자신에게 진실을 말했던 것은 단순히 그녀의 눈이 아니었던 것이다"). 다른 한편으로, 이 단락은 브라이어니가 자신의 판단을 얼마나 깊이 신뢰하는가를 강조하고 있다("브라이어니는 (…중략…) 열의에 차 있었을 뿐만 아니라 완벽하게 정직하였다"). 또한 이 단락은, 일단 이야기한 다음에는 자신의 증언을 수정하거나 혹은 다른 방식으로 뉘앙스를 덧붙인다는 것이 브라이어니에게 얼마나 불가능한 것인가를 강조하고 있다. 즉 "브라이어니가 의미한 무엇은 다른 모든 사람들이 그런 상황에서 초조하게 이해한 무엇이상으로 아주 복합적인 것이었다." 그러나 그같이 복합적인 것을 브라이어니가 표현하기에는 "어떤 기회도, 어떤 시간도, 어떤 허락도 없었다." 따라서 매큐언은 우리가 브라이어니의 잘못된 판단들을 이해하고 또한 그 판단들에 심지어는 공감하도록 요청하고 있다. 그럼에도 매큐언은 브라이어니의 판단들이 터무니없는 실수투성이이며 세실리아와 로비에게 매우 부정적인 결과를 가져올 것임을 의심의 여지없이 남겨두고 있다. 게다가, 우리의 윤리적 판단을 이같이 조종하는 방식은 심미적, 윤리적 측면에서 이 소설이 하는 역할에 관해 생각해 보도록 한다. 과연 매큐언은 브라이어니가 의도한 것들(그리고 매큐언이 윤리적 측면에서 우리의 부정적 판단을 완화시키는 것들) 그리고 브라이어니의 잘못된 판단들로 인한 끔찍한 실제적 결과들 사이에서 발생하는 그러한 차이들을 어떻게 극복해갈 것인가?

일단, 파트 1이 브라이어니가 쓴 소설의 일부라는 것을 알게 된다면, 우리는 판단들을 바꿀 필요는 없지만 또 다른 층위의 판단을 덧보탤 필요는 있을 것이다. 먼저, 우리는 성인이 된 브라이어니가 어린 소녀였던 당시로서는 할 수는 없던 일련의 해석적 판단들을 하게 되었음을 알게 된다. 그러한 판단들은 다른 주요 인물들 특히 세실리아와 로비의 내밀한 생활에 관한 브라이어니의 생생한 재현으로써 표현되고 있다. 브라이어니의 서술에서 이러한 요소는 또한 이 서술의 특질에 관한 우리의 미적 판단을 알려주고 있다. 즉 브라이어니는 모더니즘 소설의 기술들 특히 의식에 관한 많은 재현양식들을 능숙하게 잘 다루는 소설가이다. 그리고 매큐언은 브라이어니의 소설에 관한 미적 판단 쪽으로 안내함으로써 브라이어니의 자기-재현에 관한 우리의 윤리적 판단이 아주 어렵도록 만들고 있다. 즉 매큐언이 브라이어니가 비난받을 만하다는 사실을 누그러뜨리는 것을 서술의 긍정적인 특질로서 간주할 수 있는 것이다. 그러나 브라이어니가 자신의 행위를 자기 뜻대로 재현한 것을 또한 그와 같이 동일하게 판단할 수는 없는 것이다. 그것은 소설가로서 브라이어니는 명확히 이해가 충돌되는 지점을 지니기 때문이다. 그럼에도 브라이어니의 서술이 아주 공감적으로 다른 인물들의 의식 속으로 침투하기 때문에 그리고 자신의 판단들이 얼마나 불충분한 것이었는지를 브라이어니 스스로가 명확하게 나타내고 있기 때문에, 매큐언은 이후에 브라이어니가 자신의 "범죄"라고 일컫는 무엇에 관해서 현재의 명확한 시각으로 재구성해내는 일을 우리가 존중할 수 있도록 안내하고 있다.

브라이어니의 속죄노력에 대한 판단

판단에 관한 좀 더 복합적 질문은 소설의 마지막 부 「런던London 1999」
의 갑작스러운 폭로에서 출현한다. 특히 그 부는 우리가 소설 속에서
또 하나의 소설을 읽어왔음을 알려주고 있으며, 그것도 브라이어니의
소설이 역사적 사건들을 진술한 파트 1과 브라이어니의 상상과 사실들
을 뒤섞은 파트 2와 파트 3을 솔기없이 봉합하였음을 알려주고 있다.
파트 2는 (감옥에서 석방되기 위해 군인이 된) 로비 터너가, 1940년 5월 말과
6월 초에 덩케르크Dunkirk로 퇴각한 일을 포함한 영국 군인으로서의 로
비의 경험담을 말해주고 있다. 파트 3(간접적인 보상의 노력으로서)은 전쟁
동안에 간호사로서 일한 브라이어니의 이야기를 말해주고 있다. 그리
고 그 부는 로비가 퇴각한 직후, 세실리아와 로비에게 자신의 죄를 전
적으로 자백하고 속죄를 맹세하는 이야기를 말해주고 있다. 그럼에도
브라이어니의 1999년 일기기록은, 로비와 세실리아가 결코 재결합하
지 않았으며 그것도 로비가 퇴각 중에 죽었고 세실리아는 독일의 폭탄
이 런던의 발햄Balham 지하역을 파괴한 사건 후 몇 달 만에 죽었음을 알
려주고 있다. 결과적으로, 우리는 조금이라도 속죄하고자 한 브라이어
니의 소설적 상상과 그리고 속죄할 수 없는 현실 사이에 놓인 모순에
직면하게 된다. 또한 우리는 매큐언이 브라이어니의 속죄를 향한 요청
에 우리 자신의 감정과 욕망을 투입하도록 만들었다는 새로운 발견에

직면하게 된다. 즉 브라이어니의 속죄는 애초에 불가능한 것이었으며 그것은 매큐언과 브라이어니 둘 다가 각자 다른 방식으로 알고 있었던 일이었다.

일기기록을 보면, 브라이어니는 1940년에 처음 소설의 초안을 썼다. 그러나 그녀가 자신의 과거사를 바꾸려고 결심하게 된 것은 마지막 초안원고 때였다 — 이것은 해석적, 윤리적, 심미적 측면의 또 다른 판단들을 동시에 불러오는 효과를 만들어내고 있다. 더 정확하게, 브라이어니는 역사적인 기록물을 심미적, 윤리적 판단의 결과물로서 변경하고자 하는 자신의 해석적 판단을 설명하고 있다. 브라이어니는, "아주 절망적인 리얼리즘의 역할"을 제외하고서 역사적 사실들을 믿고자 하는 사람은 어느 누구도 없을 것이라고 쓰고 있다. 그리고 브라이어니는 자신의 소설이 "희망 혹은 만족의 감각", 그 일부를 제공한다는 사실이 중요하다고 결심하였다(McEwan 2001 : 350). 게다가, "나는 그것이 나약함이나 회피가 아니라 궁극적으로 친절을 보여주는 행동이라고 믿고자 한다. 그것은 내가 사랑하는 사람들이 살아가도록 하고 결말에 가서는 결합하도록 하는 망각과 절망에 저항하는 어떤 입장인 것이다. 나는 그들에게 행복을 주었다. 그러나 나는 그들이 나를 용서하도록 그렇게 자기잇속만 차릴 수는 없었다"(p.351).

그러나 브라이어니는 이러한 이유들로 해서 자신의 역사를 바꾸는 일이 소설을 쓰고자 한 자신의 본래의 목적과 관련한 결과를 가져온다는 것을 인식하고 있다. 브라이어니가 소설을 쓰게 된 계기는 자신의 잘못을 속죄하는 어떤 방식으로서 서사의 본원적 힘을 사용하는 것이었기 때문이다.

이 문제는 59년에 걸쳐서 이와 같이 된 것이다. 즉 소설가는 어떻게 속죄를 성취할 수 있는가, 그것도 결과를 결정짓는 절대적 권력을 지니고 있는데, 소설가는 또한 신인 것인가? 자신을 호소할 수 있고 혹은 화해할 수 있으며 혹은 용서를 구할 수 있는, 어느 누구도 혹은 어떤 존재도 혹은 어떤 고도의 형식도 없는 것이다. 그녀의 바깥에는 정말 아무것도 없다. 그녀는 자신의 상상 속에서 한계를 두고서 관점을 정한다. 신 혹은 소설가를 위한 속죄란 없는 것이다, 비록 그들이 무신론자라고 할지라도. 그것은 언제나 불가능한 작업이었으며 게다가 정확한 핵심이었다. 시도가 전부인 것이다. (McEwan 2001 : 350~351)

해석하자면 소설가로서의 권능은 또한 소설가 그 자신의 한계가 된다는 것이다. 즉 브라이어니의 글쓰기는 소설의 세계가 존재하도록 하며 그것은 죄와 그 여파 일체를 포함하고 있다. 그 때문에, 인물들의 운명에 관한 브라이어니의 결정은, 인물들이 역사적 사실과 일치하든 그렇지 않든 간에, 현실의 사람들에게 행한 그 무엇을 보상할 수는 없다. 브라이어니의 노력이 속죄를 성취하기에 충분한 것인지 아닌지 판단하도록 역할할 수 있는 허구의 외부에 있는 어느 누구도 존재하지 않는 것이다. 그럼에도, 브라이어니는 속죄를 구하는 노력을 생각하였는데 그 이유는 불가능한 일을 시도한다는 것이 속죄하고자 하는 자신의 욕망의 진실한 깊이를 보여줄 수 있기 때문이었다. 이러한 결론은, 브라이어니가 실제로 죄를 지은 지 64년이 지나서 불가능한 속죄와 타협하도록 하였다. 즉, 그것은, 59년간의 노력을 필요로 하였으며 그러한 노력의 결과물이었다.

그러나 브라이어니의 판단들은 매큐언의 소설이라는 액자 내부에 존재하고 있다. 게다가 그 액자는 우리가 브라이어니의 판단이 불충분하다고 평가하도록 이끌고 있다 ― 실지로, 우리의 판단은 브라이어니가 13살 때의 그 판단들만큼이나 아주 불충분한 것이다. 브라이어니가 쓴 일기는 그녀의 일흔일곱 번째 생일날에 탤리스 가족의 선물에 관한 기술을 포함하고 있다. 그 선물이란 젊은 세대들이 〈아라벨라의 시련 The Trials of Arabella〉을 공연한 일에 관한 것이었다. 브라이어니의 일기는 극의 마지막 2행 곧 청중을 향한 아라벨라와 왕자의 대사를 인용하고 있다.

> 우리들 노력의 끝, 여기에 사랑의 시작이 있다.
> 잘 있거라, 좋은 친구들이여, 우리가 향하는 일몰처럼! (McEwan 2001 : 348)

매큐언이 이같이, 소설을 단순한 방식으로 에워싸지 않고 13살 된 브라이어니의 로맨스로 귀환한 것은, 브라이어니의 소설에 지배적인 낭만적 충동들을 함축적인 방식으로 진술한 것이 된다. 그것은 로비와 세실리아를 위한 노력의 결말로서 "사랑의 지속"으로서 맺고 있으며 또한 브라이어니의 속죄가 가능한 것으로서 맺고 있다. 브라이어니는 질문한다, "아주 절망적인 리얼리즘에 충실한 것을 제외한다면 (세실리아와 로비가 결코 재결합하지 않았다는 것을) 누가 믿고 싶어 하겠는가." 브라이어니의 질문은 매큐언의 청중에게 브라이어니의 낭만적 충동이 로비에 대한 자신의 오인을 부추겼다는 사실을 상기시키고 있다. 브라이어니가 당시에 사실주의에 관심을 두고 있었더라면 로비를 가리키기 전에 좀 더 충분한 증거들을 알아보고자 하였을 것이다. 마찬가지로, 현재의 브라이어니가 사실주의에 관심을 두고 있었다면, 자신의 오인과 관련한 암울한 결과들을 드러내는 일에 줄곧 충실하였을 것이다. 브라이어니가 그렇게 하지 않은 것은 어떤 의미에서 속죄하고자 하는 자신의 요청을 외면한 것이 된다.

매큐언은 또한 롤라와 폴 마샬Paul Marshall에 관한 브라이어니의 설명을 통해서 브라이어니의 판단이 부적절하다는 신호를 보내고 있다. 파트 3에서, 실제로는 마샬이 롤라의 폭행범이었지만, 롤라는 "사랑에 빠짐으로써 혹은 자신을 설득함으로써 자신을 굴욕감으로부터 구제하였다. 또한 (그녀는) 브라이어니의 주장과 비난의 말을 들었을 때 자신의 행운을 믿을 수가 없었던 것으로 우리는 알고 있다. 그리고 (아이를 갓 벗어난 상태에서 강제로 취해졌던) 롤라로서는 자신의 강간자와 결혼하게 된 것이 얼마나 다행스러운 일이었는지"(p.306). 마지막 부에서 우리는 롤라와 폴이 로드Lord와 마샬 부인이 되었으며 폴의 사탕회사가 성공해서 화려하고 여유로운 삶을 영위하였다고 알게 된다. 브라이어니는 회상한다,

우리의 범죄 — 롤라의 것이자 마샬의 것이자 나의 것 — 가 있었으며 그리고 나는 (내 소설의) 두 번째 버전에서 그것을 기술하기 시작하였다. 나는 이름, 장소, 정확한 주변여건들, 그 어떤 것도 꾸미지 않는 것을 내 의무처럼 여겼다. 나는 거기에 있던 모든 것들을 역사적인 기록의 문제로서 취급하였던 것이다. 그러나 법적 현실의 문제에 관해서, 많은 다양한 편집자

들은 몇 년에 걸쳐 내게 말해주고 있었다. 법의학적으로 볼 때, 내 회고록은 나의 공범자들이 살아있는 동안에는 결코 출간될 수 없다는 것이었다. 또한 아마도 당신은 자신을 비롯한 고인들을 다만 명예훼손한 상황이 될 거라는 것이었다. 마샬 부부는 사십대 후반이 지나서는 법정에서 아주 적극적일 것이었는데 그것은 공격적으로 아주 큰돈을 들여서라도 자신들의 명예를 변호하려 들 것이기 때문이다 ……. 모두가 무사하기 위해서는 누군가는 무난하고 모호해져야만 하는 것이다. 나는 그들이 죽을 때까지 출판할 수 없다는 것을 알고 있다. 그리고 오늘 아침에 나는 내가 살아있는 한 그 일은 일어날 수 없을 것임을 받아들인다. (McEwan 2001 : 349)

그럼에도 실제적으로 브라이어니의 회상은, 오랫동안 소설의 완성이 지연된 것이 또한 자신의 속죄를 위해 취할 수 있는 구체적 조치를 회피한 어떤 방식이었다는 사실을 주목하도록 만든다. 즉 브라이어니에게 가능하였던 속죄는 자신의 죄에 대한 공개적인 고백과 ― 이것은 소설로서가 아니라 비허구적인 일정한 형식이며 1935년 6월, 텔리스의 사유지에 있었던 모든 사람들에게 보내는 편지를 포함하는 것이다 ― 그리고 로비의 결백을 증명하는 노력이었다. 브라이어니의 회상은 그러한 조치를 취하는 일이 얼마나 어렵고 불확실한 것인지를 보여주고 있다. 그것은 마샬 부부가 명백히 브라이어니의 진술을 부인할 것이며 심지어는 명예훼손으로 소송을 제기할 가능성도 있기 때문이었다. 그러나 그렇게라도 속죄할 수 없었던 브라이어니는 로비에 대한 자신의 죄를 평생 가져가게 된 것이다. 요약하자면 매큐언 소설의 액자 내부에서 보았을 때, 소설을 통해 속죄하려는 브라이어니의 노력에 관해 우리가 말할 수 있는 것은 기껏해야, 그러한 잘못을 저질렀던 때에 브라이어니가 했던 수고들과 아주 흡사하다는 사실이다. 즉 브라이어니의 의도는 훌륭하지만 그녀의 실천은 아쉬운 여지를 많이 남기고 있다 (심지어 좀 더 가혹하게는, 브라이어니는 속죄하지 못했으면서 그렇게 했다는 기쁨을 찾고 있다고 판단하는 일 또한 가능한 것이다). 이와 같은 결론들은, 매큐언이 이러한 방식으로 브라이어니의 판단에 관한 틀을 짰던 목적에 관해 우리로 하여금 숙고하도록 초대하고 있다. 즉 매큐언의 목적은 우리가 그가 구상한 이 소설에 대한 더 큰 구조에 관한 판단들의 일부 혹은 그 꾸러미를 숙고하도록 하는 것이다.

매큐언의 오인에 대한 판단

매큐언은 파트 1, 파트 2, 그리고 파트 3이 브라이어니의 소설이며 그녀의 소설은 사실과 허구를 결합하고 있다는 사실을 뒤늦게 폭로하고 있다. 즉 매큐언은 독자로서의 우리가 작품초반부터 무수히 판단하도록 했으며, 특히 파트 2와 파트 3에서는 감정적으로 상당히 몰입하도록 만들었다. 그런데 매큐언의 뒤늦은 폭로는 우리를 그렇게 몰입하도록 만들던 덮개를 바깥으로 빼내버린 격이 된다. 갑작스럽게 의식하게 되는 많은 우리의 판단들은, 우리가 잘못된 정보들에 근거한 결과로서 오도되어온 것들이 되었다. 우리는 끔찍한 퇴각 사건 이후에 세실리아와 로비의 재결합 속에서 그리고 로비에 관한 자신의 증언을 철회하는 브라이어니의 서약 속에서 안도감을 경험하였다. 그런데 그러한 안도감은 상당히 판이한 것으로 되어버렸다. 그것은, 그 사건들이 브라이어니의 삶의 일부가 아니라 브라이어니가 쓴 소설의 일부이며 그리고 그것은, 브라이어니의 잘못이라기보다는 다른 존재론적인 층위에 속한 것임을 우리가 갑작스럽게 알게 되기 때문이다. 이러한 관점에서, 매큐언의 지연된 폭로는 브라이어니가 로비를 오인한 맥락과 유사한 것이다. 즉 우리는 파트 1, 파트 2, 그리고 파트 3이 브라이어니의 소설이라는 어떤 표지도 얻지 못하였으며 매큐언은 이러한 지경에 이를 때까지도 암시적인 방식으로 자신의 서술이 지닌 특성을 우리가 잘못 인식하도록 만들었다. 확실히, 매큐언은 두 가지 오인의 결과가 미치는 의미심장한 차이들에 관해 의식적이었다 — 매큐언은 자신의 저자적 청중 또한 그러한 차이들에 의식적일 수 있기를 기대하고 있었다. 그럼에도 마침내 브라이어니가 일기에서 서술을 통하여 속죄하려는 자신의 노력은 불가능한 것이자 동시에 필연적인 것이라고 결정하게 될 때, 우리는 매큐언도 마찬가지로 그가 쓰는 서술에 관해서 브라이어니를 통해서라도 직접 말하고 있는지의 여부를 질문할 필요성을 느끼게 된다. 매큐언이 쓴 서술은 그 자체로서 관습에 대한 위반을 포함하고 있을 뿐만 아니라 동시에 속죄의 가능성에 관해 탐구하고 있기 때문이다.

브라이어니는 쓰고 있다, "소설가는 어떻게 속죄를 성취할 수 있는가, 그것도 결과를 결정짓는 절대적 권력을 지니고 있는데, 소설가는 또한 신인 것인가? 자신이 호소할 수 있고 혹은 화해할 수 있으며 혹은 용서를 구할 수 있는 어느 누구도 혹은 어떤 존재도 혹은 어떤 고도의 형식도 없는 것이다. (⋯중략⋯) 신 혹은 소설가들을 위한 속죄란 없는 것이다, 비록 그들이 무신론자라고 할지라도." 매큐언의 소설 틀 내부에서 볼 때, 이와 같은 진술들은 브라이어니가 가능할 수 있었던 인식 그 이상으로 상당히 함축적인 상이한 의미를 지니고 있다. 먼저, 이 진술들은 또 다른 새로운 층위를 덧보탬으로써 우리가 이 소설의 핵심적 관심사들을 이해하도록 초대하고 있다. 즉 예술과 속죄 사이의 관계는 무엇인가? 두 번째 이 진술들은 다소 좀 더 구체적인 질문들을 제기하고 있다. ① 지연된 폭로는 매큐언이 신을 연기하는 일종의 사례인 것인데 그 이유는 그가 결과를 결정지을 뿐만 아니라 갑작스럽게 그 결정을 드러내는 데에 소설가로서의 절대적 힘을 사용하기 때문이다. 그것은 우리가 브라이어니 소설에 감정적으로 몰입해 있는 입장에서 보면 폭력적인 일이기도 하다. 이런 방식으로써 신의 역할을 한 후에 매큐언이 속죄를 할 필요가 있는가, 그리고 만일 하게 된다면 그는 과연 어떻게 할 수 있겠는가? ② 매큐언이 속죄와 용서를 호소할 수 있는 대상이 있는데 그것은 바로 그가 오도한 청중들이다. 또한 매큐언은 우리가 다시 납득할 수 있는 몇몇 근거들을 암시해주었던가? 궁극적으로, 그는 속죄의 씨앗 내부에 관습에의 위반을 전달하는 그와 같은 방식으로 소설의 "한계와 관점을 설정하였던" 것인가? ③ 궁극적으로, 죄와 속죄 사이의 이러한 말하기의 역동학은 재현된 행위의 유사한 역동학을 어떻게 조명하고 있는가?

첫 번째 두 개의 질문은 『속죄』에서 앞서 나온 세 부분과 기습적인 폭로 사이의 관계에 관하여 우리로 하여금 해석적 판단들과 심미적 판단들을 조합해보도록 한다. 기습적인 폭로는 효과적인 것이었는데, 그것은 청중들로 하여금 깜짝 놀라도록 하면서 예비된 뜻밖의 사실로 인해 머리를 끄덕이게 하는 것으로 끝맺도록 한다(Phelan 2004를 보라). 『속죄』에서 청중을 위해 예비한 일은 특별히 미묘한 조작이라고 할 수 있는데 그것은 이 소설의 관점과 한계의 규정들 때문이다. 즉 매큐언은 브라이어니의 소설로서 1부, 2부 그리고 3부를 써야 하며, 그리고 브라이어니는 당연히 자신이 매큐언의 소설 속 인물이라는 관념이 없으며 따라서 매큐언의 청중에 관한 관념도 없다. 매큐언은 두 가지 주요한 방식으로 작업하였다. ① 매큐언은 사건에 관한 브라이어니의 재현에서 소급적으로 볼 때 브라이어니가 허구적인 요소들을 도입한다는 단서로서 기능하는 세부사항들을 포함하였다. ② 매큐언은 모더니즘 기술과 관련한 메타층위의 전달방식을 브라이어니의 소설에 포함시켰으며, 그러한 전달방식은 브라이어니의 편에서 보면, 그녀가 한 사람의 저자로서 성장하였다는 이야기의 요소로서 기능하고 있다. 한편으로, 그것은 매큐언의 편에서 보면, 브라이어니의 소설 — 나아가 그의 소설이기도 한 — 의 기술들에서 어떠한 긴장감을 만들어내는 방편으로 기능하고 있다.

사건들에 관한 재현에 있어서 주요 단서들은 파트 2와 파트 3에서 발생하고 있다. 2부의 말미에서 로비는, 프랑스에서 영국으로 가까스로 이송되지만, 부상을 입고 기진맥진하여 주변상황을 다만 간헐적으로 인지할 수 있었다. 게다가, 로비의 마지막 진술 — 2부의 마지막 문장 — 은 "약속할게, 내게서 다른 말은 듣지 않도록"(p. 250). 간단히 말해서, 파트 2부는, 매큐언의 청중으로 하여금 로비가 후송되거나 죽게 되거나 하는 여부를 결정짓지 못하도록 남겨두고서 끝을 맺고 있다. 파트 3은 세실리아와 재결합한 로비를 보여줌으로써 결말을 애매모호하게 만들지 않는 것처럼 보인다. 그러나 소급적으로 볼 때, 우리는 2부의 결말이 로비가 퇴각 중에 살아남지 못한 사실을 누설하기 위한 섬세한 준비과정이었음을 알 수 있다. 이러한 결론은 3부의 한 단락에 의해 강화되는데, 그것은 소급적으로 본다면, 역사와 소설 사이의 솔기를 표시하면서 브라이어니와 매큐언 두 사람 모두를 위해 기능하는 것으로 이해될 수 있다.

> (브라이어니는) 카페를 떠났다. 그리고 그녀는 무리의 사람들을 따라 걸으면서 자신과 또하나의 자신이 서로 멀어지는 거리를 느꼈다. 그것은 다름아닌 실제의 자신이 병원 쪽으로 돌아 걸어가고 있었기 때문이다. 발햄 Balham 방향 쪽으로 걷고 있을 브라이어니는 아마도 유령과도 같은 상상 속의 퍼소나였다. 이러한 비현실적인 느낌이 고조되면서 한 시간 반이 지났다. 브라이어니는 또 다른 시내중심가에 이르렀다. 그곳은 자신이 떠나온 곳과 거의 똑같았다. (McEwan 2001 : 311)

다른 말로 하자면, 실제의 브라이어니는 병원으로 되돌아왔으며 한편 유령과도 같은 그녀의 퍼소나는 세실리아와 로비를 향한 소망을 이루어내고자 하는 여행을 계속하였던 것이다.

매큐언의 메타-층위의 전달에 주의를 기울인다면, 우리는 아주 극적인 사례를 찾아볼 수 있다. 그것은, 브라이어니가 제출한 제1부의 초기 버전의 「수평선」에 관한 시릴 코널리Cyril Connolly의 답변을 매큐언이 보여주는 대목에서이다. 즉 코널리는 이 작품은 "울프 부인의 기술들에 지나치게 많은 부분 빚지고 있으며"(p.294) 게다가 "이 작품의 정적인 특질은 (브라이어니의) 눈에 띄는 재능을 잘 살려내지 못한다"(p.295)

고 평하였다. 비록 브라이어니가 이 논평의 관점에서 수정하였음에도 불구하고, 이 논평은 매큐언으로 하여금 『속죄』에서 독창적인 모더니즘 기술의 광범위한 사용에 관한 질문들을 제기하는 방식으로서 기능하고 있다. 매큐언의 메타-층위의 전달에 의해 발생된 긴장감은 다음과 같은 방식으로 설명될 수 있다. 즉 기량이 뛰어난 소설가가, 2001년도 작품에 관해서 모더니즘 노선을 따라 소설을 구조화하면서 또한 동시에 그 같은 구조에 질문을 제기하는 것은 과연 무엇을 의미하는가? 뜻밖의 결말은 긴장감을 해소하면서도 적절한 놀라움의 효과를 제공하고 있다. 즉 그 소설가는 브라이어니-식의 순전한 모더니즘 소설이 아닌 아주 자의식적이며 자기반영적인 소설을 썼던 것이다. 그러한 자기반영성 속에서, 매큐언의 기습적 결말은 『속죄』의 포스트모던한 순간을 인식하도록 만든다. 그러나 더 중요한 것은, 그러한 결말이 1부와 2부 그리고 브라이어니의 작가적 성장에 관해 논평한 3부의 요소들에 새로운 무게감을 부여한다는 점이다. 또한 결말은 예술과 경험 사이의 관계라는 이 소설의 주제에도 그러한 무게감을 부여하고 있다.

우리는 재현된 행위에서의 죄와 속죄 그리고 말하기에서의 죄와 속죄, 그 사이의 관계에 주의를 기울이게 된다. 그리하여 우리는 브라이어니가 쓴 일기를 뒤늦게 폭로함으로써 투입된 감정들을 무효화한 것이 우리가 속죄의 문제에 좀 더 깊이 참여하게끔 하는 매큐언의 전략임을 알아차리게 되는 것이다. 우리의 독해 경험을 오도하였던 매큐언의 메타-메시지는 죄와 속죄의 문제를 겪는 우리의 감정상의 궤도가 얼마나 강렬하고 어려운 것이었다고 해도 그것은 지나치게 손쉬웠던 것임을 말하고 있다. 즉 소급해서 보면, 우리는 로비가 퇴각에서 살아남았을 것임을 지나치게 믿으려 한 나머지 브라이어니가 로비와 세실리아와 만난 일이 어떠한 속죄로 이어진다고 인정하고 있었음에 틀림이 없다. 소설가로서의 브라이어니가 매우 부적절한 판단들을 하고 있다는 매큐언의 관점은 이러한 메시지를 강화하고 있다. 매큐언은 1부, 2부, 그리고 3부에서 우리의 모의 참여를 고무하였으며 그리고는 마지막 장에서 그러한 참여를 유도한 덮개를 바깥으로 끄집어내었다. 그럼으로써 매큐언은 브라이어니가 소설에서 고수한 희망을 "아주 암담한 리얼리즘"과 나란히 두었을 뿐만 아니라 우리로 하여금 그러한 암담함을 체험하도록 만들고 있다.

따라서, 매큐언의 전략에 관한 우리의 해석적 판단은, 매큐언의 오인에 관해서라면, 그가 심미적, 윤리적 측면 모두에서 성공적으로 속죄하였다는 쪽으로 이끌 것이다. 그럼에도 그와 같은 전략은 또한 매큐언의 잘못과 속죄 그리고 브라이어니의 잘못과 속죄, 그 둘 사이의 대비를 고조시킬 것이다. 매큐언의 잘못과 속죄는 전적으로 예술의 경계선 내에 남아있는 것이다. 한편 브라이어니의 잘못과 속죄는 자신의 생애에서는 할 수 없는 무엇을 예술을 통해서 시도한 것이다. 메타-메시지는, 예술이 죄와 속죄 고유의 패턴을 달성해낼 수 있지만 예술의 경계 너머에서 일어나는 잘못에 관해서는 속죄할 수 없으며 그것을 기대해서도 안 된다는 것이다.

이와 같은 결론 — 매큐언의 결론과 나의 결론 둘 다 — 이 매우 논쟁의 여지가 있다는 것은 놀랄 일이 아닐 것이다. 『속죄』의 일부 독자들은, 내가 확신하기에, 필자가 궁지에 몰린 매큐언에게 지나친 자유를 주었음을 발견하고 그에 따라 그들은, 오도된 독해에 관한 매큐언의 속죄가 불충분하기 때문에 그의 작품에 관한 자신들의 윤리적 판단도 궁극적으로 부정적인 것으로서 판단할 수 있다. 또한 다른 일부의 독자들은, 누구라도 매큐언의 소설 ― 혹은 적어도 그의 작품에 관한 나의 논평 ― 처럼 간결한 방식으로 예술과 삶의 경계선을 그릴 수 있다고 이의를 제기할 수도 있다. 실지로, 이 소설에서의 허구의 층위 ― 매큐언의 소설 내부에 존재하는 브라이어니의 소설 ― 는 예술과 속죄 사이의 대화를 향한 또 하나의 층위를 열어보이고 있다. 즉 브라이어니, 로비, 그리고 세실리아는 피할 수 없이 허구적인 존재이기 때문에 그들 사이의 죄와 속죄의 역동학은 매큐언과 독자들 사이의 그 같은 역동학보다는 결국 덜 중요한 것이 된다. 그러나 주의깊게 주장되는 그와 같은 쟁점들은 외면해야 할 것이 아니라 환영받아야 할 문제들이다. 서술판단에 관한 매큐언의 소설과 수사학적 접근법 모두는, 그와 같은 쟁점들로부터 초래되는 논쟁들을 환영하고 있다. 만약 이 글이 다른 논자들로 하여금 논쟁의 가치를 발견하도록 하여『속죄』의 서술판단에 관한 분석에 착수하는 데 일조한다면, 나는 그것이야말로 이 글의 해석적인 성공으로서 판단할 것이다. 좀 더 일반적으로는, 이 글이 그와 같은 결과를 이끌 수 있다면, 나는 서술판단의 중요성을 광범위한 사례들로써 지지할 것이다. 나는 그것이 이론적인 성공이라고 판단하고 있다.

22

러쉬모어 산의 변화하는 얼굴들

집합적 초상화와 참여된 국가 유산

앨리슨 부스Alison Booth

2003년 10월 21일, 나는 오후 5시 30분 쯤 케이블 TV 채널 C-Span을 켰다. 그리고 나는 일명 부분적 출산낙태를 금지하는 법안을 위해 빈 방의 카메라에 연설하고 있는, 마이크 펜스 인디아나Mike Pence Indiana 공화당 국회의원을 우연히 보게 되었다. 그가 한 일화를 통해 전기적 역사의 여정을 시작했을 때 내 시선이 집중되었다. 그는 청중으로 하여금, 자신이 국회의 직무 중간에, 국립 조각수집관을 통과하여 워싱턴 국회의사당 원형건축물을 향하는 짧은 산책을 한다고 상상하도록 청하였다. 그 산책길에서 그는 미 역사상 위대한 세 사람의 여성을 칭송하는 한 조각을 경탄하며 멈추어 섰다〈그림 1〉. 나는 그 장면을 구체적으로 그려볼 수 있었다. 즉, 펜스는, '**루크리셔 모트**Lucretia Mott', '**엘리자베스 스탠턴**Elizabeth Cady Stanton' 그리고 '**수전 앤서니**Susan B. Anthony**의 초

상조각을 지나갔으며 그는 머리와 어깨의 조각들로 재현된 여성들을 확인시켜주는 이름을 읽으려고 앞으로 몸을 숙였다. 그리고 그는 거기에 조각된 탁월한 인물들을 다시 쳐다보았으며, 그와 함께 우리들은 역사 속에서 그들이 기억되는 이유를 상기시키는 것들이 얼마나 희박한가를 생각하였다. 그러자 그는 그 인물들의 생애를 알아보기 위해 한 사람의 직원을 보냈다. 이름과 얼굴은 대중의 눈에서는 효과적인 기억술이 되겠지만, 일반적으로, 생생한 기록물을 위해서는 생애서술이 요청된다.

　이어서, 진행을 맡았던 펜스와 교체하여, 조각가, 에들레이드 존슨 Adelaide Johnson이 그 일을 맡았다. 그는 초기 페미니즘 지도자들의 전형에 관한 인상을 얻으며 그것들을 지나갔다. 촬영 카메라 앞에서, 그는 앤서니(1820~1906)와 스탠턴(1815~1902)을 향해 짤막한 찬사를 전하였다. 그는 전경에 있는 저명한 인물, 루크리셔 모트(1793~1880)에 관해서는 어떤 언급도 하지 않았는데, 그것은, 아마도 좀 더 과거 세대인 그 지도자가 오늘날 덜 유명하기 때문이거나 혹은 모트의 퀘이커Quaker 폐지론이 다수의 남부 기독교 우파를 여전히 괴롭히고 있는 때문일 것이다. 영예의 명부의 독자들 혹은 신전의 방문객들이 종종 그렇게 하는 것처럼, 펜스도 주목받지 못한 인물 한 사람을 애써 거론하였으며 뿐만 아니라 또 다른 인물도 덧붙였다. 즉 그는 앨리스 폴Alice Paul의 스토리 즉 평등 권리 수정조항을 위한 그녀의 캠페인에 관해 이야기하였다(펜스는 자신이 그 조항에 반대투표하였을 것임을 인정하고 있다). 그 여성 영웅들은 모두 여성 권익의 챔피언이었으며 펜스의 논리에 따르면 그들 모두는 또한 "낙태 반대주의자"일 것이었다.

〈그림 1〉 루크리셔 모트, 엘리자베스 스탠턴, 그리고 수전 앤서니의 초상조각,
미 국회의사당 건축물

　펜스의 연설은 고대적 서사형식을 따라서 일군의 중요 인문들을 언
급하였으며 거기에는 이름들, 얼굴들, 서술들이 국가적 유산의 재현을
위해 결합되었다. "상상된 공동체"로서의 국민성은 선택된 집단의 초
상화 형식에서 그것의 계통을 만드는 것이다(Anderson 1991; Booth 2004a,
2004b). 이와 같은 집합들이 생략하거나 혹은 잘못 전하는 것은, 그것들
이 그려지는 것만큼이나 중요한 일이다. 조셉 로치Joseph Roach의 관점
에서, 집합적 재현들은 "대리의 과정" 혹은 대상들의 삭제와 대체를 요
구하는 것이며, 이 조사는 공동체를 대표할 "대리인들을 계속해서 오

디션함으로써 진짜를 찾아내도록 운명지어진 것이다"(Roach 1996 : 2~
3). 대표자들의 선택 및 대체는, 현대 사회에서는, 민주적 선거 혹은 자
유시장의 절차들을 채택하는 것이지만, 그럼에도 그 과정은 희생 제의
와 유사한 측면이 있다. 그리고 선택된 인물들의 재현은, 해석적 틀 ―
출판된 책, 기념물, 미디어의 재현 혹은 전시 ― 그리고 선택된 인물들
의 파란많은 삶의 세부들 사이의 간극을 노출하고 있다. 단적으로, 그
것은, 펜스가, 앤서니, 폴 모트, 그리고 스탠턴의 반군주적 행동주의와
충돌하는 "낙태에 반대한" 여성조상들을 언급한 사실에서 나타난다. 펜
스는 또한, 재현된 인물들 가운데서 그리고 그 지지자와 현재의 참관
인 사이에서, 통합과 충성을 시대착오적으로 주장하는 관습을 따랐다.

  펜스의 연설에서 핵심쟁점들 그리고 역사적 실책들은, 내가 쓰는 이
글에서, 인물연구 혹은 집합적 전기 역사에서 시각적, 언어적 초상화
를 사용한 사례 정도이지 그 이상으로 관여되지는 않는다. 펜스가 로
튠다 박물관the Rotunda의 세 부분으로 된 조각상을 인용한 것은 또한,
지배적인 인격화된 유산의 집합들이 계속 수정 중에 있으며 보충을 요
구하는 방식을 잘 보여주고 있다. 미국 국회의사당은, 내가 보기에는,
액자들, 그림들, 그리고 조각들에 집중된 생애서술들의 기념비적 집합
이다(Booth 2004a : 15~16). 펜스는 자신이 추종한 여성영웅들이 신전으
로부터는 거의 사라지고 있다는 것을 알지 못할지도 모른다. 1893년
세계의 미국 전시the World's Columbian Expositon에서 아들레이드 존슨의
분리된 여성 흉상들 중 세 개는, 1921년 수전 앤서니가 태어난 날에 수
집되었으며 제막식을 행하였다(Weimann 1981 : 289~294). 그러나 이 세
개의 머리를 지닌 기념물이 1997년에 국회의사당 지하실로부터 들어

올려질 때까지, 포카혼타스Pocahontas가 아닌 로툰다에서 뚜렷이 특징지을 수 있는 명명될 만한 어떤 역사적 여성은 없었다. 펜스는 로 대 웨이드 사건 이후post-Roe v Wade 페미니즘에 적대적임에도 불구하고 페미니즘적 권리회복의 실천을 명백히 인정하고 있다.

이해를 돕는 어떤 지점에서, 그 국회의원은 "러쉬모어 산Mount Rushmore의 축소모형 버전"으로서 세 명의 여성의 대리석 조각상을 칭송하였다. 키스톤Keystone SD의 러쉬모어 국립 기념물(〈그림 2〉)은, 거의 전적으로 연방정부 기금에 의해, 1927년과 1941년 사이에 거츤 보글럼Gutzon Borglum과 약 400명의 노동자들에 의해 만들어졌다(펜스는 러쉬모어 산에 수전 앤서니를 추가하도록 한 1937년에 제안된 법령을 알고 있었던 것 같지는 않다(Taliaferro 2002 : 312~318)). 로툰다 초상기념물의 관람객들처럼, 실물크기의 기념비의 방문객들은 추앙받는 저명한 얼굴들의 모델과 연관된 이름들을 강조, 반복할 것이다. 그리고 그들은 선택된 사람들을 이같이 함께 위치시킴으로써 형성되는 공유된 역사뿐만 아니라 원물들의 영웅적 삶을 회고하며 깨닫는 계기를 가질 것이다. 펜스의 텔레비전 청중들은 시각적 자료들이 없기 때문에 인격화된 바위얼굴에 관한 기억들을 끌어내야 했다. 바위얼굴은, 여행광고들, 우표들, 정략적인 사진촬영들, 그리고 히치콕Hitchcock의 냉전 알레고리, 〈북북서로 진로를 돌려라North by Northwest〉 등에서 아주 잊을 수 없는 것이 되었다. 두상들의 거대한 덩어리는, 신의 섭리에 의해 디자인된 언덕들만큼이나 오래된 것처럼 보이게 되었다. 그러나 물론, 바위얼굴의 현장은 불안정해 보이는 지대에 있으며, 명백한 운명적 서사를 거느린 주인공들로서 선발된 네 명의 대통령들과 함께 하였다. 그리고 그것은 신성한 우상학과 생태적 파괴의 혼합물이면서, 대통령의 비전을 가능한 것으로 만들었던 추방된 사람들과 노동가들의 억압된 역사들과 함께 하는 것이었다. 유사한 방식으로, 이데올로기적으로 난처한 국면이 존슨의 조각과 로툰다 박물관과 국회의사당 우상학 일체(Fryd 1992 : 1 177) 그리고 실지로 집합적 전기의 재현 일반을 흩트려놓기도 한다. 국가적 유산의 서사의 대표들로서 일련의 우상학적 주체들은 사람들이 알아채지 못할 만큼 아주 친숙하다. 그럼에도 그것들이 주의깊게 검토되어야 하는 타당한 이유가 있다.

집합적 초상화가 어떻게 국가적 유산을 기념하는가? 무엇이 무리지어 있는 역사적 인물들의 재현 관습의 일부인 것인가? 이름, 얼굴, 혹은 신체적 이미지, 그리고 언어적 서술이 상호의존적으로 기능하도록 하는 것은 무엇인가? 나는, 러쉬모어 산으로부터 첫 번째 명예의 전당에 오른 위대한 작가들의 정전들에 이르는, 기념비적 전기 컬렉션을 보충하려는 경쟁 사례들을 통하여 이러한 연관 질문들을 논의할 것이다. 각각의 사례에는 상업주의와 시민 스스로의 노력이 결합되어 있다. 즉 청중의 일원들은 질의를 받았으며 혹은 그들은 시민들, 여행자들, 혹은 책자 구매자들에게 투표를 권유하면서 역할을 수행하기도 하였다. 모든 인물연구들이 실제로 의견 투표를 하는 것은 아니지만, 그렇게 해서, 시리즈물의 새로운 대표자들이 선택되는 것이다. 기념비적 전통 혹은 전기적 전통은 항상, 보존된 존재와 눈에 띄는 공백 둘 다에 관한 이해를 전달하고 있다. 유사하게, 재현은, 말과 이미지 혹은 둘의 결합의 형태로, 그 인물을 생생하게 다시 포착하는 것처럼 보이지만 동시에 불가피하게 그렇게 하지 못한다. 이처럼, 재현은 동시에, 욕망된 존재

〈그림 2〉 러쉬모어 산

의 지울 수 없는 부재를 확인시키며 그리고 관람객들로 하여금 빈자리를 채우게 될 그 장소들을 다시 방문하도록 — 그리고 투표하도록 — 촉구한다.

　전기와 초상화의 결합에 관해 조사하면서, 나는 시각적 서술에 관한 어떤 새로운 이론을 제안하지 않을 것이며(Heehs 1995 : 211~214) 그리고 자매 예술들에 관한 또 다른 역사를 제안하지도 않을 것이다. 호라티우스Horace가 **"시는 그림과 같이**ut pictura poesis"("그림 그리고 또한 시로서"로 종종 번역된다, Mitchell 1986 : 43)를 언명한 이래로 시와 그림 사이의 조화가 논쟁되어왔다. 심지어, 생애서술과 초상화 사이의 관계, 이러한 말 -이미지의 특별한 사례, 시간-공간의 상호과정은 확정적인 이론을 교묘히 피해갈 것이다(Wendorf 1983 : 98~99; Piper 1982; Adams 2000). 나는 표본의 사례들을 거쳐서 인물연구의 관습들 — 집합적 전기의 역사에서 언어-시각적 양식 — 을 탐구할 것이다. 그리고 펜스가 그와 같은 재현의 형식들이 주요한 혹은 지류적 요소들과 관심사들을 지지할 수 있는, 로튠다 박물관에서의 유일한 페미니즘적 개입을 보수적으로 활용하였다는 사실이 명확히 밝혀져야 할 것이다. 재현의 형식들은 모든 시대의 교양 문화를 고집하면서도 다른 맥락에서 보면 상이한 이데올로기적 의미를 전달하고 있다. 전기적 혹은 "특수한" 역사, 내가 인물연구라고 부르는 목록의 종류는, 플루타르크Plutarch 이래로 보편적 혹은 정치적 역사에 대한 공인된 상응물이 되어왔다. 그리고 그것은 왕족들보다는 작가들의 갤러리를 영예롭게 하기 위해 17세기 프랑스에서 부활되었다(Stedman 2000 : 130~131). 생애쓰기의 주석자들은 일반적으로, 기념비의 기능과 시민의 역할, 찬사와 칭송의 전기적 생애쓰기의 기원들에 주목하고 있다(Wendorf 1990 : 10). 그러나 그들은 시리즈물이나 그룹으로 된 전형적 인물들의 관습적인 제시에는 거의 주목하지 않고 있다.

인물연구

러쉬모어 산은 내가 그것을 규정하는 대로라면 인물연구의 적합한 표상이 된다. 나는 대안들, 복합적 전기 혹은 집합적 전기 전반을 포괄하는 용어를 선호한다. 왜냐하면 인물연구의 어원은 인물과 애도의 수사학 양자를 약호화하며 그리고 동시에 개별적 생애서술이라기보다는 다양성을 표시하고 있기 때문이다. '**프로소폰**Prosopon', 퍼소나 혹은 가면은 자아와 얼굴의 고대적 연관성을 암시하며(Aird 1996; Le Guin 1983 : 338~339), 혹은 신체의 나머지를 대신하여 지각할 수 있는 고대적 머리형상과 인격의 연관을 암시한다. 얼굴을 맞대고 다른 사람의 차이와 마주한다는 것은 아마 틀림없이, 거울 단계의 라캉의 개념이 제시하듯이, 주체성에는 근본적인 것이다. 유아가 욕망된 대상의 부재를 경험하고 대상의 귀환을 재현하거나 혹은 수행하는 표현의 욕구를 경험하면서 언어가 출현하는 것이라고들 한다. 정신분석적 설명은, 인지된 타자 — "**나**"는 "**당신이 아닌 존재**not-You"**이다** — 와 돈호법 — "**오, 당신, 예전에 그랬던 것처럼 전적으로 충족시켜 주기를**" — 에 의해 일 대 일의 대면에서 벗어남으로써 상징적 질서에 진입한다고 상상하는 경향이 있다.

타자의 퍼소나에 대한 그와 같은 말하기의 개념과 관련된 것은, 수사학적 비유, '**의인법**prosopopoeia'이며, 이것에 의해서 퍼소나는 반응하여 대답한다. 다시 말해, 의인법은 이름, 목소리, 얼굴, 활력을 부재한 혹은 죽어있는 존재의 속성으로 돌리는데, 그 때문에 마치 기념비가 살아있는 것처럼 비문이 말하는 것처럼 여기게 되는 것이다. 폴 드 만Paul de Man은 인물연구를 여전히 자아와 타자의 모방적인 한 쌍에 놓인 서정시와 자서전의 비유로서 구조화하였다(de Man 1979 : 926). 나는, 전기는, 적어도 삼합의 것으로서(청중에게 주체를 제시하는 3인칭 서술), 인물연구와 유사하며 그리고 욕망된 부모를 향한 선조 인물 혹은 형상의 명명 및 소생과 유사하다고 제시하고 있다. 일반적으로, 생애서술은 재현하는 이, 주체(들), 청중 사이의 삼중적 서술교환으로서 인지되어야 할 것이다. 거기서 각각의 위치는 익명의 개인이 아니라 지지층에 의해 점유된다. 나아가, 나는, 사회 그룹들은 부조화를 이루는 일련의 부활들 속에서 그와 같은 정체성의 형태들을 증식시킨다고 주장하고자 한다. 국가를 위한, 창립의 아버지들 혹은 어머니들 그룹은, 우리 자신의 얼굴들을 복구하는 것처럼 여겨진다. 이와 같이, '프로소폰'과 '의인화'의 개념들을 통합한 '인물연구'는 국가의 역사를 재현하는 퍼소나의 집합들을 적합하게 지정하는 것이다.

이 용어는 다른 목적들을 위해 사용되어왔다. 20세기의 전환기에, 우생 사회과학과 실증 역사기록학은, 천재 남성들로부터 국회의 일원들에 이르는 엘리트의 인물연구에 관한 관심을 진전시켰다. 유전적으로 지도력이 결정된다는 어떤 믿음은, 거츤 보글럼을 움직였으며 신생 제국의 위인들에게 바치는 블랙 힐즈Black Hills 기념비를 디자인하도록 하였다. 심지어는 오늘날도, 프랜시스 골턴Francis Galton의 우생학 정신은 한 인물연구, 즉 찰스 머레이Charles Murray의 『인간의 성취Human Accomplishment』에서 다시 표면화되고 있다. 거기에는, 백과사전을 조사하면서 모든 문명에서의 4,002명의 최고 예술가들과 과학자들을 확인하고 있다(Murray 2003). 그러나 주목할 만한 그룹들의 생애역사들에 초점을 둔 것은, 만연해 있는 역사기록학의 도전에 활용될 수 있었다. 그리고 일련의 지배층 엘리트 남성들의 전기적 자료에 관한 루이스 네이미어Lewis Namier의 '인물연구'는, 개별 통치-영웅들 그리고 전쟁의 역사에 대한 한 가지 대안이었다(Colley 1989 : 72~78). 오늘날 아주 보편적으로 사용하는 '인물연구'라는 용어는 고대와 중세 연구들에서 인구와 사회체계를 재구조화하는 방법으로서 나타나는데, 그것은 동전, 상표, 유적, 그리고 기록장부를 포함하여 다양한 매체에서 광범위한 유적 표본들을 추려내고 있다. 이름들의 목록들, 익명원고들에서 무명의 사람들의 이미지들, 공동묘지들 — 이러한 것들은 군대 혹은 교회와 같이 격리된 집단들에 관한 기록의 출발점이다.

　나는 '인물연구'라는 용어를 전문성이 덜한 용법으로 채택하며, 양식들의 해석적 수단이자 생애서술의 용도로서 사용할 것이다. 인물연구에서, 국가적 유산의 재현은 단일한 시조의 신격화로부터 일련의 대표자들로 내려온다. 그것은, 인쇄된 모음집에서든지 혹은 웨스트민스터 사원 규모의 기념물에서든지 간에 그러한 것이다. 집단 초상화들은, "풍속화" 그림의 관습에 필적하는 기념물들 혹은 사화집들에서, 공시적인 연합 혹은 통시적인 계보학을 형성할 것이다. 그와 같은 그림들에서, 예술가는 실제적 환경의 상상적 순간 혹은 상상적 환경 속에서 잘 알려진 문화 지도자의 얼굴들 그리고 형상들에 관한 묘사들을 수집할 것이다. 가령, "역사적이라기보다는 포괄적인" 심포지엄은 관객이 참여하도록 여지를 남겨둘 것이며 혹은 관객이 익숙한 유령의 목소리들(선호하는 작가들)이 서로에게 말할 법한 것들을 상상하도록 여지를 남겨둘 것이다 (Brilliant 1991 : 98). 간단히 말해서, '인물연구'는 풍속화에서의 시간적, 공간적 구조와 유사한 추도적 의인화의 많은 형식들을 참조하고 있다.

러쉬모어 산

　그렇다면, 러쉬모어 산은 어떤 집단 혹은 일련의 '퍼소나'를 제시한다는 점에서 인물연구의 종류이다. 그것의 인물들은 **집합적** 역사를 재현하며 그리고 공동체를 의식적으로 재구성하는 '**기념물**'로서 기능한다. 더구나, 사우스 다코타South Dakota의 기념비는 시각적 초상화법의 으뜸을 보여준다. 그것은, 작은 글자체로 된 짤막한 전기와 함께 "조지 워싱턴George Washington, 우리나라의 아버지"라는 문구를 바위에 새겨 넣는 그러한 목적에 부합되는 것은 아니었다. 사우스 다코타 기념비는, 확실히, 워싱턴 이후에 명명된 많은 도시들만큼이나 어떤 국가적 유산으로서 미국의 풍경에 부가되었다. 그 인물의 재현은 더 강력한 경외감을 초대하였으며, 비록 그 뼈는 멀리 떨어져 묻혔음에도, 성인들의 지속적인 현존을 암시하는 조상彫像과도 같았다(보글럼은 워싱턴 기념비의 오벨리스크가 너무 추상적이고 충분한 정보를 알려주지 않아서 미래에는 그것이 기념한 무엇은 망각될 것이라고 생각하였다). 조지 워싱턴의 유일한 조각상은 위치의 임의성을 극복하는 것이었다. 그곳은 대통령들의 삶과도 어떤 식으로 연결되지는 않지만 그럼에도 그곳은 민주주의를 위한 것이 아닌, 한 남성을 위한 성지가 구성될 수 있었다. 처음 완성된 워싱턴의 두상은 1930년에 단족으로 바쳐졌다(Boag 2003 : 42). 그러나 국가적 스토리를 이야기하기 위해서 러쉬모어 산은 인물연구물의 종류가 될 필요가 있었다.

바로 그러한 작업은 지속적인 협상의 문제가 될 것이었다. '러쉬모어 산' 기획은, 1923년, 사우스 다코타 지역 역사가, 도나 로빈슨Doane Robinson의 제안으로부터 기원한 것으로서, 로빈슨의 제안은, 원주민 미국 지도자들 그리고 다른 서부 영웅들을 지역에 있는 바위층에 조각하는 것이었으며 부분적으로 지역 관광객 유치의 목적을 지니고 있었다(American Park Network 2001). 로라드 테프트Lorado Taft가 조각가로서의 입지가 쇠퇴해졌으므로 로빈슨은 보글럼에게 요청하였다. 보글럼은 형상들이 지역적 의미보다는 국가적 의미를 지녀야 한다고 주장하였다. 조각가, 코자크 지올코브스키Korczak Ziolkowski는 러쉬모어 기획에 고용되었으나 얼마 지나지 않은 1939년에 그만두게 되었다. 이후에 그는 그 지역의 또 다른 장소에 크레이지 호스Crazy Horse를 조각하였다(American Experience 2002). 이러한 사실들은 동부 출신의 몇몇 남성 지도자들에게 영예를 주기 위한 결정이 불가피한 것은 아니었음을 확인해준다. 즉, 그러한 결정은 국가적 규모와 역사적 의미에 관하여 보글럼이 지녔던 어떤 표준의 결과였던 것이다. 맨 처음에, 보글럼은 조지 워싱턴과 아브라함 링컨Abraham Lincoln의 전신 조각상을 계획하였다. 그러고 나서, 그는 시리즈물을 확장시켜서 토마스 제퍼슨Thomas Jefferson, 테오도르 루즈벨트Theodore Roosevelt, 구체적으로, 루이지애나 구입지購入地, Louisiana Purchase와 파나마 운하를 통해 미국의 점령을 확장한 지도자들을 포함하기로 결정하였다. 한편, 러쉬모어에 수전 앤서니를 부가하도록 한 1937년도의 국회의 제안은 거부되었는데(American Experience 2002) 그것은 당시 기금 책정이 기존의 계획들을 완성시키는 데에 제한되었기 때문이었다. 네 사람의 시리즈물이 확정되었을 때 형상들은 다만 토르소로 축소되었다. 1941년에 보글럼이 사망한 다음에는, 그의 아들인 링컨 보글럼Lincoln Borglum이, 모형들의 계획된 토르소를 생략하고서 다만 60피트의 두상들로써 기념물을 완성할 것을 주장하였다. 유명한 네 사람의 대통령 얼굴들은 이름이 없이도 공동체의 서사를 엮어내는 데에는 충분한 것으로 여겨졌다.

그럼에도, 보글럼은 얼굴들만으로는 충분하지 못할 수도 있다고 염려하였다. 보글럼은 피라미드들을 최신의 기획으로 세웠으며 제국의 이미지를 위해서 당시까지의 많은 세대들을 언급하고자 하였다. 그에 따라, 보글럼은 기념물에 서사를 보태기로 계획하였다. 즉 보글럼은, "조각된 산을 신원이 확인될 수 없을 미래로 전송하는 일보다는, 주소나 서명을 기입하지 않고 우편함에 편지를 떨구는 것이 낫다"고 주장하였다. 그의 계획은 3피트 높이의 500개 단어로 된 글자들로 미국의 역사를 조각하는 것이었으며, 그것은 링컨의 얼굴이 지금 어렴풋이 보이는 산 위에 놓여질 "엔태블러처Entablature"의 종류였다(텍스트는 기록의 전당Hall of Records이 보유한 미국 역사의 주요 기록물 사본뿐만 아니라 미래의 고고학자들을 향한 독특한 고대적 화법의 영어, 라틴어, 산스크리트어로 가득 채운 비문의 형식으로서 그 장소에 보충되었을 것이었다). 이와 같은 계획은 워싱턴의 좌측에서 시작되는 제퍼슨 조각상이 있는 바위층이 깨어지기 쉬운 문제로 수정되어야 하였다. 즉 제퍼슨을 우측으로 옮기는 일은 "엔테블러처"를 산의 뒤편에 옮겨놓는 것을 의미하였다(American Experience 2002). 그럼에도 초상화법은 서술에 비해 우선한 것이었는데, 그것은 부분적으로, 한 세기가 넘는 역사를 써서 요약하는 일보다 얼굴을 닮도록 해서 일치점을 찾는 일이 훨씬 더 쉬웠기 때문이다.

산 위의 비문에 관한 주장은, 가능한 텍스트들이 계속해서 제공되었음에도 불구하고, 결국 아무런 설명을 갖지 않는 기념비로서 남겨지게 되었다. 원래는, 캘빈 쿨리지Calvin Coolidge 의장이 텍스트를 쓰려고 하였다. 그러나 보글럼은 쿨리지의 버전을 반박하였으며 『허스트Hearst』 신문은 최상의 국가적 개요를 선택하기 위한 전국적 경합을 추진하였다. 투고물은 100,000개가 넘었지만 기금 부족으로 새겨지지 못하였다.

그 와중에, 1975년에 칼리지에서의 한 수상자가, 당시에는 공원 부지의 박물관 옆이던, 보글럼의 스튜디오 근처 명판에 국가적 "역사"를 새기게 되는 일이 있었다. 2002년에, 〈아메리칸 익스피리언스〉 즉 PBS 및 WGBH 보스턴의 웹사이트는, 어린이들로 하여금 러쉬모어 산에 적합한 500개 단어로 된 역사를 쓰도록 하는 경연대회를 열었다. 그리고 국립공원 부서는 매년 러쉬모어 산을 찾는 이백만 명이 넘는 방문객들을 대상으로 가장 인기 있는 대통령을 지명하는 정기적 투표를 실시하였다. 어떠한 경연대회도 또한 어떠한 투표도, 시민들(혹은 외국인 관광객들)로 하여금 보글럼이 한 방식으로 산 위에 인물들의 표지물을 위치짓도록 할 수가 없었다. 그럼에도 미국 역사를 대표하는 집단에 또 하나의 얼굴을 부가하는 일은 ─ 민주적 투표에 의해 ─ 가능한 일이라는 의견들이 지배적이었다(명백히, 침식하고 있는 산은 또 한 사람을 인격화하는 습격의 종류를 지탱하기가 어려울 것이다).

2001년 7월, 〈아메리칸 익스피리언스〉 사이트의 러쉬모어 산의 가상여행에 따르면, 레놀드 레이건Ronald Reagon은 그 공원에서 투표한 방문객들이 선호하는 대통령으로는 아브라함 링컨 다음으로 두 번째였다. 2004년 6월 5일, 레이건 서거 이래로, 러쉬모어에 적합한 다섯 번째 사람으로서 마흔 번째 대통령을 향한 갈채의 열기가 있었다. 또한, 국회의 일부 사람들은 화폐 단위에 레이건의 이름과 얼굴을 넣도록 제안하였다(Waller 2004). 그도 그럴 것이, 링컨은 페니와 5달러 지폐에 있었고 제퍼슨이 5센트 백동화와 2달러 지폐에 그리고 워싱턴은 25센트와 달러에 있었던 것이다. 나는 어떤 법정 통화에 테디 루즈벨트Teddy Roosevelt의 얼굴을 요청하는 사람에 관해서는 들어본 적이 없다. 그럼에도 확실히 레이건은 러쉬모어 언덕의 마지막 사람이 동전으로 될 때까지 자신의 차례를 기다려야만 했다. 또한, 그는 수전 앤서니가 먼저 통과되도록 허용해야 했을 것이다. 그리고 이 무렵에 다시, 통치자들의 인물형상과 통화와의 오래된 결합이 강조, 반복되었다(경쟁에서 살아남은 과거 초기 초상화들 중의 일부가 동전 위에 그려지게 된다). 모든 저명한 미국여성들 중에는 단지 수전 앤서니만이, 사카자웨어Sacajawea로 대체될 때까지 화폐로 — 달러 동전으로 — 주조되었다. 대리자 임명의 과정이 남성에 비해 여성에게는 좀 더 엄격하였던 것이다. 초상 기념물로부터 국가의 화폐에 이르기까지 그러한 주제가 변화되는 일은 없었다. 즉 러쉬모어의 명단에서 놓쳐진 두 형상은 사용용이 아닌 수집용 동전 위에 놓이게 되었다.

전기적 초상화와 문학적 정전

러쉬모어는 상업주의와 국가적 문명의 전개를 연결짓고 즐거움과 가르침을 주며 뿐만 아니라 선거권까지 부여하는 집합적 초상화의 많은 기획들 중의 하나이다. 그다지 알려지지 않은 기념비의 기획인 첫 번째 명예의 전당에 관심을 가지기 전에, 나는 시각적 재현과 언어적 재현과의 비교를 진전시키는 전기적 초상화와 연관된 전통들을 고려하고자 한다. 기념비적 인물연구와 인쇄된 인물연구에 있어서 시각적 초상화는 지배적인 것이다. 즉 책에서 씌어진 일부 기록들은 언어 텍스트를 사례로 보여주는 데에 이미지보다는 사진을 주석으로 보여준다. 언어 혹은 시각으로 된 명확한 매체는 인물을 재현하는 데에 다양한 능력들을 보여준다(Wendorf 1983; Le Guin 1983). 그림, 조각, 혹은 사진으로 구현된 초상화는, 인물의 특성과 이력 전반을 집약함으로써, 그인물이 실제적으로 존재한 순간을 상상하도록 한다. 그리고 예술가들은 종종, 외적인 모습뿐만 아니라 그 인물의 정신과 의도를 모방하도록 요청받는다. 한편, 산문서술은 공간에서 구현된 형상의 감각은 지니지 못하지만 통시적인 확장이라는 이점을 제공한다. 언어는 대상인물의 가족, 환경, 발달, 행동, 그리고 태도, 관념, 혹은 심지어 감정까지도 좀 더 손쉽게 정교화할 수 있다. 그러나 정체성의 필수불가결한 표지인 얼굴(Wallen 1995 : 55; Schoug 2001 : 103)에 관해서는 각각의 특질묘사에 골몰한 어구들을 동원하지 않는다면 어려운 지점이 있다. 재현양식 각각의 이점을 활용하는 개별적 전기나 집합적 전기는 거의 항상 초상화를 포함하고 있다(Wendorf 1983 : 106). 그것은 마치 산문이 수천 개 단어들의 집약체로 이루어진 이미지의 '에크프라시스ekphrasis'처럼 여겨지도록 한다.

시각적 예술작품은, 쓰여진 텍스트와 유사하게, 주어진 원본을 재현하는 초상화-제작자의 규정된 의도로 인해 초상화로서의 지위를 얻는다. 훌륭한 문학과 정교한 예술품을 해석할 때, 학생들은 종종, 저자의 의도, 전기, 그리고 정확한 모든 모사 자료들을 부차적인 것들로 간주하도록 교육받고 있다. 그럼에도, 전기적 초상화는 학생들이 반응을 일으키는 첫 번째 질문이 되곤 한다. 리처드 브릴리언트Richard Brilliant에 따르면, "유사함"은 초상화의 주제이다. 즉 원본의 이름과 정체가 상실되었을 때 예술작품은 초상화로서의 지위를 상실한다(1991 : 70 55).

그럼에도, 초상화에 정말로 필수적인 것은 정확한 유사성이 아니며 이름도 아니다. 그림, 조각, 그리고 원고 혹은 책에서 명명된 인물들의 재현은 "외적인 모습의 충실한 모사"라는 목표를 훌쩍 넘어서서 오랫동안 존재하고 있었다(Piper 1982 : 2, 11). 우리에게 알려져 있지 않은 독특한 개인들의 얼굴은 도나텔로Donatello가 초상 흉상을 고안하기 이전부터 일부 고전조각들에서 나타나고 있다(Brillient 1991 : 127). 초상화는 일반적으로, 원본의 외양과 특성을 왜곡하고 있는데(D'Israeli 1932 : 50), 그것은 때때로, 대상인물, 추천인, 혹은 청중의 인정을 의식하게 되기 때문이다. 전기가 전적으로 기록되어야 하고 초상화가 사진처럼 정확해야 한다는 요구는, 19세기가 끝날 무렵에 한꺼번에 나타났던 것으로 보인다. 루크리셔 모트의 퀘이커 모자 그리고 테디 루즈벨트의 안경은 이러한 추세의 징후를 보여주는데, 현대 드레스의 세부 혹은 불완전한 특징으로 인해 그것들은 여전히 20세기 조각에서 논쟁거리이다. 예술가들은 오래 전에 죽은 인물 즉 은판사진이나 일반사진을 찍는 일이 불가능한 시대의 인물들의 모습을 항상 자유롭게 창조해내었다. 이러한 전통은 아리스토텔레스 혹은 호머와 같은 인격화된 형상들을 만들어내었다(Brilliant 1991 : 80~81).

실제원본을 참조한 얼굴 혹은 몸의 재현은, 적절한 이름, 생애 사실들, 혹은 확실한 닮은꼴은 포기되기도 하지만, 그럼에도 그것들은 초상화에는 결정적인 요소로 간주된다. 즉 "초상화는 인위적인 가면의 특성을 개입시킨 것이지만(Brilliant 1991 : 115) 그것은 허구적 재현과는 비교하기 힘든 긴밀한 참조성을 지닌다. 실제의 대상을 재현해 달라는 의뢰인의 요청은, 청중들에게 그러한 요청을 좀 더 확실한 증거로써 시험할 수 있는 권한을 부여하며 그리고 전기나 역사와 같은 다른 재현에 비해 그러한 재현을 선호할 수 있는 권한을 부여한다(Wendorf 1990 : 8; Brady 1984 : 424). 일반인들의 초상화 혹은 집합적 전기에서, 이름은 시리즈물의 일원들을 차별화하는 부가작업이 이루어지도록 한다. 익명의 "귀족부인들의 그룹"은 이름이 알려지지 않은 전형적 유형으로 남아있을 것이다. 그러나 찰스Charles 2세 궁전의 미인들은 국가적 역사의 한 구절이 되는 집합적 초상화로서 역할하기 위해 그들의 이름이 알려진 채로 목록화될 필요가 있을 것이다(Jameson 1833; Booth 2004b).

그러한 목록들이 집합적, 전기적 초상화에서 이름, 얼굴, 그리고 서술의 상호관계의 종류들이라면, 문학역사의 발달들 그리고 국가적 문학의 정전들에서, 그것들은 어떠한 역할을 하였는가? 고대인들 이래로, 초상화는 젊은이들에게 영감을 부여하고 기억을 돕는 것으로서 간주되어왔다. 한편, 그것은 씌어진 전통을 보호하는 수호자의 정령으로서 역할해왔다. 고대 로마의 도서관들 혹은 르네상스 부흥양식들에서, 저명한 철학자의 흉상들은 그들의 이름에 얹어진 사유의 범주들을 인격화할 것이다. 혹은 초상 흉상의 사본들은 본보기가 되는 인물에 관한 수집된 생애들을 생생하게 형상화하거나 혹은 한 사람의 저자에 관한 수집된 기록물들을 생생하게 형상화하여 보여줄 것이다(D'Israeli 1932 : 44~45; Piper 1982 : 8, 52~53). 현대 초기의 "기억술" 속에서, 인간의 형상물들 혹은 다양한 이미지물들은 빌딩 안의 "보물" 컬렉션처럼 정렬될 것이다. 혹은 삽화가 실린 책들은 "조각상과 그림"의 "갤러리"와 유사한 것이 될 것이다(Bolzoni 2001 : xxiv, 205~207). 현대 유럽인들은 "전기의 기억-이미지" ― 서술의 시각적 안내 ― 로서 초상화를 간주하였다(Bolzoni 2001 : xxiii; Wendorf 1990 : 7). 전기는 결국 독자의 정신에 모델을 위치짓게 하는 수단이었으며 그에 따라 "행위와 사고를 형성하도록 하는" 수단이었다(Bolzoni 2001 : 225~226). 그에 따라, 인물연구의 독해기술을 배운다는 것은 인문주의적 자기-수양을 시작하는 일이 되는 것이었다.

아마도, 문학의 세계는 신전들의 현대적 재축조, 성인들의 달력 혹은 중요인물들의 미술관을 위한 아주 폭넓은 반경을 제공할 것이다. 부재한 저자에 관한 인물연구의 활력은 불가피하게 독해를 끌어들이고 있는 듯하다(Wallen 1995 : 54). 그리고 천재 형상들의 계보학으로서 문학적 역사 만들기는 불가피한 실천으로서 간주되었다. 비록 특정 형상들이 영웅이나 스타의 목록에 있는 이유로 해서 그들의 지위가 도전받는다고 해도 그 작업은 불가피한 것이었다(Schoug 2001 : 99). 영국인들이 개인들의 "특유한 이미지"보다는 "자연주의적" 초상화를 제작하기 시작할 무렵, 그들은 인격화된 국가적 유산으로서 간주되는 시인들의 초상화를 그렸다(Piper 1982 : 9). 초서Chaucer의 초상화는 영국에서 거의 최초로서 알려진 "화상畵像"이며 그리고 1555년에 웨스터민스트 사원 내에 세워진 초서의 기념비(초상화가 없는)는 한 작가를 기념하는 첫 번째의 것이었다("이미지를 지닌 시인 묘역Poets'Corner을 실재 인물들로 가득 채우게 된 것"은 "1720년도에서 1740년도" 사이에 일어났다(Piper 1982 : 9, 79)). 인물기술 순례(그리고 훌륭한 여성들의 전기 컬렉션)의 저자, 초서는 문학적 순례의 실천 그리고 저자들의 봉안에 착수하는 일을 돕고 있었다.

인쇄된 책을 장식하고 있는 저자의 이미지 그리고 전기의 "소개글" ─ 이것은 독자가 저자가 누구인가를 확인하도록 하는 보조물로서 CD 표지의 음악가 이미지와 다를 바가 없는 것이다 ─ 은 놀랄 만한 전통을 지니고 있다. 18세기까지, 문학 전문가들의 협력, 출판의 확장, 그리고 개인의 자화상으로서 초상화와 전기 요청의 증가는, 부분적으로, 영국에서 저자들에 관한 첫 번째 인물연구가 진행되도록 하였다 ─ 1750년 이후에는, 남성뿐만 아니라 여성에 관한 인물연구도 이루어졌다. 오래된 전기적 초상화 얼굴들 중의 하나로는 사무엘 존슨Samuel Johnson의 것이 있다. 즉, 조슈아 레이놀드Joshua Reynold의 수많은 초상화들 그리고 제임스 보즈웰James Boswell의 고전적 전기에서 존슨은 기념되고 있는 것이다. 그런데 존슨은 인물을 완벽하게 포착하기 위해 산문 혹은 그림의 효력을 불신하였는데도 불구하고, 보즈웰은 "문학 군주, 존슨의 완벽한 미라가 있을 법한 흡사 이집트 피라미드"의 축조를 모색하였다(Wendorf 1990 : 11, n.36에서 인용, Folkenflik 1978 참조). 지금까지, 레이놀드가 그린 존슨의 그림들은 존슨 작품집의 종이표지 판본을 장식하고 있으며 보즈웰의 정신은 멀리에서 찾을 필요가 없게 되었다. 그리고 세 사람의 남성 그리고 늘어난 동인들은 서로서로 작품들을 점유하는 것처럼 보인다. 이와 같은 기념물들은, 수없이 재인쇄된 저자들의 인물연구, 『저명한 영국 시인들의 삶The Lives of the Most English Poets』에서 위인들을 국가적으로 기념하는 공헌들에 독자적으로 필적하고 있다. 이후에 생략된 판본들에서, 초상화는 사라졌으며 일부의 시인들도 함께 지워졌다. 어느 누구도 감히, 무덤에서도 말하는 "존슨 박사"가 그린 워즈워스Wordsworth 혹은 테니슨Tennyson의 전기적 초상화에 어떤 다른 것을 부가하지는 못하였다. 그러나 대용물은 돌보다는 인쇄에서 훨씬 용이하였는데, 그것은 비평 문집의 세대들이 존슨의 그림을 계승한 일이다. 단적으로, 1830년대만 보더라도, 삽화가 실린 잡지들과 연례 선물들 가운데서, 문학적 인물의 산문 소묘에 불가피한 대응물은 바로 초상화 컬렉션이었다.

문학적 형상들의 갤러리 구상은 물론 오늘날에도 건재한 것이다. 문학적 인물들에 관한 많은 문집들이 교실 혹은 웹에서 유통된다. 시각 미디어의 명사들과는 달리, 저자들은, 프레드리크 쇼우그Fredrik Schoug가 진술하듯이, "얼굴은 지니지" 않아도 "이름은 지니고" 있다(2001 : 101 ~102). 그럼에도, 몇몇 유명저자에 관한 이미지들은 충분히 찾을 수 있다. 이를테면 그들의 초상화는 그들의 이름, 작품, 그리고 이력에 관한 이야기들과 기억들을 환기시킨다. 티셔츠, 머그잔, 혹은 쇼핑백에 그려진, 땋아 묶은 어두운 머리칼의 젊은 버지니아 울프Virginia Woolf는, 기억을 떠올리는 별다른 보조물 없이도 즉각적으로 인지될 수 있다. 일련의 저자의 이미지들은, 전국 체인 서점들의 벽에 걸린 풍속화에서 낙원의 카페를 연상시키며 시대에 맞지 않게 모여져 있다. 심지어는, 아주 영웅적인 성화도 이러한 이미지들 전체를 대신하는 환유로서 역할하고 있다. 마치, 조라 닐 허스턴Zora Neale Hurston, 울프, 윌리엄 포크너William Faulkner, 그리고 로렌스D. H. Lawrence가 실지로 도시 외곽에 있는 친구들이기나 한 것처럼!

문학적 인물의 구체화된 형상들은 증식되고 널리 퍼져왔는데, 그것은, 런던, 뉴질랜드 혹은 기타 중심지에 있는 작가들의 소규모 모임에서부터, 많은 국경들을 횡단하는 고도의 모바일 네트워크에까지 이른다. 여행책자들, 잡지들 그리고 웹 사이트에서, 텍스트를 보충하는 저자의 매력적 퍼소나와 생활방식을 보여줄 필요가 있었다. 영속적인 국가적 시인과 작가의 정전들은 이제 산비탈에 조각되지는 않는다. 그들

〈그림 3〉 영국의 낭만 시인들, 아드 리Ard Ri 디자인, 제임스 설리반James Sullivan의 친절한 허락을 얻어 사용하였다.

은 여행지의 '수호신'이자 여행의 목적지로서 지도와 사화집 속에서 중요한 이미지들로 그려지고 있다. 그에 따라, "영국의 낭만 시인"에 관한 한 가지 재현으로서 몽블랑 산에 나타나는 채색된 세 개의 타원형 두상을 들 수 있다〈그림 3〉). 즉 셸리Shelly가 커다란 중심적 형상으로서 우리를 응시하고 있으며, 왼편 아래쪽에는 바이런Byron이, 오른편 아래쪽에는 키츠Keats가 시선을 돌린 채 손으로 턱을 받치고 있다. 이러한 자세는 시인들에 관한 전통적 재현방식을 반영하는 것이다(Sullivan 2004a; Piper 1982). 이와 같은 전시는, 러쉬모어의 경우와 마찬가지로, 역사적인 견해를 구조화하며 그리고 경외의 의미로서 풍경 속에 인물을 위치시킨 것이다. 적어도 1840년대 이래로, 다른 나라로의 여행은 저자의 집 혹은 저자의 단골장소들을 순례하는 것으로서 구성되었으며 그리고

〈그림 4〉 아일랜드 작가들의 몽타주, 아드 리 디자인의 제임스 설리반의 친절한 허락을 얻어 사용하였다.

오늘날에는 전국지도에 저자의 초상들을 덧붙여놓는 일이 이례적인 것이 아니다. 그 지역을 신성하게 만드는 힘에 있어서 저자들은 성인 들을 대체하는 것처럼 여겨진다. 각각의 지역은 저자들의 후견인들 및 보호기관과 결합되고 있으며 문학의 역사는 여행담으로서 읽혀지고 있다. 그와 같은 여정은, "로버트 프로스트Robert Frost의 뉴질랜드 농장 으로부터 존 스타인벡John Steinbsck의 캘리포니아 계곡, 그리고 유도라

웰티Eudora Welty의 미시시피 델타에까지 이르고 있다"(Library of Congress 2004). 아일랜드 작가들의 이미지에 관한 한 가지 사례(〈그림 4〉)를 보면 그것은 지도와 관련된 인물기술의 형태로서 나타난다(Sullivan 2004b). 어디에서나 볼 수 있는 전시물의 저자들은 이름이 필요하지 않을 정도로 잘 알려진 인물들이다. 그들의 국적과 태생, 즉 국기와 아일랜드인의 표지는 관람객들로 하여금 인물에 관한 기억을 읽어내도록 할 뿐만 아니라 계속해서 관광하도록 손짓하고 있다.

문학적 정전들의 전기적 초상화는 이상적인 문화유산을 향한 경외심을 견고하게 하면서 또한 관광과 저서구매를 유도한다. 심지어, 문학정전들은, 러쉬모어 산과 연관된 경연대회와 투표에서처럼, 앞에서 내가 주목한 민주주의의 축소판의 종류에 참여하도록 만든다. 문학상의 심사위원들은 유권자들을 대신해서 참여하기도 한다. 일례로, '현대 도서관Modern Library'의 1998년도 목록, 즉 20세기 "100편의 베스트" 소설과 "100편의 베스트" 논픽션물도 대표 편집자들에 의해 그러한 민주주의적 방식으로 선정된 것이다. 랜덤 하우스 계열사는 요즘엔 의도적으로, 목록 선정에 관한 공분을 유발시켜서 "사람들로 하여금 위대한 책들에 관해 이야기하도록" 만들고 있다. '현대 도서관'은 자신의 선호도에 관한 독자들의 재빠른 투표를 권유하였으며 오늘날, 그것은 자체 웹 사이트에서 함께 놓이기에는 어색한 이름들을 나란히 게시하기도 한다(Modern Library 2003; Wood 1998). 영국에서, BBC 4는 독자들(혹은 BBC 청중들 그리고 저서 구매자들)의 관심을 끄는 경합방식을 지속적으로 운영해오고 있다. 가령, 『브릿짓 존슨의 일기Bridget Jones's Diary』와 『오만과 편견Pride and Prejudice』(후자가 82퍼센트의 선호도를 얻었다) 혹은 『다시 찾은 브라이즈헤드*Brideshead Revisited*』와 『위대한 개츠비*The Great Gatsby*』
(후자가 54퍼센트의 선호도를 얻었다)에서처럼, 두 편씩 짝이 되는 유명 소
설의 주간투표 형식으로 진행되고 있다. 한편, "책과 저자에 관한 더
이상의 것More About the Books and Authors"의 링크는 기본적으로 등장인
물 소개를 제공한다. 그 링크는 각각의 소설표지와 구문들뿐만 아니라
초상화, 그리고 각각의 저자에 관한 세 문장으로 된 전기를 제공하고
있다. 이와 같은 대중영합적인 정전-만들기는 엄격하게 보면 국가적
인 것은 아니지만 그럼에도 시민 독자들을 늘리고자 하는 정부의 노력
의 표지들이다. 『반지의 제왕*The Lord of the Rings*』은 최근의 '더 빅 리드
The Big Read' — "국민이 선호하는 책"의 수상작으로 뽑혔다. 즉 톨킨Tol-
kein의 소설에 관한 대중영화 시리즈물은 영국의 팬들이 뉴질랜드의 중
앙대륙을 찾도록 만들 수 있었다. 영어권 문화는 세계적인 것이 되었
으며 상업과 소비에 좀 더 뚜렷하게 매여 있기는 하지만 지역의 대리
물들에 관해 이전보다 더욱 개방적으로 되었다. 수집된 전기적 초상화
는 문학정전들과 역사들을 만들어내었으며 그리고 대중들로 하여금
선택의 의식에 참여하도록 요청하였다.

'명예의 전당'의 국가적 인물연구

문학의 인물연구는 시각적, 언어적 매체의 영역들에 현기증이 날 정
도로 산재해 있다. 나는 첫 번째 명예의 전당의 국가적 인물연구에서
좀 더 근거를 보여주는 경쟁력 있는 초상화와 서술에 관한 컬렉션 형

식을 보여주면서 글을 마무리짓고자 한다. 보글럼의 초상 기념비, 문학의 전기적 초상, 사화집, 그리고 경합행사 등이 그러하듯이, '위대한 미국인을 위한 명예의 전당'은 국가적 유산의 집합적 초상화에 관한 많은 유사사례들을 대표하고 있다. 각각은 위대함을 찾는 국제적 경합들 속에서 등장한 것이지만 그럼에도 규칙과 수상에 관한 것들이 명확히 진술되지는 않는다. 19세기 후반까지, 미국은 국제적 세력으로 영국, 독일, 그리고 프랑스를 능가하기를 열망하였으며, 그것은 1893년에 개최된 '세계 박람회World's Columbian Exposition'에서 입증되고 있다(아들레이드 존슨이 '여성의 건축물the Woman's Building'에서 스탠턴, 안토니, 그리고 모트의 조각상을 전시한 장소가 그곳이었다(Weimann 1981 : 55~57)). 미시간 호수의 화이트 시티White City 축전 이후 채 십 년이 되지 않아, '위대한 미국인을 위한 명예의 전당'이 스탠포드 화이트Stanford White에 의해 기획되었으며 곧 그것은 뉴욕대학의 캠퍼스에 헌정되었다. 그 전당은 명백히 '웨스터민스터 사원', 뮌헨의 '명예의 사원', 그리고 파리와 로마의 판테온들과 경쟁하기 위한 것이었다(전당의 기획은 사적이며 비영리적이었다. 이것은 러쉬모어와 미 국회의사당이 납세자의 기금을 모아 건립된 일과 대비된다). 여타의 갤러리 혹은 전시처럼, 그것은 '명예의 전당의 실증적 스토리─선택된 인물들과 근소하게 탈락한 인물들의 삶과 초상'(Banks 1902)을 제작하였는데 그것은 인물연구 카탈로그로서 공들여 선출한 과정을 상술하고 있다. 즉 위대한 미국인 후보로서 전국적으로 거의 천 명의 이름들이 신문사 응모의 도움을 얻어서 수집되었다. 그리고 그 명단은 대학 이사회에 의해 234명으로 정리되었으며(9명의 여성을 포함하여), 97명의 심사단이 명예의 전당으로 입회될 29명의 백인남성을 선출하도록 투표하였다. 그 결과는, 조지 워싱턴(97표), 아브라함 링컨(96), 그리고 토마스 제퍼슨(91)을 포함하고 있었다. 한편, 보글럼은 25년 후에 대상인물들을 선택할 때 주로 그들의 명성에 의존하였다. 그럼에도 테오도르 루즈벨트는 1901년 5월 당시에는 대통령의 신분이 아니었을 뿐만 아니라 생존하는 인물이었기 때문에 명예의 전당에 선출될 수가 없었다. 150명의 패널들을 위한 공간이 건축되었으며 그곳은 미래의 선거를 위한 장소였다. 명예의 전당의 기획은 다양한 직업군의 이름들을 반영하도록 규정되었으며 숫자상으로 볼 때 현대의 저자들이 정치인들을 살짝 넘어서 있었으며 둘 다는 다른 직업군들에 비해 수적으로 아주 앞서 있었다(Lehman College Art Gallery n.d.). 물론, 전체가 남성으로 이루어진 짧은 목록은 희화화된 재현물이 되기도 하였다. 다양하고 많은 저명한 남성들과 여성들이 주목받았으며 동시대인들은 대체와 부가를 제안할 수 있는 권리가 주어진다고 생각하였다. '명예의 전당'은, 비용이 꽤 드는 구체물 형식임에도 불구하고(250,000달러의 비용이 들었다), 네 사람의 대통령 두상을 조각한 외딴 산과 비교할 때 대체에 관한 한 훨씬 개방적이었다.

로튠다 박물관처럼, 명예의 전당은, 여성들이 일부 포함되었음에도 불구하고, 언뜻 보기에는 백인남성들에게 바쳐진 것처럼 여겨진다. '명예 여성Lady Fame의 아르-누보적art-nouveau 이미지는 명예의 전당 기념 책자의 표지를 장식하는데, 그것은 미 국회의사당의 돔 꼭대기에 자유 Liberty가 그려져 있는 것과 유사하다. 그리고 "가장 선출될 만한 미국 여성들의 명단"은 그 책의 부록이다(Banks 1902 : 398~409). 한편, '뱅크스 Banks'는, 저명한 여성들이 "불멸의 위인the Immortals"에 뽑힐 수 있도록 선출의 "규정"이 바뀌어야 한다고 주장하였다(p.409). 책의 권두삽화는 조지 워싱턴을 보여주는데 그는 "명예의 전당에 만장일치로 선출된 유일한 인물"이었다. 다른 삽화들은 선출된 인물들 — 득표수로 그룹을 이루는 두상과 흉상의 이미지들 — 로 구성되어 전기와 함께 그려져 있다. 그리고 링컨의 생애 스토리가, 링컨과 비슷하게 득표한 세 명의 남성 — 그랜트U. S. Grant, 다니엘 웹스터Daniel Webster, 그리고 벤자민 프랭클린Benjamin Franklin — 의 타원형 초상화로 된 한 페이지의 삽화와 함께 구체화되고 있다. 그것은 마치 초상으로 그려진 대상이 개별 인물이라기보다는 명예의 집합체로서 여겨지도록 한다. 뱅크스의 책에서 다른 삽화들은, 명예의 전당의 돌기둥들과 인물의 "기념석판"을 보여주고 있다. 삽화의 석판에는 인물의 이름, 출생일, 사망일, 그리고 인물이 쓴 글의 발췌문 등이 있다. 책의 지면이 넘어가고 더 채워져 나갈수록 그에 따라 당연히 명예의 정도는 줄어든다. 그렇게 보면, 명예는 명백히 신사 우선인 것이다. 한편, "후보에 올랐으나 선출되지 못한 저명한 여성들"뿐만 아니라 요구되는 51표보다는 적게 받은 사람들의 초상화 모음들도 있다(루크리셔 모트는 11표를 얻었으며 그녀는 네 명의 다른 여성들과 함께 나타난다(p.278)). 마지막 장, "몇몇의 저명한 여성들"은 또 다른 선거가 있었음을 나타내고 있는데, 그것은, 1902년에 『크리스찬 헤럴드The Christian Herald』의 후원에 의한 탈락된 여성들을 위한 것이었다. 그때, 다시, 모트가 제안되었으나 스탠턴 혹은 앤서니는 어떠한 흔적도 찾을 수가 없었다.

러쉬모어의 전설에서 기념되는 단호한 개인주의는, 예술가, 몇몇의 정치인, 예술가의 아들, 그리고 무명의 노동자들의 도움을 얻어서, 거대한 바위층에 네 사람의 탁월한 정신을 소환하도록 하였다. 대조적으로, '명예의 전당'은 명명된 수많은 인물들을 따라서, 여성들을 포함하여 모든 협력자들에게 영예를 부여하는 사교계의 행렬을 보여주고 있다. 명예의 전당의 기념출판물은 "심사단으로서 역할한 저명한 역사학 교수들과 과학자들"에서 보듯이 선출과정의 참여자들에 의한 대규모 "갤러리"의 특징을 보여준다(Banks 1902 : 333). 뚜렷이 소규모로 그룹을 이루는 여성 심사위원들은, 대학의 휘장 앞에 서서 자세를 취하던 고등교육을 받은 세 사람의 지도자였다. 여성 심사위원들은 사실상 이 기획의 시작부터 끝까지 참여하였다. 주요 수혜자는 헬렌 굴드 양Miss Helen M. Gould이었으며(이후에는 핀리 셰퍼드 부인Mrs Finley J. Shepard), 그녀는 자신의 이름이 보류되었음에도 개회식 축제에서 많은 축하를 받았다. 1901년, 현충일의 헌정식에서, 대표여성들, 즉 식민지시대의 부인들, 미국혁명의 딸들, 통일 연맹국의 딸들, 그리고 이웃 여자고등학교의 대표들이 세부 명판들의 제막식을 거행하였다. 이 여성 그룹들은 세계적 강대국으로 명명되는 미합중국 역사의 통합이라는 기획의 주요과제에 일조하였다. 한편, 오늘날에는, 네오-연맹 운동의 반대자들에 의해 명예의 전당은 집단학살, 노예제와 흑인 차별정책Jim Crow과 관련된 증오범죄의 성전으로 불리며 공격받고 있다(Sebasta n.d.).

명예의 전당의 개회진술들은 민족주의의 목적을 명확히 하고 있다. 『뉴욕 타임즈』는 "국가의 새로운 성전"이라는 사설에서 그 행사를 기념하였으며, 명예의 전당에 그랜트U. S. Grant와 로버트 리Robert E. Lee, 두 사람에 의해 상징되는 북부와 남부의 화합을 경축하였다(Banks 1902 : 31~32). 그리고 예술의 전당이 모든 대표유형들의 민주주의적 종합이라는 점에서 영국과 독일의 상응되는 기념물에 비해 우월한 것이라며 찬양하였다(pp.32~33). 그리고 뉴욕 상원의원이던 천시 드퓨Chauncey M. Depew의 연설은 그 이름들 다수를 위한 집합적 비가를 아우르고 있었다(Booth 2004a : 13).

> 우리는 지금, 테니슨Tennyson을 볼 수 없으며 롱펠로우Longfellow도 볼 수 없다. (…중략…) 아마도 그것은 우리의 마이클 안젤로스Michael Angelos가 강 아래에 터널을 계획하고 있기 때문이다. 우리의 호손들Hawthornes과 에머슨들Emersons은 정신의 누설을 (…중략…) 포기하고 (…중략…) 광산과 공장을 개발하였다. 명예의 사당the Temple of Fame은 끝없는 세대들을 위해 유산과 교육과 영감과 열망으로써 행동하고 사유한 바로 그러한 사람들의 몫으로 남겨두어라. (pp.28~29)

20년 후에 보글럼의 기획은 천재적 그 이상의 공학적 위업이 될 것으로 보면서 미래세대를 향해 이야기하는 미국의 이러한 시각을 징후적으로 나타내는 것처럼 여겨진다.

미국의 많은 명예의 전당들 중에서 첫 번째의 것은 허드슨 강 근처에 있는 흉상 조각이다. 이후 한 세기 동안, 첫 번째 명예의 전당은 재정적인 어려움을 겪어왔다(그것은 벽이 없었으며 입장료를 부과하지 않았다). 1920년대와 1930년대만 해도 매년 50,000명이 방문하던 그 전당은 지금은 브롱크스Bronx 칼리지에 등록된 역사적 표지물로서 다만 드문드문 관광객들을 수용하고 있다(McShane 2004). 2001년에, 퍼타키Pataki 주지사는, 주의 명예의 전당 18개 전역의 관광을 장려하기 위해, '아이 러브 뉴욕, 예술의 전당 통행증' 프로그램을 고안하였다. 한편, 언론은, 원조가 되는 브롱크스의 전당에 관한 기록을 빠뜨린 채, '야구 명예의 전당', '여성 명예의 전당' 등을 거론하며 보도하였다(New York State Governor's Office 2001). 러쉬모어와 유사하게, 그와 같은 다수의 인물 컬렉션들은 애국적 영감을 부여할 뿐만 아니라 상업적 측면 또한 지니고 있다. 그러나 명예의 전당은 관광객을 매료시키도록 고안되지는 않았으며 또한 실지로 오늘날의 도시 지리학상, 그다지 좋은 위치라고 할 수 없는 곳에 있다(뉴욕대학교는 북쪽 캠퍼스를 포기하였는데 그것은 일정부분 브롱크스에서의 범죄로 인한 것이었다). 영화와 비디오 세대 명사들의 증가는 아마도, 과거의 저명한 이름들에 관한 대중의 흥미를 감소시키는 경향이 있다. 명예의 전당은, 대중 엔터테인먼트의 스포츠 영웅들 혹은 스타들을 위한 무대 그 이상의 원형무대에서 조명되는 역사의 교훈에 견줄 수 있다. 전기적 초상화의 영향은 인정에 의존하고 있는데 학교 교과과정을 포함한 다른 매체들이 엘리 휘트니Eli Whitney 혹은 다니엘 웹스터Daniel Webster의 명성을 강화하는 일은 없을 것이다. 또한, 브롱크스의 세세한 인물형상들은 너무 잡다하고 포괄적인 경향이 있어서 워싱턴 시 혹은 러쉬모어 산 산책로의 신전과 같은 호소력을 지닐 수는 없을 것이다.

미국은 꼭대기 혹은 가장 위대한 혹은 최고로 꼽히는 명부를 취하는 일에 여전히 중독되어 있다. 그리고 새로운 잡지의 콘테스트는 위대한 이름에 관한 수많은 제출물들을 얻게 될 것이다. 명예의 전당은 몇십 년 동안 그러한 기획을 지속해오고 있다. 즉 1920년 이래로, 배열된 기둥들을 따라서 명판들을 동반하는 조각상들이 세워졌으며, 1973년까지 5년마다 새롭게 선출된 이름들을 부가해왔다. 오늘날에는, 102개 대상물들 중에서 모두 합쳐 98개가 흉상을 지니고 있다(Bronx Community College 2004). 지금은 더욱 다양해져서 조각상들은 조지 워싱턴 카버 George Washington Carver, 부커 워싱턴Booker T. Washington, 해리엇 비처 스토Harriet Beecher Stowe, 그리고 수전 앤서니(Lehman College Art Gallery n.d.) 와 함께하고 있다. 그것들은 여전히, 우생학 그리고 영웅 숭배 세대의 분위기를 지니는 것으로 보여진다. 그럼에도 명예의 전당은 그것 자체로 중요한 유적이 되고 있으며, 건축가들, 예술 역사가들, 사적史跡 보존가들, 학파들, 그리고 특수 인물연구 수집가들의 관심 대상이 되고 있다. 명예의 전당은 간결한 생애와 초상화와 함께 기여한 조각가를 확인할 수 있는 웹 사이트를 만들었다. 즉 초상 청동에 관한 현재의 디지털 이미지, "630피트의 야외 기둥"에 관한 자바Java 실행의 360도 파노라마, 혹은 실지로는 아무것도 일어나지 않는 퀵타임QuickTime "가상현실 영화"가 있다. 흉상들은 계속해서 서로를 향해 응시하고 있는데 흉상들의 특질과 명판名板들의 경우 가상 방문객은 판독이 불가능하다 (Bronx Community College 2004, Lehman College Art Gallery, n.d.). 전당 입구 위의 두 개의 벽에는 "수많은 사색 속에서 / 그들은 더 영원히 살고 있다"고 주장하는 구성물이 있었다. 이것은 지금에는, '도시비밀들 – 뉴욕' 이라고 씌어진 안내책자(Bronx Community College 2004)를 찾아보면 발견된다. 명예의 전당은 "브롱크스의 대중예술"이라는 관광 산책로의 연결점이 되고 있다. 지역의 유형 문화는 오늘날에는, 성인들, 신들, 혹은 심지어는 국가적 영웅들보다도 더한 영감을 줄 수 있을 것이다. 그럼에도, 인물연구에 의해 공동체의 유산을 대표하는 그 지역의 영혼들은 계속해서 인격화되고 있다.

내가 앞에서 제시한 인물연구의 사례들은 집합적 초상화가 국가적 유산을 만들고 기념한 방식들을 보여주고 있다. 우리는 현금을 바꾸거나 혹은 문학 사화집을 읽을 때, 그것이 문학적 풍경 혹은 국가적 기념물의 여행과는 동떨어진 것으로 생각한다. 그럼에도 이름들, 얼굴들, 그리고 서술들은 상호작용함으로써 각각의 맥락에서 유사한 형식을 취하고 있다. 우리는 그러한 숭배의 체계를 유지하기 위해서 마우스 클릭뿐만 아니라 우리의 발을 움직여 투표해야 할 것이다. 국회의원 펜스가 새로운 안건들을 정당화하기 위해 스탠턴, 앤서니, 그리고 모트를 전유하였던 것처럼, 아마도 우리는 전유될 지도 모를 선조의 형상들을 지닌 러쉬모어의 축소판들에 의해 둘러싸여 있기도 할 것이다. 이 같은 인물연구는 집합적 기념물의 재현에 있어 청중뿐만 아니라 제안자들을 참여시키고 있다. 그리고 그것은, 문화적 유산 내의 특정한 친족관계를 주장하며 전기와 역사를 결합하도록 하며 그리고 놓쳐버린 무엇에 관한 뚜렷한 잔상을 남겨주고 있다. 마틴 루터 킹 2세Martin Luther King Jr.는 로툰다 박물관의 청동 흉상을 지니고 있지만 인물연구에서 볼 때 그는 인종의 문제를 배려하지 않았다. 테디 루즈벨트의 자리에 아들레이드 존슨의 조각상을 투표로써 추가하는 날이 온다면, 그때에야, 나는 규칙들이 정말로 바뀌었구나 하고 인식하게 될 것이다.

23

자서전의 곤혹스러움
서술 이론가를 위한 조언 노트

시도니 스미스Sidonie Smith & 줄리아 왓슨Julia Watson

- 물론 '허구적인 것'과 '비허구적인 것'의 구별은 최근 들어 악명 높을 정도로 문제적이다. (Shlomith Rimmon-Kenan 2002 : 25, n.5)
- 소설의 난제는 현실은 좀처럼 믿을 수 없는데 소설은 믿을 수 있는 것처럼 보여야만 한다는 것이다. (Isabel Allende 1994 : 299)

우리 두 사람은, 개별적으로나 힘을 합쳐서나, 넓은 범위에 걸친 생애서술의 양식들, 즉 구술적이거나 시각적인 것, 문학적이거나 일상적인 것, 남성의 것이거나 여성의 것, (포스트) 콜로니얼하거나 서구적인 것들에 있어, '자서전적인 것'을 이론화하는데 수십 년을 바쳐 왔다. 그러나 우리들 누구도 서술이론가는 아니다. 비록 우리가 서술이론가들의 작업에 경의를 표하고 있고 또 그것들을 꽤 숙지하고 있기는 하지

만 말이다. 그래서 우리는 리몬-케넌이 제안하고 있는, 가변적이면서
도 아주 완강한 구분선의 한 쪽 편으로부터 쓰고 있다. 그 구분은 '자서
전적인 것'을 비허구 쪽에 위치지운다. 비록 그것이 대화, 내적 독백,
자종서술, 독자에게 말 건네기 같은 허구적 전략을 많이 사용한다는
점에서 전기나 역사와는 구별되지만 말이다. 그러나 여기서 우리의 목
적은 허구적인 서술과 비허구적인 서술의 차이를 도식적인 의미에서
탐색하는데 있지 않다. 리몬-케넌처럼, 우리도, 작가들이나 이론가들
이 그 경계를 복합적인 방법으로 타협하고 있기 때문만은 아닌 이유에
서, 그 침투성 있으면서도 유동적인 특성에도 불구하고 '자서전적인
것'의 변별성을 확언할 만한 근거가 있다고 생각한다. 이 변별성을 주
장하면서 우리는 자서전적 실천에 관한 네 개의 문제, 즉 위장, 자서전
의 보류, 증언에 대한 윤리적 요청, 그리고 물질성에 관해 탐구할 것이
다. 이것들은 소설과 허구에 주된 초점을 맞추고 있는 서술이론에는
아직 충분히 알려져 있지는 않지만 자서전적 연구에는 핵심적인 쟁점
들을 가리키고 있다.

생애쓰기에 관한 수십 년간의 작업은 '자서전적인 것'에 관한 우리
의 최초의 이해를 복잡하게 만들어 왔으며, 자서전적 행위 속에서 어
떤 일이 일어나고 있고 또 무엇이 논란이 되고 있는가에 관한 우리의
개념들을 정정해왔다. 자기 재현 및 자기를 이야기하는 행위는 언제나
역사적, 주체적, 정치적인 면에서 위치지어지며 또 그렇게 구체화된
다. 이야기들은 단지 어떤 하나의 생애로부터 '출현하는 것'은 아니다.
비록 독자들은 자서전적인 서술자가 틀림없이 그 자신을 단일하고 조
리있게 표현하는 인생 이야기를 말하고 있는 것처럼 여긴다 해도 그러

한 것이다. 그보다는, 그 이야기 화자는 자기 정체성을 구성하기 위해 노예 이야기, 견습기, 또는 정치적 의식에 관한 이야기 같은 소정의 형식들을 재작업해서 가져다 쓰는 것이다. 더욱이, 정체성, 즉 그가 누구인가에 관해서라면 이야기에 선행해서 존재하는 분명히 말할 수 있는 '자기'라는 것은 없는 것이다. 우리들 각자는 시간 속에서 살고 있고 또 우리의 과거라는 움직이는 과녁을 향해 부단히 변화하는 시각을 취하고 있기 때문에 과거 전체를 기억해서 상세히 말할 수 있는, 단일하면서도 변화하지 않는 자기를 구축해내는 것은 불가능하다.

이론적으로 말하자면, 스토리텔링과 그 스토리텔링에 의해 구성되는 자기는 모두 정체성에 관한 서술적 구축물이다. 자서전적인 말하기는 수행적이다. 즉 그것은 그것이 주장하는 '자기'가 '나'로 나타나도록 연기한다. 더욱이 '나'는 단일하지도, 안정적이지도 않으며, 그렇다기보다는 찢겨져 있고, 조각나 있으며, 잠정적인, 복수의 관계항을 가진 하나의 기호일 뿐이다. 그리고 서술자에 의해서 제시되는 그 다양한 정체성들이 서로 이질적인 수신자들이나 청중들에게로 보내어진다. 그것들은 말끔하게 정렬되지는 않은 정체성에 관한 다양한 요구를 만들어낸다. 그보다도, 다양한 청중들에게 다양한 사례들, 다양한 수단들로 '나'를 재현함에 따르는 긴장들, 모순들이 이야기 내에서 틈새, 균열과 경계상의 곤란함을 만들어낸다.

더욱이 자서전은 단일한 장르가 아니라, 역사적으로 위치지어진, 아주 다양한 종류의 자기 재현에 관한 실천 행위들에 관여하는, 우리가 선호하는 용어인 생애서술들, 그야말로 그 묶음들을 위한 일종의 '우산' 용어다. 자서전 연구들의 영역은 복합적인 이론적, 방법론적 접근들을 거쳐서 발달해 왔기 때문에 단순한 개념들은 그 무수한 장르들과 자기 서술 및 자기 재현 행위들의 풍부한 복합성을 설명하는 데는 부적절한 것으로 지속적으로 괴롭힘을 당해왔다. 장르 미학들, 형식들, 용법들, 그리고 반응들의 측면에서 볼 때 '자서전적인 것'은 그것을 분류해서 정리하려는 시도들을 초과해서 존재한다. 그 이론화의 중요성 및 초과현상들은, 이 분야의 우리들로 하여금, 역사와 지형을 가로질러까지 미학적, 윤리적, 정치적, 그리고 사회문화적 의미에서, '자서전적인 것'을 고정시키려는 우리의 노력을 어떻게 넘어서버리는지 하는 문제로 반복적으로 되돌아오도록 한다.

다음으로, 우리는 이 분야에서 작업해 온 사람들을 곤혹스럽게 해온, 몇몇 어려우면서도 매혹적인 이론적 쟁점들에 관해 의견을 개진할 것이다. 그렇게 할 만한 두 가지 주요한 이유가 있는데, 그것은 ① 생애서술에 관한 이론가들과, 서술이론 혹은 서술론에 전념해온 이론가들 사이에서 더 큰 대화를 이끌어내려는 것, ② 서술에 관한 좀 더 포괄적인 기술에 기여하는 것이다. 우리는 그것이 생애서술에 의해 야기되어 온 여러 종류의 이론적 쟁점들을 다루는 것에 의해서 풍부해질 것이라고 본다. 우리는 일인칭, 이인칭 또는 삼인칭으로 구성되어 있든, 개별적이든 집합적이든, 현대적인 것이든 더 이른 것이든, 정전적이든 반정전적인 것이든, 최근에 우리가 생애서술들에 관해 읽고, 가르치고, 생각해 온, 그 이론가들을 시험에 빠뜨리고 있는 네 개의 기본적인 쟁점들을 가려냈다. 이 쟁점들은 '자서전적인 것'의 특별한 지위를 거론하면서 그 지위의 특수한 양상들을 캐내려 한다. 각각의 쟁점들은 1990년대의 '회고' 붐 이래로 이론가들이 자서전적인 글쓰기의 복합적 실천에 관하여 협의하는 가운데에 핵심적으로 부각된 주안점이나 의문에 관심을 집중하고 있다. 그것들은 다음과 같다.

- 자서전적인 속임수와 자서전적 규약의 지위
- '자서전적인 것'과 가공적인 것 사이의 구별을 무색하게 하는 포스트 콜로니얼한 작가들에 대한 독해의 정치학, 그리고 일종의 "이탈적" 수사학적 운동으로서 자서전의 보류를 보여주는 지위
- 수난과 상실과 생존을 증언하는 서술의 윤리학, 그리고 서술자와 독자에 대한 증언적 서술의 지위
- 서술자의 육체의 물질성, 그리고 '자서전적인 것'에서의 물질화된 자기 재현의 지위

자서전적인 서술의 이 모든 양상들은, 그 이론가들이 중요하게도, 도전적으로도 생각하는 텍스트와 (물질적) 세계 사이의 관계를 제안한다. 각각의 쟁점들을 점검하면서 우리는, 서술의 본성, 즉 그것의 미학, 정치학, 윤리학에 관한 이론적 논쟁의 현대적 장면을 알려줄 가능성을 가지고 있음에도 불구하고 '곤혹스러운' 장소들인 특정한 텍스트들에 주의를 돌릴 것이다.

쟁점 1. 위장 그리고 독서의 영향

만약 어떤 작가가 자기 아닌 누군가로 위장하거나 자서전적인 속임수 속에서

다른 이의 경험을 가져다 쓴다면, 그것은 어떠한 변화를 만들어내는가?

　누구에게 그리고 언제, 속임수가 문제시되는가? 물론, 많은 다양한 종류의 속임수들이 있다. 그리고 많은 문학적 장르들이 속임수들에 관련되어 있다. 예를 들면, 한 소설가가 자신이 쓴 작품을 다른 사람, 아마도 더 유명한 소설가의 작품이라고 속여 넘기려고 할 수 있다. 이 경우에, 우리는 독자로서 그 저자의 윤리성에 의문을 제기할 수 있다. 그러나 우리는 그 텍스트 내부에 재현되어 있는 것들의 진실성에 의문을 제기하지는 않으려 할 것이다. 이 글 서두의 인용구에서 알렌데Allende가 시사한 것처럼 허구적 핍진성 속에서는 가능한 세계들을 닮았다는 것으로 충분하기 때문이다. 현실에 관한 그 재현이 나쁘고, 도덕적으로 비난받을 만하고, 납득될 수 없고, 부적절하며, 견딜 수 없다고 해도, 그 서술된 이야기에 "속임수"라는 꼬리표를 붙일 수는 없다. 심지어 그 사건과 저자의 주장들이 고의적인 허위진술이라 할지라도 말이다.

　그러나 자서전적인 속임수는 다양한 쟁점들을 제기하며, 이것들은 자서전적인 서술의 특성을 명확히 보여주고 있다. 독자들과 일반 대중이 '자서전적인 것'으로 홍보되어 팔린 이야기가 전적으로 '꾸며낸 것' 임을 알게 될 때, 그것은 서술자와 독자 간의 자서전적 규약에 대한 위반을 감지하도록 하기 때문에 아주 곤혹스럽다. 1975년에 필립 르죈 Philippe Lejeune은 생애서술의 이중적 계약을 묘사하기 위해 자서전적인 행위들에 대한 후속적인 이론화로써 이 개념을 생산적인 것으로 도입하였다. 즉, 저자는 책 표지의 이름이 그 책 속에 서술된 "생애"와 일치한다는 것을 보증하는데, 이것은 "고유한 이름에 의해 보증되는 (…중략…) 정체성의 계약"(Lejeune[1975]1989 : 19)이다. "실제"에 대한 이러한 요구를 만들어냄으로써 생애서술들은 특수한 독해 방식을 요청한다. 왜냐하면 그것들은 픽진성이 아니라 살아온 경험의 "진실"을 주장하고 있기 때문이다. 그것이 비록 파악하기 어려운 것이라고는 해도 말이다. 물론, 생애서술에 관한 비평가들은 '자서전적인 것'이 살과 피로 된 저자의 "진실"을 그대로 드러낼 수 없음을 인정한다. 그것은 접근할 수 없는 진실이고 지속적으로 재구성되는 진실이다. 주관성에 대한 그것의 재현과 진실 요청에 대한 수사학적 각색에 있어 '자서전적인 것'은 진실, 경험, 저자적 권위에 관한, 다수의 상충하는 담론들과 그것을 풀어헤칠 것을 필요로 하는 방식으로 관계를 맺게 된다. 그럼에도 불구하고 자서전적 규약이라는 개념은 우리로 하여금 왜 자서전적 속임수들이 독자들에게 그토록 곤혹스러운지 이해할 수 있도록 해준다. 자서전적인 속임수는 자기 지시성의 윤리학에 대한 기대들을 곤혹스럽게한다. 왜냐하면 독자들은 자서전적인 글쓰기가, 기억된 것이지만 그들이 강렬하고도 즉각적으로 상상할 수 있는, '실제로' 경험된 세계를 나타낼 것을 기대하기 때문이다.

해리어트 자콥스Harriet Jacobs에 의해 씌어져, 1861년에 『한 노예 소녀의 삶에 일어난 일들Incidents in the Life of a Slave Girl』이라는 제목으로 출판된 19세기 노예 이야기는 속임수로 여겨졌지만 이후에 진정한 것으로 인정받은 생애서술의 한 예다. 노예 제도 속에서의 삶을 연대기적으로 쓴 생애서술은, 때때로 노예폐지론자들과 함께 만들어지고 그들에 의해 유통되곤 했으며, 노예제도 옹호론자들에 의해 종종 사기치는 것이라는 의심을 받았다. 자콥스Jacobs의 텍스트는, 그녀 자신을 포함한 몇몇 이름들을 허구화하였고, 노예폐지주의자인 편집자 리디아 마리아 차일드Lydia Maria Child로부터 받은 편집상의 도움을 부각시키지 않았다. 이 합작품은 1860년대 및 20세기 전반에 걸쳐, 비평가들로 하여금 그녀의 이야기를 허구적인 것으로 일축하도록 했다. 즉 비평가들은 '자서전적인 것'의 진실 요청을 두고 다투었고, 그 텍스트의 일반적인 명칭을 '소설'로 바꾸어 놓았는데, 이는 그 대중적 인기에도 불구하고 이 작품의 평판을 떨어뜨리기 위한 전략이었다. 실제로 이러한 허구화는 하나의 고통스러운 역사로서 읽혀지고 기록되고자 한 그 텍스트의 요청을 약화시켰다. 백여 년이 지난 후, 문서 및 편집 연구 학자인 진 페이건 옐린Jean Fagan Yellin이 다른 측면에서 그리고 다른 독서대중을 위한 것으로 그 이야기에 진정성을 부여했다. 옐린의 연구 결과, 비평가들은 이제 잔혹함, 강간 미수, 그리고 자아 유폐의 "경험"에 관한 그 텍스트의 진실요청을, 그 독특한 용어들에 대한 법률적 정확성 및 자기 지시성이라는 사실보다도 더욱 설득력 있는 것으로 인정하고 있다. 그 허구화는 문학적 모델과 사회적 승인 모두가 결여되어 있던 생애서술을 이야기하는 데에 필수적인 것으로서 인정되었고 그 가치를 부여받았다. 이제 독자들은 해방 노예들이 뒤에 남겨져 있는 사랑하는 이들을 보호하기 위해 다양한 수사학적 전략들을 사용했다는 그 역사가의 주장을 신뢰한다. 당시에, 자콥스가 허구에 의지한 것은 전략적이었다. 그녀의 사례는, 몇몇 종류의 허구화 및 사실성에 관한 어떤 가장들이 자서전적 규약의 위반에 관한 증거라기보다는 시간, 장소, 환경 및 목적에 대한 필연적인 반응임을 보여준다.

속임수에 대한 의문이 1990년대의 회고 붐 시기에 다른 방식으로 중

심적인 쟁점이 되었다. 널리 출간된 자서전적인 속임수 가운데 하나로
『파편들—전란기 유년 시절의 기억들Fragments : Memories of a Wartime Child-
hood』이 있는데, 이것은 1996년 영어로 번역되었고, 벤자민 윌코머스키
Binjamin Wilkomirski에 의해서 씌어진 것으로 내세워졌다. 쿠저G. Thomas
Couser는 윌코머스키가 DNA테스트를 거부한 것을 포함하여 그 반대되
는 증거들의 역사를 자세히 열거하고 있는데, 이는 그의 출판업자들로
하여금 이후에 그 책을 회수하도록 하였으며, 그의 문학적인 에이전시
들에게는 그 책의 주장들을 조사하게끔 했다. 조사자인 스테판 메클러
Stefan Mächler는 『파편들』이 생존자들의 기억들을, 다양한 문학적, 역사
적 원천들과 함께 직조한 허구적인 콜라주임을 폭로하는 전기를 2001
년에 출판하였다. 그러나 이 사기가 의도적이었는지의 여부에 관한 질
문은 좀 더 복잡한데, 그 이유는 스위스의 양육가정에서 겪은 윌코머
스키의 고통스런 기억들이 그의 학대 감각에 기여했을 수 있기 때문이
다. 그는 자신의 정체성이 유대인의 그것이며 또한 홀로코스트 생존자
의 그것임을 지속적으로 주장한다(Couser 2004 : 174~175). 『파편들』은 원
래 나찌학살의 공포에 대한 일인칭 시점의 증언이라는 주목하지 않을
수 없는 행위로서 유럽과 미국에서 관심을 끌어 모았다. 『파편들』은
홀로코스트의 생존자들의 숫자가 줄어들면서 일인칭 증언의 가능성이,
마리안느 허쉬Marianne Hirsch가 "기억 이후postmemory"라고 이름붙인 것
에 자리를 내어주던 역사적 순간에 출현하였다. 그러나 윌코머스키의
『파편들』이 거짓증언으로 드러났을 때, 그 책은 즉각적으로 서점에서
회수되었고, 기만 또는 기회주의적 정체성 도둑질로 비난을 받았으며,
이후에는 소설로 재출간되었다.

오스트레일리아에서는 완다 쿨머트리Wanda Koolmatrie의 『나만의 달콤한 시간My Own Sweet Time』이 또한 통문화적 위장에 관련되는 스캔들을 낳았다. 1994년에 출간된 『나만의 달콤한 시간』은 고향인 아델레이드로부터 도시세계인 멜버른으로 헤매다닌 한 토착 여성의 떠돌이 생활에 관한 이야기를 들려주었다. 비평가들은 『나만의 달콤한 시간』을 세련되고도 새로운 토착 오스트레일리아 작가 세대의 목소리를 대표하는 것으로 환영하였는데, 이 세대는 전통적인 공동체로부터 단절되어 있지만 도시적인 오스트레일리아의 다문화적 뒤얽힘 속에서는 편안해하는 혼혈 세대다. 그 책이 일 년 후에 문학상을 받아서 출판업자가 쿨머트리와의 미팅을 요청했을 때 속임수가 드러났다. 완다 쿨머트리는 레온 카먼Leon Carmen이란 이름을 가진 젊은 백인 남성의 허구적인 퍼소나였다. 백인 남성들은 더 이상 그들의 작품을 내주는 출판업자를 찾을 수 없다고 느껴 약이 오른 나머지, 카먼은 토착 오스트레일리아인에 의해 말해지는 개인적인 이야기의 인기를 이용해 먹으려고 결심했던 것이다.

자서전적 속임수라는 의혹을 사는 우리의 세 가지 사례들은 위장과 관련된 몇 가지 서로 중복되는 쟁점들을 가리키고 있다. 자콥스의 노예 이야기의 경우에 '속임수'라는 비난은 서술된 스토리를 약화시키고 서술자의 진정성을 의심하는 데에 이용되었다. 1860년대의 독자들과 비평가들은 자콥스의 진정성을 두고 다투었는데, 그 이유는 인종주의 담론들 및 노예제도가, 심지어는 이 제도가 붕괴되고 있었을 때조차, 노예들과 해방 노예들을 근본적으로 인간이하로, 교육할 수도 없고, 자유로운 행동 능력이나 이야기 작가적인 능력이 없는 것으로 위치지었기 때문이었다. 몇몇 노예제 옹호론자들은 이야기의 내용을 일축하였으며, 몇몇은 도망친 노예가 그렇게 유창하게 쓸 수 있다는 것에 회의적이었으며, 또 몇몇은 노예 폐지 운동에 적대적이었다. 노예제도 지지자들 및 남북전쟁 이전의 노예 옹호론자들은 자콥스의 이야기가 지닌 문화적 위험성을 깨닫고는 '속임수'라는 망령을 키워내서는 큰 영향을 미쳤다. 대조적으로, 노예제도 폐지론들은 진정성에 대한 이 이야기의 주장을 지지하기 위하여 믿을 수 있음을 입증하는 서문들을 조달하는 데에 관심을 가졌다. 그리하여 제작과 수용의 사회정치적 맥락이 그 이야기를 의심스러운 것으로 만들었으며, 그것의 외재적인 증명을 필수불가결한 것으로 만들었다. 그 텍스트의 진실 주장들은 그 서술자의 취약한 사회적 입지로 인해 진실한 것으로부터 허구적인 것으로 쉽게 전환되어 버릴 수 있었다.

두 번째 사례인『파편들』은 역사적 사건이 어떻게 하여 문화적 소속에 관한 환상으로 특수화되고 다시 제시될 수 있는가를 부각시킨다. 윌코머스키와 같이, 외상적 사건에 가까이 있기는 했으나 그 안에서 생존자로 존재하지는 않았던 어떤 이들에게는, 희생자들과 과거를 공유하고 있다고 주장하고자 하는 욕망이 그 과거를 이해하는 사적인 방식을 제공하며 그 자신을 세계 기억의 내부에 위치짓게 한다. 로스 챔버스Ross Chambers(2002)가 주장하듯이, 이러한 명백한 망상이 명백히 보여주는 것은, 특정한 외상적 이야기들은 한 개인이 그 이야기 안에서 그 자신을 '진정으로' 상상할 수 있는 문화들을 가로질러 공유되는 세계 기억의 중요한 한 일부가 된다는 것이다. '소설'로서 출간되었더라면,『파편들』은 그것이 얻은 관심, 수상 또는 결과적으로 악명을 끌어 모으지 못했을 것이다. 속임수의 이러한 측면은 어떻게 해서 특정한 종류의 자서전적인 서술이 문화적으로 의심스럽기보다 신뢰할 만한 것이 되는지를 시사하며, '자서전적인 것'의 주장이 갖는 효능을 강조한다.

대조적으로, 『나만의 달콤한 시간』의 저자는, 오스트레일리아 원주민의 생애 이야기에 대한 동시대적인 상품화를 고의적으로 이용하였다. 1990년대에 오스트레일리아의 출판업자들은, 몇 가지 이유들로 인해 토착 오스트레일리아인들에 의한 이야기들을 구하려 했다. 즉, 부분적으로는 '빼앗긴 세대stolen generation'의 이야기들에 대한 증대하는 국가적 개입 때문이었고, 부분적으로는, 유엔의 '토착민들의 십 년' 프로그램UN Decade of Indigenous Peoples이 세계 전역의 토착인 권리운동에 대한 주목을 요청하고 있었기 때문이었으며, 또 부분적으로는 "희생자" 이야기의 마케팅이 수난을 겪는 사람들의 이야기에 대한 더 특권층 사람들의 만족할 줄 모르는 욕망에 영합했기 때문이었다. 레온 카먼은, 백인남성의 소설이 아니라 토착인 여성의 생애서술로 들려지는 완다 쿨머트리의 이야기가 문화적으로 잘 받아들여질 수 있음을 깨달았다. 이 사례는 서술자와 독자 사이의 자서전적인 규약의 한 위반을 보여준다. 그 자신이 가지지 않은 정체성에 대한 카먼의 주장은 자서전적 신뢰의 악용에 대한 주장들을 초래하였다. 자서전적인 서술자가 서술된 기억들, 경험들이 저자적인 '서명'을 가진 것임을 주장할 때, 출판업자가 그 이야기를 '회고록' 혹은 '자서전'으로 분류할 때, 독자들은 그 책의 페이지들에 서술된 사건들이 그 서명과 일치하는 살아 있는 사람의 것으로 치부한다. 그리고 그 이야기가 전적으로 '꾸며진' 것임을 알게 될 때 독자들은 배신감을 느낀다. 살아 있는 사람과 텍스트상의 '나'는 결코 일치하지 않는데도, 출판업자들과 독자들은 실제적인 인물들을 이야기하는 것 속에서의 자기 재현과, 다른 이의 이야기에서 가져온 '전적으로 꾸며진' 것을 구별 짓는다.

독자들은 자서전적인 이야기들과 다양한 수준들에서 관계를 맺는다. 그들은 다른 이들의 삶들, 심지어는 역사적인 문헌들에 관한 정보의 원천으로서 그것들에 접근한다. 독자들은 또한, 일인칭 목소리의, 보증된 친밀함과 직접성에 이끌린다. 그리고 그들은 감정의 전하들, 그 육체 속에 기입되는 강렬함들, 즉 두려움, 화남, 격노, 부끄러움, 혹은 공포를 방출하는 이야기들을 따라서 이야기들에 감정 이입적으로 반응하는 그들 자신을 발견한다. 독자들에게 욕망을 불어넣고 정서적, 인지적 반응을 유발시키는 자서전적인 이야기가 날조된 것으로 드러날 때 그들은 배신감을 느낀다. 그들의 읽기, 동일시, 감정이입의 경험이 손상된 것이다.

쟁점 2. 아웃사이더의 역사와 독해의 정치학

저자의 사회문화적 위치는 이야기가 읽히는 방식에 어떤 영향을 미치는가? 다시 말해, '자서전적인 것'을 "보류하는" "이탈적" 서술은, 독해의 다른 정치학에 어떠한 요구를 하는가?

책들의 제목이나 판권란은 종종 그것들을 자서전이나 소설 가운데 하나로 공표하는데, 이는 독자들, 특히 동시대의 독자들에게 좋지 않은 영향을 끼친다. 확실히, 『데이빗 카퍼필드*David Copperfield*』, 『제인 에어*Jane Eyre*』 혹은 『빌헬름 마이스터의 수업시대*Wilhelm Meister's Apprentice-ship*』와 같은 소설들은 독자들로 하여금 그것들을 자서전적으로 읽도록 인도하지만, 반면에 저자의 이름들과 주인공의 이름들 사이의 불일치 속에 이 소설들이 자서전이 아니라 '교양소설'임을 나타내고 있다. 이와 같이 이것들은 자서전의 '법칙law'을 지키며 이 규약을 위반하지 않는다. 그러나 최근 몇 년 사이에 몇몇 포스트콜로니얼한 작가들은 독자들에게 그들의 이야기들을 자서전에 반하는 것으로 읽을 것을 요청하는 동시에 어떤 일인칭 화자를 통하여 그것들이 주관적 진실에 대한 믿을 만한 증언임을 주장함으로써 허구 / 비허구의 경계를 곤혹스럽게 해왔다. 이것들은 카렌 카플란Caren Kaplan의 용어로는 '이탈적인out-law' 생애서술들로, 하나의 장르로서의 자서전의 규범을 위반하면서, 그 주류적 이야기들과 서구의 공인된 역사들로부터는 배제된 주체의 경험에 관한 버전들을 제시한다. 그리고 그것들은 어떤 용이한 결정도 허용하지 않는 방식으로 허구적 텍스트 및 비허구적 텍스트에 관한 상이한 독자의 기대들을 활용한다.

가야트리 스피박Gayatri Spivak은 포스트콜로니얼한 작가들이 때때로 그들의 이야기들을 '보류된 자서전'으로 생각한다고 주장함으로써 이를 픽션 / 논픽션의 구별 지우기라고 부른다(Spivak 1998 : 10). 그곳에서 명백하게 허구화된 그들의 이야기들은 글쓰기에의 접근이 없던 주체들의 목소리를 새겨 놓고 있으며, 자서전적인 주관성의 담론을 증언으로 전환시키고 있는데, 이를 그녀는 "덜 억압받은 타자를 향해 억압을 증언하는 하위주체들의 장르"라고 규정한다(p.7). 이러한 자서전의 재작업화를 '직접 발화될 수 없는' 침묵하는 다수의 이야기들을 매개하고 있는 서술들로 이론화함으로써, 스피박은 그와 같은 서술들이 쟁점 1에서 논의된 속임수들처럼, 어떤 다른 이의 경험을 고의적으로 가장한다기보다는 생애서술의 용어들을 고쳐쓰고 있는 것이라고 주장한다.

예를 들어, 자메이카 킨케이드Jamaica Kincaid의 『내 어머니의 자서전 *The Autobiography of My Mother*』은 그 자신을 "자서전"으로 공표하지만 그 책의 뒤표지에는 소설로 분류되어 있다. 어떤 다른 이, 즉 지워져가고 있는 카리브의 언어와 역사에 접속되어 있는 어떤 이야기하는 주체의 자서전적 이야기라는 그 자극적인 주장은, 우리가 위에서 논의했던 상관적 주체성을 확고히 한다. 그러나 그것은 두 가지 방식에서 그 모델을 복합적으로 만든다. 즉, 일인칭의 자서전적인 목소리로 말하고 있음에도, 말하고 있는 '나'는 킨케이드의 어머니 세대이며, 킨케이드의 할머니뻘에 해당되는 '그녀의' 어머니를 상기하고 있다. 그리고 그 서술자는 그녀 자신을 어머니를 알지 못하는 것으로 설정하였고, 그 어머니는 그녀를 낳으면서 세상을 떠난 것으로 되어있다. 그리하여 이 이야기는 '오로지' '소설'일 수도 있다. 킨케이드는 이 체화된 주체성의 우화에서 주류적 이야기로서의 자서전과 소설 둘 다에 의해 만들어진 요구들을 심문하면서, 그 어느 쪽도 힘으로부터 추방당한 주체들의 배제된 역사를 말하는 것에는 적절하지 못하다고 주장한다. 역사가 지워져버린, 아프리카 혈통의 문자를 모르는 여성들에게 초점을 맞춘 그녀의 이야기는, 어떤 서술적인 '가장' 행위에 의하여 일종의 문화적 권위와 힘을 그들에게 양도한다. 그리고 그것은 특정한 주체들이나 집단들이 인간으로서의 요청들을 행하는 데에서 겪어야 했던 어려움들을 시사한다. 프랑소와즈 라이오넷François Lionnet(1995)이 유용하게 지적했듯이, 이와 같은 포스트콜로니얼한 이야기들을 그들의 "자서전인 것"으로 독해하는 것은 독자의 주안점을 구술성과 혼혈métissage, 또는 서로 어울릴 수 없는 담화들과 조화되지 않은 다수의 발성들을 땋아놓은 끈 같은 것으로 이동시키는 것이다.

'자서전적인 것'과 소설적인 것 사이에 놓여 있는 킨케이드의 복합적인 위치는 레이 길모어Leigh Gilmore가 "끝없는 자서전endless autobiography"이라고 불렀던 몇몇 이야기들의 전반에서 지탱되고 있지만 유일무이하다고는 말하기 어렵다. 포스트콜로니얼한 이야기들은 또한 아이자즈 아마드Aijaz Ahmad가 "자본주의적 현대성capitalist modernity"(1995 : 7)이라고 이름 붙인 것의 유산인, '자서전적인 것'의 양식들 사이에 끼어들 수도 있다. '교양소설'은, 예를 들어, 자서전 작가들에 의해 아웃사이더적인 유년기로부터 교육을 통하여 사회에 참여하고 규범적인 사회의 정체성에 편입되기까지의 여정을 서술하도록 빈번하게 취해지는 소설적 형식이다. 하나의 형식으로서 '교양소설'은 그 서술주체가 모더니즘적인 진보의 개념을 통하여 틀 지어진 과거경험을 가지고 개인주의적인 축적에 참여할 것을 요구한다. 그러나 이전에 식민화된 주체가 기억과 앎의 장소로서 '교양소설'의 '나'를 서술적으로 점유할 때, 그녀 또는 그는 식민주의의 권력의 불균형 및 타자화 기획들과 공모하게 될 수 있다.

'자서전적인 것'의 서술 양식들을 끌어들이는 것은, 그러나, 역사, 기억, 문화 및 권력에 관해 심문하고, 논쟁하고, 또 그것을 재구성하기 위한 기회가 될 수도 있다. 자메이카의 작가 미셸 클리프Michelle Cliff는,

명백하게 소설들이라고 불리는 자서전적인 작품들(『아벵*Abeng*』과 『천국으로 통하는 전화는 없다*No Telephone to Heaven*』)에서, 클레어 새비지Clare Savage라는 가명으로 쓴 이야기를 통하여, 서구에서의 자서전적인 기입의 지배적인 양식들을 곤혹스럽게 하였다. 자신의 이야기이자 클레어의 이야기를 하면서, 클리프는, 성장 이야기들의 몇 가지 양상들을 이끌어 들여 그 안에 거주하면서, 파열시키면서 그것들에 도전한다. 그 양상들이란 가족계보학('쓸모없는' 조상들을 제거하기 위한 계보학적 가계 애호 성향에 의문을 제기하는 것), 청년시절의 일기(경험의 사유화 및 자기감시의 기획에 이의를 제기하는 것), 그리고 자서전적인 '교양소설'(정체성과 역사에 관한 규범적 개념 및 포스트콜로니얼한 주체에 대한 잘못된 동일시의 대가에 의문을 제기하는 것) 같은 것들이다.

자서전적인 이야기를 자서전의 '법칙'으로부터 떼어놓기 위해 그것을 소설로 틀지우는 관행은 다른 많은 동시대의 포스트콜로니얼한 생애서술들에서 나타난다. 말하자면, 나왈 엘 사다위Nawal-El-Saadawi의 『영도의 여성*Woman at Point Zero*』, 켄 부굴Ken Bugul의 『버려진 바오밥나무*Abandoned Baobab*』, 치치 덴가렘부가Tsitsi Dangarembga의 『신경과민의 상황*Nervous Conditons*』, 메리스 콩데Maryse Condé의 『에레마크농―하나의 소설*Hérémakhonon : A Novel*』, 미리엄 워너 비에이라Myriam Warner-Vieyra의 『줄텐느*Jultane*』, 노르마 캔투Norma Cantú의 『까니뀔라―라 프론 테라 소녀시절의 스냅사진들*Canícula : Snapshots of a Girlhood en la Frontera*』 같은 것들이다. 이들은 식민화 과정 및 그 유산에 의해 덮어쓰여진 집합적 정체성 속에 개별적인 주체를 끼워 넣기 위해 서술되는 '나'와 서술하는 '나' 사이의 전략들 및 그 복합적인 관계를 활용한다. '자서전적인 것'을 편입시키면서 동시에 그것에 저항함으로써 그와 같은 이야기들은 그 과거의 피해를 증언한다.

이러한 텍스트들이 분명하게 자서전적인 특징을 지니고 있다면, 왜 그 저자들은 그것들을 자서전적인 독해를 거부하거나 회피하는 소설로 공표하는가? 이 저자들이 일반적 경계들을 혼란에 빠뜨리면서 픽션과 논픽션의 구별을 전복시킬 때, 그들은 다른 종잡을 수 없는 체제들, 즉 가려진 구술사들 및 폭력과 침해의 증언들 같은 것을 불러내는 것에 의해 정치적 정당화를 위한 주류적 이야기로서의, 정전적인 자서전의 역사적인 주안점에 주목할 것을 요구한다. 자서전의 표지들을 보류해 두는 것에 의해서 자서전과 소설의 차이를 표시하는 것, 그리고 그 차이의 다른 한 편에 어떤 텍스트를 위치시키는 것은 자기 재현 및 진실 말하기의 지배적 양식들에 대한, 자서전 정전과 그 비평가들의 공모 관계를 심문하는 하나의 방법이다. 허구화된 증언을 통한 주체성의 제시를 개주改鑄하는 것에 의해, 그와 같은 작가들은 개별적인 자기 생산의 신화를 예리하게 문제삼도록 한다.

우리의 관점에서는, 서술이론은 인간성, 경험, 저자적 권위에 관한 상충되는 요청들을 끌어내는 자서전적 재현의 관습에 관한 킨케이드 및 클리프의 것과 같은 포스트콜로니얼한 텍스트들의, 이 양가적인 관계를 취할 필요가 있다. 이전에는 문화적 권위에 접근할 수 없었던 사람들에 의해 쓰여진 이야기들이 허구적인 것으로서 자리매김될 때, 생애 쓰기의 지배적 관습들에 대한, 대안적인 스토리텔링 전통들, 즉 증언, 구술적 증언, 가족사 등과 같은 것들의 관계를 심문하는 것은 독해 행위에 있어서 결정적인 것이다. 그러한 텍스트들을 그들이 주장하는 대로 단지 '소설'로서만 독해하는 것은, 하위 주체성의 권익과 수사학, 생애 이야기의 정치적 활용, 이름짓기, 틀지우기, 반응하기의 윤리학과 같은, 더 큰 논쟁들을 생략하는 것이 된다.

쟁점 3. 증언하기 : 인정의 윤리학

독자들은 증언의 서술에서 다른 일인칭 양식에서와는 어떻게 다르게 받아들이는가?

2차 세계대전 이래로, 더욱 특히 지난 이십여 년 동안, 개인적인 증언문학은 세계적으로 인정받고 폭넓게 유통되는 사적인 이야기하기 양식이 되었다. 증언의 실천은, 홀로코스트 이야기들, 인권에 관한 정체성 운동 이야기들, 가족 내에서의 근친상간 및 폭력에 관한 이야기들, 장애 이야기들, 그리고 추방 및 이주 이야기들과 같은 자서전적인 장르들을 알려주었다. 그것은 서구의 출판업자들로부터 퍼져 나왔으나, 또한 산재해 있는, '남아프리카의 진실화해 위원회the Truth and Reconciliation Commission in South Africa', 오스트레일리아에서의 토착민 아이들 (빼앗긴 세대)의 가족으로부터의 강제 소개에 관한 조사(오스트레일리아 원주민 아이들 및 토레스 해협 섬 주민 아이들의 가족으로부터의 분리에 관한 국가적 조사The National Inquiry into the Separation of Aboriginal and Torres Strait Islander children from Their Families) 같은, 국가적 스토리텔링의 산재 국제 협회로부터도 퍼져 나왔다. 사실상, 사적인 스토리텔링은 인권에 관한 국제적인 체제에서는 중심적인 것이 되었으며, 국가건설 및 국가적 화해 프로젝트의 일환으로 점점 더 크게 이용되고 있다.

인권 체제 내에서 생산되어 유통되고 있는 이야기들은, 독자들로 하여금 비인간화, 잔인하고도 폭력적인 희생양화, 그리고 착취에 관한, 정서적인, 심지어는 어쩔 줄 몰라 할 에피소드들에 직면하게 한다. 그것들은 인정에 대한 정서적인 호소들을 통하여 독자들에게 어떤 윤리적 반응을 요청한다. 그리하여, 수난과 상실에 관한 사적 이야기들의 출판, 유통, 수용에 관한 많은 예기치 않은 반응들이 있을 수 있는 반면에, 그 증언의 장면들은 서술자, 스토리, 그리고 청자 또는 독자들로 하여금 감정 이입적 동일화, 인정, 그리고 종종 행동이라는 윤리적 요청에 휘감기게 한다.

인정에 대한 이러한 윤리적 요청이 우리에게 이 글을 시작하도록 한 '자서전적인 것'의 개념들에 어떻게 개입해왔는가? 화자나 그가 대변하는 사람들에 의해 경험되고 기억된 수난과 학대의 역사가 더 이상은 서술될 수 없는 것이 아니라는 주장은, 증언 이야기라는 말하기를 불가피하게 만든다. 증인들은 때때로 그들 스스로를 그들의 이야기가 말해질 수 있고 또 말해져야만 하는 집단의 일원으로 이해하고 또 자리매김한다. 독자들, 청자들은 증언하기의 위험성을 인정할 것을, 수난과 생존을 인증할 것을, 역사에 의해 멸시받아온 사람들에게 다른 지위를 부여할 것을, 그 타자의 인간성 및 존엄성을 보호하는데 역할을 할 것을 요청받는다. 증언의 이야기들은 이와 같이 독자, 청자의 주목을 받기 위한 긴급하고도 즉각적이며 직접적인 노력을 만들어낸다.

자서전적인 증언의 이야기들을 읽는 것은 인지적, 정서적, 그리고 또는 이성적으로, 인권 침해의 주체적, 육체적 영향 및 개인들의 특별한 수난에 관해 독자들을 가르치는 것이다. 이러한 증언 이야기들의 호소들은 다른 종류의 생애서술과는 다른 부류의 것이다. 그러나 이 호소들은 허구적인 서술자가 어쩌면 실행할 수 있는 것들과도 다른 것이다. 증언 이야기의 다기한 맥락들은 전통적으로 소설의 목적들, 효과들로 이해된 미학적 즐거움과 개인의 도덕적 교육을 넘어서는 중요성을 가진다. 이리하여 이들은 서술자를 위한 중요성을 수반하는 호소들이다. 때때로 증언하기의 행위는 치유와 화해를 제공하기보다는 서술자를 위해 외상적 상처를 들추어낼 수도 있다. 종종 이야기들은, 공동체적이고 맥락적인 기대와 틀에 이야기들을 일치시켜야 할 필요와 같은, 스토리텔링이 발생하는 제도상의 배경들에 의하여 가능해지고, 그러나 또한 그것에 의해 제한을 받는다. 그러한 경우들에서, 서술자는 그 자신을 과거 속에 고정시키거나 서술자와 독자 사이의 너무나 다른 차이를 지워낸, 희생자의 주체적 입지를 통하여 그 자신의 호소를 만들어내야 할 수도 있다. 때때로, 사적인 증언하기의 행위들은 더한 폭력과 수난을 가져온다. 불가피하게, 증언들은 말하기의 즉각적인 맥락들을 훌쩍 넘어 세계적인 재생산 회로 속으로 들어감에 따라 그들의 이야기들을 상실하게 된다. 리고베르타 멘추Rigoberta Menchú의 이야기 『나, 리고베르타 멘추*I, Rigoberta Menchú*』의 사례가 명백하게 해주듯이, 그것들은 다르게, 때때로는 적대적으로 이용되기도 한다.

　증언자가 자서전적인 주장을 만드는 데 힘을 쓴다면, 다른 사람들은 그러한 주장들에 이의를 제기하는데 힘을 쓸 것이다. 증언의 이야기들은, 믿을 만한 이야기라는 화자의 주장에 이의를 제기하는 개인들이나 그룹들, 때로는 제도적 배경 내에서 행동하는 그들에 의해 때때로 혐의를 받게 된다. 증언 이야기들을 둘러싼 이러한 의혹의 분위기는, 인권을 침해받은 생존자들의 진실 요구를 만들어내고 이것을 다투는데 따르는 다른 시련들을 가리킨다. 검증할 수 있는 진실을 향한 요구는 소설이나 소설가에게는 증언자 및 그의 이야기에 향해지는 것과 같은 방식으로는 취해질 수 없다. 어떤 독자는 허구적인 이야기 속에 재현되어 있는 역사나 인물 혹은 꾸며낸 이야기의 진실을 거부할 수 있겠지만, 그럼에도, 인권 침해 및 그들의 수난과 상실에 관한 진실의 인증에 대한 호소를 만들어 내는 이들에게는 그러한 거부가 동일한 결과를 수반하지는 않는다.

증언 이야기들의 독자를 향한 정서적 요청은 이와 같이 유사한 상황을 공감적, 상상적으로 묘사하는 소설들의 그것과도 아주 다르다. 노라 옥자 켈러Nora Okja Keller의 『위안부*Comfort Woman*』(1997)와 시몬 라자루Simone Lazaroo의 『오스트레일리아 약혼자*The Australian Fiancé*』(2000)와 같은, 동시대 작가들에 의해 씌어진 소설적인 이야기들을 옆에 두고, 마리아 로사 헨손Maria Rosa Henson의 『위안부*Comfort Woman*』(1999)나 얀 뤼프 오헤르네Jan Ruff-O'Henre의 『침묵의 오십 년*Fifty Years of Silence*』(1996)과 같이, 태평양전쟁기의 모멸적 성노예제의 역사에 대한 사적인 증언 이야기들을 읽는 것은, 수난과 상실의 이야기들에 관한 허구적 버전과 증언적 버전들의 근본적으로 다른 이해관계들을 더욱 충만하게 이해하는 것이다. 다른 한편으로, 소설들은 2차 세계대전 이전의 성노예로서 침묵당한 과거의 정신적 희생을 탐사하는데 더 큰 범위를 제공하며, 침묵당한 과거의 압박 아래에서 경험하고 생존해온 감정구조에 대한 대안적 형식들을 상상할 수 있는 더 큰 미적, 정서적 자유를 제공한다. 그것들은 수난을 겪은 사람들 및 그들에 관련된 이들에 관한 상상적인 내부 세계를 표현할 수 있다. 더욱이 그것들은, 깊은 나락의 생존자이자 학대의 '희생자'라는, 상상적 지평과 문화적 수사들에 의해 속박되지 않는다. 다른 한편으로, 생존자의 주체성 및 수난의 진실 요구의 인정을 위한 소설들의 호소는, 50년이 넘도록 침묵 속에서 수치스러워 했던 실제 성 수감자들의 호소가 지닌 직접성과 날 것의 힘을 잃어버릴 수 있다.

어떤 증언 서술자도 독자가 윤리적으로 반응하는데 의지해서는 안된다. 어떤 독자들은 수치에 관한 곧 이어질 또 다른 요청에 지칠 수도 있다. 어떤 독자들은 다른 이의 수난을 그들 자신이 인정할 수 있을 만한 경험 형태로 되찾는 쪽을 선택할 수도 있다. 어떤 독자들은 다른 사람의 증언하기에 대해 증언자로서 행동하기에는 불충분하게 알고 있다고 느낄 수도 있다. 어떤 독자들은 특별한 증언자가 말한 이야기에 흥미가 없을 수도 있다. 뤼프 오헤르네Ruff-O'Herne의 증언 이야기는 침묵당한 과거의 이야기를 말하면서 일본군에 의한, 국가 주관의 매춘에 강제로 끌려갔던 동남아시아 여성들이 겪은 역경에 관하여 국제적 주목을 요구함에 중요한 역할을 했던 세계적 인권의 맥락 속으로 들어간다. 뤼프 오헤르네는 인종적 차이들을 가로지르는 행동주의에 참여한, 서구의 백인여성에 의해 들려지는 그녀의 이야기가, 북한이나 남한에서 궁핍한 삶을 살아가고 있는 힘없는 한국여성에 의해 들려지는 이야기보다, 이 여성들의 운명에 대한 좀 더 중대한 관심을 끌어낼 수 있음을 알아차렸다.

사회적 변화를 위한 개입의 양식으로서 가공적이며 증언적인 서술들은, 많은 역사적 순간들에 있어서의 복잡한 관계 속에서 존재해왔다. 2차 세계대전의 성 수감자들의 역사에 관한 소설적인 처리들은, 성 노예제의 생존자들을 대변하려는 대중적 행동주의의 여파로 도입되었다. 이 경우에, 소설적 말하기는 증언자들이 커다란 개인적 희생을 감수하고 성적인 굴욕에 관한 그들의 이야기를 공개적으로 말하려고 나섰기 때문에 가능해진 것이었다. 역사적으로, 가공적 담론과 증언적 담론의 특별한 관계는 가공적인 것과 '자서전적인 것' 사이의 구별들을 전경화하는 동시에 당혹스럽게 한다.

자서전의 이론은 이와 같이, 누가, 왜 그리고 언제, 어떤 종류의 이야기를, 무슨 목적에서 이야기할 수 있도록 권위를 부여받았는가 하는 증언서술들에 관한 질문들을 제기하였다. 서술자가 어떻게 진실 요구의 권위와 정당성을 확립하는가, 그리고 그가 어떻게 정서적 요청을 주장하는 가를 주목하는 것은 서술이론가들의 더 나아간 연구로부터 혜택을 얻게 될 독자들을 위한 중대한 비판적인 실천이 될 것이다.

쟁점 4. 주체성에 관한 다양한 양식들

다양한 미디어 속에 존재하는 자서전적 실천들은 이야기의 물질적 구현에 관하여 무엇을 드러내어 보이는가?

'자서전적인 것'은, 미디어와 생산의 물질적 현장들을 가로질러 움직이면서, 이야기의 물질성에 대해서뿐만 아니라, 단지 우회적으로만 그들 자신을 자기 지시적이라고 공표할 뿐인, 시각적인 작품들이나 퍼포먼스 속에서의 잠재적인 자기 지시 공간에 대해서도 우리의 이해를 확장시킨다. 소설보다는 그 일반 역사와 정전에 덜 구속을 받는 '자서전적인 것'은 자기 재현과 자기 검토의 양식으로서 여러 분야들에 걸쳐 있으며 이전에는 소수자적 주체들의 개입에 대해서는 닫혀져 있던 현장들에 개입하고 있다. 일부 이론가들, 특히 미케 발Mieke Bal과 페기 펠란Peggy Phelan은 수사학적 개념들을 통하여 시각예술 및 조형예술 작품을 읽어내는 비평적 행위 속에서 서술이론의 자료들을 명석하게 동원해 왔다. 자기 재현의 다양한 양식들을 제작자와의 복합적인 관계 속에서 위치짓는 것은 자기 재현의 개념들, 수사들을 수반하면서, 제시된 물질성과 미디어에 특유한 어떤 것들뿐만 아니라, 우리가 이미 논의했던 쟁점들과도 결부되는 것이다.

물질적 형식 속에서 자기 재현의 서술 행위들을 주목하는 것은, 우리로 하여금 물체나 빛으로 기재되는 주체성의 흔적을 추적할 수 있도록 해주며, 혹은 퍼포먼스 예술의 경우에는 몸짓, 목소리, 그리고 몸에 분산되어 있는 주체성의 흔적을 추적할 수 있게 한다. 독일의 화가이자 자서전작가인 샬롯 살로먼Charlotte Salomon에 의한 『삶? 또는 연극? Life? or Theatre?』의 이야기를 구성하는 구아슈 물감과 단어들과 상상된 음악으로 된, 놀라운 784개 시리즈의 재현물들을 생각해보라. 1943년에 26세의 나이로 아우슈비츠에서 살해당한 살로먼은 그녀의 삶의 거의 막바지에 가족적이고 국가적이며 문화적인 역사들을 한데 얽어넣은 이야기를 창조하였다. 그것들은 그녀의 예술가로서의 성장, 가족의 여성 세대들의 상실 및 상처에 관한 우울한 상념, 그림 안에서의, 그리고 그림으로서의 언어에 관한 그녀의 형상화에 대한, 자기 반영적인 이야기를 가진 대화 속에 존재한다. 이 텍스트를 단지 하나의 전기, 연극, 소설로서나 또는 일련의 시각적 실험들로만 읽는 것은 그 미디어 혼합이 그녀의 가족 내에서 여성 주체의 말소에 대한 개입으로서의 자기 이미지들의 증식을 얼마나 뚜렷하게 표현하고 있는가를 간과하는 것이다.

다음으로, '자서전적인 것'은 이야기의 불가해한 연결과 육체의 물질성을 주장하는 멀티미디어적인 장소가 될 수 있다. 그것은 자서전적인 서술을 체현된 것으로 끌어들이는 독해, 그리고 다음의 몇 가지 쟁점들에 주의를 기울이도록 하는 독해를 초대한다. 즉, 이야기 속에서 육체는 언제 그리고 어디서 가시화되는가? 서술자의 육체와 그 육체의 가시성은 다양한 공동체들에 어떤 방식으로 결부되어 있는가? 어떠한 문화적 의미들이 텍스트 바깥의 서술자의 육체에 부착되어 있는가? 육체가 욕망의 근원으로서 의례화되어 에로틱하게 그려지는가, 아니면 그 순환을 가로막는 것으로 나타나는가? '나'를 말하고 있는 물질적인 육체와, 정치적인 육체, 즉 지식 및 지식 생산, 노동, 질병, 장애, 그리고 치유적 회복 가능성의 장으로서의 육체 사이의 관계는?

앞에서 언급한 텍스트적, 시각적 양식들에서 입증되었듯이, 자서전적 서술과 물질성의 얽힘 혹은 겹침은 '자서전적인 것'이 펴서 늘일 수도 있고 포용력도 큰 것일 수 있음을 시사한다. 뉴욕의 루링 어거스틴 Luhring Augustine 갤러리에서 1992년에 처음 전시된 제닌 안토니 Janine Antoni의 〈갉아먹다 : 라드 또는 갉아먹다 : 초콜릿 Gnaw : Lard or Gnaw : Chocolate)과 같은 설치물들을 떠올려 보면 자서전적인 독해의 필요성이 명확해진다. 이 설치물에서 안토니는 갤러리 안에 300파운드(136킬로그램)의 초콜릿 입방체와 300파운드의 라드(돼지 비계를 정제하여 하얗게 굳힌 것 — 역자) 입방체를 가져다 놓았다. 몇 시간 후에 그 갤러리에서 그녀는 그 입방체를 갉아 먹으려 할 것이며, 그리고 갉아먹은 것들을 게워내고 갉아놓은 초콜릿 조각들을 갤러리에 설치된 선반에 전시될 커다란 초콜릿 상자들로 바꿔놓으려 할 것이었다. 라드 조각들을 그녀는 초콜릿 상자들 가까이에 전시될 커다란 립스틱들로 만들었다. 이 복잡하고 꽤나 걱정스러운 설치물에서, 안토니는 조각의 질료들 위에 소모와 거식증의 미학을 향한 욕망을 상연해 보이면서, 입방체의 미화된 오브제를 따라서 여성의 욕망과 식욕을 표현하고 있다. 안토니의 설치물을 자기 기입의 물질적 양식, 즉 사라져가는 물체로서 접근하는 것은 '자서전적인 것'의 시각적 영역과 말로 이루어진 영역의 간극을 열어 보이는 것이다.

결론 – '자서전적인 것'의 곤혹스러운 차이들

우리는 무엇이 소설과 같이 명백하게 허구적인 형식으로부터 자서전적인 이야기들의 읽기, 그리고 주장하건대 쓰기를 변별하게 해주는가에 관한 일련의 질문들에서 시작하였다. 허구적 형식과 비허구적 형식 사이의 경계상의 쟁점들은 절대적으로 고정될 수는 없는 반면, 그 경계에 놓인 자서전적인 교섭 양상들은 삶에 관해서 쓰고 읽는 정치학 및 윤리학에 있어 곤혹스러운 차이들을 만들어 낸다. 자서전적인 특징에 관한 네 개의 쟁점으로 이루어진 우리의 논의는 '자서전적인 것'을 이론화하는데 있어 곤혹스럽거나 곤혹스러움을 만들어 내는 몇 가지 사례들을 고찰하였다. 우리는, '실제'의 서술자라는 휘장에 관해서, 포스트콜로니얼한 소설들에서의 보류된 자서전을 위한 독해의 정치학에 관해서, 증언서술의 독자를 향한 호소에 관해서, 그리고 멀티미디어적인 표현물들에서의 자기서술의 물질성에 관해서 숙고하였다. 그리고, 우리는 자서전적인 텍스트들을 끌어들이는 서술이론가들이 일인칭 소설에 비해 상이한 독해의 실천들, 기대들 그리고 효과들에 맞닥뜨릴 수도 있음을 주장하였다. 적어도, 그것들은 부가적인 질문들을 제기할 것이다.

'자서전적인 것'을 하나의 장르라기보다 실천이자 행동으로 생각하는 것은, 픽션과 논픽션을 양극화하는 경계선이 있다는 생각을 약화시킨다. 동시에 그것은 서술 이론가들로 하여금 그 각각이 청중에 대해 만들어내는 특수하면서도 여전히 다른 요구들에 있어, '소설'과 '자서전적인 것'의 변별성에 주목하도록 촉구한다. 리몬-케넌Rimmon-Kenan (2002) 같은 서술론 비평가가, 신체적 장애에 관한 자서전적인 이야기들을 '논픽션'으로 독해할 때, 그녀는 유익하게도 '자서전적인 것'의 이론화가 서술이론의 한계들을 어떻게 생산적으로 곤혹스럽게 할 수 있는지를 모호하게 하는 서술이론상의 맹점에 대한 관심을 요청했다고 할 수 있다.

자서전적인 이론가들은 장르, 저자, 청중, 윤리학, 여러 종류의 문화적 이야기들, 픽션과 논픽션의 경계에 관한 질문들을 재정의해 왔는데, 이러한 문제들 각각마다 대두되는 논쟁들이 있다. 그리고 이러한 논쟁들은 일인칭 서술, 자전소설, 자종서술에 관한 유사한 쟁점들을 제기하고 있는 서술이론가들의 작업에 의하여 점점 더 잘 알려지고 있다. 더 이상은 살아온 과거를 기록하는 독백적인 회상적 서술로는 간주되지 않음으로써 생애서술은 경험을 재현하고 정체성을 구성하는 상이한 주체들, 장소들, 종류들, 양식들과 관련하여 재고되고 있는 중이다. 서술 이론가들이 지금, 자서전을 허구적, 자기 지시적인 동시에 독자들에 의해 경험되는 바로는 비허구적, 지시적, '실제 세계'의 것으로 곤혹스럽게 위치지울 때, 생애서술들이 어떻게 '실제의 것'을 끌어들이는가에 관한 우리의 인식은 서술이론가들로 하여금 독해의 맥락 및 서술들의 위치와 입장에 관해 좀 더 광범위하게 주목하도록 설득하는 일이 될 것이다. 자서전적 텍스트들은 부주의한 독자들에게는 지뢰밭이 될 수도 있을 것이다. 그러나 그것들은 경기장이 될 수도 있으며, 변하고 있는 독해의 실천, 청중, 윤리학을 비판적으로 숙고할 수 있는 기회가 될 수도 있다.

24

포스트콜로니얼 서술론

제럴드 프린스Gerald Prince

미셸 마티유-콜라스Michel Mathieu-Colas(1986)가 언젠가 강조하였듯이, 서사론의 경계에 관한 것은 상당한 논란을 불러일으켰다. 서술론의 학문영역(혹은 아마도 서술론의 '비-학문 영역')의 개념은, '그 영역 내부에 모든 것들을 둘 수 있는지' 혹은 '그 영역 바깥으로 모든 것들을 두게 되는지', '다만 연관을 맺고 있는지' 혹은 항상 연관이 끊어지는지, 항상 역사화되는지 혹은 다만 추출되는지, 이론인지 혹은 과학인지, 포괄적인지 혹은 제한적인지 기타 등등, 이러한 것들의 여부에 따라서 다양하고 광범위하게 나타난다. 실제적인 어떠한 합의는 얻을 수 없었다. 대신에 최근 몇 년 동안에 점차로, '하이픈으로 연결된' 한정된 표현(구조주의 서술론, 포스트고전주의 서술론, 포스트모던 서술론, 사회학적 서술론, 정신분석적 서술론) 혹은 복수형을 채택한 표현('서술론들'과 같이)을 빈번하게 사용해오고 있다. 지금은 형식주의적 서술론의 변형들뿐만 아니라 대화주의적 서술론과 현상논리적 서술론의 변형들이 있다. 그리고 비유적인 것 혹은 해체적인 것뿐만 아니라 아리스토텔레스적인 서술론의 접근법들도 있다. 또한 인지적, 구조주의적 서술론의 변형들, 역사적, 사회논리학적, 이데올로기적 변형들이 있으며, 그리고 인류학적 관점들, 페미니즘적 해석들, 퀴어적 사유들, 그리고 물질적 탐구들이 있다(예를 들면 Herman 1999, 2002; Mezei 1995 참조).

서술(혹은 서술의 체계적 연구)과 관련한 담론들이 이같이 번성함에도 불구하고, 포스트콜로니얼 서술론을 위한 제안이나 노력이 있었다고 보기는 어렵다(예를 들면 Fludernik 1996; Gymnich 2002를 보라). 아마도 그것은 포스트콜로니얼 서술론에 관한 바로 그 영역과 경계가 적어도 서술론의 그것들만큼이나 문제적이기 때문일 것이다. 즉 아마도 포스트콜로니얼 서술론은 (항상 이미) 어디에나 있지만 아마도 결코 (아직은) 어디에도 없을 것이다. 아마도 또한 전문가들은 포스트콜로니얼 서술론과 (네오)콜로니얼 서술론의 가치와 결과를 점검하고 공개하고 혹은 논쟁하는 것이 서술론적 양상들을 고려하는 것 이상으로 더 긴급한 작업들을 나타낸다는 것을 실감할 것이다. 여전히, 서술론은 바로 이러한 작업들의 성취하에서 유용할 수 있는 것이다(유용하게 쓰여져온 것이다). 즉 선택된 관점들, 채택된 속도들, 계발된 담론양식들, 전경화된 행위소 역할들, 특정서술에서 선호되는 변형들, 이와 같은 것들의 단순한 특성조차도 서술들이 반영하고 구성하는 이데올로기의 특성과 기능을 조명하도록 도울 수 있다(예를 들면 Caldwell 1999를 보라). 게다가 서술론자의 입장에서 좀 더 중요한 것은, 서술론 그 자체는 포스트콜로니얼한 실현들 혹은 가능성들에 참여함으로써 확실한 이점을 얻는다는 것이다. 그것은, 아주 최소한이라 해도, 그와 같은 참여들이 서술론적 범주들와 특징들이 지닌 유효성과 엄격함을 시험하기 때문이다.

포스트콜로니얼 서술론은, 기본적으로 (포스트)고전주의 서술론의 결과들을 채택하고 의존하는 것이겠지만 그러나 서술을 바라보는, 일련의 포스트콜로니얼한 렌즈들을 착용함으로써 (포스트)고전주의 서술론을 굴절시키며 그리고는 아마도 그것을 풍부하게 만들 것이다. 이러한 관점에서, 나는 포스트콜로니얼 서술론의 개요를 제시해 보고자 한다(cf. Herman 1999; Punday 2000). 이러한 포스트콜로니얼 서술론의 목표는 포스트콜로니얼 서술들을 확인하거나 혹은 그것들의 특징들을 포착하는 것이 아님을 주목하라. 또한, 매리언 김니히Marion Gymnich의 버전과는 대조적으로, "포스트콜로니얼 서술론은, 정체성과 이질성의 개념들 혹은 윤리, 인종, 계층, 그리고 젠더와 같은 범주들이, 어떻게 서술 텍스트들 속에서 구조화되고 침투되며 혹은 전복되는지"를 보여주도록 제안하고 있지 않다는 것을 주목하라(Gymnich 2002 : 62). 유사하게, 포스트콜로니얼 서술론은, 비록 페미니즘 서술론에 관한 수잔 랜서Susan Lanser의 작업에 빚지고 있지만, "언어학적, 문학적, 역사적, 전기적, 사회적, 그리고 정치적 참조맥락들을 동시에 관련지어 서술을 연구하는 것"임을 전적으로 주장하지는 않는다(Lanser 1986 : 145). 포스트콜로니얼 서술론은 심지어, 특수한 말뭉치에 매어 있지 않으며 혹은 특별한 텍스트의 연구를 통하여 주요하게 구성되는 것도 아니며 그리고 그것은 추론적 절차들에 주로 의존하는 것도 아니다. 그보다, 포스트콜로니얼 서술론은, 논란의 여지가 없지는 않지만, 포스트콜로니얼한 것들(예를 들면, 혼종, 이주, 타자성, 파편화, 다양성, 권력관계들)과 보편적으로 연관된 문제들에 민감하다. 즉 포스트콜로니얼 서술론은 그것들의 가능한 서술론적 상응물들을 그려 보여주며 그리고 그 상응물들을 통합한다.

어떤 실체가 서술을 구성하는 것에 있어서, 포스트콜로니얼 서술론은 사태들에 관한 한 가지(혹은 비임의적으로 연관되며 비모순적인 한 가지 이상의) 변형을 재현하는 것으로서, 혹은 논리적으로 그 사태를 추정하지 않고 그리고 / 혹은 포스트콜로니얼 서술론의 변형을 논리적으로 수반하지 않는 한 가지(혹은 한 가지 이상의) 사건을 재현하는 것으로서 틀림없이 분석될 수 있다고 가정해 보자. 이 개념은 성가시기는 하지만 유연하면서 동시에 한정적인 것으로서, 내 생각에, 이것은 몇 가지 장점들(게다가 서술의 특성에 관한 널리 주장된 견해들과 일치하거나 혹은 그것들과 적어도 갈등하지는 않는)을 지니고 있다. 예를 들면, 그것은 서술과 비서술 사이의 구별을 고려하도록 한다(단일한 언어학적 표지 혹은 동일한 표지의 반복, 일련의 무의미한 음절들, 순수하게 의례적인 진술, 단순한 존재론적 진술, 뿐만 아니라 "존John이 창문을 열었다" 혹은 "메리Mary가 문을 닫았다" 같은 단순한 행위묘사, 음절주의, 논쟁 그리고 기타등등). 나아가, 이 개념은 서술 재현들에 일관성을 부여함으로써 서술과 반서술의 구별을 고려하도록 한다(예를 들면 알랭 로브-그리예Alain Robbe-Grillet의 『질투Jealousy』). 매우 일반적으로, 아마도, 그리고 에밀 방브니스트Emile Benveniste(1974)의 용어를 사용해 보자면, 이 개념은 '기호적' 특성이라기보다는 '의미론적' 특성을 일깨우며 서술 실체들의 의미화 양식을 일깨운다. 즉 기호와 달리, 서술은 '인

식되는 것'이 아니라 '**이해되는 것**'이다(그것은 의심의 여지없이 많은 실체들의 서술 위상에 관한 견해의 차이들을 설명하도록 돕는다).

만약 이 개념이 수많은 경계들을 가리키며 그리고 수많은 조건들 혹은 명백한 규제들을 만든다면, 그것은 또한 다양성에 관한 상당한 여지들을 남겨둔다. 예를 들면, 이 개념은 서술의 재현매체들(구두 언어, 씌어진 언어, 혹은 기호 언어, 정지하거나 움직이는 사진, 몸짓, 혹은 이것들의 조합)을 명시하지 않는다. 그리고 이 개념은 서술의 재현매체들의 진실 혹은 거짓, 그것들의 사실성 혹은 허구성, 그것들의 전통성 혹은 현대성, 그것들의 일상성 혹은 문학성, 그것들의 즉흥성 혹은 계획성을 명시하지도 않는다. 또한 이 개념은 그것들의 내용 특성 그리고 인격화된 경험과의 관계, 언급된 화제의 종류들 그리고 계발된 주제들, 상황 유형들 그리고 재현된 사건들 혹은 많은 가능한 그것들의 연관 특질들을 수반하지도 않는다. 게다가, 이 개념은 극대화된 서술양상들에 어떠한 한계를 두지도 않는다. 즉 이 개념은 결속의 정도를 가리키지도 않으며 혹은 서술양상들이 지닌(지녀야만 하는) 종결의 종류를 가리키지도 않는다. 그리고 이 개념은 서술의 양식들(동일한 상황들과 사건들에 관한 다양한 재현 방식들) 혹은 서사성의 양식들을 구속하지도 않는다 — 서사성의 양식들에 관해, 마리-로르 리안Marie-Laure Ryan은 "플롯들에 관한 다양한 텍스트 실현들로서 즉 텍스트가 서술구조(혹은 플롯 혹은 스토리)에 의존하며 결속의 모델로서 이러한 구조를 제시하는 다양한 방식들로서 묘사한다(Ryan 1992 : 369).

서술론이 서술의 규정적 경계들(모든 서술들 혹은 단 하나의 서술이 공통적으로 지닌 무엇을 명시하는)에 관한 명백한 추적을 시도하는 것과 마찬가지로, 그것은 서술 다양성(서술'로서' 각각 차이나는 것을 허용하는)을 설명하려고 시도한다. 앞에서 제시하였듯이, 서술론은 서술들에 관해 질문할 많은 문제들의 목록(어떤 서술의 특징을 포착하고 그리고 해석적 결론들을 찾거나 지지하는 수많은 기술 도구들)을 제공함으로써 이미 부분적으로 이것을 하고 있다. 포스트콜로니얼한 관심사들을 특별히 고려하는 일은, 물론, 그러한 목록, 그것의 경제, 혹은 그것의 계발이 지닌 크기에 영향을 미칠 것이다. 예를 들면 모니카 플루더닉Monika Fludernik이 포스트콜로니얼 서술들과 서술론 사이의 잠재적인 생산적 연관들을 논의하면서 언급한 것처럼, 혹은 매리언 김니히가 포스트콜로니얼 서술론에 관한 언어학적 관련연구에서 강조한 것처럼, 서술자에 의해 그리고 인물들에 의해 사용된 언어들(의 종류)은 서술론의 탐구에 관한 풍부한 영역을 구성한다. 그것들은 아주 유사하거나 혹은 아주 다르며, 표준적이거나 혹은 비표준적이며, 긍정적이거나 혹은 부정적으로, 그리고 그 밖의 것으로 특징지어질 것이다. 플루더닉은 또한, 자신의 논의에서, 또 다른 비옥한 탐구 영역으로서 혁신적 혹은 비관습적 기술들의 사용을 언급하고 있다. '어떤', '당신', 혹은 '우리'의 서술들에서 '낯선' 대명사들은 적합한 사례들을 제공할 것이다. 그리고 서술론의 '우리'는, 말하자면, 동질적이거나 이질적인 집단을 나타낼 것이며, 조화롭기보다는 부조화한 집합체를 지정하거나 혹은 다른 공동체들을 제외한 특정 공동체들을 포함할 것이다. 지금까지, 포스트콜로니얼리즘에 관한 이론가들의 관심사와는 별도로, 서술을 연구하는 학자들이 서술자, 서술자적 청중, 그리고 인물 사이의 다양한(시간적, 공간적, 도덕적, 지적, 또한 언어학적) 거리들을 점검하였으며 어느 정도까지 분류해왔던 것도 사실이다. 이와 같은 방식으로, 그들은 '인칭' 범주(이인칭 서술, 일인칭복수 서술, 복합시점 서술, 기타)에 관하여 광범위하게 연구해왔다. 형식적 혁신과 기술적 대담함은 포스트콜로니얼 텍스트에서 특징적인 것도 아니며 필수적인 것도 아니라는 것 또한 사실이다. 그것들은 사실상 (포스트)모던 혹은 페미니즘 텍스트에서 더 보편적인 것이다. 그러나 많은 포스트콜로니얼 텍스트들은 (포스트)모던적이거나 혹은 페미니즘적이기도 하며 그리고 (포스트콜로니얼) 서술론은 단지 실재 그 이상의 가능성들을 연구한다. 어떤 경우든, 어떤 개념적인 경계들을 바꾸지 않고서, 서술론적 목소리의 언어학적 힘 혹은 공동체적 대리와 같은 특성들을 강조하는 것 — 포스트콜로니얼 서술론의 목적들을 위해 — 은, 그것들이 이같은 특성들을 활용하는 방식 면에서 텍스트의 (분류상의) 연구를 육성하게 될 것이다. 실지로, 포스트콜로니얼 관점에서 어떤 서술의 특성 혹은 범주에 관한 (재)고찰은, 서술에 관한 (구문론적, 의미론적, 화용론적) 서술론적 진술들의 다양한 변화양상을 만들어낼 수 있을 것이다.

예를 들면, 서술론자들은, 서술된 것의 층위에 있어서, 공간이 명백하게 언급되는지 묘사되는지, 뚜렷한지 그렇지 않든지, 안정적인지 변화하는 것인지, 지각자에 의존적인지 대조적으로 자율적인지, 공간의 입지로써 특징지어지는지 공간의 요소들로써 특징지어지는지 어떤지 하는 것들에 관해 고려한다. 나아가, 서술론자들은 공간을 가로지르는 '패스들paths'과 그것들의 지향, 공간이 파편화되는 방식, 지시적 중심들로부터 다양한 파편들의 거리 혹은 근접성과 그것들의 상관적 중요성, 그 파편들을 점유하는 (배경이 되거나 전경화되는) 존재들과 그 존재들에 생기를 불어넣는 사건들을 고려한다. 콜로니얼리즘에 의해 창조되거나 혹은 그것과 관련된 것들, 즉 경계, 횡단, 전이, 이산, 소외, 갑판과 짐칸, 그리고 평원과 정글 등을 고려한다면, 서술론자들은 복합-화제성의 정도 — 거기(와 거기와 거기) 혹은 어떤 곳, 모든 곳, 어디도 아닌 곳에 반대되는 여기(와 여기와 여기) — 에 특별한 관심을 기울일 것이다. 뿐만 아니라, 서술론자들은 이질-화제성의 정도, 즉 공간 내부 혹은 그것의 공백, 단절, 균열에 기인한 혼합과 모순의 종류들, 프레임 혹은 제한의 특성, 그리고 자연적인지 혹은 인위적인지, 익숙한지 혹은 낯선지, 독립적인지 혹은 식민화되었는지, 리좀적인지, 인공두뇌인지, 혼란스러운지와 같은 의미론적 축에 따른 공간 분할들, 그리고 기타 등등에도 특별한 관심을 기울일 것이다(예를 들면, 루이-페르디낭 셀린Louis-Ferdinand Céline의 『밤의 끝으로의 여행Jurney to the End of The Night』, 린다 레Linda Lê의 『목소리Voix』 혹은 헨리 로페스Henri Lopes의 『강의 맞은 편 기슭에Sur l'autre rive』 참고).

유사하게, 서술론자들은 상대적인 명백함, 정확함, 그리고 시간 고정의 뚜렷함에 주목하지 않고서, 시간상의 행위뿐만 아니라 시간의 특성에 주의를 기울인다. 그것은, 똑바로인지 주기적인지 혹은 고리모양인지, 진행적인 것에 상반된 퇴행적인 것인지, 규칙적이지 않고 불규칙적으로 흘러가는지, 객관적이 아닌 주관적인지, 지속에 의해 특성화되는지 혹은 날짜에 의해 특성화되는지, 인위적인 것에 따라 파편화되는지 혹은 아마도 자연적 측정에 따라서 파편화되는지, 지시적 초점들과 가까운지 혹은 먼 지, 치유적인지, 활기를 띠는지, 무력화시키는지, 모멸감을 주는지 등이 될 것이다. 오래된 것과 새로운 것, 향수와 희망, 믿음을 주거나 혹은 거짓된 시작과 끝, 혹은 기억, 망각, 기억상실 등과 같이 포스트콜로니얼한 것으로 특징지어지는 주제들과 문제들 때문에, 서술론자들은, 시간적 파편들, 그 파편들의 상대적 크기, 그리고 그것들의 경계의 특성 사이에서 (부분적 혹은 전체적) 동시성, (직접적 혹은 근접한) 지속성, (미약한 혹은 강한) 모순점에 집중할 뿐만 아니라, 무-연대기, 준-연대기 혹은 유사-연대기, 이질적-연대기, 복합적-연대기 — 과거 혹은 미래 그리고 나서(혹은 그리고 나서 혹은 그리고 나서) 또는, 항상, 결코 아닌, 때때로, 언젠가와는 대조를 이루는, 지금(혹은 지금 혹은 지금) — 에 집중할 것이다(라파엘 콩피앙Raphaël Confiant의 『한숨의 가로수 길L'allée des soupirs』, 아마두 쿠루마Ahmadou Kourouma의 『몬네Monnew』, 혹은 레일라 세바르Leila Sebbar의 『아프리카의 중국인 녹지Le Chinois vert d'Afrique』를 보라).

물론, 다른 서술론들처럼, 포스트콜로니얼 서술론은 이러한 공간적, 시간적 장소들에 거주하고 있는 인물들의 유형을 고려하는 것을 목표로 삼을 것이다. 그리고 포스트콜로니얼 서술론은 인물들의 의미와 복합성에 관한 탐구와 묘사, 그들의 직분과 정체성의 안정성, 혹은 그들이 차지하는 행위소의 위치와 달성하는 행위소의 기능에 관한 도구들을 제공하는 것을 목표로 삼을 것이다. 게다가, 포스트콜로니얼 서술론은, 선과 악, 계층과 권력, 성, 젠더 혹은 섹슈얼리티와 같이 보편적으로 사용되는 의미론적 범주들에 관한, 인물들의 지각과 언술과 사고와 감정, 그들의 동기와 상호작용과 입장을 연구하도록 고려할 것이다. 포스트콜로니얼 서술론은 또한, (이전에 혹은 최근에) 식민화되고 있는지 혹은 식민화되었는지, 인종 혹은 민족성, 타자성, 그리고 혼종성, 협력, (강요된) 동화, 저항, 혹은 양가성 그리고 명백한 언어학적 서술 능력 등과 같이, 특히 관련된 특질들을 개발하는 데에 초점을 두고 준비할 것이다.

　중요한 말을 하나 빠뜨렸는데, 포스트콜로니얼 서술론은, 관여자들을 개입시키고 이러한 배경들에서 일어날 수 있는 사건의 종류들(목표 지향적 행위 그리고 단순한 사건, 과정, 완수 혹은 성취)에 특징을 부여할 것이다. 포스트콜로니얼 서술론은 중개적인 것과 비-중개적인 것, 혹은 생산적인 것과 예방적인 것뿐만 아니라 주변 사건과 핵심 사건을 구별지을 것이다. 포스트콜로니얼 서술론은 이러한 사건들과 그것들이 초래할 수 있는 변화 유형(공간적 전이, 물리적 변형, 정보 처리, 대상 습득, 기타) 사이의 (통합적·계열적, 시-공간적, 논리적, 변형적) 관계들을 명시할 것이다. 또한 포스트콜로니얼 서술론은 서술 연속들이 하나 혹은 그 이상의 서술영역들(주어진 인물들에 관한 하나 혹은 그 이상의 일련의 행위들)에 어떻게 속할 수 있는지를 보여줄 것이다. 각각의 서술영역은 (진리의, 인식의, 가치론의 혹은 의무의) 양식의 구속들에 의해 지배되고 있다. 그리고 포스트콜로니얼 서술론은 서술연속들이 결합, 삽입, 교체 등의 작용을 통하여 좀 더 복합적인 연속들과 스토리로 어떻게 통합될 수 있는지를 보여줄 것이다. 게다가, 포스트콜로니얼 서술론은 정교화될 수 있는 스토리 구조의 종류들(느슨한지 혹은 꽉 짜였는지, 하나의 줄거리를 개입시켰는지 혹은 여러 개의 줄거리를 개입시켰는지, 열린 결말인지, 부분적으로 닫힌 결말인지, 혹은 전체적으로 그러한지, 주기적인지, 반복적인지, 둔주곡풍인지, 지엽적인지, 상승적인지, 혹은 역전할 수 없는지)을 상세하게 다룰 것이다. 그리고 포스트콜로니얼 서술론은 미리 보여주기, 뒤에 보여주기, 혹은 거울처럼 비추기, (상황적으로, 행위적으로, 도구적으로) 각본화된 서술연속들의 특성, 그리고 사건들과 사태들의 신중함 혹은 명료함과 같이, 화용론적인 조건을 지닌 특질들뿐만 아니라, 출현 가능한 서사성의 종류들(예를 들면, 단순한 혹은 복잡한, 복합적, 꼬아놓은, 증식된, 혹은 희석된)을 기술할 것이다. 무엇보다도, 포스트콜로니얼 서술론은 포스트콜로니얼적 지향을 유지하고 있다. 그리고 그것은, 서술연속(혹은 영역) 내부의 공백, 비결정성 그리고 모순들의 가능성, 두 가지 서술연속 사이의 모순의 가능성 그리고, 서술연속들 사이의 대체代替용법적 위반, 혼성, 이주의 가능성 — 프레임 파괴들, 예를 들면, 존재론적 경계들의 위반, 뚜렷한 영역들을 횡단한 합류와 이동, 혹은 "낯선 고리들", 이러한 것들에 의하여 주어진 서술연속은 그 자체가 삽입된 서술장면을 내부에 끼워넣는다 — 을 특별히 고려할 것이다(나바일 페레스Nabile Farès의 『신세계의 발견La découverte du nouveau monde』, 에두아르 글리상Edouard Glissant의 『전-지구Tout-Monde』, 카텝 야신Kateb Yacine의 『다각형의 별Le polygone étoilé』 참고). 포스트콜로니얼 서술론은 사건들의 가능한 복합기능성과 그리고 다양한 서술연속들 혹은 영역들에서 사건들이 달성한 기능들 사이의 차이점들에 특별히 민감할 것이다. 포스트콜로니얼 서술론은 가상서술된 요소들을 추적할 뿐만 아니라 단순히 잠재적인 서술들(이것은 서술자 혹은 인물이 겪은 일을 말하기로 약속하지만 결코 그렇게 하지 않는 것이다) 혹은 미발달된 서술들(이것은 서술자 혹은 인물이 겪은 일을 이야기하기 시작하지만 결코 마무리되지는 않는다)을 추적하도록 촉진할 것이다(cf. Maher 2002). 마침내, 포스트콜로니얼 서술론은 모임들, 접촉들, 그리고 상호작용들이 대표하는 것들에 초점을 맞추도록 도울 것이며, 그리고 기술된 대립들과 갈등들의 종류, 개입된 반대측의 종류, 그리고 배치된 권력들의 종류(평등한 혹은 불공평한, 잘 어울리는, 어울리지 않는, 혹은 현격한 차이가 나는)에 초점을 맞추도록 도울 것이다. 뿐만 아니라, 그것은 소통들, 교섭들, 대화들, 교환들이 기술하는 유형들에 초점을 맞추도록 도울 것이다.

서술된 것의 층위처럼, 서술하기의 층위는 (포스트)고전주의 서술론에 의해 상당부분 연구되어왔다. 예를 들면, 서술론자들은 따를 수 있는 서술의 시간적 질서들, 보여줄 수 있는 서술의 시대착오들, 수용할 수 있는 서술의 비관습적 구조들을 기술해왔다. 더구나, 서술론자들은 서술속도와 그것의 표준적 완급에 관해 특징지어왔다. 서술론자들은 서술 빈도를 연구하였으며 거리와 시점을 면밀히 조사하였으며 텍스트가 인물들의 언술과 사고를 제시하도록 채택할 수 있는 담론의 유형들을 점검하였으며 그리고 시간상으로 주요한 서술종류들(사후의, 이전의, 동시적, 삽입된) 뿐만 아니라 그것들의 결합양식들을 분석하였다. 서술론자들은 또한 일인칭 서술과 이인칭 서술 그리고 삼인칭 서술에서의 뚜렷한 특질들을 탐구하였다. 즉 그들은 (다소 명백한, 박식한, 신뢰할 만한, 자의식적인) 서술자와 서술자적 청중과 관련된 (일부의) 표지들을 따로 분리하였다. 그리고 서술론자들은 행위자들의 서술상황을 기술하였다. 다시 한 번, 포스트콜로니얼한 쟁점들에 주목하는 서술론은, 취해진(취해지지 않은) 서술경로들을 지시하는 서술론적 수단들을 재구성하는 일을 포함할 것이다. 그에 따라 그것은 그와 같은 경로들을 살펴보기 위한 다른 광학의 종류를 제공할 것이다. 즉, 성, 젠더, 그리고 성적 지향과 같은 범주들을 주도하는 페미니즘 서술론을 따라서, 포스트콜로니얼 서술론은 서술자의 포스트콜로니얼한 지위(신-식민주의자, 이전-피식민지인, 기타)를, 침입, 자의식, 혹은 인식과 같은 역변적인 중요한 무엇으로 만들 것이다. 그리고 포스트콜로니얼 서술론은 포스트콜로니얼한 지위와 이와는 다른 역변적인 지위들과의 연관에 관한 설명들에 근거해서 서술 텍스트들을 분류할 수 있을 것이다. 포스트콜로니얼 서술론은 심지어, "느린 굴복"의 종류(식민주의자가 피식민지인으로서 서술하는, 혹은 피식민지인이 식민주의자로서 서술하는)에 여지를 줄 수 있을 것이다. 유사한 방식으로, 플루더닉 혹은 김니히의 제안과 조사를 따라서 서술자의 언어의 특성에 특별한 관심이 부여될 수 있을 것이다. 그리하여 언어가 (추정되기로) 씌어졌는지 진술되었는지 서명되었는지 혹은 표현되지 않았는지 어떤지를 명시하고, 언어가 서술자적 청중과 인물들의 것과 같은지 어떤지를 명시하며, 혹은 언어가 식민주의자의 것, 피식민지인의 것, 두 측의 혼성된 혼합물, 혹은 그 어느 것도 아닌 것인지 어떤지를 명시할 수 있을 것이다. 또한, 누군가는 언어가 서술자에 토착적인 것인지 어떤지에 집중할 것이다. 즉 언어가 지역적 특징, 방언적 경향, 새로운 표현, 비표준적이거나 부정확한 형식을 담고 있는지 어떤지, 그리고 언어가 다른 언어학적 약호로부터 단어 혹은 구절을 사용하면서 언어 혹은 말투를 교체하는 것이 어떠한 정도로 그리고 어떠한 여건하에서 나타나는지에 집중할 것이다. 또한 이러한 단어나 구절이 (간접적으로) 번역되는지 혹은 번역되지 않은 채 남아있는지 어떤지에도 집중할 것이다(예를 들면, 프랑수아 라블레François Rabelais의 『제3의 서書Third Book』 혹은 『제4의 서書Fourth Book』, 아마두 함바테 바Amadou Hampaté Bâ의 『왕그린의 운명The Fortunes of Wangrin』, 패트릭 샤모아조Patrick Chamoiseau의 『텍사코 Texaco』 그리고 『학창 시절School Days』, 우스만 소체Ousmane Socé의 『카림Karim』, 혹은 아미나타 소우 폴Aminata Sow Fall의 『원형경기장의 부름L'appel des arènes』을 보라).

서술론의 언어 그리고 서술론이 도입하고 의미하는(억압하는, 사과하는, 주저하는) 매개의 종류들을 질문하는 것은, 특징화된 담론 유형들을 질문하는 것과 관련되어 있으며 그리고 서술론자들이 그러한 매개를 강조하거나 간과하는 방식과 관련되어 있다. 간과되어온 가능성의 하나이면서 포스트콜로니얼 서술론이 초점을 두고 명백히 고려하는 것은, 단일한 개인보다는 집단 혹은 공동체, 다시 말해, '나' 대신에 (다소 동질적인) '우리'로부터 쟁점을 끌어오는 직접적인 담론들(이것에 의해서 인물들의 진술과 사고는 서술론의 도입, 매개, 혹은 지원으로부터 자유롭게 된다)에 관한 것이다. 분명히, 유사한 다원성의 종류들이 담론의 다른 유형들 속에서 얻어질 수 있을 것이다. 예를 들면, 동시에 말하고 있는 몇몇 인물들의 진술과 해설자의 진술을 혼합하는 것은 영화에서라면 쉬운 일일 것이다.

잡종과 무정견無定見, 긴장과 균열과 지위의 변화, 표현, 그리고 포스트콜로니얼한 존재들의 특성과 그들의 맥락들이 주어진다면, 서술자의 발화상황에 (그리고 전체로서 서술하고 있는 사례에) 관하여 별도로 고려할 수 있을 것이다. 발화의 경계들과 안정적 영역들을 대체용법적으로 위반하는 틀 속에 있지 않은, 서술자의 낯선 사례들 혹은 낯선 대명사와 낯선 인칭의 사례들뿐만 아니라 "반-인칭적" 서술의 사례들이 있을 수 있다. 이 사례들에서는 서술 목소리가 불안정하고 모순되며 혹은 이질적이며 반-재현적으로 작용하고 있어 서술인칭의 유형을 확신하기 어렵게 만든다. 게다가, '인칭이 없는' 서술의 사례들이 있을 수 있는데 거기에서 '인칭'은, 결정 불가능하거나 확정할 수 없는 것이 아니라 존재하고 있지 않는 특질을 지닌다. 예를 들면 현재분사로 씌여진 서술(혹은 동사 형식들을 모두 삼가는 서술) 그리고 어떠한 인칭표지도 사용하지 않는 서술을 생각해보라.

동사가 없는 서술들은 '인칭'과는 다른, 적절하지 못한 몇몇 범주들을 만들어낼 수 있다. 예를 들면, 그 서술들은 서술된 사건들, 말하자면 동시적 서술 혹은 사후의 서술이라 할 만한 것들에 관해서 서술하고 있는 행위를 시간적으로 위치짓는 일을 불가능하게 할 수 있다. 그와 같은 진술들은 인정하건대 드물지만 간혹 (있다고 한다면) 상당히 긴 텍스트를 구성하기 때문에, 그것들은 광범위함을 열망하는 (포스트콜로니얼한) 서술론의 고려대상이 될 것임에는 틀림이 없다. 결국, 그와 같은 서술론은 어떠한 서술(단순히 존재하며 입증되는 혹은 포스트콜로니얼한 서술이 아니더라도)을 서술론 영역의 일부로서 간주할 것이다. 게다가, 서술론이 수많은 어떤 특질들과 관련되는 것은, 서술에 필수적이거나 아주 중요한 사항이라는 사실에 의존하지 않는다. 그보다, 그것은 서술에 관한 흥미로운 질문들과 연관되거나 혹은 그 질문들을 제기하는 특질들의 수용력에 의존하고 있다(cf. Prince 1995).

상이한 시간성, 기억의 우회, 욕망과 회한의 각본, 상실과 발견과 회복의 전환과 귀환 등등, 포스트콜로니얼한 탐구들을 좀 더 특징지을 수 있는 것들에서, 때때로, 동시적 서술 혹은 사후의 서술과 같은 특질들이 적절하지 않다는 것은 아니지만 그것들은 아주 꽤 문제적인 것이라고 할 수 있다. 예를 들면, 특정한 현재시제의 사용, 혹은 특정한 시제 변화의 종류 그리고 지시어구의 전환과 그것의 특정한 증식은, '지금'과 '지금이 아닌 때'를 구별짓기 어렵게 만들며 혹은 일관되지 못한 중심적 지시어구들로 이끌고 있다(cf. 모리스 로슈Maurice Roche의 『콤팩트*Compact*』, 린다 레Linda Lê의 『목소리*Voix*』 혹은 카텝 야신Kateb Yacine의 『넷즈마*Nedjma*』).

서술하는 행위에 속한 다른 시간상의 질문들이 포스트콜로니얼한 서술론에 의해 유사하게 제기된다. 연대기적 질서가 채택되는 서술들 그리고 대조적으로 시대착오가 풍부한 서술들을 제외하면, 무-시간성 achronicity(여기서 사건들은 다른 사건들과 시간적인 연관들이 전적으로 박탈된다), 반-시간성antichronicity(여기서 사건들은 불규칙적이고 모순된 방식으로 날짜가 기록된다), 그리고 복합-시간성polychronicity(이것에 의해서, 서술은 시간적 질서의 복합 가치체계에 개입하고 그 체계를 계발하며 "시간적 언술요지 x에 관하여 비결정적으로 위치지어진" 가치 혹은 개념을 포괄하게 된다)의 사례들이 있을 수 있다. 허만Herman(2002 : 213~214)이 강조하였듯이, 상황들과 사건들은 충만하고 명백한 방식으로 시간적 질서화가 가능하다. 또한 그것들은 임의적으로 질서화될 수도 있다(모든 가능한 시간적 질서들이 똑같은 방식으로 나타날 수 있다). 즉 상황들과 사건들은 대체가능하며 혹은 다양하게 질서화될 수 있다(둘 혹은 그 이상의 시간적 질서들이 (똑같이) 나타날 수 있다). 그리고 그것들은 부분적으로 질서화될 수 있다(일부 사건들은 애매하지 않은 독특한 방식으로 서술의 다른 사건들과 관련하여 위치지어진다. 그러나 일부 사건들은 명확하지 않게 약호화된다).

　　일반적으로, 서술하는 층위의 모든 범주는 포스트콜로니얼한 관련성의 관점에서 재고되어야만 하며 필요하다면 포스트콜로니얼한 관련성이 요청하거나 제안하는 서술구조와 구성을 수용하도록 수정되어야 한다. 아마도, '시점' 범주는 최근까지 주요한 한 가지 사례가 될 것이다. 포스트콜로니얼 서술론은 시점의 일반적 유형들(즉 구속이 없는, 혹은 '전지적인', 내적인, 외적인)을 명확하게 상세화한다. 게다가, 포스트콜로니얼 서술론은, 복합적 시점(동시에 — 그리고 똑같게 혹은 다르게 — 하나

이상의 초점자에 의해 일련의 요소들이 인지될 때), 불특정적 시점(어떤 특수한 초점자도 확인되지 않을 때), 미결정적 시점(둘 혹은 그 이상의 특정한 실체들 중 한 가지가 초점자로서 기능하는 것을 결정짓기가 불가능할 때), 혹은 아마 심지어는 분열적 시점(하나의 초점자가, 실존하는 동일한 것들과 사건들에 관하여, 둘 혹은 그 이상의, 다르지만 똑같은 적절한 표현들을 만들어낼 때)과 같이 좀 더 상궤를 벗어난 사례들을 특징지을 것이다.

서술론의 미래는 부분적으로, 서술론의 과거에 놓여 있다. 그리고 내 논의는 미래의 서술론들이 고려할 것 같은 수많은(잘 만들어진) 서술론의 개념들과 성취들에 관해 언급하는 일이다. 나아가, 내 논의는 이러한 학문분야가 무엇인가를 가리키도록 하는 일이다. (포스트콜로니얼) 서술론이 (일련의) 특정 텍스트들의 검토로부터 이익을 얻을 수 있음에도 불구하고, 그 텍스트들에 독점적으로는 매여 있는 것은 아님을 다시 진술하는 일은 가치가 있을 것이다. 그보다, 포스트콜로니얼 서술론은, 비언어적, 비문학적, 비허구적, 비현존적 서술들을 포함하여 모든 서술들 그리고 가능태로서의 서술들과 관련되어 있다. 마지막으로, 내 논의는 서술론의 일부 중요한 특징들과 기능들을 주장할 수 있는 기회를 부여하고 있다. 서술의 이론(즉 과학 혹은 시학)으로서 (포스트콜로니얼) 서술론은 (포스트콜로니얼) 서술론적 비평과는 다르다. 첫 번째의 것은 서술들이 형성되고 이해되는 방식들을 설명하기 위해서 서술의 적절한 범주들과 특질들을 특징짓고 설명한다. 두 번째의 것은 특정 서술의 형성과 의미를 명시하기 위해 그것의 범주들과 특질들을 활용하는 것이다. 물론, 비평을 위한 도구상자를 구성하는 것과는 별도로, 서술의 잠재성을 탐구하기 때문에, (포스트콜로니얼) 서술론은 무한히 많은 텍스

트들의 (재)평가를 허용할 수 있으며, 뿐만 아니라 또한 수사학으로서
기능할 수 있으며 지금까지 개발되지 못한 서술형식들을 가리킬 수 있
을 것이다.

　서술론의 미래는 또한 미래에 놓인 것이며 그리고 그것은 서술론자
들이 지속적으로 추구해야 하거나 혹은 착수해야만 하는 무수한 노력
에 놓여 있다. 논의를 결론맺기 위해, 나는 이러한 몇 가지 노력들을 언
급하고자 한다. 첫 번째 것은 충분히 명백하며 나는 이미 그것을 자주
강조하였다. 그것은, 새로운 도구들, 확장된 말뭉치들 그리고 언어의
참신한 굴절들(천 개의 서술론들을 꽃피우도록 하는)의 도움을 얻어, 서술의
다양한 측면들을 확인하거나 점검하는 것에 있으며 그리고 서술의 다
양한 측면들을 (재)규정하고 재구성하며 서술의 다양한 측면들간의 가
능한 모순된 요소들을 없애는 것에 있다. 나는 복수형으로 된 직접적
담론과 같이 서술론의 영역에서는 도외시된 범주들도 고려대상으로
서 주목하고 있다. 그리고 서술자에 관한 마리-로르 리안Marie-Laure Ryan
의 수정주의 관점(Ryan 2001에서), 혹은 잘못된 정보나 모순으로서 비신
뢰성에 관한 도릿 콘Dorrit Cohn의 재분석과 같이 이론적 단위들을 무너
뜨리려는 여타의 노력들에도 주목하고 있다(Cohn 2000). 지속적으로 전
개되어온 시점에 관한 아주 상당한 업적도 참조할 수 있으며 혹은 암
시된 저자와 같이 재탐구된 수사들 또한 참조할 수 있을 것이다(예를 들
면, van Peer & Chatman 2001을 보라). 그리고 프레임에 관해서는 만프레드
얀Manfred Jahn(1997)을, 혹은 서사성에 관해서는 프랑소와즈 레바즈Fran-
çoise Revaz(1997)를 환기할 수 있을 것이다. 더구나, 아주 최근의 서술론
연구들에서, 엄격한 이분법(혹은 삼분법)보다는 연속성의 관점에서 서술

의 특질 혹은 구성을 구별짓는 증진된 선호경향들을 강조할 수 있을 것이다. 그리고 서술 기능의 설명들에서 '수신자의 목소리'를 통합하는 증진된 관심사들을 강조할 수 있을 것이다. 두 번째, 무관하지 않은 과제는, (문제를 일으키는 혹은 논란의 여지가 없는) 서술 특질들 혹은 서술론 주장들의 역할과 의미에 관한 (실험적, 비교-문화적 혹은 비교-미디어적) 연구의 착수에 있으며 뿐만 아니라 서술론의 경험적인 토대를 만드는 일에 있을 것이다. 실지로, 서술 능력(서술 텍스트를 생산하고 서술로서 텍스트를 처리하는 능력)에 관한, 명백하고 완전하며 **'현실주의적'** 모델의 개발은, 궁극적으로 가장 중요한 서술론의 과제를 구성하는 것이다. 이것이 세 번째 언급할 마지막 과제이다. 도취될 정도로 수많은 (초기의) 제안들 이후에, 정형적 모델을 만들고자 하는 충동들은 줄어들게 된 것으로 보인다. 그럼에도 그와 같이 만들어진 모델들은 학문분야들의 일관성을 촉진할 것이며 학문분야의 대상에 관한 체계적 연구를 촉진할 것이라는 사실도 명확할 것이다. 아마도, 뚜렷하게 조정된 서술론들 — 말하자면, 일부 포스트콜로니얼 서술론들처럼 — 의 제안들과 그 노력들은 서술론적 모형화 작업에 상당한 자극을 제공할 것이다.

25

모더니즘의 소리풍경과 지적인 귀

청각적 지각을 통하여 서술에 접근하기

멜바 커디-킨 Melba Cuddy-Keane

포스터E. M. Foster의 『하워즈 엔드Howards End』에서, 마가렛 슐레겔Margaret Schlegel은 그림과 음악에 관하여 활발하게 대화를 나누면서 다음과 같이 이의를 제기하고 있다. "그림과 음악이 서로 바꿀 수 있는 것이라면 예술들이 무슨 효용가치가 있겠는가? 만일 귀가 눈과 동일한 것을 당신에게 말한다면 귀가 무슨 소용이 있겠는가?"(Foster[1910]1973 : 36). 마가렛Margaret은 베토벤 5번 교향곡을 소리가 아닌 '다른' 무엇인가로 만들면서 다양한 방식으로 듣고 있는 청취자들에 둘러싸여 있다. 그 자리에서 그녀만이 홀로 음악을 음악으로서 듣고 있다. 포스터는 마가렛이 듣고 있는 무엇을 전달하려고 시도하지 않는다(그리고 서술에서는 소리가 말로 되자마자 우리는 그 소리의 소리가 아니라 그 말의 소리를 지닐 수밖에 없는 어려움에 늘 직면한다). 그럼에도 그의 유명한 심포니 장면은 모더니즘

시대에 인문주의자와 정신분석학자 둘 다를 위해서 청각적 지각 행위라는 새로운 뚜렷한 초점을 신호로 보내고 있다. 서술에서 이러한 지각적 '전환'은 확장된 소리들에 관한 인식과 지각된 무엇으로서의 소리에 관한 고조된 감각으로부터 기원한다. 여기서 나는 도시가 이처럼 증진된 청각적 인식에 관한 자극을 형성하도록 역할한다고 주장하고 있다. 그리고 이것은 내가 버지니아 울프Virginia Woolf의 단편들과 장편소설들에서 도시의 소리풍경과 관련하여 분석함으로써 내세운 가설이기도 하다. 나의 목표들 중의 하나는 모더니즘 서술에서 청취가 기능하는 방식을 탐구하는 것에 있다. 그리고 또 하나 똑같이 중요하면서 실지로 불가결한 목표는 소리의 서술재현을 분석하는 데에 있어서 비평적 방법론과 그것의 어휘론의 발달을 촉진시키는 것에 있다.

소리는 항상 문학에서 중요한 역할을 해왔지만, 일반적으로 서사화되며(프로그램 음악처럼 이어지는 장면 묘사로 바뀌며) 혹은 주제화되거나(청각적이지 않은 의미나 경험을 표현하거나 '나타내는 데' 사용되며) 정신화되는(초월적인 초감각 세계에 접근하도록 다루어지는) 형태로 그 역할을 하였다. 형식주의적인 측면에서 특정한 소리를 암시하는 것은 서술에 구조적 형태를 주면서 주악상으로서 기능할 수 있다. 그리고 청각적인 측면에서 소리는 우리가 말을 크게 읽거나 말을 마음속으로 조용히 소리낼 때 텍스트의 발음된 말 곳곳에 존재한다. 마지막으로 서술의 기본요소로서의 대화는 들려지는 음성으로 된 어떠한 무엇이다. 그러나 20세기 초 무렵, 소리에 관하여 진전된 차원은, 서술이, 소리의 광대한 레퍼토리를 모방하여 기록하고 청취의 실제과정을 음성기호로써 나타내기 시작한, 직접적이고 구체적인 방식들에서 나타나고 있다. 기술들과 현대 도시에 의해 야기된 새로운 많은 감각적 경험들 그리고 인지적 지각에 관한 늘어나는 관심들로 인하여 새로운 청각성이 출현하였으며 그것은 소리를 새롭게 각인시키면서 오히려 서술에 주목하도록 만들었다.

소리에 관한 현대적 접근법은 음향학에 관한 과학이 탄생하고 현대적 사운드 기술이 도래한 19세기 말에 기원한다. 그 무렵인 1875년에 헬름 홀츠Hermann von Helmholtz의 획기적 작품, 『소리의 감각On the Sensations of Tone』이 영어로 번역되었다. 그리고 1876년에 알렉산더 그레이엄 벨Alexander Graham Bell은 초보적인 형태의 전화를 통하여 처음으로 말을 전송하였다. 또한 1877년에 토마스 에디슨Thomas Edison은 축음기를 개시하였다(Picker 2003 : 85, 100~101, 113). 존 피커John Picker는 문학에 미치는 영향은 "가까이 듣는 것"에서 관심이 고조된다고 확신하면서 주장한다. 그러나 우리가 그의 분석에서 주목할 만한 결론은 19세기의 서술이 일반적으로 비유와 유추로서 음향과학을 다룬다는 것이다. 피커의 사례들을 볼 때, 조지 엘리엇George Eliot이 공감의 떨림에 관하여 심리적으로 묘사한 것은 홀츠의 청력 공명이론과 '유사한 것'이다. 구체적으로, 브램 스토커Bram Stoker의 『드라큘라Dracula』에서 뱀파이어 이빨의 굴곡들과 '유사한 형상을 보여주는' 레코딩 실린더의 홈들에서 나오는 축음기의 발성으로 된 악마의 이면은 그 발성 자체로서 그러한 면모를 명백하게 드러내고 있다. 혹은 조셉 콘래드Joseph Conrad의 『암흑의 핵심Heart of Darkness』에서 이어지며 출몰하는 쿠르츠Kurtz의 울부짖음은 홈을 치는 축음기 소리처럼 메아리치고 있다. 빅토리아 시대의 사람들은 재생된 사운드와 증폭된 소리들에서 상상력이 풍부한 반응들을 보여주었으며 그 농도를 더해갔다. 한편, 모더니즘의 시대가 되면서 소리에 대한 관심은 그것의 정확한 물리적 특성과 청각적 지각의 복합적 과정에 관한 것으로 전환되고 있다.

지각적으로 새로운 토대를 갖추게 된 소리의 접근법은 음악의 특성에 관한 대중적 논쟁들 속에서 나타나고 있다. 여기에는 전통적인 이상주의적 견해가 여전히 맥을 잇고 있다. ─사례를 들면 문학비평가이자 예술비평가, 아서 클러튼-브록Arthur Clutton-Brock의 견해를 들 수 있다. 그에게서 〈마술 플룻The Magic Flute〉은 "우리의 전적인 이해를 넘어선 심오한 의미의 깊이"를 지닌 "음악으로써 이야기하는 철학자"의 "종교적 작품"이었다(Clutton-Brock 1916 : 301). 그리고 한 가지 사례를 더 들자면 과학사학자, 설리반J. W. N. Sullivan의 견해를 들 수 있다. 그는 음악을 수학으로 비유하였다. 그것은, 두 가지 모두가 실제적 현실과 필연적으로 일치하는 것으로부터 자유롭기 때문이며 그리고 그것들은 상식적 언어가 아닌 신비주의적 언어로써 더 잘 표현될 수 있는 "정신적 깊이"를 지니고 있기 때문이다(Sullivan 1922 : 562). 그러나 설리반은 시인이자 음악 비평가, 터너W. J. Turner에 의해 한 차례 반론을 받았다. 즉 터너는 "음악과 수학 둘 다 정신적 과정이다. 그리고 음악과 수학은 사람의 마음의 창조이다. 따라서 이것들이 세계에 대하여 독립적이라고 말하는 것은 난센스이다"(Turner 1922 : 46)라고 주장한 것이다. 그는 음악은 인간의 의식을 구성하는 현실의 일부라고 주장하고 있다. 이와 같은 현실주의적 견해는 리차즈I. A. Richards에 의해 더욱 확장되었다. 그는 영향력 있는 『문학 비평의 원리Principle of Literary Criticism』(1925)를 통해서 음악의 진공화된 독창성을 옹호하는 유사한 중복된 주장을 하였다. 즉 그는 아직까지 분석되지 못해왔던 것이 곧 분석될 수 없는 것을 의미하는 것은 아니라고 주장하였다. 터너와 마찬가지로, 리차즈는 심화된 지식의 필요성을 강조하였다. 그리고 그는 음악이론이 형식을 논의할 수 있는 방식들을 찾았으나 그럼에도 정서를 다룰 수 있는 어떠한 방식을 고안하지는 못하였다는 사실에 주목하고 있었다. 즉 그는 정서도 다만, 소리들 상호 간의 관계성 속에서 이해될 수 있으며 이와 같은 분석이 실지로 이루어질 수 있으려면 신경학에서의 발달과 진전이 이루어져야 한다고 주장하였다.

서술 속에서 모더니즘은 또한 경험하는 주체에 "주의를 기울였으며" 이것은 소리에 관한 접근법에 있어서도 예외가 아니다. 한 지면에서, 나는 이러한 진전이 새로운 사운드 기술의 출현과 연관된 것임을 이야기하였다. 그리고 그 지면에서 나는 버지니아 울프의 작품들에 기입된 소리들을 이야기하면서 방송, 레코딩, 초기 실험적 음악작곡에서 특징적인 새로운 접근법들과의 유사성들에 관하여 논의하였다(Cuddy-Keane 2000). 더 나아가, 『모더니즘의 감각-기술, 지각, 그리고 심미학The Senses of Modernism : Technology, Perception, and Aesthetics』에서, 사라 다니우스Sara Danius 는 "기술은 구체적 의미에서 하이모더니즘 심미학의 '구성물'이라는 것"을 주장하고 있다(Danius 2002 : 3). 다니우스는, 오늘날 상당수의 비평가들이 주장하는 것처럼, 보편적 가설로서 통용된 모더니즘과 모더니티의 분열을 거부하고 있다. 그리고 그는 이 같은 이분법이 인간적인 것과 육체적인 것에 대립되며 지각자와 사용자로서의 인간육체를 무시하는 기술에 관한 결정론적인 이해에 의존한다고 주장하고 있다.

다니우스는 듣는 것보다 보는 것에 좀 더 초점을 두지만, 그녀는 "감각적인 것과 기술적인 것 사이의 이전보다 더 긴밀해진 관계"가 "심미적 경험에 관한 이상주의적 이론으로부터 물질주의적 이론으로의 전환"을 초래하는 방식을 보여준다고 주장하고 있다(2003 : 2). 다니우스는 토마스 만Thomas Mann, 마르셀 프루스트Marcel Proust, 제임스 조이스James Joyce의 작품들에서 20세기 전환기를 "감각들의 위기"로서 보는 문제를 상술하고 있다. 그리고 그는 우리가 지각에의 앎을 포기하지 않고 지속적으로 노력해야 하며 그럼으로써 우리는 조이스의 작품들 속에서 "살아온 직접적인 일상"의 순수성에 도달할 수 있으며 우리의 지각이 그 자체로서 심미적 목적이 될 수 있을 것이라고 주장한다. 다니우스에 의한다면, 궁극적인 관점에서 기술을 수용한 것은 조이스가 "감각기관" 혹은 모든 지각적 기입장치로서 인간의 육체를 재현한 것에서 성취되었다. 나는, 이러한 결론이 확신하는 만큼이나, 이것이 인간의 지각이 지닌 행위의 복합성 그리고 정확히는 인간의 몸이 관찰하고 있는 무엇의 중요성, 두 가지 모두를 간과하는 것처럼 여기게 된다. 즉 일어나는 변화들을 기술하는 또 다른 방식은, 모더니티가 "인간의 감각기관"에 새로운 경험들을 발생시키면서 새로운 지각적 앎과 지각에 관한 새로운 이해 둘 다를 자극하고 있다고 이야기하는 것이다.

환경과의 적극적 참여 형식으로서 지각의 의미는 모더니즘적 청취자와 현대 도시의 상호작용에 의해 고조되고 있다. 도시는 많은 점에서 인간의 경험을 파괴하는 힘에 놓여왔다. 그래서 우리는 아마도 스트레스와 소외효과를 지나치게 강조하였으며 한편으로 도시가 굉장히 생산적인 자극이 될 수도 있음을 망각하고 있었다. 물론 개별저자들과 예술가들도 다양한 방식으로 혼돈스러운 반응들을 명백히 드러내고 있었다. 그러나 그 반응들은 소외의 공포와 비인간화로부터 새롭게 가치를 부여받은 주의와 관심 그리고 확장된 삶의 의미에까지 이르고 있다. 현대의 도시들이 진화할수록 기술적이며 기계화된 환경에서 출현하는 깨어져서 조화를 이루지 못한 소리들은 아주 대립적이고 불균형한 방식으로써 사람들의 귀에 도전하고 있다. 그러나 소리들은 방송과 레코딩의 효과와 병행하여 그것을 강화시키며 새로운 관계를 형성하였으며 그리하여 그것들은 종종 더욱 예리하고 주의를 요구하는 청취를 촉진시켰다. 즉 모든 작가들이 "새로운 것이 주는 충격"을 혐오하는 것은 아니었다.

도시군중들은 수 세기에 걸쳐 고요를 열망하고 있는 사람들을 방해해왔다. 이러한 사실은 호가스Hogarth의 1741년 에칭작품 〈분노한 음악가〉에서 특징적으로 형상화되고 있다. 이 작품은 분노에 찬 한 독일 바이올리니스트를 그리고 있다. 그는 창밖을 바라보며 공포에 질려 있으며 런던의 시끄러운 거리소음의 습격에 항거라도 하듯이 그의 귀를 막고 있다. 19세기 무렵에, 호가스가 그린 한 음악가의 실내 연주를 방해하였던 바깥의 시끄러운 소리들은 지나치게 큰 소음이자 불협화음이었다. 존 피커는 당시에 이 같은 거리의 소리들로 인해서 떠돌이 음악가들에 반대하며 사적인 공간에서 조용하게 일할 수 있는 중산층의 권리를 위해 조직된 거리소음 반대운동들이 촉진되었다고 설명하고 있다. 세기의 말까지, 도시에서 우세했던 인간과 동물의 소리들은 날카로워진 음질의 금속소음과 높은 데시벨로 지속되는 차량교통음으로 덮여지게 되었다. 여전한 거리의 소음들은 고요를 갈망하는 귀를 침해하곤 하였다. 그러나 또한 그 소리는 도시의 특성을 뚜렷이 하는 표지로서 취해지기도 하였다. 하월즈W. D. Howells의 『런던 영화London Films』는 그 도시에 관한 시각적인 기술들을 예고하였으며 이것은 "멘탈 코닥mental kodak"의 오프닝 이미지로 인해 더욱 주목을 끌었다. 또한 하월즈는 도시의 소리들에 관한 구두적 기록들을 제공하고 있다. 하월즈는 이후에 작곡가 머레이 쉐퍼Murray Schafer가 도시의 "주조음keynote sound" — 도처에서 들리는 교통의 웅얼거림을 암시하는 — 이라고 일컬었던 것들에 관해 예고하면서, 그는 런던에서 들리는 "소음의 자질"과 뉴욕의 그것을 구별짓고 있다. 그에 의하면, 런던에서 "구체화되는 소음"은 "둔탁한 괴로움을 주는 버스의 그르릉 소리와 지속적으로 다그닥거리는 마차의 말발굽소리였다. 그리고 뉴욕은 "거친 금속성의 새된 소리"와 "전차 트랙의 갈리는 이동바퀴소리"로 특징지어질 수 있었다(Howells 1905 : 52). 하월즈는 사정없이 침투하는 이러한 소음을 반대하면서도 또한 이것에 상당히 매료된 증거 또한 드러내고 있다. 즉 현대도시의 소리풍경이 작곡가 배리 트룩스Barry Truax(1984)가 일컬은 "주의깊은 청취"를 자극하는 방식을 입증하고 있다. 게다가 도시의 소리들은 광범위하게 전개되고 있는 예술의 형식들을 조장하고 있었다. 즉 1919년에, 지가 베르토프Dziga Vertov가 자신의 영감을 보여주는 기법들, 키노-글라즈kino-glaz(영화의 눈) 혹은 카메라-눈(시네마-베리떼cinéma-vérité의 원천)은 균등하면서도 불협화적인 철도역의 소리들을 "사진으로 찍고자" 하는 욕망으로부터 시작되었다. 그리고 존 케이지John Cage는 우연적이며 다원적인 작곡들이 세비야Seville 거리의 구석 풍경과 그곳의 복합적 소리를 듣는 체험에 그 원인을 두고 있다고 주장한다.

새로운 사운드 기술, 현대도시의 소리, 그리고 청각적 지각에 관한 관심은 다 같이 듣는 주체가 새로운 방식의 서술을 쓰는 여건들로서 작용하고 있다. 그러나 서술의 새로운 청각성을 이해하기 위해서 우리는 이것의 분석을 위한 적절한 언어를 필요로 한다. 이전에, 나는 '초점화focalization', '초점화하다focalize', '초점자focalzer'라는 기존의 어휘론에 대응되도록, '청진화auscultation', '청진화하다auscultize', '청진자auscultator'라는 용어를 제안한 적이 있다(Cuddy-Keane 2000). 명백하고 중요한 원인들이 있을 수 있겠지만, 내가 이러한 용어들을 제안하게 된 동기는 듣는 것이 근본적으로 보는 것과는 다른 과정임을 주장하는 것이 아니라는 것을 보여주는 것에 있다. 그리고 구체적인 어휘들을 만들어서 우리가 텍스트에서 구체화되는 감각의 요소들을 구별짓는 것을 도울 수 있는 방식을 기호로 나타내고자 하는 것에 있다. 서술 음향학에 관한 우리의 분석은 또한 사이몬 프레이저Simon Fraser 대학의 '세계 소리풍경 프로젝트'가 1970년대에 개발한 소리의 어휘론을 사용함으로써 강화될 수 있을 것이다. 그 어휘론으로는, '표지물landmark'을 대신한 '소리표지soundmark', '풍경landscape'을 대신한 '소리풍경soundscape', '형상figure'과 '토대ground'를 대신한 '소리신호sound signal'와 '주조음keynote sound'을 들 수 있다(Schafer 1974). 나아가, 우리는 '청각적 흐름auditory streaming', '청각적 흐름의 분리stream segregation', '통합integration' 그리고 '청각적 복구auditory restoration' 등과 같이 '청각적 지각auditory perception'의 연구에서 개발된 어휘들을 유용한 것들로서 주목할 수 있다. 이러한 새로운 관점은 시각적인 것에 관한 과도한 의존으로부터 어휘론을 해방시키려는 노력을 부수적으로 요청하는 것은 당연할 일일 것이다. 더글라스 칸Douglas Kahn은 "최근 이론의 주제들이 응시, 거울화, 영상, 스펙터클,

그리고 다양한 시각적 수사들의 그물망 속에서 (…중략…) 위치지어 지고 있을 때 청취는 어떤 방식으로 설명될 수 있는가?"(Kahn 1992 : 4) 하는 의문을 던지고 있다.

나는 청각적 유형론을 진전시키기 위하여 도시 환경에 놓여있는 버지니아 울프Virginia Woolf의 서술을 사례로서 활용하여 소리원천sound source과 청취자의 관계 속에서의 두 가지 상이한 가능성을 고려하면서 논의를 시작하고자 한다. 소리는 울프의 단편, 「큐 정원Kew Gardens」에서 뚜렷하게 나타나는 한 가지 표현양식이다. 이것은 공간상으로 폭넓게 분리되어 있는 복합적인 소리원천들로부터 나오지만 정지해 있는 지각자들을 통하여 청진화되고 있다. 또 다른 표현양식으로서, 『댈러웨이 부인Mrs. Dalloway』에서 빅벤의 종소리에서 뚜렷이 포착되는 소리는 정지해 있는 소리원천들로부터 나오며 그리고 널리 흩어진 다양한 지역들에 위치해 있는 청진자들에게 폭넓게 흡수되고 있다. 이러한 역동학은 텍스트의 독자들에게는 다르게 나타난다. 첫 번째 양식은 분리된 소리들을 과정화하고 연관지으면서 서술 청각의 활동을 일깨운다. 두 번째 양식은 독자가 다른 청진자들을 추적하고 관련짓는 과정을 일으키도록 한다. 상이한 접근법들은 두 가지 다른 청각적 지형도와 도시에 관한 두 가지 다른 경험을 만들어내고 있다.

1919년, 울프 부부에 의해 손으로 조판하고 인쇄된 「큐 정원」은 버지니아 울프가 초기에 쓴 실험소설들 중의 한 편이다. 정원이 주된 배경이지만 그 정원은 도시 공간 안에 묻혀 있다. 시각적으로 강렬한 이러한 구도는 또한 밀집한 목소리들의 기보법을 보여준다. 다양한 소리 파편들이 서술의 실마리가 되는 것이다. 즉 사람들이 말하고 있는 것을 우리가 들을 수 있기 전에 우리가 보게 되는 사람들의 목소리, 그들의 대화가 채 끝나기 전에 음성이 들리는 곳 너머로 지나가버리는 소리, 무선조종 비행기가 사람들 머리 너머를 지나 여름의 하늘을 날며 윙윙거리는 소리, 그리고 배터리로 작동하는 고무 와이어 전도기계와 죽어가는 영혼의 소리의 송신을 이야기하던 노인이 문득 듣는 꽃들의 소리. 그 효과는 여름날의 소리들에 진동하는 얇은 상비 마이크로폰의 막에 의해 청진된 서술에서 나온 것이다. 우리는 대화들을 엿듣게 되지만 의미맥락을 이루는 내용이 부재하거나 혹은 그것이 방해받거나 해서 서술을 다만 음향으로서 읽을 수 있다. "목소리. 그렇다, 목소리. 침묵을 깨뜨리는 말로 표현할 수 없는 소리들." 그리고 그 소리들은 도시의 주조음에 대항하고 있는 것처럼 들려진다 — 이를테면 "그러나 어떤 침묵도 없다. 항상 모터 버스들이 바퀴를 굴리며 기어를 바꾸고 있었다." 그럼에도 갖가지로 나뉘어지는 복합적 소리들은 서술의 귀에 의해 통합되고 있다. "열 때마다 계속 동일한 작은 상자가 나오는 거대한 중국식 상자들과도 같이 또 다른 도시 그 안에서 쉴 새 없이 회전하고 있는 강철 부속들 모두는 웅얼거리고 있었다. 그리고 그 소리 위로 시끄럽게 외치는 목소리들이 덧입혀졌다. 공중으로는 꽃잎들이 무수한 빛을 반짝이며 날리고 있었다"(Woolf 1985 : 89). 도시의 소리와 기술의 소리는 자연의 소리와는 그 음색이 다르지만 그렇다고 청각적 지각의 대상이 다른 것은 아니다. 즉 인간의 소리와 주위의 소음과 주변의 소리는 복합적인 다중텍스트로 된 청각적 그물망을 형성하고 있다.

적어도 두 가지 특징이 울프의 기보법을 알려준다. 첫 번째 특징은 일반적인 소리들이 아니라 구체적으로 분리되는 소리들에 관한 '청진화'이다. 두 번째 특징은 광범위한 '소리풍경' 속에 있는 모든 소리들을 포괄한다는 것이다. 그러나 아마도 좀 더 중요한 것은 서술에 있어서 청취가 갖는 핵심적 특성이라고 할 것이다. 그 주제로 볼 때, 이러한 구도는 목가적인 것과 도시적인 것에 관한 전통적인 대립이 아니라 그 둘의 통합에 관해서 전달하고 있다. 그러나 음향으로 볼 때, 중요한 것은 그 통합적 패턴이 서술청각에 의해 이해되고 있다는 점이다. 소리는 보이지 않는 서술의 의식을 통해 청진화되며 소리는 지각되는 어떤 무엇으로서 기입된다. 정원의 정적인 위치로부터 차량소리가 들리지만 보이지는 않기 때문에 '청진화'는 또한 '초점화'에 비해 더 멀리 나아간다. 듣는 것listening은 서술세계를 의미 있게 표현하는 활동이며 게다가 귀기울여 듣는 것hearing은 더 포괄적이며 통합적인 감각이다.

두 번째 양식은 역전적 패턴을 보여주는데 이 패턴에서 '소리원천'은 단일하며 정적이며 '청진자들'은 복합적이면서도 다양하다. 그리고 내가 든 첫 번째 사례 속에서 도시는 새로운 차원의 음색을 소개하여 귀가 지닌 청각적 스펙트럼을 증가시킨다고 한다면 두 번째 사례가 되는 『댈러웨이 부인』의 빅벤의 차임소리는 도시의 공간 속에서 흩뿌려지며 그것은 '청진화'의 장소들을 확장시키고 있다.

런던의 빅벤은 '소리표지'의 고전적 사례이다. 머레이 쉐퍼는, '소리표지'에 관해서, "특히 뚜렷하게 혹은 애정을 갖도록 여겨지게 하는 상징적인 힘이나 그 외 다른 것들, 독특한 특성을 지니고 있는 '소리풍경'의 뚜렷한 특징"으로서 규정하였다(Schafer 1974 : 37). 그리고 또 다른 '소리표지'인 지역교구 교회의 종소리와 마찬가지로 빅벤의 종소리가 들리는 지역은 하나의 공동체를 규정하고 있다. 쉐퍼는 "지역교구는 교구의 교회 종소리가 들리는 영역으로서 규정되곤 한다"고 기록하고 있다. 즉 당신이 더 이상 종소리를 들을 수 없을 때 당신은 다른 지역교구에 있거나 혹은 지역 교구가 전혀 없는 곳에 있다"(p.41). 전통적으로 청각적 공동체로서 런던이라는 개념은 세인트 메리-르-보우Saint Mary-Le-Bow의 종소리가 들리는 지역에서 태어난 이를 가리키는 런던토박이라는 개념을 통해 효과적으로 인식될 수 있다. 울프는 이와 유사한 소리의 지형도를 그리고 있는데 그는 매우 확장된 지리적 영역을 거느리는 런던을 다시 불러모으는 데에 빅벤의 타종을 사용하고 있다. 그리고 빅벤이라는 단일한 '소리원천'이 다양한 지역에 위치해 있는 '청취자'들의 복합적 국면을 잠정적인 조화의 국면으로 이끌어간다. 빅벤이라는 단일한 '소리원천'은 웨스트민스터에 있는 자기집에 있는 클라리사Clarissa에게 종일 내내 들리며 그녀의 집에 있는 피터Peter에게 들린다. 그리고 그것은 딘 정원Dean' Yard에 들어서는 리처드Richard에게 들리며 할리가Harley Street에 있는 레지아Rezia에게도 들린다. 또한 빅벤의 소리는 "런던 북부 전역을 향해" 바람결 소리를 따라 그 소리의 자취를 쫓는 익명의 '청진자'에게 들리며 마침내는 "구름과 한 줌의 연기"와 섞여 "바다 갈매기들 사이에서" 공중으로 사라지고 있다(Woolf [1925]2000 : 80). 아주 멀리까지 미치는 청각적 궤도들 속에서, 서술은 말 그대로의 '청진화'로부터 관념적 '청진화'로 전환되고 있다. 물리적으로, 소리는 그러한 정도의 거리에서는 인간의 귀에 들릴 수 없다. 그러나 이론적으로, 소리의 파장은 지속되며 바다갈매기들을 지나서 우주의 바깥 쪽을 향해 퍼질 것이다. 여기서 "공중에서 사라지는 흐린 써클들"로서 반복되는 구절 곧 음향의 확산을 충분히 이해하는 것은 상상력이 풍부한 독자들의 귀에서 수행되는 것임에 틀림이 없다. 인물들의 층위에서, 울프의 기보법은 시각적 연관이나 물리적 근접을 통해서가 아니라 공유된 청각적 경험을 통해서 새롭고 현대적인 도시 공동체를 형성하는 지형도를 그려가고 있다. 서술의 층위에서, 울프의 기보법은 독자의 청각적 상상력이 한층 심화된 통합적 행위를 수행하도록 하며 도시 거주자들을 서로 연결시키고 있다. 뿐만 아니라 그것은 자연 그리고 궁극적으로는 저 너머의 우주로까지 연결시키는 끈 같은 것으로서 소리를 사용하고 있다. 여기서 '청진화'는 복합적인 전체에 관한 지각으로 이끌지만 이것은 초감각적인 음악의 영역은 아니다. 병렬적으로 나란히 나타나는 상이한 청진화된 지각들은 초월적이며 단일화된 경험이 아니라 인간의 포괄적인 경험을 발생시키는 역할을 한다.

이 두 가지 사례에서 '청진화'는 다르게 기능하지만 두 가지 모두는 우리가 '청각적 지각'이 지닌 포괄적 특성을 예리하게 인식하도록 만들고 있다. 실지로, 지리적 영역은 보는 것과 듣는 것 간의 주요한 차이를 가늠하는 것들 중의 한 가지가 된다. 우리의 주변시야는 5° 영역 이내의 시각적 기능이 현저히 떨어지면서 시각적 중심을 이루는 예각을 포함하고 있으며 140~180° 영역 이내에서 작용하고 있다. 반면에, 우리는 어느 순간에도 360°라는 충만한 원주 안에서 '소리원천'을 감지할 수 있다. 게다가, 우리는 귀덮개가 없기 때문에 우리가 초대하지 않은 소리들에 우리자신의 귀를 덮는 것보다 불쾌한 장면들에 우리의 눈을 감아버리는 일이 훨씬 더 쉬울 것이다. 청취는 우리의 경고 감각이며 진화는 우리에게 이러한 경고 감각들이 차단되는 것을 허용하지 않았다. 그리고 청취는 밤에 유효하며 우리의 눈이 감길 때도 활동하고 있다. 듣는 것은 아마 틀림없이 보는 것보다는 더 포괄적이며 그 범위가 넓다. 이와 같이 청취는 비늘모양으로 겹쳐진 도시 공동체를 보여주는 『댈러웨이 부인』에서 혹은 도시와 전원이 얼기설기 엮여져 있는 『큐 정원』에서 통합적 지각들을 서술로써 기입할 수 있도록 그 자리를 내어주고 있다.

　놀라울 것도 없이, 확장된 소리의 포괄성은 분리되고 공통점이 없는 사건들에 관한 인식을 고조시키도록 만든다. 그리고 그것은, 중요한 청취 작용의 일부가 관계를 지각하거나 혹은 관계를 지각하려고 한다는 결과를 보여준다. 그렇다면 관계를 지각하는 청취의 작용은 어떠한 것인가? 그리고 서술은 그것을 어떻게 기록하는가? 이러한 질문들에 답하기 위해서, 우리는 레이니르 플롬프Reinier Plomp의 작품, 『지적인 귀 *The Intelligent Ear*』가 갈무리한 청취의 지각적 접근법에 주목할 필요가 있다. 그리고 우리는 "귀에 제공된 소리가 지각된 것으로서의 소리로 향해가는 청취의 과정에서 번역되는 방식"을 고려할 필요가 있다(Plomp 2002 : 1). "세계와 우리 자신들 사이를 중재하는 귀와 신경과 두뇌에 관해 알지" 못한다는 사실을 감안하더라도 우리는 청각을 그야말로 "수동적 자질"로서 보는 경향이 있다(Handel 1993). 그러나 플롬프가 강조하였듯이, 일상적인 청취는 밀집된 우리의 '소리풍경' 가운데서 특히 아주 세련되고 복합적인 지각행위에 의존하고 있다. 그래서 우리의 질문을 바꾸어 말한다면 그것은 다음과 같이 묻는 일이 될 것이다. 즉 우리가 귀가 지닌 사고력을 좀 더 이해함으로써 청진화가 서술에서 기능하는 방식에 관해 얻게 될 수 있는 통찰들은 어떠한 것이 있을까?

　복합적인 무수한 지각의 과정들은 버지니아 울프의 청취에 관한 표현들의 기초를 이루고 있다. 울프가 귀가 지닌 이러한 복잡한 작용들을 이해하였다는 것이 내 주장은 아니다. 그러나 그녀의 소설들은 주관적인 지각에 강렬하게 개입되어 있으며 '청각적 장면'들에 관한 그녀의 기술들은 명확한 방식으로 '들리는 그대로의' 소리를 묘사하고 있다. 이러한 청각적 사건들의 기저를 이루는 인간의 의식활동에 관해 지금 우리가 이해하는 것은, 울프가 직관적인 방식에 의해 청취의 행위를 수동적 감각만으로서가 아니라 능동적 지각으로서 받아들였다는 것이다. 그녀의 서술들에서 '청진화'는 적어도 작용하고 있는 복합적인 세 가지 과정들을 반영하고 있다. 즉 '청진화'는 개별적 소리의 원천들에 따라서 소리를 차별적으로 인지하고 있으며 별개의 다양한 '소리 사건들sound events'이 지속적인 집합적 소리를 형성하도록 결합하고 있다. 그리고 그것은 지각된 음향장면을 통하여 동시에 일어난 본래의 방식이 '복구될 수 있도록' 상이한 소리 사건들을 겹쳐놓고 있다.

청취의 놀랄 만한 복합성들 중의 하나는 우리가 상이한 소리 사건들 사이의 관계를 고려해내기 전에 먼저 개별 소리들을 구별짓고 있다는 사실이다. 비록 소리가 단일한 환경에서 수많은 '소리원천들'로부터 동시에 방사될 수 있으며 일반적으로 그러하다 할지라도, 우리의 귀에 입력되는 것은 복합적이고 지속적인 청각적 파장형식이며 그 파장형식은 두뇌가 분리된 소리들로서 '해석할 수 있도록' 독해되어야 한다. 단일한 소리의 지각은 유입되는 다양한 파장의 주파수들이 엉킨 것을 풀어내도록 요구하는데, 예를 들어 그 소리가 배음과 반향인지 혹은 다른 소리들의 구성요소인지를 결정짓도록 한다. 그리고 이러한 과정은 점차, 수동적인 물리논리적 반응과 능동적인 지각·인지적 반응이 복합적으로 상호의존하여 혼합되는 것으로서 인식되고 있다. 즉 달팽이관 주변의 청각적 시스템은 유입되는 소리를 다양한 주파수의 구성요소들로 분류하기 시작하는 동시에 이 구성요소들은 신경세포에 의한 전기 자극을 통해 전송, 두뇌에 의해 해석된다. 그리고 두뇌는 이것들을 분류하고 단일한 소리 사건과 지속적 소리와 겹쳐나온 소리를 재결합시킨다. 뚜렷하게 분리된 소리들에 관한 '지각 기관들'의 '창조적' 활동은 말하자면 원래의 소리원천을 재구성하는 가운데 '청각적 흐름', '청각적 장면' 분석, 청각적 어구 분석, 그리고 지각적 범주화 혹은 청각적 범주화로서 다양하게 명명되어왔다.

　버지니아 울프의 서술에서, 소리에 관한 정확한 세부적 묘사들은 청각적 흐름이 작용하는 과정을 반영한다. 『등대로To the Lighthouse』에서 텅빈 집 내부에서 전개되는 "시간은 흐른다" 부는 외견상 누구 것인지 알 수 없는 서술조차도 청취자를 통하여 명료하게 청진화되는 것을 보여준다. 가까이의 침묵으로부터 멀리 떨어진 곳에서 들리는 날카롭고 뚜렷한 발성음, 그리고 도로 다시 침묵으로 되기까지, 지각적 관심의 전환에 따라서 예리하게 구별된 개별적 소리들은 지적인 귀의 활동을 반영하면서 이 장면이 왜 이 환경에 대해 이같이 강렬한 '인간적' 반응을 전달하는가 하는 생각을 갖도록 만든다.

　'침묵'의 흔들리는 망토를 막을 (…중략…) 수 있는 것은 아무것도 없는 듯하였다. 그리고 '침묵'은, 매주 빈 방에서 들려오는 새들의 '울음소리', 선박의 '고동소리', 평원의 '수풀의 윙윙거림', 개 '짖는 소리', 사람의 '외침'을, 침묵 그 자체 속으로 짜넣었다. 그리고는 침묵은 집을 에워싼 소리들을 자

신 속으로 껴안았다. (Woolf [1927]1992 : 176~177, 강조는 인용자)

귀는 시각적 영역 너머의 소리를 주의하고 확인하도록 하며 공간 안에서 이러한 소리들의 위치를 정하고 있다. 침묵은 집안에서는 직접적이다. 반면 뚜렷이 발성된 소리들은 외재적이며 멀리 떨어져 있다. 이처럼 침묵(삶의 긴장)과 소리(삶의 활동) 사이에서 한 편의 드라마가 상연되며 침묵과 소리 사이의 상연을 이끄는 것은 지각적 관심이다. 여기서 즉각적인 '소리환경'의 견인력이 더 강해지며 그리고 결국 귀는 가까이에서 방해받지 않는 침묵으로 주의를 전환시킨다. 그러나 귀는 이후에, 멀리 떨어진 소리들을 향해 다시 이끌리는데 귀는 소리들을 분리하려는 것과 소리들을 서로 연관시키려는 것 사이에서 심화된 갈등을 일으킨다. 매순간, 청취는 해석에 관하여 충돌하는 두 가지 전략 즉 연속적인 파장형식을 생산한 개별 소리원천들을 향해 그 파장형식을 해독하는 것 대 혼성적 흐름이 지닌 유사하며 겹쳐지는 자질들에 주목하는 것을 포괄하고 있다.

그리고 지금 …… 반쯤 들리는 멜로디, 귀가 반쯤 들었지만 사라지도록 두는 간헐적 음악이 솟아오른다. 불규칙적이고 간헐적**이지만 서로 연관된** 짖는 소리와 매애 우는소리, 분리되**지만 서로 속해 있는** 벌레의 윙윙거림과 풀 자르는 진동, 시끄럽고 나지막하지**만 신비롭게 연관된** 갑충 딱정벌레 소리와 바퀴의 삐걱거림, **귀는 쫑긋이하여** 소리들을 함께 모으며 그리고 귀는 …… 언제나 이 소리들을 조화시키려고 한다 …… (p.192, 강조는 인용자)

침묵은 귀가 고립하도록 도우며 외부의 소리들을 증폭시키도록 한다. 그러나 아주 명확한 발성은 소리들을 파편화시키면서 그것들이 단절되도록 만들며 귀가 분리된 소리들을 지각적으로 결합하는 과정을 곤란하도록 만든다. 위의 단락은 다음과 같이 이어진다. "그러나 소리들은 결코 완전히 들리지는 않으며 또한 전적으로 조화를 이루지는 못한다. 마침내 소리들은 저녁 무렵에 차례로 사라지게 되며 소리들의 조화도 사라지며 그리고는 침묵이 내린다."

귀는 마치 오케스트라 연주에서 개별악기의 소리들을 인지해서 들어온 것처럼 보인다. 그러나 귀는 전체로서의 음악에 관해서는 이해할 수 없는 것처럼 보인다. 그러나 이러한 이중의 청취가 울프의 주제 그 심장부에 있다. 즉 '청각적 지각'은 현실에 대한 개별적 특성과 동시에 집합적 특성을 포착하려는 서술의 근본적 탐구에 참여하고 있다.

만약 헤브리디스Hebrides의 조용한 섬이 이러한 역설적 시도를 차단해버릴 수 있다면 소음으로 가득한 도시는 어떠한가? 도시의 '소리풍경'은 일반적으로 소음 공해로서 간주된다. 전체적으로 날카롭고 시끄러운 소리는 우리가 개별적 소리들에 주의를 기울이는 것을 압도해버릴 수 있다. 그러나 울프의 후기 소설 『세월』에서 도시의 소리는 예리한 청취의 자극제로서 작용하고 있다. 런던사람으로서 그녀의 귀는 점진적으로 다양해지는 음질의 특성을 드러내는 개별적 소리들을 지속적으로 분석하고 있다. 게다가 몇몇 인물들은 또 다른 방식으로 나타나는 더욱 복합적인 청각의 흐름에 주의를 기울이면서 거리의 소음들을 도시의 주조음으로 통합시키고 있다. 텅 빈 집의 침묵이 귀로 하여금 분리된 소리들을 조화시키지 못하게끔 유혹한다면 『세월』의 도시는 귀가 새롭게 구성된 지각기관으로 기능하도록 만든다. 교통은 도시소음의 폭력과는 대조적인 것으로 나타나며 의미 있는 소리로서 지각되고 있다.

리숀 짐링Rishon Zimring이 전문가답게 보여주었듯이, 『세월』은 "도시의 이질성에 '관한' 소설"이며 "시각적 의미에서보다는 무엇보다 청각적 의미에서 독자를 복합적인 세계로 연결시켜주는 소설이다"(Zimring 2002 : 132 133). 짐링이 지적하듯이, 서술은 청각적으로 "도시 소리와 다른 소리들의 불협화음"을 보여주며 소리들은 다양한 방식으로 기능하고 있다. 소리들은 사적인 공간을 향한 욕망을 좌절시키며 의사소통을 방해하지만 또한 긍정적, 확장적인 복합적인 경험들을 제공한다. 그렇게 해서 차량음은 훼방을 놓는 소음일 수 있으며 혹은 놀랍게도 편안함을 주는 소리일 수도 있다. 1917년의 장에서, 조용한 화실 안의 인물들은 들어온 공기를 따라서 분리된 소리들을 집합적 소리로 변형시키는 가운데 바깥쪽 삶의 귀환을 지각하고 있다. "바퀴들의 쇄도와 모터차의 삑삑거리는 소리들은 그것 자체가 하나의 연속적인 소리로 된다"(Woolf [1937]1992 : 281). 그리고 1914년의 장에서는, 한 파티에서 마틴 파키터Martin Pargiter는 처음으로, 오로지 개별적 소리들에 주의를 기울이게 되는 불편함을 경험한다. 그러나 이후 그는 좀 더 멀리 있는 소리들이 하나의 소리로 섞이는 것을 경험하게 된다. 즉 서술은 지각이 통합을 이루는 과정을 보여주고 있다. 먼저, 그는 지각이 파편화되는 음향적 환경을 체험하고 있다.

아니, 그런 식으로는 안 될 거예요. 마틴Martin은 그들이 말horses에 관해 이야기할 때 생각에 잠기고 있었다. 그는 아래쪽 거리에서 신문배달 소년의 외침 소리와 경적의 삐익 소리를 듣고 있었다. 그는 다양한 대상들이 있음을 명료하게 확인하면서 그것들의 차이를 감각으로 인지하였다. 파티가 파하였을 때 모든 소리들은 하나의 소리로 모아졌다. (p.237)

그러고 나서 그가 디너 테이블을 둘러싼 다른 손님들과 앉아 있는 동안 그의 지각은 변화하고 있는데,

그는 거리에서 들려오는 소리들에 귀를 기울였다. 다만, 차량들의 삑삑거림을 들을 수 있었다. 그러나 그 소리들은 멀리까지 미치지는 않았으며 연속적으로 쇄도하는 소음을 만들어내었다. '그것들은 작동하기 시작하고 있었다.' 그는 유리잔을 들었다. (p.239)

여기서 마틴은 『등대로』의 "시간은 흐른다" 부의 귀는 할 수 없던 방식으로 자신의 청각적 관심을 옮겨갈 수 있었다. 그것은 그가 여러 가지 소리들을 들으면서 그것들이 서로 관계를 이루어 만들어내는 지속성을 지각하는 것이었다. 마틴이 화실에서 주방으로 옮겼을 때 둔탁한 교통의 음질은 부분적으로는 변화를 가능하도록 만드는 것이었다. 그러나 그는 이미 존재하고 있는 청각적 상태가 아니라 '인간의 지각기관의 변화를 보여주는' 융합적으로 만들어진 어떤 상태를 지각하고 있었다. 그가 개별 차량의 경적을 듣는 것에서 많은 차량들이 오가는 교통음을 듣는 것으로 전환한 것 역시 '청각적 장면' 분석 과정의 일부이다. 그러나 그것은 소리원천들의 본래적 특성에 따라서 소리들을 분류해내는 것 이상으로 더 복합적인 작용이다. "차량들의 교통음"을 듣는

다는 것은 소리들에 유사한 음질을 부여하는 것에 의존하고 있다. 그러나 시간에 걸쳐 변화하고 있는 어떤 소리의 음질을 구성하고 있는 특정한 불변적인 것은 없다. 그 때문에 차량들의 소리는 그 자체로 하나의 복합적 작용인 것이다(Handel 1995). 그리고 마틴은 개별적 지각기관으로부터 구성적 지각기관으로 전환하고 있다. 즉 그는 칵테일 파티에서 사적인 대화를 듣는 것으로부터 그 파티장 안의 모든 소리들이 합쳐져 나는 소리를 듣는 것으로 전환하고 있다. 비록 울프 그 자신이 작용 중인 구체적 인지행위들에 관해 알고 있지 못하였다 해도 그녀의 서술상의 표현들은 들려오는 것들에 주의를 기울여 그것을 '형태화하는' 방식을 이해하고 있다.

이 장면에서 마틴은 한 가지 주의 모드로부터 또 다른 주의 모드로 옮겨가는 지각의 변화를 경험한다. 즉 『세월』에서 더욱 나아간 청각적 복합성은 개별적 소리와 집합적 소리를 '동시에' 지각하는 것이다. 그날 일찍, 마틴은 켄싱턴 공원Kensington Gardens에서 사촌들과 목가적 순간을 공유하는데, 그의 지각에 의한 '청진화'된 '소리풍경'은 울프의 「큐 정원」의 다중텍스트적 음향의 그물망 속에서 메아리를 만들어내고 있다. 즉 "새들은 나뭇가지에서 간헐적으로 짹짹 소리를 내며 런던의 포효는 먼 곳을 향해 완벽한 원을 그리는 소리를 만들어내며 휘히 트인 공간을 에워쌌다(Woolf [1937]1992 : 230). 마틴은 음향 파장을 두 가지의 흐름으로 분리하였을 뿐만 아니라 이 흐름들을 형상-토대 관계로 조직하였다(Moor 2003 : 294~296). 여기서의 정교한 청취와 견줄만한 것으로는, "이차 텍스트가 씌여져 있는 한 장의 종이에서 텍스트를 독해하는 어려움"(Plomp 2002 : 34)을 이야기한 레이니르 플롬프의 진술을 떠올릴 수 있다. 울프 또한 청취에 관해서 거듭 쓴 양피지와 같은 음향세계의 텍스트를 독해하는 방식으로 접근하고 있으며 『큐 정원』에서 도시의 '소리풍경' 메시지는 단일한 것으로 통합되면서 안정감을 주고 있다. "입체 음향"이 순환하면서 들리는 공간들 속에서 지속되는 삑삑거리는 교통음은 '청각적 장면' 속에서 개별 소리들이 만들어내는 형상들의 저변에서 안정적이며 확실한 토대를 제공하고 있다.

그럼에도 음향적 드라마는 개별적인 것의 지각과 집합적인 것의 지각 사이에서 지속적으로 이루어진다. 마지막 파티를 앞두고 노스North와 사라Sara가 함께 식사하고 있었을 때 그들의 대화는 거리와 길 건너 하숙집에 들리는 모든 소리들로 인해 방해받는다. 이러한 두 가지 청각적 흐름은 서로 충돌적인 것으로 경험되지만, "시간은 흐른다" 부에서 청취자는 두 가지가 서로 멀어지도록 두지 않고 이 세계에 관한 다른 독해에 참여하는 쪽으로 이끌린다.

> 그녀는 갑자기 멈추었다. 방금 아래쪽 거리에서 트롬본 연주자가 차에 치였기 때문이다. 그리고는 볼륨을 키워가는 여자의 목소리가 계속 들렸다. 그때 들려오기로, 두 사람이 '세계 일반에 관하여 각자가 지닌 아주 다른 의견들을 앞다투어 표현하려' 애쓰고 있었다. 그 소리는 고조되었으며 트롬본은 울부짖었다. (pp.299~300)

다음 순간에 노스 파키터는 창문 쪽으로 갔다. 아프리카의 농장에서 최근 도착한 그는 소리들의 공격으로 인해 아주 더 큰 도전을 받고 있었다. 그러나 그는 도시의 다른 소리들을 서로 연관시키고 그것들을 구성해내기 시작하고 있었다. 그리고 그는 차량의 소리를 교통의 '주조음'으로서 통합시키면서 동시에 그 배경음 너머에 지리적으로 다양한 위치에 광범위하게 분포된 개인들의 다양한 목소리들을 동시에 지각하고 있었다.

> 바퀴가 회전하고 브레이크가 삐익하는 흐릿한 차량음의 '배경'에 대항해서 '바로 가까이에서는' 아이를 주의시키는 갑작스러운 여성의 외침이 들렸으며 야채를 파는 남성의 단조로운 외침이 솟아올랐다. 그리고 '꽤 멀리서는' 손풍금이 연주되고 있었다. 그것은 멈추었다가 다시 시작되었다. (p.301)

여기서 청진화는 극도로 복합적인 청취전략의 상호작용에 의존하고 있다. 즉 청진화는 개별적인 소리들을 분석하고 소리들을 하나의 복합적 소리로 합쳐내고 있다. 그리고 청진화는 겹쳐서 나오는 다양한 소리들의 공간적인 위치들을 알아내어서는 다중음소적이며 다중텍스트적인 음향장면으로 만들어내고 있다. 또한 청진화는 거듭 쓴 양피지와 같은 음향적 텍스트의 독해 행위로서 서로 충돌하면서 만들어내는 다양성과 서로 관련되면서 만들어내는 지속성 즉 근본적인 삶의 역설에 관한 감각적인 깨달음으로 이끌어간다.

이러한 청각적인 장면의 형상화는 여전히 한 가지 이상의 복합성을 개입시킨다. 주조음인 차량음이 그러하듯이 지속되는 소리를 지각하는 것은 놓쳐버린 소리를 메꾸어내는 지각능력에 의존한다. 우리는 일반적으로 한 번에 하나의 청각적 흐름에만 단지 주의를 기울일 수 있다(물론 우리는 다른 방식으로 두 번째 청각적 흐름을 감지하기도 한다). 그리고 우리는 동시에 두 가지 소리를 듣고 있다고 '생각하지만' 우리감각의 주의력은 이런저런 식으로 빠르게 그 모드를 바꿀 것이다(청각적인 단기 기억완충이 이와 같은 과정을 돕고 있다). 게다가, 곧 이어질 소리들은 일반적으로 더 시끄러운 소리로 인해 가려지거나 끊어지기조차 하면서 방해받게 된다. 즉 소리의 공백이 침묵에 의해서가 아니라 다른 소리에 의해서 채워질 경우, 우리는 방해받는 그 소리를 간헐적으로 들리는 파편들 일부가 아니라 꾸준히 지속적인 소리로서 듣게 될 것이다. 예를 들어 부드럽게 떠오르는 소리톤이 끼어드는 소음들로 방해받고서 그것으로 대체된다고 할 때 "특정한 이음소리 일부가 사라진다고 하더라도 그 소리는 연속적인 것으로 들리게 된다"(Moore 2003 : 294). 약한 소리톤이 시끄러운 소리톤으로 인해 가려지게 될 때에도 이와 유사한 효과가 발생한다. 즉 "청각적 시스템은 (…중략…) 더 시끄러운 돌발적 소리톤으로 인해 '덮여져버린' 부분을 지각적으로 복원한다. 다른 말로 하자면, 그럴 것이라는 추정에 근거하여 소리들의 지각적 '(재)창조'가 이루어진다"(Plomp 2002 : 37). 이러한 이차적 과정의 청각적 복구, 지속효과를 명명하자면 "소리의 일부가 가려지거나 혹은 차단될 때 소리가 방해되었음을 가리키는 직접적인 감각의 증거가 없다면 소리를 지속적인 것으로 지각한다는 것이다"(Moore 2003 : 297).

도시생활의 꾸준한 배경음으로서 멀리 있는 차량음을 지각하는 인물들의 능력은, 음향적 공백을 연결하는, 즉 더 가까이 정확히 들리는 날카로운 외침과 갑작스런 소리로 인해 멀리 들리는 잡음이 가려질 때에도 그 소음이 지속된다고 지각하는 능력에 의존한다. 『세월』에서는 주로 암시적이었던 청각적 복원은 울프의 다른 소설 『막간Between the Acts』

에서는 명백한 모습을 보여준다. 시골을 배경으로 한 이 소설은 도시차량의 '주조음'을 결핍하고 있다. 그럼에도 마을사람들의 축제행렬을 마치면서 목사가 자신의 말을 맺으려고 할 때 정확히는 도시의 소리에 의해서가 아니라 시골풍경에 침입한 기술적인 모더니티의 소리에 의해 목사의 연설이 차단된다.

> 그래서 이 퍼레이드를 즐겼던 우리들 모두는 여전한 하나의 기 —" 이 말은 두 동강이 났다. 어떤 폭음이 그 말을 가로질렀다 ······
> "— 회를 지니고 있다", 스트릿필드 씨Mr. Streatfield는 계속하였다. (Woolf [1941]1998 : 174)

청중이 스트릿필드의 연설을 끊어지지 않은 것으로서 지각하는 것은 청각적 복구과정이 작용한다는 것을 보여주며, 청취자들은 낮게 날아가는 비행기가 가렸던 놓친 소리를 보충하고 있다. 그리고 청취자들은 기술적 소리를 '지나쳐서는' '사람이 하는' 연설을 독해하고 있다. 연설 중간에 들리는 큰 '소리'의 개입에도 그들이 그렇게 하게 된다는 사실은 의미심장하다. 만약 『등대로』의 "시간이 흐른다" 부에서처럼 소리가 침묵에 의해 방해받았다면 청각적 복구는 일어나지 않았을 것이다.

울프가 소리를 다루는 것은 청취가 우리자신의 인지과정들에 의존하고 있음을 보여준다. 동시에 청취는 우리가 듣고 있는 것이 무엇이든지 간에 실제로 음향적 장면에서 존재하고 있는 것임을 보여준다. 이처럼 『막간』에서 루시 스위딘Lucy Swithin은 다양한 모든 소리들을 들을 수 있고 지속적인 배경음을 모두 복구할 수 있다. 다시 말해 그는 대비와 충돌과 지속을 세계 속에서 파악할 수 있는 이상적인 지적 귀가 지니는 가능성을 가상적으로 만들어내고 있다.

> 양떼, 소떼, 풀잎들, 나무들, 우리 자신들 이 모두는 하나이다. 만약 불협화된 방식으로 조화를 이루어내고 있다면 — 우리를 향해서가 아니라 거대한 머리에 부착된 거대한 귀를 향해서 조화를 이루어낼 수 있다면. 그리고 이처럼 (…중략…) 우리는 '모든 것'이 조화를 이루는 그러한 결론에 이르게 되며 우리는 그것을 들을 수 있을 것이다. (p.157)

궁극적인 조화를 지각하지 못하는 것은 불완전한 청력에 기인한다. 즉 불협화음은 우리가 분리된 소리들을 서로 연관시키지 못하는 것일 뿐이며 괴리가 일어난 것은 우리가 연속성을 복구하지 못하기 때문이다. 비록 가설적이지만 최상의 '청진자'는 복합적 파장형식을 분리된 청각적 흐름들로 분석하고 방해받거나 가려진 소리들을 복구하며 그리고 개별적 소리와 집합적 소리의 지각대상들을 다 함께 동시에 청취하려고 할 것이다.

이상적인 지적 귀에 관한 루시의 환상은 『세월』이 지속적으로 암시하는 것을 뚜렷한 발성으로 나타내고 있다. 마지막 파티에서 사람들이 하는 이야기를 특징짓는 반복구절들을 들으면서 엘리너 파키터Eleanor Pargiter는 생각한다.

> 그렇다면 모든 것이 다시 조금씩 다르게 느껴지는가? 음악처럼 반쯤은 기억되고 반쯤은 예기되는 패턴과 주제가 다시 떠오르는가? (…중략…) 거

대한 패턴, 순간적으로 지각될 만한? (…중략…) 그러나 누가 이것을 만들 어낼까? 누가 이것을 생각할까? (Woolf [1937]1992 : 351)

그러고 나서 울프가 "거대한 귀"가 지각한 "거대한 패턴"을 암시하고 있다면 우리는 초월적인 현실을 향한 정신의 진입을 소리가 제공하고 있다는 이상주의적 모드로 되돌아가는 것인가? 그럼에도 울프가 일깨 우는 패턴은 '이' 세계 속에 그리고 또 '물리적' 소리풍경 속에 놓여있 다. 울프가 의미하는 것을 규정하는 임무를 부여받기라도 한 듯이 엘 리너는 답하고 있다, "그러나 나는 이 세계를 의미하였다! …… 나는 이 세계에서의 행복, 살아있는 사람들과의 행복을 의미하였다"(p.368). 그 리고 좀 비관적 성향의 엘리너의 조카, 페기Peggy는 "런던 밤의 소리들" 에서 "이 세계와는 무관한 다른 세계들"를 비약적으로 상기시키는 것들 을 찾는다. 그럼에도 그러한 세계들 또한 이 지상의 영역 그 안에서 발 견하게 되는 것이다.

울프의 청진화는 '이' 세계에 관한 앎으로 이끌고 있기 때문에 청취 가 어떤 경우에든 시각적 장면에 비해 더 정신적이거나 더 비이성적인 감각임을 의미하는 것은 아니다. 빈센트 셰리Vincent Sherry(1993)는 에즈 라 파운드Ezra Pound와 윈덤 루이스Wyndham Lewis의 연구에서 만연한 모 더니즘적 해석이 이성적 명확함과 개별적 지각과 계층적 질서를 눈과 연관시키며 감정이입적 몰입과 대중적 공감을 귀와 연관짓고 있다고 주장한다. 그럼에도 이 같은 구별방식이 울프의 작품세계를 특징짓고 있지는 못한다. 다니우스Danius가 조이스의 작품에 적용한 것처럼 혹 은 다니우스의 조이스적인 또 다른 주장처럼 울프는 시각적인 것의 탁월성을 결코 주장하지 않았으며 감각들은 분화되어서 다만 공감각적인 것을 지향하고 있다. 울프에 있어서 감각들은 뚜렷한 것이다. 그러나 감각들은 상호작용하는 협력적 관계 속에서 그러하다. 마가렛 슐레겔의 질문에 대한 울프의 답변은 다음과 같이 나타날 것이다. 즉 귀는 눈보다 세계에 관하여 좀 더 포괄적인 지식을 우리에게 줄 것이다. 그럼에도 귀는 눈이 지각하는 바로 그 동일한 현실을 지각하고 있다. 다양한 감각들이 어울린 장점이라는 것은 감각들이 각각의 감각을 끄집어낼 수 있도록 서로 돕고 있다는 것이다. 이 같은 방식은 특정한 이유들 때문에 『세월』의 최초 인쇄판으로부터 잘려나간 단락들에서 집약적으로 나타나고 있다.

『세월』의 오리지널 인쇄판은 부피가 컸으며, 울프 그 자신의 진술에 의하면, 그녀는 세 번 이상 버전을 줄여나갔다. 그녀의 남편, 레오나드 Leonard가 강력하게 요청한 삭제들은 그 소설 자체가 안고 있는 비판적 논쟁의 주제가 되어왔다. 소설을 줄였던 것은 대체로 화용론적인 결정인 것으로 보인다. 그럼에도 우리는 그것이 또한 울프가 계몽의식과 정치적 주의를 전적으로 배제하고자 한 노력이었음을 알고 있다. 또한 그녀는 자신이 잘라낸 두 개의 큰 '덩어리'가 '메시지'를 소통하는 역할에는 아주 취약하다고 생각하였을 것이다. 그럼에도 그것들은 출판된 작품과 관련지어 연대기적으로 독해할 때 그것들과 상응하는 장을 매혹적인 것으로 만들어내고 있다.

그 중 두 번째 일화는 도시에 혼자 있는 어떤 여성의 모험을 묘사하고 있다. 때는 1921년으로서, 엘리너 파키터가 자신만의 만찬을 하려한 레스토랑에 들어선 즈음이다. 그녀가 택한 장소는 체인점으로서 그것은 독신 여성의 안전한 장소를 보장해주는 개발도시 네트워크의 일부였다. 메뉴와 디너에 관한 영국식 관례들은 자유로운 사고방식을 지닌 엘리너를 짜증나게 하였지만 음향적 장면으로서 영국식 관례들은 생생한 경험들을 제공하고 있다. 엘리너를 통하여 청진화된 "거리의 웅웅거림"은 먼저 안쪽에 있는 "사람들 소리"의 "웅웅거림"으로 바뀌고 있다([1937]1992 : 57). 그리고 그녀는 식사를 기다리면서 — 시끄러운 대화와 부엌 회전문의 쿵소리를 넘어서 — 자기로서는 소속을 알 수 없는 일군의 무명 음악가들의 연주를 들으려고 귀를 쫑긋거렸다. 그러나 "그로모은 서툰 음표들"은 그녀의 앞에 놓인 테이블 위에 놓인 "기괴하게 모여있는 대상들"과 같다는 인상만을 강렬히 하는 것처럼 여겨졌다(p.460). 그러나 루시 스위딘처럼 그녀는 궁금해하였다, "만약 우연히 흩어진 것들이라면 그럼에도 대상들은 여전한 질서 속에 있을 수 있을까? 만약 그것들이 그녀의 정신 바깥의 어떠한 정신을 향한 무엇인가를 의미한다면?"(p.461). 그리고 나서 오케스트라가 새로운 곡을 시작할 때 그녀는 갑작스러운 지각의 변화를 경험한다.

음악, 그것도 값싼 음악을 듣고 있음에도, 지루해질 때쯤이면 항상, 어떠한 것들이 서로 함께 달리고 있었다. 잠깐 동안 그녀는 테이블을 바라보았다. 그녀는 자신이 흐릿하게 이해했던 그 흐름이 어떠한 다른 것들 사이 속에서 막 달려온 것처럼 여겨졌다. 마치 그녀가 포크에서 꽃으로 — 꽃으로부터 — 그녀가 손을 뻗으면 닿는 — 스푼으로까지 옮겨가며 살고 있거나 한 것처럼. (pp.461~462)

소리는 경험을 시작하도록 한다. 엘리너가 '듣는' 것은 그녀가 '바라보는' 것을 연관짓도록 이끌며 이 순환은 '접촉'에 의해 완성된다. 각각의 감각은 그 고유의 지각적 앎에 기여하면서 한편으로 감각들은 함께 작용하여 엘리너의 통찰이 태어나도록 한다. 그리고 도시의 "시끄러운" 레스토랑은 엘리너의 정신적 여정을 위한 내용항이자 또한 그 여정의 지속이다. 곧 이어질 엘리너의 탐색은 현대세계에서 집약적인 개별적 존재들과 지속적인 집합적 존재 모두를 동시에 지각하는 어떠한 방식에 있다.

나는 이 단락이 소설이 의미하는 것을 우리에게 말해주기 때문이 아니라 소설을 독해하는 데에 필요한 방식을 집약하고 있기 때문에 이 자리에 가져온 것이다. 『세월』은 지각에 '관한' 것이며 이것은 독자로서의 우리가 지각하는 방식의 전환을 요청한다. 의미론으로서보다는 음향학으로서 독해함으로써 그리고 개념으로서보다는 지각대상으로서 독해함으로써 우리는 서술의 의미를 만드는 새로운 형식들을 발견하게 된다. 엘리너는 자신의 주변 소리들을 들으면서 현실의 모델들을 만들어내고 있다. 그리고 이러한 모더니즘 텍스트의 독자들은 부분적으로 수동적이며 부분적으로는 적극적인 과정, 즉 복합적 세계모델을 창조하는 소설의 목소리들을 분리하고 통합하는 방식을 모방할 필요가 있다. 『세월』에서, 청각적 지각은 이 모델을 만들기 위한 패러다임이며 감각적 지식은 이 세계를 이해하는 한 가지 방식으로 나타난다.

다른 모더니즘 작품들을 통해, 울프의 텍스트에 나타나는 청력의 종류들이 어느 정도로 확장, 기술되고 있는지를 "보여주는" 일이 남아 있다. 혹은 궁극적으로 청각적 감각의 존재를 발견하는 일이 얼마나 핵심적인 것인가를 "보여주는" 작업이 남아 있다. 나는 이 글을 쓰면서 확실히 소리의 논의에서조차 시각적 용어들을 피하는 일이 어렵다는 것을 깨닫게 되었다. 즉 우리는 어떤 것의 작용방식을 '보거나' '관찰하며' 쟁점에 '초점을 맞추며' '식견'을 모색하며 '관점'을 제공한다. 그리하여 우리는 하나의 관념이 또 다른 관념을 어떻게 '조명하는지'를 설명하게 된다. 그럼에도 실험실의 순수한 조건들에 반대되는, 플롬프가 일컫기로는, 일상의 "너저분한" 조건들 속에서 특히 작용하는 "청취하는 두뇌"의 진정한 복합성이, 지금에 이르러서야 과학자들에 의해 발견되고 있다는 사실은 생각해보아야 할 것이다. 플롬프가 주장하는 요지는 울프강 메츠거Wolfgang Metzger의 1953년 고전작에서 그가 처음 눈여겨 발견한 서술에서 발견된다. 그 작품의 한 단락은 플롬프가 오늘날 다시 인용할 만큼 아주 적절한 사례를 보여준다.

귀가 하는 일은 실지로 굉장히 멋진 것이다. 내가 글을 쓰고 있는 동안에 큰 아들은 스토브에서 불 써레를 달그락거리고 있으며 아기는 유모차에서 만족스럽게 옹아리하고 있다. 그리고 교회의 종은 쳐서 시간을 알리고 있으며 차는 집 앞에서 멈추고 있다. 그리고 옆집의 한 소녀가 피아노를 치고 있으며 소녀들의 어머니는 현관에서 배달원과 이야기를 나눈다. 그리고 나는 연필 끝에서 사각거리는 미세한 소리 그리고 종이 위를 스치는 내 손의 움직임을 들을 수 있다. 내 귀를 스치는 공기의 진동 속에서 이 모든 소리들은 압력 파장들의 단일하면서 극도로 복합적인 흐름을 향해 서로 겹쳐진다. 의심할 여지없이 귀가 이룬 성취는 눈이 이룬 성취보다 위대하다. 정신분석학자들 특히 독일 정신분석학자들은 시각 연구에 왜 그토록 고집스럽게 집착하였던가? (Metzer, 번역 및 축약은 Plomp. 2002 : 10)

모더니즘 시대 막바지에 한 과학자에 의해 씌여진 이 단락은 버지니아 울프의 작품들에서 내가 분석한 청각적 기술들과 놀랄 만한 유사성을 지닌다. 이것은 청각 연구와 서술 연구 사이의 크로스오버 유형들이 어떤 방식으로 심화되어 나타날 것인가를 깊이 생각해보도록 한다. '청진화'와 '청각적 장면' 분석에 관한 연구는 청취가 상상하는 것 그 이상으로 서술에서 상당히 결정적으로 역할한다는 것을 드러내게 될 것이다. 또한 우리가 지적인 귀에 관한 인식의 서술들로부터 배워야 할 것들은 당연히 더 많이 있다.

26

두 목소리, 또는

결국 누구의 삶이고 죽음이고 이야기인가?

쉴로미스 리몬-케넌Shlomith Rimmon-Kenan

공동 저술이 질병 서술의 하위장르가 되고 있다. 몇몇 사례로는, 산드라 버틀러Sandra Butler와 바바라 로젠블룸Barbara Rosenblum의 『두 목소리로 들려주는 암*Cancer in Two Voices*』(1991), 제리 아터번Jerry Arterburn과 스티브 아터번Steve Arterburn의 『어머니께 어떻게 말씀드릴까?*How Will I Tell My Mother?*』(1990), 그리고 조셉 헬러Joseph Heller와 스피드 보겔Speed Vogel의 『웃을 일이 아닌*No Laughing Matter*』(1986)을 들 수 있다. 세 편의 서술들은 각각 다르게 질병을 경험하며 또한 각각 다르게 서술자들 사이의 관계와 이야기의 어조를 보여주고 있다. 첫 번째 텍스트는 로젠블룸의 말기 유방암과의 투병을 서술하고 있으며 그녀가 죽음으로 삶을 마감하면서부터는 레즈비언 배우자의 일기글로 교체되고 있다. 그것은 죽어가는 친구를 애도하는 과정을 보여주면서 그로 인해 자신의 삶 일체가 종속적인 것이 되어버린 억울한 심경까지 전달하고 있다. 두 번째 텍스트는 주인공인 체리 아터번과 그의 형 스티브가 말하는 에이즈에 관한 이야기로서 어머니가 쓴 서문과 아버지의 발문을 포함하고 있다. 이것은 '전향'의 이야기로서 에이즈에 걸린 아터번이 동성애를 포기한 일과 관련하여 단촐한 그의 가족과 재결합하게 된 일을 기록한 것이다. 세 번째 책, 『웃을 일이 아닌』은 『캐치Catch-22』의 저자, 조셉 헬러와 그를 돌보는 친구, 스피드 보겔이 쓴 것이다. 헬러는 신경성 자기면역 질환인 길랭-바레Guillian-Barré 증후군으로 고생하였으며 이후에 이 질병으로부터 회복하였다. 헬러와 간병인 — 그의 자율권과 그의 아파트와 수표책을 인계받은 — 두 사람 모두는 블랙 유머의 어조로써 이 질병에 관해 쓰고 있다. 세 편의 이야기들은 이런저런 차이들을 보여주지만 그럼에도 이 서술들은 개인적인 자율권과 그와 관련된 문제적 서술의 역할이라는 관심사를 공유하고 있다.

이 글에서 나는 필자가 태어난 나라(이스라엘)의 일라나 해머맨Ilana Hammerman과 남편인 위르겐 니에라트Jürgen Nieraad가 쓴 『암의 표지 아래서 — 귀환이 없는 여행Under the Sign of Cancer : A Journey of No Return』(이스라엘어로 쓰였으며 제목은 필자가 번역하였다)을 논의해 보고자 한다. 이처럼 최근에 출판된 책(2001)에 관한 분석은 기록적인 동시에 문학적인 작업이 될 수 있으며, 나는 이 작업을 통하여 질병서술들의 이중적 말하기와 이중적 관점에 관해 이야기하고자 한다. 또한 무엇보다도 이 서술들이 초래하는 주요한 윤리적 질문 곧, 결국 누구의 삶이고 죽음이고 이야기인가?에 관해 이야기하고자 한다. 나는 내 연구를 일련의 동심원들로서 구조화할 것이다. 즉 그것들은 죽어가는 남편과 그의 아내의 관계, 이중적 층위의 서술행위, 남편과 아내 모두에 대한 의료 "체계"의 전유, 이 서술에 관한 의사들과 다른 독자들의 공표된 반응, 그리고 이 글에서 입증되는 필자의 전유 등이 될 것이다.

예루살렘 헤브루 대학의 독일문학 교수, 위르겐 니에라트는 2000년 3월 21일, 두세 달 정도 살 것으로 예측되는 급성 백혈병을 진단받는 고통을 겪게 되었다. 자살이 궁극적인 자유행위라고 항상 믿어온 그는, 사랑했던 유년시절의 풍경, 알프스의 눈 덮인 산정에서 전적으로 고립된 채 수면제를 과량 복용하여 죽기로 결심한다. 이 결정을 내리고서 그는 모든 책임으로부터 면제받는 행복감을 경험하게 된다. 즉 다음 해의 강좌는 개설되지 않을 것이며 6월로 계획된 회의 참석은 당연히 무효로 될 것이다. 또한 그가 2주 후에 하기로 한 강연은 취소될 것이며 심지어는 임박한 치과 예약도 무효가 되는 것이다. 그로서는 회피할 수 없는 단 하나의 책임은 자신의 아내와 아들과 맺어진 애정의 끈에 관한 것이었다. 이스라엘로부터 마지막 목적지로 가는 길에, 그는 베를린에 머무르는데 그곳은 저명한 문학 번역가이자 편집자인 아내, 일라나 해머맨이 카프카의 문학을 헤브루어로 번역하기 위해 잠정적으로 거주하는 곳이었다. 니에라트는 해머맨에게 자신의 소식을 전해주었으며 그리고 해머맨이 적어도 의식적으로 자신의 결정을 받아들이기를 원하였다. 이후의 장면에서 그는, 그러한 자신의 소망과 공존하는 아마도 그의 무의식적 욕망이기도 한, 자신의 선택 경로에 아내가 동의하지 않을 것이라는 사실을 숙고하게 되었다. 그리하여 아내에게 맡겨서 그녀가 그를 위한 결정을 내리도록 하였다(Hammerman & Nieraad 2001 : 192~193). 과연, 아내는 그렇게 하였다. 그녀는 자신들이 이스라엘로 되돌아가야 하며 부가적 검사를 받고 가능한 치료방안을 찾아야 한다고 이야기하였다. 그가 상반되는 생각들 속에서 아주 갈등하게 된 것은, 아내의 동의 없이 자신의 삶을 끝낸다면 그것은 아내의 미래를 망치는 일일 뿐 아니라 아내의 입장에서는, 동등한 동반자 관계라는 믿음에 뿌리를 두던, 자신들이 지금까지 공유해온 가치들을 깨뜨리는 일이 된다는 사실 때문이었다. 그들은 현대 생물공학적 의료의 도움을 얻기로 하였고 그렇게 해서 그들의 애처로운 여행은 시작되었다. 그것은 화학요법과 두 개의 골수이식을 포함한 것이었다 — 그럼에도 모든 것은 허사였다. 두 사람은 각자 별도로 자신의 고통과 깨달음에 관해 기록하였다. 두 사람의 서술은 별개의 것이지만 두 편을 모아서 각각의 제목을 붙일 수 있는 책이 되었다.

그들의 서술은 많은 점에서 판이하다. 니에라트는 『암의 표지 아래서 ─ 전념을 기울인 한 편의 교양소설』을 자신의 모국어인 독일어로 썼다. 해머맨은 '자신의' 모국어인 헤브루어로 『귀환이 없는 여행』을 썼다. 또한 그녀는 그 책에 있는 남편의 부를 헤브루어로 번역하였다. 그리고 ─ 내가 아는 선에서는 ─ 독일어로 된 원본은 따로 책으로 출판되지 않았다. 니에라트의 여정은 주로 내향적이었으며 한편 해머맨은 불치병과의 투병만큼이나 의료조직과의 갈등이 부각되었다. 그들은 이 차이가 각자의 기질이 다른 때문이라고 말한다. 그러나 그것은 또한 아마도 다른 상황에 놓인 그들의 입장 차이를 나타내는 것이었다. 다시 말해, 곧 죽게 될 사람과 그리고 고통을 공유하고 애도하지만 그럼에도 홀로 남겨질 사랑하는 배우자 사이의 건널 수 없는 간극을 반영하는 것이다. 내가 논의하는 관점에서 볼 때, 가장 흥미로운 차이는 서술론적 질서와 관련한 것이다. 먼저, 나는 서술자, 서술, 그리고 서술자적 청중에 관한 주요 형식적 특질들에 관해 기술할 것이며 그 다음에 그것들이 내포한 윤리적 의미들에 관해 논의할 것이다.

서술자, 서술, 서술자적 청중

니에라트의 부는 질병을 고통스럽게 겪는 과정의 이야기를 담고 있다. 그것은 두 개의 장으로 나뉘어져 있으며 서술의 특성을 알려주는 문법적 인칭과 장르 두 가지 모두에서 차이를 보여준다. 첫 번째 서술은 2000년 3월 21일과 6월 30일 사이에 씌어진 것으로서 11장으로 구성되어 있으며 병을 진단받고 골수를 이식받는 사이에 일어난 사건들을 서술한 것이다. 그럼에도 이 서술은 자서전적 진술인 일인칭으로 씌어지지 않았으며 언뜻 보아서는 "게오르그Georg"로 불리는 인물에 관한 허구적 서술로 보일 법한 삼인칭으로 씌어져 있다. 구조주의자 주네뜨의 용어로는 이종발화 서술인 것이다(Genette 1972 : 256~257). 니에라트 부의 두 번째 장은 2000년 6월 6일과 9월 30일 사이에 씌어졌으며 골수 이식과 투병 중의 짧은 소강상태 그 즈음에 기술된 것이다. 그것은 9장의 구성으로서 일인칭 시점으로 이야기되는데 일부는 자서전적 서술이며 또 일부는 일기기록이다. 이 부분의 서술은 동종발화 서술 혹은 자종발화 서술이 된다. 니에라트의 삶에서 가장 마지막 시간은 그에 의해서는 서술되지 못하였는데 그것은 그가 너무 쇠약해진 나머지 기록할 수 없었기 때문일 것이다. 이런 연유로 우리는 해머맨의 서술에서 유일하게 그의 죽음에 관해 알게 된다.

첫 번째의 니에라트 부의 허구적 양식이 상당히 투명한 장치라는 것은 2장을 시작하는 자의식적인 익명서술의 언급에 의해 명확해진다. 즉 "여기서 이야기되는 스토리의 인물은 서술자 없이 존재할 수 없는데, 심지어는 서술자가 자신을 존재하지 않는 것처럼 — 이것은 잘 알려져 있는 장치이다 — 가장한다고 해도 그러하다. 마찬가지로, 서술자는 바로 지금 컴퓨터 앞에 앉아서 이야기를 타이핑하는……저자 없이는 존재할 수 없을 것이다. 분명히, 스토리는 다소 위장하고 있는 저자에 관한 것이다"(p.176). 그럼에도 이러한 장치를 노출한 이후에도 니에라트는 골수이식의 즈음까지 계속해서 "게오르그"와 삼인칭 서술로 이야기하고 있으며 그 다음의 나머지 서술 부분에서 일인칭 서술로 바꾸고 있다. 익명의 허구적 인물 게오르그의 기능은 무엇인가? 일부의 서술은 서술자로서 니에라트에 의해 다소 명백히 제시되고 있으며 한편 다른 일부의 서술은 — 이후에 전개되는 — 윤리적인 관점에서 책 전체를 다시 살펴볼 것을 의도한 것으로 해석된다. 게오르그에 관해서는 독해의 과정 속에서 밝혀진다. 게오르그는 니에라트가 자신의 상황으로부터 거리를 유지할 수 있도록 해주며, 이와 함께 그 인물은 "이전"과 "이후" 즉 자신의 과거 — 그가 "지금" 믿을 수 없을 만큼 생생하다고 여기는 — 와 죽음과 진정성을 향한 현재 자신의 여정(그에 따라 "교양소설"이라는 제목이 붙여졌다) 사이의 분열이 극적인 것이 되도록 만들어준다. 그것은 또한, 그가 죽음의 그늘 속 주인공 즉 하이네Heine로부터 빌려온 "죽어가고 있는 검투사" 역을 연기한다는 자기모순적인 인식을 명백히 보여주고 있다.

니에라트의 서술이 서술된 사건들과 대체로 동시적인 것인 반면에 해머맨의 서술은 회고적인 것이다. 즉 해머맨의 서술은 다양한 시간적 상황으로부터 경험들을 형태화, 정교화하게끔 고려한 것이다. 해머맨이 니에라트의 독일어본을 번역한 일은 또한, 어떤 의미에서 어떠하 형태를 부여하는 행위이자 니에라트의 텍스트의 공동저자가 되는 것과 마찬가지인 것이 된다. 결과적으로, 해머맨의 서술이 일인칭 복수 ("우리")로 씌어진 것은 아마도, 고통받는 사람과 사랑하는 배우자가 질병을 서로 공유한다는 사실을 시사한다는 것은 놀라운 일은 아니다. 동시에, 해머맨은 두 사람 사이의 불균형함에 관해서도 고통스럽게 인식하고 있는데 그것은 "우리"라는 표현을 문제시하는 것에서 알 수 있다. 그 결과, "우리 ― 다시 말해 당신" 혹은 "우리 ― 다시 말해 나"와 같은 변주들이 해머맨의 텍스트에서 반복적으로 나타난다. 이것은 두 가지 사례로도 충분할 것이다. 즉 해머맨은 병원직원에 의해 불필요하게 악화된 그들의 고통을 이야기하면서, "무질서, 작은 부정들, 의도하지 않은 굴욕들, 그 외 사소한 일들을 불평하고 있다. 그러한 것들은 우리의 삶과 우리의 죽음 ― 다가오는 당신의 죽음 (…중략…) ― 을 더욱 비참하게 만든다"(p.34). 또는,

우리는 정신적, 감정적 세계 속에서는 전혀 무력함을 느끼지 않았다. 즉 우리가 그렇게 잘 지냈으며 또한 그렇게 자유로왔던 적은 결코 없었을 것이다. 오히려 병은 신경써서 배려하지 않아도 되는 에고이즘의 자유를 만끽하도록 해주었다. // 그럼에도 나는 당신과는 다른 상황 속에 놓여 있었으며 여전히 외형적으로 건강하였으며 그리고 나는 매일 저녁 병원을 떠

나서 집으로 차를 운전해 오곤 하였다. (p.46)

함께함("우리")을 뜻하는 대명사의 반복사용이, 위에서 주목한 차별적 표현을 따라서 사용되고 있다. 그것은 해머맨으로 하여금 임박해오는 니에라트의 죽음을 인정하도록 할 뿐만 아니라 니에라트가 없는 미래의 삶을 상상해 보도록 한다. 그것이 비록 고통스럽다 할지라도, 자신의 미래를 예상하고 일별하는 일은 그 자체가, 대명사의 분리를 가장한 것만은 아닌 것으로 보인다. 즉 "당신은, 내가 때때로, 이러한 오솔길 위에서 당신없이 자전거를 탈 수 있을까를 나 스스로에게 질문했다는 것을 알고 있었나요?(오늘, 이를테면 2001년 2월 9일 금요일, 나는 이 길을 혼자서 여행하게 될 것이다.)"

마지막 문장은 고인이 된 니에라트를 낯설게 언급하고 있다. 그리고 이 책의 해머맨의 부 전체 또한 그러하다. 첫 번째의 니에라트 부는 "독자"를 향한 이야기를 포함하고 있다. 그러나 니에라트의 "독자"는, 해머맨을 떠올리는 용어들로 특징지어질 때 때때로 익명성을 상실하고 있다. 즉 "아마도 모든 저자는", 2장에서 니에라트는 말하고 있다, "그 자신이 혼자서 쓰려고 의도하고 있을 때조차도, 실제로는 누군가에게 이야기하고 있으며, 자신이 그려보는 특정한 청중 ─ 그러나 알게 뭐야? 읽고자 하는 누구든지 간에 ─ 을 위해 자신의 말과 생각을 다듬고 있다. 누구라도 상황은 '해머맨'을 생각한 것이며 그리고 '**그녀**'가 글쓰기에서 의도된 누구인 바로 그 독자임을 깨닫게 될 것이다"(p.177, 강조는 인용자). 특정한 일기기록으로 된 니에라트 부의 두 번째 장은, 주로 자기자신을 향해 이야기하고 있다. 그럼에도 그 장은 또한 ─ 간접적으로 — 해머맨에 관해 이야기하기도 하는데, 이를테면 그녀는 **"크렙스** Krebs"(암)에 걸린 컴퓨터에 저장된 파일을 조심스럽게 기어코 찾아내려고 하고 있다. 부부는, 텍스트 속에서 자신들의 관계를 강화하며 서로에게 이야기한다. 동시에, 그들은 다양한 암시된 독자들, 아마도 다양한 상황 속에 있으며 개성적인 기질로서 각각 차별화되는 그러한 독자들을 사로잡고 있다. 다시 말해, 해머맨의 암시된 독자는 공감하게 되지만 반면 니에라트의 암시된 독자는 니에라트의 자기역설을 은밀하게 공유하는 것이다.

윤리적 복합성들

지금까지 논의된 서술 특질들은 『암의 표지 아래서』의 주요한 윤리적 문제들 중의 한 가지를 의식적으로 전달하는 동시에 그것을 무의식적으로 수행하고 있다. 즉 인간 존재는 어느 정도까지 자신의 삶과 죽음의 지배자가 될 수 있는가? 그리고 이야기의 지배가 삶의 지배가 될 수 있는가? 니체를 비롯한 그 외 철학자들의 영향을 받고 있는 니에라트는, 인간존재의 자율권과 자신의 운명에 대한 주도권을 항상 믿어왔었다. 그에 따라, 불치병에 직면하게 되었을 때 그는 언제 또한 어떻게 자신의 삶을 끝낼 것인지를 자유롭게 결정할 수 있다고 확신한 것이다. 그럼에도, 병은 또한 죽음이 단순히 그의 것만이 아니며 남겨지는 사람들의 삶에서 결정적인 요소라는 사실을 그로 하여금 인식하도록 만든다. 따라서 그는 가장 가까운 이들이 슬픔을 견뎌낼 수 있는 과정을 가급적 만들어주어야 한다는 책임을 느낀다. 게다가, 그는 병에 대처한다는 것이 아픈 사람 자신보다도 가족들에게 더 힘든 일임을 깨닫게 된다. 또한 너그럽게도 그는 '자신이' 이러한 시련에 놓인 아내와 아들을 도와야 한다고 깨닫고 있다. 니에라트와는 달리, 해머맨은 죽음 — 다른 사람들의 죽음 뿐만 아니라 자기자신의 죽음 — 에 대해 늘 두려움을 지니고 있었다. 그리고 해머맨은 그러한 질문이 현실로 되기 훨씬 이전부터 니에라트의 입장에는 동의하지 않았다. 즉 "아니, 나는 당신의 삶은 당신의 것이고 내 삶은 내 것이라는 당신의 생각에 결코 동의하지 않아요. 당신의 삶도 그렇지 않고 당신의 죽음도 그렇지 않아, 특히 죽음은 그렇지 않아요"(p.19). 그는 상반된 감정들에 순응하고 있음에도 불구하고, 그녀는 어떤 의미에서 그를 살아있도록 하려는 통제할 수 없는 욕구와 애정 때문에 그가 선택했던 죽음을 자신이 빼앗았다고 여기게 된다.

이러한 모습은 그가 맨 처음에 결정을 내렸을 때뿐만 아니라 그녀가 그에게 한 가지 이상의 검사, 한 가지 이상의 의료 실험을 하도록 압박을 가하는 다양한 치료들의 모든 단계들에서 나타나고 있다(예를 들면, pp.79, 93, 131, 157~158을 보라). 때때로, 두 사람 모두는 끔찍한 고통이 개입될 뿐, 그 같은 니에라트의 생명 연장이 자신들에게 친밀한 순간을 가질 수 없도록 한다고 여겼다. "이처럼", 그녀는 말한다, "우리는 행복, 한정된 행복이라는 또 하나의 짧은 장을 얻었다. 아니, '행복'이라는 단어는 여기서 더 이상 적절하지 못하고 전혀 맞지도 않다. 더 적합한 것은 아마도 '사랑'이라는 단어일 것이다"(p.145). 한편, 니에라트는 여전히 게오르그라는 인물을 사용하고 있다.

지금 (…중략…) 이전보다 좀 더, 그들은 자신들의 감정과 사랑과 생각과 의혹과 공포와 희망 (…중략…) 에 관해 서로 솔직하게 또한 개방적으로 이야기할 수 있었다. 주로 변화는 그의 내면에 있었다는 것이 진실일 것이다. 즉 재앙은 궁극적으로 그의 혀를 느슨하게 하였고 그가 자기의 감정을 표현할 수 있도록 하였다. 또한 그의 긴장을 풀어주었으며 규제와 구속으로부터 자유롭도록 하였다. (…중략…) 그들의 사랑은 갱생되고 더욱 깊어지고 있었다. (p.216)

그럼에도 불구하고, 해머맨은 니에라트가 선택한 죽음을 "빼앗았다"는 죄책감에 휩싸이게 된다. 해머맨의 회상적 서술양식은, 그녀의 죄책감이 그가 죽은 이후의 글쓰기 시간으로부터 과거로 되돌아가서 투영된 것인지 혹은 그러한 감정이 줄곧 그녀를 따라 다녔는지에 관해서 결정짓기 어렵도록 한다. 그녀는 남편에게 생명을 위한 투병을 애원한 베를린에서의 첫 만남을 회상하면서 과거와 현재(그 당시는 미래)를 넘나들고 있다. 즉 "그리고 나는 아직도 알지 못한다, 알려고조차 하지 않는다, 내가 제안한 것이 무엇이었는지, 내 것이면서 내 것이 아닌 삶과 죽음에 내가 어떤 권리를 가졌는지. 그러나 나는 내가 힘을 지녔으며 또한 힘을 지니게 될 것이라고 느꼈으며 그렇게 알고 있었음에 거의 틀림이 없었다." 그리고 나서 그녀는 새로 이어지는 행에서 소급적 깨달음을 나타내는 과거시제를 덧붙이고 있다. 즉 "내가 지니고 있던 힘은, 모두를 위한 것이었으며 실지로 거의 내 전부였다 — 그럼에도 권리일 뿐이었던가?"(p.22). 호된 시련을 겪으며 한참이 지나서, 니에라트는 아내에게 서로 간의 합의를 존중하자 그리고 자살할 수 있도록 알약을 가져다달라고 부탁한다. 그러나 그녀는 약속을 이행할 수 없었으며 그가 악화되어 신체적 통제력을 상실해가는 모습을 계속해서 지켜보는 수밖에 없었다(p.157). 그녀는 당시에 남편에게서 연민뿐만 아니라 분노마저 느꼈다. 그리고 그가 결국 모든 치료를 그만두겠다고 결정했을 때, 그는 아내에게 직접적으로가 아니라 남성 간호사에게 자신의 소망을 전달하였다. 남편이 선택한 자유를 제한한 일에 관한 해머맨의 회한은 또한 더욱 구체적인 딜레마 상황에서 결정화되고 있다. 집에서 지내던 한 주 동안에, 치료과정 중이던 니에라트는 병원에서가 아니라 집에서 죽고 싶다고 명백히 이야기한다(p.110). 사랑의 마음에서 또한 자신도 모르게 의료 "체계"에 종속된, 해머맨은 도저히 이 소망을 들어 줄 수가 없었다. 그녀는 이후에 쓴다, "당신은 병원이 아니라 우리 집에서, 여기서 눈을 감았어야 했어요. 나는 그때도 알고 있었고 지금도 이것을 알고 있어요. 그리고 이러한 생각, 내가 행할 능력이 없었던 일에 관한 것들이 평생 나를 편안하지 못하도록 할 거예요"(p.151).

위의 인용들은, 사랑과 회한 양쪽의 감정이 해머맨으로 하여금 서술의 필요성을 느끼도록, 즉 책에서 자신의 부를 쓰고 그리고 죽은 남편에게 그러한 자신의 생각들을 이야기해야 한다고 느끼도록 동기를 부여하고 있음을 보여준다. 그녀의 서술과 그리고 한층 나아가 니에라트 텍스트에 관한 그녀의 번역은, 그에게 용서를 구하는 방식이었을 뿐만 아니라 니에라트의 선택의 자유를 통제한 이후에 그녀가 그의 요청들을 적어도 그의 입장에서 다시 생각하는 방식이었다. 이러한 노력은 니에라트가 죽음에 임박해서 병원에 있던 장면과 선명한 대조를 보여준다. 당시 해머맨은 니에라트에 관해 의사와 의논하였는데 니에라트가 있는 앞에서 그를 삼인칭으로 언급하고 있다 ─ 비인간적인 객관화된 삼인칭은 니에라트로 하여금 더 이상 자신이 아닌 누군가를 위해 자신이 전유되고 있다고 경험하도록 한다. 죽은 니에라트는 아내의 이야기에 대답할 수 없다. 더구나, 이 책의 니에라트의 부는 해머맨이 니에라트가 결정한 권리를 이행하는 일에 일부 묵인하고 있음을 나타내고 있다. 이 사실은, 해머맨이 구한 용서가 니에라트의 것일 뿐만 아니라 암시된 독자들을 비롯한 그녀의 것이기도 하다는 것을 시사하고 있다. 해머맨은 서술자로서 그러한 참여자로서 자신이 한 행동을 정당화하고자 하며 그것은 자기만의 시각 속에서 스스로가 무죄임을 밝혀주는 일이었다. 공감적인 암시된 독자는, 알고 보면, 계속 고통스럽게 만드는 죄의식으로부터 해머맨을 자유롭도록 하는 거의 불가능한 작업에 도움이 되었던 것이다. 서술은 그 같은 바람직한 독자의 모델을 어떤 친구의 형상으로 제시하고 있다. 그 친구는 전문간호사로서 위기의 순간에 우연히 들렀으며 그들을 진정으로 도와주는 방법을 직관적으로 알고 있었다. 이 "친구, 간호사, 구원자는 (⋯중략⋯) 무슨 일이 일어났는지를 가만히 들었으며 또한 일어났던 일보다도 훨씬 많은 것들을 즉각적으로 이해하고 있었다"(p.68).

실제 독자들은 텍스트 내부에서 약호화된 구조에 구속되어 있는가? 그 구조는 독자들이 서술에 의해 조장된 것들과 일치하여 반응하도록 만드는 데에 필요한 것인가, 혹은 독자들은 그 구조 속에서 자신의 생각에 거스르는 요소들을 자유롭게 감지할 수 있는가, 혹은 심지어, 독자들은 그들에게 고유한 가치의 영향으로써 스스로 반응하고 있는가? 후자의 반응은 최근의 저항하는 독자들에게 더 받아들여지는 것처럼 여겨진다(Fetterley 1978을 보라). 그러나 여전히 윤리적 문제들이 독자의 반응에 출몰하고 있다. 이 논문의 필자는 한편으로는 굉장히 공감적으로 해머맨의 서술을 읽고 있다. 그럼에도 동시에 해머맨의 서술을 지지하려는 의식적 동기, 그리고 그 동기의 실현을 약화시키려는 무의식적 요구 그 사이의 간극을 발견하지 않을 수 없었다. 그것은, 옳다고 의도한 바로 그것이 잘못된 것을 반복하도록 하는 결과를 초래할 수 있다는 것이다. 이러한 불편한 심경은 도리어 나에게 일종의 죄의식을 갖도록 하였는데, 그것은 스스로에게 다음과 같이 질문하도록 하기 때문이다. 먼저, 사건들을 받아들이면서, 나는 불치병 곧 직접 겪어보지도 못한 상황과 관련해서 어떻게 비판적일 수가 있는가? 나는 다르게 행동했을 것이라고 내가 어떻게 알 수 있겠는가? 그리고 서술의 태도와 관련해서, 다른 사람의 스토리를 말하는 내 시도 속에서도 회피할 수 없는 어떤 전유의 형태가 있지 않은가?

윤리적 쟁점의 복합성을 충분히 인식하면서, 나는 내가 발견한 틈새에 관해 기술하도록 허용해본다. 의식적으로, 해머맨은 남편의 존엄성뿐만 아니라 남편의 목소리를 복원할 수 있는 책을 쓰기 위해 모든 노력을 기울였다. 그럼에도 그의 스토리를 이야기하고 그의 텍스트를 자신이 번역하여 출간하면서, 그녀는 그의 타자성을 자신의 언어와 지각으로 '**옮겨놓고 있는 것이다**.' 이것은, 무의식적인 방식으로, 서술의 층위에서 반복되며 사건들의 층위에서는 삶과 죽음의 문제에 관한 그의 결정을 지배하려는 애정어린 통제로서 반복된다(나는 "애정어린"과 "통제" 둘다를 강조하고 있다). 이러한 무의식적 반복은 그녀가 쓰고 있는 사후외상적 상황을 특징짓는 행위인지 혹은 그녀의 인간성의 측면이 드러난 것인지 혹은 두 가지 모두인 것인지 하는 것은 이야기하기 어려우며 아마도 그것은 불필요한 일일 것이다. 사후외상적 가설은 또한 죽은 니에라트를 향한 이야기 전반에 관해서 부가적인 측면을 조명하도록 한다. 즉 해머맨의 부에는 글을 통해서나마 적어도 조금이라도 더 오랫동안 그를 제시하고자 하는 무의식적 욕망이 있다. 또한 떠나도록 내버려두고 그리고 그로부터의 완전한 분리를 수용하는 일에 대한 우울한 저항이 있다(우울증과 애도에 관해서는, Freud[1917]1957 : 237~258; Kristeva 1987 : 104~123을 보라). 그럼에도, 나의 관심은 해머맨을 "진단하는 일"에 있지 않으며 형식적 서술특질과 그것들의 윤리적 복합적 연관들 사이의 관계를 논의하는 일에 있다.

제목은 논의의 출발에 있어 한 가지 훌륭한 지점이다. 이 작품은 공동저자의 텍스트에 걸맞은 이중의 제목을 지니고 있다. 즉 제목, '**암의 표지 아래서**'는 니에라트의 서술 본래의 명칭이었으며 그리고 표지에 좀 더 큰 판형으로 나온다. 부제, '**귀환이 없는 여행**'은 해머맨이 쓴 서술의 제목이며 이것은 표지에서 동일한 글자체로서 그의 제목 아래에 좀 작은 판형으로 나온다. 그럼에도 '**그녀의**' 서술은 먼저 놓여져 있으며 그리고 그의 것에 비해 상당히 긴 분량이다(그것은 부분적으로, 그가 질병의 끝을 치닫게 되면서 쓸 수 있는 여력이 없었던 때문이다). 즉 초두성 효과primacy effect는 해머맨에게 상당한 권한이 있다는 느낌을 전달하고 있다. 다른 한편으로, 어떤 논자들은 결론격으로 놓여진 니에라트의 장의 위치에 관해서 니에라트로 하여금 마지막 말을 하도록 한 해머맨의 의도로서 해석할 수 있을 것이다. 나아가, 서술들 사이에서 미묘하고 팽팽한 균형을 복합적으로 만드는 것은, 그녀의 부에서의 자서전적인 양식("나"

혹은 "우리")이며, 그것은 종종 그녀를 목격자로부터 주인공으로 전환하도록 만들고 있다. 즉 해머맨이 '그의' 스토리를 말하기 위해 얼마나 많이 노력하였고 자신이 살아낸 참혹한 그의 시련들을 얼마나 많이 상상하였던지 간에, 해머맨은 다만 '자신의' 경험을 통해서만 그것을 말할 수 있다. 해머맨의 서술이 갖는 소급적 특성은 또한 어떠한 인식을 통해서 시간을 초월하는 힘을 자신에게 부여하고 있다. 그것은 질병을 겪는 니에라트로서는 명백히 미지의 것인 미래를 상상하는 가운데 명백하게 나타나고 있다.

해머맨은 남편의 타자성을 존중하고 그 타자성의 목소리를 들려주려고 한다. 해머맨은 종종 자신들 사이의 기질적 차이를 강조하고 다양한 주제들에 관한 남편의 생각들을 자세히 설명한다. 그리고 해머맨은 증세가 악화되면서 니에라트가 느낀 것들을 상상하고자 한다. 그럼에도 니에라트의 목소리는 해머맨의 부에서의 해머맨의 문체와 일치하여 합쳐지는 경향이 있다. 니에라트가 말하는 직접인용은 (있다고 해도) 극히 드물다. 그런데 인용은 타자의 목소리에 최대한의 자유가 주어지도록 하는 것이다. 인용들의 결핍은 해머맨의 회고적 서술양식으로 인한 결과이기도 하다. 즉 누구나 시간적 거리가 있을 때는 '있는 그대로의' 대화를 기억해낼 수는 없다. 그것은 또한, 자신의 텍스트로써 남편에게 이야기하려 하는 해머맨의 결정의 결과이기도 하다. 왜냐하면 남편을 향해 그가 한 말을 인용해 보여주는 일은 이상할 것이기 때문이다. 그러나 남편을 향한 내면의 대화임에도 불구하고 해머맨 부의 지배적 목소리는 그녀의 것이다. 니에라트의 말은 주로 해머맨의 보도를 통하여 이루어지며 그것은 간접화법으로서 서술하고 있는 그녀의 목소리에 종속적이다. 예를 들면, "차를 한 잔 마셔야 한다고, 당신은 제안했고 그리고 산책한 다음에는 앉아서 쉬어야 한다고 — 마치 출장에서 돌아오기라도 한 것처럼 — 서두를 필요가 없어, 말해야 하는 것은 내가 이후에도 이야기할 수 있어 ……"(pp.68~69). 이 문구는, 해머맨이 텔아비브Tel Aviv의 전문가와 상담하고 돌아왔을 때 아파트에서 장난치며 법석을 떠는 남편과 아들을 보았을 때 서술된 것이다. 이 문장 구조는 독특하지만(내 영어번역에서보다 헤브루어는 좀 덜할 수 있겠지만) 그럼에도 이 구조는 간접 화법과 상응하는 것이다. 즉 "당신은 내가 차를 한 잔 마셔야 한다고 제안했다", 이것은 해머맨의 진술로 이어지며 그리고 직접적으로 해머맨의 생각이 뒤따른다. 그 후에 가서도, 해머맨은 자신이 지각한 것들에 비해 니에라트의 말뿐만 아니라 그가 말하지 않은 생각들을 경시하고 있다. 즉 "그리고 푸르고 여전히 생기있는 당신의 눈으로 피로한 나의 눈을 황급히 곧장 바라보면서 나를 사로잡는 무엇을 알고 있다고, '**당신은 내가 이해하도록 이끌었다**'"(p.69, 강조는 인용자). 원리상으로는 타자의 말에 상당히 가까운 자유간접 화법이 사용되고 있다. 그런데 그것은 니에라트의 목소리를 해머맨의 획일적 목소리에 종속시키는 경향이 있다. 헤브루어로 된 자유간접 화법의 언어학적 특질은 영어의 언어학적 특질과 동일하지 않은데 그것은 시제=구조의 차이와 헤브루어에서의 후부전환 규칙의 부재 때문이다. 더구나, 해머맨의 서술이 니에라트에게 이야기된다는 사실은, 일반적으로 자유간접 화법을 동반하는 인칭 대명사들 간의 상호작용을 줄이는 것이 된다. 남아 있는 부분은 대상지시어와 감탄사이다. 내가 번역한 한 사례는 그것들이 뒤섞인 본보기로서 충분할 것이다. 즉 "나는 영원히 살고 싶었어요, 그리고 당신은 말했지요, 영원히, '아니', 고령이 될 때까지라도 삶이 지속된다고 알고 있다면, 당신은 하루 더 살기를 바라지 않을 거라고. 그리고 당신과 함께 죽을 때까지, '아니', 우리가 죽지 않는 때까지 나는 당신이 살아 있기를 바랐어요"(p. 29, 강조는 인용자). 처음에 "말한" "아니"는 니에라트의 것이다. 그것은, 유사한, 해머맨이 말한 "아니"와 대응되면서 그녀의 특징적 문체를 나타내는 대칭적 구조의 일부가 되고 있다.

반면에, 니에라트의 목소리는 이 책의 그의 부에서 떠올려지는데 그의 문체와 해머맨의 문체의 차이는 놀라운 것이다. 그럼에도, 니에라트만의 독자적인 타자성은 여기에서 더욱 문제적인 것이 된다. 그 이유는 그의 텍스트가 그녀의 번역 — 다른 형태로 만들어지는 전유의 종류 — 을 통해서 매개되어 전달되기 때문이다. 나는 번역의 대안, 다시 말해 니에라트 텍스트의 번역본을 출판하지 '않는 일'은 거의 전적으로 그를 지워버린 것이 되었음을 충분히 알고 있다. 또한 해머맨의 번역이, 남편의 목소리가 들리도록 하려는 **번역자**traduttore / **반역자**tradiyore로서의 곤혹스러움이 드러나지 않는다고 말하는 것은 아니다. 역설적으로, 해머맨은 언어학적이면서 초언어학적 몸짓인 그녀의 "우리" 내부에서 니에라트를 경험하고자 하며 우리들 또한 그렇게 경험하게 하도록 애쓰고 있다. 그런데 그러한 해머맨의 노력은 그녀의 담론 속에 있는 니에라트의 타자성을 종종 삼켜버리도록 한다. 대조적으로, 니에라트가 자신으로부터 거리를 두는 것 — 예를 들면 게오르그와 삼인칭을 사용한 것 — 은, 그의 타자성에 좀 더 여지를 주는 것이며 그에 따라 그의 새로운 타자에도 그러한 여지를 주는 것이다. 일반적으로 친밀한 관계가 정해지면 한편으로 그것은 또한 거리두기 — 니에라트의 서술이 시사하는 — 를 삼켜버리게 된다. 거리두기는 때때로 타자의 타자성을 위한 좀 더 넓은 공간을 남겨두는 이점을 지니고 있다.

의료술과 그것에 대한 불만

지금까지, 서술의 특질들과 윤리적 복잡성들 사이의 관계를 내가 논의한 것은 사적인 영역에 한정되어 있었다. 그러나 『암의 표지 아래서』는 또한 공적인 안건을 지니고 있다. 그것은, 다소 개인적인 곤경에서 출현한 전유의 위험성들과 똑같이 민감한 현대 의료술의 윤리학이라는 사안을 개입시키고 있다. 정확하게는, 이러한 관심은 책의 해머맨 부에서 두드러진 것이며 반면, 환자인 니에라트는 "의료체계"로부터 일정한 거리를 유지하며 그 체계의 통제에 수동적으로 저항하고 있다. 이 문맥에서, 투사되는 독자 혹은 (직접적으로 언급되지는 않지만) 요청되는 독자는 의료 공동체이며 그들은 때때로 구체적으로 예루살렘의 하다사Hadassah 의학센타에서 니에라트를 치료한 의사들이 된다.

"화학, 생화학기술, 원자력, 컴퓨터와 접목된" 현대의료술은, 해머맨에 따르자면, 죽음을 오만하게 부인하고 죽음을 마치 정복할 수 있다는 태도를 취하고 있다. 그리고는 환자들을 현혹하며 — 때로는 그들에게 압박을 가하면서까지 — 치료와 장치와 수모라는 고문의 순환고리를 감수하도록 만든다. 해머맨은 환자와 환자의 가족이 현대의료술에 의해 전유되는 문제에 관하여 중요한 지점을 말하고 있다, "그러나 지금 우리는 이러한 의료기제의 톱니바퀴에 전적으로 휩쓸려들고 있다 (…중략…) 그것은 어떠한 대가를 치르더라도 죽음과 싸우는 오만한 열망의 체계로서 (…중략…) 그 체계에 속한 다수 사람들은 가치론, 윤리적 능력 혹은 보호 수용력 등을 갖추지 못하고 있다(p.77). 의료직원들, 가족들(그녀 자신을 포함한) 그리고 환자들에 의해 죽음은 부인되고 있는 것이다. 해머맨이 이것에 관한 비판 일반을 구체적으로 극화한 것은 모니터가 여전히 자리에 있었음에도 더 일찍 죽었음에 틀림없는 한 환자의 빈 방을 보는 장면에서이다. 그녀는 무슨 일이 일어났는지를 묻지만 간호사는 눈길을 피한다, "그것은 마치 이곳은 그런 질문을 하는 장소가 아니다, 그래 여기, 정확히 여기에서 죽음은 금기라는 것을 내게 가르치려는 듯이 보였다. (…중략…) 성직자들과 현대의 의료종사자들은 죽음에 대처하는 방법에 관해 알지 못한다. 더 확실한 것은, 치료받는 사람들이 죽음을 준비하도록 하는 방법에 관해서 알지 못한다"(p.127). 해머맨은 자신이 일컬은 "의료술의 오만"의 또 다른 가능성의 측면도 충분히 인식하고 있다. 즉 그것은, 사람들에게 마지막 기회를 주려는 필사적 시도이며 사실상 그 직종의 현 발달 단계에서 항상 실행가능한 것이 아니다. 해머맨은 또한 자신과 남편이 강요가 아닌 선택에 의해서 "체계"에 걸려들었음을 인정하고 있다. 동시에, 개인은 자신도 모르게 "체계"에 종속되며 그럼으로써 깊은 좌절감을 맛보게 된다. 그러한 체계가 명백한 모습을 드러내는 것은, 아픈 사람들과 그들의 가족들이 선택의 자유와 어쩔 수 없음을 더 이상 구별할 수 없을 때인 것이다. 해머맨은 이러한 "걸려듦"에 관하여, 이를테면, 종종, "'선택'으로 인해 나와 당신이 '비틀거렸던' 이 좁은 세계와 같은 모순 형용으로 특징짓거나(p.90)", 혹은 늘 우리에게 결정을 남겨두면서도 "(골수) 이식의 경로를 **'선택하도록'**, 궁극적으로 **'우리를 강요하였던'** 사람"(p.78)과 같은 거의 모순에 가까운 진술로 특징짓고 있다.

현대 의료술의 전유적 특성은 사람들을 환자들로 그리고 환자들을 사례들로 환원함으로써 악화되고 있다. 해머맨은 환자의 시간을 위한 배려의 결핍에 관해 씁쓸하게 불평하고 있다. 즉 오랜 기다림, 한 부서에서 다른 부서로 정보가 전달되는 시간의 지연, 그리고 전문의사나 간호사가 도착할 때까지 전화기에 매달려 기다려야 했던 시간. 똑같이 씁쓸한 깨달음이 그녀의 불평들에 얽혀 있었다. 그것은 어떤 의미에서 시한부 환자들은 "이 세상에서 언제나" 갖게 되는 것이었으며(그들은 어느 곳에서도 서두르지 않는다), 한편, 또 다른 의미에서, "그들의 시간은 거의 다 되었으며" 그래서 사소한 일들에 낭비되어서는 안 된다는 것이었다. 그녀의 주된 비판은 의료진의 고압적 태도에 맞추어져 있는데 그들은 환자와 가족들이 당연히 열등하다는 지배층 의식을 보여준다는 것이다. 이러한 면모는 그들이 환자의 무지를 상정하고서 의료상의 질문이나 정보조항에 썩 내키지 않게 답변하는 것에서 명백하게 나타난다. 또한 그들은 환자의 지적 능력도 폄하하는 까닭에, 이를테면 종종, 질병의 사례에 관해서 생산라인 내에 약점을 지닌 공장으로서 인간의 몸을 묘사하고 있다. 아랫사람에게 친절히 하는 듯한 그들의 태도는 또한 환자를 어린아이처럼 취급하는 것에서 분명하게 나타나는데, 밝은 목소리의 "주사 맞을 시간!"이라는 표현도 그 한 사례이다. 그 결과는 환자의 편에서는 굉장히 굴욕적인 느낌을 갖도록 한다 — 또한 환자가 투병이 힘들어지도록 만드는데 병으로 인해 이미 정체성의 감각이 약화된 상태이기 때문이다. 의사들의 태도와 관련한 말하기의 징후는, 해머맨에 의하면, 단적으로, 그들이 환자와 가족들을 이름으로만 부르는 방식에서 드러난다. 반면에 의사들은 자신들의 보호하에 있는 사람들이 "교수님"이나 "의사선생님" 혹은 아무개 선생님이라 부르는 것을 당연하게 생각하고 있다. 의사들의 그 같은 유사-친밀함의 사례와 관련하여 해머맨이 일상대화체로서 의도적으로 보여주는 무언의 진술들이 있다. 즉 "나를 일라나라고 부르는 당신에게서 나는 누구인가? 댁의 여자친구를 일라나, 미리암Miriam, 혹은 한나Hanna라고 불러, 실제로, 당신에게 이 세상, 아마도 또한 다음 세상에도 나는 …… 박사님 혹은 적어도 …… 부인으로서 남아 있을 것이야. 그러나 나는 이런 말들을 입밖으로 소리내어 꺼내지 않으려고 아주 조심하였다. 농담으로라도 하지 않도록"(p. 33).

아랫사람에게 친절히 하는 듯한 태도에 덧붙여서, 해머맨은 또한 그들이 환자와 그의 가족에 대해 공감이 결여된 부분을 분개하고 있다. "혈액학 부서는 하루 24시간 당신에게 서비스를 제공합니다"라고 알려주는 서류가 주어져 있었기 때문에, 한번은 그녀가 도저히 견디기 어려운 고통의 순간에 주저하면서 어떤 의사의 집무실 문을 노크한 적이 있었다. 그럼에도 결국 듣게 된 것은 이것이었다. "나 같으면 원할 때면 언제라도 이런 식으로 다른 사람의 방에 침입하는 스스로를 용납하지 못할 것이야"(p. 99). 거르지 않고 익살스러우며 심지어는 냉소적인 진술들은 또한, 타인의 입장을 생각하지 못하는 한결같은 무능함을 보여준다. 즉 부서의 벽에 붙은 전단들은 모두 불일치하며 경박한 것들이었다. 그것은 환자의 명찰에 그려져 있는 우스꽝스러운 작은 만화

인물들과 마찬가지였다. 골수 이식을 맡은 "마술사"는 절차가 "정확하게 '당신이 요청한' 프로그램은 아니다"라고 설명하였다. 그리고 또 다른 의사는 치료가 수반되는 체계에 대한 의존을 일종의 "가톨릭 결혼"이라고 묘사하였다(p.103). 가톨릭 결혼은 아이러니하게도 니에라트가 해머맨을 만나면서 아주 힘들게 피했던 유형의 결혼이었다.

속을 끓이게 하는 의사들의 행동을 가장 잘 설명해 주며 빈번하게 나타나는 방어기제의 종류가 있다. 이것이 없다면, 그들은 자신들이 완화시키고자 하는 고통뿐만 아니라 죽음의 위협에도 대처할 수 없을 것이다. 한편으로, 어떤 이는 "체계"에 대한 해머맨의 적대감을 타당한 것으로 이해할 수 있을 것이다. 즉 해머맨의 적대감은, 남편의 상태에 관한 고뇌, 남편을 잃게 된다는 절박함, 그리고 귀환이 없는 이러한 여정을 강요했던 자신을 향한 자책감 등이 전치된 결과인 것이다. 또한 그녀가 '일부' 의사들과 간호사들을 멋진 사람들로 말하고 있다는 것 그리고 신랄하게 비판하는 "현대의료 봉사자들"의 이름을 언급하는 일을 그녀가 줄곧 피하고 있다는 것을 염두에 두는 일은 중요하다.

독자들이 다시 쓴다

이 책이 끼친 영향을 가늠할 수 있는 것은 이스라엘 문학계와 일간 신문들에서 몇 주간 아마도 심지어는 몇 달에 걸쳐 지속되었던 공개적인 논쟁들에서이다. 이러한 "수용의 장면"은 모든 서술에서 가능할 수 있는 대화적 힘이 극적으로 실현된 것이다. 그리고 그것은 청취와 반응 둘 다를 전제하는 동시에 그것들을 요청하는 말하기의 방식에서 나타나고 있다. 이 사례에 관한 청취 / 독해는 내과의사와 환자, 양측 각각의 입장에서 글을 써서 인쇄매체에 싣는 일을 촉구하게 되었다. 실제독자들의 반응과 암시된 독자로 귀속되는 반응 사이의 간극은 상당히 흥미롭게 나타난다. 마찬가지로, 실제독자들의 반응들과 텍스트 그 자체에서 일어나는 과정들 사이의 공통점도 상당히 흥미롭게 나타난다. 이것들 중에서, 내 논의는 타자의 존중과 타자의 전유 사이에 나타나는 무의식적, 수행적 반복작용을 강조하고자 한다.

논쟁의 첫 번째 포성은, 이스라엘 의학협회 윤리위원장이자 하다사 병원의 원로 신경학의사인 리치스A. Reches 교수에 의해 촉발되었다. 리치스 교수는 "협회"에서 아주 명망있는 인사이면서도, 상대적 **'앙팡 테리블**enfant terrible' 즉 환자의 안락사 권리를 위해 협회에서 공개적으로 투쟁하는 일원이라는 이중적 분위기를 지니고 있었다. 그런 그가 "의료체계"에 관해 변호하려고 나선 것이다. 나는 그의 변호가 실린 『하아레츠Ha'aretz』 신문의 (아주 적절한 것과는 거리가 있지만) 영어 번역본에서 그의 긴 리뷰의 발췌문 일부를 여기에 인용하기로 한다. "나는 책을 읽고서 이 부부가 가장 힘겹게 싸운 것이 무엇이었는지를 이해하기가 어려웠다 — 그것은 끔찍한 질병이었는가 혹은 '체계'와 그 수뇌부였던가, 다시 말해 위르겐 니에라트의 치료를 위임받은 의사들이었던가." 그는 니에라트가 스스로 죽음을 지배하고자 하는 그와 같은 욕망을 이해'할 수가' 있었다. 심지어 그는 니에라트의 욕망을 인정하면서 소극적 안락사의 권리를 위해 자신이 해온 투쟁을 존경할 만한 것으로 지지하고 있다. 그러나,

일라나의 마음은(나는 일라나라는 친밀한 말을 이렇게 자유스럽게 쓰고 있음을 그녀가 용서하기를 바란다) 내게는 봉인된 채로 남아 있다. 나는 그녀의 책에서 나를 가장 괴롭혔던 질문에 대한 답변을 찾아낼 수가 없었다. 즉 그러한 삶의 현장 배후에 남게 된 사람은 어떻게 느끼는가? 승산없는 싸움으로 남편을 내몰았기 때문에 그녀가 지금 회한이나 죄의식의 감정을 느끼는 것인가? (…중략…) 나로서는, "체계"에 대한 일라나의 투쟁을 수용하기도 그것에 동의하기도 어렵다. 궁극적으로, 그것은 내가 근무하는 병원과 내가 잘 알고 있는 혈액학 부서에 관한 것이다. 그녀가 의사들의 신원을 숨기려고 하였음에도, 나는 아주 쉽게, 전적으로 확실하게, 그들 일부에 관해 알아차렸다. (…중략…) 그리고 나는 그들이 이 책으로 인해 깊이 상처받았음을 알고 있으며 그리고 나도 그들과 함께 상처받았다고 느끼고 있다.

그의 답변은 해머맨의 심경이 그에게 봉인된 채로 있음을 입증해 주고 있다. 즉 그는 그녀가 썼던 책과는 다른, 즉 '**그가**' 관심가진 질문들에 답변을 해줄 수 있는 그런 책을 쓰기를 바랐을 것이다. 더구나, 그는 남편이 소망했던 죽음을 그로부터 빼앗은 것에 관해서 해머맨이 얼마나 명백하게 자책감과 회한을 표현하고 있는지를 알아차릴 정도로 충분히 유의깊게 책을 읽지 않았다. 그녀는 의사의 편에서의 공감결여를 불평하지 않았던가? 그리고 그녀의 "봉인된 심경"은 정확히 그러한 것의 징후가 아니었던가? 체계의 변호를 맡은 리치스 교수는 우선적으로 변호가 필요한 맹목적인 원래의 지점들을 이처럼 다시 반복적으로 보여주고 있다. 그는 또한 그녀에게는 민감한 사안임을 이 책을 통해 알고 있음에도 불구하고 그녀의 이름(일라나)을 사용함으로써 암시되는 가짜-친밀함의 행동을 반복하고 있다. 리뷰의 일부 독자들은 이것을 즉각적으로 인지하고는 다음과 같은 답글들을 썼다. "교수가 이런 친밀한 말을 사용하도록 누가 허락하였는가? 대중 앞에서 이런 식으로 언급하기 전에 그녀의 허락을 구하였는가? 그는 환자들이 자신의 이름으로 부르도록 권하는 것인가?" 또한 동일 기고자는 즉각적으로 리뷰의 저자에게 다음과 같이 상기시켰다. "병원의 일상에서의 인간관계 문제에 비해서 윤리위원회 혹은 대중연설에서 그 같은 문제들에 대처하는 것은 쉬운 일일 것이다." 해머맨의 불평에 관한 공감은 누워있는 사람들뿐만 아니라 내과의사들에 의해서도 표현되었다. 그들 중의 한 사람은 이 책이 모든 의과생들이 반드시 읽어야 할 필독서가 되어야 한다고 주장하였다. 그는, 우연히도 리치스 교수가 맡은 윤리위원회의 전임회장이었다.

모든 의사들이 리치스 교수에 동의하지는 않는 것과 마찬가지로, 모든 환자들이 해머맨에 동의하는 것은 아니었다. 과거에 혈액학 부서에 있던 환자 한 사람은 그 부서를 변호하는 긴 답글을 썼다. 나는 그 글에서 다만 몇몇 부분을 번역하였다.

우리 또한 (리치스처럼) 보통 인간이면서 의사여야만 하는, 한 부서의 학과장을 알게 되었다. 그 여인의 헌신과 섬세함, 뿐만 아니라 언제든 그녀에게 도움을 청할 수 있다는 사실은 놀라운 일이었다. 그녀의 태도는 따뜻하고 인간적이었다. 그녀는 환자들에게 어느 날, 어느 때에도 어떻게 자신에게 연락을 취할 수 있는지 설명해주었으며 그리고는 온종일 환자들을 만났다. 우리의 경험에서 보면, 다른 직원들의 행동들도 똑같았다. (…중략…) 사랑하는 사람을 향한 슬픔은 당연히 균형감각을 상실하도록 이끌 수 있다. 특히나, 의료윤리의 규칙들은 의료진이 스스로를 방어할 수 없도록 하며 특별히 자신들의 관점에서 사태를 제시하지 못하도록 한다. 그러한 의료진들이 자신들을 향한 왜곡된 분노와 불만을 받을 만한 것인가?

이러한 불일치함들은 서술론자들이 항상 이야기해온 것, 다시 말해 서술은 현실의 주관적 구조물이라는 사실을 보여준다. 더구나, 이 논쟁에 참여하고 있는 많은 글들은, 자신들의 과거사들 혹은 대체될 수 있는 다른 관심사를 위해 해머맨-니에라트의 서술을 사용하면서 저자의 이야기를 말하고 있다("내가 …… 이었을 때" "우리 아들이 …… 이었을 때").

실지로, 회고해 보면, 나는 서술이 초래하는 위험성들에 스스로가 지나치게 관여되어 있음을 깨닫게 된다. 나도 모르게, 나는 지금 내 질병과 관련한 경험의 결과로서 사적인 좌절들을 자유 간접적인 방식으로 털어놓는 일에 해머맨 서술의 양상들을 활용하고 있다. 나는 또한 내 경험이 내 독해의 특정한 경향성을 초래하였음을 깨닫게 된다. 같은 이스라엘 출신의 환자로서, 나는 해머맨이 일컬은 "체계에 대한 투쟁"을 공유하고 있다. 그럼에도 나는 또한 동일한 입장에서 자기자신의 삶과 죽음을 지배하려는 니에라트의 욕망을 공유하고 있다(눈 덮인 산꼭대기에서 죽어가는 장면은 뚜렷한 남성 판타지로서 다가오기는 한다). 니에라트가 선택한 죽음을 자신이 "빼앗은 것"에 해머맨이 분개하는 모습은, 그녀가 작업한 서술의 방식에서 또한 그녀가 자신의 서술을 실행한 방식 두 가지 측면에서 볼 때, 일종의 전유임이 명백한 것으로 간주되었다. 그 점은 특별히 나를 과민하게 하였다. 그럼에도, 그녀의 텍스트에 언어학적, 구조적 자취들이 남겨져 있지 않았다면 나는 이 쟁점에 참여할 수 없었을 것이다. 그리고 나는, 그들의 서술 둘 다가 보여주는 대로, 가능한 충실하게 복합적인 태도를 취하려고 노력하였다. 또한 나는 서술자로서의 해머맨은 참여자로서의 해머맨에 관한 한 가장 가혹한 비평가임을 잘 알고 있다.

그럼에도, 한 가지 새로운 자기-회의를 발견하게 된다. 아마도, 잇따른 자서전적인 고백은, 내 입장에서 가능한 전유를 밝혀낼 뿐만 아니라, 또한 ─ 해머맨의 서술, 리치스의 반응, 그리고 독자 / 작가의 반응들처럼 ─ 재연 곧 전유의 수행적 반복을 밝혀내고 있다. 내가 몇 가지 층위에서 나 자신의 목적을 위해『암의 표지 아래서』를 사용하였다면, 그에 따라 나는 독자들이 자신들의 목적을 위해 텍스트를 전유하도록 하는 면허의 종류를 확장시킨 것이 되는가? 나는 내가 실천한 방식과 일관되도록 긍정하며 대답해야 할 것이다 ─ 일단 출판된 텍스트는 더 이상 저자의 소유물이 아니다. 그러나 이와 같은 답변은 바로 "전유"라는 개념을 캐물어보도록 이끈다. 이런 연유로 내 글의 제목은 꾸며낸 진술이 아니며 열린 결말로 남겨두도록 제안하는 한 가지 질문이 된다. 즉 결국 누구의 삶이고 죽음이고 이야기인가?

4부
문학적 서술을 넘어서

27

법에서의 서술과 법의 서술

피터 브룩스Peter Brooks

서술을 배우는 학생에게는, 법에서의 서술의 자리, 역할, 그리고 지위는 수수께끼와 같을 것이다. 한편으로, 법은 서술로 가득 차 있는 것처럼 보이며 그리고 현실에 관한 서술 구조에 입각된 것처럼 보인다. 다른 한편으로, 법적 테두리 내에서의 어떠한 인정 즉, 서술이 문제를 이해하기 위한 법의 범주들 중의 하나임을 찾아보는 일은 헛된 것처럼 보인다. 혹자는 서술이 상당부분, 법에서 사유되지 않는 것impensé 즉 이론화되지 못한, 혹은 심지어는 억압된 내용이라는 인상을 지니고 있다. 혹은 아마도 좀 더 정확하게, 혹자는 법이 사실상 서술과 얽힌 관계들을 인정하고 있음을 발견할 수 있을 것이다 — 그러나 법이 불편하고 의심스럽게 그러한 관계들에 반응한다는 것 또한 발견할 수 있을 것이다. 결과적으로, 법적 범주로서의 서술에 부주의한 것은 아마도 일종의 억압의 행위이자 법의 서사성을 숨기려는 노력이라고 볼 수 있다.

"서사성"의 개념은 다른 어떤 것들(예를 들면, 서정시, 서사문, 수필)에 비해 주어진 담론을 일정한 서술로 만드는 일부 혹은 일련의 속성들이 있음을 상정하도록 한다. 서술은, 표현 매체(언어로 되었는지 혹은 영화나 발레로 되었는지, 이를테면, 프랑스어 혹은 중국어로 되었는지)와 전적으로 독립적이지는 않지만, 그럼에도 "플롯 요약"에서처럼 그 매체에 근거하여 요약될 수 있다. 그러나 서술이 되는 무엇은 매체에 의지하는 것은 아니다. 말하자면, 서술은 그것의 표현의 차원에 의해 전적으로 규정되지는 않는다. 즉 스토리들은 번역될 수 있고 다른 매체로 변형될 수 있고 요약될 수 있으며 "다른 말들로" 다시 이야기될 수 있다. 그럼에도 그것들은 여전히 "동일한 스토리"로 인지될 수 있다. 서사성은 우리의 인지적 도구상자에 속하며, 그것은 우리가 세계를 이해하고 구조화하는 큰 범주들 중의 하나를 구성한다. 즉 주의 깊은 분석을 필요로 하는 것이 법의 서사성이며 그것은 법적 문제들에서 서술의 입지와 용도를 이해하려고 노력 중에 있다.

서술의 개념은 사실상 십여 년 전에 법 관련 학문으로 전개되었다. 그럼에도 그것은 기이하게도 다만 한정된 하나의 관점을 통해서였다. 즉 반-다수결주의 혹은 "반대측" 서술에 한정된 관점은, 법적 사고와 절차에 의해 관습적으로 무시받거나 가장자리에 놓인 사람들이 말하는 스토리들에 주의를 기울이는 쪽으로 진행되었다. 이 주장에서 볼 때, 스토리텔링은 관습적인 법적 추론이 제외해왔던 어떤 방식으로 개인들 혹은 집단들이 경험한 구체적 요목들을 구현해내고 있다. 예를 들면 빈곤의 희생자, 소수 집단, 특정 종교단체가 겪은 경험의 종류들에 관해서는, 법적 체계, 법적 언어, 그리고 법적 체계의 존속과 증거의 규칙들이 침묵하게 되는 경향이 있다. 때문에, 스토리텔링은 법적 변호인들과 의사 결정자들로부터 발언의 기회를 얻는 유일한 방법인 것이다. 그와 같은 개인들 혹은 집단들은 자기들 고유의 목소리로 말할 수 있도록, 가령, 콜리지Coleridge의 늙은 선원Ancient Mariner과 같은 방식으로 — "반짝이는 눈"의 결혼식하객들을 붙들고는 자기 이야기를 결론까지 듣도록 강요하는 — 경청을 요구할 수 있는 권리가 허용되어야 하는 것이다.

"반대측 스토리텔링"은 법의 실천에서 필수적인 것은 아니라고 해도 법 관련 학문의 논쟁에서 부인할 수 없는 영향을 끼쳐왔다. 그럼에도, 그것은 내 견해에서 볼 때 상호 관련된 세 가지 질문들을 제기한다. 첫째, 그것은 서술에 관한 순전하게 긍정적인 평가를 촉진하는 것처럼 보이며, 또한 특별한 검토 없이도, 스토리들은 온당하며 그리고 온당한 이유를 나타낸다고 상정한다. 한편으로, 서술은 사실상 도덕적으로 볼 때, 합당한 이유들을 지지할 뿐만 아니라 잘못된 나쁜 이유들을 지지하는 데에도 이용될 수 있는 카멜레온과 같은 것이다. 두 번째, 이러한 스토리텔링의 평가는 서술이 무엇이며 그리고 서술이 어떻게 작용하는지에 관해서 질문하도록 만드는 경향이 있다. 그리고 그 평가는 문학적 서술론의 주제가 되어온 서술의 특성에 관한 분석적 연구에 관여하지는 않는다. 이것은, 결국, 법 전반에 걸쳐 서술이 광범위하게 존재하고 있다는 사실에 관한 인식의 부재를 말해주고 있다. 즉 법 앞의 심판에 개입된 스토리텔링의 많은 층위들, 스토리들이 이야기되고 다시 이야기되어 상이한 효과를 미치는 방식들, 그리고 다수의 목적들과 다수에 상반되는 목적들 양자를 위해 제시된 서술들이란 도처에 존재하는 것이다. 여기에는, 현실의 서술을 판단하며 사람들을 감옥으로 보내고 심지어는 사형시키는 사회적 관습이 있는데, 그것은 승리한 스토리의 힘과 정교함 때문인 것이다. "유죄 선고"는 — 법적 의미에서 — 이야기를 판단하는 사람들에게서 창조된 죄의 판결로부터 결과한다.

사실상, 법 일반에서 스토리텔링의 역할을 숙고하기 시작한다면, 화제는 급증하기 시작하며 모든 추리들에 근거한 스토리텔링의 적합성을 보여줄 것이다. 심슨O. J. Simpson 소송을 예로 들면서까지, 법이 아주 중요한 의미에서 경쟁력 있는 스토리들 전반에 관한 것임을 상기시키는 일은 필요하지 않다. 그 스토리들은, 법정에 참석한 사람들로부터 — 그것들은 목격자로부터 얻어지며 기소와 변호에 의해 다양한 개연적인 일들로 다시 짜여지며 배심원의 결정적 판단에 따르게 된다 — 항고 수준에서 그들이 다시 말하기까지 — 스토리텔링의 규칙, 즉 말하기와 듣기의 준거에 의한 서술의 일치에 특별히 주목해야만 한다 — 나아가 대법원에까지 이르게 된다. 대법원은 근접한 특수 사례의 스토리와 헌법 해석의 역사를 다 같이 엮어야 하며 그 일은 '선례 구속성의 원리stare decisis'의 관습들과 선례의 법칙들에 의거해서 이루어진다. 그럼에도 대법원은, 종종 — 이의가 허용되기 때문에 — 상이한 결과들을 지닌 스토리에 관한 상이한 두 종류의 말하기를 제시하고 있다.

법정 변호사들은 자신들이 이야기들을 말할 필요가 있음을 알고 있으며 게다가 법정에서 제시한 증거가 함께 묶여져야 하며 또한 서술형식으로 전개되어야 한다는 것을 알고 있다. 짐작건대, 법적 변호인들은 수천 년 동안 이 사실을 알고 있어왔다. 즉, 서술에 의한 논증을 포함하는 수사학 분야는, 법정에서 주로, 누군가의 정당성을 입증할 때를 대비한 훈련이 행해졌던 고대 시대로 거슬러간다. 그러나 수 세기에 걸쳐 법과 법률 교육의 전문화가 이루어졌고 그것은 법적 실천에서의 수사학적 뿌리들을 모호하게 하는 경향을 지니도록 하였다 — 그러한 수사학적 서술들은, 지금에 와서, 반박할 수 없는 원리들에 근거하며 그리고 단지 이성에 의해서만 진행된다고 믿고 싶어하는 분야에 있어서 일종의 스캔들로서 간주되어버린 것이다.

법이 얼마나 많이 서술과 연관되었는지를 명백히 인정하는 일이 드물다고 해도, 그럼에도 법은 서술을 감시, 단속하는 노력 속에서 법적 스토리텔링의 힘을 암암리에 재인식하고 있다. 즉 법은 말하기의 조건들을 제한하고 형식을 갖추는 방식으로, 서술들이, 규칙에 지배되는 통제된 형식으로서 서술들의 판단에 책임이 있는 사람들에게 도달할 수 있도록 되어 있다. 현대의 재판 절차에서, 스토리들이 방해받지 않고 계속해서 직접 이야기되는 일은 드물다. 예를 들면, 재판에서 스토리들은, 증거와 절차의 규칙들로써 형태화하는 변호인의 의도에 의해 파편적으로 유도되며 그리고 나서는 배심원들에게 설득력 있는 수사학으로서 청취하도록 재설정된다. 조각나고 모순되고 애매한 법정서술의 전개는, 스토리에 규칙을 부과하고 스토리의 무제한적 진행과 수위를 한정하는 법적 시도에 의한 정형화된 문구들에 종속되고 있다. 니콜 심슨Nicole Simpson의 911 통화가 살인의 스토리로서 간주되어야 하는가? 혹은 그것과는 다른 스토리가, 살인으로 끝맺는 장면으로 가져와져서는, 오도된 의미와 힘을 취하고 있는 것인가? 모든 "증거의 규칙들"은 — 유명한 "배제의 원칙"을 포함하며 불법적으로 포착된 증거를 금지한다 — 법칙에 지배받는 스토리텔링의 쟁점에 영향을 미친다. 판관은 이러한 규칙들을 알고 있어야 하며 이것들을 집행해야만 한다. 그리고 스토리들이 재판기록으로부터 발췌되고 상고수준에서 다시 이야기될 때, 그것들은 이 규칙들에 의거한 정합성을 평가받게 된다. 상고법원들은, 사건에서 "사실을 발견하려고 노력하는 자들"을 예측하는 것이 아니라, 판결로 이르게 하는 기초작업들을 판단하는 것으로 추정된다. 즉 상고법원의 수준에서, 모든 서술들은 본보기를 제시하기 위한 것이 되는 것이다. 즉, 그 서술들은, 법의 관점, 정의에 입각한 결정적 쟁점, 그리고 개인과 정부의 관계에서의 상징적 순간을 보여준다. 그리하여 사실상, 법은 특정 종류의 서술들이 문제적인 것으로 발견해왔으며 그리고 그 서술들이 재판에서 어떠한 지위로 허용되어야 하는가의 여부를 고려해왔다. 그럼에도, 억압된 서술의 내용과 형식에 관한 법적 인정은, 일반적으로는 부인, 곧 부정의 방식으로서 나타난다. 즉, 억압이라는 제재가 삭제에 의해서 법의 서사성을 유지시키는 것이다.

명확하며 엄숙하기도 한, 법에 작용하는 서술의 사례는, 강간 사건에서 발견될 수 있는데, 강간은 극적으로 상이한 결과와 해석을 지닌 경쟁력있는 스토리들을 뚜렷하게 제공하는 것이다. 볼티모어Baltimore, 마리랜드Maryland의 러스크Rusk 대 주State(마리랜드의 특별상고에서) 그리고 다음에 주 대 러스크(마리랜드의 상고심에서)와 같이 잘 알려진 사례를 들어보자. 러스크는 재판에 기소되었는데 그의 기소는 첫 상고심에서 역전되었으며 그리고 나서 상급법원에서 복귀되었다. 항소에 관한 각 단계의 결정에는, 날카롭게 서로 대립되는 다수와 소수의 의견들이 있었다. 이와 같이 해서 우리가 아는 "동일한" 스토리는 네 가지 상이한 개작들이 있게 되었으며 — 이 스토리는 볼티모어의 어느 날, 밤에 한 남성과 한 여성 사이에 발생한 일에 관한 것이며 그리고 나서 재판에서 재구성되었다 — 그것들은 칠 년간 러스크를 감옥으로 보내거나 혹은 러스크를 석방하거나 하는 전적으로 상이한 결과를 가져오는 것이었다. 네 가지 스토리들이 동일한 "사실들"에 근거해서 어떻게 이렇게 상이한 결과들을 지닐 수가 있는가? — 게다가 그 밤에 일어났던 주요 사건들 가운데에는 그 어떤 것도 분쟁되는 것은 없었다. 이에 대한 답변은, 내 생각으로는, 서술의 "풀glue"이 다르다는 것이다. 즉 사고와 사건이 의미 있는 스토리로 통합되는 방식에 있어서 한편은 "합의에 의한 섹스"였으며 다른 한편은 "강간"이었다고 일컬어질 수가 있었다.

이러한 서술-풀의 질료는, 공포를 불러일으켰다고 주장하는 말과 몸짓과 관련한 인간행동 일반에 대한 재판관이 지닌 견해에 상당부분 의존하고 있었다. 즉, 서술은 롤랑 바르뜨Roland Barthes가 '**통념**doxa'으로서 즐겨 일컬은 것에 상당한 근거를 두고 만들어질 수 있다. '통념'은 일상의 사건들에 관한 우리의 이해를 구조화하는 검증되지 않은 일련의 문화적 신념들이다. 항고의 두 단계에서 이 사건에 관해 강간유죄 선고에 불리한 재결을 한 판관들은, 여성이 특수한 상황에서 어떻게 행동해야 하는가에 관해서 그들이 생각하는 방식에 근거를 두고 서술들을 구성하였다. 스토리에서 중요한 순간은, 팻Pat의 차의 승객좌석에 있던 러스크가 자신의 아파트로 팻이 올라가도록 요청하였을 때이다. 팻이 거절했을 때 러스크는 차 밖으로 나와 운전자 옆 창문으로 걸어가서 차 안쪽으로 손을 뻗어 시동을 거는 차량열쇠를 가져가버리고는 말하였다. "자, 너 올 거지?" 여기서 판관, 톰슨Thompson은 쓰고 있다.

"피고가 열쇠를 지닌 것은 그녀가 차량으로 도망치는 것은 막았겠지만 그럼에도 하숙집 건물 혹은 거리에서 도움을 청하여 떠나는 것은 막지 못했을 것이다"(Rusk v State : 626). 혹자는 이 선고를 아주 세세하게 계속 분석할 수 있을 것이다. "그녀가 차량으로 도망치는 것을 막았다?" 한 가지 해석이 가능할 수 있다. 즉 팻은 한밤중에, 볼티모어 시내, 그것도 어딘지 모르는 불길한 구역의 황량한 거리에서 아주 오도 가도 못하게 된 것이다(이 해석은 물론 그 자체로서 사건의 또 다른 버전이다). 격식에 맞추어 쓴 판관의 어구들은 모면할 수 있는 몇 가지 방책에 관해서 구체적으로 알려주어야 했다. 즉, "차량으로 도망치는 것"과 같이 그리고 유사한 방식으로 "도움을 청하여 떠나는 것"은 애매모호한 서술이다. 달리 말해, 이 서술은, 도움을 청하러 비명을 지르며 황량한 거리를 달려가는 일과 유사한 방식으로 해석된다. 즉, 이 선고문은 판관이 지닌 규범적 서술의 관점에서 스토리에 관한 짓궂은 해석을 선호하고 서술의 정확성을 피한 많은 문장들 중의 하나인 것이다. 계속해서, "여성-기소자"로서 언급되는 팻에 관한 판관의 서술관점의 핵심부는, "술집을 전전하는 것"으로서 묘사되며 그리고 "평범한 지적인 스물한 살 된 왕성한 여성"으로 특징지어져 있다. 즉 이 서술은 서술자의 역할에 있어 명백하게 자의식이 결여되어 있다.

첫 번째 항소심이 러스크의 기소를 역전시킨 것은 스토리에 관한 이와 같은 개작에 근거를 두고 있다. 상급법원에서 이 기소는 본래대로 복원되었지만 그러나 판관 콜Cole의 강력한 이의가 있었다. 이를테면 그는 다음과 같이 쓰고 있다.

그녀(희생자)는 "나는 정말로 무서웠어요"라고 이렇게 단순히 말하지는 못할 것이다. 그에 따라 그녀는 동의하였거나 혹은 단순히 꺼렸던 것을 완력에 의한 복종으로 바꾼 것이다. 그 같은 진술들이 한 사람의 유혹자를 강간자로 바꾸지는 못한다. 그녀는 모든 긍지 있는 여성의 타고난 본능을 따라서, 낯선 사람이나 불쾌한 친구에 의해 자신의 몸이 침해되는 상황에 단순히 말을 넘어서 저항해야만 했다. 그녀는 그 같은 성적 행위들을, 자신의 타고난 자존감에 비추어 혐오스럽고 불쾌하게 여긴다는 것을 명확히 드러내었어야 했다. (State v. Rusk : 733)

그가 의미하는 것은 의견의 결말로 가면서 좀 더 구체적으로 나타난다.

더할 것도 없이, 이러한 사실들에 근거해서 여성이 피고인에게 오랄 섹스를 하도록 '강요받고' 질을 통한 성교를 '강요받았다'고 결론짓는다면, 나는 그 사실이 대다수에게 믿기 어려운 일이라는 것을 발견하게 된다. 그녀를 가혹하게 신체적으로 해하려는 언어상의 어떤 위협이 없으며 그리고 무기를 보여주고 그것을 사용하려는 위협이 없는 상태에서, 나는 희생자가 이 성적 행위들에 어떻게 참여할 수 있었으며 또 어떻게 기꺼이 하지 않은 것일 수 있는지 이해하기가 어렵다고 생각한다. (State v. Rusk : 734)

이 플롯 요약의 세부사항들은 내가 여기서 주목하는 이상으로 많은 세심한 주의를 요할 것이다. 예를 들면, "참여하다"는 말은, 여성의 성 그리고 세상 사람들의 성, 특히나 오럴 섹스에 관한 콜 판관의 견해를 충분히 말해주고 있다. "참여하다" 그 자체는 헤쳐져야 되거나 분석될 필요가 있는 서술 사건에 관한 어떤 전체적인 개념을 전달한다. 러스크 사건에 관한 말하는 방식에 따른 상이한 결과들은, 서술이 구도, 의도, 그리고 의미를 어떻게 취하는가에 관한 극적인 사례를 제공한다. 서술은 단순하게 사건들을 이야기하지는 않는다. 즉 서술은 사건들에 형태를 부여하고 사건들에 핵심을 부여하며 사건들의 의미를 주장하며 그리고 사건들의 결과를 표시한다.

강간 재판의 유력한 스토리들이 법적 서사성의 명확한 사례를 제공한다면 — 법적 서사성이 존재한다는 것과 그리고 그것의 중요성에 관한 명백한 인정이 결핍해 있다는 것 모두에서 — 다른 종류의 사법 서술도 이와 똑같이 중요한 것이지만 그와 같은 것으로서 인정받지는 못한다. 모든 일학년 미국 법학생이라면 암기하고 있을 법한 사건을 사례로 들어보자. 그것은 1928년의 '팔스그라프Palsgraf 대 롱 아일랜드 철도회사'로서 고전적인 불법행위 사건에 해당된다. 이 사건은 뉴욕주 항소법원 주임판사 벤야민 카르도조Benjamin Cardozo의 유명한 견해를 보여주는데, 그는 철도회사가 헬렌 팔스그라프Helen Palsgraf의 부상에 책임이 있다는 하원의 판결을 역전시켰다. 이에 관해서는, 카르도조가 진술한 "사건의 사실들"로서 시작하기로 한다.

원고는 록어웨이 비치Rockway Beach 행 티켓을 산 후에 피고 측 철도회사의 플랫폼에 서 있었다. 기차가 역에 멈추었으며 기차는 또 다른 역으로 막 출발할 것이었다. 두 명의 남성이 기차를 잡기 위해 앞쪽으로 달려갔다. 그중 한 남성은 무사히 플랫폼에 이르렀지만 그러나 기차는 이미 움직이고 있었다. 또 다른 남성은 짐을 나르고 있었으며 그는 훌쩍 뛰어 기차에 올라

탔다. 그러나 그는 떨어질 듯이 불안정해 보였다. 기차 안내원은 문을 열었으며 앞으로 팔을 뻗어 그 남성을 안으로 들이도록 도왔다. 그리고 플랫폼의 또 다른 안내원은 뒤쪽에서 그를 밀었다. 이 와중에서, 짐이 풀렸으며 짐은 철로에 떨어졌다. 그 짐은 15인치 가량의 작은 크기로 신문에 싸여져 있었다. 사실, 그 안에는 폭죽꾸러미가 담겨 있었는데 그럼에도 내용물을 주시하는 사람은 전혀 없었다. 폭죽꾸러미는 떨어지면서 폭발하였고 폭발의 충격은 멀리 떨어진 플랫폼 맞은 편 쪽으로 파편들 일부가 떨어지도록 하였다. 파편들은 원고를 쳤으며 소를 제기한 원고에게 부상을 입혔다. ('팔스그라프 대 롱 아일랜드 철도회사': 340~341)

몇 십 년 동안, 법률 주석자들은 카르도조의 위의 진술에서 할 말만 하는 명료함에 감탄하며 혀를 내둘렀다. 좀 더 최근에, 존 누넌John Noonan 판사는 우리가 얻지 못한 관련 보조사실들 중의 일부를 지적하였다. 그것은 예를 들면, 헬렌 팔스그라프의 부상의 특성, 팔스그라프의 수입과 가족사항, 롱 아일랜드 철도회사의 재정 원천과 매년 철도사고 부상자 수, 그리고 기타 등등이었다. 이러한 것들은 현대의 불법행위 배상청구권이 생겨나도록 한 사실들에 해당된다. 그러나 여기서 내게 흥미를 끈 것은 이러한 여타의 사실들이 아니다. 그것은 간결함으로서 찬탄을 자아내던 카르도조의 사고 서술이, 스토리로서 미칠 수 있는 영역을 제한하면서, 잘 통제된 경계 내에서 유지되도록 어떻게 조정하고 있는지에 있다.

카르도조는, 대다수의 판사들처럼, 다만 판결 하에서 사건의 이야기를 말하는 것처럼 보인다. 그는 법적 요지를 만들어내기 위해서 스토리를 사건들로 재구성하며 그리고 스토리를, 법적 원리의 관점에서 인정할 만한 서술로 만들고 있다. 즉, 그는 철도회사 안내원의 입장에서, 피고가 원고에게 해를 끼칠 것을 예측할 수 없었다는 타당성을 증명하고 있는 것이다.

> 그 행위The conduct는 피고의 안내원으로서의 일이며 짐의 소유자와의 관계에서 잘못된 것이 있다고 해도, 멀리 떨어져 서 있는 원고와의 관계에서는 잘못된 것이 있었던 것은 아니다. 대체로, 그녀에게 부주의했던 것은 아닌 것이다. 떨어지는 짐이 그것 안에 사람들에게 위험요소가 있으며 따라서 제거되어야 한다는 주목을 요하는 그러한 상황은 전혀 아닌 것이다. (341)

이 선고문의 두운은 결정적인 위풍당당한 태도의 종류를 보여준다. 일련의 가설적 서술들에 관한 간결한 고찰은, 행위들의 동떨어진 결과들을 포괄하는 "아주 과장된 조항"이 원고에게 유리하게 규칙을 적용하는 근거가 될 수 없음을 의도적으로 보여준다. 그 다음에, 카르도조는 "과실은, 위험처럼, 이처럼 관계상의 용어이다"(345)라고 썼다. 즉 그것은, 예측할 수 있는 위험과 주의에 관한 법적 의무의 관계와 관련되어 있다. 그런데 이 사건에서, 카르도조는 그것을 발견할 수 없었다. 철도 플랫폼의 사고에 관한 그의 간결한 서술은 정확히 관계를 없애기를 모색하는 일종의 반-서술이며 그리고 그것은 원인과 결과의 특정한 연관이 "과장적"이라는 사실을 보여주고자 한 것이다. 즉 카르도조의 서술은 우리가 일반적으로 서술들 속에서 모색하고 있는 연관들의 유형과는 상반된 방식으로 작용하고 있다.

한편, '**팔스그라프 사건**'에 관한 윌리엄 앤드루스William Andrews 판사의 설득력 있는 이견이 있다. 그것은 카르도조의 견해보다 아주 더 간결하게 사건을 서술하고 있다. '이' 스토리에 관한 앤드류스의 관심사에서 사건을 이야기하고 생각해본다면, 카르도조의 견해는 이상한 것이었다. 대신에, 앤드류스는 스토리에서 만들어지는 관계의 종류들에 관해 철학적으로 사유하며 그리고는 우리에게 일련의 가설들을 제시한다. 즉 축대에 결함이 있던 댐이 부서지면서 멀리 있는 강물의 하류쪽 사유지에 피해를 주었다. 그때, 한 소년이 연못에 돌을 던지고 있었다, "물 수위가 올라가고 있다. 못의 역사가 영원히 바뀌어지고 있다." 그리고 "사라예보Sarajevo의 살인사건은 그때로부터 20년 후에 런던에서 발생한 암살사건의 필연적인 선례가 될 것이었다. 뒤엎어진 랜턴은 시카고 전체를 태워버릴 수도 있는 것이었다." 그리고,

> 한 운전사가 다이나마이트를 가득 실은 다른 차와 부주의하게 충돌하였다. 그럼에도 그는 그러한 사실을 알 수 없었다. 폭발이 잇따른다. A는 보도 위를 걸어가던 중에 죽는다. B는 반대편 건물의 창가에 앉아 있다가 날아오는 유리에 베인다. C는 유사한 방식으로 한 블록 떨어진 창가에 앉아 있다가 비슷한 부상을 입는다. 그리고 좀 더 심한 사례가 있다. 열 블록이나 떨어져 있었던 한 간호사가 굉음에 놀란 나머지 본의 아니게 팔에 안긴 아기를 보도로 떨어뜨린다. A는 회복될 수 있으나 반면 C는 그렇지 못할 것임을 듣게 된다. B에 관해서는, 법정 혹은 배심원의 문제가 되었다. 우리는 아기는 그렇지 못했을 것이라는 데에 전적으로 일치할 것이다. ('팔스그라프 대 롱 아일랜드': 353)

사실상, 앤드류스는 말하길, 여기서 우리를 안내할 어떤 정해진 규칙이란 없다. "그것은 전적으로 편의주의의 문제가 된다"(354). 그가 제공할 수 있는 최상의 안내는 다음과 같다. 즉 "법원은 원인과 결과 사이에 자연적이며 지속적인 연속이 존재하는지 그 여부 자체를 질문해야 한다."

다이나마이트를 잔뜩 실은 차량폭발에 있어서 루브 골드버그Rube Goldberg와 유사한 결과들은 얼마나 멀리까지 미칠 수 있는가? 당신은 스토리가 어느 곳에서 끝맺는다고 선언할 수 있겠는가? "편의주의"라는 용어로써, 앤드류스는 구체적이고 특수한 것이어서 아마도 일반화할 수 없는 특수서술의 쟁점들을 가리키는 것으로 간주된다. 그는 그렇게 말하지는 않았지만 — 그리고 다시, 철도 플랫폼에서의 그 특수한 사고를 분석하지는 않았지만 — 피해의 "예견능력" 가설에 관한 한 가지 문제를 감지한 듯이 보인다. 우리는 일이 발생하고 다만 그 후에야 소급적으로 초래된 피해를 알게 된다. 서술 그 자체는 회고적이며 서술의 의미는 단지 끝에서야 명확해진다. 그리고 스토리의 말하기는 늘 스토리의 '핵심'이 되는 그 끝을 예측하는 것으로써 구조화되며, 그 때에 스토리의 연속들과 그것들의 의미가 명료해지게 되는 것이다. 다만 소급적으로 지나고 나서 보면, 사건들 중 하나를 결론짓는 셜록 홈즈식으로 "사건들의 고리"를 만들어볼 수가 있다. "'당신은 전적으로 아름답게 그것을 추론해내었다', 나는 꾸밈없이 찬탄하며 외쳤다. '그것은 꽤 긴 고리이며 그리고 모든 연결들은 진실인 것으로 들린다'" — 왓슨Watson 박사는 "얼룩끈Speckled Band"의 결말에서 찬탄하며 외친다(Dolye 1965 : 83). 이러한 맥락에서는, 당신을 이끄는 어떠한 원리도 없으며 다만, 인과적이며 연속적인 사건들의 연결 혹은 단독으로 전달할 수 있는 서술의 구체적 항목들의 연결만이 있을 뿐이다.

자, '팔스그라프' 스토리에 관한 말하기와 다시 말하기 속에서는, 깊이 있게 신비스럽고 중요하게 여겨지는 특수한 서술이라고 발견될 만한 것은 아무것도 없다. 파편들은, 카르도조의 진술로 하자면, 폭발의 충격으로 "내던져졌으며" 이것은 헬렌 팔스그라프에게 부상을 입혔다. 어디에 그리고 무엇으로 이 파편들이 있었는가? 그것들은 무엇과 유사한 것이겠는가? 그것들은 벽에 붙어 있는 것이었는가? 혹은 외따로 서 있는 것이었는가? 통상적으로 놓인 자리로부터 헬렌 팔스그라프를 치도록 된 그 같은 방식이 되기까지, 그것들은 어떻게 제자리를 벗어나게 되었는가? 그리고 어떤 식으로 그녀를 친 것이며 그리고 어떠한 종류의 부상을 초래하였는가? 당신은, 다수의견과 반대의견 두 가지 모두에서, 스토리의 이러한 생생한 순간 — 부상당하던 순간 — 을 만들어내고자 헛되이 모색할 것이다(불법행위 전문분야의 윌리엄 프로서William Prosser는 몇 년 후에, 카르도조가 주장한 것처럼, 파편들은 폭발로 인해 탈락되어질 수는 없다고 결정지었다. 그러나 그것들은 플랫폼에서 공황상태에 빠진 군중들에 의해 부수어졌을 가능성이 있었다(Noonan 1976 : 119)). 창작반 101호의 학생이라면 이러한 결정적 정보를 생략한 것으로 해서 학생이 다시 쓰도록 원고를 되돌려보낼 것이다. 물론, 아주 현명한 학생이라면, 탐정 스토리 식으로, 결말을 위해서 그러한 정보를 보류해둘 것이다. 누군가는 홈즈와 왓슨이 논의하는 것을 상상할 수 있을 것이다, "그래서 이 단서들은, 당신이 보기에 ……."

한 번은, 카르도조가 한 연설에서, "사례 법의 체계가 발달하면서 소송당사자들의 부정직한 그러한 논란들 속에서 궁극적으로는 위대하고 빛나는 진실이 형성될 것이다"라고 역력히 주장하였다. 이 진술은 철도 플랫폼의 팔스그라프 부인의 부정직한 스토리를 억압하는 매우 명확한 근거가 되었다. 그것은 그러한 파편들을 귀중한 무엇 곧 법 그 자체의 서술로 변형시키려는 목적을 지니고 있었다. 그러나 확실히, '팔스그라프'에서 그러한 위대하고 빛나는 진실은 "부정직한" 스토리 세부들에 근거한 익숙한 서술구성에 의존하고 있으며, 이 사건의 견해들은 그러한 세부들의 중요성을 인정하면서조차도 그것들을 억압하고 있다. 카르도조와 앤드류스 두 사람 모두는 이야기되어야 할 스토리가 있다는 것을 인식하고 있으며 그리고 특히, 반대의견을 지닌 사람들은 이 스토리가 어떻게 구성되느냐 하는 것이 차이를 만들어낸다는 것을 인지하고 있다. 그러나 그런 다음에도 양측 모두는 특정 스토리에 근접한 골자를 빼버렸으며 실지로 그들은 자신들의 서술을 가설화하는 데에 더 많은 시간을 소요하고 또한 더 많은 항목들을 열거하였다. 이 스토리의 중요성에 관한 그들의 인정은, 이 스토리가 법적 판례와 규칙의 "위대하고 빛나는 진실"에 도달하기 위해서만 오로지 존재한다는 또한 그들의 결정에 의해 부인되고 있다. 판사의 몸짓은 여기서, 프로이트의 부인과 억압이라는 고전적 시나리오에 거의 유추적으로 설명될 수 있다. 예를 들면 아이가 성적 차이를 인정하는 것과 동시에 그 차이를 억압하는 일을 들 수 있을 것이다. 여기서, 발생한 무엇에 관한 서술의 필요성의 인정은, 발생한 무엇 — 구체적으로 특수하며 미묘한 세부들을 지닌 — 에 관한 어떠한 실제적 서술을 부인하는 데 사용된다.

혹자는 많은 다른 종류의 사례들을 부가할 수 있을 것이다. 예를 들면, "수색 및 압류"의 경우, 거의 필연적으로 서술들을 포함하고 있다. 즉 수색영장의 적용에서도, 수색이 수행될 때 밝혀지게 될 무엇을 예견하는 서술이 수반되어야 한다. 불법적 수색과 허용된 수색을 구별하는 일은 어려울 수 있다. 그리하여 행동들과 그것들에 관한 이야기 ─ 서사담론으로서 재형성된 ─ 를 구별짓는 법 관계자들의 역할을 인식하는 일이 일부 도움이 될 수 있다. 다른 사례의 종류를 보면, 곤혹스러운 문제적 서술은 "피해결과진술VIS"에서 출현하였으며, 그것은 미국 법에서는 비교적 새로운 분야로서 범죄의 피해자들의 권익을 되찾아 주려는 의도를 지닌 것이다. 범죄의 피해자들은, 논의되어온 것으로 볼 때, 이해당사자가 관여하는 기소 대 변호의 과정에서 종종 제외되어 왔다(그것은 피해자들이, 중세 세계에서 그랬던 방식으로, 그들이 직접 소송을 제기하지는 않기 때문이다). VIS는 희생자가 고통받은 피해들에 관한 세부적 진술들을 제시한다. 중죄 사건의 선고 문구에 이러한 종류의 서술을 도입하는 것은 합법적인 것인가? 중죄 사건에서 그것의 결과는 변호인을 위한 아주 혹독한 처벌, 아마도 사형으로 반드시 되어야 할 것인가?(혹은 그렇게 될 것인가). 미국 상원은 '부스Booth 대 마리랜드Maryland'(1987)에서 그럴 일은 아니라고 발표하였다. 그리고 나서는 4년 후에 (그 구성원들이 상당히 변경된 이후에) '페인Payne 대 테네시 주Tennessee'(1991)에서는 의견을 번복하였다. 이 사건들에 관한 의견들은 암묵적으로, 특정한 스토리의 종류 ─ 그 특성상, 비극적, 선동적이며 그리고 반박의 여지가 없는 ─ 가 특정한 결정적인 문맥 속에서 ─ 특히, 배심원이 삶 혹은 죽음에 관한 질문들을 논쟁하게 되는 ─ 이야기될 수 있는가에 관한 질문을 주장하고 있다. 그 의견들은 서술 연관에 관한 질문들(살인 희생자의 살아남은 가족구성원들의 외상은 피고의 죄와 관련한 것인가?) 그리고 서술 종결에 관한 질문들(생존자들의 고통은 살인의 후속편인 것인가? 혹은 살인 스토리의 일부인 것인가?)을 제기하고 있다. VIS는 맞지 않는 자리에서 그 스토리를 뜻하는 잘못된 이야기인 것인가?

또 다른 사례는, 계속해서 논쟁되어온 법적 관심사들 중의 하나로서, 심문을 받는 범법 피의자들의 자백과 관련된 것이다. 법원은, 우리가 알기로는, 자백이 어떻게 "자발적으로" 혹은 어떻게 "강요받지" 않고 "강압받지" 않게 만들어질 수 있는지에 관한 문제를 오랫동안 고심해왔다. 자백이 자유롭게 이루어진다는 것을 확신할 수 있는 시행조건 혹은 맥락이 있는 것인가? '미란다Miranda 대 아리조나Arizona'(1966)에서 대법원은 자발적 자백과 비자발적 자백에 관한 법원의 구별을 허용하는 형식적 조건을 설정하고자 하였다. 그것은 피의자가 심문을 위해 수감되었을 때 피의자에게 주어져야 하는 지금까지 잘 알려진 "경고"를 경유하는 방식이었다. 주임판사 얼 워렌Earl Warren이 미란다 의견서에 썼듯이, 경고는 피의자가 "공포감 없이 자신의 이야기를 말하는 것"이 가능하다는 것을 확인시켜주는 것으로 추정된다(Miranda v. Arizona : 466). 그럼에도, 자백을 받는 것에 관한 형식적 규칙이 문제의 핵심에 도달하게 되는지의 여부는 명확하지가 않다. 자백의 말은 아주 복잡하며 복합적 층위를 지닌 현상이기 때문이다. 즉 자백에서는, 죄, 수치, 비천함, 의존증, 속죄의 층위들이 활성화되고 있다. 이러한 자백의 사례에서 공포감이 없는 스토리텔링이란 유토피아적 구조물에 가까운 것이 될 것이다.

몇 년 전에, 미국 상원의 한 견해는 서술의 개념이 법적 이념에서 두 각을 드러내는 것을 피하도록 한 억압의 장벽을 파기하는 것처럼 보였다. 1997년에 결정된 '구 판관Old Chief 대 미합중국United States'에서, 쟁점중인 문제는 기록상의 전과를 "명기하는 것"이 허용되어야 하는가의 여부에 관한 것이었다. 그 결과, 피고의 새로운 범죄 혐의를 반대입증하는 데에 과거의 중죄 사실들이 기소에서 제시되는 일이 허용되지 않게 되었다. 피고인 구 판관은 폭행 혐의에 관한 과거 범죄와 기소를 인정해야 한다는 사실을 잘 알고 있었다. 그러나 그는 검사가 이전의 범죄를 상세히 알리는 것은 원하지 않았는데 그것은 사실상 이전의 범죄가 (그것과 아주 유사한) 새로운 범죄의 판결을 가중처벌하게 되는 일을 염려해서였다. 그러나 검사는 그 규정을 받아들이는 것을 거부하였으며 지방법원 판사는 자신이 선호하는 방식으로 판결하였다. 즉 이전의 범죄와 기소에 관한 전적인 스토리가 증거로서 제공되었던 것이다. 구 판관은 폭행, 불법소지, 화기 폭력에 관한 새로운 혐의들의 모든 항목들에서 유죄 판결을 받았음을 발견하였다. 그는 항소하였다. 유죄판결은 제9호 순회법정에 의해 제기되었으며, 그것은 본질적으로, 옳다고 보는 대로 자유롭게 입증하는 전통적인 기소의 입장을 재진술하고 있었다. 사건은 대법원에 이르렀으며, 렌퀴스트Rehnquist, 스캘리아Scalia, 그리고 토마스Thomas와 같은 판사들이 공동이의를 제기하였으나, 판관 오코너O'Connor는 그러한 전통적인 입장을 승인하였다.

그러나 이 주장은 다수에 의해(수터Souter, 스티븐스Stevens, 케네디Kennedy, 진버그Ginburg, 그리고 브레이어Breyer 판사로 구성된) 거부되었다. 의견서에서 수터는 과거 범죄의 전 스토리를 소개하는 일은 부당한 편견이 될 수 있다고 주장하였다. 즉 전 스토리의 소개는, 새로운 범죄의 특수한 사실들에 관해서라기보다는, 피고인의 "나쁜 인성"에 근거하여 유죄판결을 내리도록 배심원을 이끄는 것이었다. 그리고 과거 범죄의 스토리는 "입건된 범죄의 구체적 증거와는 상이한 근거 위에서 유죄를 선고하도록 조정자들을 유도할" 것이었다('구 판관 대 미합중국' : 180). 과거 범죄의 스토리는 제외되어야만 하는데 그 이유는 그것이 관련이 없기 때문이 아니라 과도하게 관련이 있는 것으로 간주되기 때문이다. 즉 "그것은 배심원들에게는 무척이나 중요한 것으로 청취된다. 그리하여 그들로 하여금 나쁜 일반기록으로써 사안에 편견을 가지게 하며 그리고 특수한 혐의에 대항하여 피고를 변호할 공정한 기회를 부인하도록 한다"(181). 구 판관의 과거범죄에 관한 스토리는 제외되어야만 했는데, 그것은 그러한 스토리가 과거와 현재 사이에 너무 많은 서술 연관들을 만들어낼 위험성이 있기 때문이었다. 즉 그것은 우리가 서술로부터 "인성"이라고 일컫는 많은 추론들을 만들어내도록 하며 그리고 배심원들이 현 스토리의 특수성보다는 "나쁜 인성"에 근거를 두고 유죄판결의 권한을 부여할 위험성을 안고 있었다.

수터는, 이 같은 근거에서, 과거 스토리를 제외시킬 것을 요구하며 구 판관의 유죄판결을 전복하였으며 그리고 추후 심화 소송절차를 위해 그 사건을 되돌려 보냈다. 그러나 그의 견해에서 매우 흥미로운 순간은, 과거범죄와 유죄판결에 관한 특수한 스토리를 포함하여, 기소가 모든 증거들을 제시할 수 있어야 한다고 주장하는 반대의견자들의 관점을 논의한 것에 있다. 그는 "사건을 제시할 때 충분한 증거와 서술의 해석"(183)이 필요함을 인정하였다. 그는 계속해서, "증언과 실재하는 것들로써 입증하는 일은 (…중략…) 풍부한 묘사를 지닌 다채로운 스토리를 말하는 것"이라고 이야기하였다. 그는 이어서,

이와 같이 증거는 추론의 선조적 구성을 능가하는 힘을 지니며 그리고 증거의 부분들은 함께 모여 하나의 서술이 추동력을 얻도록 한다. 그것들은 결론을 지지하는 것이 아니라 그것들이 무엇이든지 간에 정직한 판결에 이르는 필수적인 추론들을 끌어내도록 배심원들의 의향을 지지하는 힘을 지닌다. 구체적이고 자세한 사항들이 이끌어내는 이 같은 설득력은, 법이 부과한 자신들의 의무에 충실하려는 배심원들의 역할에 있어 종종 필수적인 것이다. ('구 판관 대 미합중국' : 187)

대체로, 수터는 문학적 서사론을 독해해왔으며 그리고 서술이 상이한 종류의 조직과 경험의 제시, 즉 세계를 말하는 상이한 종류의 "언어"라는 주장에 설득되어온 것처럼 보였다. 그는 이 부분에 관한 결론적 견해를 다음과 같이 쓰고 있다.

삼단논법은 스토리가 아니다. 그리고 법정의 적나라한 진술은 그것을 증명하는 데 쓰일 굳건한 증거와는 적수가 되지 못할 것이다. 추론의 공백들로 인해 단절된 이야기를 듣는 사람들은 빠진 장에서 당황하게 될 것이다. (…중략…) 확신을 주는 스토리가 간결한 방식으로 이야기될 수도 있다. 그러나 그 간결함이 서술 증거의 자연적 연속에서의 어떠한 틈을 만들 때 놓친 연결고리가 실제로 거기에 있다는 확신은 차선책 그 이상은 결코 아닌 것이다. ('구 판관 대 미합중국' : 189)

여기서, 수터는 구 판관의 사건으로 거슬러가서, 과거 범죄의 스토리를 말하도록 요구하는 기소 측 주장이 불필요하다고 주장한다. 그 이유는, 그것은 전적으로 다른 이야기, 즉 "현 범죄를 저지르려고 생각하고 행동한 피고의 혐의에 관한 자연적인 사건연속의 바깥에 있기" 때문이다. 구 판관의 조항은 스토리의 "공백"을 초래하지 않으며, "연속적인 사건들로부터 어떠한 장"을 옮겨놓지도 않는다 (191).

따라서, 수터는 기소측의 아주 길고 충만한 서술을 잘못된 스토리 즉 현 서술연속의 일부가 되어서는 안 되는 무엇으로서 배제시킨다. 그가, 그렇게 하면서, "충분함", "추동력", 그리고 "설득력"을 지닌 법적 증거의 제시에 있어서 서술의 지위와 힘에 관한 담론의 필요성을 느낀다는 사실은 흥미로운 일이다. "삼단논법은 스토리가 아니다", 이 구절에서, 수터는 법적 세계 바깥의 여러 학자들이 최근에 주장해온 무엇을 인식하는 것처럼 보인다. 그 주장은, 법이 서술 분석에 필요하지 않은 추론과 분석의 법적 도구들로써 사건을 해결한다는 법의 일반가정이 착오적인 것일 수 있다는 것이다. 이와 같이, 수터는 억압된 법의 무의식적 요소라고 일컬을 만한 어떠한 장벽에 균열을 내었으며 그리고 전통적으로 인정받지 못했던 서술의 내용과 형식을 조명하였다. 그럼에도 기묘하게도 혹은 아마도 단정적으로, 그는 현 사건에서 하원이 무관한 불법적 서술의 힘에 대항, 경계하는 데에 실패한 주장을 경유하면서 그러한 주장을 밝히고 있다. 여기서 불법적 서술은, 현 범죄의 "자연적 연속"의 일부로 고려되어서는 안 되는 스토리의 요소들 — 구 판관의 과거범죄 스토리 — 을 증거로 인정하는 것이다. 과거의 스토리는 기소측이 증명해야만 하는 현재의 스토리에 지나친 신빙성을 부여하는 것이다. 스토리텔링의 힘을 인정하는 수터의 방식은, 그가 스토리텔링의 힘에 대항하여 방어하는 것 속에 있다. 그리고, 서술에 관한 수터의 논문은 차후에 대법원의 어떠한 견해에도 인용되지 못하였다.

법은 서사론을 필요로 한다고 주장할 수 있다. 법적 서사론은 특히 서술전달과 조항의 문제들에 관심을 지닐 것이다. 다시 말해, 말하기와 듣기의 스토리 상황들은, 스토리들이 어떻게 구조화되고 이야기되는지, 뿐만 아니라 그것들이 어떻게 청취되고 수용되고 반응을 얻는지, 그것들이 어떻게 행해지도록 요구받으며 그리고 실제로 어떻게 작용하는지를 질문하고 있다. 가장 중요한 것은, 법에 있어서는, "저자적 청중" 혹은 "청취자들" — 배심원들, 판사들 — 이 스토리를 어떻게 청취하고 구성하는가 하는 문제이다. 내가 일찍이 주목한 것처럼, 사람들은 감옥에 수감되며 심지어는 사형에 처해지기도 하는데 그것은 승리의 스토리의 적격함과 그것의 힘 때문이다. "유죄"는 — 법적 의미에서 — 스토리를 판단하는 사람들에게서 창조된 판결에서 결과한다. 그렇기 때문에 법에 주어진 서술형식들에 관심을 기울이는 일은, 유죄판결에 이르는 과정의 투명성에 지대한 역할을 할 것이다.

그럼에도, 법에서의 서술에 관한 형식적, 분석적 관심을 호소하는 것은, 앨런 더쇼비츠Alan Dershowitz에 의해 제시된 현란한 반대의견에 부딪친다. 더쇼비츠는 적격한 서술에 관한 개념 전반이 — 드라마의 제1막에서 들여온 총이 제3막에서 누군가를 쏘는데 틀림없이 사용된다는 체호프Chekhov의 "규칙"의 사례에서 볼 수 있듯이 — 법정에서 판단을 그르치도록 한다고 주장한다. 그것은 그 개념이 배심원들로 하여금 현실의 스토리들이 일관된 동일한 규칙들에 따라야만 한다고 믿도록 이끌기 때문이다(Dershowitz 1994 : 100을 보라). 만약 우리가 배우자 학대의 서술을 증거로 허용한다면 전 남편이 결국 전처를 살해한 것은 논리적 서사에 의한 스토리의 결론이 되는 것이다. 반면에, 더쇼비츠는 삶이 실지로 그와 같은 서사 논리를 제공한다고 누가 말할 수 있는가 하고 주장한다. 여기서, 더쇼비츠는 다른 논자들 중에서도 장-폴 사르트르Jean-Paul Sartre가 전개한 서술이론에 관한 자신의 버전을 제공한다. 장-폴 사르트르의 주장에서 말하는 것 — 살아가는 것과 대비되는 — 은 실지로 스토리의 결말에서 출발하며, 스토리는 시작부터 거기에 있는 것으로서 사건들을 최후의 표지물로 변형시키며 결과의 관점에서 사건들을 이해하도록 한다.

사건들의 연속과 연결고리를 경유해서 우리가 어떻게 지금 있는 곳으로 오게 되었는지를 보여주는 일은 실지로 서술의 논리에 있는 것이다. 내가 '팔스그라프'를 논의하면서 주장하였던 것처럼 서술에 관한 이해는 회고적이다. 더쇼비츠는 삶이란 당연히 삶 그 자체보다 맹목적이며 무형적이라고 주장할 것이다. 그럼에도 그러한 항변은 아직까지는 헛된 일일 것이다. 그것은 스토리들이 결합되는 방식 — 시작, 중간, 결말 — 에 관한 문학적 이해는, 그가 기꺼이 허용하는 것 이상으로 우리의 문학뿐만 아니라 우리의 삶을 지배할 것이기 때문이다. 우리가 인간존재로서 규정짓는 바로 그것은, 우리의 삶과 세계에 관하여 우리가 말하는 스토리들과 무척이나 밀접한 관련을 맺고 있다. 삶에 서술 형식을 부과하는 것은 필연적인 인간의 활동이다. 그리고 우리는 그것 없이는 세계를 이해할 수 없을 것이다. 우리는 목표지향적인 플롯으로 결합하는 이해 가능한 단위로서 행동들을 이해하고자 한다. 그에 따라, 스토리들이 어떻게 "드러나는가" 하는 수행적 의미에 지나친 신빙성을 두는 일에 관한 더쇼비츠의 의미심장한 경고에 따르자면, 우리가 아주 일찍부터 삶에서 습득한 서술의 구성 능력이 없다면, 스토리를 조합하거나 혹은 스토리를 의미 있게 해석하는 일조차도 아주 불명확한 것이 된다. 만약 서술형식이 배심원의 고려대상에서 전적으로 사라져버려야 하는 것이라면 더 이상의 판결도 있을 수 없는 것이다.

마지막 요지로서, 미국 법의 모든 쟁점들은 ─ 스토리들의 말하기와 듣기에 관한 관심들을 포함하여 ─ 배심원들의 견해 특히 대법원의 견해에서 쟁점들의 궁극적인 논평이 발견된다. 법정 견해의 전통적인 결론 즉 "이상과 같은 질서를 지녔다(이상과 같이 판결한다)"는 법정이 그 자체로서 질서를 부과하는 서술을 전달하였으며 그리고 더 일반적으로는, 서술질서가 사건들에 개념적 형태와 의미를 부여하였음을 이해시켜 준다. "이상과 같은 질서를 지녔다", 즉, 수사학적인 이 관용문구는, 일반적으로는, 그 같은 권위를 요구할 수 없는 텍스트들을 다루는 문학 분석자들을 불가피하게 매료시키고 있다(문학의 상당부분은, 누군가는 의혹을 갖겠지만, 그와 같은 말로써 결론지을 수 있고자 한다 ─ 즉, 문학의 메시지에 관한 관심을 주문하고 그리고 공들인 상상적 시각에 근거를 둔 새로운 질서 혹은 새로운 관점을 도입하고자 한다).

법정은, 그와 같은 질서 속에서, 유죄판결의 서술이 진실이며 옳은 것임을 활성화해야 한다. 이러한 요지는, '로Roe 대 웨이드Wade'(1973)에서 처음 획득된 낙태의 권리를 재차 확인한(일부 수정을 거쳐) 사례, 즉 '가족계획연맹Planned Parenthood 대 케이시Casey'(1992)에서, 판관 오코너, 케네디Kennedy, 수터의 「공동 의견서」에서 설득력 있는 진술로서 나타나고 있다. 그들의 공동 의견서는 '**선례 구속성의 원리**stare decisis'의 중요성 및 선례에 대한 존중을 주장하고 있으며 다음과 같이 기록하고 있다, "우리 헌법은 미국의 첫 번째 세대로부터 우리들에게 그리고 다음에는 미래의 세대들에게 전해지는 약속이다. 그것은 일관성 있는 승계인 것이다"('가족계획연맹 대 케이시' : 901). "약속"은, 우리가 뜻하는 바로, 기본 서술이며 새로운 서술의 일화들은 모두가 그것에 맞추어져야 한다. 그것은 어떻게 효력을 미치는가? 공동 의견서 진술에 의하면, "법정의 합법성은 원칙적 특성이 국가에 의해 충분히 개연성 있게 수용되는 상황 속에서 법적 원칙에 입각하여 결정하는 것에 의존한다"(866). 약속의 서술은 변화 혹은 혁신이 원칙에 입각하여 나타난 것이라는 선례와 '그것의 구속 원리'에 의존한다. 때문에, 연속은 임의적인 것이 아니라 앞뒤 연관의 사례로서 나타나는 것이다. 인용된 문장에서 아주 적합한 말은 "충분히 개연성 있게"일 것이다. 여기서 무엇이 충분한 것인가? 그것은, 수사학적으로 효과적이며 납득될 만하게 "유죄"를 확신하는 다만 그러한 것일 것이다. "충분히 개연성 있게"는 합의를 이끌어낸다는 것뿐만 아니라 수사학의 영향 하에서 작용하고 있다는 인식을 보여준다. 즉 "충분히 개연성 있게"는 주의를 요구하는 어떠한 서술에서 청취자로서 우리가 필요로 하는 무엇에 관한 아주 훌륭한 관념을 제공해준다.

법에서 서술의 역할에 주목하는 것은 고려되지 않고 있는 일부 추측들, 절차들, 법의 언어들이 개방되도록 하는 출발점이 될 수 있다. 수터가 '구 판관'에서 썼듯이, 삼단논법이 스토리가 아니라고 한다면, 법은 법적 스토리텔링의 기능들과 절차들에 좀 더 의식적으로 될 필요가 있다. 법정에서의 서술론? 그렇다, 그것은 거기서 요청되는 무척이나 중요한 부분인 것이다.

이차적 자연, 영화적 서술, 역사적 주체
그리고 〈러시안 아크〉

알란 나델Alan Nadel

서술 영화의 핵심 문제는, 매우 한정된 시간 내에서 이차원적인 제한된 공간을 사용하여 시간적인 한계가 없는 삼차원적 세계를 구현한다는 것이다. 다른 말로 하자면, 서술 영화의 과제는 현실을 보는 특혜받은 창을 습득하였다는 관객의 환영을 창조함으로써 직관에 어긋난 경험을 자연적인 것으로 보도록 하는 것이다. 그 창을 통하여, 사람들은 대상과 행동이 아닌 어떠한 스토리를 보는 것으로 추정된다. 일견 불가능한 듯한 이러한 과제는, 양식, 형식, 학파, 역사적 경향 혹은 국가적 추세 등의 측면에서 영화들을 범주화하는 한 가지 방식(많은 방식들 중에서)이 된다. 그 과제는, 각각의 영화가 그 문제를 직면하면서 부딪치는 어려움들을 전면에 내세우거나 혹은 그것들을 없애거나 하는 선택의 정도와 태도에 달려있다. 다른 말로 하면, 각각의 영화가 그것 자체가 참조인 것이 되도록 채택하는 관습에 달려 있는 것이다.

시모어 채트먼Seymour Chatman은, "청중은 관습들을 '자연적인 것으로 받아들임'으로써 관습들을 알아차리고 해석하게 된다"고 주장하였다. "서술관습을 자연적인 것으로 받아들이는 것은, 그것을 이해하는 것만이 아니라 그것의 관습적 특성을 '잊어버리도록' 하는 것이다. 또한 그것은 서술관습을 흡수하여 판독의 과정으로 이끌며 서술관습을 누군가의 해석적 조직 속에 통합하도록 한다. 그리하여 서술관습이, 발현된 매체, 가령 영어, 혹은 커튼 앞의 무대 구조와 같은 것에 속한다고 고려하도록 한다"(Chatman 1978 : 49).

망각이라는 학습의 형식이 의미하는 것은 무엇인가? 그것은 무엇을 자연스러운 것으로 받아들이는, 다시 말해 무엇을 자연스러운 것으로 '만들어내는' 결과인 것인가? 이 같은 폭넓은 질문들을 펼쳐놓는 가능한 방안들에 관하여 엄격한 최소수준으로 연구하는 작업은, 이 글에서 허용되는 것 이상의 훨씬 더 많은 지면을 요구할 것이다. 그 작업은, 다른 것들 중에서도, 개발단계에 있는, 인지적, 정신분석적 심리학과 서술의 횡단에 관해 접근하도록 할 것이다. 그리고 그것은, 현상학 및 인식론과 서술의 횡단, 문화인류학 및 물질문화와 서술의 횡단, 그리고 "가짜 의식", "자서전적 주체", "상품화", 혹은 "사회적 다윈주의"로서 거론될 수 있는 몇몇 개념들과 서술의 횡단에 관해 접근하도록 할 것이다. 다음에 이어지는 것은 망각으로서의 학습에 관해 탐구하는 다소 협의의 논의가 될 것이다. 구체적으로, 최근 영화의 〈러시안 아크Russian Ark〉가 참여한 영화 서술양식과 역사의 질문방식을 조명할 때, 그러한 망각으로서의 학습은, 데이빗 보드웰David Bordwell, 자넷 슈타이거Janet

Staiger, 그리고 크리스틴 톰슨Kristin Thompson(1985)이 "고전적 할리우드 양식"이라고 일컬은 특정한 관습들과 연관되어 있다. 또한 내가 논의하고자 하는 좀 더 일반적 쟁점은, 이러한 비가시적인 관습들을 만들어내는 과정으로 인해 우리가 현실의 특정개념들에 어떻게 길들여지는가 그리고 나아가 이러한 개념들이 역사적 주체로서 우리자신들에 관한 이해를 어떻게 변화시키는가 하는 것이다. 확실히 우리가 우리 스스로에게 또한 다른 사람들에게 이야기하는 스토리들의 지침은, 우리로 하여금, 알아차릴 수 있는 암시된 저자 및 암시된 독자와 동질감을 공유하는 능력에 의해 연결된 공동체 속으로 결합하도록 한다. 해석적 공동체의 일부가 되는 것은 우리가 서술들을 이해하도록 할 뿐만 아니라 서술들과의 관계 속에서 우리자신을 위치짓도록 한다. 그에 따라 서술들이 어떻게 작용하는지, 뿐만 아니라 특정 서술들이 어떻게 참조할 만한 타당성을 얻게 되는지, 다시 말해, 서술들이 어떻게 진실을 말하는 것으로 인정될 수 있는지, 어떠한 범주의 사람들을 위해 어떠한 순간에 서술들이 어떻게 현실을 범위를 정하는지에 관심을 지니게 된다.

"'현실' 혹은 '개연성'을 구성하는 무엇이란", 채트먼이 지적하였듯이, "엄격하게는 문화적 현상이다. 그럼에도 허구적 서사의 저자들은 그것을 '자연스러운 것'으로 만든다. 그러나 물론, '자연스러운 것'이란 어떤 사회로부터 또 다른 사회로 변화하는 것이며 그리고 그것은 동일한 사회의 어떤 시대로부터 또 다른 시대로 변화하는 것이다"(Chatman 1978 : 49). 저자, 이야기화자, 영화제작자, 정치가, 점성가, 혹은 어떠한 서술 제작자는, 그럼에도 문화적 맥을 짚거나 혹은 특정한 시간과 공간에 관한 사회적 의식을 단순히 수집하는 그 이상의 일을 하고 있다. 즉 그들이 관습을 되풀이하는 것은 문화가 지닌 서술 설득력의 척도에 기여하며 그것을 강화하는 것이다. 서술들을 읽기 쉽도록 구조들을 양식화하는 것은, 특정한 활동들이 사건들이 되도록 그리고 특정한 사건들이 핵심적인 참조들이 되도록 한다.

서술 영화 특별히 할리우드식 영화는, 이러한 현상에 관한 특히 명확한 사례를 제공한다. 왜냐하면 우리가, 영화의 서술을 이해하기 위해서는, 직관이나 상식과 상반되는 많은 절차들이 마치 자연스럽게 있는 것으로서 간주해야 하기 때문이다. 우리는, 예를 들면 시작장면들의 앞과 뒤 모두를 눈여겨보는 사람들에게 다만 유용한 "현실"의 시점을 모사하는 촬영 / 역촬영 장면들을 조직화하는 것에 의해서 삼차원적 공간을 구성하게 된다. 즉, 상당한 거리에서 보여지는 고층사무실 빌딩의 바깥쪽에서부터, 크기, 비율, 거리, 혹은 시각의 변화에 관한 어떠한 설명이 없이도, 외견상, 그 건물 안에 있는 탁상으로 이동하는 것이다. 우리 눈앞의 장면은 사라지고 또 다른 장면이 나타나는데, 그것은 공간 혹은 시간 혹은 그 둘 다에 의해 분리된(그리고 서술의 제작에서보다는 제작된 서술에서 다르게 분리된) 장소들과 행동들을 따라가는 것이다.

이러한 시각적 모순들을 받아들이는 절차들은 영화에 고유한 것이 아니며 그리고 서술에도 고유한 것이 아니다. 이 절차들은 역사적인 관습들인 것이다. 과거 일백여 년이 넘도록, 영화관람객들은 — 과거의 도움을 얻어, 의심의 여지없이, 사진 재현이 익숙해지게 된 반세기 그 이전부터(그리고 당연히 상당한 정도로, 사 세기가 넘는 원근화법의 그림의 도움을 얻어서) — 많은 다른 것들 중에서도, 영화장면의 비율, 이동식 프레임의 요청, 삭제들로 인한 중단, 그리고 편집된 동적 이미지들의 상호작용을 이해하고 자연스럽게 받아들이도록 배웠다. 미국의 텔레비전의 도움을 얻어 — 전 세계에 배급되어 오래도록 번영을 누린 — 특히 할리우드 영화에서 활용된 영화적 재현의 관습들은, 산업화된 서구 전역에서 세계적으로 또한 예외적으로 아주 흔한 영향력 있는 것이 되어왔다. 그것들은 거대 인구가 영화적 서사의 형식적 절차들을 망각하면서 또한 동시에 그것들을 학습하도록 하였다.

할리우드 영화에 특정한 절차들의 특성은 특별히, 전략의 표지들을 가능한 많이 지우고자 하는 노력에 있다. 그러한 접근법의 특성은 이례적으로, 보드웰과 슈타이거와 톰슨(1985)에 의해 잘 기술되어왔다. 그들은, "고전적 할리우드 양식"이 어떻게 무성영화 시기에 완성되었고 그것이 어떻게 영향력을 떨쳤던 영화사의 전성기에 규준화되었는지 (1930년대 초부터 1960년대 초까지) 그리고 그것이 어떻게 그 모든 요소들을 영화적 현실의 특정 개념들로서 조심스럽게 약호화하고 조정되었는지를 보여주고 있다. 공간은 고전적 할리우드 양식의 뚜렷한 특징들에 관한 다만 아주 간결한 목록만을 허용한다. 그 목록이란, 욕망과 목표와 기한, 인간의 가치의 서열, 체계적인 중복, 느슨한 결말 및 무관한 이탈의 배제, 필수적인 음악사용, 촬영대본 편집, 자의식의 최소화, 그리고 한정된 전능함의 표준 등이다.

나아가, 보드웰(1985)은, 영화 서술에 관한 책에서, 영화가 서술의 목적에 영향을 미치는 과정을 분석하고 있다. 보드웰은, 인지 심리학의 요소들에 주목하면서 일련의 인지적인 단서들을 제시하면서 서술 영화를 기술한다. 그러고 나서 그는 그 단서들의 종류를 가리키고 있는데, 그것들은, 역사적으로, 말하자면 서술을 가능하도록 하는, 서술영화의 시간적, 공간적 관계들을 알아볼 수 있도록 약호화되어있다. 비록 그 단서들이 관객으로 하여금 이야기를 구성하도록 이끄는 수단임에도 불구하고 그것들은 인간의 인지에 고유한 것이 아니라 역사적 관습들의 축적된 "지혜"이다.

우리는 1895년에 적절하게도 〈열차의 도착Train Arriving at the Station〉이라는 제목의 뤼미에르 형제Lumières의 영화가, 청중들로 하여금 자신들이 으스러질까 두려워 도망치도록 한 사실을 기억해야 할 것이다. 유사하게, 〈대열차 강도The Great Train Robbery〉(1903)에서는, 한 카우보이가 직사거리에서 곧장 카메라를 향해 총을 발사했을 때, 겁먹은 청중 일원들이 몸을 구부리고 비명을 지르며 달아났다. 그런데 영화 초창기의 청중들이 시각적 표지들을 오인하였다는 것보다, 그들의 행동으로 인해 우리가 표지들의 의미가 역할하는 지점을 참조하게 되었다는 사실이 중요하다. 그 표지들이 자연적인 것으로 수용되는 수준에서 다만 매체의 몰각沒却이 일어날 수 있기 때문이다. 같은 방식으로, 예를 들면, 다양한 특정 절차들에 관한 의식적인 주의가 더 이상 필요없게 될 때에 비로소, 사람들은 악기를 "연주하거나" "타자를 치거나"("자판을 치거나") 혹은 "차를 운전하는" 방법을 터득하게 되는 것이다.

그럼에도 이 절차들이 자동적인 것으로 여겨지는 것은, 롤랑 바르뜨 Roland Barthes가 신화라고 일컬은 무엇에 관한 다만 또 하나의 버전인 때문이다. 즉 바르뜨는, "자연과 역사는 언제, 어디에서나 혼돈에 처하고 있다"고 쓰고 있다(Barthes 1972 : 3). 할리우드 영화 양식의 관습을 창조한 역사적 조건들 그리고 관습의 약호로써 청중을 지시하는 역사적 조건들은, 그것들에 대한 청중들의 투명한 묵인, 저 아래로 사라져버린다. 이러한 방식으로, 영화적 재현의 약호는 수행적인 것이 된다. 영화적 현실의 기준들이 강화됨으로써, 그 기준들은 청중들에게, 마치 이차적 자연일 뿐만 아니라 자연적인 과정으로서 영화를 독해하도록 하는 방식을 가르치고 있다.

그러나 무엇이 "이차적 자연"인가?

"이차적 자연second nature"은 달리 제2의 자연(천성)이라는 말로서 어디에서나 들을 수 있는 것이다. 즉, 이 말은, 많은 상투적 표현어구들처럼, 제2의 천성처럼 사용되고 있다. 그것은 우리가 이 용어를 편안하게 쓰고 있다는 것이다. 그러나 관습의 권위를 부여하기 위해 자연을 환기시킨다는 것 이외에, 정확히 무엇이 제2의 자연이겠는가? 자연임을 단언한다는 것은 단언한 것이 관습으로서 귀환한다는 의미이다. '세컨드to second'는 동사로서 확인하다, 합의에 동의하다, 따르다는 뜻을 지닌다. 이 의미에서 자연을 확인하는 일to second nature은 그렇다고 수긍하면서 따른다는 뜻일 것이다. 즉 영화 그 자체는 도입된 이래, 환호 속에 상영되어온 재현행위의 종류이며, 20세기 전반에 영화에 관한 많은 이론적 논쟁들은 현실을 반영한 최상의 영화재현의 양식들에 초점을 맞추었다. 이와 같이 영화적 표지들에 상응하는 세부적인 이차적 자연을 확인하는 일은, 영화적 현실을 확인하는 일이자 영화와 친연관계에 있는 제2의 천성을 확인하는 일로서 간주될 수 있다.

같은 이유에서, 이차적 자연을 이야기하는 것은 일차적 순서는 아니라는 것, 그리고 물物 그 자체보다는 무엇인가 의미가 덜하다는 것을 뜻한다. 이차적 자연은 자연이 아니라 그것의 복제, 가명, 떨어져나온 것이어서, 영화의 감상에서 이차적 자연이란 말은, 자연을 감상한다는 것을 의미하는 것이 아니며 또한 자연적으로 반응하는 것을 의미하는 것도 아니다. 그보다, 그것은, 어떠한 세계를 만들어내는 것이다. 즉 그 세계가 다른 어딘가에 존재한다 할지라도, 그저 자연스러운 일처럼 또한 제작과정이 자연스러운 일인 것처럼 간주하는 것을 뜻한다. 이차적 자연이라는 말은, 그 의미에 있어서 다만 부분적으로 유용하며 항상 추론적인 것이 되며 그리고 끊임없이 보충을 필요로 한다는 것을 나타낸다. 이러한 의미에서 이차적 자연은 시뮬라크르의 원천이며 자연에는 원본이 존재하지 않는 서술의 재현인 것이다.

이러한 이차적 자연의 형식은 보드웰의 영화서술이론과 모순되는 것은 아니다. 보드웰은 자신의 인지 모델에 러시아 형식주의 어휘론을 적용하면서, 영화적 표지들의 합성물을, 스토리 혹은 '**파불라**fabula'를 만드는 '**슈제**sjuzhet'라고 불렀다. 거리, 비율, 각도, 시점, 지속, 그리고 구두점에 관한 반복된 체계적 해석을 통해, 관객들은 표지들이 나타내는 의미를 얻게 된다. 즉 보드웰의 말로 하자면, 특정한 파불라를 만들어낼 뿐만 아니라 또한 표지들이 암시하는 특정양식을 "자연적인 것으로" 받아들이는 것이다.

그러나 그러한 자연적 반응은 초자연적인 경험을 알려주는 것이다. 우리가 파불라로 알고 있는 모든 것은 슈제가 되며 그럼에도 파불라의 한 버전이기 때문이다. 즉 파불라 그 자체는 상상하는 그 어디에서나 존재하는 것이다. 이와 같이 슈제는 실제적으로 파불라를 형성하는 것이 아니라 그보다 그것을 생산하도록 한다. "허구적 영화에서", 보드웰은, "서술이란 '영화의 슈제와 스타일이 관객의 파불라 '구성'을 암시하고 전달하면서 상호작용하는 과정'이다"라고 진술한다(Bordwell 1985 : 53, 강조는 원문, "구성"의 따옴표는 인용자).

관객이 슈제로부터 파불라를 구성함에도 불구하고 파불라는 또한 슈제의 근거가 된다. 내가 논의하고자 하는 요지는, 보드웰의 체계에서는, "이차적 자연"(혹은 어떠한 측면에서는, "자연적인 선택")을 환기시키는, 관객의 파불라와의 관계는 구조적일 뿐만 아니라 이론적이라는 사실이다. 즉 "진짜" 이야기는 의미에 의해서 도달할 수 없는 것으로 남아 있다. 그리고 우리가 이야기를 믿는 것은, 아무리 경험이 직관이나 상식과 상반되는 것이라고 해도, 제작자가 경험을 약호화하고 의례화하는 우리의 방법을 이해함으로써 표지들에 의해 암시되는 것임에 틀림없다. 관객은 전개되는 현실에 관한 생각과 상상 속 어딘가의 근거, 그 사이를 매개하는 주체의 자리를 차지한다.

이것은 모든 매개가 동일하다고 주장하는 것이 아니다. 이 글에서의 내 관심은 특정 유형과 매개의 패턴이 내포하는 것들에 있다. 내 관심은, 특히, 그것들이 생산하는 풍부한 관습들에 있는데, 그 관습들은 아주 자동적인 것이 되어서 마치 "이차적 자연"인 것처럼 간주되는 것이다. 다른 말로 하자면, 관습이 지각과 상통하는 그러한 순간에 주의를 기울이는 것이다. 그에 따라 파불라를 구성하는 관습은 신학적일 뿐만 아니라 또한 수행적인 것이 된다. 그것은, 관객들이, 자연에서도 또한 서술에서도 내재적인 것이 아닌, 역사의 산물로서의 특별한 구성양식들을 실행하기 때문이다. 이와 같이 해서 그러한 실행은 역사적 관습들의 가치를 인정하는 것이 된다. 다시 말해 역사적 관습들을 자연적인 것으로 받아들이는 것이 된다.

영화의 친밀함과 서술의 얼굴

이 관습들 중 하나인 클로즈업을 생각해보자. 이것은 대부분의 서술 영화에 고유한 장치이며 할리우드 영화에서는 확실히 그러한 것이다. 클로즈업의 관습은, 모순된 친밀함을 솜씨 있게 끌어안고는, '기괴하지' 않은 '일반적', '분열적이지' 않은 '평범한', '거슬리지' 않는 '편안한' 어떤 지속성으로 이끌고 있다. "만약 클로즈업이 어떠한 대상 혹은 대상의 어떤 한 부분을, 그것을 둘러싼 환경 바깥으로부터 들어올리는 것이라면", 벨라 발라즈Bela Balazs는 쓰기로, "그럼에도 우리는 그것을 공간 속에 존재하는 것으로서 지각한다. 즉 우리는 클로즈업에 의해 보여지는 손이 그 사람의 것이라는 사실을 한 순간도 잊지 않는다. 정확하게 바로 이러한 연관이야말로 클로즈업의 모든 이동장면들에 의미를 부여하는 것이 된다"(Balazas 1992 : 260). 발라즈는 얼굴의 표정을 사로잡는 영화의 능력을 특별히 찬양하였다. 즉 "아주 주관적이며 개별적인 이러한 인간적 표현들은 클로즈업 속에서 객관적인 것으로 만들어진다"(p.262). 무엇보다도, 우리는 논리적 가능성으로서가 아닌 역사적 실천으로서 볼 때, 그러한 얼굴들이 없는 서술영화를 상상할 수 있겠는가? 서술 영화의 관객으로서 우리는 그러한 얼굴에 익숙해져왔다. 즉 얼굴의 표정은 지금의 우리에게는 이차적 자연인 것이다. 영화관객으로서 우리는 개인의 표현들로 바꾸어져서 기입되는 역사의 장면을 기대할 수 있다. 심지어, 고유한 심미학을 지닌 아인슈타인Eisenstein도, 특히, 역사에 관한 영화의 재현에 관해서는, 할리우드 방식과 촬영대본 편집을 반대하였으며 클로즈업 특히 얼굴의 클로즈업을 활용하였다. 그는, 〈포템킨〉의 오데사Odessa에서의 학살을 "실제적인 것"으로 만들기 위해서, 얼굴의 클로즈업들이 지배적인, 공포감을 주는 클로즈업의 몽타주를 제시하였다.

다른 말로 하자면, 우리가 점차로 알게 된 것처럼, 얼굴은 영화서사에서 필수불가결한 것이다. 그럼에도 클로즈업은, 아마도 혼잡한 시간대의 전철을 제외한다면, 삶의 그 어떤 곳에서도 경험할 수 없는, 사람들과의 친밀함을 상상하도록 요청한다. 혼잡한 전철 속에서, 사람들은 낯선 얼굴들이(다른 신체부위는 말할 것도 없이) 친밀한 근접거리에 있는 거의 수십 명의 낯선 사람들과 함께 스테인리스 스틸 기둥을 같이 붙들고 서 있는 것을 경험하게 된다. 경험해본 사람들은 그것이 서술에 저항하도록 요청한다는 것을 알고 있을 것이다. 그리고 사람들은 무작위의 인물들을 주인공들로 바꾸지 않도록, 그리고 그들의 동기, 목표, 욕망, 갈등, 과거와 미래의 행적에 관해 생각하지 않도록 할 것이다. 내 어깨 뒤에서 코가 눌러진 어떤 사람이 내 팔 아래로 손목과 소매를 들이밀 때, 가장 생각하고 싶지 않은 것은 그 소매가 어디에 있으며 혹은 어디로 움직이는가 하는 것이다. 그리고 내가 겪은 경험을 과하게 일반화하기를 바라지는 않지만, 출퇴근 시간의 전철 안처럼 사람들에게 아주 가깝게 있게 될 때 일반적으로는 그러한 친밀함은 마땅히 피하고 싶은 종류의 것이다.

영화에서 특혜를 얻는 클로즈업의 친밀함은, 내가 믿기로는, 그러한 전철을 탈 때 항해하는 법을 훈련하도록 돕고 있다. 내 말은, 영화를 보지 않는 사람들이 영화를 보는 사람들에 비해 출퇴근 시간의 그 같은 친밀함에 더 곤란을 겪는다고 이야기하는 것은 아니다. 그것은 엄마들이 아이들을 거울 앞에 두지 않았다고 해서 라캉이 일컬은 "거울 단계"를 경험하지 못했다고 주장할 수 없는 것과 마찬가지일 것이다. 지나치게 축어적인 쪽을 취해 실수를 범하기보다는, 나는 역사적으로, 무의식이 명시적인 것이며 프로그램된 문화 조건의 관습들을 명백히 드러낸다는 것을 주장하고자 한다. 그에 따라, 우리는, 현실의 영화적 개념들에 의해 역사적으로 알려진 세계 속에서, 촬영대본 편집이 안정된 시점을 약화시키는 동일한 방식으로, 궤도의 확장과 거리의 붕괴를 수용하는 규칙적 관습들을 하나의 문화로서 간주하고 참여하게 된다. 우리는 아주 가까이에 우리 앞쪽에 있는 사람을 볼 수 있으며 그리고 다음에 아마도 똑같이 아주 가까이에 있는, 우리 뒤편의 180도의 공간을 차지하는 사람을 볼 수 있다. 이러한 촬영 / 역촬영 장면에서 아주 놀랄 만한 무엇은, 양측 사이의 거리는 관련이 없다는 사실이다. 즉, 그 양측이 서로 얼마나 가까운가와는 상관없이, 우리는 그들과 가까이 있을 수 있다. 동시에, 꼭같이, 우리는, 그들의 손과 발에 굉장히 가까이 있을 수가 있다 ― 그들의 얼굴에 관해서라면, 그들이 응시하는 대상에 대한 감정도 읽을 수 있을 만큼 가까이 있을 수 있다. 혹은 꼭같이, 꽤 떨어져 있을 수도 있으며 혹은 두 가지 모두가 가능할 수도 있다. 영화 스크린이라는 틀은 규정대로라면 제한 없는 시간과 공간을 허용해야 한다. 그렇게 되면 그것은, 장면들의 배열에 임의적 논리를 사용할 수는 있지만, 장면들의 공간적 통합을 논리적으로 제한할 수는 없게 된다.

노엘 버치Noel Burch(1969)는, 중요한 연구서, 『영화의 실천*Theory of Film Practice*』에서, 장면들 사이의 가능한 다수의 "접합들articulations" — 그가 일컫기로 — 에 관해 아주 효과적으로 기술하였다. 버치는 통상적인 접합들은 논리적으로 가능한 아주 작은 일부만을 재현한다는 사실을 명확히 한다. 이러한 방식으로, 버치는, 서술영화가 하나의 창을 통해 보도록 한다는 생각을 바꾸도록 한다. 혹은 버치는, 보드웰과 같은 방식으로, 우리가 전개되는 스토리의 시간과 공간을 상상하도록 하는 일련의 표지들로서 서술영화를 간주하지 않도록 한다. 즉 "시간과 공간의 조작 덕분으로", 보드웰은 설명하길, "고전적 서술은, 파불라 세계를, 서술이 외부로부터 진행되는 듯한, 내재적으로 일관된 구조물로 만들고 있다"(Bordwell 1985 : 160). 대신에, 버치는 우리로 하여금 녹화자료의 관현악 편곡으로서 영화를 그려보도록 촉진하며 그에 따라 상상 속의 다른 영역에서는 허용되지 못한, 영화 구성의 이해에 참여하도록 촉구한다. 우리는, 파불라로부터 파불라적인 제시를 분리함으로써, 세부 접합들이 자연에 일치하는 것이 아니라 일련의 계층적 관습들에 어떻게 일치하는가에 관해 좀 더 명확하게 이해할 수 있다.

이러한 문맥에서, 클로즈업은 어떠한 고유의 논리를 재현하는 것은 아니다. 그보다 그것은, 서술의 특정 양식을 개발하는 데에 요구되는 일종의 계층체계를 창조한다. 즉 그것은 우리에게 다음과 같이 말하고 있다, 이 세부에 주목하라, 이 사람에게 특혜를 주라, 이 표정에 주목하라. 이러한 지시들이 서술의 구성에서 논리적으로 결정적인 것은 아니다. 사실상, 보드웰은 이 지시들을 서술이라기보다는 "양식"의 측면으로 지정함으로써 그것들을 보조적인 것으로 만들고 있다. 달리 말하자면, 이 지시들은 아주 큰 특혜가 현상적인 것에 주어진 것으로 간주하도록 하는 특정한 서술의 양식에 있어서 결정적인 것이다.

마찬가지로, 심지어, 매우 불행한 주인공에 관한 스토리도, 주인공에게 과도한 서술의 특혜를 부여한다. 우선, 그것은, 분명하게 그리고 가차없이, 우리가 만들고 있는 서사의 세계가 주인공을 둘러싸고 돌아간다는 것을 확고히 한다. 만약 관객이 파불라를 만든다면, 그것은, 당연히 주인공을 수용하는 이야기를 명명하는 것이 된다. 할리우드 영화에서, "인과관계의 주요한 대리인은 (…중략…) 인물이며 특히 차별적인 개인으로서, 일련의 일관된 분명한 특성, 자질, 그리고 행동을 지니고 있다. (…중략…) 가장 '명시적인' 인물이 일반적으로 주인공이며 주인공은 인과관계의 주요 대리인이자 동시에 서술의 구속을 받는 대상이면서 청중이 동일시하는 주요 대상이 된다"(Bordwell 1985 : 157).

이 모델에서, 모든 관객은 주인공에게 어울리는 집을 주문제작할 뿐만 아니라 또한 문간에서 다른 인물들을 확인하는 업자가 되도록 요청받게 된다. 그러한 선택과정의 기준은 주인공의 목표와 욕망에 맞춘 인과체계와 관련해서 결정된다. 이러한 측면에서, 최종마감은, 주인공의 요구와 그에 따른 플롯의 요구를 특히 구조화하는 만연한 장치가 되기 마련이다. 즉 "필수불가결한 파불라 세계 내부에서 우선하는 인과성은, 보드웰은 설명하길, "고전적(할리우드식) 서술이 애매하지 않은 재현이 되도록 만든다. 예술-영화의 서술은, 객관적 현실, 발화적 현실, 인물들의 정신상태, 그리고 삽입된 서술의 주석을 구분짓고 있는 대사들을 흐릿한 것으로 만들 수 있다. 반면에, 고전적 영화는 우리로 하여금 이러한 상태들을 명확하게 구별짓도록 요청한다"(Bordwell 1985 : 162).

"현실"의 구조화는, 다른 말로 하자면, 클로즈업을 점유한 스타들의 이미지를 에워싸고 강화되는 암시적인 주관적인 요청들을 명백한 객관적인 제시와 통합하는 것이다.

만약 클로즈업이, 플롯에 필수적인 인과표지들이 뻗어나가는 지침들과는 동떨어진, 인물들과 대상들의 친밀함의 자리로서 고려될 수 있다면, 그것은 또한 관심의 전환으로서 간주될 수 있을 것이다. 클로즈업은 한 가지 대상에 주목을 끌 뿐만 아니라 다른 모든 대상들로부터는 멀어지도록 한다. 아주 작은 일련의 세부들로 스크린을 채움으로써, 그것은 영화가 제공하는 것이 아닌 자연이 제공하는 풍부함을 제공한다. 다른 말로 하자면, 클로즈업은 프레임과의 경쟁 속에서 시선을 사로잡지만 그럼에도, 이 경쟁은, 할리우드식 영화에서는, 크게 인식되지 못한 채로 있다. 이와 같이 영화의 장면은 동시적인 것이며 항상 존재하는 부재이자 동시에 항상 부재하는 존재이다. 그것은 우리가 보는 것보다 더 나아간 것 — 더 나아간 '운명' — 이 있다는 추정을 보여준다. 프레임은 그것을 의미하고 있다. 우리는 더 나아간 것이 있음을 암시적으로 알게 되며 그리고 다른 어딘가에 있을 그러한 풍부한 장면들을 충분히 추론할 수 있기 때문이다.

역사 그리고 〈러시안 아크〉의 몫

이와 같이 청중은 프레임이 의미하는 풍부함에 주의를 기울이면서도 한편으로는 프레임을 무시하도록 개입된 이러한 형식적 절차들의 풍부한 관습들에 참여하게 된다. 청중은 그것들이 자연적인 것처럼 이러한 관습들에 참여하지만, 그럼에도 청중의 그러한 참여는, 영화적 서사의 이해에 영향을 미칠 뿐만 아니라 역사적 타당성의 이해에도 영향을 미친다. 다른 방식으로 추정하는 것이 사리에 맞는 것인가? 우리는 손쉽게 그리고 흔히 영화적 현실을 한계짓는 일에 형식적 절차들을 사용한다. 그 절차들은, 그것들 자체는 보이지 않도록 남아있으면서, 우리가 실제로 보는 이미지보다 훨씬 더 광범위하게 어떤 현실을 시각화하도록 한다. 즉 그것들은, 다른 말로 하자면, 우리가 이미지들에 어떠한 역사를 부여하도록 한다. 우리는, 보이지 않는 이러한 절차들을 수행하면서, 게다가 역사적 서술을 구성하는 활동을 실천하게 된다 — 혹자는 우리스스로를 반복, 훈련시킨다고 말할 것이다. 마침내, 헤이든 화이트Hayden White는 역사적 서술의 생산과 소비가 특정시대와 문화의 지배적 서술형식들과 불가분하게 연관되어 있음을 광범위하게 논증하였다. 이처럼 영화적 재현의 약호들은 두 가지 측면에서 수행적이다. 즉 그것들은 영화의 서술을 생산하며 그리고 사건이 설득력을 얻도록 하는 절차들을 의례화함으로써 그리고는 관객으로서의 역사적 주체를 창조하는 것이다.

이것은 또한 까다로운 역사의 문제인 것이다. 역사로서 그 자체를 전개하는 일은 역사의 응시를 피해온 모든 것들의 권한에 의해 이루어진다. 발생한 모든 일들 중에서, 미셸 드 세르토Michel de Certeau(2002)는, 씌어지게 되는 것은 얼마나 조금밖에 되지 않는지를 일깨워준다. 영화와 역사 둘 다에서, 프레임은 그것의 가장자리 내에 놓여 있지 '않은' 모든 것들에 대한 필연적인 장애물이다. 제한된 전능함이라는 환영은,

과거부터 다만 우연히 생략된 것처럼, 알려지지 않은 것들을 배제하는 프레임에 의해 그와 같은 혜택이 주어지는 것이다. 그리고 장면편집의 다채로운 범주들이 우리에게 확인시키는 것은 시간과 공간에 관한 우리의 앎이며 우리가 거리를 조정하는 문제에 관한 것이다. 그것은 잠재적으로 한계가 없는 것이며 어떠한 수고도 요구되지 않는 것이다.

특히 미국은, 하나의 문화권이자 21세기의 산업화된 서구로서, 점차 일반적으로, 할리우드식 영화와 그 파생적 관습들이 마치 이차적 자연인 것처럼 채택해왔다. 현대 서구문화는 할리우드식 서술구성의 논리가 서술 그 자체를 조직하는 데에 내재적이라는 사실을 꽤 암묵적으로 받아들였다. 우리는 그러한 약속들을 받아들이면서 할리우드식 주류 영화의 관습들을 지켜서 상연된 역사적 주관성을 대하는 관객이 지닌 특성을 고려해볼 수 있다. 다른 무엇보다도, 그러한 관객은, 클로즈업과 그것에 명시적 의미를 부여하는 상상 속 어딘가를, 즉 친밀한 것과 신학적인 것을 매개하며 역사를 개관하는 실천적인 존재인 것이다. 다른 말로 하자면, 관객은, 그러한 서술을 구성하는 사건들이 부재한 가운데서 하나의 서술을 만들어내며, 그것은, 사건들과 그것들의 의미를 재현하도록 수용된 역사적인 특정관습들과 일치하는 역사적인 특정 표지들에 의한 것이다.

이러한 관점에서, 나는 2002년 영화, 〈러시안 아크〉에 주목하고자 한다. 그것은, 영화적 서술을 이차적 자연으로서 이해하는데 개입된 쟁점들 일부와, 우리가 역사적 주체로서 역할하는 그러한 관련 쟁점들 일부를, 이 영화가 어떻게 강조하고 있는가를 고찰하기 위한 것이다.

알렉산더 소쿠로프Alexander Sokurov가 감독한 이 놀랄 만한 작품은,

어떤 목소리로써 영화를 시작하고 있다 — 그 목소리는 검은 스크린 너머에서 말하고 있다. 그는 진술한다, "나는 눈을 뜬다. 그리고 나는 아무것도 볼 수 없다." 희미한 소리들, 아마도 바람부는 대리석 복도에서 한 여성이 부르는 소리, 어쩌면 다만 바람 소리인지도. "나는 어떤 사고가 있었음을 기억할 뿐이다. 모든 사람들이 할 수 있는 온 힘을 다해 안전한 곳으로 달렸다." 어둠 너머에서 더 들리는 소리들, 바람, 한 여성이 웃는 메아리. "나는 무슨 일이 일어났는지 도무지 기억해낼 수가 없다." 웃음소리가 커지면서 한 여성이 스크린에 나타난다 — 그녀는 망토, 모피, 깃털, 그리고 보석을 휘두른, 격식을 갖춘 향연차림의 19세기 러시아 귀족으로 보인다. 때는 겨울이며 여성은 마차에서 자신을 내려준 쾌활한 한 남성의 품에 있다.

"아주 낯설구나. 나는 어디에 있지?" 카메라 / 감독은 묻고 있다. 카메라는 이 여성과 그녀의 친구들 아주 가까이에 감독을 위치시키지만 그들 모두는 감독을 전혀 개의치 않고 있다. "의상으로 보건대 1800년대임에 틀림이 없다." 카메라 / 감독의 목소리가 들린다. 무도회를 위해 차려입은 두 쌍의 남녀가 추위 속에서 재빨리 감독을 향해 다가온다. "그들은 어디로 몰려가는 것이지?" 카메라 / 감독은 묻는다. 그리고 카메라는 마치 밟히지 않으려는 듯이 뒤로 물러선다. 한 쌍의 남녀는 몸을 돌려서 많은 사람들과 합류하였으며 그리고 사람들로 가득 찬 통로에 들어선다. 그곳은 다름 아닌, 에르미타주 궁전the Hermitage의 지하층이다. 카메라 / 감독이 그곳을 따라가고 있다.

이같이 우리의 카메라 / 감독은 행사장의 물결을 휩쓸고 지나간다. 그곳은 오늘날에는 세계적으로 유명한 박물관이지만 과거에는 황제

의 겨울궁전이기도 하였던 19세기 에르미타주 궁의 무도장이다. 영화
는 19세기부터 현재에 이르는 인물들을 포괄하면서 그와 같은 시대를
융합하고 있다. 뒷문과 지하층을 통과하여 역사적 무대에 입장하면서,
카메라 / 감독은 역사적 사건들과 닮아있는 무엇들과 맞닥뜨리게 된다.
그것은, 적어도 역사의 작은 조각일 것이며 수세기의 러시아 역사 혹
은 아마도 유럽의 역사일 것이며 혹은 아마도 에르미타주 궁전에 수집
된 작품들로 재현된 서구의 역사일 것이다.

　여기서 공간은, 영화가 현대 역사지리학에 결정적인 많은 쟁점들에
다채롭게 참여하여 자세히 말할 수 있도록 허용하지 않고 있다. 그 몇
가지를 말해보자면, 어떤 연유로 과거가 재현되는지, 과거를 통과하는
우리의 경로가 어떤 연유로 플롯화되는지, 어떤 연유로 사고가 원인과
관련되는지, 누가 혹은 무엇이 역사적 주체를 구성하는지, 역사적 텍
스트와 그 텍스트 고유의 역사성 간의 관계를 규정짓는 것은 무엇인지
등이 될 것이다. 대신에, 이 지점에서, 나는 영화가 이러한 질문들을 제
기하도록 하는 방식이 역사지리학의 문제와 서술영화의 문제 사이의
유사성을 제시하고 있다는 다만 그러한 사실을 주시하고자 한다. 역사
에서처럼, 서술영화에서도, 우리는 시간과 공간의 재현을 구성해야만
한다. 그리고 시간과 공간의 의미는 플롯으로 구성되는 것에 있다. 영
화처럼, 역사는 어떠한 장소의 구성을 필요로 하며 외부로 짐작되는
곳에서 보여지는 어떠한 장소에서의 시점을 필요로 한다. 따라서 관객
에게 아무리 익숙할지라도, 어떠한 장소는 그것에 권한을 부여하는 시
점으로부터 분리되어야 한다. 이것은, 화이트의 다음과 같은 진술에도
불구하고 적용되는 것이다. 화이트는, 서술이 "담론의 모드, 발화의 태

도, 그리고 담론의 모드의 채택에 의해 제작된 산물 일체"라고 지적한 바 있다(White 1987 : 57). 그에 따라, 드 세르토는 설명하고 있다, "현대 서구 역사는 본질적으로 '현재'와 '과거'의 차이를 만들어내는 것으로서 시작한다. (…중략…) 또한 이러한 균열은 '노동'과 '자연'의 관계들 내에서 역사의 내용을 조직한다. 그리고 마침내 현대 서구 역사는, 그 세 번째 형식으로서, '담론'과 '몸'(사회적 몸) 사이의 틈이 도처에 존재하는 것을 당연시하게 된다"(de Certeau 1988 : 2~3). 담론 양식과 그것의 대상 두 가지 모두가 〈러시안 아크〉에 의해 전경화되고 있다. 영화는 박물관을 통과하는 끊기지 않는 86분간의 한 번의 촬영으로 이동하고 있으며, 2,000명이 넘는 사람들과 마주치도록 하는데 그들 모두는 19세기와 20세기 초반 의상을 걸치고 있다. 물론, 실시간으로 86분이 지나가며 그것은 실제의 '상영' 시간이다.

상영시간은 영화의 관람이 끝날 때까지의 시간을 말하는데, 그것은 영화서술에 작용하는 세 가지 시간적 역학 중에서 가장 획일적인 것이다. 스토리 시간(상연되고 설명되며 '추론되는' 사건들에 관한 연대기의 전체 범주)은 몇 시간에서 몇 세기에 이를 수 있으며 그리고 플롯 시간(맨 처음 사건부터 마지막 사건까지 '부과되는' 시간)도 이와 마찬가지이다. 반면에 상영시간은, 할리우드 영화의 경우, 일반적으로 80분과 140분 사이를 차지하며 아주 드문 경우에 200분을 초과한다.

따라서 일반적인 원칙은, 특히 할리우드식 제작물의 경우에, 상영시간이 세 가지 역학 가운데 가장 짧고 그리고 스토리 시간이 가장 길다. 이 원칙은, 플롯 시간과 상영 시간이 일치하는 것처럼 보이는 영화에도 적용된다. 예를 들어 알프레드 히치콕Alfred Hitchcock의 〈로프rope〉는 끊기지 않는 하나의 촬영장면으로 구성되는 특성을 보여주는 작품이다. 이 영화는 연속적인 동작들을 제시하는데, 그것은 살인을 저지르고 옷장 속에 희생자를 숨기고 그리고 칵테일에서 디저트까지 완벽한, 디너 뷔페파티의 음식을 차리며 손님을 맞이하는 장면을 보여준다. 그리고는 손님 개개인에게 작별인사를 하고 마무리되는 듯하였으나 디너파티 후에 범죄가 누설되는 상황에 처하는 모습을 보여준다. 이것들 모두가 80분 안에 일어나는 〈로프〉는 할리우드 영화사에서 아주 생동적인 사례가 되고 있다. 여기서 상영시간은 플롯시간과 거의 동일하게 여겨진다. 그럼에도 그것은 분명 그렇게 될 수는 없는 일이다.

대조적으로, 〈러시안 아크〉의 플롯시간은 상영시간과 일치하는 것임에 틀림이 없다. 그것은, 이 영화의 단일한 연속촬영 때문이라기보다는, 역사에 관한 부분적이고 제한된 연속촬영이 이 영화의 플롯이 되기 때문이며 카메라/감독이 주인공이 되기 때문이다. 이 영화의 사건들은 시간과 장소를 이해하고자 하는 감독의 노력인 것이며 그것은 첫 번째 이미지부터 마지막 이미지까지 영화의 단일한 '패스'—정의한다면, 어떤 다른 '패스들'을 배제하는—에 의해 재현된다. 이 영화의 위기는 카메라/감독이 역사적 주체, 다시 말해 자신의 존재를 둘러싼 모든 조건들에 보이지 않는 채로 있는 자리—비록 늘 부분적으로는 알고 있다고 해도—를 차지하다는 사실이다. 그는 과거에 관해 자신이 이해한 것을 알려주며 그리고 윤곽이 드러난 시간과 공간을 통해 이동하도록 허용받고 있다. 다른 말로 하자면, 그의 움직임이 곧 영화의 플롯이 되는데, 그것은 영화 속의 공간이 영화적 방식으로 구조화된 것이 아니기 때문이다. 즉 그 영화 속 공간은 일련의 역사적인 관습들에 의한 자연의 환영 곧 그 존재와 일관성을 부여받는 상상 속 어딘가의 파편들이라 할 만한 것은 아닌 것이다.

또한 카메라 / 감독은 정교한 무대와 안무로 이루어진 재현된 역사를 따라 줄곧 이동한다. 그러나, 영화가 명확히 보여주듯이, 그것은, 박물관의 개별 수집된 예술작품들을 다만 정교하게 무대화한 역사의 재현이거나 혹은 다만 박물관의 수집역사 속에서의 재현인 것이다. 19세기 프랑스 외교관을 연기하는 남성(세르게이 드라이든Serge Dreiden)은 유명한 러시아 연극배우이다. 그는 프랑스 남성을 역할하며 배우 역할을 맡은 배우들과 만나게 된다. 영화 초반부에서, 그는 캐서린 대제Catherine the Great를 위해 배우들이 상연하는 공연을 보고 있다. 프랑스 남성과 카메라 / 감독은 무대 뒤편에서 공연하는 곳을 향해 가까이 가는데, 그들은 플랫폼의 가장자리를 가로질러 무대 양옆을 통과하여 캐서린 대제가 공연을 관람하고 승인하는 공연장 쪽으로 이동하고 있다. 서로를 향해 속삭이면서, 카메라 / 감독과 프랑스 남성은 눈에 띄어 방해가 되지 않도록 각자 모두 조심하고 있다. 연극의 행위와 대화 대신에 우리는 공연에 들어가기 직전의 순간에 있는 배우들을 볼 수 있다. 혹은 심지어는, 공연 중에도, 배우들이 청중을 향해서가 아니라 그들 사이에서 하는 말을 엿들을 수가 있다. "내 쪽으로 숙여봐", 연극의 감독을 연기하는 것으로 짐작되는, 18세기 복장의 한 배우가, 고전적 예복을 입고 꽃마차를 탄 무대 뒤의 여배우에게 말한다, "당신 아름다워." 무용수들이 공연하고 있는 무대 위로 무대 양옆을 통과하여 이동할 때, 우리는 한 명의 무용수가 자신의 파트너에게 소곤거리는 소리를 듣는다, "왜 밀치고 있는 거야?" "할퀴지 마", 파트너 남성은 되받아 속삭인다.

우리는 상연된 서사 속 인물들로서가 아니라 주로 공연을 상연 중인 배우들을 보고 있으므로 문맥은 풍부하게 겹겹이 놓이게 된다. 그 결과, 우리는, 캐서린 대제를 위해 상연된 연극이, 지금은 잊혀진 배우들의 삶의 순간들, 즉, 배우들과 시간과 공간을 공유한 여왕만큼이나 상당한 의미에서 역사의 일부가 되는 실제적인 순간들을 구성한다는 사실을 잊을 수가 없을 것이다. 그녀가 프랑스 남성의 시야에서 벗어나 (소변을 보러) 달려갈 때, 그는 그녀가 사라지는 과장된 태도를 주시한다. "여왕은 어디에 계신가?" 그는 묻는다, "가버리셨는가? 러시아는 극장과도 같다. 하나의 극장." 카메라 / 감독은 조심해서 부드럽게 말하며 자신의(그리고 카메라의) 존재에 주의를 끌지 않으려 하는 반면에, 프랑스 남성은 러시아 귀족들(즉, 귀족으로 분장한 〈러시안 아크〉 영화의 배우들)을 계속해서 살펴보며 그리고는 소리친다, "극장! …… 정말로, 배우들! 그리고 이런 복장들!"

　　프랑스 남성은 또한 박물관의 예술작품에 관한 토론에 참여한다. 그는 카메라 / 감독과 예술작품들에 관해 논의하며 그리고 작품들의 수준, 독창성, 특정작품의 역사 그리고 길을 가다 볼 수 있는 21세기 현대인들의 양식에 관해 논의한다. 한 지점에서, 카메라 / 감독은 예술 일부와 건축물 일부의 본뜬 장식에 대한 유럽인의 비판에 답하여 말한다, "황제들은 대체로 러시아를 사랑하는 이들이었다. 그러나 그들은 가끔은 이태리를 꿈꾸기도 하였다. 에르미타주 궁전은 그러한 꿈들을 만족시키도록 창조되지 않았던가?" 두 사람 사이의 대화는 그러한 어구들의 축어적, 비유적 의미들이, 역사적인 꿈의 실현으로서 미술품과 유물의 역사성과 교차하면서 "예술의 장소"를 탐사하고 있다.

프랑스 남성은 또한 미학과 의미를 논의한다. "당신은 아름다움 혹은 오로지 아름다움의 재현에만 관심이 있나요?" 그는 카메라 / 감독의 친구들인 당대의 의사와 배우에게 질문한다. 프랑스 남성은, 캐서린 대제가 1772년에 습득한, "에르미타주 궁전의 아주 초기의 취득물 중의 하나"를 그들에게 보여주었다. 그들은 그에게 말한다, "그런 정보는 전문가들을 위한 것이오, 우리에게는 세부적인 것이 더 흥미롭소." 그들은 그림의 전경에 있는 병아리와 고양이의 상징적인 의미에 더 이끌리고 있다.

이와 같은 대비는 이 영화에서 아주 많이 나타나는 것들 중의 하나이다. 그것은 어떤 충돌적 관점을 극적으로 만들고 있다. 그 충돌적 관점은, 역사의 장소와 예술의 장소의 교차지점에 포함되는 것이거나, 혹은, 미술품의 역사와 역사적 보존의 기술에 의해 환기되는 것이다. 그리고 영화는 균형 잡힌 예술과 역사적 재연 속에서 프레임을 만들고 있다. 이와 같이 〈러시안 아크〉의 이야기는 역사에 관한 경쟁력 있는 버전들 사이의 어떠한 충돌로서 보여질 수 있다. 그리고 그것은 박물관, 예술작품, 의상을 입은 배우들, 대화, 그리고 장관을 이루는 유일한 공연에서의 방해받지 않은 시각적 기록에 의해 주장된다. 이러한 가능성들 중의 많은 부분은 카메라 / 감독이 프랑스 남성을 대화에 개입하도록 함으로써 전경화되고 있다. 프랑스 남성은, 카메라 / 감독에 의해 이 장소와 이 시간에 놓이게 된 자신을 둘러싼 주변들과 설명할 수 없는 사건들로 인해 당황스러워하고 있다 ― 또한 이것들에 매료되고 있다. 두 주인공은 함께, 역사의 개념에서 필수적인 이원성을 구성한다. 그것은, 개별 주체들을 포괄하는 구성적 비전을 반영하며 동시에 개별 주체들의 축적된 활동을 반영하는 것이다. 가시적인 유럽인과 비가시적인 카메라／감독은, 이 같은 동반관계를 이루면서, 예술, 유물, 인유, 풍설, 그리고 공연, 곧 역사적 앎의 "잡동사니들"에 참여하고 있다.

또 다른 방식으로 보자면, 그들은 자신들이 요구하는 경쟁력 있는 프레임의 관점에서 역사의 요소들을 점검하고 있다. 동시에, 〈러시안 아크〉는 하나의 프레임 내에 존재하기 때문에 프레임과 주체의 자리바꿈에 영향을 미친다. 프레임은 제한없는 발화의 세계를 재현하지 못하며 서술을 에워싼 세계의 한계들을 재현한다. 이때 서술은 촬영장면 그 자체 — 시간과 공간을 통해 동기가 부여되는 하나의 진행 — 가 된다.

해설의 목소리는 영화의 서술자의 것이 아니라 청중이기도 한 카메라／감독의 것이다. 즉 감독은, 달리 말하자면, 역사적 주체의 대리인이지 신이 아닌 것이다. 이것은 〈러시안 아크〉가 할리우드 양식의 제한적인 전능함이라는 매우 보편적인 기표들 중의 한 가지, 즉 주인공들이 스스로를 의식할 수 있는 시각적 앎을 불가능한 것으로 만든다는 점에서 특히 명확하다. 심지어는, 할리우드-양식의 영화, 예를 들어 〈졸업〉을 보면, 그것은 전적으로 한 인물의 경험에 초점이 맞추어져 있다. 그 인물과 함께 하는 청중인 우리들은, 중심인물, 벤야민 브래독 Benjamin Braddock이 그 자리에 있지만 그로서는 보지 못하는 무엇을 계속해서 보여주는, 주인공을 둘러싼 장면들과 일화들을 다만 보여주는 영화에 전적으로 동일화되도록 장려된다／기대된다. 게다가 우리는 그가 알든지 모르든지 간에 주인공의 배후에 있는 무엇을 항상 보게 된다. 그리고 우리는 벤야민 혹은 그의 중심적 위치와 동일시하는 우리자신의 능력에 관해 별다른 생각을 하지 않고 그러한 것들 모두를 보고 있다.

사실상 그렇게 된 것은, 아마도, 할리우드 양식이 우리로 하여금, 카메라에 의해 공유된 물리적 현실 속에 존재하는 벤야민을 상상하도록 암시해서만은 아닐 것이다. 그것은, 카메라가 허용한 응시를 여전히 유지한 채로, 카메라가 없는 상상 속 어딘가 속에 존재하는 벤야민을 상상하도록 암시해서인 것이다. 즉 그것은, 할리우드 양식의 제한적인 전능함의 환상이 의존하고 그리고 〈러시안 아크〉가 반대하는 그러한 파불라의 신학적 위치인 것이다.

카메라 / 감독은 편집(특히 촬영대본-양식의 편집)이 암시하는 전능함 — 상상 속 어딘가를 주장하는 사실 — 이라는 감독으로서의 권한을 스스로부터 빼앗고 있다. 한편, 그는 편집없이 프레임을 이동시키는데 그것은 클로즈업이 하나의 촬영장면이 아닌 장면이동의 기능을 지니도록 하기 위한 것이다. 사소해보일지 모르지만, 그것은, 그 "어딘가"가 형이상학적으로가 아니라 마치 물리적으로 존재하는 것처럼 서술영화를 관람하도록 하는 효과에 관해 생각해보도록 한다. 누구 혹은 무엇의 가까이로 이동할 때, 우리는, 친밀함을 얻기 위해 포기한 모든 것들에 친밀함을 인위적으로 봉합할 수 없다는, 그 같은 친밀함의 대가에 관해 충분히 알고 있다. 봉합suture — (대략) 180도로 시각을 역전시키는 촬영장면들 사이에서 앞과 뒤를 잘라냄으로써 하나의 공간을 짜맞추어가는 과정 — 은 끊임없이 부재한 공간을 배치하고 채움으로써 일관된 하나의 세계라는 환영을 창조해낸다. 장-피에르 우다르Jean-Pierre Oudart(1977~78)에게, 그것은 "부재한 것", 다시 말해 어떤 신학적 개념을 암시한다. 즉 〈러시안 아크〉는 봉합을 배제할 뿐만 아니라 또한 봉합을 가능하게 하는 논리를 부정하고 있다. 그에 따라, 영화상에서의 어떠한 존재, 곧 "부재한 것"에 대해 부정하고 있으며, 마찬가지로 전능함의 암시적 형식을 공유하는 관객능력의 가능성을 부정하고 있다.

물리적 공간 ─ 복도, 계단통, 방, 그리고 건물 ─ 또한, 촬영장면을 제한한다. 그리고 우리가 허용받는 한정된 시간 또한 그러하다. 대조적으로, 상상은 제한받지 않는다. 즉 상상은, 예술작품들에 관한 숙고, 무대에 올려진 연극적, 관현악적 공연, 인물들 간의 논의 등에 의해 일깨워지게 된다. 상상은 응시는 미칠 수 없는 영역을 자유롭게 배회하며 ─ 상상의 자격으로서 ─ 그렇기 때문에 〈러시안 아크〉에서 상상 속 어딘가는 상상적인 것으로서 특징지어진다. 말하자면, 그것은, 현실의 자리가 아닌, 인간의 노력에 의한 산물인 것이다.

이러한 상상의 형식 ─ 보드웰의 인지적 암시에 대한 반응과는 완전히 구별되는 ─ 은, 서술에 권위를 부여하거나 혹은 응시를 프레임하거나 하지 않는다. 그에 따라, 86분간의 여행은 그것 자체로서 유일한 버전인 것이다. 영화의 서술한계를 정하는 시간 프레임은 파불라와 슈제의 시간 프레임이 아니라 그것은, 지속과 순간의 시간 프레임인 것이다. 영화는 그 둘 사이를 오가면서, 2,000명의 무명조연들과 단역배우들의 개별행위들이 ─ 수천의 병사들이 없다면 워털루Waterloo 전투가 전투가 되지 않는 것과 같다 ─ 가져오는 순간의 영화를 영원의 기록물로 바꾸어내고 있다. 이와 같이 해서, 〈러시안 아크〉는 역사에 관한 공연일 뿐만 아니라 공연에 관한 역사가 된다.

동시에, 이 영화는 개인에게 역사는 항상 독특하면서도 단일한 것이라는 사실을 명확히 한다. 〈러시안 아크〉에서 형식적 원리와 주제적 원리 둘 다는, 유일한 한 가지, 즉 시간적으로 한정된 기회를 통해서, 역사적 주체로서 우리의 경험을 구성하는, 관점과 암시 그리고 해설과 사색의 합성물들과 조우하도록 그리고 궁극적으로는 그러한 것들을 이해하도록 만든다.

이렇게 해서, 거대한 무도장에서의 영화를 맺는 결말에서, 프랑스 남성이 "미래"를 향해 더 나아가지 않을 것을 선택하면서 카메라 / 감독과 헤어지기로 결정했을 때, 카메라 / 감독이 표현한 슬픔은 "끝났다"는 말로써 고조되고 있다. 무도장, 겨울궁전, 박물관, 그리고 영화에서 동시에 퇴장하는 배우들, 무용수들, 그리고 단역배우들로 이루어진 수천 명의 인파들 사이에서, 홀로, 카메라 / 감독은 군중들로부터 벗어나 열린 유리문으로 향한다. 그리고는 안개 낀 회색빛 세계를 바라보며 명백히 빈 공간을 향해 나아간다. "선생님, 선생님", 그는 잃어버린 프랑스 남성을 부드럽게 부른다. "당신이 나와 여기 있지 않은 것은 유감입니다. 당신은 모든 것을 이해할 것입니다. 보십시오. 바다가 우리를 에워싼 모든 것입니다. 우리는 영원히 항해하도록 운명지어져 있습니다, 영원히 살기 위해서." 이러한 헛된 희망들은, 모두 수증기로 분해되어 어둠을 향해 증발되는 듯한 회색 바다와 회색 하늘로서 표현된다. '어떠한 개념'으로서의 미래는, 이렇게 끝맺는 장면으로 제시되며, 그것은 무한의 모습일 것이다. 그러나 '어떠한 경험'으로서의 미래는 시간적인 것이다. 즉 그 개념을 상상할 수 있는 것으로 만드는 전적인 경험들을 우리에게 이해시키는 홀로 있는 그 장면 동안에, 우리가 무엇을 말하거나 무엇을 하거나 하는 것과는 무관한 것이다.

이러한 웅장한 영화가 일깨워준 다양한 쟁점들을 정교화하기 시작하자마자, 혹은 쟁점들의 형식적, 주제적 연관들을 탐구하기 시작하자마자, 나는, 이 영화를 사례로 들어서, 영화적 재현의 약호들이 임의적이며 그리고 더 중요한 것은 그것들이 굴절되고 있다는 것을 보여주었다. 재현의 다른 양식은 친밀함과 전능함 사이에서, 경험과 상상 사이에서, 그리고 역사적 주체와 역사의 범주 사이에서 어떤 다른 관계를 상연하는 것이다.

자신의 이해 그 너머 세계의 권위를 믿는 자기만족적 능력을 빼앗기게 되었을 때 진실을 향한 우리의 길은 당연히 더 어려운 일이 된다. 그리고 그것이 영화관에서 우리를 기다리고 있는 일상적인 것이라고 해도 역사 속에서 진실을 향한 그 길을 쉽게 발견할 수는 없다는 것은 확실하다.

끝을 이야기하기
죽음과 오페라

─────────

린다 허천Linda Hutcheon & 마이클 허천Michael Hutcheon

서술로서의 오페라

십 년 전쯤 혹은 그 전에, 저널특집과 간담회에서 격렬한 논쟁이 일
어났다. 그것은, 음악이 다만 비유의 형태로서 서사성을 **'사용하는 것'**이
아니라 서술**'이 될'** 수 있는가에 관한 것이었다. 그 권호에서, 논쟁자들
중의 한 사람인 프레드 마우스Fred Maus가 그러한 질문을 제기한 이래
로, 우리는 그 논쟁의 초점은 아니었지만 특수한 사례인 대본이 있는
음악 혹은 존슨Johnson 박사가 일컫기로는 "과장적이며 비이성적인" 오
페라 예술에서 그 문제를 고려하고자 한다. 오페라는 '노래로 상연되
는 서술'로서 규정될 수 있다. 그러나 서술론의 제약들에 관한 역사를
고려할 때 이 규정의 첫 번째 두 단어는 세 번째 단어의 재규정을 요구

하는 것으로 보인다. 그것은 적어도 드라마가 복합미디어 서술텍스트 유형이라는 사실의 수용에 관한 것으로서(Jahn 2003), 이 글은 이와 같은 두 번째 규정의 경로를 취하고 있다. 수사학으로서의 서술을 주장하는(그렇게 한정적이지는 않지만) 제임스 펠란James Phelan은, 서술이, 일정한 목적을 지닌 특정한 사례들로서 누군가로부터 누군가에게 어떤 스토리를 말하는 것이라고 규정짓고 있다(1996 : 8). 만약 그러하다면, 오페라는, 말 그대로, 특정한 공석公席에서 실제청중을 위해 연기자와 창조자라는 결속집단에 의해 하나의 스토리를 체화하여 말하는 것이다. 서술자들은 무대에 종종 출현하지만 — 벤자민 브리튼Benjamin Britten의 〈빌리 버드Billy Budd〉에서의 비어Vere 선장 혹은 리하르트 바그너Richard Wagner의 〈니벨룽겐의 반지Der Ring des Nibelungen〉에서의 보탄Wotan, 에다Erda, 발트라우테Waltraute, 그리고 노른the Norns처럼 — 오페라의 서술은 겉으로 보기에는, 규범적 서술론의 특성을 활용하는 "말해지는 것"이라기보다는 "보여지는 것"으로서 간주된다. 그럼에도 이와 같은 보여주기는 복합적으로 매개되고 있으므로 우리는 이것이 어떠한 말하기로서 기능하는 것임을 주장하고자 한다.

소설의 서술과는 달리, 오페라의 서술은 두 가지 다른 형식으로 존재한다. 즉 한 가지는 키어 엘람Kier Elam이 일컫기로 "극적" 텍스트이며(이 경우에는 음악 악보와 말로 된 / 극적 가사가 된다) 그리고 다른 한 가지는 "공연" 텍스트이다 — 그에 따라 "공연" 텍스트는 일회적이며 동시적인 방식으로 극적 텍스트를 해석하여 시각화하며 또한 청각적, 물리적 삶을 가져다주는 다양한 제작물이 되는 것이다(Elam 1980 : 3). 간단히 말해서, 상연할 오페라의 제작은 극적인 두 개의 텍스트를 매개한 형식으로서 소설의 서술자에 의해 제공된 것에 상응하지만 기호적 복합성을 지니고 있다. 많은 다양한 사람들은 그러한 말하기가 청중— 최초의 작사가와 작곡자로부터 전체 제작 팀까지 포함한 모든 사람들— 에 의해 현재의 것으로서 경험된다고 형태화하고 있다. 감독, 지휘자, 음악가들, 가수들, 디자이너들(조명과 의상과 무대) 그리고 수많은 개인들과 그룹들이, 모두 함께 작업하여 무대 위에 오페라의 서술들을 이야기하도록 협력한다. 또한 그들은 많은 다양한 매체들로서 많은 다양한 방식들로서 그렇게 작업하는 것이다. 오페라처럼 대리서술된 예술 제작팀의 작업(Nattiez 1990 : 74 Goodman 1968 : 129)은 극적 텍스트의 서술 요소들을 선택하고 질서화하며 체화하는 과정을 통하여 그 예술에 관한 해석적 가치들의 결합체를 무대에 올리게 된다. 결과적으로, 종종 이 과정은 서술 층위에서 주요한 변화를 가져온다. 감독은 서술의 프레임을 덧붙여 삽입할 수 있다. 예를 들면 극적 텍스트에 존재하지 않는 부분을 초점화하도록 힘을 실어줄 수도 있는 것이다. 〈바이에른 슈타츠오퍼the Bayerische Staatsoper〉의 감독, 니콜라우스 렌호프Nikolaus Lehnhoff는 1987년도에 리하르트 바그너Richard Wagner의 〈니벨룽겐의 반지 Der Ring des Nibelungen〉를 제작하였다. 그는 등장인물인 로지Loge로 하여금 개회 무대막 위에 "옛날 옛적에Es war einmal"라는 문구를 쓰도록 하였다. 그리고 그는, 바그너가 결코 의도하지 않았을 법한 방식으로, 이어지는 네 편 오페라의 단계를 조정하였다. 무대막 위의 그 어구는 오페라대본에는 없는 것이었으며 뿐만 아니라 조연에 불과한 로지를 무대 중앙으로 이동시켜서 서사행위의 초점자, 실지로는 조정자로서 기능하도록 한 것이다. 그럼에도 아마 틀림없이 '모든' 제작 결정들은 서사적으로 기능한다고 이야기될 수 있는데, 그 결정들은 스토리가 "이야기되는" 방식을 결정짓기 때문이다.

상연된 서술은 사람들과 장소들에 관한 산문 소설의 묘사들, 그것의 설명들, 그리고 시간과 장소를 용이하게 전환하는 산문소설의 유연성을 결핍하고 있다. 대신에, 상연된 서술은 사람들과 장소들의 시각적, 청각적 재현, 연기의 행위와 설명의 상호작용, 그리고 놀랍도록 생생한 여기와 지금이라는 시간감각을 제공하고 있다. 간단히 말해서, 상연된 서술은 서술되어 있는 것을 그대로 기술한 것이다. 그럼에도 오페라는 이 모든 것에서 더 나아가 음악이라는 매개요소를 부가하고 있다. 스토리처럼, 음악도 인간적인 질서를 형태화하고 의미를 만들어내는 요구들에 핵심적인 것이라고 이야기되고 있다. 오페라는 그래야만 하겠지만, 스토리와 음악이 상호작용할 때 그것들은 우리가 기존의 서술론적 모델을 단순히 채택하는 것이 아니라 서술론적 모델을 적용하도록 한다. 음악은 종종 서술에 의해 영감을 얻어왔다 — 프로그램 음악의 경우에 특히 기악 음악은 문학적 관념들을 재생산하고 제시하거나 혹은 정신적 영상을 일깨우도록 한다. 음악은 또한 종종 서술에 비유되었는데 그것은 음악이 시간적 경과에 의해 종결로 나아가며 그러한 도중에 기대와 긴장과 해결이 나타나기 때문이다. 그러나 오페라는 대본 혹은 "텍스트"가 있는 음악이다. 캐롤린 아바테Carolyn Abbate는 "문학 텍스트를 해석하는 데에 효과가 있다"는 점에서 이와 같은 음악은 수행적이라고 주장한다(1991 : x). 그러나 오페라 대본의 해석은 누구를 위한 것인가? 서술을 매개하는 측면에서 보면, 오페라 음악은 청중을 향해 직접 말을 하는데, 무대에 올려진 스토리 속의 등장인물들이 모두 그렇게 해야 하는 것은 아니다. 다만 "경이로운" 노래라고 일컬어지는 것들에서만 — 다시 말해, 자의식적으로 노래되는 곡들, 즉 발라드, 세레나데, 축배의 인사, 혹은 자장가 — 인물들은 우리와 청각을 공유하며 그리고 우리 청중들이 음악을 경험하도록 들려준다. 〈돈나 엘비라Donna Elvira의 하녀〉라는 제목을 지닌 모차르트 오페라 속에서, 돈 조반니Don Giovanni는 엘비라를 위해 세레나데를 부르며 엘비라는 아마도 조반니의 노래에 매혹된다 — 그녀와 함께 듣고 있는 우리 또한 그렇게 된다. 그럼에도 인물들은 일반적인 방식으로 그 음악을 듣지는 않는다(리처드 타루스킨Richard Taruskin(1992 : 196)이 지적하듯이 인물들은 그 음악 속에서 '살고 있는' 것이다). 아바테 또한 인상적으로, 인물들이 "음악에 흠뻑 빠진 그들의 세계를 에워싸는 음악의 흐름"에 귀가 멀어 있다고 썼다(1991 : 119).

매개적이며 소통적인 오페라 음악의 기능은 소설에서의 서술자의 기능만큼이나 기호론적으로 복합적이다. 오페라 음악은, 소설의 텍스트와 서사론적으로 상호작용하는 가운데, 행동과 말을 강화시킬 수 있으며 혹은 행동과 말을 전적으로 약화시킬 수도 있다. 동시에 오페라 음악은 인물이 알지 못하거나 혹은 아직 의식적으로 직면하지 못한 무엇인가를 청중에게 이야기하고 있다. 오페라 음악은 무대에 올려진 서사를 지지할 수도 서사를 약화시킬 수도 있으며, 그 과정에서 청중만이 음미할 수 있는 아이러니를 창조하기도 한다. 루카 조펠리Luca Zopelli는 이와 같은 순간에 오페라 작곡자는 일인칭으로 말하고 있다고 주장하였다(1994 : 27). 그러나 인물들은 또한 음악적 서사에서의 초점자가 될 수 있는데, 그것은 독주악기가 외따로 연주되면서 우리를 어떤 인물의 정신 속에 입장하도록 신호할 때 발생하곤 한다. 이와 같이 해서 청중의 주의는 인물(그리고 인물의 내면세계)에 집중되는데 그것은 청각적 스포트라이트처럼 기능하고 있는 음악과 함께이다.

리하르트 바그너는 사람들이 주악상leitmotif이라고 일컫는 것을 개발하여 고급예술에 사용함으로써 음악 / 텍스트의 상호작용에 의한 서술 복합성들을 확장하고자 하였다. 인물과 감정과 대상이나 사건과 연관된 작은 멜로디 혹은 하모니는, 바그너의 오페라 악극 전체에 걸쳐 반복되고 변주되면서 고유의 생명력을 불어넣는 구조적 요소들이 되었다. 이졸데Isolde는 자신이 트리스탄Tristan을 미워한다고 확신하지만 그럼에도 트리스탄을 향한 사랑을 환기시키는 음악에 맞추어서 자신의 미움을 노래하고 있다. 아바테는 말과 음악의 상호작용에 의한 서술의 잠재력을 오페라의 분열적인 발화 순간들에 관한 이론으로 전개시켰다. 그 순간들은 텍스트와 음악이 잠시 잘못 설정될 때 낯선 서술의 "목소리들"이 자기반영적 관점에서 들려질 수 있도록 한다(Abbate 1991 : xii~xiv). 로렌스 크레이머Lawrence Kramer(Kramer 1990)처럼, 아바테는 서술의 발성 곧 누가 그 이야기를 말하는가, 누가 그것을 조정하는가 등을 특별히 강조하면서 오페라에 서술론의 도구들을 가져왔다. 누가 이야기를 조절하는가? 그러나 우리는 기술적인 서술론으로부터 좀 더 수사학적인 차원으로 옮겨가고 있다. 즉, 제작과정에서의 반대편, 다시 말해 피터 콘래드Peter Conrad(1987)가 "사랑과 죽음의 노래"로서 일컫은 무대를 선택하고 목격하는 오페라 서술의 '**수신자**'에 좀 더 관심을 지니게 된다.

죽음과 죽어가는 것에 관한 오페라 서술들

오페라가 16세기 플로렌스에서 새로운 예술 형식으로서 태어났을 때 아주 대중적인 오페라 서술은, 몇 세기 동안 그 장르에 출몰한 나머지 사랑과 상실의 패턴을 정해준 이야기 곧 오르페우스 이야기에 관한 것이었다. 죽음이 인간의 보편적인 것인 반면에 죽음에 관한 동시대 우리의 태도는 르네상스 이태리의 그것과 동일하지가 않다. 오늘날 청중들은 개인의 필멸성에 관한 자신들만의 감정을 지닐 뿐만 아니라 자신들만의 시간과 문화를 통해서 무대 위에서 보고 듣는 무엇들을 여과할 것이다. 그리고 청중들은 연령, 개성, 종교적 관점, 철학적 관점 그리고 죽음과 죽어가는 것에 관한 개인의 경험 등과 같은 것들에 의존할 것이다. 우리의 문화는 실지로 죽음에 부정적인 것들이며 모든 사람들이 그렇다고들 말한다. 만약 그렇다면, 우리가 죽음에 사로잡힌 오페라 서술들에 지속적으로 강렬하게 매료되는 것을 어떻게 설명하겠는가 — 이와 같은 오페라 서술들은 19세기의 관습적인 오페라 비극으로부터 바그너의 〈트리스탄과 이졸데〉와 같이 관습성이 덜한, 죽음에 영감을 받은 것들에까지 이른다. 힐리스 밀러J. Hillis Miller는, 아리스토텔레스가 우리가 "가능할 수 있는 자신들에 관해 시험하고 실제 세계 속에서 우리의 자리를 취하도록 배우며 그리고 거기서 우리의 역할을 수행하도록 하는" 서술들이 필요하다고 주장하였다고 독해한다(Miller 1990 : 69). 오페라가 사로잡혀 있는 주제로써 일깨워지는 우리의 질문은 다음과 같은 것이다. 즉 이것이 피날레를 공연하는 것으로까지 이어질 수 있을까? 각 분야의 최근 연구들은 — 의료인류학으로부터 사회언어학에 이르기까지 — 문학범주들 바깥에서 점차로 커져가는 깨달음을 증명해주고 있다. 특히 셰릴 매팅리Cheryl Mattingly의 관점에서, 서술은 "임의적으로 형태를 옮겨가는 시간 안에서의 삶을 고려하도록 특별히 맞추어진 사유와 재현의 양식을 구성하고 있으며 그리고 죽음이 결코 멀리 있지 않은 영역에서 형성되는 인간적 경로를 구성하고 있다"(Mattingly 1998L 1). 이러한 기술은, 우리의 주장과 일치하며, 아주 특별한 방식으로 죽음에 사로잡혀 있는 오페라 서술에 적절한 것이다.

오페라가 '무대에 올려진' 서술이라는 사실은 물론, 상당히 대중적으로 공유되는 차원을 부가한 것이다. 청중을 해석하는 일은 항상 극적 예술형식의 창조적 과정의 일부였으며 또한 항상 의미를 적극적으로 만들어내는 작업의 일부였다. 그리고 이것은 현재, 극장에서의 일반적인 지혜로서 통용되고 있다. 그러나 비극적 카타르시스에 관한 아리스토텔레스의 초기이론 즉 청중에 의해 경험된다고 이야기되는 연민과 공포에 관한 논의는, 청중들이 '의미를 만들어낼' 뿐만 아니라 '감정을 느끼고 있다'는 것을 상기시켜준다. 그리고 나서 감정적 동일화와 지적인 거리 사이에서 잠재적으로 발생하는 이중적 견인력은 또한, 꽤 많은 사람들에 의해 이론화되어왔을 뿐만 아니라, 서로 맞물린 죽음과 죽어가는 것을 극화한 서술들에 관한 청중들의 반응 그 핵심부에 놓여 있다. 오페라가 노래로 불려진다는 사실은 — 다른 말로 하자면 오페라의 장치들은 명백하게 청취를 목적으로 한다 — 예술적 거리두기에 관한 논의들을 복합적으로 만들면서 동시에 그것들을 단순화시키고 있다. 불가피한 오페라의 장치들은 작곡가들이 오페라의 주제들을 선택하는 것에 있어서 가장 핵심적 요소가 된다. 헤르베르트 린덴베르거

Herbert Lindenberger가 주장하였듯이, 적합한 주제의 사냥감을 찾는, 작곡가들은, 예술형식 그 자체의 거리두기의 관습들과 균형을 맞추기 위해서 "더욱 지속적인 더 높은 수준의 강도"를 가져올 만한 것들에 매료될 것이다(1984 : 53). 그럼에도 감동적이며 매개적인 오페라 음악의 힘은, 효과적으로 작용하여 그러한 거리두기에 대항하도록 하며 청중들을 곧장 작품의 감정적 영역 속으로 데려가도록 한다. 그것은 말이나 행동을 통해서가 아닌 것이다.

감정적 개입과 비판적 소외 사이의 긴장은 항상, 무대에서 가창되는 서술에 대한 청중의 반응을 논의하는 앞자리에 오게 된다. 어둠 속에 앉아서 보고 들을 때, 우리는 공감하고 있는 참여자인가, 혹은 객관화하고 있는 관찰자인가? 가창, 조명, 무대 메이크업, 혹은 아마도 시적 언어 등과 같은 오페라의 장치들은, 무대 위의 인물들과 그들의 이야기에 우리가 덜 가까운 느낌을 갖도록 만드는 것은 아닐까? 20세기에 베르톨트 브레히트Bertold Brecht는 "소외효과"라는 비판적 거리의 개념을 극에서 필수적인 것으로서 아주 영향력 있게 뚜렷이 보여주었다. 그럼에도 불구하고 이 개념은 적어도 아리스토텔레스로 거슬러 갈 수 있으며 그리고 18세기 영국 이론가들과 19세기 독일 이론가들에 의해 심미적 "무관심성disinterestedness"이라는 것으로 한층 심화되었다. 그러나 오페라 청중들이 운다는 사실에 관해서는 무엇과 관련지을 수 있는가? 정신적 보호의 종류로서의 거리는 필요한 것인가? ― 특히 무대에서 목격하고 있는 주제가 우리 모두가 회피할 수 없는 운명, 곧 죽음인 때에도 그러한가? 그리고 음악의 힘은 거리 두기 ― 혹은 거리 좁히기 ― 에 있어서 어떠한 매개적 역할을 하고 있는가?

확실히 프리드리히 니체Friedrich Nietzsche는 〈디오니소스적〉 혼돈의 힘과 감정적 에너지를 조절할 수 있도록 지탱하는 것이 예술적 형식의 〈아폴론적〉 기능이라고 여기고 있었다. 또한 그렇게 될 때에 다만, 청중은 죽음을 향한 무한한 열망을 그린 바그너의 오페라, 〈트리스탄과 이졸데〉를 실제로 보고 듣는 경험을 감당할 수 있는 것이다(Nietzsche [1895] 1967 : 126). 심지어 다소 덜 극단적 관점에서 생각한다고 해도, 예술적 장치들이 일종의 보호 완충제로서 역할할 수 있다는 관념에는 당연히 특정한 상식적 진실들이 있다고 여겨진다. 프로이트([1905]1953)는 이러한 관점에서 이 이론을 위한 정신분석적 사례를 보여주었다. 즉 청중은 무대 위에서 고통받는 주인공과 일체화되지만 그럼에도 그들은 그러한 고통이 위조된 것이며 실제가 아님을, 게다가 무대 위의 사람은 극의 연기자일 뿐임을 너무나 전적으로 잘 알고 있다. 이와 같은 이중적 거리는―허구와 연기에 의한―청중들이 동일화하도록 그러나 어떠한 위험 없이 그렇게 하도록 허용하며 그리고 고통과 죽음의 재현 가운데서 심지어는 쾌락까지 실제로 경험하도록 한다. 오페라의 청중들은 다르게 말하자면 음악의 힘을 느끼는 것이겠지만 그러나 그들은 또한 인물들이 노래하고 있지 이야기하고 있지 않다는 것을 알고 있다. 게다가 그들은 인물들이 죽음과 죽어가는 것에 관한 서술을 연기하는 것이지 그 속에서 살고 있지 않음을 잘 알고 있다.

　　우리는, 논의를 위해서, 무대 위 다른 사람들의 고통과 죽음의 서사들을 지켜보면서 얻는 청중의 쾌락, 즉 그들의 관음증과 사디즘과 마조히즘을 설명하는 데에 바쳐진 익숙한 논의들은 잠시 제쳐두기로 한다. 비극이 쾌락을 주는 원인과 관련한 누탈A. D. Nuttall(1996)의 이론조차도(사건들은 가설적이며 청중들은 주인공과 동일시한다. 그리고 이 같은 특질들 모두가 청중들로 하여금 "죽음의 놀이에 참여하도록" 허용하게 한다) **관습적인 비극 작품들과 또한 비극은 아니지만 그러한 다른 오페라들**(그러나 죽음에 사로잡힌) 두 가지 모두에 대한 반응들을 전적으로 설명해주지는 못한다. 그것은 부분적으로는 음악에 대한 반응으로 인해 부가된 복합성에 기인한다. 이러한 설명들 대신에, 우리는 죽음에 관한 오페라 서사들을 무대에서 목격하는 행위는 당연히 매우 다양한 방식으로 기능한다는 가설을 시험해 보고자 한다. 청중들은 — 어떤 시대이든 — 다양하며 각양각색이겠지만 그러나 공유되는 한 가지 사실은 그들은 죽을 수밖에 없는 존재들로 구성되어 있다는 것이다. 그러나 그들은 바로 이 필멸성을 전경화하는 작품의 공연을 어찌하여 즐기는 것인가?(혹은 심지어 참여하는 것인가?). 우리가 고려한 가능성들 가운데 하나의 사실은, 그와 같은 공연은 하나의 기념제로서 역할한다는 것이며 혹은 심지어는 가족의 상을 당하는 상황에 직면할 때 긴장을 풀고 안도감을 주는 형식으로서 역할한다는 것이다. 그렇게 해서 그 공연은 '다른 사람들'의 죽음에 있어서 우리의 사회적 역할을 숙고하도록 하며 그리고 그들의 죽음에 대한 우리의 감정적 반응들을 숙고하도록 한다. 그러나 적어도 '자기자신의' 죽음을 고려하는 순간이 없다면 무대 위의 누군가의 죽음을 지켜보는 일이 가능할 수 있겠는가?

　우리는 사람들 각자가 불가피하게 다르게 반응할 것이라고는 해도 그렇지 않을 수도 있다고 상정하고 있다. 엘리자베스 브론펜Elsabeth Bronfen은 죽음의 서사들은 우리가 일종의 "대리인으로서의 죽음" 속에서 우리 자신의 끝을 직면하도록 이끈다고 주장하였다. 다시 말해, 우리는 반드시 죽게 될 존재임을 알고 있으며 그리고 그러한 우리의 필멸성에 굴복해야만 한다. 그럼에도 (거리를 두고 있는, 무사한 청중의 일원으로서) 실제적으로 죽는 것이 아니라 무대에 올려진 죽음을 다만 목격하는 것이기 때문에 우리는 죽음에 대한 일정한 지배력을 확신하는 것처럼 느낄 수 있다. 브론펜은 죽음의 모든 재현들 속에서 어떠한 양가성을 보고 있다. 즉 "죽음의 재현들은 도덕적으로 교육하고 감정적으로 고양시키는 한편, 또한 우리의 필멸성을 이해하도록 영향을 미치는 것이다"(Bronfen 1998 : 510). 브론펜은, 우리들 대다수에게, 죽음은 아주 당황스럽도록 만드는 것이어서 우리는 죽음을 부인하고 싶어할 것이라고 주장한다. 그럼에도 오페라 서술들은 "위험스러운 앎에 매료되도록 만드는 것이다." 우리의 질문은 이러하다. 즉 오페라 서술이, 숨김없이 그리고 핵심적으로, 죽음을 받아들이는 일에 관한 것이라면, 오페라 서술의 그와 같은 양가성은 다른 방식으로 어떠한 틀에 맞추어 형성되는 것인가?

따라서 우리는 오페라에서 공연된 죽음의 서술을 지켜보고 숙고하는 일이 '콘템플라티오 모르티스contemplatio mortis(죽음에 관한 관상觀想)'로 알려진 경건한 종교적 실천으로서 초기 모더니즘 시대의 일부 관념들에 착수하는 일과 유사하다는 가설을 세우게 된다. 본질적으로 필멸성에 관한 형식적 사유, 이것은, 중세의 "죽어가는 것의 예술" 혹은 '아르스 모르엔디ars moriendi'의 전통, 즉 질병과 전쟁과 기아에 의해 초래된 사회의 보편적 불안의 맥락 속에서 최근에 덧붙여져 전개된 것이다. 흥미롭게도 무관하지만은 않은 것이, 16세기 말과 17세기 초에 '아르스 모르엔디'가 번성한 것은 유럽에서 새롭고 특징적인 예술형식으로서 오페라가 출현한 사실과 역사적으로 일치한다. 본질적으로 극화된 공연의 형식, '콘템플라티오 모르티스'는, 순차적으로 확장되는 극적 서술을 수단으로 해서 위대한(그리고 인격화된) 세부들 속에서 바로 자신의 죽음을 상상하도록 구체적으로 개입하고 있다. '콘템플라티오 모르티스'의 목적은 정신적으로 또한 정서적으로 자신의 죽음에 대해 스스로를 준비하도록 하는 것이다. 그럼에도 그런 방식으로 보면서 생각하도록 하는 공연이 끝이 날 때, 누군가는 어떤 의미에서 "깨어나며"(극장을 떠나는 청중의 일원처럼), 또 누군가는 정상적이고 능동적이며 건강한 삶을 다시 찾게 된다. 그럼에도 방금까지 상상 속에서 침투되어온 극화된 서술은, 죽어가는 것의 예술을 실천하며 동시에 이후에 대조적인 아주 충만한 삶을 감사하게 되는 수단으로서 역할하는 것이다. 조나단 돌리모어Jonathan Dollimore는 이것을 수행적인 "사회적 실천" — 개인적이지만 그럼에도 "기존의 문화적 역사"로부터 의미를 얻는 — 이라고 명명하고 있다(1998 : 87).

셰익스피어의 〈자에는 자로Measure for Measure〉는, 마이클 플라크만 Michael Flachmann에 의해 '콘템플라티오 모르티스'의 종류로서 설득력 있게 독해되어왔다. 즉 클라우디오Claudio는 "셰익스피어의 청중들에게 필멸성의 상징 즉 계획적인 고의에 의해 죽음을 맞게 되었으며 그리고는 치명적인 죽음의 지배로부터 기적적으로 구조된 고통받는 대리인이 되는 것이다"(Flachmann 1992 : 227). 이 해석에 따르자면, 클라우디오의 승리는, "청중의 승리가 되며 그에 따라 삶의 과정에서 극도로 불안한 때 — 질병과 사회적 불안이 만연한 — 에 처한 셰익스피어의 관중에게 도덕적, 정신적 힘을 부여하고 있다"(1992 : 236). '콘템플라디오 모르티스'의 종류로서 기능하지 않으면서 죽음과 죽어가는 것을 상연하는 어떠한 오페라에 유사한 방식으로 참여할 수 있겠는가? 두 종류의, 상상에 의한 연습들의 결론은 우리는 살아서 잘 걸어 나갈 수 있지만 그럼에도 바로 우리 자신의 죽음을 "예행연습하였다"는 것이다. 프로이트가 지적하였듯이, 우리는 정신적 동일화가 안전한 종류의 것 즉 다른 누군가(실지로는 배우)가 무대 위에서 "고통받고" 있다는 인식을 지니기 때문에 우리 자신들을 위로할 수 있게 된다. 우리는 적어도 많은 오페라들 속에서 형상화되어온 죽음이, 적어도 늘 두렵고 피해야 하는 무엇이 아니라, 자연적인 수용할 만한 무엇이라는 사실로써 우리스스로를 납득시키기조차 할 것이다.

이러한 가설을 탐구하기 위해서, 우리는 즐긴다고는 해도 수동적인 청중을 위한 단순한 오락물로서가 아닌 것으로서 오페라 서술들을 사유해야 한다. 리처드 셰크너Richard Schechner의 용어로 말하자면, 우리는 극을 "효과적으로"(1994 : 625) 만들어야 하는데 이것은 의식의 관점 속에서 극을 고려하는 것이다. 인간의 필멸성에 관한 오페라들은 아마도 다른 영역들에 비해 이러한 방식의 투사가 용이할 수 있는데, 그것은, 모든 의식들과 마찬가지로, 오페라 또한 기본서술들을 다루고 있기 때문이다. 오페라는, 셰크너가 일컬은 것처럼, "개인의 경험이 사회와 연관되는 영역의 삶의 경첩들"에 의존한다(1994 : 613). 셰크너는 음악과 춤과 극을 통합하는 의식의 공연들이 참여하는 능동적 청중을 위하여 "압도적인 환경과 경험의 합성"을 창조한다고 주장한다(p.632). 오페라의 복합감각적 경험과 유사한 방식이 형성되기에 어려운 것만은 아니다. 인류학적 사유의 노선을 견지하는 빅토르 터너Victor Turner는

"사회적 드라마"("사회적 행위 내에서 수행되는 갈등들의 영역"(1986 : 34))로서 그가 일컫는 것과 무대 드라마(예술적 형식과 플롯 내에서 비추어지는 갈등들의 영역)의 근접관계에 관한 자신의 이론이 또한, "삶−위기의 의식들"로서 그가 언급한 사건들, 곧 결혼과 죽음과 같은 의미심장한 서사적 순간들에 초점을 맞추는 경향이 있다고 주장하였다(1986 : 41). 청중들에게 있어서, 이 의식들은 "예방적인 것"("치유적인 것"이라기보다)으로 여겨진다(1986 : 41) ─ 그리고 이것들은 '콘템플라티오 모르티스' 혹은 오페라 무대 위에서 우리의 필멸성의 서사들의 목격행위에 관한 기능을 서툴게 형상화하고 있지는 않다.

서술 종결과 오페라의 죽음

우리는 죽게 된다는 것을 알고 있기 때문에, 그러한 경험적 확실성(혹은 그것에 대한 부정)은 무대화된 죽음의 서술들에 대한 우리의 모든 반응들에 있어서 필연적인 시금석이 될 것이다. 그러나 이러한 반응들은 또한 살아가는 것(그리고 죽어가는 것)의 혼란과 혼돈이 서사예술의 안전한 질서 속으로 변형되어온 것임을 인식하고 만족해하도록 한다. 일단 이해하게 된다면, 끝이란 그럴 만한, 실지로 회피할 수 없는 것으로 여겨지게 된다. 헨리 슈미트Henry J. Schmidt는 다음과 같이 썼다, "궁극적으로 그 끝으로써 이야기되는 불안감은 죽음에 대한 공포인 것이다. 문학적 경험 혹은 극적 경험 속으로 들어가는 것은, 아직 미지의 것인 죽음이 의미가 없거나 혹은 적어도 실망스러운 것으로 드러나게 될 수도 있다는 그러한 위험에 자기자신을 노출시키는 것을 의미한다"(1992 : 7). 아마도 플롯의 결말을 알고 있는 오페라 영역에서조차도(프로그램 노트들과 레퍼토리에 관한 기억에 의해), 우리의 존재론적 위험은 여전히 실제적인 것이다. 죽음이란 이같이 특정한 밤, 이같이 특수한 제작물 안에서 "유효한" 것이 아니기 때문이다. 슈미트는, 심지어는(특별히 덧붙여서) 작품의 주제가 죽음 그 자체일 때에도, 그러한 도박이 극에서의 쾌락의 일부라는 사실 이외에 카타르시스를 보증할 수 있는 것은 없다고 주장한다.

『종말의 의미The Sense of an Ending』에서 프랭크 커모드Frank Kermode가 주장한 유명한 말처럼, '종말'은 우리자신의 죽음을 형태화하며 또한 공포감을 주는 그러한 것이다(1967 : 7). 그럼에도 우리는 또한 "이해 가능한 종말"을 향한 심오한 요구를 지니고 있다(1967 : 8). 우리자신의 죽음은 우리가 대면하기를 원하지 않을 무엇이기도 하지만, 커모드에게서 "죽음은 삶에서의 사실이자 상상에서의 사실이다"(p.58). 그리고 피터 브룩스Peter Brooks에게서는, 모든 서술은 끝이 난 이후에 의미를 지닌다는 점에서 "그 본질상 하나의 부고"이다. 그는 "우리는 종말의 문제에 관해 탐구하면 할수록, 인간의 죽음과의 관계에 관해 더 깊이 탐구해야한다고 느끼게 된다"고 주장한다(1984 : 95). 우리는 경험에 의미를 부여할 필요가 있으며(죽어가는 것의 의미를 포함하여) 그리고 서술들은, 그가 일컫기로, "죽음의 상상적 상응물"을 제공하며 우리로 하여금 그것을 수행하도록 하는데, 이것은, 우리의 실제 삶에서는 결코 견뎌낼 수는 없는 방식인 것이다. 브룩스Brooks는, 발터 벤야민을 상기시키면서, 죽음의 재현들이 현실 속에서는 부인되는 죽음에 관한 앎을 우리에게 부여함으로써 이야기에 권위를 주고 있다고 주장한다. 그럼에도 오페라에서의 죽음은 이야기를 서술의 결론으로 가져오는 형식적 행위만을 개입시키지는 않는다. 그것은, 또한 또 다른 종류의 종결 즉 모든 것들이 질서화되고 만족스러운 전체로 만들면서 지적, 형식적 의미의 완결, 뿐만 아니라 정서적 의미의 완결에 관해 이해하도록 한다. 과거 인류학적 답변들을 떠올리자면, 여기서 유추는 어떤 의례의 종결 속에서 발생하는 재통합 쪽으로 전개될 것이다. 이데올로기적인 의미들을 담고 있는, 학습된 것으로서의 종결에 대한 이러한 인간적인 반응들을 해체하고자 하는 욕구에도 불구하고, 우리는 또한 그것이 개연성있는 현실임을 인정하게 된다. 그것은, 죽음과 죽어가는 것의 내용과 주제를 통하여 최후에 관한 청중의 인식을 강화시키는 종결이 이루어질 때에 특히 그러하다.

조지 스테이너George Steiner는, 19세기 후반에 오페라는 "비극적 드라마의 유산이라는 진지한 요청"으로서 자리했으나, 베르디Verdi와 바그너Wagner를 제외한다면 그러한 도전이 지속되지는 못하였다고 주장하였다(1961 : 284). 그럼에도 많은 사람들은 아마도 이에 동의하지 않을 것이다. 비록 우리가 죽음에 관한 오페라의 서술에 대한 청중의 반응을 논의하기 위하여 아리스토텔레스의 "카타르시스"라는 용어를 사용해왔음에도 불구하고, 바그너의 〈트리스탄과 이졸데〉 혹은 〈니벨룽겐의 반지〉와 같은 오페라의 범주들은 또한, 서구적 전통에서 사용되어 온 것과 같이 이 용어의 고전적 의미에서의 비극들은 아니라는 사실에 바로 그 실제적 의미가 있다. 오페라들은 물론, 조절할 수 없는 힘 앞에서 개인적인 고통과 영웅주의를 드러내는 서술들을 제공할 것이다. 비극적인 오페라들이라면 관습적으로 더욱 그러할 것이다. 오페라의 최후의 순간들은 종종 상이하지만, 도덕적, 심리적, 혹은 정신적 초월을 향한 지향을 짙게 드러낸다. 죽음은, 사실상, 확실히 긍정적 가치가 부여된다. 커모드에 의하면, "비극에서는 비애의 외침이 지속되는 상황을 끝맺지는 못한다. 그리고 인간의 삶에서의 거대한 위기와 죽음이 시간을 멈추지는 못한다"(1967 : 82). 그럼에도 우리가 언급한 오페라에서 죽음은 최후의 메시지'인 것이다.' 즉 어떤 의미에서 보면 시간은 멈추기 '마련인데' 그것은 가령 커튼이 내려올 때이다. 프란시스 풀랑크Francis Poulenc의 〈카르멜 수녀들의 대화Dialogues des Carmélites〉 혹은 빅토르 울만Viktor Ullmann의 〈아틀란티스의 황제Der Kaiser von Atlantis〉(테레지엔슈타트Theresienstadt의 강제수용소에서 쓰여진)와 같은 20세기의 작품들에서, 죽음과 죽어가는 것의 서술들은 죽음에 관한 다른 의미들을 — 보여주기에 의해 — 말해주고 있다. 그 작품들은 죽음이 존재론적, 정신적인 인간성의 핵심을 끄집어낼 수 있다고 가르치는 것이다. 즉 죽음은 사회적 질서와 도덕적 영예를 복구할 수 있다고, 또한 죽음은 최후의 평화를 제공할 수 있고 삶에 의미와 가치를 부여할 수도 있다고 가르치고 있다. 죽음의 의미가 바뀌었기 때문에(긍정적인 쪽으로) 청중의 반응은 다양할 수 있다. 비극에 의해 유발된 연민과 공포를 느끼는 대신에 청중들은 여기서 이해와 위안을 경험하게 된다.

헨리 몬터규Henry Montagu는, 1631년에 첫 출간한 『죽음의 관상 그리고 불멸Contemplatio Mortis et Immortalitatis』에서, 독자들에게 앎을 통하여 죽음은 공포감을 떨쳐낼 것이며 실지로 친숙하고 "아름다운 것"으로 여길 것이라고 주장한다. 몬터규는 이러한 의견을 확신하면서, 죽음에 관한 사색이 우리가 편안하게 죽는 것을 돕도록, 즉 고통을 완화하고 공포를 쫓아내고 걱정을 덜어주고 죄를 구제하며 그리고 죽음 그 자체의 의미를 "바로잡도록" 한다는 사실들을 강조하고 있다. 우리는 특정한 오페라 서술들이 이같이 많은 일들을 할 수 있다는 확신을 주려는 것은 아니다. 다만 우리는 이 서술들이 "죽어가는 것의 예술"의 변증법적 형식이라는 권리를 주장할 수 있음을 말하고자 한다. 죽음은 사랑처럼(오페라의 다른 주요한 주제) 명백한 인간의 조건이다. 그도 그럴 것이 죽음은 항상 많은 질문들이 있어왔으며 결코 쉬운 답변들이란 없는 것이다. 이러한 사실이 필멸성의 불가피함과 결합하여, 청중들에게 지속되어온 죽음의 매혹을 설명해줄 수 있는가? 우리는 모순된 독특한 방식으로 무대에 올려져 노래로 불리워지고 목격되는 서술들에 우리의 상상력을 투사하고 있다. 우리는 또한 부분적으로 음악이 지닌 감정적인 힘 때문에 서술의 세계에 강렬히 참여하게 된다. 그러나 우리는 서술의 세계로부터 의식적으로 거리를 두게 되는데, 그것은 노래를 부르는 의식과 연기의 시뮬레이션 그리고 공연팀의 모든 서사작업들에 의한 것이다. 달리 말하자면, 여기에는, 영화에서 몰두하도록 하는 리얼리즘이란 존재하지 않는다. 그리고 이 사실은 거리를 좁히는 것을 목표로 삼는 '**미장센**mise en scène'의 제작물에도 적용된다. 역설적으로, 오페라 속에서는, 감정적 동일화와 지적인 거리두기 두 가지 모두가 강화되고 있다. 그에 따라 주제가 죽음과 죽어가는 것일 때 우리는 그것들의 힘을 체험할 수 있다 — 그럼에도 안전하게. 몬터규 또한 '콘템플라티오 모르티스'를 실천하는 동안에는 누구나 그렇게 될 수 있다는 이야기를 한 바 있다. 이와 같은 오페라를 보는 일은 죽어가는 것과 연관된 감정들을 상상 속에서 경험하는 일과 유사하며 그리고 어떤 의미에서는 심지어 자신의 죽음 혹은 사랑하는 이의 죽음을 겪어보는 일과도 유사하다.

어떤 사람들은 오페라가 이처럼 "겪어보는" 바로 그러한 형식이라고 주장한다. 즉 오페라는 우리로 하여금 위로뿐만 아니라 죽음의 의미 — 따라서 곧 삶의 의미 — 를 발견하도록 돕는다. 죽음의 서술이야말로, 우리가 우리자신의 필멸성을 다루는 방식들을 탐구하고 심지어는 그것들을 고안하도록 만드는 것이다. 과학과 기술에 의해 제공된 현대의 서술들은 죽음과 같이 너무나 달라서 비교불가한 것들을 이해하도록 인도하는 것과는 상당히 동떨어져 있다. 그리고 서술이 멈추는 지점에서, 인간의 상상은 요구되는 질서와 의미를 끄집어내는 일에 착수하게 된다. 커모드가 지적하였듯이, 우리는 "일관된 패턴들에 상당한 상상력을 투입하는데 그 패턴들은 끝을 예비하는 것으로서 처음 부분과 중간부분과의 만족스러운 일치를 가능하도록 한다"(1967 : 17). 오페라와 같은 서술형식들은, 이것에 어떻게 도달하는가? 그것은, 우리가 끝을 통과하면서 우리 자신을 투사해야 하는 특별한 과정 속에서, 중간지점의 시간 속에 놓인 우리로서는 볼 수 없는 그러한 구조 전체를 이해하는 어떤 방식이 될 것이다(Kermode 1967 : 8).

그 일을 해내기 위해서, 우리는 비극의 형식 혹은 좀 더 긍정적인 필멸성의 서술의 형식 속에서 죽음을 연습하는 것이다. 벤자민 브리튼 Benjamin Britten의 〈피터 그라임즈Peter Grimes〉와 알반 베르크Alban Berg의 〈보체크Wozzeck〉 — 주인공들의 자살 형식으로 종결된 — 와 같이, 충격적인 오페라들이 제공한 그러한 종결의 종류들에 있어서도, 우리는 심미적 쾌락과 도덕적 이해를 경험할 수가 있다. 여기서 그러한 반응은, 심지어는 연민과 공포에 의해서가 아니라, 어떤 이의 죽음에 책임이 있는 다른 인물의 자살로부터 기인한 심리적 이해와 윤리적 완결의 감각에 의해서 조정 가능한 것이 되기도 한다. 유사한 위안과 질서의 종류가, 에우리디케Eurydice의 죽음을 슬퍼하는 오르페우스에 관하여 몇 세기 동안 전승된 모든 오페라들에 의해 유도되고 있다. 그것들은 우리에게 사별의 고통을 연기하는 동시에 애도의 의식이라는 위안을 제공해 준다. 유사한 방식으로, "죽지 않은 사람들" ─ 바그너의 〈방황하는 네덜란드인Flying Dutchman〉으로부터 〈마크로풀로스의 비밀The Makropulos Affair〉에서 야나첵Janáček의 300살 넘은 여주인공에 이르는 ─ 은, 서술종결의 힘과 의미에 관한 교훈을 제공하면서 죽음이 해방이자 재결합이며 그리고 욕망의 끝으로 이해하도록 한다. 이와 같이 끝을 서사화하는 종류들 속에서, 죽음은 아주 단순한 방식으로 삶에 의미를 부여하는 무엇인 것이다.

그럼에도 죽음을 숙고하는 일은, 불가피하게 오페라의 무대에서조차도 필멸의 불안을 경험하도록 한다(그리고 아마도 직면하도록 한다). 그것은 또한, 죽음과 죽어가는 것에 관한 오페라의 재현물들을 관람하도록 하는 호소력의 일부이다. 재현물들은 비극적인 무엇들뿐만 아니라 긍정적인 무엇들로서 그 끝이 제시되며 그리고 수사학적 위안을 주는 서술 종결로서 완성된다. 셔윈 눌런드Sherwin B. Nuland(1994 : xv)는 설명하고 있다, "대다수 사람들에게, 죽음은 공포스럽게 또한 그 만큼이나 에로틱하게 숨겨진 비밀로서 남아있다. 우리는 우리자신을 아주 두렵도록 하는 바로 그 불안에 저항할 수 없이 매혹된다. 그리고 위험과의 희롱으로부터 기인하는 원시적인 흥분으로 인해 우리는 그러한 불안에 이끌린다. 나방과 불꽃, 인류와 죽음 — 그것은 어떠한 차이가 없다."

30

음악과 영화–서술, 영화–서술로서의 음악, 또는
'이것은 주악상, 그 이상의 것이다'

로얄 브라운Royal S. Brown

영화음악은 최근 10여 년에 걸쳐서 점차로 진지한 연구의 대상이 되어왔다. 그럼에도 불구하고 영화 악보는 대다수 경우, 다만 아주 피상적인 방식으로 지속적으로 사용되어왔으며 동시에 지각되어왔다. 영화음악은 핵심적인 극적 순간에 서술을 강화하며 그리고는 녹음물로 되는 어떠한 지지물로서 간주된다. 혹은 — 내 생각에 이것은 점점 더 일반화되고 있는데 — 영화음악은 스타벅스의 비싼 커피 한 잔을 마시러 달려가는 것에서부터 식료품을 사러가는 것까지, 새로운 밀레니엄의 한 해를 보낼 때마다 어떤 시끄러운 종류의 음악적 부수물 없이는 점차로 어떤 것도 할 수 없을 듯한 문화를 위하여 거의 멎지 않는 일종의 소리나는 벽지가 되어가고 있다. 제임스 호너James Horner의 굉장히 압도적이며 조화로우며 선율적인 공허, 그리고 작품명과 동일한 재앙을 동반하는 〈퍼펙트 스톰The Perfect storm〉(2000)의 파생적인 심포니의 긴장, 그러한 것들을, 내가 감히 그 밖의 다른 방식으로써 어떻게 설명할 수 있겠는가? 누군가는 소박하게, 바람과 물결 소리로 조종된 압도적 사운드가 충분히 청각적인 드라마를 제공할 것이라고 추측할 수 있을 것이다. 그렇다면, 〈철새의 이주Winged Migration〉(2001)의 제작자가 자신이 느꼈던 대로 엉뚱하게 쏟아 부은 요청들은 어떻게 설명할 수 있겠는가? 다른 방식이었다면 한 편의 장엄한 다큐멘터리가 되었을 법한 이 작품은, 브루노 쿨레Bruno Coulais의 굉장히 시끄러운 뉴에이지 음악을 종종 크게 틀면서 새들, 그리고 지구행성의 스펙터클한 이미지들을 내리누르고 있다. 즉 누군가는 여기서는, 이따금 깜짝 놀랄 만한 비극적 이미지들만큼이나 자연의 소리들이 〈퍼펙트 스톰〉에서보다 훨씬 더 큰 비중으로 중요하다고 생각하였을 것이다. 물론, 이 글이 다른 목적이 있는 논문이라면 또한 내가 다소 더 냉소적인 기분에 젖어있다면, 나는 환경음악으로서 알려진 완곡한 마취제로써 끊임없이 대중을 마비시키도록 유지해야 하는 일종의 문명의 정치학 속에서 『멋진 신세계Brave New World』와 흡사한 거대서사의 맹아들을 주장할 수 있을 것이다. 그러나 그것은, 〈당신에게 오늘 밤을Irma La Douce〉의 남성이 말하는 것처럼, 다른 관점에서의 또 다른 이야기인 것이다.

영화음악과 영화-서술의 관계를 점검하는 일은, 일반적으로, 주어진 악보의 모든 다양한 테마곡과 모티브 그리고 영화 속의 다양한 인물들, 상황, 그리고 장소와 관련된 발행물들에 관하여 거의 순전하게 기술하도록 하는 그러한 목록들이 되어왔다. 그런데 그러한 목록들은, 다만 초보자를 위한 것으로서, 영화 텍스트가 비시각적인 겹쳐짐들을 요구하는 이유에 관해서는 어떠한 개념도 주어지지 않고 있다. 특히 과거에, 영화악보들은 종종, 이러한 유형의 독해를 장려하는 그 같은 무미건조한 방식으로 조합되었다는 것은 당연한 사실로서 의문의 여지가 없다. 예를 들면, 맥스 스테이너Max Steiner가 쓴 많은 악보들에서, 주악상Heitmotifs과 다른 겹치는 악상의 종류들은, 클로디아 고브만Claudia Gorbman의 선구적 저서, 『들리지 않는 멜로디Unheard Melodies』(1987)에서 "하이퍼 해설"이라고 일컬은 무엇, 즉 생산물과 소비자 모두를 침묵시키려는 할리우드의 끊임없는 요구의 전형적인 과정과 상응한다. 그럼에도 비중있는 주악상의 악보들은 종종, 비평가들 혹은 작곡가들에 의한 과도한 해설적 함의들을 아주 훌쩍 넘어버리기도 한다. 에리히 볼프강 코른골트Erich Wolfgang Korngold가 작곡한 많지 않은(상대적으로 말해서) 악보들 다수와 같은 그러한 최상의 표현 속에서, 테마음악과 모티프의 풍부한 유형들은 종종, 씌어진 시각텍스트와 준대위법적인 병렬을 생산하는 방식으로 음악이 구조화되는 긴 악절을 위한 중요 구성요소들을 제공하고 있다. 훌륭한 사례로는 1940년도 영화 〈바다 매The Sea Hawk〉에서 코른골트가 쓴 악보를 들 수 있다(Brown 1994 : 97~120을 보라).

그리고 나서, 내가 여기서 검토하도록 제안하는 것은, 음악이 영화-서술의 다양한 요소들을 지원하거나 과도하게 해설하는 그러한 방식이 아니라, 서구음악의 구조로 만들어진 특히 조화로운 많은 코드에서 발생된 준-서술의 특질들이며 그리고 이 코드들이 상업영화에서 다양한 시각적 서술코드들과 어떻게 상호작용하고 또한 실제로 어떻게 그것들을 언급하는가 하는 것이다. 전형적으로, 우리는 인물들과 사건들이 특정 시기의 연대기적 시간에 걸쳐 정교하게 만들어지면서 발생하는 무엇들의 재현으로서 서술을 고려하고 있다. 전형적으로, 음악은 적어도 "절대적" 표현으로 된 전적으로 비재현적인 예술형식으로서 고려되고 있다. 즉 그러한 예술형식은, 서술영화와 문학처럼 텍스트를 제시하는 것에 연대기적 시간을 필요로 하지만 그것의 가능세계에 대한 그것의 관계는 기껏해야 추상적으로 남아있게 된다. 이러한 관점 내에서, 음악은 음악적 서술론과 유사한 어떤 것을 개발하는 것이 불가능해 보인다. 한편, 특권적 예술형식으로서 음악을 이론화하는 또 다른 방식을 추구하는 사람들이 있다. 그들은 내재적인 그 자체의 서술형식으로서 적어도 특정한 음악텍스트들이 지니는 풍부한 잠재력을 배제하고 있다. 이러한 가치평가의 한 끝에서, 우리는 캐나다 출신 음악이론가 / 사회학자인 존 셰퍼드John Shepherd를 떠올리게 된다. 그는 일찍이 자신의 저서, 『사회적 텍스트로서의 음악Music as Social Text』에서 다음과 같이 쓰고 있다.

인간의 언어가 사고와 사고가 작용하는 세계를 명백히 구별짓도록 촉진하는 데에 중요하다면, 그렇다면 다른 의사소통의 모드들은, 그것들의 물질성이 느껴지도록 만들면서, 우리가 기표로서의 세계의 물질성과 연관지을 수 있도록 상기시키고 있다. 음악은 (…중략…) 이러한 다른 의사소통의 모드들 중에서 가장 주목할 만한 것이다.

(…중략…) 포스트(P)ost-르네상스, "교양있는" 사람들은 말의 의미와 그 지시대상의 분리 가능성에 관해 아주 의식적으로 되었으며 그리고 세계를 능숙하게 다루고 조절하는 관점에서 그러한 가능성이 재현한 지적인 힘에 상당히 유혹되었다. 그런 나머지 그들은 자신들이 영리하게 발견한 즉각

적인 함의들, 그 너머를 보는 것에 어려움을 지니게 되었다. '소리로 된' 사회적 매체로서 바로 음악이라는 실제는, 이러한 경향의 해독제로서 역할하면서, 잃어버렸던 무엇이 아니라 대중적으로 충분히 인지되지 못했던 무엇들을 우리에게 상기시키고 있다. (Shepherd 1991 : 6)

셰퍼드의 관점은 확실히 흥미로운 것이며 이것은 실제로 실재계와 상징계라는 라캉적 지형의 질서들을 적용하도록 초대하고 있다. 그의 관점은 지시대상으로부터 기호를 분리함으로써 실재계로부터 주체를 소외시키는 상징계적 질서의 '**존재 이유**raison d'être'가 되는 다양한 담론 양식들의 바로 그러한 특성에 놓여 있다. 그러나 음악은 '물질성'을 강조함으로써 — 이것은 소리를 포함하는데 우리는 일반적으로 이 같은 관점에서 소리를 생각하지 않는 경향이 있다 — 그 자체로서 특수한 담론의 양식이 된다. 또한 음악은 적어도 실재계의 혹은 실재계로부터의 다소 직접적인 제시로 하여 그러한 소외를 회피할 수 있는 가능성을 제공한다. 가치평가의 다른 한 끝에 서게 되면 우리는 쇼펜하우어와 같은 포스트-플라톤주의자를 볼 수가 있다. 그는 "음악은 다른 예술들처럼 일명 이데아의 복사물이 아니며 '의지 그 자체의 복사물' 다시 말해 이데아가 되는 객관적 실재"라고 주장하였다(Schopenhauer 1969 : 257). 유사하게, 반-물질주의적 상징주의 시인 스테판 말라르메Stéphane Mallarmé는 시인들은 자신들에게 정당하게 속한 무엇을 음악으로부터 되찾을 필요가 있다고 썼다. 또한 그는 "음악은 전적인 충만함과 흔적을 남기며 모든 것에 존재하는 관계의 전체이다. 음악은 금관악기와 현악기와 바람 (…중략…) 과 같은 요소들이 울려퍼지는 것으로부터 결과하는 것이 아니라 그것의 절정에서의 지적인 명료한 발성으로부터 결과한다"고 썼다(Malarme 1896 : 367~368, 번역은 인용자). 그러고 나서 말라르메적 상징주의의 전적인 허무주의적 관점뿐만 아니라 또한 네오플라톤주의 혹은 포스트-플라톤주의의 시각에서도, 음악은 물질주의 세계로부터 높이 살 만한 바람직한 소외를 가져오는 이상적인 하이퍼-상징주의 담론의 양식으로 간주된다. 이 같은 인식은 예측될 수 있는데 — 역설적으로, 우리가 셰퍼드의 견해를 고려한다면 — 그것은, 음악이 소리로 된 매체'라는 것', 정확히 그 이유 때문이다. 즉 어떤 작가가 시각의 헤게모니(Levin 1993)로서 언급한 것들에 의해 지배된 특히 모더니티의 세계관 내에서, 소리는 어떤 것도 전혀 재현하지 않는 것처럼 여겨진다. 그리하여 서술을 재현하기 위해서 — 그에 따라 서술을 발생시키기 위해서 — 음악은 일부 특정한 종류의 "프로그램"에 매어 있어야만 한다. 이를테면, 베를리오즈Berlioz의 〈환상 교향곡〉(1830)에서처럼 명백하게든지, 혹은 음악이론가의 극도로 확신에 찬 사례가 되는 1808년 작 〈베토벤 4번 피아노 콘첼토〉 2악장의 오르페우스Oroheus와 에우리디케Eurydice의 대화에서처럼 숨겨져 있든지(Jander 1985를 보라), 혹은 알반 베르크Alban Berg가 1925~26년의 가사모음집(Perle 1995를 보라)에서 약호화한 열정적인 정사이든지, 혹은 심지어는, 페미니즘 음악이론가, 수잔 맥클래리Susan McClary가 〈베토벤 9번 교향곡〉의 첫 악장의 재현부에서 발견한 성적 폭력이든지 간에, 어떠한 방식으로든지 특정한 프로그램에 매어 있어야만 하는 것이다. 맥클래리는 베토벤의 그 악장이 "음악에서 굉장한 공포감을 주는 순간들 중의 하나"로서 기술하고 있다. 즉 "주의깊게 준비된 악곡의 마침은, 충족되지 못하는데, 그것은 주체할 수 없는 강간자의 교살적 분노 속에 폭발하는 에너지를 간신히 억누르는 형태로 나타난다."

그러나 음악은 서술을 발생하기 위해 특별히 프로그램적으로 되어야 할 필요는 없다. 예를 들면, 수잔 랭거Susanne K. Langer는 음악이 "감정의 형태학"을 반영한다고 썼다(Langer 1957 : 238). 긴장의 패턴을 지닌 이러한 형태학은 능동적인 기대를 풀어놓는다(Meyer 1956을 보라). 그리고 "능동적 기억"으로서 명명되는 무엇 — 특별히, 서구 음악의 조화롭고 구조적인 코드에 의해 발생된 — 은 서술과 많은 공통점들을 지니고 있다. 누군가가 여기서 라캉적 실재계를 환기시킬 수 있다면, 그것은 소리의 물질성을 통해서라기보다는 감정의 파급을 향한 특별히 직접적인 접근을 통해서이다. 다른 한편으로, "**상징계**"는 실재계의 '감정들'을 덮어버림으로써 편안함을 주고 있다. 누군가는 상징계를 '감정들'과 협상하는 영역으로서 명명하기를 고려하기도 하는데, 그것은 정확히, 상징계가 '**실재계**'로부터 안전하고 편안한 거리를 제공한다는 그 이유 때문이다"(Ragland 1997 : 1094). 그리고 나서 만약 규범적 음악이, 적어도 감정의 형태학에 관해서는, 다소 협의되지 못하고 또한 매개되지 못하는 경로를 제공한다고 이야기될 수 있다면, 영화음악의 잘 알려진 특성은, 많은 영화음악의 사례들에서 볼 때, 가곡에서부터 심포니에 이르는 아주 전통적으로 발달해온 작품들에서는 일반적으로 발견되지 않는 직접적인 방식으로 감정의 영역에 접근한다는 사실일 것이다. 이러한 직접성은 영화음악의 위대한 가치들 중의 하나를 반영하는 것으로 이야기될 수 있겠지만, 그 특성은 또한 영화음악을 비방하는 사람들의 편에서는 독설적 비판의 대상이 되기도 하였다.

그러나 누군가는 한층 더 나아갈 수 있을 것이다. 『사회적 텍스트로서의 음악』 이후 한참 만에, 셰퍼드는 서구음악을 지배하는 "기능적 음조"에 관하여 썼는데 그것은 서술영화의 음악 트랙들에 관해 논의되어 온 다수의 것들을 포함하고 있다. 그는 앞에서 인용한 "소리로 된 매체"로서의 음악이라는 과거 자신의 전제를 의식하면서 그것과 정반대되는 관점을 제시하고 있다.

> 기능적 음조의 음악은 원인과 결과의 연속에 관한 것이다 ― 원인과 결과는, 물질주의적 형태로서, 인과적, 선조적 방식으로 상호간에 정서적 영향을 미치는 것으로서 간주되는, "분리될 수 없는" 별개의 것이지만 서로 인접한 구성요소들을 향한 현상의 환원에 의존하고 있다. 기능적 음조의 음악에 관한 분석은 종종, 으뜸 화음을 진행하는 최종적인 만족스러운 효과가 이전에 창조된 긴장의 화음으로부터 어떻게 "기인하는가"를 "보여주는 것"에 관여하고 있다. 완결적이며 만족감을 주는 화음 악절들이 종종 "화성和聲 진행"으로서 일컬어지게 된 것은 결코 우연이 아닌 것이다. (Shepherd 1991 : 124)

셰퍼드가 주장하고 있는 것은, 서구 음악의 다양한 특성들 가운데서 화성적, 운율적, 형식적 구조들이, 모더니티의 세계관의 다양한 모든 것들을 따라서 이 예술을 구속한다는 것이다. 즉 모더니티의 세계관은 물질성과 시간 둘 다를 재현하는 예술형식으로부터 리얼리즘으로서 간주될 만한 어떤 형식을 요구하고 있다. 서구음악에서 울려퍼지는 물질성의 순간들은, 물질성의 지배와 조절을 암시하는 결말로 이끄는 준

-인과적 사슬들 속에서 다함께 연결된다. 물질성은 모더니티의 에토스와 셀 수 없는 서술들과 전적으로 일치하며 그러한 서술들을 경유하면서 물질성 그 자체가 명백해진다. 이러한 관점에서 누군가는 음악이 모더니즘적 세계관의 형태학을 반영한다고 주장하는 랭거의 원칙을 수정할 수도 있을 것이다. 다른 말로 하자면, 음악작품 속에서 홈키home key로 — 혹은 또 다른 예로 제1의 주제로 — 결국 귀환함으로써 창조되는 만족감 내지 심지어는 안도감의 느낌은, "실제"이든 혹은 서술이든 간에 다만 어떠한 발생에 한정해서 설명해버리는 원인과 결과에 의존적인 문화 속에서의 종결을 향한 요구를 반영하고 있다.

그러고 나서, 저명한 학자이자 구조주의 인류학자, 클로드 레비-스트로스Claude Lé vi-Strauss가 서술의 가장 풍부한 표현물 중의 하나인 신화와 음악 사이에 많은 공통점을 발견했던 것은 전혀 놀라운 일이 아니다.

신화Myth와 음악은 둘 다가 언어화되는 특징을 공유하고 있다. 그 둘은 각기 다른 방식으로, 뚜렷한 표현을 초월하며 또한 동시에 — 뚜렷한 발화처럼 그러나 그림과는 달리 — 전개될 수 있는 시간적 차원을 요구하고 있다. 그러나 시간과의 이러한 관계는 상당히 특별한 특성을 지닌다. 즉 음악과 신화학은 다만 시간을 부인하기 위해서 시간을 필요로 하는 것처럼 여겨진다. 양자는 실지로, 시간을 지우는 도구인 것이다. 소리과 리듬의 층위 아래서, 음악은 청자의 물리적 시간이 되는 원시적 지형에 따라 움직인다. 이와 같은 시간은 역전될 수 없으며 그에 따라 결코 어찌할 수 없이 통시적인 것이다. 그럼에도 음악은 부분을 변형시켜 그것 자체 내에 봉인된 공시적 전체성으로서 들려지도록 한다. 음악작품의 내적 조직 때문에 음악작품을 듣는 행위는 흘러가는 시간을 고정시키는 것이 된다. (…중략…) 음악을 듣는 것에 의해서 또한 음악을 듣고 있는 동안에, 우리는 일종의 불멸성을 향한 진입을 경험하기도 한다. (Lévi-Strauss 1969 : 15~16)

레비-스트로스가 주장한 신화 / 음악의 유사성은 또한 무엇보다도 시간의 통시성 속에서 텍스트가 전개되는 것에 의존한다. 이러한 의존성은 레비-스트로스의 이론적 관점이 그의 초기텍스트의 관점 즉 1955년도의 『신화의 구조적 연구*The Structural Study of Myth*』와는 불화하도록 한다. 그 연구에서 그는 패러다임적 구조와 공시적 시간을 강조한 나머지, 오이디푸스의 전체 신화론이 자생적으로 창조된 존재 대 성적으로 재생산된 존재 사이의 패러다임적 대립으로 종결되도록 하고 있다. 한편으로 그는 신화적 서술론의 역할을 경시하고 있다. 신화에 관한 레비-스트로스의 거의 순수 패러다임적 접근법에 반대하는 주요 논쟁들은, 존 페라도토John Peradotto와 같은 학자들에 의해 제기되어왔다(Peradotto 1984). 존 페라도토는 신화적 텍스트의 창조에서 패러다임적 질서와 구문론적 질서 둘 다를 강조한다. 유사하게, 테렌스 터너Terence S. Turner는 주목하길, "서술의 연속적 패턴은 그것이 시간적 조직(다시 말해, 준-역사적)이라는 역전될 수 없는 형식임에도 불구하고, 역사적 시간의 의미에서 보면 '통시적'이지가 않다(즉 '기계적' 관점(Levi-Strauss 1953 : 528)이라기보다는 '통계적' 관점에서 표현된 상대적으로 무질서하거나 임의적인 조직의 과정이다)." 그보다, "신화들은 (…중략…) 그것들이 '모델로 하는' 통시적 과정의 연속적 패턴과 양상의 관련성을 통하여, 시간적 연속체로서 조직된 층위에서 직접적으로 (…중략…) 통시적 과정의 공시적 모델들을 제공한다"(Turner 1969 : 43).

이러한 이론적 관점들은 신화와 서술의 구별에 관한 문제를 직접적으로 불러일으킨다. 즉 테렌스 터너의 설명에서 보면 그러한 구별은 확실히 흐릿하게 여겨진다. 예를 들면, 고인이 된 러시아 기호학자 유리 로트만은 신화적 텍스트와 그가 "플롯 서술"로서 언급한 것 사이를 구별짓는 견고한 비평기준을 제시하였다(Lotman 1979). 반면에, 매우 "리얼리즘적인" 서술들에서도, 터너가 상정한 공시적 구성요소는 적어도 텍스트를 신화적 방향으로 이동시키고 있다. 이 문제를 세부적으로 검토하는 일은 현 연구의 범주를 훌쩍 넘어서는 일일 것이다. 그리고 나는, 아주 종종 그렇듯이, 이것과 저것을 구별짓는 명확한 선 긋기란 불가능한 것임을 말하고자 한다. 내용에서가 아니라면 적어도 구조에서라도 하나의 서술은 신화의 요소들을 제공하며 그리고 신화는 전달의 목적을 위해 일정한 서술형식으로 정교하게 만들어져야 한다. 모든 신화적 서술들이 레비-스트로스적인 대립적 짝으로부터 발생된다는 사실은 거의 확실할 것이다. 그럼에도 그것들은 어쩔 수 없이 일정한 형식의 서술로서 정교하게 만들어질 때까지는 추상적인 것으로 남아있다. 심지어 앵그르Ingres(c. 1826)와 모로Moreau(1864)의 〈오이디푸스와 스핑크스Oedipus and the Sphinx〉와 같은 그러한 그림들조차도, 잘 알려진 고전적 오이디푸스 이야기의 핵심요소를 보여줄 뿐만 아니라 그리스 신화의 판본들에 익숙하지 않은 이들에게는 서술 전체를 의미하기조차 하는 (벌거벗은) 남성과 (여성) 괴물의 조우 — 모로의 작품에서는 거의 에로틱한 — 를 보여주는 것이다. 나는 형식과 / 혹은 내용에 있어서 통시적인 것보다는 공시적인 것, 구문론적인 것보다는 패러다임적인 것을 좀 더 강조할수록, 주어진 서술이 좀 더 신화적인 것으로 '지각된 다'고 주장하고자 한다. 나아가, 나는 가능성을 지닌 영화-서술이, 우리가 살고 있는 현실을 모방하는 예술의 형식 속에서, 몽타쥬와 음악으로써 시간과 공간의 이미지들을 조율하며 신화적 혹은 준-신화적 서술의 특별히 풍요로운 토대를 제공한다고 주장할 것이다.

물론, 구두서술은 예를 들어 특정 모티프들의 반복을 통하여 동시성을 발생시킬 수 있으며 그렇게 하고 있다. 그러나 시각적 이미지의 반복은, 스코티Scottie의 내려다보는 시점에서 잡은 장면처럼, 히치콕의 〈현기증Vertigo〉(1958)의 유명한 카메라작업 즉 줌인zoom-in / 트랙아웃track-out–트랙인track-in / 줌아웃zoom-out이 동반되며 일반적으로 구두로 정교화된 모티프에는 결핍한 순간성의 특질을 지닌다. 이러한 특질은 통시적으로 정교한 서술구조로부터 적어도 부분적으로 자유롭도록 만들며 그에 따라 좀 더 순수하게 구조적인 동시성을 발생하도록 허용한다. 영화 음악의 모티프는, 비영화 음악 특히 연주 음악을 특징짓는 전개패턴들로부터 자유롭기 때문에, 그같이 동일한 즉각적 특성을 상당 부분 지니면서 또한 비재현적 예술로서의 음악의 위상으로부터 혜택을 얻고 있다. 비재현적인 예술은, 시각적 이미지처럼, 통시적으로 정교화된 서술구조와는 최소한 부분적일지라도 거리를 두고 있는 것이다. 만약 실지로 알랭 로브-그리예Alain Robbe-Grillet의 소설들이 종종, 영화처럼(저자의 발언들과는 대조적으로) 혹은 음악작품처럼 작용한다면, 그 것은 동일한 종류의 모티프의 즉각성 때문이며 또한 모티프의 반복은 전체적으로 통시성과는 종종 독립적인 것처럼 보인다. 그것은 모티프들의 명백한 임의성 때문이거나 혹은 소설가/영화제작자의 의식적, 무의식적인 다양한 모티프들의 연속성 때문이다. 터너의 서술론적 주장들은 또한, 앙드레 브레통André Breton과 초현실주의자들이 이끌었던, 소설형식의 서술에 대한 공격의 취약성을 드러내며, 그리고 **'누보로 망'** 이론가로서 로브-그리예가 주장한, 소설형식의 서술과 영화-서술 둘 다를 향한 공격의 취약성을 드러내고 있다. 로브-그리예는 전통적 소설과 영화의 서술시간을 오로지 역사적 시간의 모방으로서 간주하고 있다.

앞에서 논의한 서술에서의 동시성의 양상을 훌쩍 넘어서, 나는, 이 지점에서, "시간적 범주들"(Tarasti 1994 : 8)에 관한 서술론적 개념을 소개함으로써 부가적 차원의 적용을 제안하고자 한다. "시간적 범주들은" 일련의 언어학적 용어들로써 — 기동성起動性과 지속성과 종결성, 그중에서 특히 지속성 — 암시되며 그것들은 그레마스Greimas를 경유하여 타라스티Tarasti에 의해 제안되었다(1983 : 119). 그럼에도 그것들은 특이하게도 두 사람 중 어느 누구에 의해서도 계속 추구되지는 않았다. 이 용어들은 특별히 동사에서 사건구조의 의미론적 재현 특성들을 식별하기 위해 언어학에서 사용된 것이다. 이것들은 서술구조에도 명백하게 적용될 수 있는데 서술구조에는 일반적으로 시작(기동적)과 중간(지속적)과 끝(종결적)이 상정되기 때문이다. 한편, 뉴웨이브 영화제작자 장-뤽 고다르Jean-Luc Godard가 이야기하였듯이 서술구조에서 그와 같은 질서가 필연적인 것만은 아니다. 어떠한 특수한 서술요소라고 해도 그것은, 어떠한 매체 내에 있든지 간에, 전체 서술구조 내 어떠한 지점에서 어떠한 요소에 의해 행해지는 시간적 기능을 결정짓는 것에 굉장히 무게를 두면서 단계들을 다양화하는 세 가지 범주 일체를 암시하는 방식 속에서 약호화된다고 말할 수 있다.

한 가지를 떠올릴 수 있는데, 그것은, 앙드레 브르통에 의하면, 프랑스 시인 폴 발레리Paul Valéry가 쓰지 않으려 한 문장 — **후작 부인은 다섯 시 정각에 나갔다**La marquise sortit à cinq heures — 에 관한 것이다. 정확한 이유는 일단 그것이 씌어진다고 하면 그 문장은 발레리가 한 편의 소설을 써야만 할 것 같은(Breton 1966 : 15를 보라) 서술이 나아갈 방향을 너무 많이 암시하였기 때문이었다. 이와 같이 문장은 그 자체로서, 누군가가 펼친 책에서의 잠재적인 첫 번째 서술일 수 있다. 그리고 문장은 그것의 물리적 위치에 의해 또한 펼친 페이지와 이어지는 페이지의 문장들에 의해 암시되는 강렬한 지속성을 지닌 기동적 기능을 지닌다. 이와 함께 문장은 『피네간의 경야經夜Finnegans Wake』의 마지막을 장식하는 완결적 문장은 어떻든 존재할 것이라는 견고한 개연성에 의해 추정된 종결성을 지닌다. 중요한 것은, 한 사람의 인물로서 후작부인의 존재는, 프랑스 소설의 특히 초기 역사에서 일정불변의 요소인 흥미로운 귀족의 모험이 전개되도록(지속성) 보증하는 것이나 마찬가지라는 사실이다. 또한 독자들은 그러한 관습에 전적으로 따라가게 될 것이다. 프랑스 동사 '**소르띠르**sortir'는 나가다라는 완결적 행위(종결성)라기보다는, 그것의 문학적 과거시제(말하자면 '단순과거')에 의하여, 과거에 씌어진 거의 모든 소설에 필수적인 바로 그러한 '과거가 된 상태past-ness'(그럼에도 로브-그리예의 작품이 있기는 하다)를 의미하고 있다. 그러한 이유로 인하여, 서술이 앞으로 나아가도록 지탱하는(지속성) 스토리텔링 모드의 보증역할을 하는 것이다. 그 문장은 또한 이야기되어야 할 것(지속성)이 있으며 어떤 모험이 아직은 시작이라는 것(기동성)을 뜻하고 있다. 나가는 시간(다섯 시 정각)은 귀족들이 막 활기를 띠기 시작하는 전형적인 이른 저녁시간이다. 알프레드 히치콕Alfred Hitchcock은 "한 편의 영화에서 긴장감을 얻는 비밀"은 "시작부분부터 사건장면을 두지 않는 것이며 그 장면이 끝부분까지 지속되도록 두지 않는 것이다"(McGilligan 2003 : 422)라고 주장하면서, 서술 지속성에 관한 거의 완벽한 개념을 제공하고 있다. 또한 타라스티Tarasti는 종종, 그레마스의 용어, "동위체isotopy"("일련의 의미론적 범주들, 이것들의 불필요한 중복은 기호-복합체의 일관성을 보증한다"(Tarasti 1994 : 304))를 환기시키고 있다. 그러면서 타라스티는 정확히 이러한 종류의 서술구조를 존재하도록 하는 주장들에 확신을 실어주는데, 이러한 서술구조에서 기동성과 지속성과 종결성은 어떤 명백한 프로그램이 없는 "절대" 연주음악 작품들에서 상당히 균형잡힌 관계를 이루며 상호작용하게 된다. 다른 한편으로, 내가 이 글의 남은 지면에서 주로 주장하고자 하는 것은, 음악은 일반적으로 영화에 적용될 때 ① 모티브 반복의 투명성을 극도로 전달하는 경향을 지니며 ② 연주음악의 대응부에 관한 것보다도 지속성에 더 강렬한 비중을 두는 경향이 있다는 것이다. 그러고 나서, 영화의 악보는 모티브 구조의 순환으로써 그리고 시작과 중간과 끝이라는 연대기적 함의들의 균형을 깨뜨림으로써 통시성을 전복하고 있다. 그리고 그것은 많은 영화-서술들이 신화적 텍스트 혹은 준-신화적 텍스트라는 인상을 강하게 지니도록 만든다.

영화와 관련한 음악적 서술론에 관한 굉장히 단순한 사례로서, 나는 아주 상이한 두 편의 영화를 들어 보고자 한다. 그중 하나는 〈우리 생애 최고의 해The Best Years of Our Lives〉(1946)로서 이 작품은 맥킨레이 캔터MacKinlay Kantor의 소설을 원작으로 휴고 프리드호퍼Hugo Friedhofer가 작곡한 음악들로서 윌리엄 와일러William Wyler가 감독한 영화이다. 그리고 다른 하나는 〈북북서로 진로를 돌려라North by Northwest〉(1959)로서 이 작품은 어니스트 리먼Ernest Lehman의 원작영화대본으로 하여 버나드 허만Bernard Herrmann의 악보들로서 작업한 알프레드 히치콕 감독의 영화이다. 〈우리 생애 최고의 해〉에서 주요 타이틀곡은 아주 단순한 표제 자막 너머에서 71초간 흘러나오는 다만 23소절로 구성되는데, 이것은 "기능적 음조"에 관한 아주 공격적인 사례를 보여주고 있다. 즉 경과부 테마곡이 될 것을 제시하는 2소절 도입부 이후에, 오프닝 테마곡은 네 개의 호른과 첼로로 일제히 연주되며 일곱 번째 소절까지는 단지 단일한 임시표로써 C 장조음 주위에서 견고하게 머무르고 있다. 그 지점에서, 극적인 화음의 형태는 Eb 장조 코드로부터 Db 장조 코드로 Bb 장조로 G 장조로 이동하면서 이어받고 있으며 그리고는 마침내 ─ 또한 당연히 예측되는 것처럼 ─ C 장조에서 끝을 맺고 있다. 연결 테마곡은, 오프닝 테마곡으로부터 리듬의 형상화를 빌어오는 옥타브의 극적 도약을 특징으로 하며, 음조를 바꾸기 시작하면서 재빨리 주요 테마곡의 반복과 그것의 C장음조로 대체되고 있다. 문화적 모더니티의 기준들 속에 좀 더 음악을 묶어둔 것은(이러한 기준들에 반대하는 예술적 모더니즘에 반대하면서), 내 견해로는, 테마곡의 아주 규칙적인 4분음 4박자로서(서구 음악작품의 보편적인 표준인), 이것은 곡이 흐르는 것이 곧 시간이 되는 통시적 악장이라기보다는 준-역사적 시간이라는 통시적 이미지를 제시하는 것으로 간주된다. 다른 말로 하자면, 많은 서구 음악에서 리듬구조의 특징은 무엇인가 — 규칙적 간격으로 된 시간의 흐름 — 를 명백하게 만들고 있으며 그것은 기본적으로 특정작품의 청취에 주어지는 시간 속에 암시되어 있다. 이를테면, 프란츠 요셉 하이든 Franz Joseph Haydn과 같은 작곡가는 교향곡 101번(〈시계Clock〉, 1794) 2악장에서 실제로 째깍거리는 시계소리를 흉내내는 균등하게 측정된 리듬의 구조를 사용하기에 이른다. 물론, 이렇게 규칙적으로 맞추어진 박자 내에서 박자와 더불어 또한 박자에 대항해서 작용할 수 있는 배열형태의 수는 거의 무한한 것이다. 또한 규칙적인 박자는 "심리적" 혹은 "창조적" 시간으로서 일컬어지는 경험되는 무엇에 대항하는 참조의 지점으로 역할한다. 작곡가 엘리엇 카터Elliott Carter는 특정작품들에서 이 개념을 축어적 방식으로 해석하는 데까지 나아갔다. 예를 들면, 그는 1948년 첼로 소나타에 관하여, 첫 번째 악장의 기본관념들 중의 하나가 심리학적 시간(첼로에서)과 연대기적 시간(피아노에서)의 대비 속에 놓여 있으며 그 종합으로서 음악적 시간 혹은 '가상적' 시간을 생산하고 있다고 썼다(Carter 1977 : 272). 나는 카터Carter의 진술이 "통시적" 시간이 아니라 "메트로놈적(기계적인 규칙적)" 시간을 읽어내는 것으로 수정하고자 한다. 메트로놈적 시간은 엄격히 말하자면 연대기적 시간과 동일한 것이 아니며 통시적 시간의 '**이미지**'를 제공하는 요소이다.

또한 〈우리 생애 최고의 해〉의 청자들을 안심시키는 것은, 하나의 전체로서의 테마곡을 아주 예측 가능하도록 하는 최초의 구조이다. 이 테마곡은, 8소절로 시작하는 "A", 4소절의 연결부(B) 그리고 8소절로 되돌아가는 듯한 반복진행, 즉 전통적 ABA 노래형식의 일명 "4소절 악절"에 근거한 패턴들 중의 하나를 따르며 진행되고 있다. 그리고 나서 적어도 세 가지 다른 층위에서, 이 음악의 기본 언어와 구조는 실제적인 준거를 제시하며 영화의 본거지인 아메리카의 배경과 전적인 조화를 보여주고 있다. 음악은 기대된 것으로부터의 이탈이, 시작부분에서 음악의 무형적 아름다움과 따뜻함 속에 놓이는 것을 제외하면, 평형상태를 형상화하지는 않는 정도로 그러한 일반적인 상태를 제시하고 있다. 한편, 기대된 것으로부터의 이탈은 심미적 영향과 정서의 주요 발생요인들 중의 하나로서 시간적으로 정교하게 만들어진 예술작품에서의 극적 서술임은 말할 것도 없는 것이다(다시 한 번 Meyer 1956을 보라). 즉 전체의 주요 테마곡은 단일하며 매우 단순한 음악적 관념에서 출현하며 반음계 화음의 부드러운 모티프가 예기치 않게 나타나는 다소 분명한 동위체의 특성을 지닌다.

그러나 주 테마곡이 그것의 ABA 노래형식을 완성시키는 방식을 따라 잘 어울리게 되는 바로 그 지점에서, 2소절이 A부의 변주를 반복하고 C장조로 견고하게 귀결되면서 모든 것들이 소진된다. 간결한 크레센도crescendo(점점 세게) 이후에, 이어지는 2소절이, 먼저 표시된 '**수비토**subito(바로)'에 의해, 주 테마곡 전체에서 단연 최고의 반음계이자 불안정한 화음 모티프가 변주된 두 차례의 반복을 향해 갑작스럽게 들어오게 된다. 그 모티프는 원래의 형식으로(약간의 리듬상의 변화를 보이면서) 세 차례 되돌아오면서 "주 테마곡"을 도로 C장조로 이끌고 있으며 여기서 그 끝은 불안정한 채로 남겨지게 된다. 즉 불안정하게 바뀌고 있는 화음과 끊김 없이 이어지는 연주를 제공하는 C장조 사이에서 두 차례 앞뒤로 전환하는 것이다. 끊김 없이 이어지는 C장조는 2차 세계대전에서 귀환하는 병사(Dana Andrews)가 비행기를 자신의 고향으로 되돌리려 하는 공항의 시작장면에 맞추어져 있다. 음악 또한 의미심장하게, 떠받치는 C장조 코드에서 쉬며 잠시 멈추는데, 약음기를 사용한 트럼펫들이 조용하게 음을 연주하는 악보의 마지막 2소절 상당부분을 잘라내고 있다. 트럼펫들은 "연타" 나팔소리를 암시하는 방식으로서 A부를 시작하는 세 가지 음조의 일부를 연주하고 있다. 그러고 나서 그 자체로 음악적 존재감을 지니면서 부상되는 무엇은 자체적인 종결법칙에 의해 지시되며 특징적인 영화-정서가 곁들이게 된다. 그것은 갑작스럽게 안정감을 상실하고서 그리고는 순수하게 구조적인 층위에서 비종결과 서술의 연속 다시 말해 지속성을 암시하고 있다. 영화가 환기시키는 무엇은, 누군가가 영화가 전개되면서 그와 같은 불안정성을 상당부분 발견한다고 해도, 그것이, 서술내부의 불안정성은 아니라는 사실은 강조될 필요가 있다. 그보다 그 무엇은 서술의 시작부에 고유한 종결이 결핍되었기 때문인 것이다. 비록 음악이 시각적 / 언어적 서술이 아닌 영화-음악적 서술이라는 약호를 따라서 표현되고 창조되는 것에도 불구하고 그러하다.

　작곡가 프리드호퍼가 준-서술, '세구에segue'(단절없는 이행)를 중요하게 염두에 두고 다룬 것은 명확한 사실이다. 그것은 그가 〈우리 생애 최고의 해〉의 주 테마곡 마지막 두 소절의 작곡방식에서 나타나며 그리고 더욱 특별하게는 불안정한 화음 진행과 그리고 C 장조 화음 사이에서 그 전후를 오가는 방식에서 나타난다. 그것은 종결되는 듯하면서도 그러한 불안정한 화음들로 인해 종결되지 못하는 방식을 보여준다. 그러나 프리드호퍼의 버전은 여전히 음악적 — 영화-음악적 — 종결 장면을 제공하고 있다. 반면에, 몇 초 지나 오프닝 액션으로 끝나는 주 테마곡의 방식은 음악 편집자에 의한 다소 성급한 작업으로 간주된다. 이러한 종류의 실천은 영화와 "진지한" 음악을 구별짓는 사람들에게는 골칫거리의 존재이지만, 한편으로, 그것은 정당화될 수 있을 뿐만 아니라 많은 사례들에서 영화-서술의 비종결성을 창조해내는 바람직한 측면을 지니고 있다. 내가 여기서 제안하고 있는 것은, 〈우리 생애 최고의 해〉와 같은 서술영화들과 셀 수 없이 많은 다른 영화들 속에서, 주 테마곡은 감정적 윤활유가 흐르도록 하는 음악적 전주곡으로서, 달리 말하자면 서술 전체의 첫 번째 문장으로서 역할하고 있다. 이러한 첫 번째 문장은 기악 음악의 비지시적인 언어 속에서 형태를 취하기 때문에, 나는 이것과 같은 사례들에서 영화음악이 서술의 형태론 — 이 경우에는 서술 시작부 — 을 반영하는 패러다임적 기능을 지닌다고 주장한 랭거Langer의 공식을 확장하도록 유혹받게 된다. 흥미롭게도, 타이틀 시퀀스title sequence 이후, 악장의 패러다임은, 맨 처음 극복하도록 예정된 장애물로서의 기본단위narreme에서뿐만 아니라(귀환병사, 다나 앤드류스Dana Andrews는 고향으로 가는 비행기를 탈 수 없었지만 반면, 그의 뒷줄에 있던 부유한 사업가는 바로 좌석을 얻었다), 우리가 아래서 보게 되겠지만, 이 경우에는 비행기 그 자체에 관한 시각적 관점에서 지속적으로 진행되고 있다.

〈북북서로 진로를 돌려라〉의 오프닝은 놀랄 만큼 유사한 방식으로 작용하고 있다. 당연히, '타이틀 시퀀스'는 두 번째 히치콕Hitchcock 영화를 작업 중이던 솔 바스Saul Bass가 제작하였다. 그것은 〈우리 생애 최고의 해〉와 비교할 때 두 배나 긴 분량으로 많은 장면에서 매우 시각적인 흥미를 끌고 있다. 게다가, 헤르만Hermann의 역동적이고 흥분감을 주는 판당고fandango 서곡은 A단조음에서 이륙해서 또한 이론적으로는 A단조음에 착륙하고 있다. 그의 음악은 상당히 불협화음적이며 반음계로 된 화성의 영역을 향한 모험을 감행하며 그리고 흔한 영웅담에 관한 프리드호퍼의 부드러운 서곡에 비해서 실체적이며 매우 현란한 기악영역을 향한 모험을 감행한다. 나아가, 헤르만은 방법론적으로 네 마디 구를 피하였는데 그것은 정확히, 그가 음악적 구조가 영화-서술의 구조에 대항해서 작용할 것임을 알고 있었기 때문이다(Brown 1994 : 289~293을 보라). 그리고 그는 서곡의 3/8박자의 간결한 한 마디 구에서 규정된 모티브의 부분으로부터 거의 전적으로 〈북북서로 진로를 돌려라〉의 서곡을 만들어내었다. 그 모티브는 종종은 아니지만 두 번째 마디에서 고스란히 반복되며 폭넓은 멜로디의 전개부로 대체된다. 그리고 후속 화음에 의해 서곡이 진행되는데 동일한 구가 종종 음높이를 달리하여 몇 번씩 반복되고 있다. 그러나 〈우리 생애 최고의 해〉에서처럼, 〈북북서로 진로를 돌려라〉의 타이틀 시퀀스는, 녹색의 배경을 가로지르는 추상적인 대각선으로부터, 동일한 패턴을 지닌 맨하탄의 사무실 빌딩으로, 그리고 그랜드 센트럴 역을 포함한 다양한 장소에서 시끌벅적한 뉴욕시 군중들에 이르는 시각적인 "조정을 보여주고 있다." 또한 악보의 음악은 영화의 시작장면을 향해 이어지며, 여기서의 장면은 순수한 음악적 흐름의 결말이 아니라 서술 흐름의 시작부를 암시하는 불안정한 7화음에서 갑작스럽게 머무르고 있다. 서곡의 연주 버전들은, 1995년 라이노Rhino 영화음악 CD에서 발표된 오리지널 음악트랙들을 제외한, 레코딩한 모든 트랙들을 포함하고 있다. 이 버전들에 익숙한 사람들은 이것들이, 영화 속에서 들리는 것과는 달리, 모든 것이

A장조에서 엄청 큰 V7-I 카덴스cadence에서 마치며 그것은 아주 다른 음영을 경험하도록 한다는 것을 알아차릴 것이다. 누군가는 여기서, 〈우리 생애 최고의 해〉의 주 타이틀곡에서처럼, 카덴스가 오리지널 악보로 쓰여졌으며 게다가 마지막 두 개 화음을 제거하였다는 것을, 또한 이 같은 것들은 다시, 음악 편집자의 작업에 의한 것이라고 추정할 수 있을 것이다. 그러나 이것은 그러한 경우로 판명되지 않는다. 나는 헤르만 뮤직Herrmann Music(www.bernardherrmann.com)의 매니저이자 작곡자에 관한 다양한 자료를 지닌 큐레이터, 크리스토퍼 허스티드 버나드Christopher Husted Bernard와 서신을 교환하였는데, 허스티드는 영화에서 들리는 서곡이 〈야생의 질주The Wild Ride〉라는 제목을 단, 그 서곡 이전에 작곡된 어떠한 악절을 약간 짧게 만든 버전이라고 답했다. 〈야생의 질주〉는 악한들이 "우연한" 죽음으로 처리되길 바라며 캐리 그랜트Cary Grant를 강제로 옮겨놓은 차에서 그가 위태롭게 취중 질주하는 모습을 보여주고 있다. 시각적이며 동시에 음악적인 장면은 그랜트가 교차로에서 사고를 피하기 위해 급브레이크를 밟으면서 두 대의 차량 — 두 번째 것은 지역경찰 소속 — 과 후방추돌하면서 파국을 향해 치닫게 된다. 악절은 음악적 종결부를 제공하지 않고 중간급 금관악기의 늘어진 긴 음에서 애매하게 중지하고 있다.

다른 무엇들 중에서도, 화음 구조나 멜로디 구조를 경유하는 조성음악의 작품에서는 어떠한 주조음이라도(〈우리 생애 최고의 해〉 주 테마곡의 C장조, 〈북북서로 진로를 돌려라〉 서곡의 A 단조), 제시부는 시간적 의미와 관련지을 때 강렬히 기동적이며 강렬히 종결적이라고 기술될 수 있다. 이론적으로 볼 때, 주조음은 시작하는 지점과 끝나는 지점 둘 다를 결정짓기 때문이다. 다른 한편으로, 주조음으로부터 이탈한 음악구간은 특성상 좀 더 강렬히 지속적인데, 그것은 다른 원인들도 있겠지만, 그 같은 이탈들이 규정짓는 준거 내에서는 음악작품이 이론적으로 시작할 수도 혹은 끝맺을 수도 없기 때문이다. 〈우리 생애 최고의 해〉의 주 테마곡은 C장조에서 시작하고 끝나며 "A" 주제부로 되돌아옴으로써 종결성이라는 부가적 요소가 주어진다. 〈북북서로 진로를 돌려라〉의 서곡 말미에서, 몇 차례 반복되는 시끄러운 화음에 이어지는 높은 음에서 낮은 음으로의 빠른 연주(피콜로piccolo 소리가 두드러진)는, 엄청 큰 마지막 화음으로 이어지는 종지법을 경유하면서, 주조음(콘서트 버전의 A 장조는 주조음은 아니지만 어떠한 방식의 변화를 나타낸다)으로의 귀환을 약속하는 것처럼 보인다. 그러나 비록 〈우리 생애 최고의 해〉의 주 테마곡이 사실상 C장조 화음에서 끝난다 할지라도, 악보의 마지막 두 소절은, 좀 더 불안정한 하모니의 질료와 나팔소리와 흡사한 종결부의 꺾기 사이에서 빗장을 잠그듯이 앞뒤로 두 번 움직이면서 종결성의 효력을 경감시키고 있다(마지막 두 소절은 또한 리듬상의 불균형을 만들어내는데 그것은 마지막 화음이 한 박자가 되기 전에 잘려나가기 때문이다). 다른 한편, 〈북북서로 진로를 돌려라〉의 서곡은 조성으로 볼 때 (주조음으로) 종결되도록 만들어야 하지만 그럼에도 단순하게 정지하는 7화음을 유지함으로써 조성을 결론짓는 고유의 종결성에 압도적으로 끼어들고 있다. 두 편의 사례 모두에서, 특히 〈북북서로 진로를 돌려라〉의 순수한 음악적 종결성은 앞으로의 전체서술을 약속하는 지속성의 종류에 대체되고 있다. 혹은, 좀 더 정확히 하자면, 두 악절 모두의 결말이 타이틀 시퀀스의 결말과 동시에 일어나기 때문에, 누군가는 여기서, 모순형용이 허용된다면,

적어도 1960년대까지 유성영화의 수많은 영화-서술들로 청중들을 이끄는 "종결적 지속성"의 유형이라고 언급할 수 있을 것이다.

사실상, 나는, 영화음악이 종종, 인물과 상황과 장소와 같은 것들을 "확인하도록" 주악상을 창조한다는 것은 의심의 여지가 없으며, 그리고 주로 영화음악을 정당화하는 것들 중의 한 가지가, 지나치게 차갑게 보여지는 명백한 리얼리즘 매체 속에서의 극적 상황의 정서적 영향을 항상 강화해왔다는 것(Brown 1995 : 12~37을 보라)을 주장하고 있다. 또한 나는 가장 간과되어온 영화음악의 기능들 중의 하나가 종종 엄격한 음악적 코드를 위반함으로써 메타-서술적인 지속성의 패러다임으로서 언급될 만한 것을 제공하는 것이라고 주장하고 있다. 이러한 견해들을 통해서, 나는, 매우 중요한 영화음악의 한 가지 역할로부터, 영화음악이, 종종, 작곡자의 머리 위에 비판을 가져오며 서술에 내재적인 사건들뿐만 아니라 사실상 서술 그 자체를 진행하는 지속성에 대한 관중들의 기대를 강화하도록 작용하는 특수한 유형들을 훌쩍 뛰어넘어서 부상되고 있음을 주장하고 있다. 조성 체계에 의해 발생하는 악장의 순수한 음악적 유형을 전복함으로써, 조성에서 본질적인 기동성과 종결성을 약화시키는 영화음악의 악절들은 셀 수 없을 정도이다. 역설적으로, 사실상 악절이 음악적으로 좀 더 정적인 화음일수록 그것의 영향은 영화-서술적이며 좀 더 지속적으로 되는 경향이 있다. 특히 충격적인 사례로는 제임스 본드James Bond의 스릴러물, 〈골드핑거Gold-finger〉(1964)에서 존 배리John Barry 악보의 〈레이저 빔Laser Beam〉 악절에서 발견될 수 있다. 이 악절은 레이저빔이 007의 가랑이 쪽으로 곧장 나아가면서 그의 남성성에 큰 위협을 가져오는 장면에서 나타나고 있다. 내가 어떤 지면에서 지적하였듯이(Brown 1994 : 46~47) 거의 삼 분간 흐르는 전체 악절은, 두 번째 화음이 부가되어 동일하게 유지되는 F 단조로 연주되며 이것은 배리의 '본드' 사운드의 전적인 전형을 이루고 있다. 그리고 동일한 8분음표 모티프가 대략 열두 번 확인하듯이 반복되며 이어서 끝없이 계속될 것처럼 여겨지는 그 모티프의 크레센도에서 두 개 음이 또다시 열두 번 반복된다. 악한이 때마침 레이저 빔을 차단할 때, 이어 나오는 두 번째 화음이 부가된 F 단조는 협화음으로 이행되지 않고서 몇 초간 더 지속된다. 흥미롭게도, 이 지점에서의 시각적 액션은 ─ 악한의 추종자 중 한 사람이 본드를 향해 걸어가서 그에게 총을 겨누고 발사하자 본드는 자신이 묶여 있던 테이블 위로 쿵하고 쓰러진다 ─ 중후한 종결적 암시를 보여주며 그에 따라 시각적인 명백한 종결성과 음악적인 지속성 사이에서 준-대위법적인 상호작용을 만들어내고 있으며 그로 인하여 아직 본드의 남성으로서의 편력이 아주 끝난 것은 아님을 알려 주고 있다.

〈골드핑거〉 시퀀스에서 시각적 / 음악적 "대위법"이 대조에 의존하고 있다면, 〈우리 생애 최고의 해〉와 〈북북서로 진로를 돌려라〉 두 작품 모두에서, 시각적 지속성의 모티브는 ─ 〈우리 생애 최고의 해〉의 비행기들 그리고 〈북북서로 진로를 돌려라〉의 온갖 종류의 탈 것들 ─ 음악적 지속성을 보충한다고 할 수 있을 것이다. 다른 말로 하자면, 두 편의 영화에서 탈 것들은 디에게시스의 중요한 요소로서 역할할 뿐만 아니라 아마도 더 중요하게는, 시각적인 탈 것들의 장면이 영화의 결말까지 곧장 관류하는 서술의 지속성을 발생시킨다는 것이다. 〈우리 생애 최고의 해〉의 영화 시작부에서 자신들의 고향도시로 귀환하는 2

차 대전의 노병 세 사람을 실고 있는 것은 한 대의 비행기이다(이 장면은 주 테마곡으로부터 반복되는 연결부의 모티프 가락에 맞추어져 있다). 한편, 이 영화의 말미에서, 조립식 집의 원자재를 제공함으로써 세 사람의 노병 중에 가장 빈털터리인 한 사람(다나 앤드류스)이 새로운 직업을 얻고 또 한 결혼을 하도록 이끄는 것도 모두 수많은 고철덩어리들로 된 비행기 였다 — 이것은 지속적 종결성, 한 번 더 모순형용이 허용된다면, 행복한 결말의 고전적 특성이다(비극의 경우라면 파국적 종결성이 될 것이다). 〈북북서로 진로를 돌려라〉에서는, 알프레드 히치콕 감독 앞에서 뉴욕 시 버스의 문이 닫히는 장면이 보일 때 테마곡이 끝이 나고 있다. 알프레드 히치콕은 본 모습을 지우고는 대리인, 캐리 그랜트로서 감독의 자리를 옮기고 있다. 캐리 그랜트는 ① 택시를 수없이 타고 내리며 ② 납치되어 차로 수송되어서는 롱Long 아일랜드의 글렌 코브Glen Cove로 가게 되며 ③ 강제적으로 술에 취하게 되며 그리고는 취한 채로 훔친 차에 실려가며 ④ 그랜드 센트럴 역의 시카고 행 기차에 실린다. 그리고 ⑤ 곡물먼지로 뒤덮인 비행기 안에서 총을 겨누는 악한에 의해 어딘지도 모르는 중간지점에서 공격을 받으며 ⑥ 훔친 픽업 트럭을 타고 시카고로 되돌아가며 ⑦ 정부관료(레오 캐롤Leo G. Carroll)에 의해 사우스 다코타South Dakota의 래피드Rapid 시로 가는 비행기에 실리게 되며 ⑧ 앰블런스를 타고 러쉬모어Rushmore 산 근처 숲으로 옮겨지며 그곳에서 그는 자신의 연인(에바 마리 세인트Eva Marie Saint)과 재회한다. 그리하여 ⑨ 마침내 그는 제때에 자유를 얻게 되며 죽음으로 몰고 갈 비행기에 오르는 연인을 구출하며 ⑩ 마지막에는 터널로 진입하는 또 다른 기차의 취침차 안에서 연인 / 새 아내(세 번째)와 함께 이층침대로 향한다. 이 장면은 이윽고 성교에 준하는 종결성을 제공하면서 탈 것의 지속성과 함께 하는 그 같은 복합적 미궁을 향해가고 있다. 히치콕은 〈북북서로 진로를 돌려라〉에 관해서 이렇게 말하였다. "그 같은 영화를 구상하기로 했을 때 나는 특정장소나 장면뿐만 아니라 시작부터 끝까지 그것이 지시하는 방향에 의해 전체를 이루는 한 편의 영화를 구상하였다. 나는 사건이 일어나는 장면에 관해서 애매한 개념을 지니고 있지 않다"(Truffaut 1984 : 319). 영화에서 탈 것들은 거의, 그렇게 시작부터 끝까지 지속성의 개략적 운반물로서 기능하고 있다.

그럼에도 흥미로운 것은, 또한 탈 것 모티프로 연결하는 듯한 광란의 속도감을 보여주는 서곡 음악이, 탈 것 모티프에 대한 일 대 일의 관계를 드러내고 있지는 않다는 것이다. 그리고 〈우리 생애 최고의 해〉의 그 어떤 것도, 탈것들 — 혹은 다른 무엇이든 간에 — 과 특정하게 연관된 모티프는 아니라는 것이다(〈우리 생애 최고의 해〉의 모티프는 시작부의 네 개의 음표, 다섯 개 음표의 화성 주제곡 그리고 연결부를 시작하는 네 개의 음표로 구성된다). 〈북북서로 진로를 돌려라〉의 서곡은, 계속해서 나타나는 모티브의 일부를 제공하면서, 또한 세 개의 다른 지점들, 즉 타이틀 시퀀스, 〈야생의 질주〉의 시퀀스, 그리고 러쉬모어 산의 마지막 추격 시퀀스에서 많은 변주곡들 '일체를 포괄하면서' 지배적으로 연주된다. 또한 서곡은 곡물가루로 뒤덮인 비행기 습격 동안에 큐 시트cue sheet가 "배경음악backing"으로서 가리키는 무엇을 제공하는 것으로 기대될 수 있다. 그러나 이 시퀀스는 비행기가 가스 트럭으로 돌진한 이후에 결말까지 악보로 표시되지 않은 채로 있다. 그리고 나서 서곡음악과 그것의 다양한 모티프들은, 액션 혹은 인물과 구체적으로 연관된 서술 지속성의 기표로서의 기능을 넘어서고 있다. 즉 그것들은 추상적인 방식으로, 영화텍스트에 전반적 일관성을 부여하는 음악서술의 동위체로서 기능하고 있다. 아주 더 중요한 것은, 주악상이 없는 이러한 음악의 특성은 또한, 앞에서 레비-스트로스가 주장한 투명성의 종류로써, 터너가 서술 패턴의 동시적 기능이라고 지칭한 무엇을 나타내도록 한다는 것이다. 이러한 효과는 〈우리 생애 최고의 해〉에서 아주 더 확실할 것이다. 어떤 저자는 영화에서 바그너적인 주악상을 사용한 "아마도 최상의 사례"로서 프리드호퍼의 악보를 언급하고 있다(Prendergast 1977 :73). 또한 영화의 음악은 사실상 몇몇 장소 혹은 인물을 구체화한 모티프들을 제공하고 있다(가장 주목할 만한 사례가 되는 것은 월마Wilma의 주제곡이다). 그러나 대체로 영화음악은 광범위하며 주악상과는 거리가 아주 먼 방식으로 기능하고 있다. 앞서 주 테마곡으로 규정된 세 가지 기본 모티프는 영화 전반에 걸쳐 단순히 자유롭게 부유하며 때로 고립되며 때로 그 출현순서를 바꾸어가며 제시된다. 그러나 주 테마음악에 의해 발생되는 전체 영화의 느낌에 비해 좀 더 구체적인 어떤 것에 모티프들을 결합시키지는 않고 있다. 이러한 회귀적 모티프들은, 음악의 무-참조성을 가능하도록 하는 투명성의 종류로써 서술에 동위체적 일관성을 부여한다. 또한, 그것들은, 관객들로 하여금, 매우 세부적인 역사적 참조들에도 불구하고 영화적 시간을 서술로서 "독해하고" 느끼도록 돕는 준-신화적 패러다임으로서 기능한다.

그리고 내가 주장하는 것은, 합당할 수도 있지만 그렇지 않을 수도 있는 무미건조한 상당 분량의 주악상들로 이루어진 영화음악의 역사를 통틀어 볼 때, 실제 잘못된 부분들도 있겠지만, 다른 측면에서 볼 때는 다수의 최악의 사례들에서조차도 구문론적 / 지속적 구조 그리고 서술에 필수적인 동시적 / 패러다임적 구조, 둘 다에서 향후의 주석들 혹은 창조의 종류들이 될 것을 영화에 제공하였다는 것이다. 나는 또한, 이러한 주석들과 창조의 종류들이 다른 무엇들 중에서도, 이 영화 전반에 걸친 전체 주제곡과 부분들 일체에서, 행동을 지시하지 않는 특수한 동위체적 가동을 통해서, 뿐만 아니라, 콘서트-홀 구문들의 빈번한 위반을 통해서 가능하게 된다고 주장하고 있다. 즉 음악적으로 발생된 지속성으로써 전달, 진행되는 그러한 모티프들은 "흘러가는 시간을 고정시키고 있다." 혹은, 엘리엇T. S. Eliot이 「네 개의 4중주Four Quartets」의 첫 번째 부에서 썼듯이, "다만 시간을 통과함으로써 시간은 정복되는 것이다." 이를테면, 〈우리 생애 최고의 해〉와 〈북북서로 진로를 돌려라〉와 같은 최상의 사례에서, 음악적으로 발생된 구조, 시각적으로 발생된 구조, 그리고 언어적으로 발생된 구조 사이의 풍부한 상호작용은 바로 서술의 실재인 "스토리"에 관한 메타-텍스트의 종류들을 창조해내고 있다. 우리는 〈북북서로 진로를 돌려라〉가 근본적으로 한 편의 35밀리미터 영화를 통해 누설되고 판명되고 있음을 기억해야 할 것이다.

31

고전적 기악 음악과 서술

프레드 에버렛 마우스Fred Everett Maus

1970년대부터 시작해서, 많은 음악이론가들은 고전적 기악 음악과 서술 사이의 관계를 탐구하였다. 그것들의 관계는 프로그램 음악의 경우에는 오랫동안 익숙한 것이 되어왔다. 예를 들면, 헥터 베를리오즈Hector Berlioz의 〈환상 교향곡Fantastic Symphony〉은 작곡자의 언어 텍스트가 음악이 사례로서 들려질 수 있는 서술을 설명하고 있는 합작물인 것이다(Kivy 1984 : 159~196을 보라). 그러나 내가 여기서 논의할, 20세기 말 음악이론의 전개는, 작곡자와 함께 하는 명백한 문학적 프로그램을 결핍하고 있는 "순수 기악" 음악에 관한 것이다.

일부 논의들은 아주 확고하게, 비프로그램 기악 음악도 서술 재현의 형식일 수 있다고 주장하였다. 또 다른 논의들은, 기악 음악과 통상적으로 서술로서 이해되는 담론들 사이의 유추에 관해 탐구하였다. 나는 후자의 접근법을 선호하고 있다. 즉 어떤 종류의 음악이 서술의 사례가 될 수 있는가 하는 질문들은 음악이론을 위한 생산적인 몰두도 아닐 뿐더러 서술의 핵심 특질들에 관한 쟁점들 속에서 좌초될 수가 있는 것이다.

일부 음악이론가들은 비프로그램 기악 음악과 서술에 관한 탐구를 새로운 연구의 패러다임 즉, 다루기 힘든 의미에 관한 이론적 쟁점들과 비평에 관한 실용적 쟁점들에 관한 접근법으로서 이해하였다. 기악 음악과 서술의 관계는, 기악 음악은 마음을 끄는 패턴을 이룬 사운드일 뿐이라는 순수주의 해석들에 대해서 매력적인 대안이었으며(Hanslick의 1986에서처럼), 그리고 음악에 관한 철학적 논의를 종종 지배해온 감정에 근거한 협소한 해석들에 대해서도 매력적인 대안이었다.

첫 번째 발달단계는, 아마도 에드워드 콘Edward T. Cone의 책, 『작곡자의 목소리The Composer's Voice』(1974)를 시작지점으로 하여 1990년대 초까지 확장된 것으로 확인될 수 있을 것이다. 이 단계에서, 서술에 관한 유추들에 주목한 음악적 논의들은 낙관적 어조를 취하였는데, 그것은 마치 새로운 개념적 해석들이 오랜 시간에 걸친 비평철학적 문제들을 해결할 수 있는 것처럼 보였던 사실과 흡사하였다. 그러나 끊임없는 낙관주의에도 불구하고, 이 시기의 텍스트들은 대체로 신기할 정도로 전혀 누적적이지 못하였다. 즉 다양한 저자들 그리고 심지어는, 동일 저자들에 의한 다양한 텍스트들도, 초기의 성취물들에 근거를 두고 세워지는 것이 아니라 반복적으로 다시 시작하는 것처럼 여겨진다.

두 번째 단계는, 1980년대 말과 1990년대 초로 추정될 수 있다. 일부 음악이론가들과 저자들은, 기악 음악과 서술 사이의 유추의 부재에 관해 탐구하는 것이 아니라, 음악을 이해할 목적으로 서술의 개념들에 의존하는 최근의 경향을 비판하였다. 어떤 저자들은 서술의 관념들이 음악 비평으로서 가치 있지 않을 것이라고 주장하였으며 나아가 이 영역의 심화연구를 단념시키려고 하였다.

음악과 서술 간의 유추들이 지닌 문제들

일부 새로운 에세이들은, 아마도 과할 정도로, 특별한 주장들에 초점을 맞추었다. 예를 들면, 음악적 형식은 전형적으로 사건들의 확장적 반복을 포괄한다(Kivy 1993), 음악은 어떤 과거시제를 지니고 있지 않다(Abbate 1991), 음악은 주어가 없으며 술어를 지닌다 하는 등등이 될 것이다(Nattiez 1990). 이러한 진술들(그 자체로 보면 약간은 기묘한 것들이다 — 누가 이 같은 것들의 논의를 필요로 하는가?)은 기악 음악과 서술에 관한 비평적, 이론적 유사성에 반대하는 주장들에서 중요한 부분들이었다. 타당한 독해에 근거한 이 주장들은 특정한 단순한 구조를 공유하고 있다. 즉 서술 재현의 필요한 조건을 확인하라. 그러고 나서, 음악은 그 필요한 조건을 만족시킬 수 없다고 주장하라. 이것은 음악이 서술 재현의 형식이 아니다라고 판단하도록 한다. 그래서 예를 들면, 서술 재현이 과거 시제와 유사한 무엇인가를 요구한다면 그럼에도 음악은 항상 혹은 통상적으로 그 같은 특질을 결핍한다면, 그렇다면 "서술로서의 음악"에 관한 어떠한 일반적 해석도 곤란한 상황이 되는 것이다.

이와 같은 견해들은 음악과 서술에 관한 뚜렷한 요청들에 주의를 기울일 것을 주장하였다. 그러나 그 주장들은 음악과 서술 사이의 유추들의 무용성을 증명하지는 못했다. 우선, 그와 같은 주장들은 일부 음악이 실지로 서술의 종류라는 주장에 대해 매우 반대하고 있다. 서술과의 유추에 관심을 지닌 사람이라면 탐구의 노선을 포기하기보다는 이러한 주장들에 해석적 답변을 상세히 논할 수 있을 것이다.

음악이 과거시제의 기능장치를 결핍한다고 할지라도, 현재의 담론은 과거의 사건들에 관한 묘사를 허용하고 있다. 그리고 아마도, 청취자들은, 서술의 목소리가 이야기하는 대로가 아니라, 평범한 무대 공연의 사건들같이 청취자가 지각하는 현재시간에서 일어나는 것으로서 음악적 플롯의 사건들을 전형적으로 상상하게 된다.

음악적 형식은 종종, 악보에 충실하거나 유사축어적인 광범위한 반복을 포괄한다. 그리고 작곡 속에서 음악적 사건들의 연속은 서술 플롯의 전개를 견주어 보도록 초대한다. 그럼에도 구체적인 물질적 음악 사운드가 "음악적 플롯"에 기여하는 것은, 문학 서술에서 구체적인 물질적 어휘와 문장의 역할과는 다른 것이다. 많은 사람들에게, 소나타 형식과 같은 패턴들은 마무리 부분이 긴장과 불균형을 해소하는 스토리와 유사하다. 마지막 부분은 대체로, 작품의 이전 부분의 요소들을 반복하는데 이것은 사실상 문학작품의 대단원과 유사하다. 그럼에도 누군가는 무대극 혹은 소설의 대단원이 이전 사건들 혹은 언어표현들의 외연적, 축어적 반복으로 구성되는 것을 기대하지는 않을 것이다. 그럼에도 문학적 대단원과 음악적 재현부 사이의 공통된 직관을 포기하지 않고, 음악적 대단원이 그 둘 사이에서 포괄적 반복이라는 특별한 수단을 사용한다고 주장할 수 있다.

그리고 음악적 구문이 언어에서 주어와 술어의 구문과 유사한 어떤 구별을 결핍하고 있기 때문에, 음악은 대상들을 명명하고(물론 인물들을 포함해서) 대상들에 행위와 특질을 부여함으로써 어떤 스토리를 말하는 주어-술어의 구조를 사용할 수는 없다. 만약 음악이 때때로 그럼에도 행위들과 / 혹은 인물들을 환기시키는 듯 보인다면, 이것이 어떻게 일어날 수 있는가 하는 질문들이 제기될 것이다. 청취자들은 왜 때때로 극적 스토리의 행동들 혹은 다른 사건들의 연속으로서 일련의 음악적 소리를 들을 수 있는 것인가? 만약 청취자가 행동을 듣고 있다면 누가 대리인인 것인가? 특수한 작곡의 음악적 소리가, 해석의 규준적 실천으로 만들어진 일부를 따라서, 이러한 질문들에 구체적인 답변들을 어느 정도까지 결정지을 수 있는가? 구체적 행동들, 대리인들, 기타 등등을 결정짓는 것은 어디까지가 개별 청취자에 의한 상상적 창조성의 문제인 것인가? 1990년 무렵에, 나는 청취자들이 상상된 의도와 관련하여 음악적 사건들을 이해함으로써 음악에서의 행위를 들을 수 있다고 주장하였다. 그리고 나는 음악적 행위들이 구체적으로 음악적 묘사를 지닐 뿐만 아니라 다른 행위들과 공통된 일반적 자질들을 지니고 있다고 주장하였다. 또한 나는 음악적 대리주체는 전형적으로 비결정적이라고 주장하였다. 음악적 행위와 대리주체에 관한 다른 해석들도 가능한 것이다.

기악 음악과 서술의 비교에 관한 반대들 일반을 고려하는 일은 흥미로운 일로서, 그것은 반대들에 대한 가능한 반응들을 따르는 것이 된다. 그러나 좀 더 보람을 얻는 쟁점들은 많은 청취자들과 비평가들이 기악 음악에서 서술과 유사한 개념을 발견한다는 부정할 수 없는 호소와 관련한 것이다. 서술의 유추들이 지닌 특성과 호소를 탐구하는 하나의 좋은 방법은, 추상적인 일반적 주장의 수준을 떠나서 구체적인 해석들 속에서 그와 같은 유추들을 사용한 학문적 비판 텍스트들을 고려하는 것이다. 지금 나는 서술에 관한 관념들을 더욱 건설적으로 혹은 낙관적으로 사용하는 세 개의 논문들에 관심을 지니고 있다. 이것들 중의 두 편은 서술 접근법들에 관한 논쟁들이 뚜렷해지기 몇 해 전의 고전적 논문들이다. 그리고 세 번째의 것은 1994년에 출판된 매리언 걱 Marion A. Guck의 논문으로서, 이것은 마치 이 논쟁들이 일어나지 않았다는 듯이 전개되고 있다(이 글은 1989년에 처음 원고가 작성되었는데 그 무렵은 음악과 서술에 관한 부정적 논의들이 보편화되기 이전이었다). 음악과 서술의 유추들이 지닌 강한 호소력을 숙고할 때 나는 여전히 이와 같은 작업에 반대하는 논쟁적 논문들보다는 이러한 탐구적 논문들에 스스로가 관심을 지니고 있다고 발견하게 된다.

어떤 이민자, 음고音高

나는 부분적으로, 방법론적 명료함 때문에 걱의 논문, 「다루기 힘든 것을 갱생시키면서Rehabilitating the Incorrigible」로써 출발하기로 한다(Guck 1994c). 걱은 작곡자이자 음악 이론가, 밀튼 배빗Milton Babbit이 쓴 방법론적인 몇몇 논문들에 대답하고 있다. 배빗은, 1950년대와 1960년대 그리고 프리스턴 대학에서 가르치던 많은 해 동안 자신의 저작들을 통하여, 음악 이론에 관한 새로운 전문분야에서 가장 강력한 영향력을 행사한 이론가들 중의 한 사람이었다. 기교지향적인 이 분야는 20세기 후반의 북부 아메리카에서 특히 일관성을 갖추며 정교해졌다. 전형적으로, 음악 이론가들은 음악에 관한 복잡한 분석들과 일반론들을 제공하면서, 음악작품들의 악보에서 확인 가능한 정보들에 주로 관심을 지니고 있었다. 음악 이론은 통상적으로 소리의 패턴에 관하여 언급하였으며, 그것은 의미론 혹은 역사·문화적 맥락에 관한 질문들을 제기하지 않는 것이었다. 이 분야의 엄격함은 배빗의 방법론적 글쓰기들에 상당 부분 빚지고 있었다. 이와 같이 해서, 격은 이 텍스트들에 질문을 제기하면서 동시대 음악이론의 기원과 관련한 결정적 지점에 개입하고 있다.

배빗(2003)은 묘사와 평가에서 지각되는 혼란들에 당황하였으며, 음악 이론가들이 과학적 목표들과 절차들을 채택할 것을 촉구하였다. 논리 실증주의 철학자들의 편협함을 모방하면서, 배빗은 음악 비평에서 의미없으며 논리적으로 잘못 만들어진 언어의 고질적 힘과 그 만연함에 놀라움을 표현하였다. 배빗의 입장이 통합적인 것처럼 보였음에도 불구하고, 격은 그것을, 분리해서 평가할 수 있는 다양한 가닥들로 확인하였다. 예를 들면, 배빗은 때때로 음악의 묘사들을 위한 실용주의적 목표들을 진술하였다. 묘사는 성공적일 때 누군가의 "지각적 힘"을 "확장시키고 풍요롭게" 할 것이며 "모든 수준의 음악적 현상에 부가적 의미를 부여할 수 있다(Guck 1994c : 62, 64, 73; Babbit[1952]2000 : 24에서 인용). 그와 같은 목표들은 배빗이 또한 승인하는 과학적 접근법을 꼬리표로 달지 않으며 그리고 그것들은, 종종 청취자들의 경험과의 명확한 관련성을 결핍한, 이론가들이 선호하는 객관화된 언어와 불화하고 있다.

격의 많은 설명방식은 배빗의 논문들 중의 한 편에서의 특정한 순간에 반응하고 있다. 기민하게도, 걱은 음악이론가 한스 데이빗Hans David 의 분석적 기술에 대한 배빗의 답변에서 미묘한 모순점을 확인한다. 데이빗은 모차르트 작곡에서의 특정키를 "예기치 않은 것"으로서 확인한다. 배빗의 반박은 얼핏 보기에는 "의심스러운 지위"를 지니는 듯한 그러한 요구를 일축하는 것처럼 보이는데, 그럼으로써 배빗은 아마도 어떤 내용도 없다는 사실을 뜻하고자 하였을 것이다. 그럼에도, 배빗은 그 요구에 '반대하여 주장하는' 것처럼 보이는데, 마치 의미는 있지만 거짓이라는 듯이 그러한 요구의 반대 증거를 제공하고 있다. 이러한 모순으로부터, 걱은 배빗이 사실상 그가 일축하는 음악적 묘사들을 그럼에도 누군가가 어떤 방식으로 지지할 것이라는 지각을 보여준다고 추론한다. 즉 "증거를 만들어냄으로써 데이빗의 진술을 반박할 때 배빗은 사적인 진술들이 어떤 방식으로든 복원될 것이라는 것을 가리키고 있다"(Guck 1994c : 61).

걱은 "예기치 못한 것"이 유익한 용어가 아니라는 점에서 배빗에게 동의하고는, 〈모차르트 심포니 No. 40〉의 느린 악장의 동일음에 관한 대체적 묘사를 자세히 설명하고 있다. 그녀의 묘사는, 음악작품의 자료에 관한 비개성적 묘사라기보다는, 자신의 경험에 관한 보도가 된다는 점에서 데이빗의 것과 닮아 있다. 그러나 데이빗과 달리, 그녀는 음악적 세부의 조심스러운 묘사로써 자신의 주장을 지지하며 기술 분석 및 기타 원천들에 주목하고 있다. 이와 같이, 그녀는 자신의 사적 경험의 진술을 가져와서 배빗의 소통 준거들에 가까워지기를 희망한다.

걱은 m. 53에서 "놀라운" Cb(내림 다조)의 특정음을 맨 처음 인지하고서 전체 악장을 가로지르는 다른 Cb들의 역할에 관한 확장된 해석으

로 이동한다. 그녀의 해석은 배빗이 음악적 묘사에 확정적인 내용을
부여하며 장려한 종류인 기술적 묘사와 지속되는 비유적 묘사를 통합
하고 있다. 즉 지속되는 개별적인 것으로서 이해되는 Cb의 음고는, 다
양하게 순간적으로 발생한 Cb들을 가로질러 단일화되며 그리고 그것
은 Eb장조의 음으로 "이민자"가 된다. 음고를 "이민자"라고 부르는 것
은 그것을 인격화한 것이다. 이민자, 음고가 이질적인 조성 안에서 채
택하는 상이한 역할들을 추적하는 것은 그 인물에 관한 어떤 서술을
창조하는 것이 된다. 서술에 의해, 상이한 태도들과 음고들의 역할이
추적되며, 이를테면, "그것의 자리를 조용히 차지하려 할" 때의 사례들
과 "그것 자체에 관심을 끌려는 경향이 분명할" 때의 상이한 사례들을
구별짓게 된다(Guck 1994c : 69). "놀라운" 순간은 음고가 "그것의 환경을
변형시키려는 욕구"에 따라 움직이기 시작하는 때의 것이다(p.70). 그
러나 서술은 음고와 그것의 맥락 사이의 안정된 관계로 끝맺으며, 그
것은, Cb는 그 고유의 조성에서 으뜸음 음고가 되며 그 조성은 주요 조
성에 대해 분명하지만 종속적인 명확한 관계를 보여주는 것이다. 즉,
음고는 "외국어 억양이 남아있는, 말하자면 귀화된 존재라고 할 수 있
다"(p.70).

 격의 논문은 "음악과 서술"의 화제로부터 시작하지 않는 반면에, 음
악이론과 분석에 관한 배빗의 과학적 준거들에 대한 대안을 정교화하
면서 신속하게 그 주제에 도달하고 있다. 격은 이민자에 관한 자신의
이야기가 비유와 유사하며 또한 비유적인 것으로 간주될 수 있음에 주
목한다. 그녀는 또한 자신의 이야기가 허구적인 것으로서도 이해될 수
있다고 주장한다(Kendall Walton(1990)을 따라서, 그녀는 청취자의 상상적 활동

의 내용을 진술하면서 그와 같은 허구적 담론을 설명한다).

한 가지 개요는 겪의 논문과 음악과 서술의 다른 접근법들의 비교를 촉진하게 될 것이다. 겪은 되풀이되는 음고를 인격화함으로써 자신의 서술에서 확실한 주인공을 창조하였다. 그녀는 음고의 환경과의 지속적인 상호작용을 추적한다. 그렇게 함으로써, 그녀는 이민자에 관한 스토리를 말하는데 스토리에서의 자기확신의 순간들은 이민자의 지엽적 힘을 허용하고 정체성을 보존하는 귀화에 이르도록 한다. 겪은 자신의 서술이 이 작곡의 의미를 드러낸다고 주장하지는 않는다. 대조적으로, 그녀는 개별 청취자들이 꾸며낸 무엇인가로서 서술을 제시하며, 그것은 특정한 순간들을 어떻게 듣는가를 전달하려는 노력 속에서 이루어지는 것이다. 음악에 관한 전달에 있어서, 겪의 논문이 설명하는 것은, 개별 청취자들은 다른 사람들에게 자신들의 경험을 설명하고 그리고 서술의 구성은 이러한 전달을 돕는 '임의의' 장치가 될 수 있다는 것이다.

반항적인 피아노

독주 협주곡은, 독주 기악 파트에서, 오케스트라와 극적으로 조우하는 명확한 "주인공" 후보를 제공하고 있다. 즉 협주곡의 많은 묘사들은 이러한 가능성에 의존한다. 1903년에 도널드 토비Donald F. Tovey가 쓴 고전적 에세이에 따르면,

인간의 삶과 역사에서 개인과 군중의 대조라는 것보다, 무척이나 전율적이며 혹은 아주 고대적이며 보편적인 경험인 것은 없다. 즉 대조는 내림표의 대립으로부터 초화로운 화해에 이르기까지 모든 단계에서 익숙한 것이며 그리고 그것은 삶에서만큼이나 예술작품에서 보편적인 중요성을 얻어 왔다. 지금 협주곡 형식들은 모든 가능한 힘과 연약함으로써 이러한 대조를 표현하고 있다. (Tovey 1903 : 7)

최근의 음악이론가들 중에서 조셉 커만Joseph Kerman(1992, 1999)은 특별히, 협주곡의 극적인 잠재력을 강조하였다. '여성적 종지부Feminine Endings'(1991)라는 신기원을 이룬 페미니즘 논문들을 발표하기 몇 해 전에, 수잔 맥클래리Susan McClary는 자신의 논문에서, 개인과 집단의 상호작용에 관한 정치적 양상들을 진지하게 취함으로써 이러한 비평의 영역에 인상적인 공헌을 하였다. 맥클래리는 모차르트에 관한 수용된 관념들에 반대하면서 그의 음악이 시제 속에서 복합적 방식으로 사회적 쟁점들을 다루고 있음을 보여주고자 하였다.

맥클래리는 18세기 협주곡으로서 일반 플롯의 연속을 확인하였는데, 그것은 안토니 뉴컴Anthony Newcomb이 "플롯 원형"이라는 꼬리표를 붙인 되풀이되는 연속의 종류였다(아래를 보라). 즉 "안정된 공동체는 독주자의 모험과 갈등을 지탱하며 그리고 유익한 행복 속에서 상호 공존하도록 화해를 이루고 있다"(McClary 1986 : 138). 이러한 배경에 반대해서, 그녀는 모차르트 악장, 즉 G, K. 453에서 협주곡의 느린 악장의 세 가지 특수성들에 주시한다. 한 가지는 되풀이되는 반복 주제구의 사용으로서 그것은 낯설게도, 그 작품의 다른 질료들과는 구별된다. 다른 두 가지 독특함들은, 피아노 파트와 관련한 것이다. 즉 피아노 파트의 복합적 효과는 오케스트라의 효과와는 놀라울 정도로 상이하며 그리고 많은 다른 음들을 통과하며 빠르게 움직이는 경향이 있다.

이 악장에 관한 맥클래리의 상세한 기술은 세 가지 요소를 확인하고 있다. 첫 번째 오케스트라의 주제구는, 종교적인 암시를 지니는데, 그것은 또한 오케스트라에서 뚜렷이 관습적인 세속음악인 두 번째 주제구로 대체되고 있다(McClary 1986 : 142~145). 세 번째 요소는, 독주 파트로서, 주제구를 거부하는 듯한 방식으로 진입하며 그리고 그것은 또한 "집단에 의해 제공된 평온함에 맞서 나아간다"(p.146). 이러한 갈등은 "초월적 이상, 사회적 질서, 그리고 주체의 소외를 내포하는 세계" 속에서 전개되고 있는 어떤 드라마를 형성한다.

이 악장의 첫 번째 큰 악절의 말미까지(주제 제시부), 독주 파트는 "다시 동화되어서는" 오케스트라와의 "잠정적인 긴장완화"에 도달하게 된다. 그러나 그러한 전개는 갈등을 재개하게 된다. 피아노는 종국에 가서 "오케스트라에 있을 법한 효과들을 모두다 던져버리며 그리고는 적나라한 절망감을 드러낸다"(McClary 1986 : 145). 그렇게 함으로써, 피아노는 아주 동떨어진 제5음에 도달한다(C장조 악장의 C#단조).

그러나, 평범하지 않은 악절에서, 오케스트라는 반음 진행의 간결한 몇몇 소절들로 된 C장조로 작품이 되돌아오도록 하는데, 그것은 맥클래리가 "비이성적"이라고 일컫는 어떠한 이행이다. 맥클래리는 이러한 절차가, "저항하는 비-순응성에 직면할 때, 사회적 관습들이 의존하는 권위주의적인 힘을 보여준다고 주장한다"(McClary 1986 : 151). 그 귀환은 지금 피아노 파트의 시작 주제부를 향한 것이다. 맥클래리는 시작 주제부의 종교적 특질을 떠올리면서, 그 악장이 "처음에는, 사회 질서와 개별 주체성 둘 다를 **'초월하는'** 일부 원리에 저항하지만 그럼에도 결국 수용하게 되는 상황"을 극화하였다고 주장한다(pp. 152~153). 재현부의 나머지는 이 세 요소들의 해결을 지탱하고 있다. 그럼에도, 맥클래리는 대체로 해결되지 못한 긴장이 이 악장 내부에 남아 있다고 주장한다. 즉 "피아노는 자신의 항복을 기념하는 예상 밖의 믿기 힘든 참여자였다. 행복한 결말, 필연적인 종결은 너무 비싼 대가를 치르고 얻어졌다" (p. 158).

격과 맥클래리의 서술은 주제상으로 유사한데, 그것은, 비록 한 작가는 음고를 주인공으로서 취하고 다른 작가는 기악 파트를 주인공으로 취하고는 있지만 둘 다가 분리와 화해의 드라마라는 형태를 취하고 있기 때문이다. 인식론적으로 볼 때, 이 논문들은 상반된 극점에 있다. 맥클래리는 자신의 독자들이 자신의 사적, 음악적 경험과 같은 그러한 것으로서 흥미를 얻도록 요청하지 않는다. 그리고 서술 기술을 만들어내는 자기의 고유한 행동에 주의를 끌려고 하지도 않는다. 대신에, 그녀는 모차르트 작곡의 의미에 관한 자신감 있는 해석을 제공하고 있다. 그럼에도, 그녀의 해석을 지지하는 것은 음악에 관한 그녀의 묘사가 지닌 호소력에 의존하고 있다. 이처럼, 격과 다소 유사하게, 맥클래리는 "다른 사람의 청취와 나의 청취를 조화시켜보도록 초대하며 혹은 동일한 관점에서 다른 사람들이 묘사할 수 있는 새로운 청취를 상상해보도록 초대하고 있다"(Guck 1994c : 63).

부인 그리고 인정

　슈만Schumann의 제2번 교향곡에 관한 안토니 뉴컴의 긴 논문은, 교향곡의 수용과 관련한 수수께끼에 주목하면서 출발하고 있다. 19세기에 찬탄받았던 이 작품은 20세기의 선호와는 동떨어져 있다. "이것은 이 작품과 관련한 우리의 문제들이 절대음악을 위한 현재의 분석 도구들에 근거를 두고 있음을 시사한다"(Newcomb 1983~84 : 233). 이와 같이, 뉴컴은 역사적으로 적절한 해석적 도구를 재생시킬 목적을 지니고 글을 쓰고 있다. 그의 논문은 "심리학적인 관념들의 실제과정으로서 구성된 소설로서"(p.234) 작곡의 해석을 제공하는 많은 다양한 원천들에 주목하고 있으며 그 원천들은 주제적 변형을 포함하고 있다 (그것은 "우리가 부분적으로 서술 속의 인물들로서 주제적 단위들을 고려하는 것을 당연시하는 주장"을 따르고 있다(p.237)). 그리고 그 원천들은 슈만에 관한 전기적 정보를 포함하며, 음악적 양식의 기호적이거나 표현적인 특징을 포함하며, 그리고 바하와 베토벤의 음악에 관한 주제적 암시를 포함하고 있다. 또한, 뉴컴은 전체로서의 교향곡이 복합악장으로 된 "플롯 원형"을 사례로 보여준다고 주장한다. 플롯 원형은, 뉴컴에 따르면(p.234), 정신적 상태의 표준적 계열들이다. 예를 들면, 베토벤의 5번과 9번 교향곡은 "치유나 구제로 이어지는 고통과 유사한 심리학적 진화"의 플롯원형을 공유하고 있다. 뉴컴에 따르면, 19세기 비평가들은 플롯원형의 한 가지 사례로서 슈만의 제2번 교향곡을 이해하고 있었다(p.234).

　그리고 나서, 뉴컴의 해석은 제2번 교향곡이 이러한 일반적 진행을 어떠한 구체적 사례로 나타낼 수 있는지를 보여준다. 나는 뉴컴의 해석에서 중요한 부분 즉 3악장과 4악장에 관한 뉴컴의 매력적인 견해를 요약할 것이다. 뉴컴은 주관적 입장을 따라서 계열화된 감정의 관점에서 이 악장들을 기술하고 있다.

제3악장에서의 슬픔은, "체념과 거의 정체로서 끝이 나는데, 이것은 갑작스럽게도 마지막 악장 시작부의 명백한 행복으로 이어진다. 즉 "슈만은 수동적 체념과 능동적 환희를 병행하는 돌연한 괴리로써 마지막 악장을 시작한다"(Newcomb 1983~84 : 243). 그러나 이 같은 대비는 아주 거친 것이다. 즉 안도의 느낌은 강요받는 듯하며 그것은 이전의 슬픈 현실에 대한 부인에 해당된다. 네 번째 악장이 전개되면서, 과거로 연결짓고자 하는 시도가 있는데, 그것은 세 번째 악장의 시작 멜로디를 바꾸어서, 현재의 분위기와 일치된 유쾌한 사운드로 수정된 것이다. 그러나 이러한 유쾌한 수정은 또한 강요되는 듯한데, 그것은 세 번째 악장에 대한 반응으로서 부적절하기 때문이다. 마침내, 네 번째 악장은 솔직한 방식으로, 주제적 질료를 따라서, 세 번째 악장의 고통스런 정서로 되돌아오는데, 그것은 정신을 수습한 만족스러운 결론을 향해가기 전에 과거의 슬픔을 인식하게 되는 것이다. 이러한 "관념의 과정"에서의 "심리학적 진실"은 고통은 인식되고 해석되어야 한다는 것이다. 이러한 방식에 관한 이해를 바탕으로, 음악의 전체적인 결은 단일 주인공의 후속적 상태들을 기술하는 것처럼 여겨진다.

네 번째 악장은 20세기 논평가들을 당황시켰는데, 그것은 마지막 악장들을 위한 어떠한 표준적 형식패턴(론도 혹은 소나타와 같은)을 사례로 보여주지 않았기 때문이었다. 뉴컴은 문제적인 시작부의 결과로서 익숙하지 않은 형식패턴을 설명하고 있다. 이 악장은 맨 처음의 질료, 즉

"확신에 찬 거친 소리"(Newcomb 1983~84 : 243)를, 좀 더 감정적으로 적절한 주제적 질료로 대체함으로써, 교향곡 전체에 만족스러운 결론이 되고 있다. 즉 이 악장은 표준적 형식의 관점에서는 의미의 형성에 실패하지만 그러나 정서적, 극적 측면에서의 적절함이라는 더 근본적인 요구에 의해 설명될 수 있다.

격과 맥클래리가 음악 내에서 분리된 대리주체들을 구별짓는다면, 그 대신에 뉴컴은 주인공을 에워싼 내적 갈등을 확인하고 있다. 즉 주인공의 과거 슬픔에 대한 반응의 전환은, 극적 관점이 아닌 형식적 관점에서 고려할 때 일관성이 결여된 이례적인 사건들의 연속으로서 네 번째 악장을 창조한 것이 된다. 격과 같이, 뉴컴은 묘사의 서술양식을 칭찬하며 그것을 현대 기술적 분석의 한정된 자료들과 대비시킨다. 맥클래리와 같이, 뉴컴은 수많은 작곡들에 공통적인 일반적 플롯패턴을 확인하고 그리고 개별적이면서 다소 복잡한 패턴의 사례를 서술하고 있다. 맥클래리와 같이 그리고 격과는 달리, 뉴컴은 자신의 논문이 이 작곡의 의미에 관한 탐구로서 간주하고 있다. 그는 자신의 해석을 정당화하는, 맥클래리는 하지 못한, 수용적 역사의 기록에 명백히 참여한다. 그럼에도, 뉴컴의 해석의 중대한 측면들은 궁극적으로 음악에 대한 사적인 유연한 반응에 의존하고 있다. 그는 자신의 해석에서 기본이 되는 부인과 인식의 서술을 지지하는 역사적 기록물들을 제공하지는 않는다. 그보다, 그는 독자들이 겪은 자신들의 경험 속에서 그 해석을 시험하게 될 것임을 예측하고 있다.

음악적 묘사의 시학

이러한 논문들로부터 다양한 일반적 쟁점들이 출현하고 있다. 근본적인 것으로 간주되는 것은 다음과 같은 두 가지 접근법의 긴장에 관한 것이다. 한 가지 접근법은 음악의 사적인 경험을 전달하도록 서술을 사용하는 것이며 다른 한 가지 접근법은 음악작품의 의미들에 관한 해석학적, 역사적 요청을 제공하는 것이다. 최근의 훌륭한 연구들은 계속해서 두 접근법의 차이를 강조해서 보여주고 있다. 나는 찰스 피스크Charles Fisk(2001)가 슈베르트의 피아노 음악에 관한 심사숙고의 시간 속에서 개별적인 견해를 창조해내었다고 생각한다. 그리고 리처드 윌Richard Will(2002)의 교향곡에 관한 "독특한" 역사적 해석을 떠올릴 수 있는데, 그것은 두 개의 베토벤 교향곡에 관한 풍부한 독해를 제공하면서 정점을 이루고 있다.

그러나, 이러한 차이를 주목할 때, 순전한 자서전과 엄격한 비개성적 역사 사이에서의 단순화된 멜로드라마와 같은 대립을 무대에 올리지 않도록 조심해야 할 필요는 있다. 우선, 나는 이미 맥클래리와 뉴컴이, 결정적인 지점들에서, 역사적인 기록으로부터 특별한 지지를 얻고 있지 않는 사적인·통찰에 의지하고 있음에 주목하였다. 그리고 똑같은 것이 윌의 책, 아마도 그의 흥미로운 비평적 기술에도 적용되고 있다. 다른 한편으로, 사람들 사이에 '**임의적인**' 경험전달로서 격의 묘사를 이해하는 이가 있다면, 그 사람은, 논문에서 주제화하지는 않았지만 격의 서술이 공유된 습관들에 일치하는 방식들을 놓쳐서는 안 될 것이다. 눈에 띄는 음고의 인격화, 음고들과 중심 음역 사이에서 쟁점이 된 이야기, 개별화와 화해의 플롯, 심지어는 서술로서의 기본형식 등에 있어서, 격의 해석들은 개인을 초월한 음악적 서술의 준거들을 인식하고 강화시키고 있는 것이다.

그럼에도 나는 이들 텍스트에 관한 또 다른 쟁점을 고려해보고자 한다. 맨 처음의 맥클래리의 논문으로 되돌아가서, 나는 아주 흥미로운 특질을 주목하게 된다. 초월적인 이상, 사회적 질서, 그리고 주체의 소외와 같은 요소들은 모차르트 악장에 관한 맥클래리의 해석을 형성하고 있는데, 그것은 또한 자기자신과 둘러싼 환경에 관한 맥클래리의 묘사로서 구조화된다. 맥클래리는 모차르트에 관한 동시대의 관습적 이해에 이의를 제기할 목적으로 글을 쓰고 있으며, 그것은 동시대 청중들이 모차르트 작품들을 평온하게 수용한 것과는 대조적으로 전개되고 있다. 그리고 그녀는 동시대 문화에서 모차르트의 역할을 초월적인 것으로서 확인하고 있다 — 그녀는 쓰기로, "우리는 지금까지 초월적 진실에 근접해온(근접한다는 환상을 지녀온) 고전 음악에 손을 놓는 일을 여전히 망설이는 듯이 보인다(McClary 1986 : 131)." 즉, 동시대의 청중들, 동시대의 모차르트의 형상 그리고 맥클래리는, 모차르트 협주곡에서, 오케스트라, 종교적 주제구, 그리고 독주와 대칭적 구도를 이루고 있다.

맥클래리는 이러한 이형동질의 특성을 인식하고 있다. 그것은 그녀의 주장에서 매력적인 역설적 전환의 기저를 형성한다. 그녀의 해석에 의하면, 초월적인 것, 사회적 집단, 그리고 개인 사이의 긴장들을 극적으로 만드는 음악은, 초월적인 것의 상징으로서의 관습적인 사회집단에 봉사하는 것이다. 그리고 "비평으로서 삶을 시작하는 일은, 파괴하려고 시도했던 정확히 그 무엇을 전적으로 확인하는 일이 된다"(McClary 1986 : 162). 게다가, 맥클래리는 상이한 청취자들이 서술의 전개에 다양하게 반응할 것이라고 진술한다. 그녀는 공감의 관점에서 이러한 차이들을 표현하면서, "질서 앞에서의 대담함, 혹은 소음에 공감을 느끼는 경향이 있는 청취자는 아마도 감정이입적 주인공으로서의 독주자를 청취할 것"이라고 주장한다(p.147). 그러나, 그녀는 협주곡에서 암시적 자기묘사와 반항적인 주인공 사이의 정밀한 조화에는 직접적인 주의를 기울이지 않고 있다. 맥클래리의 논문은 그녀 자신과 어울리는 형상과 모차르트 악장의 피아노 주인공을 창조해내며 그리고는 유사세계들 속에 그들을 위치시키고 있다.

뉴컴의 에세이는 또한 자신의 음악적 사례와 음악이론적 주제학의 복잡한 관계를 보여주고 있다. 뉴컴은 음악학자들이 19세기에는 보편적이었던 인간적인 해석 방식을 망각하였으며, 그들이 그 자리에 아주 기계적인 구조 분석을 대체해왔다고 주장한다. 뉴컴은, 사례를 들어서, 하나의 피날레가 맨 처음에는 특정한 감정적 상태들을 부인하지만 그러고 나서 그러한 상태들과 다시 연결짓기 위해 관습적인 구조적 패턴들을 포기하고 있다고 말하고 있다. 슈만의 교향곡은 누군가의 감정적 삶을 부인하는 위험들에 관해 경고함으로써 뉴컴에 합류하게 되는 것이다.

이민자에 관한 이야기는, 다양한 측면에서 겪의 음악이론적 목표들과 관련된다. 보편적으로 이해되는 대로라면, 비유적 언어는, 겪이 문학적 지향의 음악 이론가들에게 추천하는 것으로서, 축어적으로 기능하는 본래의 영역으로부터 낯선 것들을 보유하면서 신생의 의미를 갖는 새로운 문맥으로 옮겨가는 것이다. 걱, 바로 자신이 자기의 서술을 정교하게 하면서 어떤 유형의 이민자가 되고 있다. 즉 "내 이야기를 말하면서, 나는 위험스러운 토대 위에 있게 될 것인데 그것은 나는 이민자 Cb가 살아있으며 동기가 부여된 것으로 인지하기 때문이다 — 그러나 나는 여기에 머물러 있으려 한다"(Guck 1994c : 68). 좀 더 폭넓게, 전문적 담론을 대중적 영역으로 옮기려는 걱의 욕망은, 자신의 주관적 반응들을 명백히 참조하는 한편으로, 정체성을 보유하면서도 내면적으로 맞추어 나가는 이민자의 노력과 닮아 있다.

또 다른 논문에서, 걱은 유사한 관점에서 자신의 전문연구를 숙고하고 있다. 그녀는 지배적으로 남성의 것이며 남성적 분야에서 여성 이론가로서 착수한 자신의 과제들을 논의하고는 다음과 같이 요약한다.

　내 연구는 전통적 혹은 관습적 음악이론과는 다른 방식으로 이야기하였으며 또한 어떤 아웃사이더로 되는 것을 이야기하였다. 나는 그것에 관해 쓴 소리를 들을 것이다. 그러나 내 생각은 다르다. 나는 가장자리로부터 중심부를 향해 만들어진 안쪽 길을 보고자 하였으며, 그것은 오래된 중심부를 대체하는 것은 아니었다. 그것은 다만, 우리가 인지하여 그 속에서 즐거움을 얻는 무엇을 섬세하게 또한 풍부하게 할 목적으로 좀 더 통합적이며 균형적인 음악이론을 창조하려는 것이었다. (Guck 1994a : 40)

모차르트 작품의 Cb처럼, 걱은 어려운 환경 속에서, "살아남았으며 그것은 어떤 측면에서는 성공적이기조차 하였다." 즉 걱은 때때로 "내 연구가 전통적 분석의 반대편에 서 있는 것처럼 말하고 있는 자기자신"을 발견하였는데, 그것은, 좀 더 근본적인 것에 놓인 그녀의 목표가 뚜렷한 사적인 목소리를 덧붙임으로써 "범주를 확장시키고자" 할 때였다(Guck 1994a : 37).

음악 이론가들과 음악의 주인공들 사이의 이러한 조화들을 어떻게 이해해야 할까? 마치 주장된 음악이론적 내용이 개인적인 투사의 종류인 것처럼, 논문들이 어떤 나쁜 방식으로 자기를 개입한 것이라고 발견하면서 부정적으로 반응하는 것도 가능할 것이다. 이 방식은 환원주의적인 것이 될 것이다. 저자적 자기-묘사들뿐만 아니라 이 논문들의 해석적 내용은, 그것들에 동조하는 청중학자들 내부에서 주장된 준거들에 의한다면 타당할 수 있을 것이다. 그렇지 않다면 이 논문들은 결코 진지하게 취해질 수가 없을 것이다.

좀 덜 가혹하게, 누군가는 이 에세이들이 음악적 의미에 핵심적이며 그리고 음악적 서술에 내용을 제공하는 개별적인 사적 개입을 드러낸다고 이야기할 수 있을 것이다. 그 방식으로 이해한다면, 그것들은 때때로 개인에게 특유한 서술들의 창조를 통하여, 음악적 이해의 사적인 성격을 강조한 음악 관련의 특정한 글쓰기와 유사해지기 시작할 것이다. 걱은 분석적 글쓰기에서 사적인 개입과 관련하여 섬세하고 미묘한 묘사를 보여주는 유용한 글들을 써 왔다(Guck 1994b). 페미니스트들과 퀴어 학자들은 때때로 개별적 주체성으로부터 글을 쓰는데, 그것은 부분적으로, 사회적으로 구조화된 정체성들에 의해 형성된 것이다. 그리고 때때로 그와 같은 글쓰기는 특유의 개별적인 서술해석들을 제공하고 있다(Caputo & Pegley 1994; Maus 1996; Brett 1997). 그러나 내가 기술한 패턴들을 비추어주는 것은 사적인 개입에 관한 노골적 주장들과는 다른 것인데 그 차이를 이해하는 방법은 명확하지가 않다.

아마도, 누군가는 특정한 음악이론 논문의 종류가 지닌 시학을 개발하려고도 할 수 있을 것이다. 그것은 인간적인 비평 에세이로서, 비인간적인 준거들에 반대하는 입장을 취하며 그리고 특혜받은 웅변적인 음악사례에 주목하여 지지를 호소하는 것이다. 텍스트는 대담한 개인 지향적 학자와 음악 작곡, 즉 서로 보충하고 반향하는 양측 모두를 상기시킨다고 할 때 어떠한 효과가 가능할 것인가? 확실히 그와 같은 패턴들은, 음악 이론가와 음악의 상호작용적 통찰을 제시하면서 논문에서 음악성의 효과를 드러내는 데에 기여하고 있다. 음악이론가와 작곡의 이러한 친밀성은 또한 나 같은 많은 독자들이 그러한 글쓰기에 의해 감동을 받는 이유를 설명하도록 돕는다는 것은 의심의 여지가 없다.

관련된 더 폭넓은 질문들이 떠오른다. 예를 들어, 누군가는 음악이론 논문이 개략적인 프로그램 형식과 특혜받은 단일한 음악사례에서, 종종, 혁신적인 이론적 주장을 결합하는 전문가적 관습에 관하여 질문을 던질 수 있을 것이다. 단일한 음악 사례로부터 일반적 주장을 증명해내는 어려움을 고려할 때, 이러한 패턴이 음악이론적 글쓰기에서 보편적인 것이 되기를 기대하기는 어려울 것이다. 그러나, 그것은 음악과 서술에 관한 문학 속에서 특별히 존재하는 것이다. 사례와 일반론의 결합들은 어떻게 기능하는가? 그것들은, 어떤 점에서, 지속되어온 이론적 사유 그리고 한 편의 논문으로부터 또 다른 논문을 향한 통찰들의 축적을 방해하는가? 일반이론을 향한 음악과 서술의 조심스러운 지적 시도들에도 불구하고 그것들은 왜 상대적으로 혼합적이며 비음악적인 것으로 여겨지는가?

어떤 경우든, 음악과 서술의 쟁점들을 고려하는 일은 음악과 서술의 텍스트 시학을 고려하는 일을 계속해서 이끌고 있는 것처럼 여겨진다. 이것이 환영할 만한 이상적인 환원인 것이다. 즉 음악에 관한 재현적 담론의 개념은 문학적, 실용적 측면에서 음악 관련 텍스트들에 좀 더 구체적인 관심을 얻도록 자리를 내어주고 있다.

서술과 연주

나는 음악과 서술의 논의들에서 지배적인 또 다른 이상화의 종류를 가리키는 것으로써 글을 맺고자 한다. 앞선 장에서 나의 질문들은 구체적인 사례를 참고로 해서 현재의 주장으로 나아갔으며 그럼으로써 음악에 관한 내 고유의 "서술"에 관한 사유를 보여주고자 하였다.

뉴컴이 주시하였듯이, 베토벤의 제5번 교향곡은 특정한 종류의 음악적 서술을 어떠한 사례로서 보여주고 있다. 많은 청취자들은 어떠한 이야기를 말하고 있다고 느꼈으며, 그것은 언어적 텍스트라는 보조를 요구하지 않고서도 음악적 수단들을 통해서 네 개의 악장을 가로질러 확장되고 있다. 이러한 보편적인 관념은, 부분적으로, 외부 악장들 사이의 명백한 대비로부터 기인하며 그리고 갈등이 환희로 이어지는 어떠한 플롯(뉴컴의 플롯원형에 일치하는)을 암시하고 있다. 마지막 악장에서 이례적인 스케르죠의 회귀는 또한 극적인 동기를 암시한다. 이러한 커다란 쟁점들과는 별도로, 첫 번째 악장은 격렬한 대조를 통하여 갈등의 종류들을 제시하며 몇 가지 스토리의 종류들을 암시하고 있다.

헥터 베를리오즈는 이 작품에 관한 생동감 있는 글을 썼는데 그는 이 교향곡을 베토벤의 "친숙한 생각"에 관한 묘사로서 이해하고 있다. 그리고 첫 번째 악장에서 그는 "절망의 희생물이 될 때 위대한 영혼을 압도하는 혼돈스러운 감정들"을 들었으며, 그것은 "이야고Iago의 악의적 거짓말을 통해 데스데모나Desdemona의 죄를 듣게 되는 오델로Othello의 극한의 분노"에 필적할 만한 것이다. 좀 더 구체적으로, 베를리오즈는 악장들의 대조를 지적하였으며 그것들을 심리학적으로 해석하고 있다. 즉 "그것은 때로는 간담을 서늘하게 하는 부르짖음 속에서 폭발하는 광기이며, 때로는 후회 속에서 다만 그것 자체를 표현하고 동정하는 극단적인 낙담이 된다." 베를리오즈에 따르면, 악장은 절망의 정조 일반에서 가능한 감정의 극단들을 표현하며 격렬한 분노와 소극적인 희망상실 그 사이를 오가고 있다.

자신이 일반화한 것을 사례로 보여주기 위해서, 베를리오즈는 재현부로 명백하게 이끄는 특정한 한 악절을 묘사하고 있다.

오케스트라에서 숨이 턱 막히는 소리들을 들어보아라, 바람과 현들이 서로 대화하는 듯한 화음을 들어보아라, 그것들은 오가면서 점점 약해지는 것처럼 여겨지며 마치 죽어가는 한 남성의 고통스런 숨결처럼 여겨진다. 그리고 나서, 그것들의 자리는 결렬함으로 가득 찬 악구에 의해 취해지는데 그것은 마치 오케스트라가 한 차례의 분노에 의해 소생되는 것처럼 여겨지도록 한다. 이러한 전율 덩어리를 주시하라, 그것은 잠시 주저하다가 그리고는 무턱대고 돌진하여 분열되어서는 두 줄기의 용암처럼 두 흐름의 격렬한 화합을 향해가고 있다. 그리고 나서 말하라, 이 열정적인 양식이 이

전에 씌어진 기악 음악과 동떨어진 것이 아니면서도 그것을 훌쩍 넘어선 다는 것을. (Berlioz 1994 : 19~20)

베를리오즈의 묘사는 악절의 뚜렷한 네 단계를 확인하고 있으며, 그 것은 마치 주인공이 네 가지 국면의 경험을 통과하는 것으로서 여겨진 다. 네 가지 국면은, 점차로 더 나약해지는 상태, 분노로 인한 갑작스런 에너지의 소생, 잠깐 동안의 망설임, 그리고 나서 곤두박질치는 움직 임으로서, 그것은 마치 폭발하기에 충분한 화산의 압력을 만들어놓은 듯한 것이며 혹은 마치 주인공의 격렬한 분노가 피로와 망설임을 결정 적으로 극복한 듯한 것이다.

베토벤의 첫 번째 악장의 전개는 두 부분으로 되어 있으며 각각은 반복진행으로서 시작하고 있다. 각각의 진행은 세 번째 요소가 될 수도 있는 무엇인가가 이어지고 있는 유사한 두 가지 요소들을 포함한다. 그 러나 세 번째 악절은 여러 갈래로 나뉘면서 그 원형에 비해 훨씬 더 길 게 이어진다. 두 번째 전개부분은 두 번째 그룹을 들여오는 호른 주제 곡과 어울려서, 연속적으로 G 장조와 C장조를 취하고 있다. 음악은 F 단조로 이동하며 그리고 다시 호른 주제곡을 시작하지만 그러나 호른 주제곡의 첫 번째 두 개의 음이 동기가 되어 조화롭게 진행되며 그리고 그 뒤에는 동기를 유일한 하나의 음으로 줄이고 있다. 베를리오즈는 F 단조 악절로부터 재현부의 시작부분에 이르는 사건들을 묘사하고 있 다. 바람과 현이 오가는 첫 번째 소리를 듣는 것은 쉬울 것이다. 두 번 째 소리는 돌연한 시끄러운 감탄사이며 세 번째는 바람과 현이 오가는 소리로 귀환하는 잠깐의 망설임이다. 그리고 마침내는 재현부로 이끄는 시끄러운 캐논을 듣게 될 것이다.

지금, 누군가가 베를리오즈의 묘사를 기억하면서 연주를 듣는다면 어떻게 될까? 그것은 연주에 달려 있다. 이것이 내 요지가 될 것이다(그리고 여기에서부터, 계속, 내가 쓴 기술들을 평가하고자 하는 독자라면 어떻든 내가 다룰 녹음물들에 주의를 기울일 필요가 있을 것이다. 그럼에도, 단순하게 이 장의 나머지를 독해하는 독자라고 해도 내 흥미를 이끈 쟁점들을 이해할 수 있을 것이다).

일반적으로, 토스카니니Toscanni의 1933년 연주는 베를리오즈의 묘사와 아주 잘 조화를 이루는 것처럼 보인다. 즉 종국에 가서 에너지의 고갈을 경험하는 것처럼 "이전보다 더 미약해지는 소리를 내면서" 놀랄 만큼 느릴 뿐만 아니라 바람과 현의 화음 악절에서 놀랄 만큼 고요해지고 있다. 그럼에도, 한 가지 방식에서, 베를리오즈의 묘사와 토스카니니의 연주 사이에는 조화되지 않는 미묘한 부분이 있다. 베를리오즈의 묘사에는, 시끄러운 음악이 조용한 화음에 처음 끼어들 때 에너지의 결정적인 소생이 일어나는 것처럼 보인다. 즉 이어지는 조용한 코드로의 단선적 귀환은 시끄러운 음악이 나타나기 이전의 잠깐의 어떤 망설임인 것이다. 그러나 토스카니니의 연주는 첫 번째 끼어듦을 누그러뜨리며, 그것은 마치 주인공이 조용한 화음의 정조를 전적으로 보여줄 수 없는 것처럼 여겨지도록 한다. 즉 토스카니니는 재현부에 이르도록 하는 시끄러운 캐논을 위해서 좀 더 결정적인 대조를 아껴두고 있다. 그는 부분적으로, 애매한 저화음들을 다룸으로써 악절들을 차별화하고 있는데, 그것은 두 개 화음 모두가 화음 악절들을 끝내고서 끼어듦을 시작하며 첫 번째 화음을 최소화하고 두 번째 화음을 강조하도록 한다.

다소 차별성을 지니지만, 베를리오즈의, 이 악절에 관한 일반적인 이해 속에서 토스카니니의 연주를 즐기는 것은 가능한 일이다 — 베를리오즈의 이해는 "극한적 우울"을 겪으면서 에너지가 위험스럽게 추락하며 그리고 분노와 같은 무엇을 겪으면서 갑작스럽게 소생하는 것이다. 그럼에도 그것은 이야기의 세부사항들을 바꾸어야만 할 것이다. 다른 연주법은 첫 번째 오케스트라가 끼어드는 공격성을 증대시킴으로써 좀 더 정확하게 베를리오즈의 이야기와 조화를 이룰 수 있을 것이다.

토스카니니의 템포 하강이 매우 아름다우며 생생한 효과를 창조함에도 불구하고, 그것은 베토벤의 악보에서의 어떤 명백한 지시에서 유래하는 것은 아니다. 아르투르 로진스키Artur Rodzinski의 1944년도 연주와 같이, 좀 더 "악보에 충실한" 독해의 결과와 비교해보는 일은 흥미로울 것이다. 나는 로진스키의 끈기가 이 악절의 효과를 변화시키고 있음을 발견하게 된다. 화음의 응답적 연주법은 신비스러운 것으로 남아있으며 그리고 줄어드는 움직임은 느려지고 있는 조화로운 리듬 때문에 불가피한 효과가 된다. 그러나 끈질긴 음의 파동은 느려지고 있는 조화로운 리듬과 모순되면서 독특한 긴장을 창조하고 있다. 베를리오즈의 묘사는 이 연주를 사유하는 데에는 도움이 되지 않는데, 그것은 그의 묘사는 안정과 끈질김의 이 같은 조합을 포착하지 못하기 때문이다. 나는 로진스키가 연주하는 것처럼, 피로 혹은 쇠퇴라는 베를리오즈의 관점에서 이 악절을 상상하기보다는, "허리케인의 눈과 같은 무엇인가 혹은 전투의 불안정한 소강상태를 구성하며 (…중략…) 이 화음들은 갑작스레 들리는 병사의 날선 호흡들과도 같다"는 스코트 번햄Scott Burnham의 악절에 관한 서술을 선호한다(Burnham 1995 : 48). 번햄은 군대를 언급함으로써 잠깐 동안 제약받고 있는 조용한 이러한 악절조차도 남자다운 격렬함으로서 들려질 수 있음을 암시하고 있다.

로진스키의 연주는 또 다른 중요한 효과를 지니고 있다. 즉 운율적 파동의 결핍은 재현부에서 오보에 독주를 소외시키며, 그 결과 독주는 그 템포로부터 놀랄 만큼 벗어나서 단독으로 있게 된다. 로진스키는 독주에 앞서는 반박자로 신속하게 이동함으로써 이러한 효과를 고조시킨다. 토스카니니의 연주는 주제 제시부 이후에 이미 아주 조용히 있다가 느려져서는 오보에 독주로 접근하고 있다. 이것은 즉각적으로 선행하는 악절로써 독주를 통합할 뿐만 아니라 또한 전개부가 느슨해졌음을 상기시킨다. 베를리오즈의 표현 속에서 다시 생각해본다면, 토스카니니의 재현부는 짤막한, 시작하는 에너지의 분출과 거의 즉각적인 나른함으로의 빠져듦을 들을 수 있도록 한다.

토스카니니의 1952년도 연주는 지속적인 긴장과 동요를 불러일으킨다. 그럼에도, 항상 빠른, 정확한 템포에의 과민한 불확실함을 보여주는데, 그것은 부분적으로 앙상블의 불완전함을 통해 명백해진다. 이러한 특질들은 신경이 파열되는 듯한 홍분을 일으킨다. 전개부의 말미는 1933년도의 연주처럼 악절과의 관련성을 거의 지니지 않고 있다. F단조의 시작부분에서, 토스카니니는 실제로 시끄러운 첫 번째 화음을 위해 다소 음폭을 넓혔으며 그리고 나서 화음이 고요해짐에 따라 템포에 속도를 더하였다. 첫 번째 큰 소리가 끼어들며 접근함에 따라 바람의 화음은 조금씩 박자를 예측하도록 하며 그리고 바람의 마지막 화음은 크레셴도조차 지니게 된다. 화음들은 그것이 마치 목표이기라도 한것처럼 시끄러운 악절을 향해 앞으로 뻗어나가는 것처럼 보인다.

이 지점에서, 심화된 분석적 논평은 그것을 따르는 독자들에게는 도움이 될 것이다. 나는 전개부의 두 번째 파트가 G장조에서 C장조로 그리고 계속해서 F단조의 연속으로 움직이면서 시작한다고 언급하였다. 세 번째 절은, 교창적 화음을 지니며 모티브의 연속을 깨뜨리고 있다. 그럼에도 그것은 Bb단조로 계속해서 나아가며 그리하여 하강하고 있는 다섯 번째 절로 계속되고 있다. 이것은 경고가 될 수 있을 것이다. 즉 심화된 패턴을 취하라, 그러면 음악은 주조음으로부터 동떨어지게 될 것이다. 그러나 바람이 Gb단조를 대신한 악절에 이르게 되면서 다섯 번째 절은 종결된다. 이것은 C단조와는 극도로 동떨어진 것처럼 보이지만, 베토벤은 그것을 F#단조로 취급하며 C#으로부터 D로 높은 소리로 올리면서 그에 따라 V / V에 이른다. 그것은 첫 번째 끼어들기가 나타날 때이다.

이명異名동음적 말장난은 아주 흥미로운 애매모호함을 창조한다. 단순하게 G#단조로 움직인 것을 듣는다면 악절은 표류하는 것처럼 여겨진다. 즉 연속적인 패턴으로부터 도망치는 것처럼 그리고 광범위한 음계의 가능한 귀환을 향해 움직이는 것처럼 들려지며 정교한 목적의식을 지닌 것처럼 느껴진다. 토스카니니의 1933년도 연주는 화음의 악절을 목표지향적인 것으로서 취급하지 않는 반면에, 1952년도 그의 연주는 음악이 의식적으로 결말의 지점으로 접근하는 것처럼 여겨진다.

로저 노링턴Roser Norrington의 1989년도 연주는 로진스키의 연주만큼 규칙적이지만 아주 빠르며 바람과 금관악기가 불쑥 튀어나와 놀라움을 주고 있다. 다양한 흥미로운 특질들 중에서, 음악은 F단조로부터 멀어지며 마찬가지로 Gb장조 화음을 과도하게 강조하고 있다. 어떤 측면에서, 그것은 멋지게 참여하고 있는 연주인 것이다. 그 에너지와 격렬한 템포는 공격적이라는 이 악장의 명성에 충실한 것이다. 그리고 시끄럽고 예측할 수 없는 바람과 금관악기는 유례없이 음악을 섬뜩한 것으로 만들고 있다. 그럼에도, 재현부에 접근하는 부드러운 화음은 다른 연주들과 비교한다면 거의 일상적인 것처럼 여겨진다. 화음들의 온화한 시소와 같은 움직임은 뭐랄까 귀여운 것이다. 화음에 관한 한 나를 가장 놀라게 하는 것은 상대적인 고요함이며 특히 갑작스런 시끄러운 소음들로부터의 간결한 소강이다.

내가 듣는 대로라면, 언급했던 시끄러운 G#화음은 두 가지 주요한 효과를 지닌다. 이 악절의 어딘가에서, 큰 음계의 박자를 향한 방향전환이 있다. F단조 악절의 시작부에서, 박자는 두 개 범주를 이루며 B#단조 화음이 도달한 이후에는 약한 박자와 강한 박자의 위치가 역전되고 있다. 노링턴의 시끄러운 화음은 청취자들이 처음에 가능했던 기회를 향해 재전환하도록 초대하고 있다. 그리고 다른 연주들은 다섯 박자로 된 애매한 범주를 남겨두고 있다(노링턴은 Bb 화음에 아주 무겁게 도달하면서 새로운 큰 음계로 된 박자를 강화시킨다). 시끄러운 화음의 다른 효과는, 특히 활발한 템포로, 첫 번째 Gb화음과 차후에는 Gb단조와 관련되며, 개입된 화음들이 지속되어온 하모니 내부의 움직임처럼 들려지도록 만들고 있다. 이것은 세 가지 긴 폭을 지닌 놀랄 만한 단순한 구조를 창조한다 — F단조의 9박자, Gb단조(F#단조로서 재해석된)로 변화하고 있는 Gb장조의 16박자, 그리고 D장조의 8박자. 강요된 박자의 재전환은, 그 자체로 바람직하지 못한 것으로 여겨지기는 하지만, 하박에서 깔끔하게 시작하는 Gb의 긴 폭을 형태화하는 한 가지 방식으로서 이해된다.

이 연주는 다른 연주들에서는 놓치고 있는 운율적이며 조화로운 선명함을 부과하는데 그것은 유쾌한 역설적인 결과를 목적으로 지닌다. 노링턴의 연주는 이 음조로부터는 거리가 아주 먼 하모니에 특히 강렬한 강조점을 두도록 창조되고 있다. 그가 첫 번째 Gb화음에 거칠게 정착하는 것은, 그것이 임의적인 것으로 들려지도록 남겨두며 명확한 조화의 역할이 결핍된 것처럼 여겨지도록 한다. 우선, 그것은 요점에서 벗어난 나폴리풍처럼 들리며 그러고 나서 좀 더 적절한 Bb단조의 VI처럼 들린다. 마침내 그것 자체의 긴 폭과 효과적인 하모니를 이루며 그리고는 결국 신비스럽게 사라진다. 아마도, 이 연주에서 악절은 온화함과 고요함이라는 간결한 이미지를 제공하며 난폭하게 동떨어진 하모니에 의해서는 지탱될 수 없는 것으로서 제시된다고 할 수 있다.

나는 특정한 사고의 종류를 사례로 보여주려고 시도했으며, 이것은 음악과 서술의 관계에 관한 내 견해에 핵심적인 것이 된다. 때때로, 내가 앞에서 논의한 음악이론가들 모두가 일치하였던 것처럼, 음악이 서술의 특질을 가졌으며 스토리를 말한다고 하는 것은 음악은 인격화를 강렬히 요청하며 그것은 그만한 영향력을 지니고 있음을 의미한다. 즉 음악은 정신분석적 사건들 혹은 극적인 사건들의 연속을 제시하는 방식으로 전개되고 있다. 이것은 작곡에 관한 비판적 해석을 위한 시작 지점이 될 수 있을 것이다. 아마도, 누군가는 다양한 작품들에 의해 극화된 스토리들을 이야기하려고 시도할 것이다. 그러나 예를 들면, 무엇이 내가 논의했던 베토벤 악절의 스토리가 될 수 있겠는가? 결정적인 스토리를 특정작품과 연관짓고자 희망하기보다는, 같은 악보로부터 시작할 때조차도 다양한 연주자들이 창조해내는 극적 계승의 다양함을 인식한다는 것이 더욱 정확한 것이며 궁극적으로 더한 즐거움을 얻는 일이 될 것이다. 이처럼, 내가 언급한 이상적인 논의는 음악과 서술에 한정된 것이 아니다. 그것은, 비평가들이, 연주자들의 창조력에 의해 도입된 다양성을 고려하기보다는, 개별 작곡의 의미들 혹은 연주자의 사적 경험들을 좀 더 겸허하게 구체화하고자 시도할 때에 나타나는 것이다.

세 번째 '단계'

나는 우리가 안정적이며 일관된 베토벤의 작품을 해석하기보다는 다양한 연주들을 숙고하도록 추천해왔다. 이러한 근본적 태도는, '연주'에 관한 폭넓은 이해와 관심을 선호하는 것이면서 이 장의 다른 부분들을 형태화하는 것이다. 나는, 우리가 이론적 정체성들을 교과서적으로 확인하기보다는, 음악과 서술의 유추들을 끄집어내도록 시도할 것을 추천하였다. 게다가 나는, 순수한 재현장치들로서 텍스트들을 평가하기보다는, 음악과 주관성의 이미지들을 창조하는 문학적 구조의 비결을 인식하고 음악에 관한 텍스트의 시학을 연구하는 방식을 추천하였다.

나는 서술과 관련된 음악이론적 작업에 관한 낙관적인 첫 번째 단계를 언급하였으며, 이 단계에서 서술의 개념은 음악의 의미와 해석에 관한 전통적 수수께끼들의 해결을 약속하는 것처럼 보였다. 그리고 나는 회의적인 두 번째 단계를 언급하였으며 이 단계에서 몇몇 저명한 저자들은 음악과 서술을 지나치게 동일시하는 음악이론가들을 책망하고 있다. 나는 우리가 지금 세 번째 혹은 어떠한 것도 아닌 단계 즉 긍정적이든 부정적이든 과장된 주장들은 더 이상 흥미롭지 않은 국면에 있다고 추정하고 있다. 내가 보기에, 유추적 서술은 그것이 만들어 내는 통찰과 경험에 의한 음악비평적 가치를 보여주며 뿐만 아니라 음악과의 관계 속에서 형성되는 창조적 특성을 보여주고 있다. 서술의 개념은, 기악 음악에서 해석적 관계를 가져다주며 또한 그것은 영웅적이지도 않고 혹은 빈축을 살 정도로 순진하지도 않다. 한 가지 방식 혹은 또 다른 방식을 시도하는 무엇인가가 있을 뿐이다. 나는 어떤 것도 아닌 이 같은 단계를 편안한 상태로서 발견하게 되는데, 그것은 음악을 비평적으로 사유한 연주들에 관한 실험적이고 탐구적인 다양한 접근법들을 초대하고 있기 때문이다.

32

"나는 스파르타쿠스다!"

캐서린 군터 코닷Catherine Gunther Kodat

당연히, 두 사람이 같은 일을 할 때(그리고 심지어는 두 사람이 같은 것을 말할 때에도), 결과는 같지 않다. (György Lukács 1971 : 291)

Geschichte zerfällt in Bilder nicht in Geschichten
역사는 스토리가 아닌 장면들로 해체된다. (Walter Benjammin 1982 : 596)

나는 영화에 실망하였다. 그것은 모든 것을 가졌지만 좋은 스토리는 아니었다. (Stanley Kubrick, 〈스파르타쿠스Spartacus〉 개봉에 관하여, in Nelson 192 : 250)

역사, 전설, 그리고 인물로서 스파르타쿠스는 서사 이론가들에게 특별한 사례를 제시한다. 스파르타쿠스의 가공할 만한 측면들을 고려한다면(어떤 이는 균형잡힌 우람한 그의 몸을 말하고 싶을 것이다), 그 틀들은 많이 그리고 다양하게 있어온 그의 형상들을 담아내거나 혹은 설명하도록 되어 있다. 그도 그럴 것이 스파르타쿠스의 형상들은 상당한 분량으로 기록된 시대를 횡단하면서 — 살루스티우스Sallust의 『역사Historiae』(Shaw 2001 : 145~149)로부터 『스파르타쿠스 국제 게이 가이드Spartacus International Gay Guide』(이하 SIGG, Bedford 2001)에 이르기까지 — 그리고 거의 모든 문학적, 시각적 그리고 행위적 예술매체들을 통과하고 있다. 이러한 자료들을 통틀어 조사하는 것은 모든 자유시간을 써버리고 그러고도 계속해서 다른 연구를 개척해야 하는 그러한 작업의 종류가 될 것이다. 그다지 오래지 않은 어느 수업일 오후에, 나는 집에 있던 아픈 아들에게 볼쇼이Bolshoi 발레단의 1968년 제작물, 〈스파르타크Spartak〉 비디오테이프를 같이 볼 것인지 물었던 적이 있었다. "물론이에요, 엄마" 아들은 답했고 내가 녹화기를 작동시키자 옆으로 와 자리를 잡았다. "여기는 스파르타쿠스가 이긴 곳이지요?"

좋은 질문이다. 아주 많은 사람들에게 그리고 아주 오랫동안 도대체 왜 스파르타쿠스는 그 같은 관심의 대상이 되는 것인가? 사실상, 우리는 스파르타쿠스에게 무슨 일이 일어나는지를 '정확히' 알고 있는 것이다. 실지로, 스파르타쿠스의 운명은 예수 그리스도보다도 더 오랫동안 알려져 온 것이며 그리고 불일치한 어떤 주장이 제기되는 일도 상당히 드물다. 그렇게 예측될 수 있는 것이 어떻게 그렇게 영향력 있게 남아 있을 수가 있는가? 1990년에 쓴 논문에서, 힐리스 밀러J. Hillis Miller는 이러한 질문의 발생론적 버전 — "우리는 왜 '같은' 스토리를 계속해서 필요로 하는가?" — 을 제기하였다. 그리고 그는 "(이러한 질문에 대한) 대답은 (···중략···) 그것의 비판적 혹은 전복적 기능보다는 긍정적, 문화 제작적 서술의 기능과 좀 더 관련된다"고 결론지었다. 서사의 반복은, 그는 진술하기로,

그에 따라 확인과 강화라는 (···중략···) 그것의 기능을 지닌다. 심지어, 그것은 인간 존재에 관한 문화에 있어서 가장 기본적인 가정들을 창조하는 기능도 지닌다. 그 가정들은, 시간, 운명, 자아, 우리가 기원한 곳, 우리가 여기 있는 동안 해야 하는 것, 우리가 가는 곳 — 인간 삶의 전 과정 — 에 관한 것이다. 아주 강력한 스토리들 중의 하나로서, 아마도, 우리 문화의 기본 이데올로기를 주장하는 방식들 중에서는 아주 강력한 스토리로서, 우리는 계속해서 "동일한 스토리들"을 필요로 하는 것이다. (Miller 1995 : 71~72)

밀러의 어법은 여기서 조심스러우며 — 서사의 반복이 "확인하는" 무엇은 "진실"이 아닌 "이데올로기"이다 — 그리고 사실상, 동시대 서술이론의 역사에서 중요한 하위플롯은, 보편적 인간의 진실들을 규정짓는 것으로부터 문화적 구성과 감시의 기제들을 기술하는 것에 이르기까지 우리의 비판적 기획의 재편성에 관해서 추적하는 일이 될 것이다(즉, 리비스F. R. Leavis, 크린스 브룩스Cleanth Brooks 그리고 노드랍 프라이Northrop Frye로부터 헤이든 화이트Hayden White, 밀러D. A. Miller, 그리고 주디스 버틀러Judith Butler에 이르기까지). 밀러의 진술은 매우 적절한 것이지만, 스파르타쿠

스에 의해 제기된 도전들에 관한 완벽한 답변은 아니다. 의심의 여지 없이, 로마제국의 시대에는 스파르타쿠스의 패배에 관한 이야기들은 유쾌함을 주는 관행으로서 인정되는 것이었다. 한편, 현대의 스파르타 쿠스 서술들은 동일한 문화적 역할을 하는 것으로 이야기될 수 없다. 심지어 아서 쾨슬러Arthur Koesler의 디스토피아적인 반공산주의 우화, 『글래디에이터*The Gladiators*』([1939]1965)도 노예의 자유를 향한 갈망이라 는 장점을 받아들이고 있다. 우리는 더 이상, 노예제를 옹호하는 스파 르타쿠스 서술들을 지니고 있지는 않지만 그럼에도 스파르타쿠스의 현대적 버전들이 단일화된 자유의 버전을 제시한다고 간주해서는 안 된다. 비록 스파르타쿠스의 운명과 형상은 굉장히 오래된 것이지만, 역사를 관통하는, 그에 관한 서술의 과정(그리고 서술의 역사를 관통하는 과정)은, 거의 끊임없이 새롭게 적합한 존재가 되어야 하는 그러한 것 — 즉, 그 자체로서 변화를 겪는, 현재의 만연한 자유의 개념에 적합하 도록 스파르타쿠스에 관한 서술을 잘라내는 끊임없는 땜질과 같은 것 — 이 되어왔다. 스파르타쿠스는 더욱 진전된 자유라는 유행에 맞는 옷 을 입은 형상으로서 발견되곤 하였다. 즉 그러한 그의 형상은, 아서 쾨 슬러 뿐만 아니라 볼테르 칼Voltaire Karl, 마크 로버트Marx Robert, 몽고메 리 버드Montgomery Bird, 로자 룩셈부르크Rosa Luxemburg, 조셉 스탈린Josef Stalin, 하워드 패스트Howard Fast, 아람 하차투리안Aram Khachaturian, 달튼 트럼보Dalton Trumbo, 스탠리 큐브릭Stanley Kubrick, 그리고 브라이언 베 드포드Brian Bedford(*SIGG*의 편집자)에게서 발견되어왔다. 이 형상들은 확 실히 전형적이라는 사실을 제외한다면 결코 소모적인 목록은 될 수 없 는데, 이것들은 자유에 관한 어떤 단일한 서사로 축소될 수 없는, 이질적인 이데올로기적 심오함을 드러내고 있기 때문이다.

기원 전 73년에 스파르타쿠스라고 불리는 검투사가 카푸아Capua의 훈련원으로부터 탈주를 이끌었다는 사실은 의심받아 본 적이 없으며, 그 도주는 노예반란으로 그 세력이 커졌다. 그것은, 거의 이 년간 지속되었으며 로마 제국에 의해 붕괴되기 전까지 이탈리아 반도 전 영역에까지 이르렀다. 그러나 가장 초기의 것으로 현존하는 스파르타쿠스 서술은 그 반란 이후에 수년간 살루스티우스에 의해 씌어졌다. 그것은, 몇 세기 동안의 역사는 그 자체가 조각조각으로 나뉜 서술파편들의 병치로서 존재하였기 때문이다. 그리고 그것 이후에 출판된 스파르타쿠스 서술들은(플루타르크Plutarch와 아피언Appian의 아주 저명한 서술들 가운데서) 각각의 독특한 서술특질만큼이나 많은 영역에서의 불일치함으로 인해 주목받고 있다. 다양한 고대 그리스·로마 연구자들 그리고 역사주의자들은 혁명의 동기, 목표, 그리고 영향을 설명하는 스파르타쿠스에 관한 상상된 몇몇 종류의 '원본'들을 함께 꿰맞추고자 노력하였다. 그 시도들은 사유를 자극하는 것이었으며 그리고 상당히 추측에 근거한 관심을 보여주는 것이었다(예를 들면, Bradly 1994, 1998; Shaw 2001을 보라). 그러나 고전적인 원본 텍스트들 간의 불일치함의 수위를 고려할 때 그것들은 추정적인 것일 수밖에 없다.

그럼에도 이것이, 스파르타쿠스를 "이야기하려는" 많은 노력들이, 그것들의 제작시기에 맞도록 아주 독특한 것이어서 어떠한 공통된 핵심들이 서술들을 관통해서 나타나지 '않는다'고 말하는 것은 아니다. 오히려, 이러한 공통된 핵심들이 다양한 스파르타쿠스 텍스트들을 직관상의eidetic 변형의 사례들로서 독해하도록 초대한다고 말하는 것이

옳을 것이다. 직관상의 변형은, 번스타인J. M. Bernstein이 "현상 일부의 변형들을 만들어내는 상상적 행위"로서 특징지은 하나의 과정으로서 그것은 "누군가가 그것에 불변적인 혹은 본질적인 무엇을 발견하도록"(Adorno 1991 : 7) 하는 것이다. 번스타인의 규정은 테아도르 아도르노 Theodor Adorno가 문화비평을 논의하는 맥락에서 나타나고 있다. 그리고 비록 자신이 선호하는 현상학적 분석방법을 기술하기 위해 만들어낸, 에드먼드 후설Edmund Husserl의 구절을 빌려오긴 했지만, 번스타인은 아도르노가 "본질적인 바라봄"에 관한 후설의 개념을 수용한다는 것을 가리키지는 않는다는 것을 명확히 하고 있다("물론, 아도르노는 역사적 진실 즉 몰역사적이지 않은 현상의 이성적 본질을 추구한다"(p.7)). 그리고 나는 좀 더 명확한 "이데올로기적" 서술들과 좀 더 "진실한" 스파르타쿠스의 서술들을 구별짓도록 역할할 수 있는 "스파르타쿠스의 본질"의 종류를 만들어내기를 원하는 것도 아니다. 왜냐하면, 그것들은 모두, 이데올로기적으로 동기화되었으며 그리고 이데올로기적인 역할을 하고 있기 때문이다. 그보다, 서술을 관통한 직관적 변형에 지배되는 어떤 형상으로서 스파르타쿠스를 제시하는 일은, 우리가 스파르타쿠스의 다양한 반복을, 일련의 연관된 행위들로서 간주하도록 허용한다. 다시 말해, 바스러지기 쉬운 서술(스파르타쿠스가 공통 줄거리가 되는 조각나고 불완전하며 모순된 초기의 이야기들)을 뭉쳐서 단일한 형상의 힘으로서 처음 나타난 무엇은, 서서히, 단일한 변화무쌍한 형상을 담아내는 서술의 효력들을 탐구하는 일(실지로는, 시험하는 일)이 된다. 고대 연대기들의 영웅으로부터 계몽주의 이후의 정치적 상징으로, 냉전시대의 마르크스시즘적 순교자로, 현대의 게이의 성적 해방의 상징에 이르도록 옮겨가면서, 스파르타쿠스는 항상, 형상과 토대 사이에서, 그리고 이미지와 서술 사이에서 유동적인 관계를 넘나들고 있다. 재등장하는 각각의 스파르타쿠스는 그에 관한 중요성을 부각하는 관점의 변화와 일치하고 있다. 즉 스파르타쿠스는 지형적 변화 각각에 발맞추어 새롭게 만들어지면서 계속해서 전투를 치르고 있는 것이다.

스파르타쿠스에 관한 다양한 텍스트들을 서술의 변형이 아니라 직관상直觀償, eidetic의 변형 사례들로서 간주하는 것은 어떠한가? 나는 내 관심의 원천이, 문화산업에 관한 아도르노의 연구를 기술하면서 후설에 호소한 번스타인의 논의에 있다고 명시하였다. 그런데 먼저,『옥스포드 영어사전Oxford English Dictionry』을 검토해보면, 그와 같은 해석적 테두리가 제공하는 이점들을 더욱 명백히 알 수 있다. 거기서, "직관상"은 그 자체로서 "지각적 이미지들의 이론"으로서 상당히 소박하게 규정되어 있다. 즉"직관상 이미지"라는 구절은 일반 시각적 현상의 기술로서 1920년대 중반에 심리학에서 나타난 것이다. 즉 이미지는 그 자체로서 보여진 다음 그 시각적 영역의 이미지의 잔상들은 지워지게 된다. 잔류된 이미지는 종종, 원본의 이미지를 보충하는 "부정적인" 무엇으로서 경험된다. 그것은, 원본의 이미지와 유령의 이미지(일반적으로, 형태에 관한) 모두가 공유하는 보편적 특질들이 있기 때문이다. 또한 한편으로 두 가지는 명백한 차이들(일반적으로 색깔에 관한)을 보여준다. 그럼에도, 하나의 용어로서 "직관상"은 급진적으로, 이러한 단일한 의미를 훌쩍 넘어서게 되었다. 그리고 그것은 "사진과 같은 기억"이라 불리는 것으로부터 시각적 환영의 역할에 이르는, 시각적 현상의 전체 부류를 포괄하는 것이 되었다. 이러한 모든 의미들이 공통적인 무엇 —

하나의 부류로서 이들 현상을 함께 묶는 것 — 은 그것들의 시간성이다. 직관상의 이미지는 사후의 이미지이며 지나간 이미지에 관한 일종의 정신적 리뷰인 것이다. 이와 같이, 직관상의 변화라는 개념은 서술의 시간적 특질과 형상의 공간적 차원 둘 다를 부유하면서 지속되는 것이다.

나는, 서술이론과 좀 더 관습적으로 연관된 용어(이를테면, "인물")보다는 "형상figure"이란 용어를 사용하면서, 두 가지가 연관되지만 구별되는 특징적 관념들임을 가리키고자 한다. 무용에서, 형상이라는 말은 서로 맞물린 몇 가지 의미들을 지니고 있다. 그 하나는 특정 무용수의 신체가 되는 것이며 다른 하나는 무용수의 몸에 의해 연기된 움직임을 이루는 것이다. 즉 나는 유리 그리고로비치Yuri Grigorovich의 발레, 〈스파르타크Spartak〉에 주목함으로써 제기되는 특별한 도전들을 인식하고자 한다. 발레에서 "인물"과 같은 용어는 서술의 틀 내부의 활동영역 전체를 설명할 수는 없다. 〈스파르타크〉는 움직이는 형상들로 가득 차 있으며, 그리고 심지어는 모든 것들이 발레의 서술에 기여함에도 불구하고, 〈스파르타크〉는, 무용의 특수한 형식적 특질들 — 그것은, '몸짓'의 표현적, 시공간적 힘을 지향하며, 몸짓은 다만, 형상들(말하자면, 신체들) 속에서 명백해질 수 있으며 형상들(말하자면, 몸짓의 표현들)을 창조하도록 역할한다 — 속에서 움직이는 형상들과 문학적 인물들을 융합한 잘못된 재현이 될 수도 있을 것이다. 질료와 형식 양자로서의 형상의 이러한 이중적 의미는, 나의 두 번째 목표에 이르도록 한다. 그것은, 형상 / 토대의 변증법이라는 매듭을 영예롭게 하는 것이며 그리고 계층적 관계로서 관습적으로 취해진 무엇을 가리키는 어떠한 동요에 초점을 맞추는 것이다. 무용에서, 결국, 움직이는 형상들(신체들)은 전경일 뿐만 아니라 배경을 구성하고 있다.

그래서, 스파르타쿠스에 관한 일련의 반복들을, 그와 같은 직관상의 변화과정의 산물로서 간주하는 것은, 계보학적으로 말하자면, 그 반복들 가운데서 "가족 유사성"으로서 일컬어질 수 있는 무엇을 해명하도록 돕는 것이다. 그리고 그것은 내게 몇 가지 관측들을 이끌어내도록 하였다. 첫째, 스파르타쿠스의 많은 버전들은 명백히, 제작되는 주어진 순간에 특수한 자유의 구조물을 반영하는 동시에 그것을 비평하는 것이다. 게다가 이 구조물들은 그 자체로서 계보학적으로 연결되어 있다. 두 번째, 스파르타쿠스 서술들에 관한 이러한 접근법은 동일한 것으로부터 어떠한 차이가 나타나고 있는지를 보여준다. 구체적으로, 그것은 자유를 향한 투쟁과 동성애 사이에서 커지고 있는 연관성을 드러내고 있다. 이러한 연관성은 냉전 시대 "초강대국"의 제작물들 속에서 아주 명확하게 나타난다(큐브릭Kubrick의 영화와 그리고로비치Grigorovich의 발레). 이 글에서는, 멜랑콜리한 남성적 인물과 주인공을 일치시키는 것에 강력하게 초점을 두고 있다("나는 스파르타쿠스다!"). 즉 서술로서의 스파르타쿠스로부터 형상으로서의 스파르타쿠스로 옮겨가는 표지를 보여주는 것이다 ― 말하자면, 그것은 스파르타쿠스에 관한 것들(인물과 스토리 모두)로부터의 탈출시도이자 특정한 종류의 서사적 요청으로부터 기인한 것이다. 서술의 요청들로부터 탈출하려는 이 같은 고투는, 시간이 지남에 따라, 성적인 자유 ― 생리적 성으로부터의 자유, 어떠한 비가시적인 미래를 향한 끝없는 지연과 희생의 이성애적 서술로부터의 자유 ― 를 위한 투쟁으로서 환유적으로 표현되고 있다. 그리고 그 고투는,

스파르타쿠스와 함께, 자유 그 자체를 위한 투쟁의 상징을 대표하도록 한다. 다른 것들 가운데서, 스파르타쿠스 주제의 이러한 변형들에 이같이 조심스럽게 관심을 가지는 일은, 최근 퀴어이론의 서술에 주어진 조심스러운 관심사들을 고찰해보도록 한다.

　나의 세 번째 관측은 서술과 그와 같은 형상의 관계와 관련되어 있다. 스파르타쿠스는 하나의 조각글로서(살루스티우스에게서는) 시작되며 그리고 어떤 형상(*SIGG*에서는)으로 귀결된다. 그리고 우리로 하여금 하나의 궤도에서 다른 궤도로 옮겨가도록 하는 것은, 많은 측면에서, 서술을 관통하는 하나의 여정이며, 그것은 형상과 서술 토대의 다양한 관계특질들에 관한 반복된 일련의 실험들인 것이다. 여기서, 나는, 형상이라는 말로서, 상충되고 적대적인 세력들의 난처한 집합체를 의미하고 있다. 그리고 이러한 것들의 의미는 상당부분, 화해할 수 없는 긴장(그래서 형상은 비유인 동시에 개체이다)을 뚜렷이 드러내고 내포하는 그것들의 힘으로부터 유래한다. 그리고 나는, 토대라는 말로서, 명확히 목적론적인 서술들을 가리키고 있다. 이러한 관계의 다양한 측면들은 현재까지 상당한 시기에 걸쳐 문학 연구자들의 관심을 사로잡아왔다. 비록 그것이 다른 이름들의 가장 하에서이며 그리고 미묘하게 독자적인 관련분야(야콥슨의 비유와 환유, 예를 들면, 드 만de Man의 기호학과 수사학)의 틀 속에서이긴 하지만 말이다. 이러한 관계는 좀 더 최근에, 현대 이론가들에 의한 분석의 주제가 되어왔으며 많은 이들(이론가들 전체는 아니지만)은 퀴어이론이라는 부문 아래서 그것을 작업하고 있다 — 예를 들면, 주디스 버틀러Judith Butler, 질 들뢰즈Gilles Deleuze, 리 에델만Lee Edelman, 폴 모리슨Paul Morrison, 개리 사울 모르손Gary Saul Morson, 그리고 주디스 루프Judith Roof를 들 수 있다. 그들은 고톨트 레싱Gotthold Lessing의 『라오콘*Laocoön*』(1984)에서 유래된 일련의 형식주의적 관심사로서가 아니라 윤리적, 철학적 문제 ─ 자유를 재현하는 서술의 능력(혹은 무능력) ─ 로서 쟁점의 시각을 공유하고 있다. *SIGG*의 지면에서 오늘날 우리에게 부각되는 검투사 노예(그는 사실상 서술로서 혹은 형상으로서는 안내서 그 어디에도 나타나지 않는다. 그러나 그는 지배적인 메타포의 종류 혹은 선을 베푸는 직관상의 유령으로서 텍스트를 관장한다)는 아마도 푸코적인 반-기억의 종류로서 간주될 것이다. 그러나 그렇다면, 그의 것은 원본 서술의 수정이라기보다는 '**더 말할 것도 없는**tout court' 서술로부터 해방을 추구한 반-기억인 것이다. 또 다른 방식으로 보자면, 이러한 직관상의 변화과정을 거치면서, 스파르타쿠스는 좀 더 퀴어적으로 되었으며 그렇게 됨으로써 그의 형상은 우리로 하여금 전쟁터를 만들어내고 동시에 승자를 결정짓는 서술의 단계에 직면하도록 강요하고 있다.

이와 같이 해서, 우리는 내가 출발한 문제의 지점으로 돌아오게 된다. 즉 외견상으로 상실과 패배에 묶여져 있는 하나의 형상이 어떻게 그렇게 계속해서 관심을 유발하는 것인가? 혹자는 고대의 스파르타쿠스 서술로 시작해서 그리고 로버트 몽고메리 버드Robert Montgomery Bird, 엘리야 켈로그Elijah Kellogg 그리고 오스본 워드C. Osborne Ward의 감상적인 19세기 작품들로 나아가면서 이 질문에 대한 (아주) 긴 접근법을 취할 수도 있을 것이다. 그러나 우리들의 목적은 20세기의 스파르타쿠스에 관한 선택된 일부용례들에 주목함으로써 그 질문에 대한 똑같은 접근법을 취할 것이다. 즉 그것은, 로자 룩셈부르크Rosa Luxemburg의 '스파르타쿠스단Spartakusbund'의 사례로 출발하여 화려한 볼거리를 제공하

는 큐브릭Kubrick과 그리고로비치의 냉전시대 제작물로서 결론을 맺고
있다.

우리의 연구에 있어서 룩셈부르크는 중요성을 지니는데, 그것은, 현
대의 정치적 문맥 속에서 19세기 스파르타쿠스의 감상적 재현들에 관
한 어떤 뚜렷한 특질들을 만들어내고자 하는 그녀의 노력 때문이다.
20세기의 스파르타쿠스는, 19세기의 재현들에 비해, "고대 프롤레타리
아의 실제적 대표"(Marx 1942 : 126)로서 검투사를 보는 마르크스의 시각
에 의해 지배적으로 형상화되어 있다. 마르크스의 시각은 스파르타쿠
스의 가면을 사용한 룩셈부르크의 결정에 의하여 살이 붙었으며 그리
하여 계속해서 전개되는 자유를 향한 투쟁 속에 입지가 놓여지도록 한
다. 이와 같은, 스파르타쿠스를 호소함으로써, 그녀는 자신이 시도한
영역에, 특정 서술구조와 역사적 '진정함'을 부여하였다. 그러나 '스파
르타쿠스단'에 대한 야만적인 억압을 고려할 때, 이러한 선택 모델은
공포스러운 예언처럼 여겨지기도 한다. 즉 룩셈부르크는 자신의 옛 선
조들과 동일한 운명을 공유하였던 것이다. 룩셈부르크는 자기만의 스
파르타쿠스의 망토를 가져와서는, 정치적인 전략의 질문을, 그 형상의
능력에 관한 수사학적 질문으로 바꾸었으며, 그것은 스파르타쿠스의
첫 번째 등장에서 보았던 것과는 벗어난 다른 서술을 만들도록 한 것
이었다. 이와 같이, 룩셈부르크는 마르크스가 프롤레타리아의 초기 아
바타로서 스파르타쿠스를 인격화한 것에 생명을 부여하고, 세계적으
로 연결시킬 만한 스파르타쿠스의 비전을 구체화하여 여러 세대에 걸
친 혁명적 마르크스시즘에 이르게 하는데 성공하였다. 그럼에도 불구
하고, 공유된 운명의 특수성들은 감상주의적 정치학이라는 여운을 신

랄하게 전하고 있다. 룩셈부르크는 부르주아 가족(19세기 스파르타쿠스의 사례가 되어온)에 매어 있는 자유의 개념을 결코 뚜렷이 드러내지는 않았다. 그러나 혁명적 향수를 담은 그녀의 수사학은, 잃어버린 에덴의 과거를 복구하고자 하는 믿음에 의해서가 아니라, 확실히 궁극적 승리를 의미하는 패배의 역사가 가까이에 있다는 확신에 의해 형상화되었다. 현재의 극심한 투쟁은 투쟁 그 자체 그리고 과거의 투쟁을 존중하도록 하며 완전해진 미래를 탄생하도록 하여 일관된 형태와 의미 모두를 지닐 것이다.

이와 같이, 룩셈부르크의 혁명적 스파르타쿠스는 (부르주아적) 가족 감정의 철폐를 얽어매는 19세기 담론의 잔상으로서 나타났다. 즉 하워드 패스트Howard Fast의 『스파르타쿠스』는, 스탈린Stalin과 매카시McCarthy의 세력이 점령한 초기 냉전시대에 통합과 형제애라는 인민전선적 호소를 부활시킴으로써 추진하고 모색한 하나의 잔상이었다. 1990년의 회상록인 『공산주의자가 되는 것Being Red』에서, 그리고 다시 이 소설의 1996년 판본의 서문에서, 패스트는, 일곱 명의 출판업자들이 "알려진 공산주의자"와의 접촉을 두려워해서 자신의 소설을 거절하였으며 이후 1951년에 『스파르타쿠스』의 출간을 어떤 식으로 강요받았는지에 관해서 설명하고 있다. 『스파르타쿠스』의 저술과 출판에 관한 이와 같은 회고적 진술에서, 패스트는 "좌파에 소량 부수로 유통되도록 발간된 이 책은 굉장히 칭찬받았으나 그럼에도 대량 부수를 발행하는 미국의 중요 신문들은 이 책을 무시하였으며, 하워드 패스트 같은 빨갱이가 쓴 책을 거절한 것에 대해 어떤 출판업자도 비난받을 수 없다는 글을 실었다"고 주장하였다(Fast 1990 : 293). 룩셈부르크처럼, 또한 패스트도 스파르타쿠스가 되기를 원하였다 — 그의 책은, 맨 처음에는 주목받지 못하였고 로마가톨릭에 의해 일축되었으나, 결국, 지속적으로 주류 할리우드 서사극의 캠페인을 일으킨 스파르타쿠스가 되었다. 패스트의 수사학을 알려주는 결과는 『스파르타쿠스』의 리뷰들과 그것들에 관한 그의 기술들을 직접 비교할 때 명확하게 나타난다. 『뉴욕 타임즈』에서 다만 멜빌Melville의 안내글만이 패스트의 기술과 근접하게 들어맞고 있다(『스파르타쿠스』는 논증과 허구가 뒤섞일 수 없다는 "음울한 증거이다"(Health 1953)). 다수의 리뷰들은 극찬까지는 아니더라도 경의를 표하고 있었다. 사실상 대다수 비평리뷰들은 좌익에서 나온 것들이며 그것들 중에 『네이션The Nation』의 하비 스와도스Harvey Swados가 주목한 글도 있었다. 스와도스는 독자들에게, 『스파르타쿠스』가 출판되기까지 패스트가 극복해낸 어려움들을 공감할 수 있도록 애써 알리고 있었다. 그러나 그는 그 소설이 "보급되고 산재된 경위"를 말하면서, "패스트 씨의 역사 개념이 세실 드 밀Cecil B. De Mille의 것과 실지로는 많이 다르지 않다"고 이야기하고 있다. 그리고 그는 성적 정치학에 대한 이 책의 경멸을 특별히 지적하고 있다. 즉 패스트는 "바리니아Varinia라 불리는 사랑스럽고 고결한 아내를 스파르타쿠스에게 선사하였으며 그리고 핵심을 놓치지 않도록 확신시키려는 듯이, 그는 그들의 훌륭한 충성심과 지배계급의 타락한 일원들 사이에서 성행하는 동성애를 대조시켰다"(Swados 1952).

사실상, 스와도스의 리뷰는 우리의 이해를 돕고 있는데, 패스트는, 1990년과 1996년의 회고록에서 자신의 『스파르타쿠스』가 주류에 편입, 수용된 것은, 근본적으로, 소설 그 자체로는 덜 혁명적이라는 사실

인정을 저지할 목적으로, 원본에의 반란을 환영하는 경멸적인 수용에 맞추어 조정된 것임을 공들여 밝히고 있다. 미 냉전시대 / 매카시주의 McCarthyist의 문화적 구상을 신랄하게 비판한 것과는 거리가 멀지만, 실제적으로『스파르타쿠스』는 그것과 매우 밀접한 부분을 지닌다. 패스트의 소설은 폭동이 진압된 이후인 기원 전 71년의 봄을 배경으로 시작하고 있으며 그리고 골Gaul의 한 마을에서 스파르타쿠스의 미망인, 바리니아의 혁명 이후의 삶을 간결하게 기술하면서 끝을 맺고 있다. 골에서 그녀는 재혼하여 여덟 명의 아이들(스파르타쿠스의 아들을 포함하여)을 양육하며 그리고는 혁명과업을 달성하는 장자를 남겨두고 죽음을 맞는다. 이러한 서술 구조를 통하여, 바리니아는 스파르타쿠스의 흔적이자 형상의 뚜렷한 잔류자가 되며 그에 따라 영화에서(그리고 영화를 통하여) 그의 투쟁의 의미가 이해되도록 한다. 즉 스파르타쿠스는 '행동하며' 바리니아는 '존재한다.' 그리고 그녀의 존재는 그의 위업이 헛되지 않을 것임을 확신시켜준다. 물론, 주목할 만한 냉전시대의 젠더 이데올로기는 2차 세계대전 동안에 구축된 여성의 경제적, 사회적 진보와 같은 것들을 해체하도록 만들었다. 즉『스파르타쿠스』는 젠더화된 그러한 세계관과는 차별성을 지닌다. 그 결과, 패스트는, 바리니아를 통하여 19세기 스파르타쿠스 형상들의 기독교적 속죄 충동과 그리고, 미래 속에서 항상(그리고 다만) 자유를 모색하는 정치학에 내포된 "가족의 가치" — 그것은 전적으로 아이들을 위한 것이다 — 를 급진적으로 개혁하려는 노력 속에서, 룩셈부르크의 유토피아를 향한 충동을 융합하고 있다.『스파르타쿠스』는, '적색 공포Red Scare'에서 아주 중요한 이성애적, 가부장적 가족구조에 부여된 거의 히스테리적 가치를 급진적으로 해체하려는 방식과는 거리가 멀다. 즉 『스파르타쿠스』는 스파르타쿠스 고유의 형상으로서 그러한 가족 구조를 포괄하고 있다.

그러고 나서, 패스트의 『스파르타쿠스』가, 비록 동성애의 형상이 이 소설에 중요하게 드러난다는 사실에도 불구하고(혹은 아마도 그러한 사실 때문에), 거의 극도로 동성애 혐오적이라는 사실은 결코 놀라운 일은 아니다. 즉 스파르타쿠스의 혁명은 두 남성 사이의 에로틱한 조우가 없다면 이야기될 수가 없을 것인데, 그것은, 봉기에 관한 서술은 마르쿠스 리시니우스 크라수스Marcus Licinius Crassus와 귀족청년인 카이우스 크라수스Caius Crassus의 베갯머리 대화를 통해서 흥분을 고조시키며 소설에 진입하고 있기 때문이다. 그에 따라, 스파르타쿠스를 이야기하는 일 ─ 그의 형상에 서술 형태를 부여하는 일 ─ 은, 서술의 전달과 재생산에 의해 계승된 동성애적인 것에 전적으로 의존하고 있다(그보다, 패스트가 의도한 것에 따르자면, 그것으로부터 이탈하고 있다). 소설에서의 강박 관념의 두 갈래 ─ 사회적 혁명 그리고 성적 일탈 ─ 사이의 긴장들을 이같이 열어 보인 것은, 자극물과 판로의 관계에 관한 패스트의 예리한 이해로부터 발생하는 것이라고 볼 수 있다. 그러나 이러한 긴장들은 대체로 의도된 것은 아닌 듯하다. 확실히 그것은 "급진적" 맥락 속에서 가부장적 가족상을 새롭게 뚜렷이 드러냄으로써 그러한 긴장을 내포하고 지시하는 소설의 장치들을 훌쩍 넘어선다. 그보다, 그러한 긴장은 부분적으로, 소설의 제작시기의 영향으로 간주될 수 있을 것이다. 즉 그것은 정확히, 미래에 관한 이해로서 ─ 어떠한 미래가 '있을 것이라는' 확신으로서 ─ 2차 세계대전의 핵에 의한 결론과 함께 사라졌으며 뒤이어 '상호 확증 파괴Mutual Assured Destruction'의 외교정책들이 나타났다. 포크너Falkner는, "더 이상은 정신의 문제들이 아니다, 거기에는 언제 내가 파멸될 것인가? 라는 유일한 질문이 있을 뿐이다(Falkner 1967 : 119)"라는 유명한 주장을 하였다. 이러한 주장들이 신호탄이 되어 미래에 대한 그 같은 확신은 사라지게 된 것이다. 미래를 향한 『스파르타쿠스』의 호소는, "가족의 가치"에 봉사하는 이성애적 재생산에 아주 상당히 의존하고 있었는데, 그것은 그와 같은 시대 풍조 속에서 공허한 구호일 뿐이었다. 스와도스가, 그 소설에서, 프롤레타리아적 문학전통에서가 아니라 일종의 문화산업에 아주 근접한 것이 되도록 할애한 공정의 결을 발견한 것은 온당한 일이었다. 그리고 패스트의 "자극적 인물들은 모두 결정지어진 것처럼 진부하며 그리고 영화 서사극의 남주인공 혹은 여주인공에게서 기대하게 되는 것 이상의 어떤 다른 어조로서 말하는 것을 고집스럽게 거부하고 있다"(Swados 1952). 큐브릭은 패스트의 『스파르타쿠스』를 지면에서 스크린으로 옮겨놓으면서 그와 같은 강조점들을 계발하였으며 그것은 아마도 스와도스는 예견할 수 없었던 스파르타쿠스의 형상으로 수정한 결과를 지니게 되었다.

그럼에도 미국 영화 이전에 먼저, 소비에트 발레가 있었다. 패스트가 원고의 마무리작업을 하고 있었을 때, 아람 하차투리안Aram Khachaturian은 몇 해 전에 위임받아온 발레의 악보작업을 시작하고 있었다. 키로프Kirov 발레단의 니콜라이 볼코프Nikolai Volkov는 1938년에 『스파르타크Spartak』라는 책을 썼는데, 당시는, 인간 진보의 "단계" 이론에 관한 스탈린 버전의 입증책임이 있던 소비에트 학자들 사이에서 주요연구의 주제로서 스파르타쿠스 혁명이 유행하고 있었다. 다양한 학자들 가운데서, 역사학자 미쉐린A.V. Mišulin은 1934년과 1937년 사이에 일련의 연구물들을 창출하였으며 그것들은, 실패한 스파르타쿠스 혁명에 관하여, 대략 2000년 이후에 소비에트의 궁극적 승리에 그 중요성을 명확히 해 두는 관점에서 설명하고 있다. 미쉐린은 스파르타쿠스가 사실상 혁명을 봉기한 것으로 이야기하였다. 그리고 그는, 역사적 분석에 관하여 정부가 인가한 유형적 방법을 사용하면서, 스파르타쿠스를 "역사적인 첫 번째 해방운동의 선구자"로 만들었다(Rubinsohn 1987 : 8에서 인용). 이러한 방식으로, 미쉐린은 고대의 서술을 현대의 정치적 긴급사태를 예견하는 알레고리로 변형시킨 것이다.

하차투리안은 마침내, 위임을 얻은 지 10년이 지난 1950년에 이같이 무거운 정치적 서술에 관한 작업을 시작하기로 결정하였다. 그 일이 정치적인 동기를 부여받았을 것은 자명한 사실이었다. 즉 1948년에, 소비에트 작곡자들은 공산당 중앙위원회의 명령으로 모스크바에 소집되어 삼일 간의 회의를 하였으며 회의의 말미에서, 하차투리안은, 스탈린의 문화 파수꾼, 안드레이 즈다노프Andrei Zhdanov에 의해, "형식주의-반인민 학파"의 "무조음, 불협화음, 그리고 부조화"를 특징으로 한 작품을 제작하였다는 명목으로 공격받았다(Werth 1974 : 29). 즈다노프의 비판은 중앙 위원회 음악 요강 속에서 성문화되었으며 그것은 회의가 끝나고 한 달 뒤에 발표되었다. 그리고 거기에서, 20세기 서구 예술음악의 "반-민주적 경향들(이를테면, 이고르 스트라빈스키Igor Stravinsky 그리고 신-비엔나 학파 일원과 같은 작곡가들의 작품으로 대표되는)"이 비판받았다. 그리고 무엇보다도 "형식주의적 왜곡들"에 탐닉한 잘못이 있다고 간주되는 소비에트 작곡가들도 거론되었다 — 그들 중에는 하차투리안뿐만 아니라 드미트리 쇼스타코비치Dmitri Shostakovich 그리고 세르게이 프로코피예프Sergei Prokofiev가 있었다(Werth 1974 : 29). 요강 직후에 열린 연회에서, 하차투리안은 한 서구 저널리스트에게 "그렇게 심하게 혹평되어서는 안 되었다"고 주장하였다. 그럼에도 그는, (그 저널리스트에 의하면, "약간은 아쉽게") "많은 것들의 재평가가 있게 될 것이다. 즉 그다지 중요하게 간주되지 못한 작품들 일부 — 이를테면, 내 발레음악의 일정부분 — 는 이후에 중요한 것으로 취급될 것이다"(Werth 1974 : 91~92)라고 덧붙였다. 이와 같이, 하차투리안은, 즈다노프의 영향력 하에서 공개적 비판을 받았으며 그것은 그로 하여금 자신의 발레음악이 정부의 관심사가 되었음을 깨닫도록 해주었다. 그리고서 2년이 지난 후 그는 〈스파르타크〉를 작곡하기 시작하였다. 그는 스탈린이 사망하고 1년이 지난 1954년에 작곡을 완성하였다. 그리고 당에 대한 하차투리안의 "은밀한 발언" 즉, 스탈린주의의 과도한 야만성으로 이끈 "개인 숭배"에 대한 비판 이후에 열 달이 지난 다음, 하차투리안이 제작한 발레는 세계초연의 기회를 얻게 되었다. 정치적, 경제적 제작시기와 예술과의 중요한(그리고 위험한) 관계를 주목하는 사례를 찾는다면, 하차투리안의 〈스파르타크〉보다도 그 상황들로 인해 문제가 되었던 작품을 발견하기는 어려울 것이다.

〈스파르타크〉는, 1956년 12월 27일, 키로프Kirov 극장에서, 레오니드 야콥슨Leonid Jacobson의 안무에 의해 세계적인 초연을 맞이하였다. 최초의 발레 제작물은, 의문의 여지없이, 사회주의 리얼리즘의 진수를 보여주는 작품을 제작하려는 노력의 결과였다. 그것은, "공산주의를 고취하여 노동자들을 교육하는 임무"를 목표로 삼은 "혁명적 발달단계의 현실을 역사적 측면에서 구체적으로 묘사한 것"이었다(Brown 1991 : 90).

이러한 의미에서, 이 작품은 〈스파르타크〉에 관한 미쉐린의 역사적 탐구들로부터 암시를 얻은 것이었다. 즉 노예 시장에서 굴욕과 고통을 겪고 경기장 안에서 죽음을 맞도록 강요된 스파르타쿠스는 급진적으로 되었으며 동료 검투사들을 이끌어 혁명을 일으킨다. 그리고 스파르타쿠스의 패배와 죽음은 유감스러운 것으로 기술되지만 그럼에도 궁극적인(암시적으로 소비에트) 해방을 향한 도정에서 견뎌내야 하는 필연적인 희생으로서 기술되고 있다. 〈스파르타크〉는 한 가지 측면에서 미쉐린의 역사적 탐구와는 차이가 있다. 즉 그것은, 스파르타쿠스가, 극좌파와 쁘띠 부르주아의 통합세력들에 의해서가 아니라, 그보다 성적인 음모에 의해 파멸된다는 사실이다. 즉 스파르타쿠스의 동료병사, 하르모디우스Harmodius가 크라수스의 아내, 아이기나Aegina에게 유혹되었으며 결정적으로는 로마 군인에게 동료 혁명군을 밀고하였던 것이다(Schneerson 1959 : 88). 그에 따라, 하차투리안이 제작한 첫 번째 발레는 성과 정치학을 일촉즉발의 관계로 가져가는 스파르타쿠스의 역할과 힘을 기재하게 된 것이다. 그것은, 이데올로기적인 충성의 노선을 보여주는 그러한 것으로서, 심지어는 사회주의 리얼리즘의 강력한 서사전통 내에서도 곤혹스러운 애매모호한 문제가 되었다. 다른 말로 하자면, 〈스파르타크〉는, 장관을 이루는 집단주의 서술의 범주에 종속되는 데에도 불구하고, 개인의 형상이 어떻게 그러한 서술에 개입하는 역할과 힘을 보유하는지를 보여주는 것이다.

그럼에도, 어느 누구도, 〈스파르타크〉의 초기 제작물들이 명확히 주목할 정도로 즈다노프시치나zhdanovshchina와의 단절을 반영한다고 주장할 수는 없을 것이다. 즈다노프의 문학정책은, 심지어는 즈다노프와 스탈린의 사망 이후에도 소비에트 예술가들과 비평가들에게 지속적으로 영향을 미쳤다. 가장 타당한 이유는 그 대상이라고 할 수 있는데, 〈스파르타크〉는 하차투리안이 쓴 전기로써 두 차례에 걸친 정부의 승인을 얻어내었던 것이다. 그리고 하차투리안이 쓴 전기는 모두, 발레가 그것의 초연에서 강력한 대중적, 비평적 인정을 얻을 것임을 확신시켜주었다. 그럼에도 이 첫 번째 제작물의 연구자들은 이 작품이 결점들이 없지는 않다는 사실을 인정하고 있다 — 결점들은 정확히는, 자유, 특히 발레안무에서의 자유를 뚜렷이 드러내는 것에서 기인한 것들이었다. 유즈포비치Yuzefovich는 야콥슨의 이례적인 안무가 그야말로 지나치게 혁신적이었다고 주장한다 — 그의 안무는 "유명한 페르가몬 Pergamon 제단의 고대 로마 화병들 그리고 띠 모양의 벽 장식"에서 끌어온 형상들을 복제하려는 시도 속에서 고전발레의 전문적인 표현형식들을 포기하였던 것이다(Yuzefovich 1985 : 218). 그리고 그리고리 슈니어슨Grigory Schneerson은, "소비에트 민중이 키로프 극장 공연을 열광적으로 지지한"(Schneerson 1959 : 89) 이후, 프라하와 모스크바에서 매우 상이하게 만들어진 안무가 발레에 즉각적으로 받아들여졌다는 사실에 매우 주목하였다. 즉 제작물들은 첫 번째 공연 못지않게(더 이상의 것은 아니지만) 성공적이었다. 그리고로비치의 1968년도 볼쇼이 버전이 선보였을 때, 비로소, 소비에트는 의기양양한 〈스파르타크〉를 가지게 되었던 것이다. 그럼에도, 우리가 알게 되겠지만, 이 제작물은 한때 스탈린화된 서술의 형상적 애매모호함을 강조하는 능력으로부터 원천적인 힘을 끌어내었다.

큐브릭의 〈스파르타쿠스〉에 있어서, 직관상의 연속물들은, 스파르타쿠스라는 대상으로부터, 미래의 자유를 향한 유토피아의 서술로, 그리고 미래의 서술'로부터 자유로운' 어떤 형상으로서 스파르타쿠스를 보는 관점으로 전환하고 있다. 명백히, 영화의 경우는, 이러한 요지의 장점을 부각시킬 만한 것이 희박한 것처럼 여겨진다. 1960년도의 〈스파르타쿠스〉는 커크 더글라스Kirk Douglas의 '브리나Bryna 프로덕션'이 제작하고 '유니버설 스튜디오Universal Studios'에 의해 개봉된 작품으로서 많은 측면에서 아주 관습적인 할리우드의 의장을 입고 있는 영화이다. 그럼에도, 〈스파르타쿠스〉가 냉전시대 말기 미국의 문화적 상상력을 표현하는 데에 기여한 것은 정확히는 부상하고 있던 게이의 성적 정치학을 통해서였다. 그리고 그것은, 보다 나은 미래를 건설하는 방법에 관한 질문이 '지금의' 자유를 요청하는 쪽으로 귀착된 것이었다 — 게다가 그 정치학은 명백하게는 아니지만 영화에서는 분명히 발견될 수 있었다.

당시 유명한 "달팽이과 굴" 장면에서, 크라수스(로렌스 올리비에Laurence Olivier)는 노예인 안토니우스Antoninus(토니 커티스Tony Curtis)를 유혹하려고 한다. 그것은 퀴어적 '스파르타쿠스'의 논의를 시작하는 논리적 지점이 되는 것으로 간주된다. 그 장면은 영화제작관리국 소속 감시관 제프리 셜록Geoffrey M. Shurlock을 상당히 불편하게 만들었으며 '영화심의위원회'를 분개시켰다. 그리하여 그 장면은 상영되기 전에 영화에서 삭제되었다(그리고 1991년의 재상영에는 복구되었다). 그리고 그것은 할리우드의 동성애에 관한 묘사들을 주제로 한 최근의 몇몇 연구에서 분석되었다(Russio(1981); Barrios(2003) 참조). 그러나 〈스파르타쿠스〉에서 동성애는 "달팽이와 굴"로서 시작되지는(혹은 끝나지는) 않는다. 즉 스파르타쿠스는 영화가 시작되고 5분이 지나서야 처음 나타난다. 게이 영화평론가, 리처드 바리오스Richard Barrios가 "남성동성애 기록"으로서 일컬은 무엇은, 피터 유스티노브Peter Ustinov의 바티아투스Batiatus에 의해 〈스파르타쿠스〉에 도입되고 있다. 즉 그는 근육질 남성에 흥미를 지닌 감시관으로서 영화의 오프닝 장면을 연기하면서, 야외촬영지, 죽음의 계곡의 태양 아래에서 매번 이중적인 의미를 갖는 어구를 쓰고 있다.

바티아투스를 성적인 "용의자"로 만들고 있는 유스티노브와 큐브릭의 결정은 놀라운 것이라고 하기는 어렵다. 그것은, 이 영화보다 앞서 있으며 그리고 패스트의 소설뿐만 아니라 달튼 트럼보Dalton Trumbo의 오리지널 영화대본(위스콘신 역사사회 기록보관소의 더글라스Douglas와 트럼보의 연구물로서 보존된)의 많은 부분에서 흔적을 찾을 수 있는, 성적 "데카당스"와 로마 노예제를 연결짓는 오래된 서술 전통을 고려할 때 더욱 그러한 것이다. 아마도 놀라운 것은, 큐브릭과 유스티노브에 의해 제시되었듯이, 바티아투스가 공감적이며 심지어는 영웅적인 인물로 구현되었다는 사실일 것이다. 즉 바티아투스는 스파르타쿠스인지 확인하려는 카르수스의 요구를 교묘히 회피하였다. 그리고 바리니아와 그녀의 아이를 실은 수레를 몰아서 자유를 찾아주도록 한 인물도 바로 그였다. 바티아투스의 호소력은 수용소의 전형인 악한의 온정을 강조하는 연기에 의존한 것이다. 즉 〈쿼바디스Quo Vadis〉(1951)에서 네로Nero에 버금가는 위치를 차지하는, 유스티노브가 재창조한 '스파르타쿠스'는, 아마도, 수용소 탈주의 종류로서는 최고의 것으로 기술될 것이다. 그리고 유스티노브의 연기는 다만 아주 명백한 퀴어영화의 면모를 보여준다. 그런데 영화 심의위원회는, "달팽이와 굴"을 삭제하면서 영화에서 "동성애의 추론들"을 뿌리뽑기를 희망하였던 것이다. 그리고 "이와 동시에 (유니버설은) 모든 학생들에 적합한 수준의 가치를 지닌 역사기록물로서 적극 홍보하였다"(Barrios 2003 : 273). 그러나 〈스파르타쿠스〉의 게이적 특성은 그 뿌리가 깊은 것이었다. 즉 그것은, 영화의 판촉상표로서 역할한 밑바닥의 헐벗은 검투사의 양식화된 소묘로부터, 영웅을 향한 명확한 열정은 아닌, 크라수스의 설명할 수 없는 부분에까지 이르는 것이었다.

심지어는, 스파르타쿠스와 바리니아의 첫 만남도 퀴어적 순간을 보여준다. 즉, 감시관 셜록은 유니버설 관계자에게 "우리는, 당신들이 '나는 결코 한 명의 여성도 둔 적이 없다'라는 대사를 재고할 것을 권고한다"는 글을 보냈다. 그것은, 그가 대본을 읽고서, 그 대사가 스파르타쿠스가 결코 섹스를 한 적이 없다는 것을 의미하고 있지 않다는 사실을 명확히 숙지하였기 때문이었다(1991년 판본을 복원한 2001년 Criterion Collection DVD Disk II, 'Spartacus' 2001). 삭제 상영되면서, 사실상, 유명한 "달팽이과 굴" 장면은, 〈스파르타쿠스〉의 새로운 무엇인가로서 동성애를 소개하는 역할보다는, 궁극적으로 항상 거기에 있었던 무엇이라는 것을 드러내는 역할을 하였다. 즉 큐브릭은 크라수스가 있는 움푹 들어간 목욕통 앞의 늘어뜨려진 얇은 커튼 앞에서 카메라를 멈추도록 한다. 그리고 2분간의 전체장면은 컷 혹은 카메라 이동이 없이 커튼 너머에서 전개되고 있다. 안토니우스는 "내 취향은 달팽이과 굴 둘 다야"라고 읊조린다. 안토니우스는 커튼의 한편을 끌어당겼으며 크라수스는 옷으로 감싸고는 전경 쪽으로 걸어간다. 문자 그대로 커튼의 한편을 끌어당긴다는 것이 명확하게 드러내는 사실이 있다. 즉 동성애의 열정은 항상 스파르타쿠스의 일부(그리고 '스파르타쿠스'의)가 되어왔으며, 그것은 바로 지금까지 베일에 싸인 채 그 장면 너머에 있었다는 것이다.

그리고 나서, 유스티노프가 〈스파르타쿠스〉에 기여한 것 — 큐브릭이 인정한 — 은, 패스트의 소설(그리고 트럼보의 대본)이 추구한 이성애적 가족선호 성향으로부터 이 영화를 멀리 빗나가도록 한 부분이다. 그리고 그것은, 스파르타쿠스의 형상이 자유의 서술과 지닌 관계를 다소 다른 방향으로 독해하도록 한다. 큐브릭이 "이번에는 청중이 다음에 일어나는 무엇을 알고 있지 않다"(Nelson 1982 : 250)고 주장하였을 때 (스파르타쿠스 서술이 아주 오래된 사실을 고려할 때 액면 그대로 이해되기는 힘든 놀라운 진술에서), 그가 염두에 두었을 법한 것은 끊임없이 반복되는 〈스파르타쿠스〉의 잠재된 퀴어적 목소리였던 것이다. 바티아투스는 형상으로서 '그리고' 서술로서 간주된 스파르타쿠스의 잠재된 동성애를 끄집어내어 가시적인 것으로 만들었다. 그것은 영화에서 가장 유명한 장면에서 뚜렷이 드러난 에로틱함이었다. 즉 혁명을 일으키고 격퇴하며 스파르타쿠스를 추종해온 부하들은 서열 내부의 체제전복에 관해 폭로할 것을 요구받았을 때, 계속 반복해서 "나는 스파르타쿠스다!"라고 선언하고 있다. 스파르타쿠스의 부하들은 그와 같은 동일시가 다만 죽음을 의미할 수 있는 순간에도 동일체임을 선언하면서 부적절하면서도 지배될 수 없는 그들의 결속을 포기할 경우 생명이 주어진다는 서사의 공식을 거부한다. 영화에서 중복결정된 문화적, 정치적, 그리고 역사적 서술의 구조를 고려할 때, 이러한 일체성을 공개적으로 선언하는 부하들은 자유 대신에 요구된 죽음이 주어진다. 그러나 바티아투스는 그러한 서술의 구조를 회피하며 그에 따라 그 내부에서 형상들을 완전히 포괄하는 구조의 힘을 질문하도록 하고 있다.

큐브릭의 영화 이후에 8년이 지나서, 소비에트는 하차투리안의 〈스파르타크〉를 포기하지 않고서, 볼쇼이 발레예술 지휘자, 유리 그리고로비치에게 그 공연을 위임하여 부활시키도록 하였다. 그리고로비치는 "네 명의 솔로와 발레단의 공연"(Yuzefovich 1985 : 227)으로서 발레를 다시 새롭게 만들면서, 크라수스와 음모하는 아이기나의 직접적인 반대의 위치에 스파르타쿠스와 그의 충실한 프리기아Phrygia(소비에트의 바리니아)를 설정하였다. 그와 같은 자리바꿈은 크라수스의 역할에 있어서 전반적인 변형을 요구하였다. 과거의 공연들에서, 그 역할은 "무용으로 나타내기 어려운 것" 혹은 "단역배우에 의해 연기되는 것"이었다(Yuzefovich 1985 : 227). 인물의 성격화는, 의심의 여지없이, 둔감하고 전제적인 크라수스와는 정반대되는, 자유를 사랑하고 자유롭게 움직이는 스파르타쿠스를 위치시킴으로써, 작품의 변증법적 핵심을 예리하게 나타낼 것을 의도하였다. 그럼에도, 그리고로비치는, 스파르타쿠스와 크라수스의 관계를 앞선 과거의 결론으로서가 아니라, 작품의 정서적 핵심으로서 간주하였다. 그리고 발레의 구조는 주로, 이들 두 남성의 관계를 주목하는 데에 초점을 두도록 착수되고 조정되었다.

그리고로비치의 공연이 거대한 국제적 요청과 마주하게 된 것은, 정확히, 그가 과거 발레 버전들의 훼손으로 여겨졌던 형상 / 토대의 끊임없는 불안정성을 활용하기로 결정한 덕분이었다. 〈스파르타크〉는 지금, 볼셰비키 혁명의 선구자로서 스파르타쿠스 혁명의 힘과 아름다움에 관한 것이 되기보다는 남성적 형상의 힘과 아름다움에 관한 것이 되고 있다(그리고 여기서 명확히 해야 할 것이 있다. 즉 남성적 형상의 아름다움은, 비록 그 힘의 무엇인가가 확실히 모습을 드러낸다고 여겨지는 데도, 개별 인물의 힘을 향한 것으로 단도직입적으로 표현되지는 않는다). 그리고로비치의 〈스파르타크〉는 이제까지 "남성 무용수를 위해 씌여진 가장 격정적인 안무의 일부"를 제공하고 있다(Craine & Mackrell 2000 : 216). 그리고 그 폭발적 격정은 무용의 스텝 그 자체로부터 유래할 뿐만 아니라 커플을 이끄는 싱글의 서술관습으로부터(그리고 그 내부에서) 결별을 감행한 그리고로비치의 결정으로부터 유래하는 것이다. 즉 전통적인 19세기의 스토리 발레의 추동력이 되었던 에로틱한 긴장이 두 남성에게 다시 투입되고 있다(전통적인 스토리 발레는, 〈백조의 호수〉의 왕자 지그프리트Siegfried와 오데뜨Odette / 오딜Odile, 〈잠자는 미녀〉의 데지레Désiré 왕자와 오로라Aurora 공주, 〈라 실피드La Sylphide〉의 제임스James와 실프Sylph, 그리고 〈지젤〉의 알브레이트Albrecht 왕자와 지젤Giselle을 들 수 있다). 이와 같이, 그리고로비치의 〈스파르타크〉는 스파르타쿠스의 스탈린주의적 서술을 변경할 수 없는 방식으로 퀴어화하였으며, 그것은 소비에트 정부의 권위와 권력을 인수하는 동시에 그것들을 전복하는 것처럼 간주되는 인류진보의 (말하자면) 새로운 "단계 이론"을 제공하고 있다. 로마의 폭정은 로마의 매혹과 짝을 이룬다. 즉 크라수스와의 대결 구도 속에 있는 스파르타쿠스는, 거의 설명할 수 없을 정도로, 로마 군단의 구명을 간청하는 쪽을 선택한다. 모든 것들 중에 가장 놀라운 것은, 이 작품의 황량한 마지막 순간이다(스파르타쿠스의 죽음 광경은 십자가에 못박혀 순교하는 성 세바스찬의 이미지를 혼합하고 있으며 그리고는 사회주의 리얼리즘적 피에타pietà가 이어진다). 그 순간은, 스파르타쿠스의 죽음과 프리기아의 슬픔(아이들도 없으며 그리고 어떤 전망도 갖지 못한)을 강조하면서, 미래의 자유를 향해 위안을 주는 어떠한 몸짓도 거부하고 있다 — 이것은, 결론을 고양하는 규범적 소비에트의 실천을 고려할 때 놀랄 정도로 대담한 자리바꿈인 것이다. 그리고로비치는, 공산주의 예술의 특유의 경직된 즈다노프적 인식을 철회하면서, 정부가 요구하는 서술들에 응하는 동시에 그것들을 비판하는 작품을 제작하였다. 〈스파르타크〉는,

> 어둠, 운명론, 그리고 중압감 등과 같은 그리고로비치 특유의 자질들을 표현하였다. 그리고로비치의 주인공들은 솟구쳐 오르면서도, 타락 혹은 죽음을 예감하며 무거운 사슬들에 매여 있다. 청중들, 특히 서구의 청중들은, 극단으로 응용한 그 같은 발레에 대해 놀라운 경이감으로써 반응하였다. 표면적으로는 흠잡을 데 없는 소비에트였지만, 알레고리는 두 가지 방식으로 작용하였다. 즉 그것은, 용감한 트라키아인Thracians이었던가, 혹은 소비에트 정부를 재현한 광신적 로마군단이었던가? (Jennings 1995 : 76)

그리고로비치가 남성적 형상을 승격화한 것은, 불법화된 동성애 그리고 깐깐하게 거의 제도화된 성에 관한 소비에트의 법적, 문화적 배경에 대항하면서 출현한 것이다. 즉 1934년에 막심 고리키Maxim Gorky는 "프롤레타리아 휴머니즘의 개가"로서 새로운 소비에트 범죄 코드를 고지하였다 — 그것은 특정 121조항에 있는 것으로서, 남색을 최대 5년의 억류로까지 처벌할 수 있도록 만든 것이다. 2년 후에, 정의구현 인민위원회People's Commissar for UJustice의 니콜라이 크릴렌코Nikolai Krylenko는 "동성애는 착취계급의 데카당스적 산물이며, 건전한 원칙들에 기초를 둔 사회주의 사회에서, 그 같은 사람들은 (…중략…) 어떠한 입지

도 없을 것임을 발표하였다"(Kon 1993 : 92). 이와 같이, 소비에트의 동성애 억압은 〈스파르타크〉의 형상에 대한 서술 배경의 일부가 된다. 그리고 성적, 문화적 감시에 관한 이러한 배경의 인식은, 퀴어적 비평의 종류로서 그리고로비치의 〈스파르타크〉를 이해하도록 돕는다. 그것은, 유스티노프 진영의 바티아투스처럼, 그 형상의 정치적, 사회적 배경 내부에서 동시에 그러한 배경에 대항해서 작용하도록 약호화되고 있다. 1968년 4월 9일에, 〈스파르타크〉는 초연을 가졌다. 그리고 넉 달 후에 바르샤바의 탱크들이 프라하를 향해 굴러갔으며 그리고 스탈린 이후, 소비에트의 문화적 "해빙기"는 공식적으로 끝이 났다. 그럼에도, 〈스파르타크〉는 국내와 해외 모두에서 계속해서 과도한 비평적 찬사를 받았다. 그 이유는 정확히, 토대보다 형상을 승격한 일이, 장엄한 전체주의적 서술들을 초연된 해에 정점에 올랐다 붕괴된 자유로 대체함으로써 부상한, 형상의 정치학으로 일컬어질 수 있는 무엇을 예측하였기 때문이었다. "정체성의 정치학" — 흑인 권력, 페미니즘, 게이 해방 — 으로서 칭찬받고서 다시 비웃음을 얻은 무엇은, 부분적으로, 아직 현실화되지 않은 유토피아적 미래의 일부이기는 하지만, 보편적(아직은 획일적) 자유를 향한 정치적 경향으로부터, 개별신체 내부의 혹은 그것을 위한 전략적, 특수한 자유의 정치학을 향한 이동 때문이라고 할 수 있다. 그러한 자유 속에서, 사회적 서술 내부에서 그리고 그 서술에 대항해서 이동하는 형상의 능력은, 아주 성취 가능한 것으로 나타났을 뿐만 아니라 또한 형상과 서술에서의 그 어떤 전체주의적 단일체보다도 더욱 가치있는 것으로 나타났다.

광장한 볼거리로서, 〈스파르타쿠스〉와 〈스파르타크〉 둘 다는, 완벽한 미래 — 혹은 그렇게 되도록 하는 — 를 누리는 자유를 향한 갈망을 뚜렷이 드러내며 상상적 과거에 애도를 표현하고 있다. 그것은 그렇게 되어야 했었던 것이다. 미래를 향한 그 같은 향수는 주로 형상의 섬광 속에서 나타나며 그리고 역사는 투사된 갈망의 '상像'으로 해체되고 있다. 그리하여 우리는 1970년, *SIGG*의 첫 번째 판본에 이르게 된다. 그 것은, 사실상, 이태리로부터의 비행 편(지배 질서로부터 도망쳐서 사적인 만 족을 추구하려는 소망) 그리고 로마에 반대하는 입장(자유를 향한 투쟁 속에 서 지배질서를 파괴하려는 충동) 양자를 촉구하면서, 스파르타쿠스가 만들 어진 역설을 겸손한(그렇지만도 않은) 방식으로 뚜렷이 보여주는 휴가여 행 안내서였다. 그리고 *SIGG*는 들뢰즈의 영화개요의 "감화 이미지affec- tion image"에 상응하는 이중적인 형상의 이동을 실행하고 있다. "감화 이미지"(전형적으로는, 클로즈업한 얼굴표정)는 "지각 이미지"(설정 장면으로서 단순화한 것)와 "행위 이미지action image"(프레임 내부의 활동)를 중재하고 두 이미지를 함께 묶어내는 것이다. 들뢰즈는 이 구조 내부에서 영화의 "영속적인 운명"을 감지하고 있다 — "그것은, 우리가 극점들 중의 하나 로부터 다른 극점으로, 다시 말해, 객관적 지각으로부터 주관적 지각 으로 그리고 그 역으로도 이동하도록 하는 것이다"(Deleuze 1996 : 73) — 그리고 이러한 운명은 또한, 하나의 서술 즉 서술로서의 형상의 서술 혹은 역사로서의 '형상bilder'의 서술이 되는 것이다.

여기에는(거기에는) 그것이 행동하는 것을 관찰하고 그것이 행해지는 대로 이해하는 또 하나의 부분이 없이는, 행동하는 어떤 주체도 있을 수 없 다. 그리고 주체는 그 자체로 그것의 다른 부분으로부터 빼앗은 자유를 상정하고 있다. "이와 같이, 상이한 두 자아들 중에서 어느 하나는 그것의 자유를 의식하고 있다. 그리고 그 하나는, 다른 하나가 기제 내에서 역할하는, 어떠한 장면의 독립적인 구경꾼으로서 그것의 자리를 설정한다. 그러나 둘 내부에서의 이러한 분열은 결코 그 한계에까지 이르지는 않는다. 그보다, 자기자신에 관한 두 가지 관점들 사이에서의 동요가 있는 것이다. 그것은 이곳저곳을 헤매는 정신으로서 ……" 존재-내부의 것이다. (Deleuze 1996 : 73~74; 내부 인용은 Bergson 1975)

직관상의 변화에 관해, 스파르타쿠스를 향한 지속적인 매료에 관해 설명해주는 것은 이러한 동요이자 이러한 존재-내부의 것이다. 그것은, 주디스 버틀러Judith Butler가 지적하였듯이, 독립적 주체가 되어가는 과정은 주체화의 과정과 밀접한 관계에 있기 때문이다("주체는 그것 자체의 스토리를 말하는 것에 몰두하지만, 그럼에도 그것 자체의 스토리를 말하면서, 서술기능이 이미 명백하게 한 무엇을 설명하려고 모색한다"(Butler 1997 : 11)). 그리고 나서, 결코 도달할 수 없는 자유를 향한 투쟁의 스토리는 바로 **'우리의'** 스토리인 것이다. 이러한 동요는, 형상(나, 당신)이 우리의 스토리를 지탱하는 서술'이며' 그리고 동시에 그 서술의(그리고 그 서술과 동떨어진) '일부'라는 퀴어적 인식을 알려주고 있다. 우리는 스파르타쿠스이다 — 혹은 적어도, 우리는 스스로가 그렇다고 생각한다. 그리고 진실 혹은 이데올로기이든 간에, 그것은, 우리가 결코 생각해낼 수 없거나 혹은 충분히 자주는 들을 수 없는 어떤 스토리처럼 여겨진다.

33

퍼포먼스 예술사의 파편들
희미하게, 렌즈에 비친 폴록Pollock과 나무스Namuth

페기 펠란Peggy Phelan

　　미셸 푸코Michel Foucault의 연구가 보여주었던 것처럼, 인간사고와 행동의 특정한 형식은 담론과 사건의 접촉을 경유하여 "고안되는" 것이다(Foucault 1978). 이러한 의미에서 퍼포먼스는 20세기에 고안되었다고 말할 수 있을 것이다. 이 시대 이전에도 사람들, 동물들, 그리고 기계들은 제 역할을 하였으나 그럼에도 이러한 일련의 행위들을 퍼포먼스 '로서' 이해하는 구체적 기초작업은 20세기가 되어서야 나타났다. 퍼포먼스는 이 세기의 전환기에 유럽과 러시아에서 아방가르드 실험들로 시작해서 그리고 2차 세계대전 이후의 시기에 특히 일본과 오스트리아에서 매우 번성하였다. 즉 퍼포먼스의 역사는 20세기라는 역사적인 큰 테두리 속에서 깊숙이 얽혀 있는 것이다. 이 새로운 세기의 초반에 퍼포먼스는, 그것의 의미와 중요성을 지닌 하나의 용어로서 부상하였으며 미학 혹은 기술技術의 영역을 훌쩍 넘어 확장되었다. 또한 그것은 정치학, 철학, 경제학, 그리고 모든 유형의 평가들을 포괄하게 되었다(McKenzie 2000). 퍼포먼스는 개념과 실천의 영역으로서 점차 확장되었으나 한편, 그것의 역사를 상술하고자 하는 시도들은 더욱 더 분열될 위험에 처하게 되었다. 심지어, 우리의 초점을 단지 미학의 영역에 한정짓는다고 해도, 퍼포먼스 예술의 역사에 관한 경쟁력 있는 세 가지 서술들을 발견할 수 있다. 그것들은 제각각 다른 기원의 지점들을 주장하며 또한 각기 다른 상징적 사건들 그리고 각기 다른 미래의 전망들을 주장하고 있다. 그 서술들은 다음과 같다.

① 퍼포먼스 예술은 극장의 역사로부터 출현하며 그리고 사실주의에 대한 대위법으로서 시작한다.
② 퍼포먼스 예술은 페인팅의 역사로부터 출현하며 그리고 "액션 페인팅"에서 그것의 힘과 초점을 얻는다.
③ 퍼포먼스 예술은, 무속인들 그리고 치유예술의 대체 전문가들에 의해 아주 전적으로 탐구된, 몸에 관한 연구에의 귀환을 나타낸다. (McEvilley 1998 : 23~25).

 퍼포먼스 예술 역사에 관한 세 가지 서술들은 모두 유익한 조언이 된다. 그러나 이 서술들은 각각의 주요한 관심사(극장, 페인팅, 혹은 인류학 / 치유 / 영적 실천)의 "부가적" 종류의 것으로서 퍼포먼스를 해석하는 경향을 지니고 있다. 그 때문에 이것들은 퍼포먼스가 고유한 측면에서 지니는 지적이고 심미적인 광범위한 성취들(그리고 그 실패들)을 대수롭지 않게 취급하는 경향이 있다. 더구나, 이 세 가지 설명들은 서술의 형식을 취하고 있기 때문에, 이것들은 종종, 과거 행해진 아주 중요한 몇몇 퍼포먼스들에서 공통적으로 나타나는 서술에 대한 깊은 저항에 관해서는 그럴듯하게 얼버무리고 있다. 이와 같이, 퍼포먼스의 포괄적 역사는 역사 고유의 서술형식에 의해서 그것의 요지를 이해시키면서 광범위한 이 같은 반-서술적 태도를 설명해야 할 필요가 있다.

확실히, 많은 퍼포먼스들은 이야기들을 말해주며 그리고/또는 그것들은 신성하고 신화적인 서술들로부터 기원하고 있다. 그럼에도, 퍼포먼스의 예술은 오로지 현재시제로서 나타난다. 퍼포먼스는 그것의 행위가 만들어내는 원호 안에 존재한다. 즉 이 원호는 때때로 하나의 서술로서 구조화되는 반면, 퍼포먼스의 존재론적 특질은 순간적인 특성에 의존한다(Phelan 1993). 전형적 서술 구조의 시간성에 관한 도릿 콘 Dorrit Cohn의 금언, "살아라 지금, 말하라 이후에"(Cohn 1999 : 96)를 적용해본다면, 우리는 퍼포먼스가 바로 지금에 사는 것이며 반면, 서술의 이야기들은 이후에 그것을 기술하는 것임을 이해하게 될 것이다. 현재시제로 행해지는 퍼포먼스는 그것의 의미를 말한다기보다는 살고 있는 것이다.

오스틴J. L. Austin(1962)은 언어학적 수행에 관한 진술에서, 수행적 발화행위가 현재시제의 형식을 지녔음을 강조하고 있다. 오스틴은 수행적 발화행위가 발언 행위 속에서 ─ "약속해", "미안해", "확신해" ─ 무엇인가를 발생하도록 만든다고 주장한다. 그리고 그는 수행적 발화행위가 미래시제 혹은 과거시제를 취할 때 그것은 어떤 사실확인적 행위가 되며 또한 액션으로서 그것이 지닌 힘을 상실한다는 것에 주목하고 있다.

오스틴의 주장은 본질적으로, 퍼포먼스 예술의 서술역사를 창조하려는 야망이 지닌 역설적 특성을 조명하도록 돕고 있다. 어떠한 서술 형식을 취하는 정확히 그때, 그것의 역사는, 이해되기를 모색하는 예술의 수행적 힘을 잃어버릴 위험성을 지니게 된다. 그것을 말하면서도 그러한 힘을 사로잡도록 하는 역사란 어떠한 것이 되어야 하는가? 혹은 약간 다르게 말하자면, 퍼포먼스 예술의 역사에 관한 퍼포먼스적 설명을 창조하기 위해서 역사는 무엇을 취해야 하는가? 잭슨 폴록의 액션 페인팅들과 그것들이 영감을 부여한 서술들은, 우리가 같은 공간에서 공연하는 퍼포먼스 예술의 역사에 존재하는 세 가지 버전 전체를 이해하도록 해준다. 그 버전들은 퍼포먼스가 페인팅으로부터 출현하였다고 주장하도록 하는 출발지점을 표시하고 있다(Schimmel 1998; Jones 1998을 보라). 또한 폴록의 페인팅들은 1950년에 한스 나무스Hans Namuth에 의해 기록된 사진들 속의 극적인 시각적 장면으로서 기능하고 있다. 그 사진들은 액션 중인 남성의 초상화를 위해서 인물사진에 핵심적인 심리적 리얼리즘을 거부하고 있다. 부가적으로, 나무스에 의해 기록된 폴록의 페인팅은, 미국 원주민의 모래 페인팅을 풍부하게 참조한 의례적이며 샤먼적인 퍼포먼스로서 보여질 수 있다(Soussloff 2004). 폴록의 페인팅들과 나무스의 사진들은, 퍼포먼스 예술 역사에 있어 경합하는 세 가지 서술들에 관한 비록 모호하지만 그럼에도 중요한 요약을 만들어내는 혁신을 도모하고 있다.

이브 클라인Yves Klein의 "생생한 그림붓들"과 폴록의 쏟아 부은 페인팅들과 같은 액션 페인팅은 퍼포먼스 예술의 역사에서 핵심적인 순간들이다. 이러한 작품들에서 궁극적 산물이자 대상으로서의 페인팅은 예술이 태어나도록 하는 행위에 비해서는 그 중요성이 덜한 편이다. 폴락의 손이 그리는 원호가 페인트를 뚝뚝 떨어뜨리면서 캔버스를 날아 가로지를 때, 그것은 마치, 준비된 캔버스 표면을 세게 밀어붙이는, 페인트로 얼룩진 클라인 모델들의 흉상과도 같았다. 무엇보다도 그 작업은 예술 대상물의 완결적 특질로부터 창작행위의 복합적 드라마 쪽으로 시각예술의 강조점을 옮겨놓고 있었다. 그 결과로, 예술작품에 관한 관심사는 대상으로부터 그것의 제작자에게로 옮겨가며, 더 구체적으로, 제작자의 액션은 단명적인 것이기 때문에 그것의 제작자에 관한 응결된 이미지들로 옮겨간다. 화가와 페인팅에 관한 이러한 퍼포먼스-중심적 관점의 핵심부에는 사진이 복합적으로 그 역할을 담당하고 있다.

19세기에 처음 사진이 보급되었을 때 그것은 수 세기 동안 그림의 연료가 되어온 모방적 열망의 승리를 나타내는 것처럼 보였다. 정확하게 감지하기 어려운 세부들도 기록하는 사진의 능력은, 그림의 죽음을 예고하는 듯이 보였다. 그러나 사진은, 19세기의 일부 논평자들이 예견하였던 대로, 그림을 파괴하는 것이 아니라 그림을 발전시키는 데에 공헌하였다. 그림은, 유사성의 임무로부터 자유로워져서, 그 형식에 있어 다른 가능성들에 관한 실험을 계속해서 진행하였다. 사진이 도처에 모습을 뚜렷이 드러내게 되면서, 그림은 분석에 입각한 큐비즘으로부터 추상 표현주의에 이르기까지 점진적으로 건재하게 되었다.

발터 벤야민Walter Benjamin은 사진이 모든 시각적 예술들을 사진처럼 정확한 것으로 만든다는 사실에 주목한 첫 번째 논자였다. 즉 "어떤 사람이라도 그림, 단연, 조각, 혹은 건축이 현실에서보다는 사진에서 얼마나 많이 쉽게 이해될 수 있는지를 관찰할 수 있을 것이다"(Benjamin [1931]1980 : 212). 그러나 종종, 이러한 "쉽게"라는 말은 근본적으로, 그림, 조각, 혹은 건축을 왜곡시킬 수도 있다. 사진의 평면 사각 틀에 저항하는 예술은, 그대로 말하자면, 보여지는 실재가 아닐 위험성이 있는 것이다. 벤야민은, 사진의 초기 역사를 논의하면서, 초상화를 위해 필요한 긴 노출시간에 관해 숙고하고 있다. 즉 "절차 그 자체가 모델들로 하여금 그 순간의 '바깥'이 아닌 그 순간의 '안에' 살도록 만들었다. 긴 노출시간 동안에, 말하자면, 그들은 그것들의 이미지로 바뀌게 된다" (Benjamin [1931]1980 : 204, 강조는 원문). 하나의 이미지로 바꾸는 이러한 행위는, 살아있는 움직임을 응집하여 사각 틀에 빛을 사로잡는 것으로서, 새로운 퍼포먼스의 양식을 시각예술의 역사에 도입하고 있다. 사진은 사진 그 자체로서의 예술을 하도록 구성되어 있는 퍼포먼스의 특성을 노출하고 있다. 이와 같은 노출은 이번에는, 퍼포먼스에 대한 그림의 관계를 바꾸어 놓았다. 그림과 사진의 혼합물은 폴록과 나무스가 조우한 핵심에 놓여 있으며 그 자리에서 얼룩의 화법이 계발되었다. 얼룩 기법은 광학적인 동시에 존재론적인 것으로서, 그것은 액션 페인팅의 개념과 실천에 본질적일 수 있는, 아주 급진적 가능성들 중의 상당부분을 모호한 것으로 만들었다. 순수 다큐멘터리의 표지하에서 작업한 나무스의 사진들은 그 자체로서 예술적으로 기획된 퍼포먼스였다. 사진들 대다수의 관점은, 현장의 곳곳들, 페인트로 덮인 벽들과 바닥의 중앙부에 있는 인물을 강조하고 있다. 더구나, 사진의 공간은 폴록의 작업현장을 평면화하여 폴록의 형상을 거의 압도해버리고 있다 (나무스의 사진들에 관한 좀 더 충분한 논의로는, Clay 1977과 Krauss 1980을 보라).

두 사람의 예술가 모두는 상대방의 예술과 액션을 존중하면서 작업하였다. 이러한 존중은 당연히, 야망, 경의, 그리고 / 혹은 상업적, 역사적 열망에 의해 동기부여된 것이었다. 그러나 그 동기야 어떻든, 그들이 조우한 스토리는 50여 년에 이르는 액션 페인팅의 서술에서 주요 핵심 사항이 되어왔다.

I.

귀한 카탈로그, 「액션으로부터 — 퍼포먼스와 오브제 사이에서Out of Actions : Between Performance and the object 1949~79」의 소개글에서, 폴 심멜Paul Schimmel(1998)은 잭슨 폴록을 네 사람의 행위예술의 아버지들 중의 한 사람이라고 주장한다(실생활 속에서는 부성이 종종 부정되지만 한편, 역사를 쓰는 자리에서는 어머니를 찾아 볼 수 없으며 아버지들만이 도처에 있다는 사실은 늘 아이러니한 일이다). 심멜은, 해럴드 로젠버그Harold Rosenberg의 1952년 논문, 「미국의 액션 페인팅 작가들The American Action Painters」에서, 폴록이 행위예술가로서의 세례를 받는 근원적 장면을 재방문하도록 독자를 초대하고 있다. 저명한 그의 책에서, 로젠버그는 주장하길, "특정한 순간에 캔버스는 (북)미 화가들의 액션을 위한 무대로서 차례로 부각되기 시작하였다 — 즉 캔버스는, 실제적 혹은 상상된 대상을, 재생산하고 재구성하고 분석하며 혹은 '표현하는' 공간 그 이상의 것이다. 캔버스 속으로 들어간 무엇은 사진이 아니라 하나의 사건이었다"(Rosenberg 1952 : 22). 심멜은 로젠버그의 논문이 폴록에 관한 "신화를 장려하였음"을 인정하면서도 그럼에도 퍼포먼스의 역사의 근원이 되는 텍스트로는 기꺼이 그 논문을 활용하고 있다.

로젠버그는 자신의 논문에서 직접적으로 폴록을 거론하지는 않았다. 그리고 그는 구체적으로 페인팅을 분석하지도 않았으며 또한 나무스의 작품을 언급하지도 않았다. 그럼에도 그의 에세이는 심멜의 활용 방식 속에서 폭넓게 이해된다. 즉"로젠버그는 폴록의 페인팅, 액션 페인팅, 그리고 일반 뉴욕학파의 행위예술적 특질의 사례들을 과장해서 말하면서, 캔버스들 그 자체보다 후속 예술가 세대들을 위한 좀 더 변화무쌍한 신화를 장려하였다. 그의 주장은, 나무스의 유명한 사진들과 그 짝이 되는 폴록의 공헌을 단안적單眼的으로 보는 견해를 상당히 강화시켰다(Schimmel 1998 : 19). 폴록의 페인팅에서 "스토리를 말하는" 즉 언어적인 동시에 시각적인 일련의 서술들은, 이 단안적 견해의 체계를 구성하고 있다. 그 모두를 취해본다면 이 서술들은 피부은 페인팅들의 반-서술적 관점을 억압하는 것에 유효한 것이 된다. 폴록의 페인팅 방법에 초점을 맞춘다면 — 그는 페인트를 떨어뜨리고 퍼붓고 혹은 바르지 않았던가? — 그리고 실지로 그의 고달픈 생활, 예술비평, 그리고 이론에 초점을 맞춘다면, 페인팅들 그 자체의 반-서술적 관점의 힘에 직면하는 일이 어렵게 될 것이다. 다수의 추상파 화가들이 그렇듯이 단순히 비-구상적인 그 이상으로, 폴록은 자신의 작품이 비판적 기술들에 의해 "번역될" 수 있다는 가정에 균열을 가하면서 특별한 희열을 느꼈다. "얼마 전에, 내 그림들은 어떤 시작이나 끝을 지니고 있지 않다고 썼던 논평가가 있었다. 그는 찬사로서 그것을 의미하지는 않았다. 그러나 그것은 찬사였다. 그것은 훌륭한 칭찬이었다. 단지 그만 그것을 몰랐던 것이다"(Rouche 1950 : 16에서 인용).

1947년과 1950년 사이의 폴록의 작품들 중에서 단연 돋보이는 성취물인 퍼부은 페인팅은 어떠한 오브제를(실제의 것이든 상상된 것이든) 아주 일반적으로 "복사하고 있는" 전통적 작업과 그러한 형상화를 포기한 것이었다. 퍼부은 페인팅은 두텁게 층을 이루면서 다채로운 표면들을 지니고 있다. 또한 각각의 선은 또 다른 선으로 덮혀지고 있다. 이 작품들 가운데 최상의 것은 리듬과 흐름에 호소함으로써 카오스와 혼란에 저항하고 있다. 시각적인 것은 음악적인 것 즉 색채의 교향악이 된다. 폴록의 최상의 페인팅들은 충만한 현재의 오브제로서 우리에게 다가온다. "내 페인팅들은 어떤 중심을 지니고 있지 않다", 폴록은 설명하기로, "그러나 줄곧 꼭같은 강도의 관심에 의존하고 있다"(Good-nough 1951 : 60에서 인용). 폴록의 페인팅들은 급진적으로 개방적이며 그리고 실지로 최상의 것은 "마쳤다"라기보다는 "기입되었다"(또는 아마도 메우고 채웠다)는 것이 옳아 보인다. 폭넓은 이러한 개방적 특질은 현재 시제의 인식론적 지평과 상당한 공통점을 지닌다. 폴록의 페인팅들은 거의 황홀경에 빠진 상태로서 우리에게 다가오고 있다. 즉 그것들은 완전한 이야기가 주는 쾌락과 외상 모두에 저항하고 있다.

그렇게 하면서, 또한 폴록의 작품들은 2차 세계대전 때까지 지속되었던 예술비평의 기본적 양식을 반대하고 있다(Phelan 2004). 전쟁 이전 시대에, 페인팅에 관해 썼던 사람들은 캔버스를 가로지르는 색과 선의 여행을 서술로 개진하는 데에 전념하였다. 그러나 퍼부은 페인팅의 전시회는 1950년에 폴록의 페인팅들과 그것들에 관한 나무스의 녹화물과 함께 하였다. 그러한 전시회란 불가능한 것인 동시에 또한 결정적으로 핵심을 벗어난 것이기도 하였다. 폴록의 페인팅들과 나무스와 폴록의 협력작업은, 페인팅과 페인팅에 관한 담론 둘 다를 위해 특별한 첫 번째 도전이 되었다. 다른 말로 하자면, 폴록은 자신의 캔버스에서 "전면적인 페인팅"을 추구하였지만, 관객들이 시각의 규칙 혹은 서술의 일관성에 의존하지 않는 페인팅에 진입하는 방식을 발견하도록 암시적으로 요청하고 있다. 폴록은 극도로 급진적이었으며 여전히 그러한 무엇을 요청하고 있었다 — 그러나 그의 초대가 향유될 수 있기 전에 나무스와의 조우로 대체되었으며 사진이자 영화는 그러한 요청의 진입지가 되었다.

그렇게 된 원인은 사진과 글쓰기의 친연성 그리고 추상 페인팅과 비평의 부조화를 포함하는 복합적인 것들이다. 폴록의 최상의 페인팅들은 생생한 현재를 점유함으로써 서술의 과거와 미래의 시제에 저항하고 있다. 이처럼, 한층 심화된 전치 — 폴록의 페인팅의 사진기록으로부터 글로 씌어진 기록에 이르는 — 를 점검하는 일은 가치를 지니고 있다. 나는 액션 페인팅에 관한 글쓰기가 규정하는 무엇을 가까이서 찾기를 바라는데, 그것은 학문적 영역이 그 형식의 역사를 재창조하는 데 매우 결정적으로 작용하는 것이 바로 여기에 있기 때문이다. 로젠버그가 지적하였듯이, "현대의 학파 형성에 요구되는 것은 새로운 페인팅의 의식뿐만 아니라 그러한 의식에 관한 의식이다 — 그리고 심지어는 특정한 공식에 관한 주장들이다. 하나의 학파는 실천과 어휘론이 결합된 결과이다 — 다양한 페인팅들도 이와 동일한 주장에 의해 영향을 받는다"(Rosenberg 1952 : 22). 그리고 나서 학파가 요구하는 일부는 계열화된 어휘들로 된 발화의 양식이다. 액션 페인팅이 새로운 "사건"을 창조하였던 것과 마찬가지로, 그것은 또한 퍼포먼스-지향 비평에 관한 요청을 만들어내었다. 로젠버그는 폴록의 페인팅이 새로운 언어와 비평의 진입지점을 요구한 것으로 이해하였다. 즉 그는 혼자 힘으로는 그것을 제공할 수가 없었던 것이다. 관대한 독자들은, 로젠버그가 단일 예술가를 명명하거나 혹은 구체적인 페인팅을 분석하지 못한 일이, 액션화가들의 형상작업과 서술의 포기를 영예롭게 하는 시도로서 결론지을 수도 있다. 한편, 회의적 독자들은, 로젠버그의 논문이 페인팅에 관한 것보다 글쓰기에 관한 어떠한 사색으로서 좀 더 흥미롭다고 주장할 수도 있다. 그리고 그들은 실지로 로젠버그의 논문이, 바바라 로즈Barbara Rose가 주장한 것처럼, "페인팅과는 전혀" 관련되어 있지 않으며 "다만 그는 폴록에 관한 나무스의 사진들을 묘사하고 있다"고 주장할 수 있을 것이다(Rose 1980 n.p.). 폴록의 페인팅들, 나무스의 사진들, 그리고 그것들에 관한 글쓰기, 그 사이에 생략된 무엇은, 행위예술에 관한 다른 종류의 역사가 씌어질 수 있는 어떠한 영역을 열어젖히고 있다.

　나는 로젠버그만큼이나 하나의 학파가 형성되기를 바라고 있다. 지금까지 19년 동안 퍼포먼스 예술의 역사를 가르치고자 노력해오면서 나는 그 형식을 포괄적으로 서술하는 가치에 관해 이해하게 되었다. 특히, 퍼포먼스 예술은 연대기, 기록물, 미디어, 그리고 정치와의 관계 속에서 극도로 다루기 힘든 것이 되어왔다. 그리고 퍼포먼스 예술은 주체와 대상 사이, 행위와 말하기 사이의 구별을 동요시키도록 역할해왔다. 나는 과거시제로 된 퍼포먼스 예술 역사의 비허구적 서술을 쓰지 않고, 새로운 글쓰기에 영감을 부여하는 퍼포먼스의 변형적 특성을 고려하고자 한다. 그러한 글쓰기란 액션을 생생하게 반영하는 행위적인 것이며 액션의 말하는 힘이 갱생하는 현재시제의 모든 순간적 숨결 속에 거주하도록 하는 것이다.

II.

그렇다면, 논의가 요청되는 예술의 언어와 그 열망에 좀 더 가까운 발화 양식을 어떻게 발견할 것인가? 서술은 하나의 필연이지만 퍼포먼스 예술의 수행적 역사에 관해서라면 충분한 양식은 아닌 것이다. 즉 퍼부은 페인팅들이, 젖은 붓과 상업용 페인트의 열린 캔을 들고서 춤추는 순간적 행위들의 뒤늦은 자취들이라면 그렇다면 그것에 관한 비평적 논의는 얼마만큼이나 더 뒤늦은 것이 되는가? 사진과 그리고 지금은, 페페 카르멜Pepe Karmel(1998)이 세심하게 논증하였듯이, 나무스의 음화와 밀착인화지에 근거한 디지털 컴퓨터 합성으로 인하여 페인팅들이 어떤 방식으로 생겨났는지를 기록할 수 있게 되었다. 그럼에도 우리는 왜 비평을 필요로 하는 것인가? 도널드 저드Donald Judd는 1967년도 폴록의 작품에 의해 제기된 문제를 평하였는데 그 논평은 여전히 매우 유효한 것이다. 즉 "예술비평(폴록에 관한)은 그것이 논의하는 작품에 비해 아주 열등한 것이다 (⋯중략⋯) 예술비평은 나 혹은 다른 누군가가 지적인 어떤 방식으로 폴록의 작품을 고찰하는 데에 엄청난 노력을 필요로 할 것이다(Rose 1980 : n.p.에서 인용). 이 "엄청난 노력"은 핵심적 문제에 관해 상당 부분 조작적이며 가끔씩은 번뜩이는 부차적 단계들로서 대체되는 서술의 주요한 문제인 것이다. 폴록의 퍼부은 페인팅들은 어떠한 스토리를 말하는 것을 거부하고 있으며 나아가, 우리가 페인팅들에 관해 말하고 싶어하는 스토리들에 대해서도 거부하고 있다. 페인팅의 작업하는 그의 방식은 전적으로 현재시제에 머무르는 것에 의한 것이다. 폴록은 퍼부은 페인팅들을 제작하면서 미리 드로잉하거나 혹은 스케치하는 여타의 어떤 일도 하지 않았다. 페인팅은 퍼붓고 춤추는 행위 속에서 그리고 전개되는 상황과 '접촉'을 만들어내는 행위 속에서 태어났다. 그럼에도, 나무스와 조우하게 되면서 현재를 향한 폴록의 열정적 포옹이 나무스의 렌즈에 담겨지게 되었다. 사진들은 우리에게 이전과 이후, 과거와 미래를 부여하는데, 그것은, 페인팅들과 또한 어떤 의미에서 화가 스스로가 거부하는 것들이다. 사진들은 예술 역사가들과 비평가들이 그 최고조에 이른 액션 페인팅의 반-서술적 성취를 간과하도록 허용한 것이 된다.

사진들은 우리가 시각적 역사를 이해하도록 아주 완벽하게 알려주었으며 그런 나머지 우리는 폴록과 나무스의 공동합작에서 매우 중요한 무엇을 잊어버리게 되었다. 최고의 스틸 사진들은 1950년에 제작된 것이며 당시는 폴록이 퍼부은 페인팅들에 깊이 몰두해 있을 무렵이었다. 폴락과의 조우에 관한 1980년도 회고전, "폴록을 사진으로 담으면서"에서, 나무스는 이스트 햄슨East Hampson의 전시회에서 폴록과 만났던 일을 기술하고 있다. 즉 "당신이 그림을 그리는 동안 내가 가서 사진을 찍어주는 일은 아마도 참신한 생각이 될 것이오"라고 제안했던 일을 쓰고 있다. 맨 처음에, 폴록은 주저하였지만 그러나 그 다음에 그는 "나를 위해 새로운 페인팅을 시작해서 아마도 내가 머무르고 있을 때 작업을 마치기로 약속하였다." 나무스의 "나를 위해"가 말해주는 것이 있다. 즉 이 구절은, 이 사진사가 폴록의 페인팅에 관한 창시자이자 영감의 부여자이며 그 자신이 그러한 방향으로 그려지도록 첫걸음을 명백히 떼어놓았다고 여겨지도록 한다. 그런데 그의 회고록이 출판되기 9년 전인 1971년도에 나무스와 폴 커밍Paul Cumming이 함께 한 인터뷰 구술사를 보면, 그는 그 같은 약속은 어떤 것도 없었다고 말하고 있다. 그는 다만, 그들이 만날 시간을 정했다는 것만을 말하고 있다. 출판된 버전에는, 나무스가 약속된 시간에 도착했을 때 폴록은 자신이 페인팅을 마쳤으며 나무스가 사진으로 찍을 만한 것은 아무것도 없었다고 단호하게 기록하고 있다. 낙담한 나무스는 자신이 그나마 스튜디오를 들여다볼 수 있는지를 물었다. 폴록은, 아내인 화가 리 크라제Lee Krazer와 함께, 자신이 그림을 그렸던 작은 작업장으로 가서 나무스가 사진을 찍는 작업에 동의하였다. 나무스는 계속해서,

나는 목적을 상실한 채 내 롤라이플렉스Rolleiflex의 젖빛 유리를 통해 바라보았으며 그리고는 몇 장의 사진을 찍기 시작하였다. 폴록은 그 페인팅을 바라보았다. 그리고 나서, 폴록은 예기치 않게도, 캔과 페인트붓을 집어들었으며 그리고 캔버스 주위로 이동하기 시작하였다. 그는 이 페인팅은 완성되지 않았다고 갑자기 깨달은 것처럼 보였다. 폴록의 움직임은, 처음에는 느렸으나 점차로 빨라져서는 검정, 하양, 그리고 녹빛 페인트를 캔버스 위로 내던질 때에는 거의 춤추는 것처럼 보였다. 사진을 찍는 시간은 폴록이 페인팅을 계속하는 동안 지속되었으며 약 30분쯤 소요되었다. 그 시간 내내 폴록은 멈추지 않았다. 물리적인 그러한 활동수준을 유지하면서 누가 그렇게 오래 작업할 수 있겠는가? 마침내 폴록이 말했다. "이것이 그

것이다." (Namuth 1980, n.p.)

이러한 회고에 관해서 질문의 가치가 있는 많은 물음들이 있다. 그러나 우선, 나는 핵심적인 한 가지에 다만 집중할 것이다. 즉 폴록은 왜 자신이 막 끝났다고 선언한 페인팅이 실제로는 끝나지 않았다고 결정한 것일까? 페인팅을 끝냈다는 진술과 그리고 페인팅을 계속해서 그리려는, 혹은 아마도 더 정확히는 다시 그려서는 페인팅에 덧칠을 하기로 한 폴록의 결심, 그 사이에 개입되고 있던 액션은 나무스의 "목적을 상실한" 사진찍기였다. 사진을 막 찍기 시작했을 때, 나무스는 기억하기로, "젖은 캔버스로 줄줄이 쏟아지는 눈멀도록 부신 햇살들이 캔버스 표면을 알아보기 어렵게 만들고 있었다. 완전한 침묵이 있었다. 나는 목적을 상실한 채 내 롤라이플렉스의 젖빛 유리를 통해 바라보았으며 그리고는 몇 장의 사진을 찍기 시작하였다. 폴록은 그 페인팅을 바라보았다." 이 "눈멀도록 부신" 빛의 광선들이 폴록이 스스로 자신의 페인팅과의 "소통을 잃어버리도록" 만든 것이었던가? 폴록은 자신의 페인팅이 형성한 결들과의 "소통"을 즐긴다고 주장한 것으로 유명하다. 그리고 이후에 폴록은 유리 위에 그림을 그린 영화를 위해서 해설의 목소리를 입혔는데, 그때 폴록은 자신이 페인팅과의 소통을 상실하였으며 다시 시작해야만 한다고 답변하였다.

바닥 위에서 작업하였음에도 불구하고 폴록은 자신의 작품이 벽에 걸리는 것을 의도하였다. 이런 연유로, 자신의 작품이 보여지는 방식에 관한 폴록의 이해는 종종 많은 치환들을 겪게 되었다. 이러한 것들 중에 어떤 것도 시작 혹은 끝에 관한 미리 결정된 관념을 개입시키고 있지는 않다. 크라제는 회상한다, "캔버스 언저리에서 — 폴록이 '공연장'이라고 일컫는 — 작업할 때는, 정말로 어떤 절대적인 최상도 혹은 그 어떤 밑바닥도 없었다. 그리고 페인팅들 사이에 공간을 남겨둘 때에는, 미리 스케치한 캔버스 위에서 작업하는 방식으로 된 그 어떤 절대적 '틀' 또한 정말로 존재하지 않았다. (…중략…) 그는 서명하는 일을 싫어하였다. 서명에 관해서라면 그것이 최종적이라는 무언인가를 의미한다"(Kraser, n.p.). 서명은 서명에 의해서 잘려진 대상보다 좀 더 큰 영역을 편집하는 일에 개입하도록 한다. 폴록과 나무스가 처음 만났을 때에도, 어떠한 끝남의 확신이 어렵다는 사실은 명백하였다. 폴록은, 나무스의 젖빛렌즈유리를 섬세하게 굴절시키는 "눈멀도록 부신 햇살" 속에서 페인팅과의 소통을 상실하였지만 그와 동시에 그 소통을 갱생시키는 것처럼 보였다.

폴록은 나무스를 지켜보는 일에 실패한 목격자로 이해하였으며 그것은 폴록이 페인팅을 다시 칠하며 그리고 / 혹은 계속해서 작업하도록 추진한 원인이 되었다. 캔버스의 영역 속에서 그와 같은 연속 / 반복은 완성된 페인팅을 어떠한 "새로운 페인팅"으로 변형시킨 결과가 되었다. 이러한 변형은 나무스로 하여금 폴록의 새로운 페인팅에 있어서 선조자로서의 입지를 회복하도록 하는 혜택을 주었다. 그러나 그것은 또한 끝났다는 페인팅의 단계가 꽤 임의적인 것이라는 더욱 놀랄만한 사실에 관한 이해를 어렵게 만들고 있다. 폴록이 그전에 스스로 완성을 선언한 페인팅을 새로 그리려고 결정한 것은, 페인팅이 무엇이며 페인팅이 무엇을 하는 것인지에 관한 전통적 이해들을 중단함으로써 가능해지는 것이다. "액션 페인팅"에 관한 일반적 이해는 페인팅은 하나의 액션이라는 사례를 성공적으로 보여주고 있다. 한편, 간과되는 무엇은 적어도 폴록의 사례에서는 액션이 분간할 수 있는 시작, 중간, 혹은 끝을 지니고 있지 않다는 것이다. 폴록은 동사로서의 페인팅의 가능성을 확장시킴으로써 명사로서의 페인팅에 생동감을 부여하기를 원하였던 것으로 보인다. 여전히 페인팅으로 알아차릴 만한 무엇의 바로 그 가장자리에서 액션을 취하면서, 폴록은 그 스스로가 자신의 노력들이 계속 페인팅'**으로서**' 간주될 것인지 어떤지를 때때로 분간할 수 없는 것으로 보였다. 크라제는 회상한다, "잭슨은 불확실함과 확신의 극단을 경험하였다. (…중략…) 아주 훌륭한 페인팅 앞에서 (…중략…) 그는 나에게 물었다, '이것이 페인팅일까?' 이것은 훌륭하거나 혹은 조악한 페인팅이 아니라 다만 '페인팅'일 뿐이야!"(Kraser 1980, 강조는 원문).

정말로, 폴록에게는 "완성된" 페인팅과 같은 그러한 것은 없었다 — 대신, "충만한" 캔버스가 있을 뿐이었다. 액션 페인팅에 의해 시작된 영속적으로 "열린" 페인팅이라는 급진적 개념은 예술의 역사에서는 하나의 억압된 화제로 남아 있다. 이 억압은 부분적으로는 보존 기록의 모순들로부터 기인한다. 예를 들면, 1998년의 카탈로그의 에세이에서, 카르멜Karmel은 뉴욕 8번가의 자기 아파트에서 자신의 페인팅, 〈비밀의 수호자들Guardians of the Secret〉(1943)(Karmel 1998 : 127~129) 앞에 앉아있는 폴록을 찍은 루벤 카디쉬Reuben Kadish의 사진을 포함시키고 있다(Karmel 1998 : 127~129). 그러나 그 페인팅은 예술 역사가들이 그 제목을 보면서 생각하는 것과는 놀라울 정도로 다른 것이었다. 동일 페인팅의 두 버전은 모두 외견상으로는 완성된 형식으로 벽에 걸려 있었으며, 각각에 관한 두 장의 사진기록은 모더니즘과 자본주의 경제 양자의 중심에 있는 "원본"의 개념이 거짓임을 밝히고 있다(Krauss 1985). 거기에는, 사진 기록으로 지나치게 가득 차 있어 보였으며 외견상으로는 모두 완성된 페인팅에 관한 수많은 버전들을 소개함으로써 보관된 기록물의 순수성을 오염시키고 있었다. 한편, 폴록의 작업이 열어보였던 무엇은, 동일한 페인팅의 늘 변화하는 버전들 즉 곧 이어나올 완결행위의 다양한 순간들의 "잠시 멈춤" 버전들에 관한 기록의 가능성이었다. 이같이 많은 멈춤들은 사진으로 기록되어오고 있다(폴록은 자신의 많은 페인팅들의 제목을 바꿈으로써 좀 더 안정된 기록의 가능성을 복합적인 것으로 만들었다). 폴록이 오랫동안 숫자에 집착한 것은, 초기 페인팅들의 표면 위에서뿐만 아니라 퍼부은 페인팅들의 제목에서, 단일성에 저항하는 페인팅에 대한 자신의 이해를 등록하는 당연한 방식이었던 것이다. 폴록에 관한 많은 논평자들 가운데 매우 영향력이 있으며 종종 언급되는 클레멘트 그린버그Clement Greenberg는, 폴록의 다수 페인팅들에 관해서, "시작, 중간 혹은 끝"이 없이 캔버스를 따라서 반복된 "동일하거나 유사한 복합적 요소들을 함께 모아서 뜨개질한 옷"에 빗대어 답변하였다(Greenberg 1948 : 482). 그리고 그는, 페인팅이, 보편적으로 이해되는 액션 페인팅과는 거의 관련이 없는 퍼포먼스의 양상에 가까운 것으로 간주하였다. 이것은 우리가 아주 급진적인 측면에서 폴록의 페인팅을 일별할 수 있는 시작지점이 된다. 동일한 페인팅의 다양한 버전들은 동일한 예술, 동일한 연극의 다양한 공연들과 유사하다. 폴록의 페인팅의 반복적, 순환적 특질은, 동사와 명사 둘 다로서, 그로 하여금 액션 영웅들과 단 하나뿐인 위대한 작품들로 가득 찬 목적론적인 지배적 플롯 속에서 깊이 출자된(모든 의미에서) 서술예술역사의 렌즈 내에서, 자기자신이 사라지고 소멸되는 위험을 무릅쓰고 페인팅들을 창조하도록 하였다.

폴록이 페인팅을 이해하는 현재시제의 특질은 안정된 결말이라는 위안을 열망하는 예술 역사가들에 의해 잊혀져오고 있다. 이것은 폴록의 퍼부은 페인팅들의 끝맺는 지점에서 또한 그 자신의 삶을 끝맺는 지점에서 굉장한 압박으로 작용하였다. 그러한 끝은, 나무스의 사진과 회상록을 "순수" 다큐멘터리 기록의 종류로 격상시키는 과정에서 씌어지고 흡수되기 시작하였다. 이 기록물에 있어서라면 나무스는 전적인 영향력을 지닌다. 그는 화가에게 영감을 부여하여 이미 완성되었다고 선언한 페인팅을 새로 작업하도록 하였다. 그리고 더 중요한 것은 유리 위에서의 화가의 작업장면을 필름에 담는 것으로써 폴록의 방법들을 포착한 것이었다. 그런데 나무스의 이러한 노력은 폴록을 만취상태로 떠밀게 된 결과를 초래한 셈이 되었다. 그들이 필름작업을 끝낸 그 날 밤, 폴록은 이 년간의 절주를 깨고 다시 술을 마셨다. 예술 역사가들, 전기작가들, 그리고 할리우드 영화계가 모두 일치하는 부분은, 나무스의 카메라를 위한 폴록의 퍼포먼스가 아주 위대한 작품을 끝내도록 하였으며 이와 함께 아마도 폴록 그 자신마저도 끝내도록 하였다는 것이다.

아마도. 그러나 아마도 결국 지금에 와서는, 우리는 이러한 확신이 지닌 무거운 그늘로부터 벗어나 있을 것이다. 퍼부은 페인팅들은 로젠버그에게는 극적인 대화들이었다. 즉 "하나하나의 획은 어떤 결정이 되어야만 하였으며 그리고 어떠한 새로운 질문으로써 답변되었다. 바로 그러한 특성에 의해 액션 페인팅은 곤경들을 매체로 한 페인팅인 것이다"(Rosenberg 1952 : 48~49). 그 곤경들은, 내가 믿기로는, 캔버스로부터 근원한다기보다는, 그것들을 어떻게 논의할 것인가 하는 제기된 질문으로부터 근원하고 있다. 내가 이전에 언급한 폴록의 페인팅들에서의 거의 황홀경 상태는 확실히 "곤경들"로서 여겨질 수 있다. 그러나 페인팅들은 또한 서정적 흐름의 기념물로서 간주될 수 있다. 폴록의 작품 표면을 가로지르는 움직임은 강렬하지만 그럼에도 그것은 또한 장엄하고 참여적인 충만한 현재인 것이다. 많은 사람들이 이 페인팅들에서 보게 되는 비통한 감정의 소용돌이는, 폴록의 끝, 다시 말해 그 자체로 자살, 살인, 그리고 비극적 사고의 서사들 사이에서 부유하던 폴록의 죽음이라는 렌즈를 통하여 페인팅들을 독해하게 하는 결과를 낳을 것이다. 그러나 그러한 사건에 주의를 기울이기 전에, 나무스에 의해 서술되고 있는 화가와 사진작가 사이에 중복결정된 조우의 순간을 잠시 생각해 보자.

나무스의 서술은 폴록에 관해 조명한다기보다 헛간 속에서 그 바깥으로 나온 폴록에게 일어난 무엇에 관해서 상당히 많은 것들을 말해준다. 이 화가는 나무스의 산문렌즈를 통하여 빛이 걸러질 때에만 단지 조명되는 어떤 움직이는 형상이 되었다. 나무스가 기록한 다음의 세 문장 사이의 여백에서 액션페인팅의 "액션"이 태어나고 있다. 즉 "나는 목적을 상실한 채 내 롤라이플렉스Rolleiflex의 젖빛 유리를 통해 바라보았으며 그리고는 몇 장의 사진을 찍기 시작하였다. 폴록은 그 페인팅을 바라보았다. 그러고 나서, 폴록은 예기치 않게도, 캔과 페인트붓을 집어들었으며 그리고 캔버스 주위로 움직이기 시작하였다." 나무스에 의해 기록된 〈하나—번호 31〉(1950, 대략 너비 10피트, 높이 16피트)에서 드넓은 뜰을 가로지르는 폴록의 동작들은 액션 페인팅의 어휘록과 담론을 생산하고 있다. 나무스는 자신의 첫 출간물에서 그들의 회합이 "위대한 드라마였다"라고 진술하면서 자신이 제작한 사진들을 강조하고 언어로서 표현하고 있다. "페인트가 캔버스를 칠 때 터지는 불꽃, 춤과 같은 동작, 다음의 지점이 어디인가를 알아내려 할 때의 고통스럽던 눈, 긴장, 그러고 나서 다시 터지는 불꽃"(Namuth 1951). 이러한 "고통스럽던 눈"은 두 남자를 같이 춤추도록 지탱한 것이었으며 그들은 위대한 예술가로서 보려고 하면서 동시에 그러한 예술가로서 보여지려고 하였다. 한 사람은 유리 렌즈를 "통하여" 바라보며 또 한 사람은 페인팅에 "관하여" 바라보는 것이다. 캔버스 그 자체가 어떠한 유리로서 기능할 수 있었다고 추정할 수 있지 않을까? 폴록은 얼마 간 자신의 페인팅의 표면을 오려내는 실험을 하고 있었으며 이것은 전통적인 형상 / 토대의 관계를 수정하려는 의도가 있었다. 〈웹에서Out of the Web—숫자 7〉(1949)은 예를 들면 도려낸 형태들이 캔버스 아래 갈색 섬유판을 드러내고 있다. 작은 페인트얼룩이 떨어져있는 도려낸 것들은, 표면 위에서 소용돌이치는 패턴을 통합하도록 돕고 있으며, 심지어는 서술 페인팅에 핵심적인 형상과 토대의 경계를 전복하고 있다.

나무스는 좀 더 전적으로 폴록의 창조력을 보고자 하는 탐구심에 불탔으며, 이윽고 더 기동성 있는 카메라로 이 화가의 액션들을 녹음하기를 원하였다. 카르멜Karmel은, 나무스가 무비 카메라로 작업한 첫 번째 결과물인 흑백영화를 조심스럽게 분석하였다(Karmel 1998 : 106~111). 여기서, 나는 비범한 유리 페인팅으로써 결론짓도록 하는 그의 두 번째 결과물, 컬러 영화에 관해 집중할 것이다. 나무스는 흑백 필름에 만족할 수 없었던 것이다.

곧 나는 단편 이야기처럼 영화도 시작과 중간과 끝을 필요로 한다는 것을 발견하였다. 화가에게 페인팅을 보여주는 것으로는 충분하지 않았다. 나는 그 이상을 원하였다. (…중략…) 나는 작업 중인 예술가의 얼굴 전면을 보여주고 싶었다. 그의 모습은 캔버스 내부에서 말하자면 ― 관객에게 다가오기로는 ― 페인팅 그 자체를 관류하여 캔버스의 일부가 되어가고 있었다. (Namuth 1980, n.p.)

나무스는 외부에서 기록하는 일에 만족하지 못하였으며 그는 폴록과 함께 페인팅에 참여하기를 원하였다(1947~48년 겨울, 폴록은 진술하였다, "나는 나의 페인팅 '안에' 있을 때, 내가 하고 있는 무엇을 의식하지 못한다"). 그들은 이것을 하는 최상의 방식이 폴록이 유리 위에 그림을 그리는 것이라고 결정지었다.

아마도 폴록과 나무스가 유리에 매혹된 일에 초점을 맞춘다면, 우리는 그들이 함께 만든 영화의 변형물 속에서 화가와 사진작가의 조우 드라마에 접근할 수 있을 것이다. 스틸사진 속에서 폴록은 외견상으로 중립적 다큐멘터리에서 요구되는 대상으로 여겨지는 반면에, 낯선 관점의 영화장면들은 지탱이 불가능해 보이는 그러한 환상적 중립성을 만들어내고 있다. 나무스는, 폴록이 페인팅을 하는 설치된 유리의 아래쪽에서 사진을 찍었으며 그것은 서술영화의 전통적 장면 / 역-장면의 구조를 감싸는 것처럼 여겨진다. 전통적으로는, 주인공의 시각에서 보는 장면이 기대되는 것이다. 그러나 나무스는 영화를 제작하는 배치된 건축물의 현실적인 문제로 인해 이 장면을 보류하였다. 나무스는 땅바닥에 누워서 그리고는 폴록이 바닥 위에 작업하고 있다면 캔버스가 되었을 법한 장소에 자신의 위치를 정하고 있다. 나무스는 그들 사이 중간에 매달린 유리를 향해 사진을 찍었다. 그리하여 폴록이 페인팅을 보고 있는 것은 포착하지만 폴록이 보고 있는 무엇은 보여줄 수가 없었다. 다만, 폴록을 향한 고유한 자신의 응시를 영화로 만듦으로써, 나무스의 영화는 폴록과 자신을 차단하는 유리 내부에 포착된 페인트 이외에 무엇인가가 있다는 것을 지혜롭지 못한 방식으로 제시하고 있다. 카메라의 초점은 이 페인팅의 유리를 훌쩍 넘어 지나가며 그리고 폴록의 머리 저 너머의 파란 하늘을 에워싸고 있다. 영화가 계속되면서 빛나는 파란 하늘은 바래지고 있으며 유리 페인팅 그 자체를 채색하고 있다. 이 화가는 자신의 작업에서 구상적인 것에 의해 수행된 서술의 견인력을 피하고자 하였음에도, 폴록은 나무스의 렌즈 영역 내에서의 한 형상이 되어버렸다.

폴록과 나무스가 각각 유리 캔버스와 유리 렌즈라는 상이한 방식으로 작업할 때 어떤 일이 일어나는가? 폴록이 "춤을 춘다"면 나무스는 확실히 폴록의 파트너였다. 두 개의 매체. 두 명의 남자. 충분하지 않은가?

III.

"잭슨 폴록과 유리의 매혹에 관한 이야기", 그것은 내가 읽고 쓰고 알고자 했던 무엇이다. 그것은 유리였어야 했다. 흩어진. 굴절된. 그리고 여전히 유혹적인.

그것은 유리였어야 했다. 대상 관계, 즉 나는 폴록이 그의 무의식을 탐구할 때 융처럼Jungian이 아니라 위니캇처럼Winicottian 갔더라면 하고 바란다. 유리는 빛을 함유한다. 그것은 무겁다. 그것은 당신을 알코올의 바다 속에 좌초시킬 수 있다. 그것은 페인트가 마르지 않는 때까지 페인트를 머금을 수 있다. 말 그대로 무게감을 만들고자 한다면 그것은 색깔의 층을 만들 수 있다 — 이탤릭체로 쓰는 작가처럼 강조는 부가한 것이다. 유리는 (좋은) 거울에 필수적인 것이다. 그러나 만약 당신이 유리를 문질러 가루로 만든다고 하면, 그것을 피부에 갖다대지 않는 한, 어느 누구도 개의하지는 않을 것이다. 그 바다의 페인트 속에 그것이 잠자도록 둔다면, 당신이 그 바닥 렌즈 앞에서 춤을 춘다면 꽤 괜찮을 것이다. 그렇지 않은가?

좋은 유리는 또 다른 것으로서의 가치가 있다. 유리에 페인팅을 하고 나무스의 유리렌즈를 바라보는 일은 폴록을 사로잡았다. 그는 또 하나의 유리를 향한 어떤 욕망에 불붙은 것으로 보인다. "나는 그가 버번위스키를 가장자리까지 채운 두 개의 큰 유리잔을 들고 거기에 있는 것을 보았다. 나는 이의를 제기했다, 그러나 그는 벌써 잔을 비워버렸고 그것은 이 년 만의 첫 음주였다. 오래지 않아 그는 두 번째 잔을 마셨다"(Namouth 1980, n.p.). 그림은 완성되었으며, 그래서, 아마도 화가가 아니겠는가? 지독한 춤추기, 영화찍기, 시작하기와 멈추기, 그리고 계속해서 같은 동작의 다시 찍기? 이러한 촬영 중에 기계적으로 움직인 것은 카메라가 아니었다. 그것은 틀 속으로, 유리 캔버스 속으로 계속 반복해서 진입하도록 요청받았던 바로 그 예술가였다. "당신이 그것을 다시 할 수 있을까요, 한 번 더, 그러나 이번에는, 우리가 유리 위에서 그것을 할 수 있을까요?"

유리였어야 했다. 유리 페인팅을 통과하여, 결국에는 유리 속으로 들어감으로써 끝내라. "나는 페인팅이다" 그리고 페인팅 장면이다. 빛의 파편들은 피부를 열고 그리고는 눈을 멀게 한다. 유리는 불러내고 잘려지며 그리고 스크린이 되어 반사된다. 마침내 나무스는 영화가 완성되었다고 말한다. 그들은 안쪽으로 가고 그리고 폴록은 버번 위스키 두 잔을 들이붓는다. 리 크라제는 디너 파티를 준비하였다. 열 명의 손님들을 위해. 폴록은 이미 촬영된 것 속에 있었다. 나무스의 영화는 그의 움직임들을 빛으로 된 안료로 보존하였다. 그의 액션들은, 그의 페인팅들처럼, 더 이상 단명적인 것이 아닌 것이다. 실지로, 그의 액션들은 그의 페인팅의 담론을 여는 방법이 되었다.

폴록은 지금 페인팅 속에서의 형상이다. 그의 액션들은 페인팅을 만드는 사건들이다. 그러나 그것은 그의 페인팅이 더 이상 아닌 것이다. 유리는 양날을 지닌다. 열 명의 손님이 식사 중이다. 그는 식사 시중을 받고 있다. 다양한 기억들이 음식, 날짜에 관해 녹화되었다(Potter 1985 : 129~130). 몇몇 손님들은 나무스와 폴록이 서로를 "사기꾼"이라고 비난하고 있었다는 것에 일치하고 있다. 사악한 행위예술가. 사기꾼. 창조하는 것과 기록하는 것은 차이가 있다. 뒤늦게, 폴록은 이것을 발견한다, 그것은 그가 영화를 찍은 이후이며, 텀블러 잔의 버번 위스키가 그의 목구멍을 흘러내린 이후이자 이 년여의 금주 이후이다. 폴록은 지는 것을 좋아하지 않는다. 그는 테이블을 뒤집어엎는다. 모든 유리 식기들이 부서진다. 내부의 전쟁이 발발하고 있다. 리 크라제는 파티가 다른 방에서 계속될 것이라고 말한다. 심지어 지금도, 파티는 여전히 끝나지 않는다.

이후에, 예술 역사가들은 그가 나무스의 카메라라는 악마와 파우스트적인 거래를 한 것이라고 말하였다. 나무스의 밀착 인화지, 다해서 약 오백 개의 이미지들은, 그가 자신의 페인팅과의 접촉을 상실하도록 초래하였다. 나는 그것이 그리 단순한 일이라고 생각하지 않는다. 다수의 거래들이 단순하지 않듯이. 캔버스는 유리였다. 그는 그것을 바깥에 두었다. 그것은 롱 아일랜드 평원에 있는 일종의 창문이었다. 그러나 내부의 방은 어디에 있었던가? 그 섬은 사방이 물로 둘러싸여 있었다. 폴록은 벌써 〈모비딕Moby Dick〉(1943)을 페인팅하였다. 즉 뒤집어지는 선박을 삼목두기처럼 긁어대는 파란 평원. 고래의 순백은 무엇을 보유하는가? 누가 파랗게 되어가는 게임의 선장인 것인가?

폴록은, 그들은 말했다, 나무스의 영화촬영이 끝난 후에는 결코 같은 사람이 아니었다. 첫 유리 잔을 든 이후, 그는 계속해서 술을 마셨다. 그는 길을 잃었다. 다량의 알콜이 든 잔을 아주 많이 들이킨 후, 그날 밤 집으로 운전해 오던 폴록은 너무 급하게 커브를 돌았다. 그는 그가 관계를 가진 젊은 화가, 루스 클리그먼Ruth Kligman, 루스의 친구인 에디스 멧저Edith Metzer와 함께 있었다. 여성들은 폴록을 향해 속도를 줄이라고 비명을 지르고 있었다. 그러나 그는 바람을 향해, 외마디소리를 지르는 타이어에 귀를 기울이고 있었다. 그리고 나서 그는 길에서 전복되었으며 바람막이 창 유리 위쪽으로 날아갔으며 그리고는 나무에 떨어졌다. 폴록과 멧저는 즉사하였다. 클리그먼은 오랜 기간 이후에 회복되었다. 그린버그는 폴록이 살아 있는 동안 그 예술가의 명성을 떨치는데 가장 공이 컸던 비평가였다. 그런데 그는 폴록의 장례식에서 애도의 말을 거부하였는데 그것은 그가 그 사고를 살해이자 자살로서 보았기 때문이었다.

자신의 마지막 밤, 폴록은 유리를 깨어버렸으며 서술을 조각내고는 신화 속으로 들어갔다. 그는 학파를 창시한 명사가 되었다. 마흔네 살의 나이에 죽은 그는 퍼포먼스 예술의 아버지, 미국의 영웅이 되었으며 무뚝뚝한 신화적 카우보이가 되었다. 에디스 멧저는 대체로 잊혀졌다. 클리그먼은 자신의 회상록, 「정사Love Affair」로 기억되었다. 이 작품은 그들의 관계와 폴록의 죽음에 관한 이야기를 말해주며 그리고 앤디 워홀Andy Warhol과 그녀의 우정을 말해준다. 앤디 워홀은 그녀를 "그 차가 소녀를 망가뜨리다"로 일컬었다.

유리를 통하여, 어둡게. "곤경들의 매체" 속에 자신을 박혀두도록 한 서술을 통과하여 날아감으로써 폴록은 신화가 되었다. 에디스 멧저는 제물로 바쳐진 폴록의 희생물 구실을 하였다. 바로 그 처음부터, 플리니Pliny는 첫 페인팅의 근원을 기술하며 그리고 그 예술가가 긴 바다 항해를 계속하려 한 뱃사람이며 사랑받는 이로서 자신의 이미지를 남겨두기를 원하였다고 답한다. 그런데 예술가가 자신의 서술상황에 주의하게 되면서 예술제작이 과도한 부담을 지니게 된 것이다. 이같이 우리는 멜빌Melville을 향한 폴록의 관심의 경위보다는 그의 음주 습관을 더 많이 알게 되었다. (그 남자는 취하기를 얼마나 원하였던가! 《깊은The Deep》(1953)은 그의 목마름의 표층을 떠돌아다니는 갓 꺼낸 얼음 큐브이다.)

"비평"은, 앤디 워홀은 밥 콜라셀로Bob Colacello에게 말하였다, "아주 구식이다. 그 많은 소문들에 들어가 보는 건 어떤가?"(Colacello 1990 : 62). 그러나 그것은 우리가 이미 하고 있는 무엇이다. 폴록은, 그들은 말하길, 나무스가 카메라를 끈 이후에 초라해졌다. 그러나 예술가들의 액선들은, 끝이 나도록 만든 사건 이후에 남아있는 다만 대상들 속에만 담겨 있는 것은 아니다. 그 액션들은 유리 속에 보유된 빛과 같다. 그것들은 파문을 일으키고 빛나게 하며 그리고 모호하면서 돋보이게 한다. 유리를 통하여 빛나면서. 유리를 통하여 어둡게. 폴록의 페인팅은 서술을 거부한다. 페인팅의 목적은 결코 찾을 수 없는 움직임에 관한 것이기 때문이다. 그의 페인팅은 선을 반복하는데 선은 깨어지기 때문이다. 그 깨어짐의 외상은 선형성을 부질없는 것으로 만들고 있다, 그 전쟁 이후에는, 즉 모든 것이 유리를 통하여 매개되고 보여져야만 하는 세계 속에서 페인팅의 윤리적, 심미적 힘을 사진이 대체한 이후에는. 모든 것은 상영되며 직접적인 것은 아무것도 없다. 폴록의 페인팅은 사진으로 만들 수 없는 것이었다, 비록 페인팅을 행하는 폴록이, 렌즈를 위해 퍼포먼스를 하고 있었으며, 그가 퍼포먼스 예술로 일컬어지는 생생한 예술형식의 역사를 창시한 형상이 되었음에도 불구하고. 폴록의 페인팅들은 모든 시각 예술에 대한 사진의 아주 일반적인 정복에 굴복하기를 거부한다. 그것들은 움직임 속에서 영원히 남아있다, 산산조각나고 있는 유리와 끝없는 바닥 사이에서 맥동하는 흐릿한 얼룩 속, 거기에 매달린 채.

에필로그

34

서술과 디지털적인 것

매체와 더불어 생각하는 법을 배우기

마리-로르 리안Marie-Laure Ryan

우리 모두는 컴퓨터가 프로그램할 수 있는 기기임을 알고 있다. 이 것은 기술적으로는, 컴퓨터가 내재적 시간의 펄스에 의해 조절된 속도로 차례로 명령을 수행한다는 것을 의미한다. 이것은 또한, 예술적 표현의 영역 내에서는, 디지털 대상들의 행위가 비가시적 프로그램 코드에 의해 조절된다는 것을 의미한다. 이러한 프로그램은 종종 이중적 역할을 수행한다. 즉 이것은 텍스트의 창조를 관장하며 그리고 스크린상에서 그것을 보여준다. 만약 우리가 컴퓨터의 하드웨어에 대한 의존을, "디지털"로서(혹은 좀 더 보편적으로는 "새로운 미디어"로서) 알려진 가계 매체의 뚜렷한 특질로서 간주한다면, 그렇다면 텍스트를 창조하고 텍스트를 보여주는 다양한 유형들의 소프트웨어(또한 "저작 시스템"으로서 알려진)는 디지털성의 하위미디어로서 간주해야 할 것이다. 하드웨어

수준에서의 발달이 디지털 텍스트의 특질에 결정적 영향을 끼쳤다는 것은 분명한 일이다. 예를 들면, 빨라진 프로세서와 확장된 저장 능력은, 텍스트, 이미지, 그리고 사운드의 결합을 허용하였으며, 한편으로는 대규모 용량으로 창조된 컴퓨터 네트워크는 다중 사용자들과 텍스트의 공동 구축 사이의 커뮤니케이션을 허용하였다. 그럼에도 독자의 경험뿐만 아니라 디지털 텍스트의 형식과 내용은 기초적인 코드에 의해 영향을 받고 있다.

나는 이 글에서 지난 25년간에 걸친 디지털 서술의 진화를 재방문할 것을 제안하고 있다. 즉 나는 그것에 관해, 소프트웨어 지원과 텍스트 산물의 관계들에 관한 스토리로서 제시하고자 하며 각각의 저작 시스템에 관하여 다음과 같이 질문하고자 한다. 즉 무엇이 저작 시스템의 특별한 장비들이며 그리고 이 장비들은 서술 의미의 구축에 어떠한 영향을 미치는가? 내 연구는 멀티미디어 서술들을 아우르지만 그럼에도 이 서술들의 주요 제시방식을 언어에 의존하는 텍스트들에 내 연구를 한정지을 것이다. 이것은 내가 디지털 미디어의 서술 활동에서 가장 생산적인 영역들 중의 하나인 비디오 게임을 빼놓을 것임을 뜻한다.

연구에 착수하기 전에, 서술과 텍스트성에 매우 관련된 것으로서 간주되는 디지털 시스템의 특질들을 열거해 보자.

① **'상호작용적이고 반작용적인 특성'** : 자발적 혹은 비자발적 사용자를 투입하고 그에 맞춰 사용자의 행위에 적응하는 컴퓨터의 능력

② **'휘발성 기호와 가변적 화면표시장치'** : 메모리의 비트가 값을 변화시키도록 하는 것, 이것은 스크린 화소의 색을 바꾸도록 한다. 이 특질은

디지털 이미지의 비할데 없는 유동성을 설명한다.

③ '**다중적 감지장치와 기호학적 경로**': 모든 "구" 미디어의 합성으로서 컴퓨터가 통용되도록 하는 것

④ '**네트워크 구축 능력**': 공간을 가로질러 컴퓨터들을 연결시켜서 가상 환경에서 컴퓨터 사용자들을 결합하는 가능성

이러한 특질들 중의 하나 혹은 그 이상에 있어서 서술에 중요한 방식으로 혜택을 주는 텍스트란 그것의 매체와 함께 생각하는 텍스트이다. 이러한 텍스트는 디지털적으로 약호화된 모든 서술들에 해당되지는 않는다. 스티븐 킹Stephen King이 출판업자를 건너뜰 목적으로 인터넷상에 그의 소설들 중의 한 편을 게시하였을 때(결국에는 실패했던 실험이다), 그는 어떤 표현의 수단으로서가 아니라 서술전달의 경로로서 컴퓨터의 네트워크 능력을 사용하였다. 그는 경제적 관점에서 이 매체를 생각하였을 것이다. 즉 그는 확실히 서술의 관점에서 그렇게 하지는 않았다. 매체와 더불어 생각하기란 서술의 저자에게 결코 쉬운 작업이 아니다(혹은 이것은 서술 체험의 고안자에게도 해당된다고 말해야 할 것이다). 왜냐하면 위의 특성들 중에 단지 세 번째만이 서술의 의미를 본질적으로 충당할 수 있기 때문이다. 상호텍스트성은 종종, 서술의 선조적 흐름을 깨뜨리고 그리고 고안자로부터의 통제를 벗어나도록 한다. 즉 휘발성은 서술의 섬세한 의미를 이해하는 데에 필수적인 텍스트의 철저한 검토를 불가능하도록 한다. 그리고 네트워크의 구축은 ― 나는 제대로 작동되는 컴퓨터 기능에 의한 교류로써 많은 수의 사용자들이 연결되는 것을 뜻하고 있다 ― 지속적인 서술행위의 공동제작이라기보다는

미숙한 잡담을 더 생산해내기 쉽다.

텍스트가 그것의 매체와 더불어 생각하는지의 여부는 객관적 진술이라기보다는 가치 판단이다. 이 판단은 텍스트가 어떤 다른 매체에서는 복제될 수 없는 본래적 경험, 즉 매체를 정말로 필요한 것처럼 만드는 경험을 창조하는 텍스트의 능력을 인정하는 것이다. 매체와 더불어 생각하는 것은 저작 시스템에 의해 제공된 모든 특질들에 대한 과도한 개발이 아니라, 시스템의 지원과 서술의미의 요구 사이의 절충적 기술이다. 매체**'와 더불어'** 생각하기란 매체**'에 관하여'** 생각하기와 유의어가 아니다. 후자는 디지털 텍스트에 산재된 디지털 텍스트성의 본질에 관한 이론적 진술, 즉 유행하는 현재의 관습을 기술하는 공식이다. 실지로 매체와 더불어 생각하는 일은, 그것에 관하여 생각해야 할 필요는 없다. 왜냐하면 그 작업은 독자들을 고무시켜서 그들 자신에 관하여 생각하도록 만들기 때문이다.

I.

디지털 환경에서 독점적으로 성장해서 운영되어온 첫 번째 서술장르는, '상호작용적 소설Interactive Fiction'(이후 IF라고 부를 것이다)로서 알려진 게임과 문학의 순수 텍스트의 혼성물이었다. 이 장르의 고전은 지금은 사라진 인포컴Infocom 회사에 의해 생산된 게임들로써, 특히 1980 조크Zork 모험담을 들 수 있다. 그러나 문학적 경향이 있는 사람들은 대부분, 시인 로버트 핀스키Robert Pinsky(1984)에 의해 씌어진 일명 "전자 소설" 「마인드휠Mindwheel」을 기억할 것이다. 개인용 컴퓨터가 처음 모습을 드러내었을 무렵인 1980년대 초에 탄생된 IF는, 캐릭터(이후 아바타라고 언급할 것이다)를 조종하는 사용자가, 정해진 메뉴로부터의 아이템 선택을 통해서가 아니라 비교적 자유로운 텍스트 제작을 통해서 기기와 상호작용하는 대화시스템이다. 즉 시스템과 연관된 파서parser 가 다만 한정된 수의 동사와 명사를 이해할 것임에도 불구하고, 사용자는 자신이 원하는 것이면 무엇이든 입력할 수 있다. "이 소설 장르에서", IF의 제작을 위해 가장 보편적으로 현재 사용되는 저작 시스템, 인포컴의 웹사이트는 말해주기로, "컴퓨터는 세계를 묘사하며 플레이어는 다음에 나올 주인공 인물을 위하여 '거울 터치touch the mirror'와 같은 명령어를 입력한다. 그리고 컴퓨터는 그 결과를 기술함으로써 반응하며 그것은 스토리가 이야기될 때까지 계속 이어진다."

　모든 서술들은 세계를 묘사하도록 이야기될 수 있다. 그러나 IF를 작동시키는 엔진은 한 단계 더 나아가는데, 그것은, 가시적 텍스트를 통하여 세계를 일깨울 뿐만 아니라 플레이어는 결코 보지 못할 컴퓨터 -언어 진술들을 통하여 이 세계에 대한 '생산적' 모델을 구조화하기 때문이다. 이러한 진술들은 사용자 옵션들의 영역을 규정하는 일반 규칙들을 구체화하며 그리고 그것들은 아바타의 행동에 대한 결과를 결정짓는다. 예를 들면, 코카콜라가 컴퓨터의 세계모델에서 액체이자 유독성의 것으로서 기술된다면 그리고 사용자가 아바타로 하여금 코카콜라 캔을 마시게끔 한다면, 이 행동은 아바타의 죽음을 초래하는 것이다. 플레이어가 행동을 취할 때, 시스템은, 예를 들면 그가 독약을 마신 이후에 아바타의 "살아있음"의 속성을 취소시킴으로써, 허구적 세계에서 현 모델의 상태를 업데이트시킨다. 대상의 속성들이 변화할 때 대상이 취하는 다양한 행위들도 그렇게 변화한다. 이러한 생산 엔진의 유형은 시뮬레이션으로 알려져 있으며, 그것은 규범적인 서술재현과는 대조를 이루는 개념이다. 즉 서술 재현이 일반적으로 과거 사건들(실제적 혹은 허구적)을 재창조하는 반면에, 우리가 삶을 영위할 때에 그렇듯이, 시뮬레이션은 예기되는 사건들을 만들어낸다. 그리고 시뮬레이션은 플레이어의 입력에 의존하는 프로그램을 매번 실행할 때마다 다른 사건의 경로들을 발생시킨다.

시스템에 의해 발생된 스토리들의 일관성은 세계 법칙들에 의해 보증되며 그리고 모든 에피소드는 플레이어의 캐릭터를 개입시킨다는 사실에 의해 보증된다. 세계 규칙들이 서로 모순되거나 혹은 보편적 세계지식과 모순될 때, 서술은 비논리적으로 되거나 혹은 예측할 수 없는 것이 된다. 예를 들면, 만약 코카콜라가 액체로서 규정되지 않는다면, 시스템은 이 물질을 마시려는 아바타의 시도를 "당신은 그렇게 할 수 없다"는 메시지로서 막을 것이다. 일반 서술에서는, 코카콜라가 액체라는 것은 말할 필요가 없는데 독자는 실제세계의 경험에 기초를 두고 추론할 것이기 때문이다. 그러나 IF에서는, 관련된 모든 특질들은 비가시적 약호로 구체화되어야만 한다. 그것은, 적절한 서술전개는 독자의 추론 능력—그리고 독자와는 달리, 컴퓨터는 생활경험에 기초를 두고 추론할 수는 없다—에 의존하는 만큼이나 컴퓨터의 기초지식에 의존하기 때문이다.

IF의 기초가 되는 세계모델의 구도는 네트워크 통로들에 의해 연결된 별개의 사이트들(혹은 은어로는 "방들")로 구성된 지형도의 창조로써 시작한다. 허구적 세계의 근원을 이루는 지도는, 모든 위치에 인접해 있는 사이트들이 무엇인가를 구체화하고 그리고 다양한 영역들에 포함된 대상들이 무엇인가를 구체화한다. 예를 들면, 강도들의 소굴로부터 동쪽 숲으로 가는 것이 가능할 것이며 혹은 보물이 있는 비밀의 방을 향하여 좁은 통로를 통해 서쪽으로 기어가는 것이 가능할 것이다. 그러나 플레이어는 자신이 동굴 바닥의 마법 조약돌을 집어들지 않는다면 북쪽 혹은 남쪽으로 가는 벽을 통과할 수가 없다. 허구적 세계를 효과적으로 이동하기 위해서, 플레이어는 허구적 세계의 공간적 조직에 관한 정신적 지도 혹은 그래픽 지도를 구조화할 필요가 있다.

지리학적 배치의 탁월함 그리고 IF의 텍스트가 게임이라는 사실은, 이러한 텍스트들이 서사의 구조 혹은 탐색의 주제를 전경화하는 신비-이야기의 기초작업이 되도록 만든다. 이러한 원형적 패턴 속에서, 플레이어-주인공은 임무를 받고 그리고 미션을 수행하기 위하여 허구적 세계를 통과하는 여행을 시작한다. 여행 동안에, 플레이어는 다양한 장소들을 방문하고 그리고 길을 따라서 수집된 정보 혹은 대상의 도움으로 다양한 문제들을 해결한다.

세계-모델은 다양한 서술들이 전개되는 것을 허용함에도 불구하고 — 그것은 원리상으로 각각의 게임-단계에서는 새로운 어떤 것이다 — 이러한 서술들은 플레이어를 모두 똑같이 만족스럽게 하지는 못한다. 즉 일부 서술은 미션의 성취로써 끝나지만 다른 서술들은 아바타의 죽음으로 귀결된다. 톨스토이를 패러디하자면, 우리는 불행한 서술들은 많은 다양한 측면에서 불행하다고 말할 수 있으며 반면에 행복한 서술들은 모두가 한결같은 행복의 길이 이어진다고 말할 수 있다. 그럼에도 게임의 해결책으로서 시스템으로 입력된 미리 결정된 "기본 서술"(혹은 서술들)로부터, 플레이어의 행위들에 의해 창조된 가변적 이야기들을 구별짓는 것은 중요하다. 한 명의 플레이어가 보물에 이르는 문을 열려고 성공적이지 못한 열 번의 시도를 할 것이라면 또 다른 플레이어는 곧장 적당한 도구를 사용할 것이다. 게임-세계에서 두 명의 플레이어의(혹은 그보다는, 그들의 아바타의) 모험은, 다양한 사건들의 연속을 만들어낼 것이며 다른 텍스트를 영상으로 불러올 것이다. 그러나 플레이어 둘 다는 결국, 기본 플롯을 완성하도록 하는 동일한 행위들을 수행하게 된다.

기본플롯을 위한 독해(그리고 플레이)가 IF 혹은 일반 컴퓨터 게임에 접근하는 유일한 방식은 아니다. 진정한 감식가를 위한, 이 장르의 특별한 즐거움들 중의 하나는 해체적 독해라는 최상의 전통 속에서 게임-고안자의 통제를 피하려고 시도하는 것에 있다. 모든 대상들의 모든 특질들뿐만 아니라 모든 법칙들 속에서 세계 모델은 구체화되어야만 하며, 그것은 현재의 모순들과 프로그램 은어로는 "버그"라는 치명적 누락에 매여 있다. 체제전복적인 독자라면 이 버그들을 적극적으로 찾는 데에 참여할 것이며, 계획되지 않은 스토리들 혹은 즐거움을 주는 난센스를 시스템으로부터 얻어내기를 희망할 것이다. 에스펜 아세스 Espen Aarseth(1997 : 123~124)는, 플레이어가 부유한 사업가, 로브너 씨Mr. Robner의 살인자를 찾아야 한다는 미스터리 스토리, 마크 블랭크Marc Blank의 「데드라인Deadline」(1982)에서 특히 즐거움을 주는 버그를 기술하고 있다. 만약 플레이어가 악의적으로, 로브너 씨를 직접 인터뷰하기로 결정짓는다면, 시스템은 그가 죽어있음을 잊어버릴 것이며 그리고 플레이어는 그와의 대화를 끄집어낼 수 있을 것이다. 시스템은 플레이어가 불충분한 증거를 환기시키면서 자기자신의 살인범으로서 로브너 씨를 체포하는 일을 허용하지는 않을 것이다. 그러나 만약 플레이어가 로브너 씨를 쏜다면, 시스템은 미스터리가 풀렸다고 선언할 것이며 그리고는 플레이어를 감옥으로 보낼 것이다.

서술론자에게, IF는 발화의 상황들, 담론양식들, 그리고 발화층위들의 상호작용—언어에 기저한 서술의 기술적 레퍼토리를 의미심장하게 확장시키는—이 이루어내는 하나의 금맥이다. 일반적으로 이인칭 현재시제로 이야기되는 IF는, "당신"의 사용이 타자Other와의 단순한 수사학적 관계가 아니라 실제 디지털적 관계로 진입하는 드문 서술형식들 중의 하나이다. 그리고 IF는, "현재"가, 서술된 사건의 시간과 서술의 시간의 정밀한 일치를 나타내는 드문 서술형식들 중의 하나이다. 허구적 세계의 사건들은, 서술의 행위에 상상적으로 미리 존재한다기보다는, 스크린에 나타나는 담론의 수행적 힘을 통하여 사건들을 묘사하는 바로 그 순간에 일어나도록 만들어져 있다. 혹은 좀 더 정확하게는, 사용자가 리턴 키를 누르자마자 사건들은 발생하는데 그것은 사용자가 반응을 입력할 때 서술시간은 유예되기 때문이다.

IF에 있어서 가장 뚜렷한 서술론적 특질은, 인쇄서술 혹은 이 글에서 논의된 다른 디지털 형식들과 비교한다면, 그것은, 디에게시스의 안과 밖—허구적 세계의 안과 밖—에 이르도록 하는 이동에 의한 스토리의 구성이다. 일반적인 서술소설은 단일화된 세계-내적 관점을 채택한다. 그러나 IF에서, 일부 진술들은 허구적 세계 내에 놓인 서술자에게 귀속시킬 수 있다. 예를 들면,

플레이어 : 로브너 씨를 죽여라.

시스템(서술자로서) : 당신의 손이 치명적 일격을 가함으로써 로브너 씨
는 쓰러져 죽는다. 당신의 마음은 낯선 비명, 야유, 그리고 양심의 고통 속
에서 혼란스러워진다. "내가 어떻게 그렇게 할 수 있었지?" 하고 자문할 때,
당신은 멀리서 경찰 사이렌 소리를 듣는다. 더피Duffy 경사와 다른 두 명
의 순경이 들어와서는 다소 인정사정없이 당신을 붙잡는다.

(Blank 1982; Aarseth 1997 : 123~124)

한편, 다른 진술들(아래의 보기에서 고딕체로 표시됨)은 외부의 목소리,
즉 플레이어와 협력하여 스토리를 생산하는 시스템의 목소리를 재현
한다.

시스템(서술자로서) : 평범한 금속 문이 당신을, 동쪽, 골목의 끝 가까이
로 향하도록 한다. 그것은 굳게 닫혀 있다.

플레이어 : 문을 열라

시스템 : **'당신은 방법을 알지 못해'**

플레이어 : 절망에 찬 비명

시스템 : **'그것은 내가 인지하는 동사가 아니야'**

(Plotkin, "Spider and Web")

이러한 허구적 세계 안과 밖의 게임은 존재론적 경계들에 대한 대체
代替용법적metaleptic 일탈의 가능성을 열어보인다. 예를 들면, 허구적
세계의 일원들은 그들에게 작용하는 시스템의 존재를 알고 있는 것으

로 추정되지 않는다 — 소설의 인물들이 자신들이 허구임을 알고 있는 것으로 추정되지 않는 것과 같다. 그러나 관습들은 깨어지기 위해 존재하는 것이다. 닉 몽포트Nick Montfort(2003)가 진술하듯이, 스티브 메레츠키Steve Meretzky의 「행성침공Planetfall」 진술들에서, 캐릭터는 IF 세계 내부에 있으면서 SAVE 지령에 의해 운용된다. 그런데 그 지령은 시스템의 일부로서 허구적 세계의 외부에 있는 것이다. 플레이어가 SAVE 를 입력할 때 캐릭터는 외친다, "오, 친구, 우리는 지금 위험스러운 무엇인가를 시행하려고 하는군요?"

플레이어의 입력은 시스템의 반응들로서 발화에 관한 다양한 상황을 보여준다. 플레이어는, 캐릭터와 대화하고 있을 때, 허구적 세계 속의 자신의 아바타 이름으로 말한다. 플레이어의 입력은 서술의 일부로서 포함된 것이다. 예를 들면,

시스템 (캐릭터로서) : 네가 어떻게 그 문을 들어왔는지를 말하면 시작할 수 있을거야. 내말을 이해하지?

플레이어(아바타로서) : 그래.

시스템(서술자로서) : 남자는 잠시 고개를 끄덕인다, 그다지 중요하지 않은 세부에 만족해하면서.

(Plotkin, 'Spider and Web')

다른 한편으로, 플레이어들이 자신들의 아바타로 하여금 일반적으로 두 단어로 된 문장으로써 행동을 수행하도록 만들 때, 그들의 입력은 서술의 일부로서 시스템에 의해 취급되지 않으며 텍스트에 대한 외

부 명령으로서 취급된다. 시스템은 플레이어의 입력으로 좀 더 생생한 사건묘사로 확장되도록 함으로써 그 결과들을 상술함으로써 명령을 달성한다.

> 플레이어 : 길Gil에게 키스해.
> 시스템(서술자로서) : 당신은 육감적 입술을 찾으며 그리고 부랑자들 중 한 사람에게 적당한 시간 동안 꽤 촉촉한 키스를 한다.
> (Robert Pinsky 'Mindwheel', Campbell 1987 : 78).

많은 것들 — 틀림없이 너무도 많은 것들 — 이 디지털 환경 내부의 독자의 창조적 역할로 구성되어왔다. IF의 시스템이 플레이어가 입력한, 대부분을 다시 쓴다는 사실은, 상호작용이 독자를 공동저자로 변화시킨다는 주장의 기세를 심각하게 꺾어버리도록 한다. 비록 플레이어들이 언어를 통하여 상호작용함에도 불구하고, 많은 부분들은 준텍스트로서 취급되며 그리고 글을 쓰는 과정에 직접적인 참여는 허용되지 않는다.

그럼에도, IF는 독자들이 상상 속에서, 일반 소설에서처럼 과거 사건들의 보도에 대한 익명적 수신인일 뿐만 아니라 허구적 세계의 인격화된 일원이자 가상-실황의 행동에 대한 적극적 참여자가 되도록 초대하고 있다. 그럼으로써 IF는 서술경험의 유형을 개척하였다. 그것은, 디지털 매체의 상호작용을 전적으로 활용하며 그리고 매체와 더불어 생각하는 아주 순수한 형식을 결과적으로 재현한 것이다. 비디오 게임들은 감지채널을 IF에 추가하였으며 그리고 그것들은 물리적 행위를 자극하는 키보드 입력을 치는데 소요된 시간보다는 실제적 시간에 사용자들이 반응하도록 한다. 그러나 게임들이 인기를 얻는 많은 부분은 허구적 세계의 능동적 인물을 인격화한다는 바로 그 관념에 빚지고 있다.

II.

1980년대 말에, 두 가지 요인은 순수하게 텍스트에 기초를 둔 상호작용 소설이 일시적으로 사라지도록 하는 계기가 되었다. 게임 애호가들에게, 그래픽 경계면의 개선은 치명타를 가져왔다. 시각적으로 만들어진 게임-세계, 방송용 영화 필름, 그리고 이후에 장치된 말하는 캐릭터들에 견주어본다면, 초기 조크 에피소드들의 텍스트 스크린은 상당히 황량하게 보였다. 한편, 문학 애호가들에게, IF는 하이퍼텍스트, 즉 폭발적인 이론적 관심을 얻고 갑자기 나타난 새로운 디지털 장르로 인해 내몰리게 되었다. 바르뜨, 푸코, 데리다, 들뢰즈, 과타리, 그리고 크리스테바 등의 이론가들이 텍스트의 특성에 관한 논의를 검증하면서 알려지게 된 장르에 대해서, 하나의 단순한 게임이 지적 세련성의 측면에서 어떻게 경쟁이 될 수 있겠는가?

우리들 대부분은, 하이퍼텍스트가, 저작 프로그램 '스토리-스페이스 Storyspace'를 갖게 된 1980년대 말부터 1990년대 중반까지 만들어진 텍스트들과 연관된 것으로 생각한다. 그 무렵의 텍스트로는 마이클 조이스Michael Joyce(1987)의 「오후—어떤 스토리afternoon : a story」, 스튜어트 마우스랍Stuart Mouthrop(1991)의 「승리 정원Victory Garden」 그리고 셸리 잭슨

Shelly Jackson(1995)의 「누더기 소녀Patchwork Girl」를 들 수 있다. 이것들 모두는 이스트게이트Eastgate 시스템에 의해 팔린 것들이다. '스토리-스페이스Storyspace'는 머릿속에 있는 특정 문학텍스트의 유형으로써 고안되었는데, 그것은, 말하자면 소설의 디지털식 등가물을 재현한 대규모 기획이었다. 그리고 많은 독자들에게 이 모델은 하이퍼텍스트 서술의 정전 형식으로서 통하게 되었다. 즉 「오후」 그리고 약간은 미약하지만 「승리의 정원」과 「누더기 소녀」는 실지로 이 장르의 고전으로서 간주된다.

인포컴 엔진에 비교할 때, 스토리-스페이스는 아주 단순한 프로그램이다. 코드를 쓸 필요가 없으며 그리고 작문 과정은 워드 프로세서로 글을 쓰는 것에 비해 다만 약간 더 복잡할 뿐이다. 인포컴 소설들이 독자가 언어를 통하여 기기와 소통하는 것을 가능하게 하는 반면에, 스토리-스페이스는 마우스의 클릭에 유일하게 반응한다. 그리고 인포컴은 기초적인 인공 지능 구성요소로서 간주될 수 있는 규칙들에 기초를 두고 어떤 세계를 구조화한다. 반면에, 스토리-스페이스는 텍스트 내용에 관한 지식이 없이도, 텍스트 조각들의 기계적인 조합에 그것의 작용을 한정시킨다. 이것은, 스토리-스페이스가 허구적 세계의 진전 상태에 관한 내적 재현을 유지하지 않으며, 그리고 이어질 수 있는 각각의 에피소드들을 결정짓는 논리적 규칙들의 데이터베이스를 변화시키지 않는 것을 의미한다. 대신에 그것은 다만, 특정 메모리 주소들로의 도약을 수행해야 하며 그리고 사용자가 링크로서 지정된 단어를 클릭할 때 주소들의 데이터를 제시해야 한다. 스토리-스페이스 하이퍼텍스트는 상호작용적 소설에 비해 그 작동 모드에서 훨씬 더 결정론적이다.

스토리-스페이스 하이퍼텍스트는 또한 렉시아lexias라고 불리는 링크links와 노드nodes의 네트워크이다. 렉시아는 텍스트의 단위들 — 페이지의 디지털적 등가물 — 에 상응한다. 사용자가 링크에 클릭할 때 시스템은 스크린에 새로운 페이지를 보여준다. 일반적으로 페이지에 몇 개의 링크가 있기 때문에, 독자는 몇 개의 다른 렉시아를 활성화시킬 수 있으며, 이것은, 렉시아의 제시순서가 가변적인 것임을 의미한다. 하이퍼텍스트의 이러한 특질은 일반적으로 비-선조성으로서 알려져 있다. 이것은 복합-선조성이라는 것이 더 적합한 용어일 것인데 독자의 선택들은 불가피하게 연속적인 순서의 결과로서 나타나기 때문이다. 대부분의 텍스트들에서, 링크들로 정착하도록 역할하는 단어들은 특별한 글자체로 표시되며 그것은 독자들에게 보여지도록 하려는 것이다. 그럼에도 이러한 특질은 선택적이다. 예를 들면 「오후」에서 링크들은 숨겨진 채로 있다. 이것은 독자의 텍스트 탐험을 맹목적 항해로 혹은 조이스가 "생산하는 단어들"로서 일컫는 부활절 달걀the Easter eggs 찾기로 바꾸고 있다.

저자들이 복잡한 데이터베이스를 통제하도록 돕기 위해서, 스토리-스페이스는 링크와 노드의 개발 중인 네트워크에 관한 현 상태를 보여주는 지도를 만들어내고 있다. 일부 완성된 산물, 이를테면 「누더기 소녀」에서, 이 지도는, 접속의 부분으로서 독자에게 유용할 만한 것으로 만들어져 있다. 한편, 「오후」와 같은 다른 사례에서, 지도는 숨겨지도록 되어있다. 지도를 참고할 수 있는 가능성은 저자에 의해 고안된 링크들의 시스템을 우회하는 것을 가능하게 한다. 「누더기 소녀」에서, 독자는 이미지에 클릭함으로써 지도 위에 가시적인 어떤 노드에 실지로 도달할 수 있다. 그러나 스토리-스페이스 하이퍼텍스트들의 네트워크는 스크린에서 보여지기에는 무척이나 큰 것이어서, 지도는 전체로서 보여질 수 없으며 그리고 텍스트를 통한 자유로운 이동이 허용되지 않는다.

지도의 특질은 프로그램의 이름을 강화하고 있으며, 스토리-스페이스의 상당히 지속적인 유산이 되는 무엇을 설명해준다. 그것은, 예를 들면 미로 혹은 「끝없는 갈래길의 정원the Garden of Forking Paths」에서처럼, 공간적 비유의 관점에서 하이퍼텍스트 서술을 개념화하고 있다. 스토리-스페이스의 도구상자는 밀집한 링크들의 네트워크의 창조를 용이하게 한다. 그러나 이러한 복잡한 네트워크는 일반적으로 독자로 하여금 미궁 속에서 길을 잃은 느낌을 준다. 왜냐하면 풍부한 선택들은 일련의 맹목적 결정들로 항해하도록 하며 그리고 두터운 연관 네트워크들은 쳇바퀴를 돌도록 하는 가능성을 창조하기 때문이다. 그러나 만약 스토리-스페이스가 독해의 행위를, 텍스트 공간의 탐험이라는 틀로 잡았다면, 이 공간은 허구적 세계의 상상적 지리학과는 전혀 관련이 없다. 그리고 이것은, IF에서도 마찬가지이다. 텍스트 공간은 두 가지 차원의 텍스트 지도에 의해 결정되며, 텍스트 지도는 그 자체로 텍스트를 강조하는 링크와 노드의 네트워크에 관한 그래픽상의 재현이다. 이 공간은 순수하게 가상적이다. 왜냐하면 텍스트 그 자체는 0과 1로 된 단일차원의 문자열로서 컴퓨터 메모리에 저장되기 때문이다. 알란 튜링Alan Turing이 실지로 보여주었듯이, 모든 컴퓨터 작업들은 무한히 긴 테이프를 독해하는 기기에 의해 수행될 수 있다.

새로운 유형의 공간을 열려면, 스토리-스페이스 하이퍼텍스트는 문학서술의 또 다른 측면, 다시 말해 서술시간의 흐름에 대한 독자의 몰입을 방해하게 된다. 즉, 하이퍼텍스트 포맷의 파편화는, 우리가 "플롯을 향한 독해"라고 일컫는 열에 들뜬 기대를 방해하고 있다. 하이퍼텍스트 소설에서는, 어떠한 스릴러물도 없으며 어떠한 서스펜스 스토리도 없으며 상승하고 하강하는 극적인 전환도 없다. 서스펜스의 효과는, 독자가 매순간의 독해경험에서 알고 있는 것과 알고 있지 못한 것의 관리, 운영에 상당히 의존한다. 그러나 텍스트의 선형화線型化가 독자에게 남겨질 때 — 이것은 일반적으로 운에 맡겨져 있음을 뜻한다 — 저자는 정보의 노출을 통제할 수 없다. 스토리-스페이스 하이퍼텍스트에서, 플롯은 다음에 일어나는 무엇을 알고자 하는 독자의 욕망에 반응하여 플롯 그 자체를 드러내는 무엇이 아니다. 그것은 독자가 텍스트의 가상공간을 통해 여행함으로써 구조화하는 이미지인 것이다. 즉, 정지할 때마다 서술 조각들을 수집하며 이 조각들을 모아서 의미 있는 패턴을 조합하는 것이다. 이러한 독해모드는 조각그림 맞추기 활동에 견줄 수 있는데, 그것은 개별 조각들을 집어올리고 그 조각들을 시각적으로 이해되는 그림으로 연결하는 방식에 의한 것이다. 퍼즐과 하이퍼텍스트 사이의 주요한 차이는, 하이퍼텍스트가 포스트모던한 미학을 따라가면서, 완전한 그림의 형성을 방해한다는 사실에 있다. 혹은 하이퍼텍스트가 상충되는 많은 부분적 이미지들의 구조물로 이끈다는 사실에 있다.

일부 이론가들(예를 들면, Landow 1997)은 하이퍼텍스트 소설에서 통과하는 모든 여정이 다른 스토리를 생산한다고 주장하였다. 그러나 이러한 주장은 비현실적인 것이다. 그 이유는 그러한 주장은, 렉시아에서 재현된 사건들이 끝없이 치환될 수 있으며 그럼에도 여전히 일관된 서술의 연속을 생산한다는 것을 의미하기 때문이다. 이것은 서술의 의미가 근본적으로 선형적이라는 것을 망각하는 것이다. 서술의 의미는 인과성, 심리학적 동기부여, 그리고 시간적 연속이라는 하나의 방향을 지닌 관계들에 의해 조절되기 때문에, 독자에 의해 자유롭게 창조될 수가 없으며 그리고 텍스트 조각들의 부분적이고 임의적인 조합으로부터 출현할 수는 없다. IF에서, 다양한 횡단들을 통한 서술 일관성은 보증되는 것으로서, 그것은, 논리적 규칙들, 모든 에피소드들에서 개입된 플레이어의 캐릭터, 그리고 스토리세계의 연대기적 질서와 일치하는 에피소드들의 재현 순서라는 일반가정들에 의해 보증된다. 그러나 스토리-스페이스 하이퍼텍스트에서, 독자는 텍스트에 외재적이며 그리고 시스템은 현재의 노드를 넘어서서 독자 고유의 여정을 조절할 수가 없다. 이것은 렉시아의 연속이 서술의 논리를 존중할 것이라는 확신이 불가능하도록 한다. 모든 독해들과 다른 무엇은, 스토리가 아니라 담론이며 서술된 사건들 그 자체가 아니라 사건들의 누설에 의한 역학인 것이다.

그러나 뒤섞여진 담론으로부터 논리적으로 일관된 스토리를 재구성하는 일이, 비유컨대 조각그림 맞추기로써 소진되는 독자의 역할과 유사하다고 할 때, 그것은, 너무나 빨리, 어떤 지루한 활동이 되어버리는 것이다. 어떠한 그림도 어떤 퍼즐로서 잘려서 상자 포장되며 판매될 수 있는 것이다. 퍼즐로 향하는 하이퍼텍스트의 엄밀한 지형도는, 독자가 참여한 의미가 텍스트의 서술 내용과는 독립적이라는 것을 의미한다. 문학적 관점에서 볼 때, 최상의 하이퍼텍스트는 네트워크를 통한 독자의 활동이 원활하도록 하는 것이다. 그리고 그것은, 마샬 맥루한Marshall Mcluhan의 유명한 공식이 주장하는 대로, 짜맞추어진 메시지로서 매체를 독해하는 것으로는 예기될 수 없는, 텍스트에 특별한 의미를 부여하는 상징적인 몸짓으로서 서술을 재조합하도록 독자의 활동이 이루어지는 것이다. 나는, 서술 주체의 문제와 독자의 역할을, 하이퍼텍스트 기제에 적용하는 이러한 능력과 관련지어, 매체와 더불어 생각하기로서 명명하고자 한다. 생각하기와 관련한 이러한 유형에 관한 두 가지 사례를 들어볼 수 있다.

마이클 조이스Michael Joyce의 짧은 이야기, 「열두 개의 블루Twelve Blue」는 몇 개의 하위 서술세계들을 포함하며 각각 다양한 캐릭터들에 의해 점유되면서도 공통 주제들에 의해 연결된다(이것들 가운데서 으뜸인 것은 물에 빠지는 주제이다). 다채로운 줄거리들의 접점은 운명의 노선을 암시하며 스토리들의 약속에 매여 있도록 한다. 주어진 색깔별 노선에 클릭함으로써, 독자는 한정된 시간에 특정 인물의 삶을 따라갈 수 있다. 그러나 이 노선은 결국에는 쇠퇴하며 독자는 다른 플롯 노선으로 바꾸게 되는데, 그것은 마치 메모리가 부족하다거나 혹은 두뇌의 시냅스synapses가 다른 어떤 방향에서 터진 것과 흡사한 것이다. 전체적인 과정은, 많은 캐릭터들의 정신과 사적인 세계들을 관통해서 흐름이 이어진다는 것을 제외하면 의식의 흐름과 흡사하다. 이와 같이, 클릭하고 텍스트를 스크린으로 가져오는 임의의 활동은, 기억의 신비로운 기능, 꿈의 유동성, 그리고 집합의식의 작용을 흉내내고 있다. 그러나 그것은, 채색된 노선들이, 우리로 하여금, 캐릭터들의 내적 삶과 외적 삶에 친숙하게 되고 캐릭터들을 돌보는 일을 알게 되는 바로 그러한 개별적 세계 속에 한동안 지내도록 할 수 있다는 다만 그 이유 때문이다. 조이스는 성공적으로, 서술의 흥미를 강화하는 항해상의 선택들을 현대적인 것으로 만들었다.

셸리 잭슨의 「누더기 소녀」에서, 독자의 클릭은 낡은 의상에서 잘려나온 직물의 다양한 조각들로부터 미친 듯이 누벼서 바느질 동작을 하는 모습을 상징적으로 보여준다. 퀼트 주제는 분리되고 종종 재활용되는 요소들 속에서 텍스트를 구성하는 포스트모던한 실천을 알레고리로서 보여준다. 「누더기 소녀」는 실지로 상호텍스트적 암시들이 풍부하며 그리고 그 매체의 특성과 관련한 서술조각들과 이론적 사고들 모두를 포함하고 있다. 그러나 독자의 상징적 꿰매기는 또한 두 명의 여성 캐릭터의 활동을 모의실험하도록 한다. 즉 여주인공, 마리 셸리Mary Shelly(「프랑켄슈타인Frankenstein」 저자의 허구적 상대)는 다양한 여성들로부터 수집된 신체 부위들을 짜깁어넣음으로써 여성괴물을 조합해낸다. 그리고 저자, 셸리 잭슨은 이 여성들의 스토리들로부터 괴물에 관한 서술적 정체성을 만들어낸다.

III.

디지털 서술의 진화에 있어서 다음 이정표는 디지털 시스템의 두 가지 특질을 개발하는 것이다. 그것은, 시각적, 청각적 데이터를 부호화하고 송신하는 능력을 개발하고 그리고 개인용 컴퓨터를 세계적-범위의 네트워크로 연결하는 능력을 개발하는 것이다. 1990년대 중반에, 디지털 서술은 다중매체 텍스트로 발달되었으며 인터넷은 그것들의 주요한 배급양식이 되었다. 다운로드는 여전히 느렸으며 공간은 웹사이트에 한정되었기 때문에 그것은 짧은 텍스트를 창조하도록 장려하였다. 오늘날의 디지털 작품형식에 주요한 영향을 미치는 것은, 정보의 "스트리밍streaming"이라고 불리는 것을 허용하는 매크로미디어에 의해 생산되어 '플래시'로서 명명된 프로그램의 광범위한 채택과 관련되어 있다. 즉 사용자가 웹에서 플래시 영화 — 제작물이 일컬어지는 대로 — 를 다운로드할 때 영화는 모든 데이터가 다운로드되기 전에 사용자의 스크린에서 플레이를 시작할 수 있다.

'플래시'는 우수한 다중매체 능력을 갖춘 프로그램으로서, 텍스트, 비트맵bitmap, 벡터 그래픽vector graphics, 그리고 사운드 파일과 같이 광범위한 다양한 대상들을 처리할 수 있다. 스토리-스페이스와는 달리, 그것은 사용자가 이 대상들의 행위를 구체화하는 일을 가능하게 하는 프로그래밍 언어와 함께 나타난다. 이를테면, 마우스 커서가 스크린의 특정 영역을 가로지를 때 변화를 겪는 것을 들 수 있다. 플래시 제작물 표시를 꼬리표로 단 "영화"는, 스토리-스페이스와는 다른 또 하나의 차이 즉 공간상의 항해로부터 시간상의 역학으로의 주목할 만한 전환을 강조한다. 영화의 진전은 동영상 효과를 허용한다. 그럼에도 고안자는 시간의 흐름을 통제할 수 있다. 그것은, 예를 들면 사용자가 버튼을 작동시킬 때까지 특정한 프레임에 영화를 멈추게 만들거나 혹은 이전의 프레임으로 되돌아가도록 하는 것이다. 때때로 플래시 영화는 사용자에게 그것의 템포를 부과하며 그리고 때때로 사용자들은 특정한 프레임에 머무르는 시간을 원하는 대로 얼마만큼이든 결정할 수 있다. 주고받는 이러한 시간게임은, 여유롭게 책을 읽으면서도 번갈아, 연속적으로 진행되는 기법적 영화를 경험하는 일이 가능하도록 만든다. 즉 이 시간게임은 매체들 가운데서도 상호작용적 디지털 텍스트를 정말로 독특한 것으로 만들고 있다.

프로그램이 시간적 역학을 강조하는 것은, 플래시 제작물이 공간성을 소홀히 한다는 것을 의미하지는 않는다. 즉 저자는 시간적 디스플레이 즉 시간노선뿐만 아니라 무대로 불리는 공간적 디스플레이로 작업한다. 그러나 '플래시'에서의 공간은 허구적 세계의 **'지형학적 공간'**이라기보다는 근본적으로 무대의 **'시각적 공간'**을 의미한다. 그것은 IF게임 혹은 텍스트의 '구조적 공간'에서도 그러하며 스토리-스페이스 하이퍼텍스트에서도 마찬가지이다. 이 시각적 공간은 이미지에 일정한 깊이를 주는 일련의 층위들로서 구조화되어 있다. 즉 꼭대기 층위에 위치지어진 대상은 전경에 있을 것이며 더 낮은 층위의 대상들을 상당부분 숨기고 있을 것이다. 이 적층물의 매우 생산적인 효과들 중의 하나는, 사용자가 특정한 "핫-스팟"으로 마우스를 움직일 때, 디지털적인 거듭 쓴 양피지의 깊이로부터 대상들의 출현 가능성을 만들어내는 것이다.

플래시의 세대에서 서술이 나아가는 곳을 예측하기란 어렵다. 대부분의 애플리케이션들은 지금까지 미니게임, 시각적 작업, 그리고 "리믹스remixes"로 알려진, 사운드, 텍스트, 그림 조각들의 임의의 조합들이었다. 그것들은 서술, 구상 시, 혹은 인쇄 시의 시각적 형태를 희생한 메타-텍스트적 진술들에 특전을 부여하는 "이론상으로 가능한 소설들"이었다. 현재의 우리가 말할 수 있는 전부는, 플래시 서술들은, 길이의 제한 때문에, 스토리-스페이스의 복합적 미로가 될 수 없으며 그리고 IF에서의 시간-소모형 탐색도 될 수 없을 것이라는 사실이다. 이 글의 한정된 지면에서 현재의 다양한 제작에 관한 생각들을 모두 펼치기란 불가능한 일이다. 따라서 나는 근본적으로 상이한 미적 안건들을 제공하는 플래시 혹은 플래시-유사 효과를 지니는 두 개의 텍스트에 내 논의를 한정짓고자 한다. 첫 번째는 반-서술의 포스트모던한 실천이며 두 번째는 그래픽 디자인을 통하여 서술의미의 구성을 촉진하는 시도이다.

첫 번째 사례는 서술의미의 선조성과 하이퍼텍스트의 비-선조성 둘 다를 거부하는 패러독스적 개가를 달성하고 있다. 주드 모리세이Judd Morrissey의 「유태인의 딸The Jew's Daughter」(2000)은 맨 처음에는 일반적인 스토리-스페이스 하이퍼텍스트로서의 모습을 보여준다. 그러나 그것은, 스크린마다 단일한 링크가 있으며 독해의 순서는 엄격하게 결정적이다. 사용자가 링크에 마우스를 클릭할 때 스크린의 일부가 대체되지만, 새로운 텍스트는 스크린 중앙의 어딘가에 가시적 표지가 없이 삽입되며 페이지의 나머지 부분은 바뀌어지지 않은 채 남겨진다. 소환할 수 있는 기억이 완벽한 사람들만이 새로운 것과 오래된 것을 구별할 수 있을 것이다. 새로운 텍스트 위치에 관한 유일한 실마리는 대체가 일어날 때 영향을 받는 부분을 과민하게 끌어당겨보는 것이다. 이전 스크린으로의 회귀가 불가능하기 때문에, 독자는 두 개의 렉시아를 비교할 수가 없다. 이 공식은 기억을 무효로 하도록 고안된 것이며 그리고 기억이 없이는, 당연히, 독자는 안정된 서술세계를 만들 수가 없으며 그리고 일관된 서술행위도 이루어질 수가 없다. 단지 텍스트 일부의 대체만으로는 플롯이 진전되도록 이동할 수는 없다. 그것은 플롯이 취할 수 있는 다른 방향들, 플롯이 개발할 수 있는 다른 상황들, 탐구될 수 있는 다른 스토리들을 제시할 수 있을 뿐이다. 텍스트의 알고리즘은 실지로, 이행되지 못한 가능성을 발생시키는 기제이다. 명료한 이해를 구하기 위해 독자들은 상징적인 암시로서 대체 기제를 해석할 것이다. 그러나 이 기제의 의미는 그 자체로서 개방된 영역이다. 그렇다면, 텍스트는 의미의 급진적 불안정성을 알레고리로 만드는 것인가, 텍스트는 외적 참조세계가 부재하며 서술하는 실제 사건들이 부재하다는 것을 상징하는 것인가, 텍스트는 임의로 두서없이 지속되는 사유를 흉내내는 것인가(텍스트는 그 자체가 바케트Beckett 소설을 연상시키는 내적 독백으로서 제시된다), 혹은 텍스트는 글쓰기 과정의 역동학을 자극하는 것인가 — 글쓰기 과정은 "자르고 붙이는" 기술 혹은 시작단계에서의 실패를 나타내는 대체이다. 그 결정이 무엇이든 간에, 독자는 더 나아가 탐구할 만한 동기가 거의 없다고 해석하게 될 것이다. 당신이 어떤 것도 기억할 수 없다면 독해의 이유는 무엇이겠는가? 텍스트는 메타서술로서는 독해될 수 있지만 그럼에도 서술의 층위에서는 독해될 수가 없다.

텍스트의 체계적인 탐구를 애호하는 독자들에게, 고전적 하이퍼텍스트가 아주 좌절감을 주는 측면들 중의 하나는 몇몇 경로들을 동시에 따라가는 것이 불가능하다는 것이거나 혹은 이 경로들의 전후로 이동하는 것이 불가능하다는 것이다. 미니-하이퍼텍스트, 「내 남자친구가 전쟁에서 고향으로 돌아왔다My Boyfriend Came Home from the War」(1996)에서, 러시아 작가, 올리아 리알리나Olia Lialina는 이 문제의 현명한 해결책을 제안하였다 — 혹은 그보다, 통상적으로 신중한 디자인 철학이 무엇인가에 관한 현명한 대안을 제안하였다. 비록 텍스트가 플래시에서 씌어지지는 않았지만 그럼에도 HTML 코드로서(이것은 프로그래머가 코드를 쓰는 힘든 방식으로 하였음을 뜻한다. 이에 비해 플래시는 사용자가 마우스를 클릭하여 끄는 방식이다), 이 하이퍼텍스트는 그 세대의 고전이 되었다. 서술은 단일한 스크린으로서 시작되는데, "내 남자친구가 전쟁에서 고향으로 돌아왔다, 디너 후에 우리 둘만 남게 되었다"는 문구로서 제시된다. 첫 번째 클릭은 스크린을 두 개의 분리된 창으로 나누는데, 각각은 상반된 방향에서 바라보고 있는 낙담한 두 사람을 보여주고 있다. 그리고 창의 프레임은, 연인들 둘만 남겨지지는 않도록, 독자와 가족의 감시하에 놓이게 되는 것을 제시하고 있다. 다음 클릭은 나아가, 윈도우들 중의 하나가 둘 혹은 그 이상으로 분할되는데, 그것은 스크린이 텍스트 혹은 그림을 담고 있는 대략 16개의 구분된 공간들로 나뉘어질 때까지 계속된다. 독자들이 이러한 최저층위에 도달할 때, 텍스트는 마우스 클릭에 의해 다양한 창 속에서 대체되며 단편적인 대화를 통해 연속적 스토리를 말해준다. 「내 남자친구가 전쟁에서 고향으로 돌아왔다」와 스토리-스페이스 하이퍼텍스트를 구별짓는 중요한 특질은, 독자가 창을 탐험할 때에 여타의 것들이 스크린에 가시적으로 남아 있는 채로 대체 스토리들을 제공한다는 것이며 또한 독자는 항상 하나의 창으로부터 또 다른 창으로 전환할 수 있다는 것이다. 여기서 텍스트는 실지로 고유의 지도로서 기능하지만 이 지도는 역동적이며 독자의 진행에 따라 그것 자체를 변화시키고 있다. 어떠한 순간에도,

텍스트는 프레임들이 탐험되어야 하는 내용을 보유하고 있는지를 보여주며 어떤 것들이 더 이상 활성화되지 않는 것인지도 보여준다. 즉 창이 소진되었을 때, 텍스트는 검정으로 바뀌며, 독자에게 서술 줄거리가 끝이 났음을 말해준다. 이와 같이 텍스트의 독해는 마치 창이 상자인 것처럼 창들을 열어보고 비워가는 게임이 된다.

주제적 관점에서 볼 때, 창의 분할은, 한 병사가 긴 이별 후에 여자친구에게 돌아오면서 일어나는 다양한 가능성들 — 갱생된 불꽃, 소원疏遠, 불신, 낙담 — 을 제시한다. 그러나 스크린의 연속적 분할은 또한, 다수의 시나리오들에서 일어나는, 전쟁으로 인한 격리, 연인과의 지속된 이별, 소통의 실패 등을 상징적으로 보여준다. 다만, 줄거리에서 두 가닥만이 긍정적 기록으로서 끝이 난다. 즉 "함께 영원히", 혹은 "보라 얼마나 아름다운가" / "내게 키스해줘." 그러나 그것들은 아주 짤막하며 다만 희망사항을 나타내는 것이다. 다른 시나리오들은 결혼날짜를 정할 것을 요청받았을 때 남자친구가 시간을 끌고 있는 장면을 보여준다("나와 결혼해주겠어요?" / "내일" / "다음 달은 좋지가 않고 그리고 날씨는 꼭 좋아질거야. 그래, 다음 달. 지금 나는 행복해"). 그가 부재한 동안에 그녀가 충실하였는가 하고 연인에게 질문받고 있는 여자친구를 보여준다("당신은 나를 믿지 않아요, 그렇죠?" / "그러나 딱 하나가 있었어요. 지난 여름 …… 그리고 당신이 생각해본다면 …… 내가 왜 설명해야 하지? …… 당신이 알지 않아요"). 혹은 궁색한 변명과 공허한 약속으로써 소심하게 결별하고 있는 남자친구를 보여준다("사내들은 변하지, 걱정마, 내가 너를 도울거야").

리알리나의 텍스트는 스크린의 크기 때문에 꼬리가 잘린 단순하지만 통렬한 스토리, 즉 다양한 서술 가능성의 관념에 맞춘 효율적인 가시적 경계면을 통하여 독자에 의해 채워지는 큰 여백들을 남겨두는 스토리를 선택하였다. 그럼으로써 그 텍스트는 매체와 함께 생각하기가 뜻하는 무엇에 관한 강력한 사례를 제안하고 있는 것이다. '내 남자친구가 전쟁에서 고향으로 돌아왔다'는 서술 일관성, 인간적 흥미, 그리고 디지털적 제시라는 아주 드문 조화를 성취하고 있다.

매체와 더불어 생각하든지 혹은 전통 문학이라는 좀 더 익숙한 관점으로 생각하든지 간에, 우리는 그것에 의지하여 두 가지 차별적 방식으로 현재의 디지털 서술의 성취물을 판단할 것이다. 몇몇 사람들은 다음과 같이 말할 것이다. 즉 전자 매체는 셰익스피어의 비극, 프루스트의 『잃어버린 시간을 찾아서 *la recherche du temps perdu*』혹은 심지어는, 영화의 위대한 고전들에 견줄 만한 어떠한 것도 생산하지 못하였다. 디지털의 텍스트성은 문학의 장에 세력을 미치지 못하였으며 컴퓨터는 책의 대체물이 될 수 없으며 그리고 이러한 상황이 바뀌게 된다는 어떤 희망도 없다. 사람들의 이러한 견해는 한편으로 옳은 것이지만 동시에 잘못된 것이다. 한편으로, 이 사람들의 견해는 옳은 것인데, 프루스트의 소설들이 다양한 선택들을 제공함으로써 얻을 것은 아무것도 없으며 관객이 인물을 조종하도록 허용함으로써 셰익스피어의 비극들이 얻을 것은 아무것도 없기 때문이다. 그리고 인쇄서술이 시대에 뒤떨어진 것으로 위협받지는 않기 때문인 것이다. 다른 한편으로, 이 사람들의 견해는 또한 잘못된 것인데, 여러분이 작용 중인 무엇을 해석하거나 혹은 고정하려 하지 않을 것이기 때문이다. 즉 디지털 텍스트를 소설, 드라마 혹은 영화의 강화된 버전으로 기대해서는 안 될 것이다.

디지털 텍스트의 성취는 다른 영역들에 놓여있다. 그것은, 자유롭게 탐구할 수 있는 서술 아카이브archives, 말과 이미지의 역동적 상호작용, 그리고 무엇보다도 환상 세계에 대한 능동적 참여 등이다. 우리가 문학적 정전의 준거에 의해, 다시 말해, 다른 매체의 준거에 의해 판단한다면, 디지털 서술은 다만 어떠한 실패일 뿐인 것이다.

35

모든 서술적 미래들의 미래

포터 애보트 H. Porter Abbott

미래는 항상 예언을 넘어설 것이다. 예언이 서술처럼 복잡한 현상을 포함할 때면 언제나 그러하다. 이 장은 예언하는 것이 목표가 아니다. 이 글의 주제는 말하자면 우리가 무엇을 예언하고 예언하지 않고 하는 것이 아니라 미래를 서사화하는 일이라고 할 수 있다. 즉 서술 엔터테인먼트와 삶에서 커지는 서술영역 그리고 그것들이 관련될 수 있는 방식, 모두에 초점이 놓여 있다. 만약 이 과제가 예언적인 것이라고 한다면, 상황이 어떻게 되어온 것인지 그리고 어떻게 될 것인지를 보여주는 다만 그러한 측면에서일 것이다. 그럼에도 이 주제를 향한 최상의 방법은 사람들이 현재, 서술의 미래를 위해 예견하고 있는 것들에 관해 살펴보는 일이 될 것이다.

I.

모든 면에서 예견되고 있는 무엇은 서술의 미래가 기술의 미래와 연결되어 있다는 것이다. 디지털화의 발전, 연결성, 그래픽의 조작, 병렬처리, 모달 인터페이스modal interface, 가상 현실VR, 플래시Flash, 그리고 그 밖의 많은 것들은, 서술의 감정과 결의 놀라운 변형들, 즉, 하이퍼텍스트 소설, 상호작용 소설IF, 텍스트 모험, 사이버텍스트, MUDs(다중-사용자의 도메인)과 MOOs(대상-지향 MUDs), MMORPGs(다중-사용자 온라인 역할수행 게임), 대중영화와 관련한 탑승형 테마 놀이공원, 혹은 많은 복합형태들을 가능하도록 하였다. 이같이 부단한 발명들의 근원이 되는 주요한 두 가지 종류로는 인쇄서술과 게임이 있다. 인쇄서술의 전조를 보여주는 것으로는, 마크 샤포테Mark Saporta의 『컴포지션 No. 1*Composition 1*』([1960]1963), 훌리오 코르타사르Julio Cortázar의 『돌차기놀음*Hopscotch*』([1966]1971), 그리고 존슨B. S. Johnson의 『불행한 사람들*The Unfortunates*』(1969)과 같은, 독해순서의 선택형 텍스트들을 들 수 있다. 게임 분야에서, 보편적으로 언급되는 선행물은, 1970년대 말에 열광적인 환영을 얻었던 많은 서술로 이루어진 역할놀이 게임, '던전 드래곤Dungeons and Dragons'일 것이다. 최근 25년에 걸쳐 많은 것들이 나타났다고 해도, 열렬한 지지자들은 우리가 아직 다만 그 출발지점 — 인쇄된 책의 첫 25년에 상응하는 "요람기"의 단계 — 에 있음에 동의할 것이다.

e-혁신들이 어떻게 서술을 변형시키고 있는지를 면밀히 관찰한다면, 그것들이 서술로 고려될 수 있는 한(나는 이 문제로 되돌아 갈 것이다), 밀접하게 상호 관련된 두 가지 변화로서 구별지을 수 있을 것이다. 첫

번째는 서술 도메인의 확장 그리고 종종 스토리와 심지어는 결말도 희생시키는 담론 세부들에 초점을 둔 심화된 귀결이다. 월트 디즈니 세계의 알라딘Aladdin에 탑승한 방문객들은, 다만 한 가지 방식으로 만들어진 선조적 경험, 다시 말해, 본래는 한 편의 영화로서 제시되었던 서술 도메인의 내부에서 물리적으로 항해하도록 허용된다(Murray 1997 : 49~50). 이러한 자유는, 비록 한정된 것이기는 하지만, 익숙한 서술의 물리적 확장 내에서 돌아다니는 것이며, 그것은 MUD / MOO / MMO(이하 MUD) 게이머들의 경험과 상응한다. 게이머들은 '에쉬론 콜Asheron's Call'과 같은 게임의 내부세계를 탐구하며 그 세계를 창조하도록 돕는다. 스토리의 골격은, 상당 부분 그 스토리와 아무런 관련이 없는 엄청나게 많은 활동들 사이에서 게임이 진행되면서 나타난다.

유사하게, 하이퍼텍스트의 독자들은 마이클 조이스Michel Joyce의 「오후afternoon a story」와 같은 소설들의 "렉시아lexias" 사이에서 앞뒤로 항해한다. 스토리의 많은 고리들 가운데서 「오후」에서는 일관된 스토리의 여부에 따라서 독자들이 상이하다. 그러나 지치지 않는 팬들은, 539개의 렉시아들이 정보의 전략적 철회와 종결의 (가능한) 무한한 지연을 통해 에너지를 얻는 방식을 특별한 특질로서 포괄한다. 하이퍼텍스트 소설에서, 서술담론의 확장은 종종, 동일하거나 혹은 충돌하는 서술 세부에 관한 경쟁적 스토리들을 쌓아둠으로써 가능한 복합-스토리들이 발생하도록 포괄한다. 이러한 관점에서, 보편적으로 언급되는 원형 텍스트는 보르헤스Borges의 「끝없는 갈래길의 정원Garden of Forking Paths」이다. 보르헤스의 스토리는 실제적으로는 단언코 끝나지만 그럼에도 그것이 전달하는 이론 ― 어떤 순간에서 다음의 순간으로, 어떤 사람은 무수한 잠재적 스토리들 속에 거주하며, 그것들 중의 어떤 것은 다른 어떤 사람이 거주하는 무수한 스토리들 중의 하나와 교차할 수도 있거나 그렇지 않을 수도 있다 — 은 하이퍼텍스트 소설의 복합적인 렉시아의 웹에서 실현될 수 있다.

두 번째 서술 전환은, 첫 번째의 것과 불가분의 것으로서, 그것은 고조된 "상호작용성" 혹은 서술 담론을 형성하는 독자 / 관객의 참여와 관련한 것이다. 상호작용성은 다소 수동적인 독자참여의 형식들로부터 상당히 능동적인 독자참여의 형식들에까지 정도의 차이를 보여준다. 말하자면, 그것은, 마리-로르 리안Marie-Laure Ryan(2001)이 "선택적" 상호작용성 혹은 "생산적" 상호작용성으로서 언급하는 것이다. 한 쪽 끝은, 하이퍼텍스트 소설의 독자들이, 저자가 미리 조직한 하이퍼텍스트 렉시아들의 팔레트를 선택하여 서술담론의 질서를 창조함으로써 향유하는 최소한의 자유에 있다. 다른 한 쪽 끝은, 개인 혹은 협력 체제에서 결과를 미리 알 수 없는 서술담론의 조각들을 실제적으로 생산하는 독자 혹은 게이머에 대한 의존에 있다. 스펙트럼에서 후자의 끝에 가까운 것이 MUDs이다. MUDs에서 플레이어들은 그들의 "아바타"(행동을 조절하는 인물들)를 통하여, 통상적으로 수많은 보충적인 행동, 싸움, 결혼, 그리고 사교 일반 등을 발생시킨다. 예견할 수 없는 이러한 모든 활동들은 때때로, 장면들 너머에서 번갈아 작업하는 팀 조작자들의 산물인, 도메인의 여러 지점들 내에서 발생한다. 발화 바깥의 이 저자들은 또한, 다양한 장애물들과 (종종 마술적인) 도피 수단들, 위협적이면서 친근한, 즉 괴물이면서 또한 인간적인 존재들, 그리고 무엇보다 중요한 골격이 되는 스토리에 책임이 있다.

서술의 미래와 관련한 문학의 상당부분에서, 상호작용성은 일종의 금본위제이다. 〈홀로덱에 선 햄릿Hamlet on the Holodeck〉(1997)에서 자넷 머레이Janet Murry는 여러 차례 〈스타트렉Star Trek〉에 나타나는 "홀로덱"을 운영 모티브로서 배치한다. 즉 두루마리 현상wrap around의 홀로그램 제작물에서의 기본 서술은, 출현할 사건들의 미메시스 내에서 그 혹은 그녀가 말하고 행하는 것들에 말과 행동으로 답변함으로써 관객/수행자의 능동적 참여를 수용한다. 더 전문적으로는, 『사이버텍스트Cybertext』에서 에스펜 아세스Espen Aarseth가 "하이퍼텍스트"와 "사이버텍스트"를 예리하게 구별지음으로써 주목을 끌고 있다. 그에 따르면, "하이퍼텍스트"는 독자의 선택이 사전에 모두 정해진 텍스트를 가리키며 "사이버텍스트"는 "사용자가 '담론 그 자체'의 '주제'가 사전에 알려지지 않거나 혹은 변경될 수 있다는 취지하에 광범위한 요소들을 관여하도록 하는 작품"을 가리키는 것이다(Aarseth 1997 : 49).

그럼에도, 내가 말하고자 하는 일반적인 첫 번째 요지는, 기술적인 지원을 얻는 서술로 된 이러한 다양한 실험들은 멋지고 전도유망하지만 그럼에도 지속되어온 서술구조에서의 혁신 혹은 심지어는 약간의 변화조차도 반영하지 않고 있다는 것이다. 서술은 계속해서 서술이 되어야 할 것인데, 그리하여 이러한 의미로 보면, 서술의 미래는 서술의 과거가 된다. 이것은, 머레이, 더글라스Douglas, 리안Ryan, 그리고 다수의 다른 예견자들의 입장과 조화를 이루는 것은 아니다. 더글라스는, "하이퍼미디어 소설 그리고 디지털 서술들은 (…중략…) 앞으로 수 년 동안에 변화하고 진화할 것이다"라고 주장한다. 우리를 항상 개입시켜 왔으면서도 변화하지 않게 될 것은 무엇이겠는가, 일련의 원인과 결과,

외관, 태도, 틱 등의 연구에서 얻게 되는 인물과 동기의 일반화, 미시-플롯과 거시-플롯의 탄탄한 짜임, 그리고 항상 모든 것의 근본이 되는, 말, 말, 말"(Douglas 2000 : 171).

II.

그럼에도 혁신들은 인지와 행위에서 어떤 일반적인 전환을 예고하는가? 결국 기술적 변혁은 이러한 혁신들이 거대하게 확장된 소비자 시장으로 신속히 접근하도록 하였다. 우리는 문화적으로 심지어는 세계적으로 더욱 참여하도록 되어 있지 않는가? 그리고 스토리의 결말에 덜 뚜렷한 초점을 두도록, 더 둘러보고 싶도록, 그리고 서술의 복합적 내부공간에서 심지어는 무엇인가를 할 수조차 있게 되지 않았는가? 우리 모두는 아마도 새로운 지식의 출현 — "거대-서사master-narrative"(Lyotard)를 포기하고 "리좀적rhizomatic" 사유(Deleuze)를 옹호함으로써 특징지어지는 포스트모던한 엄청난 변화 — 에 의해 전 세계적인 상당한 문화적 변화의 종류를 경험하고 있지 않는가? 서술의 연구에 포스트구조주의적 사유를 풍부하게 들여온, 앤드류 깁슨Andrew Gibson은, 서술론의 전 분야가, 우리가 이해하고 소통하는 방식들에서의 이러한 깊숙한 전환에 전적으로 부적절한 구식의 구조주의 정신의 형식 안에서 갇혀온 것은 어제 오늘의 일이 아니라고 주장한다. 깁슨은 서술론이 퇴행적 착각들에 의해, 구체적으로, 단일한 전체성, 정해진 참고지점을 거느린 정해진 서술공간, 계급에 따른 사고 그리고 시각보다는 말에 특권을 부여하는 경향 일반, 그리고 "포스트모더니티에 대한 저항을 만들어내는"(Gi-bson 1996 : 21) 그러한 것들에 의해 지배되어왔다고 주장하고 있다. 이러한 관점에서, 상호작용적 소설은 문화적 행위의 존재영역에 관한 명백한 지표인 것이다. 즉 "서술 공간은 현재, 유연하며 조작할 수 있는 것이 되었다. 그것은 이질적이고 애매하며 다원적인 것이 되었다. 서술공간의 거주자들은, 어떤 특수한 공간과 거스를 수 없는 본질적인 관계를 지니는 것으로 보이지 않는다. 그보다, 그 공간은, 주어진 세계를 가변적이며 궁극적으로는 비결정적인 특질을 지닌 것으로서 열어가고 있다"(p.12).

그러나 이러한 실험들의 특질은, 깁슨이 주장하는, 그것들에 적합한 분석적 모드와 함께 서술의 '**미래**'로 불리워질 수 있는가? 깁슨의 수사학은 예견과 권유 사이에서 동요하지만 그러나 그가 예견하는 범주에서 볼 때, 상황은 이러한 종류의 깊숙한 전환에 불리하게 놓여 있다. 이것이 나의 두 번째 요지이다 — 이 말은, 독자 집단들의 커다란 변화와 함께 엔터테인먼트 시장의 커다란 전환이 계속되지 않을 것이라고 주장하는 것은 아니다. 나는 홀로덱의 햄릿과 마주하기를 고대하고 있다("햄릿, 부디 서둘러주시겠어요?"). 그러나 홀로덱이 서술의 미래 '**내부에**' 있다고는 해도 그것이 서술의 미래가 '**될**' 수는 없다. 그보다 먼저, 방대한 분량의 서술이 일상생활의 "자연-언어 서술들" 속에서 계속해서 번성할 것이다. 어떠한 대화의 과정을 보여주는 이 같은 서술의 제작은, 상업적 소비를 위한 서술의 제작과 동일한 종류의 것이다. CDs와 웹에서 서술의 대략 90퍼센트는 책과 영화산업을 복제하고 있는데, 이 영역에서는 사랑 혹은 복수를 추구하는 선조적 스토리들이 조금도 수그러들지 않고 번성하고 있다. 다시 한 번, 서술의 미래는 서술의 과거가 된다는 것을 실감하게 하는 것이다.

이 요지에 덧붙일 것이 있다. 리오타르Lyotard가 『시간에 관한 성찰 *Reflections on Time*』을 처음 출간한지 일 년이 지나서([1988]1991), 프란시스 후쿠야마Francis Fukuyama는 『역사의 종언*The End of History*』에서 자신의 이론을 처음 뚜렷이 드러내었다. 베를린 장벽의 붕괴라는 직접적 여파 속에서 제안된 후쿠야마의 이론은 역사적인 거대-서사의 포기에 관한 리오타르 이론과는 정확히 반대의 유형이었다. 그것은, 역사는 서술할 수 있는 것일 뿐만 아니라 거대-서사의 보편적 과정을 따라왔으며 지금은 그것의 종말에 이르고 있다는 그러한 관념을 강력하게 지지하고 널리 알리는 것이었다. "(거기)여기에는 **모든** 인간 사회에서 공통된 진화 패턴 — 간단히 말해, 자유 민주주의를 지향하는 인류의 보편적 역사와 유사한 무엇 — 을 가리키며 작용하는 근본적인 과정이 존재한다 (Fukuyama 1992 : 48). 후쿠야마는 학교에서 연마된 논쟁적인 관측안으로써 글을 썼다. 그리고 후쿠야마가 포착한 "보편적 역사"는 그의 머리 위로 쏟아질 폭풍들을 초대하도록 한 후쿠야마의 많은 논의들 가운데 다만 하나일 뿐이었다. 잇달아 제기된 논쟁들은, 후쿠야마의 연구에 관한 관심을 지속시켰으며 그로 인하여 그의 연구에 상당한 후광을 보태었다. 그러나 후쿠야마의 이론은 그 자체로서, 정치적 권의에 충격을 주었으며 뿐만 아니라 역사가 결말을 지닌 스토리를 지녔으며 말할 것도 없이 역사의 행복한 결말에는 대중을 위한 좋은 장소가 있다는 그런 확신에 굶주린 상당수의 독서대중들에게 충격을 주었다.

후쿠야마의 생각은 문화적 무정부주의인가? 그것을 무정부주의라고 일컫는 것은, 물론, 그의 것 이상의 또 다른 거대플롯이 있음을 암시하는 것이며 그 플롯은 선조적 시간 속에서 전개되는 것이다. 그러나 사실상, 후쿠야마의 스토리의 종류는, 갈등에 관한 확장된 스토리로서, 의기양양한 영예를 지니고서 지구상 어디에서나 번성하고 있는 것이다. 2001년 9월 11일 — 우리 모두는 이 스토리를 알고 있다 — 그들만의 삶의 스토리 즉 투쟁과 궁극적 승리의 스토리를 깊이 확신하는 조종사들에 의해 비행기들은 폭탄으로 바뀌었다. 그것은 천국에서 그들을 기다리고 있을 수많은 처녀들을 정확히 명시하는 충분한 세부를 지닌 것이었다. 조종사들은 이미 "씌여진" 스토리 속에 거주하였던 것이다. 그리고 그들의 스토리는 차례로, 더 큰 스토리, 우주 역사의 거대 -스토리 속에 거주하고 있었다. 의심의 여지없이, 테러리스트들은 이슬람의 이름에 의해 진행되는 일들에 있어서 비정상적인 작은 조각들이었다. 그러나 골짜 형태에서 볼 때, 이슬람의 더 큰 스토리는, 이미 씌여진 결론에 관한 감정이입적 종결을 지니고 있다. 그것은 전 세계 수억의 사람들이 시종일관 그들의 일상적 삶의 테두리 내에서 살아간다는 스토리이다.

이슬람이 그 자체로 무정부주의의 종류라는 주장은 서구에서는 흔하게 듣는다. 즉 세계적 관점에서 볼 때 그것은 문화적으로 후퇴한 것이며 심지어는 중세적인 것이다. 이것이 이슬람 사회들이 현대 사회에서 경쟁할 수 없는 원인이라고 이야기되고 있다. 그들은 문화적 유연성, 즉 자유 민주주의에 유용한 선택의 필수 영역들을 결핍하고 있다. 그럼에도 쌍둥이 타워가 공격당한 때에, 부시Bush 대통령은 우리는 지금, 선과 악 — "신은 그것들에 중립적이지 않다" — 의 전쟁에 개입되었다고 연설하였다(Bruni 2002 : 257). 많은 사람들이 주시하였듯이, 갈등을 그렇게 특징지으면서, 대통령은 이 스토리의 의미에 관한 빈 라덴Bin Laden의 서술구성에 응하였을 뿐만 아니라 그의 많은 용어들을 채택하였다. 그럼에도 "응하였다"와 "채택하였다"는 적절한 말이 아니다. 그와 같은 보편적 스토리의 개념은, 비록 선과 악이 다르게 지정되었음에도, 이미 대통령의 사고 일부로 되어있기 때문이다. 바로 이것이, 이슬람 세계에 부정적인 만큼이나 그에게는 긍정적인 용어인 "십자군"에 관하여 그가 공개적으로(그리고 아주 불리하게) 연설하도록 이끌었다. 일부 백악관 내부자들은, 테러리스트들처럼, 대통령도, 이 십자군은 "자신을 위한 신의 의도임에 틀림이 없다", 게다가 "이러한 위기의 시대에 자신의 지도력은 신의 계획의 일부이다"와 같이, 그의 사적 스토리가 더 큰 스토리 속에 삽입된 것으로 간주하고 있다고 주장하였다(Bruni 2002 : 256).

그렇다면, 부시는 무정부주의자인가? 그렇지 않다, 나는 이러한 관점에서 주장하고자 한다. 그리고 부시의 생각이 반드시 공화당의 견해인 것만도 아니다. 9 · 11 직후에, 민주당, 버드Byrd 상원의원은 그에게 말하였다, "신의 인도와 창조자를 믿는 사람들의 군대가 있습니다. (…중략…) 당신은 거기에 서 있습니다. 강력한 힘이 당신을 돕게 될 것입니다"(Woodward 2002 : 46). 버드는 구식의 남부 신사라고 할 수 있는데 그럼에도 그는 미국적 토양으로부터 계속해서 갱생하는 어떠한 관념을 환기시켰다. 그와 같은 거대-플롯은, 이슬람적이든 혹은 기독교적이든 간에 행동의 세계 속에서는 명백한 실패로써 그 플롯의 힘을 상실하지는 않는다. 프랭크 커모드Frank Kermode는 불후의 책, 『종말의 의미『The Sense of an Ending』(1966)에서, 그와 같은 스토리들이 결말을 끝없이 지연시킴에도 불구하고 그와 같은 힘을 어떻게 보유하는지를 보여주고 있다. 다음으로, 내 두 번째 요지의 부차적인 특질을 말하자면, 실제적 행동영역, 특히 정치적 행동영역에 있어서, 역사적, 우주적 서술의 수사학적 힘은 필수불가결한 원천이 된다는 것이다. 그와 같은 대다수 서술들은 제도적으로 정통적이지 않으며 혹은 내가 앞에서 제시한 서술들처럼 명백하지도 않다. 그러나 어떤 종교적 색채를 띠든지 혹은 그러한 색채를 결핍하든지 간에, 그와 같은 예견적 서술들이 군대를 소집하는 것이다. 사회 심리학의 이러한 분명한 사실은, 비록 비종결적이고 이탈적이고 두서없고 비선조적이며 다의적인 것들이 유입함에도 불구하고, 무한의 미래를 향해 지속될 것을 약속한다는 것이다.

III.

그러고 나서, e-엔터테인먼트에 일어나고 있는 것들 그리고 우리가 자신의 인생을 살아가고 국가가 제 일을 하도록 하는 이러한 다부진 서술구조들, 그 사이에는 아무런 일치점이 없는 것인가? 예를 들면, 만약 전통적인 선조적 서술 엔터테인먼트의 독자들이, 미래가 완전하게 씌여져 있다고 믿는 극소수의 사람들에 상응한다면(Wahabists, Calvininists), MUD 게이머들과 하이퍼텍스트 소설의 독자들은 더 큰 영역의 무엇에 상응하는가? 이러한 질문은 또 다른 질문의 내부에 있다. 즉 우리는 여기서 어떠한 정도까지 서술을 다루고 있는가? 그리고 이것은, 아직 또 다른 질문의 내부에 있다. 즉 무엇인가가 서술로 되는 것을 멈추고 그리고 다른 무엇인가로서 시작하는 것은 언제인가?

마지막 질문에 대한 한 가지 답변은 이것이다. 즉 선조적인 것이 서정적인 것에 자리를 내어주는 때는 언제인가, 다시 말해, 담론의 매력 —심미적이며 정서적인— 이 스토리를 희생하고 주의를 끄는 때는 언제인가 하는 것이다. 그런 측면에서, 마이클 조이스의 「오후」 그리고 더 들자면 로버트 캔달Robert Kendall의 「두 사람에 맞추어진 삶A Life Set for Two」(1996)과 같은 작품들은 아마 틀림없이 서술이 아닌 서정적인 시이다. 즉 끊임없는 렉시아의 재조합의 실감나는 과정이, 사고와 감정의 세계에 깊이 몰입하도록 하는 이야기노선의 견인력을 충분히 대신하고 있다. 넬슨 굿맨Nelson Goodman(1981)의 용어를 사용하자면, 서술 담론의 그와 같은 "비틀기twisting"는 아주 충분히 추구되고 있으며, 그것은 결국, 서술의 폭넓은 범주로부터 그 밖의 무엇인가로 텍스트를 대체하도록 할 것이다. 하이퍼텍스트 소설에서 이러한 장르-변동의 종류는 종종 주목되어왔다. 예를 들면, 조지 랜도워George Landow는 하이퍼텍스트 링크가 그 특성상 시적이라고 주장하였다. 즉 "링크는, 하이퍼텍스트가 글쓰기에 보태는 요소로서, 그것은, 텍스트-텍스트의 조각들-사이의 공백을 연결하며 그에 따라, 유추, 비유, 그리고 사고의 다른 형식들, 즉 우리가 시와 시적 사고라고 규정짓는 다른 수사들과 유사한 효과를 만들어내고 있다"(Landow 1997 : 215).

어디에서 서술이 중단되고 다른 무엇인가가 시작되는가 하는 질문에 관한 또 다른 답변이 있다. 그것은, 스토리가 더 이상 말하기에 선행하는 것으로 여겨지지 않는 때이다. 환상적이든 혹은 실제적이든, 허구적 혹은 비허구적이든 간에, 스토리들은 일정한 방식으로 이야기되기를 기다린다. 제럴드 프린스Gerald Prince의 규정에서 사용한 표현으로는 서술은 "상술recounting"이다(Prince 1987 : 58). 서술은 심지어는 "이전의 서술", 다시 말해 서술된 사건들에 선행하는 서술의 경우조차도 상술인 것이다. 미래는, 신의 예언에서처럼, 어떤 방식으로 이미 거기에, 즉 서술되기에 유용하도록 놓여있기 때문이다. 이것은, 대다수 과학 소설들이 당혹감을 주지 않고서 전적인 과거시제와 관련될 수 있는 이유가 된다. 그러나 심지어는 미래시제 서술도, 미래로서 일컬어지는 장소이기만 하다면, 이미 거기에서 상술되도록 예정된 무엇의 의미를 전달하고 있다. 마이클 프레인Michael Frayn은 미래시제 소설, 「아주 사적인 삶A Very Private Life」의 시작문장에서 이러한 역설을 강조하고 있다. 즉 "언젠가, 운쿰버Uncumber로 불리는 작은 소녀가 있을 것이다"(Frayn 1967 : 3). 이 소설의 미래세계는 이미 때 맞춰 점유되는 장소로서 단언되고 있다. 모니카 플루더닉Monika Fludernik(1996)은, 프레인의 소설이, 미래에 설정되었음에도, 아주 우세하게 현재시제의 구성물로서 특징지어진다는 사실을 적절히 지적하였다. 즉 "그리고 나서, 비밀 계단의 꼭대기의 작은 바깥 세계에 그녀가 서 있는 어느 날, 그녀의 팔꿈치는 튀어나온 무엇인가에 쿵하고 부딪친다. 그녀는 그것을 잡아당긴다. 거대한 벽면이 휙 돌아선다, 어둠을 빛으로 채우면서"(Frayn 1967 : 12). 이것은 "미래시제"로서 "역사적 현재"(현재시제로 과거의 행위를 만들어내는 것)와 정확히 유사한 것이다. 그리고 역사적 현재가 과거로 설정된 소설에서 아주 보편적인 것처럼, 미래시제는 미래로 설정된 소설에서 그와 마찬가지로 보편적이다. 두 가지 모두는, 이미 거기서 상술하도록 되어 있는 어떠한 방식의 행동을 "상술하는" 과거시제를 사용한다. 영어로 된 미래시제 소설에 관해, 플루더닉이 든 다른 사례로는, 팜 휴스턴Pam Houston의 단편소설, 「사냥꾼에게 말하는 방법How to Talk to a hunter」을 들 수 있다. 플루더닉은, 이 스토리가, "'-할 것이다will'가 미래시제라기보다는 가상상황의 '-할 것이다'로서 거의 계속해서 독해된다"는 점에서 프레인의 소설과는 대비적으로 논의하고 있다. 즉 "옛날에"가 아니라 "가능한 옛날에"인 것이다. 그럼에도, 여기서 다시, 이처럼 아주 근거가 미약한 소설들에서 서술할 수 있는 고유의 사건들을 지닌 가상적 세계가 환기된다. 달리 말해, 그와 같은 세계가 주어질 때 여러분이 기대할 수 있는 사건들 즉 그 세계에 속해 있는 사건들은 이미 존재하고 있다.

　서술은 항상 상술하는 것이라는 관점에 대한 강력한 반대는 조나단 컬러Jonathan Culler로부터 나왔다. 즉 컬러는 자신의 획기적인 논문에서, 서술은 또한, 대립적이며 화해불가한 논리에 의해 지배되며 그리고 "그러한 논리에 의해 사건은 담론에 의해 보도된 주어진 것이 아니라 종잡을 수 없는 힘의 산물이 된다"고 주장하였다(Culler 1981 : 175). 독자들은 또 다른 것이 아닌 하나의 방식으로 드러나는 사건들을 거느리는 "필연적인" 기대들의 복합적 전체를 얻으며, 사건들은 "의미화의 요구"에 의해 발생된다는 의미에서 담론 이후에 오는 것이다. 그럼에도 이와는 다른 논리를 일깨우려고 한 컬러의 그 같은 노력은, 서술의 사건들에 관한 우리의 사고방식이 얼마나 뿌리 깊은 것인가를 일깨워주고 있다. 심지어는 당신이 아이를 위한 스토리를 지어내고 있으며 그것도 즉석에서 하고 있으며 그리고 아이도 이것을 알고 있다고 해도, 아이는 여전히 당신의 사건들에 대한 "상술"을 듣는 것이 된다. 아이는 결말에 관해 불평할 수 있을 것이다. 그러면 당신은 다른 결말을 제공할 수 있다. 그럼에도, 아이는 어떤 식으로든 그러한 창작에 선행하는 사건들을 만들어내는 당신의 이야기를 듣고 있는 것이다. 간단히 말해서, 컬러의 서술에 관한 견해는, 이와 반대되는 주장과 역설적으로 공존한다고는 해도, 사건의 우선이라는 의미(진실이든 가짜이든, 혹은 허구적이든 비허구적이든 간에)가 '**서술을 규정짓는 조건**'이라는 주장을 부정하는 것은 아니다. 물론, 서술을 다른 식으로 규정짓는 조건들도 있지만 이러한 규정 방식은 서술이 있는 곳이라면 어디에나 존재하는 것이다.

그래서 서술로부터 '미리 서술하는 것'에까지, 상술되는 사건들로부터 발생하는 사건들에 이르기까지, 우리는 언제 이것들을 가로지르게 되는가? 우리는, "동시적 서술"로서 일컬어지는 무엇, 다시 말해, 역사적 현재(혹은 미래 혹은 가상적 미래)의 서술 혹은 내적 독백과 같이, "표준적"일 수는 없는 서술과 아주 근접해지고 있다. 말 그대로 이해하자면, 동시적 서술은 사건 혹은 경험 그리고 그것에 관한 서술 사이에 어떠한 간극도 개입시키지 않는 것이다. 일부의 양식들은 거의 가깝게는 되지만 그럼에도 동시적 서술의 양식에는 미칠 수가 없다. 예를 들면, 리처드슨Richardson의 『파멜라Pamela』 혹은 포Poe의 「병 속에 담긴 원고 MS. Found in a Bottle」에서, "그 순간의 글쓰기"라는 장치의 사용은, 사건들의 기록을 허용할 정도로 아주 충분한 간격을 추정하도록 한다. 심지어 크리스찬 폴 카스파리스Christian Paul Casparis(1975)가 "시사 보도" ─ 스포츠사건 혹은 뉴스를 발표하는 ─ 라고 일컫는 것들에서도, 우리가 읽거나 들을 때, 그러한 분열된 매개의 순간에 관한 인식이 나타나고 있다. 그 순간은, 사건들의 궤도가, 늘 사라지고 있는 절대적 현재의 순간으로부터 사건들을 전달하는 매체를 통과하면서 발생한다. 그러나 쿠체Coetzee의 『야만인을 기다리며Waiting for the Barbarians』와 같이, 그와 같은 장치가 없는 작품에서는, 서술의 공백은 인지하기가 무척이나 어렵다. 즉 "막대기 그리고 하얀 린넨 셔츠를 가지고 나는 깃발을 만든다. 그리고는 그것을 타고서 낯선 사람들을 향해 나아간다. 바람은 그쳤으며 공기는 청명하다, 나는 타고 가며 헤아린다, 상승하는 편에 있는 열두 개의 조그만 형상들"(Coetzee 1980 : 69). 도릿 콘Dorrit Cohn은 주장하기로, 그와 같은 일인칭 소설들은, "'전체적으로' 현재시제로 서술되며" 그것은 "서술은 과거, 항상 과거"라는 습득된 진리에 대한 아주 심각한 도전을 표현한다. "서술하고 있는 자아와 경험하고 있는 자아 사이의 시간적 휴지 (…중략…) 그것은, 줄어들어서는 말 그대로 무無가 되기" 때문이다(Cohn 1998 : 97 107).

이것은, 서술되는 것과 서술자의(혹은 서술의) 관계가, 서술과 독자의 관계와 동일하지 않다는 것에 초점을 두는 중요한 요지들 중의 하나가 된다. 서술의 과거성에 관한 질문이 전자의 관계에 한정된다면, 동시적 서술은 "규칙"의 독특한 위반이며 그리고 독자에게는 고유의 독특한 효과를 전달하는 것이 된다. 그러나 독자가 소설 그 자체를 이해하는 방식에 주의를 기울인다면, 우리는 이러한 한정된 범주의 관심사들을 남겨두어야 한다. 그에 따라, 비록 『야만인을 기다리며』의 서술자에게, 미래는, 제임스 펠란James Phelan의 표현을 빌자면, "폭넓게 열려 있다"고 추정할 수 있음에도 불구하고, 우리는 또한, "어떠한 종류의 목적론을 부여한 자신의 소설을 만들었다는 쿠체의 가정을 지니고서 독해하게 된다(Phelan 1994 : 223). 다른 말로 하자면, 스토리는 이미 거기에 있으며 한 권의 책으로 포장되어 있다. 독자로서, 우리는 이것을 알고 있다. 스토리는 이미 사건 A부터 Z까지 전개되어 있다. 심지어는 하나의 사건으로부터 다른 사건으로 우리를 데려가는 담론이 동시적 서술이라고 할지라도 그러한 것이다. 동일한 방식으로, 독실한 종교적 일부 신봉자들은 세계의 스토리가 동시적 서술의 양식으로 전개되고 있음에도 이미 완결된 것으로 확신한다.

서술이 "상술"의 한 가지 형식이라는 사실은, 상당히 많은 서술론자들이 연극과 영화를 서술로서 규정짓지 못하도록 하였다. 이 매체들에는 어떠한 상술이 없다는 주장이 존재한다. 프린스Prince는, 드라마 속의 사건들에 관해서, "상술되고 있다기보다는 (그것들은) 무대에서 직접적으로 발생한다"고 말하고 있다(Prince 1987 : 58). 나는 이러한 배제에 관해 논하기를 원하지 않는다. 대신에, 학자들이 서술형식들에 드라마와 영화를 포함시킬 때 그 고유의 무게를 보태는 동일한 직관적 논리가 있음(그리고 앞에서 논의한 마지막 요지의 맥락에서)을 제안하고자 한다. 이러한 관점에서, 드라마와 영화는, 대본, 혹은 시나리오, 혹은 소설, 혹은 역사, 혹은 신화, 혹은 어떤 이의 머릿속 관념으로서 미리 존재하며 그리고 이후에는, 예행연습 혹은 편집을 포함한 변형의 과정을 통과하는 스토리의 표현이 아닌 스토리의 재현이 되는 것이다. 즉 극제작물과 영화(둘 다는 동시적 서술의 양식으로서 번성하는 형식이다)는 스토리를 전달하고 게다가 그것을 계속해서 전달할 수 있도록 조직된 대상들인 것이다. 즉 어느 한쪽 편에서 보는 직관적 견해는 이와 같은 것이 된다. 여기서 인상 깊은 요지는, 심지어 서술의 한계에 관한 아주 반대견해를 지닌 사람들에 의해서도, 일반적으로 사용되는 "서술"의 용어는, 스토리가 이미 만들어져서 거기에 있다는 생각을 포괄한다는 것이다. 이러한 의미에서, 서술과 '미리 서술하는 것' 사이에는 항상 간극이 존재하는 것이다 — 말하자면, 과거의, 현재의, 미래의, 가정적인, 조건적인, 알려진, 미지의, 대본상의, 대본에 없는, 상상의, 혹은 실제의, 어떠한 사건들이 있으며, 그것들은 서술이라는 공장의 곡물이다.

IV.

이 사실은 우리를 다시 홀로덱으로 데리고 간다. 그것은 거기서 발생한 무엇은 서술의 진화 혹은 확장이 아니라 서술의 지엽적 이탈이기 때문이다. 내가 '햄릿'을 향해 내 말을 전하는 기회를 갖게 되고 햄릿이 적절하게 채택한 말("나는 생각하고 있어!")로 대답할 때, 두 사람 모두는 그 순간에는 서술에서 규정짓는 간극을 가로질러 '미리 서술하기'에 들어선 것이 될 것이다. 그와 같은 순간은, 삶은 미리 서술될 수 있다는 것과 같은 의미에서 미리 서술될 수 있는 것이 된다. 아직까지는 물론, 홀로덱 제작물은 존재하지 않는다. 그러나 그 같은 순간은 아주 성가신 휴대폰이 꺼진 전통적인 극장에서 나타나고 있다. 홀로덱에서 일어나는 무엇과 좀 더 유사한 것은 〈리처드 3세〉 제5장의 어떠한 순간(틀림없이 전거가 의심스러운)일 것이다. 그것은, 존 베리모어John Barrymore가 "말horse! 말! 한 마리의 말을 위한 나의 왕국!"이라는 유명한 대사를 말하였으며(V : iv 7) 그러자 청중석의 한 남성이 크게 소리내며 웃었던 순간이다. 때를 놓치지 않고, 베리모어는 돌아서서 그 남성을 가리켰으며 그리고는 소리쳤다, "저쪽에 있는 시끄러운 나귀에게 안장을 얹어라!" 그 순간에, 베리모어는 서술에서 규정짓는 간극을 넘어섰던 것이다. 그는 셰익스피어의 〈리처드 3세〉의 극적 말하기에는 참여하지 않았지만 그러나 그는 '미리 서술할 수 있는 것the prenarratable'(내가 지금 서술하기로는)을 만들어내었던 것이다.

MUDs의 진화에서 무엇보다 흥미로운 것은, '미리 서술하기'의 투과성에 관한 것이다. '미리 서술하기'는, 전통적 극 제작물로 침범하면서 행동을 멈추게 하고 심장을 뛰도록 하는 효과를 지니며, 이것은 MUDs 특히 대규모 멀티-유저 버전들에서 플레이어들의 주목을 크게 끌고 있다. MUDs는, 종종 서술로서 언급되지만, 내가 말했듯이, 좀 더 직접적으로는, 게임(규칙에 묶인 경합)으로부터 승계되어온 것이다. 게임으로부터 전개되는 과정에서, MUDs는, 고도의 서사성을 지닌 장비들(손님들, 토굴감옥들, 괴물들)을 습득하였다. 전통 게임의 꽉 짜인 제약들을 느슨하게 하면서 동시에 서사성을 획득하면서(그러나 꽉 짜이게 대본화되고 전적인 포괄적 서술이라는 제약이 없는), MUDs는 관객 / 참여자가 미리 서술하도록 하는 많은 행동들을 자유롭게 개발할 수 있는 공간들을 열어가고 있다. 손님들, 플롯-요지들, 장면들, 적대적이거나 우호적인 대리인물들을 초청하는 주인장, 그리고 서술할 수 있는 다른 요소 등이 게임전문가들에 의해 제공되는 것이다. 서술의 방식에 따라서, 그러한 요소들은 '이미 거기에' 놓여 있게 된다. 거기에 아직 존재하지 않는 무엇은, 플레이어들에 의해 만들어질 전적으로 종잡을 수 없는 일이 될 것이다.

나는, '미리 서술되는 것'이 그와 같이 침투하고 하이퍼텍스트 소설이 자유롭게 시적으로 재조합되는 것에서, 서술의 주어진 속성에 대한 끊임없는 불만을 접한다는 것이 결코 확대해석이라고 생각하지 않는 다. '미리 서술되는 것'이 침투함으로써 창조하는 지연의 종류는, 모든 성공적인 서술들의 본질적 일부가 되는 시간에 가치를 부여한 지연의 양식들과는 상이한 것이다. 이때의 지연은 우리에게 긴장을 유지하도 록 함으로써 스토리에 대한 우리의 관심을 강조하는 것이다. 한편, '미 리 서술되는 것'의 즉흥적인 발생은 고의로 스토리를 이탈한 것이며 플 롯-요지들로부터 떨어져나가는 거듭된 방황인 것이다. 실지로, 이러 한 사이트들 상당수는 채팅 방의 조건에 귀속되어왔다. 그것들이 어디 까지 멀리 미치든지 간에 그와 같은 엔터테인먼트들은 초이스의 「오후」 와 같은 수동적인 상호작용적 하이퍼텍스트 소설에서 스토리의 소실 과 시적 조건을 향한 이동에 필적하고 있다. 두 가지 모두는 서술이 궁 극적으로 한정된 스토리를 따르는 것에 저항한다.

그럼에도, 이러한 상호작용적 엔터테인먼트가 실제 행위의 더 큰 서 술의 맥락 속에서 흥미롭게 되는 것은, 고의로 서술론적 질서를 거스르 는 인물뿐만 아니라 또한 그와 같은 상호작용성의 한정성에 있다. 즉, 엔터테인먼트에서 상호작용성의 자유는, '미리 서술하기'(MUDs)의 격 리된 발생들에 한정되어 있거나 혹은 '미리 선택된 것'(하이퍼텍스트 소설) 의 제한된 재조합에 한정되어 있다. 이러한 상호작용적 자유의 종류들 은, 어느 정도로 확장되든지 간에(서정적 무질서 쪽이든 혹은 채팅방 담론 쪽 이든 간에), 그것들은 하이퍼텍스트 소설의 한정된 렉시아들 혹은 MUDs 에서 골격이 되는 서술 경합들 내부에서 확장되는 것이다. 우리는 앞에 서, 서술을 독해하고 조망하는 다양하고 폭넓게 실천된 엔터테인먼트들이, 과거와 미래의 모든 사건들을 이미 씌어진 대로 독해하는 상당히 특이한 실천과 일치한다는 사실에 주목하였다. 대조적으로, 내가 논의해 오고 있는 e-엔터테인먼트들은, 주어진 구조 속에서 한정된 이탈들(위원회-회의, 갈등, 회담, 공사工事, 커피타임'이 있는' 세미나, 휴가, 그리고 무-목적론적 교란의 다른 형식들)과 더 큰 층위에서 일치하고 있다. 그 극단에는 연회, 경야經夜, 토크쇼가 있다. 정치적 층위에서 볼 때, 그러한 극단의 형식들은 크게 효과적이지는 못한 것들이다. 1960년대의 행사 행렬들, 1980년대와 1990년대의 '레이브' 문화행사들, 그리고 새천년의 플래시몹들flash mobs 모두가, 서술 목적론의 구속에 저항하여 각각의 정체성을 취한다면, 그것들은 또한, MUDs처럼, 그것들의 영향을 효과적으로 차단하는 공간과 시간 둘 다의 구속의 종류들을 받아들이는 것이 된다. 더구나, 그 특성상, 그것들은 서술의 무한정한 수사학적 힘이 박탈되어 있기 때문에 대부분 실생활의 층위에서는 중대한 개입을 할 수 없는 것들이다. 그보다, 그것들은, 결정을 만들어내는 힘과는 정반대되는 일종의 공생관계 속에서 — 그것들이 반대하는 서술의 지배력을 지탱하는 무질서의 관념들로서 — 작용하는 것으로 나타날 것이다.

그러고 나서, 우리는 엔터테인먼트와 더 큰 실생활의 영역 사이에서 계통들을 분류하는 초안을 대략적으로 그려볼 수 있다. 즉 우리는 다음과 같은 상동관계로써 출발할 수 있다.

읽기로서 / 게임으로서의 삶	한정된 무정부적 사회 행위
전통적 서술 읽기	하이퍼텍스트 소설 읽기 / 배열하기
전통적 게임 플레이하기	MUDs 내에서 플레이하기

V

엔터테인먼트의 층위에서, 부가적인 구별이 있는데, 그것은 예견자들 다수를 교묘히 피해온 것으로 간주된다. 위의 도표에서, 나는 두 가지 범주로 나뉘는 사건-기저형 소설들의 네 가지 기본 형식을 구별지었다. 그것은 왼편에 있는, 전통적 서술과 전통적 게임, 그리고 오른편에 있는, 수동적인 상호작용적 하이퍼텍스트 소설, 그리고 서술과 유사게임의 제약들 내부에서 미리 서술하는 행위가 발생하는 MUDs이다. 그러나 제약들이 너무 미약한 나머지, '미리 서술하기'가, '미리 서술하기'의 매개적 확장일 뿐만 아니라 '스토리' 그 자체를 발생시키도록 한다면 어떻게 될 것인가? 이것의 사례들은, 스토리 그 자체가 참여자-작가에 의해 발생되는, 전적으로 공동협력적인 MUDs와 하이퍼텍스트 서술이 될 것이다. 내가 완성된 작품을 독해하는 일부 독자의 경험이 아니라, 작가-플레이어가 구성할 때의 경험을 여기서 언급하고 있음을 강조하는 일은 중요하다. 공동협력적 사이트의 소설을 주로 읽어보고서 그것이 수많은 참여자-작가들에 의해 바로 그 자리에서 즉흥적으로 만들어졌다는 사실을 충분히 알게 된다고 해도, 당신은 여전히 스토리를 만들어내고 상술할 때 아이가 당신의 이야기를 듣는 것과 동일한 방식으로 그 소설을 읽게 될 것이다. 이것의 이유는 단순하다. 즉 그것이 서술인 것이다.

그러고 나서, 서술과 '미리 서술된 것'의 핵심적인 구별이 있다. 다시 말해, 그것은 독자의 경험과 작가의 경험의 구별인 것이다. 사실상, 스토리 담론을 창조하고 있는 동안에, 작가는 컬러(1981)의 "이중적 논리"

의 다른 측면을 횡단하며 그리고 담론 이후에 출현하는 사건들을 경험하고 있다. 이것은, 사건들이 이미 거기에 상당히 있다는 느낌을 주지 않고서, 순간에서 순간으로 단순히 나타나는 MUDs에서의 '미리 서술하기'의 부분적인 창조의 효과와 유사하다. 그럼에도 그와 같은 부분적인 역할-플레이 수행들이 스토리의 내부에서 숨겨져서 발생한다고 하더라도 — 아세스Aarseth(1997)는 "음모"라고 일컫는다 — 컬러의 다른, 서술의 "논리"에서 존재의 의미가 한정되는 그러한 정도에서인 것이다. 대조적으로, 그것 자체를 진행하면서 쓰는 협력적 소설에서, 혹은 '사막의 이야기'A Tale in the desert'(eGenesis의 2003년도 게임)처럼 제약에서 자유로운 멀티유저 게임에서, 플레이어들은 사회 운영에 참여할 뿐만 아니라 이집트의 특정한 전체 역사를 창조한다. 여기서, 스토리 그 자체는 아직 "씌어지지" 않았으며 말이 표현되고 동작이 행해짐에 따라 다만 그 윤곽을 취할 수 있다.

　나는 서술의 두 번째 논리에 관한 컬러의 개념에 대해 압박을 가하고 있는데, 그것은, 컬러가 서술을 정적인 측면으로 보기 때문이다. 반면에 나는 그 개념을, '미리 서술하기'의 서술영역 바깥쪽에 두고 있다. 내가 이야기하고 있는 것은 부상하는 경험의 형식으로서, 그것은 사건들을 존재하게 하며 기대와는 상관없이 실지로 기대에 거스르는 것이다. '미리 서술하기'가 거기에 있음을 알지 못하는 이러한 상태는, 아주 단순하게는, 작가들이 종종, 그들이 글을 잘 쓰고 있을 때 이야기하는 글쓰기의 경험이라고 할 수 있다. 존 파울즈John Fowles는, 소설가들을 이야기하면서, "인물들과 사건들이 우리에게 순종하지 않게 될 그때에야 그것들은 삶을 시작하는 것이다"(Fowles 1969 : 81)라고 적고 있다. 파울즈는, 인물들이 "반란을 일으킨다"(1927 : 66)고 표현하고 있다. 즉, 『헤엄치는 두 마리의 새*At Swim-Two-Bird*』에서, 플랜 오브라이언Flann O'Brien이 잠잘 때 저자를 죽이려고 인물들이 음모하는 것과 동일한 방식인 것이다. 이러한 요지에 관해서는 폭넓은 영역에 걸친 증거들이 있다. 그와 같은 글쓰기에서, 인물들과 사건들은 저자의 통제를 전적으로 넘어서는 고유의 것들을 창조하는 듯이 보이며, 저자는, 적어도 이론상으로만, 그것들을 만들어내고 있다. 또한, 상상하는 아이들과 관련하여 완전한 자율성을 지니고서 유사하게 작용하는 "상상속 친구들"이라는 유년기의 현상과, 소설가의 그러한 조건들과의 연관성을 입증하는 실체가 있다(Watkin 1986 : 91~103; Taylor 1999 : 148~152). 물론, 저자들은 자신의 소설을 기획할 수 있고 인물들이 미리 인지된 과정을 따르도록 강요할 수 있다. 그러나 그와 같은 글쓰기는, 사실상, 서술하기에 앞서 서술이 알려져 있는 한도에서 "독자가 수동적으로 읽는 것"이 된다. 내가 여기서 구별짓는 것은, 담론의 작은 세부들뿐만 아니라 또한 스토리 그 자체에서, 글을 쓰는 가운데 미래가 발아하는 방식인 것이다. 그 과정에서, 그것은 지금까지는 미지인 무엇을 창조한다. 톨스토이가 '직접 쓰면서' 발견하였던 것이 바로 이것이다. 그는 『안나 카레리나*Anna Karenina*』에서 브론스키Vronsky가 자살을 시도하려는 사실을 굉장히 놀라워하고 있다(Gifford 1971 : 48). 스토리는 담론이 그것을 만들어낼 때까지는 거기에 있지 않다.

이것이 더 큰 서술 영역에서는 무엇에 상응하는가? 그것은, 기본적으로, 예견의 이탈에 상응한다. 우리가 서술로서 삶을 독해하지 않을 때 미래의 부재는 절대적인 것이다. 아무것도 아직 존재하지 않는 것이다. 삶은 "씌어지는 것"이 아니다. 이러한 의미에서, 내가 계속해서, 바르뜨의 구별([1970]1974)을 (약간 왜곡해서) 전유한다면, 그것은 삶의 직분을 향한 "독자의 수동적" 태도가 아니라 "뜻을 만들어가는" 태도이다. 이 효과의 당연한 귀결이 일단 씌여지면 과거는 절대적인 것이 된다는 사실에도 불구하고 그러한 것이다. 그렇다면, 완결적인 분류는 다음의 것과 유사할 것이다.

읽기로서 / 게임으로서의 삶	한정된 무정부적 사회 행위	쓰기로서의 삶
전통적 서술 읽기	하이퍼텍스트 소설 읽기 / 배열하기	서술 쓰기
전통적 게임 플레이	한정된 MUDs 내에서 플레이	개방된 MUDs 플레이

우리들 대부분은, 이 분류의 맨 위의 층위에서 삶을 영위하며, 삶이란 읽기와 쓰기의 혼합물인 것이다. 단순히 살아남기 위해서, 우리는 모두, 자신들의 삶을 쓸 뿐만 아니라, 아마도 똑같은 정도로, 우리의 삶을 읽도록 준비해야 한다. 한편으로, 우리들 중 상당수는 앞으로 펼쳐질 자신들의 삶에 관한 상세한 기본플롯을 확신하고 있을 것이다. 그리고 우리는 모두, 자신들을 안내하는 정신의 대본들을 발송하고서 때때로 그것들을 따른다. 다른 한편으로, 우리는, 파울즈의 인물, 찰스 Charles에게 일어난 일처럼, 경고도 없이 계속해서 일어나는 일들을 처리할 뿐만 아니라 생각하지 못한 반응들을 종종 즉흥적으로 만들어낸다. 우리는, 크든 작든 어떠한 확신을 지니고, 계획, 안건, 플롯, 처방, 레시피, 스키마 등의 형식으로 대본을 기획한다. 그리고 우리는 세부를 '쓰면서'조차도 그것들을 '읽으려' 애쓰고 즉흥적으로 지어내고 수

정하며 그리고 필요하다면 미래를 향한 주요 사건들을 재배치한다.

그럼에도 엔터테인먼트의 층위에서 볼 때 놀라운 것은 패러다임의 오른 편에·비해 왼편에 얼마나 많은 활동이 있는가 하는 것이다. 글쓰기는, 내가 이 용어를 쓰는 맥락에서는, 다만 너무 어렵거나 혹은 굉장한 재능을 요구하는 것이어서, 어떠한 엔터테인먼트로서는 폭넓은 호소력을 갖지는 못할 것이다. 그럼에도 스토리와 게임을 만드는 일은 아이들에게는 아주 자연스럽게 다가온다. 그래서 분류의 오른편에 거의 활동이 없는 것은, 우리가 단순하게, 삶의 살아가는 조건에서 아주 많은 것들을 얻기 때문이라고 추측할 수 있다. 나는 우리가 씌어진 것의 안정성 내에서 발생하는 그러한 엔터테인먼트들을 열망해야 한다고 생각한다. 중간 범주의 엔터테인먼트들이 서술의 구속에 대한 거부를 나타낸다고 한다면, 그것은 게임과 유사한 서사화된 도메인의 안정된 경계 내에서 그렇게 하는 것이다. 동일한 방식으로, 무정부적 사회 행위는 일반적으로 일정한 방식으로 차단되며 그리고 대체로 임의적이지 않은 정치적 영향으로부터도 면제된다. 간단히 말해서, 이 다이어그램에는 많은 구속이 있으며 위험은 거의 없다. 결국, 과거의 절대적 결말을 안고 사는 일과 마찬가지로, 미래의 절대적 부재를 안고 살아가는 일도 어려운 것이다. 그럼에도 이것은, 조심스럽게 예견하건대, 시간 그 자체가 형태를 지니며 또한 그것을 우리가 웬만히 읽어낼 준비가 되어있다는 환상을 주는 제약들 즉 서술 혹은 그 외의 것들 내부에서, 엔터테인먼트 기술의 멋진 발달들이 종종 주요하게 지속되는 또 하나의 이유인 것이다.

어휘록

행위자actant

구조주의 설화론에서 서술 행위구조의 기본 역할을 의미한다. 용어를 고안한 그레마스는 여섯 가지 행위소의 역할(주체, 대상, 발신자, 수신자, 조력자, 적대자)을 기술하였다. 이 용어는, 가령, 주인공(주체) 혹은 악한(적대자)에서처럼, 종종, 행위의 구조적 기능 측면에서 고려되는 인물을 다소 느슨하게 가리키는 데에 사용된다. 어떠한 서술에서 동일한 행위소 역할은 한 사람이상의 인물에 의하여 수행될 수 있다(예를 들면 많은 수의 적대자가 있을 수 있다). 유사한 방식으로, 동일한 인물이 하나이상의 행위소 역할을 수행할 수 있다(예를 들면, 처음에는 조력자인 인물이 또한 적대자가 될 수 있다). 또한 행인passant 항목을 참고할 것

회상analepsis, **각성**analeptic

플래시백으로서 각성의 단락은 연대기의 과거시간으로부터 제재(사건, 이미지, 발화의 형상)를 서술하는 것이며 서술시간의 진행을 방해한다.

서술할 수 있는 것에 적대적인 것antinarratable

이 책의 글에 의하면, 사회적 관습 혹은 금기로 인해 이야기되어서는 안 되는 서술을 의미한다.

결합 텍스트attached text **혹은 일치 텍스트**contingent text

주요인물인 "나"가 작품의 저자일 것으로 추정되는 텍스트를 의미한다. 텍스트의 의미는 텍스트의 목소리와 저자의 목소리를 동일시하는 것에 의존한다. 사례로는 사설, 학술논문 등을 들 수 있다.

청각적 지각표상表象auditory percept

주관적으로 지각된 청각적 대상으로서, 이것은 청취과정에 의해 청각적 파장형식을 해독하여 유의미한 소리로 이끌어내도록 한다. 지각표상은 "감각" 혹은 "개념"과는 구별되며 심리적 과정과 인지적 과정의 복합적 상호작용에 의해 생산된다.

청각적 복구auditory restoration 혹은 지속성 효과continuity effect

특정 소리가 유사 주파수의 시끄러운 소리에 의해 가려지거나 대체될 때 놓친 소리를 지각적으로 채워 넣는 것을 의미한다. 침묵에 의해서가 아니라 그와 같은 소음에 의해 특정 소리가 들리지 않게 되는 공백이 생길 때 상반되는 다른 단서들이 있지 않다면 우리는 지워지거나 끊겨지다가 이어지는 소리도 단절이 없이 지속되는 소리로서 지각한다.

청각적 흐름auditory streaming, 청각적 장면 분석auditory scene analysis 혹은
지각적 / 청각적 범주화perceptual / auditory grouping

겹치는 다양한 소리원천들이 만들어내는 단일한 지속적인 파장형식을 유의미한 개별적인 소리들로서 지각적으로 조직하는 과정을 의미한다. 청각적 흐름은 단일한 원천(흐름의 통합 혹은 결합)에서 흘러나온 소리들을 지각하는 일과 그리고 그 소리들을 상이한 흐름들(흐름의 분리 혹은 분열)로 구별짓는 과정(배음倍音과 반향을 포함)을 포괄한다.

청진화auscultation, 청진화하다auscultize, 청진자auscultator

문학에서 소리의 지각적 재현(누가 청취하는가?)을 가리키는 용어들로서 초점화focalization, 초점화하다focalize, 초점자focalizer라는 시각적 용어들로부터 유추적으로 고안되었다. 청진화는 포괄적 개념인 초점화(누가 지각하는가?)의 아종亞種으로서 간주된다. 초점화가 시야(누가 보는가?)를 가리키는데 구체적으로 사용된다고 할 때 초점화와는 유추적이면서 차별적인 청진화의 개념이 가능한 것이다.

저자적 청중authorial audience

가설적으로 존재하는 이상적 청중으로서 저자적 청중은 저자의 텍스트를 완벽하게 이해하며 이들을 위해 저자는 텍스트를 만들어낸다. 소설의 저자적 청중은 서술 청중narrative audience(아래서 규정된)과는 달리 인물과 사건이 실제 사람과 역사적 사건이 아닌 합성적인 구조물임을 암묵적으로 인식하며 사유한다.

오어법誤語法catachresis

잘 알려진 지시적 의미를 지닌 말이 그것의 가리키는 명칭과는 무관한 무엇인가를 표현하는 데에 사용되는 변칙적인 비유를 의미한다. 아주 보편적인 사례로는 "산의 표정" 혹은 "불꽃의 혀" 등이 있는데, 이것들은 인간 신체의 일부가 자연 세계에 투사된 특성을 지닌다.

크로노토프chronotope

서사'담론'에서 시간적인 동시에 공간적인 차원들을 의미하며 "소설의 시간 형식과 크로노토프 형식"에서 바흐찐이 고안한 용어이다. 바흐찐은 "예술적으로 표현된 시간관계와 공간관계의 본질적 결합관계"로서 크로노토프를 규정하였다.

동일 지시성coreference

지시성reference 항목을 참조할 것.

반反-기억countermemory

미셸 푸코의 연구에서 유래한 용어이다. 푸코는 역사의 계보학적 연구들에 의해 조명된 상실되거나 숨겨져있는 문화적 실천들(기억들, 서사들)을 가리키고 있다.

문화 산업culture industry

테오도르 아도르노와 막스 호르크하이머가 처음 쓴 어구로서 『계몽의 변증법』에서 핵심적으로 사용되면서 유명해졌다. 이 책은 문화적 가공물의 창조와 보급에서 대량생산과 대량소비의 포드적Fordist 원리가 적용되고 있음을 기술하고 있다.

직시어直示語deixis

화자의 소재와 관련한 장소와 시간에 지시대상을 위치시키는 특정한 말의 기능을 의미한다(예를 들면, 지시대명사, 정관사, 때를 나타내는 부사). "나는 이 사과가 저 오렌지보다 지금 더 괜찮았다는 것을 알아차렸다"와 같은 참고 서술에서, "이"와 "저"는 사과가 오렌지보다 "나"에게 더 가까이 있음을 나타내는 '직시적' 기능을 지닌다. 한편, "지금now"은 시간적 변화의 지점과 화자의 당시 인식임을 모두 가리키는 직시적 기능을 지닌다. "지금"과 "-았다"의 병치 — 현재를 나타내는 부사와 함께 하는 과거를 나타내는 동사 — 는 서술된 사건의 현재시간을 종종 의미하도록 기능하는 과거 시제의 서술관습과 연결되어 있다.

분리 텍스트detached text

저자의 신원이 텍스트의 "나"의 신원과는 분리된 것으로 이해되는 텍스트를 의미한다. 저자가 텍스트의 "나"와 동일시되지 않거나 혹은 주요인물인 "나"와 저자의 관계

가 텍스트에서 중요한 의미를 지니지 않다는 것을 의미한다. 분리 텍스트의 사례로
는 광고, 국가國歌 등을 들 수 있다.

대화식 토론법dialogism

바흐찐에 의하면, 소설에서 '담론'의 발언 혹은 사례가 되는 소설 언어의 특성을 의미
한다. 대화식 토론법은 인물들과 관련되든지 서술자와 관련되든지 혹은 동일 소설의
내부에든지 소설 바깥의 광범위한 사회무대에든지 간에 다른 발언들을 지향하도록
한다. 다시 말해, 발언은 다른 발언들을 예측하며 그것들에 반응하며 공개적으로 혹
은 은밀하게 그것들에 관한 논쟁을 벌이거나 혹은 그것들을 모방하거나 패러디한다.
담론의 일부 유형들(예를 들면, 자유간접화법)은 양측 모두의 발언들을 담론구조 내
부의 이러한 대화에 통합하며 그로 인해서 "이중-목소리"로서 일컬어진다.

디에게시스diegesis

① 허구적 혹은 비허구적 이야기세계를 의미한다. 그리고 ② 요약 혹은 논평에서의
말하기를 의미하며 대화 혹은 행위에 의한 보여주기와는 대비된다. 이 용어의 첫 번
째 의미는 말의 계보학적 뿌리를 제공한다. 이종화자서술extradiegetic은 주요 서사세
계에서 적합한 일부가 아닌 상황을 가리킨다. 자신이 서술하는 세계의 행위자가 될
수 없는 서술자는 이종제시적 서술자가 된다. 내적화자서술intradiegetic은 주요한 이
야기세계 내부의 상황을 언급하는 것이다. 즉 이 서술자의 서술은 콘래드의 『어둠의
심장』의 말로Marlow처럼 또 다른 서술자에 의해 액자화된다. 이 서술자가 액자를 만
들어내는 서술이 외적화자서술extradiegetic이다. (그럼에도, 내적화자 서술자가 서술
된 행위에 참여하지 않는다고 한다면, 그는 또한 이종화자 서술자가 될 수 있음에 주
목하라. 예를 들면, 캔터베리를 향한 여정을 순례하는 초서Chaucer의 서술자들은 내
부화자서술이면서 동시에 이종화자서술을 구성한다.) 또한 이종화자서술, 동종화
자서술, 그리고 대체代替용법 항목을 참고할 것.

담론discourse

스토리를 이야기하는 일련의 장치들로서, 시각 혹은 초점화(누가 지각하는가?), 목
소리(누가 말하는가?), 지속(이야기되는 데에 얼마나 오래 걸리는가?), 빈도(한 번만
이야기되는가 혹은 반복적으로 이야기되는가?), 그리고 속도(스토리 시간이 담론 전
체에서 얼마만큼 비중을 차지하는가?)를 포함한다. 구조주의 설화론에서 담론은 서
술의 "방법"으로서 간주되며 서술의 "무엇" ― 인물, 사건, 배경 ― 과는 구별된다.

가상서술disnarration

서술자가 발생하지 않은 무엇을 상술하는 기법을 의미한다.

에크포네시스ekphonesis

문학작품에서 음악적 구성 혹은 소리의 구성을 재현하는 것을 의미한다.

에크프라시스ekphrasis

문학작품에서 시각적 구성을 재현하는 것을 의미한다.

애매모호한 텍스트equivocal text

주요한 목소리가 저자의 목소리와 관련되면서 동시에 독립적인 것으로 간주되는 텍스트를 의미하며 "나"와 저자의 "나"의 관계가 결정적이지 않거나 가변적이다. 예를 들면 소설과 시는 애매모호한 텍스트이다.

존재론적 기제existential mechanism

현실적인 모델이라는 관점에서 허구적 텍스트의 문제적 요소들을 연관짓고 해결하는 독해-가설을 의미한다. 존재론적 기제는 과학소설 혹은 카프카의 변형 세계를 독해하는 방식이 된다.

확장extension

새로운 서술이 원본 서술을 모방하는 과정을 의미한다. 그럼에도 이것은 원본의 후속편을 구성하지는 않는다(즉 원본의 인물들의 삶을 지속하는 것은 아니다). 그보다, 새로 쓴 서술은 새로운 인물들이 원본의 인물들이 경험한 유사한 상황에 놓이도록 한다.

파불라fabula

연대기적 질서로 된 이야기 사건들의 연속을 의미한다. 좀 더 일반적으로는, '담론'으로 만들어지기 이전에 사건들에 관해 서술한 것에 해당된다.

가공적fictive, 허구적fictional, 가상적fictitious

이 용어들은 종종 동의어로 사용되지만 다음과 같이 유용하게 구별될 수 있다. 즉 '가공적'은 "상상력이 풍부한 발상을 만들어내는 소설"을 의미하며 (저자적) '담론'에 적용된다. '허구적'은 "상상되고 있는 소설의 특성"을 의미하며 주로 스토리에 적용된다(그럼에도 '재현된' 담론은 통상적으로 가공적인 것이 아닌 허구적인 것임에 주목하라). 그리고 '가상적'은 "비현실적이거나 혹은 상상적인 것"을 의미하며 사건과 존재 혹은 스토리 세부에 적용되는 것이다.

초점화focalization

서술의 '담론'에서 "누가 지각하고 있는가?"라는 질문에 대한 답변이라고 할 수 있다. 제라르 주네뜨는 "관점"이라는 용어가 서사담론의 뚜렷한 두 가지 양상 — 시각 혹은 초점화와 함께, 목소리("누가 이야기하고 있는가?"라는 질문에 대한 답변) — 을 융합하고 있는 사실에 주목하였다. 주네뜨가 '초점화'를 확인한 이래로 설화론자들은 이 개념을 기술하고 그 효과를 설명하는 최선의 방법들에 관하여 논쟁해오고 있다.

자유간접담론free indirect discourse

서술자가 자신과 인물의 표현을 뒤섞음으로써 인물의 말 혹은 사고를 재현하는 서술의 화법을 의미한다. 직접 담론에서 서술자는 인물의 사고를 인용할 것이다. 즉 "그는 생각했다, '나는 집에 가서 가뿐하게 한숨 자야겠어.'" 간접담론의 서술자는 인물의 사고를 다음과 같이 보고할 것이다. 즉 "그는 집에 가서 가뿐하게 한숨 자야겠다고 생각했다." 자유간접담론의 서술자는 액자형식을 빠뜨릴 것이다. 즉 "그는 생각했다", "그는 집에 가서 가뿐하게 한숨 잘 것이다."

기능론적 기제functional mechanism

상충된 의견을 초래하는(이를테면, 주제적, 수사학적) 결말의 관점에서 이탈적이고 불연속적인 텍스트의 요소들에 질서를 부과하는 독해-가설을 의미한다.

계보학genealogy

푸코에 의하면 역사적 글쓰기의 실천으로서 니체의 철학비평에 근거를 둔 개념이다. "니체, 계보학, 역사"에서, 푸코가 설명하기로는, 관습은 "사고, 미세한 이탈 — 혹은 정반대로, 완전한 역전 — 실수, 거짓된 평가, 그리고 계속해서 존재하고 우리를 위한 가치를 지닌 것들을 초래하는 잘못된 추정에 주의를 기울인다." 그 결과, "진실 혹은 존재는, 사건들의 외면적 특성을 제외한다면, 우리가 알고 있는 무엇과 하고 있는 무엇의 근본을 이루지 않는다는 사실을 발견하게 된다."

일반론적 기제generic mechanism

작품이 속한 종류를 참고함으로써 다른 불일치한 내용들을 설명하고 작품이 현실을 단순화한 것임을 밝혀내는 독해-가설을 의미한다. 이를테면, 연로한 인물들로 하여금 젊은 세대 연인들의 전형적인 방해자로서 기능하도록 하는 코미디의 기제를 들 수 있다.

발생론적 기제genetic mechanism

텍스트의 창조과정에서 보듯이, 텍스트의 일부를 형성하는 것이 아닌 텍스트를 생산한 원인과 결과의 관점에서 상상가능한 요소들과 모순들을 설명해내는 독해-가설을 의미한다.

이종화자서술heterodiegetic narration

제라르 쥬네뜨의 서술용어로서 작중인물들과는 다른 존재론적 층위의 서술자가 존재하는 서술을 의미한다.

변위공간heterotopia

외부의 장소로서 모든 것이 "현실적이며"(제한된, 구체적인, 유토피아적이지 않은) 또한 다른 장소들 및 징계시설들과 연관된 내용을 주로 언급하고 있다. 이 용어는『다른 공간들에서*Of Other Places*』의 푸코의 신조어로서 더 큰 일련의 공간적, 시간적 사회관계들 — 예를 들면, 공동묘지, 매춘굴, 감옥, 극장, 밀월호텔, 박물관, 도서관 — 내부의 존재를 통하여 강렬한 의미를 얻는 실제 현장들을 가리킨다.

역사적 현재historical present

일반적 발화와 서사적 기술 두 가지 모두에서 현재시제로서 과거의 사건과 경험을 서술하는 것을 의미한다. 이 개념은 사건이 발생하는 대로 현재시제로 서술하는 것(동시적 서술)과는 구별된다.

동종화자 서술homodiegetic narration 혹은 인물 서술character narration

제라르 주네뜨의 용어로서 다른 인물들과 동일한 존재론적 층위에 있는 서술자의 서술을 가리킨다. 인물 서술자가 주인공인 경우 동종화자 서술은 자종화자 서술로서 심화분류된다.

하이퍼텍스트hypertext

링크에 의하여 서로 연결되는 텍스트들 혹은 텍스트 조각들의 모음을 의미한다. 텍스트의 특정한 조각에서 생겨난 다수의 링크들은, 일반적으로 비-선조적 특성으로서 일컬어지는 무엇을 하이퍼텍스트에 부여하는 독해 순서의 선택을 창조한다. 필수불가결한 언어의 선조성을 고려할 때 복합-선조성이 좀 더 적합한 특성이다. 하이퍼텍스트는 주로 데이터베이스 내부문서의 접근양식으로서 인터넷 사이트의 기본적 구조이다. 그러나 포맷은 인쇄와 디지털 양자로서 문학적 서술에서 사용되어온 것이다. 디지털 하이퍼텍스트 소설은 독자로 하여금 서술의 새로운 조각들(말, 그래픽, 사운드)로의 이동을 조명하는 링크에 클릭하도록 한다. 또한 상호작용성interactivity, 렉시아lexias 항목을 참조할 것.

암시된 저자implied author

실제저자의 한 버전으로서 서술텍스트를 "이러한 질서로 된 이러한 어구들"로서 창조해내며 텍스트에 실제저자의 가치를 불어넣는 선택들에 책임을 지닌 존재이다.

정보제공자informant

자기를 의식하지 않는 전달자 혹은 인용자를 의미한다. 본래, 정보제공자들의 사적 '담론'은 의사소통을 액자화하며 또 다른 더 높은 층위를 매개하는 역할을 한다. 그에 따라 정보제공자는 저자와 마찬가지로 서술자와 겨루게 된다. 사례로 들 수 있는 영역은 비밀스런 일기저자로부터 목소리로 알 수 있는 독백가 그리고 내향적인 독백가에 이른다.

통합 기제integration mechanisms

독자들이 명백한 텍스트의 모순들을 더 큰 텍스트의 맥락에서 일관된 부분으로 변형시키는 방식을 의미한다. 다섯 가지 특수기제 즉 존재론적 기제, 기능론적 기제, 일반론적 기제, 발생론적 기제, 그리고 신뢰할 수 없는 서술의 가설을 참고할 것.

상호작용적 소설interactive fiction

컴퓨터 게임의 순전한 텍스트 유형으로서 사용자는 기제의 대화에 참여함으로써 문제를 해결한다. 상호작용적 소설의 플레이어는 허구적 세계의 인물의 행동이 되는 문장을 입력함으로써 허구적 세계 속 인물의 역할을 흉내낸다. 시스템은 일련의 사건들에 반응하여 허구적 세계의 상태를 업데이트하며 그리고 플레이어는 새로 입력한다. 피드백의 순환은 이기든지 지든지 하는 결정적 상태에 이를 때까지 진행된다.

상호작용성interactivity

서술 텍스트를 실제적으로 생산하는 독자 / 관객의 참여 특히 제시되는 정보에 영향을 미치는 참여를 의미한다. 상호작용성은 주로 디지털 텍스트의 특성으로서 이것은 피드백의 순환으로 인해 가능한 것이다. 피드백의 순환과정에서 컴퓨터는 텍스트의 내부상태와 출력을 결정짓는 투입을 수용한다. 인쇄로 실현된 복합경로의 텍스트는 때때로 상호작용적인 것으로 간주된다. 그럼에도 이 텍스트는 디지털 텍스트의 역동적 행위와 대리적 힘이 결핍되어 있다. 상호텍스트성은 엄격히 선택적이거나 혹은 생산적일 수 있다. 다양한 선택적 형식에서 사용자의 참여는 하이퍼링크의 클릭하기에 한정된다. 반면에 생산적 형식에서 사용자의 입력은 허구적 세계의 사건들로 되는 시뮬레이션 행위 혹은 텍스트를 구성한다.

렉시아lexias

① 롤랑 바르뜨가 서술을 구성하는 "접촉 조각들"을 지칭하면서 소개된 용어이다. 일반적으로 간결하며 그럼에도 자세히 보면 임의적인 것이지만 그것들은 독자에 의해 결정된 "독해의 단위들"이다. ② '하이퍼텍스트' 소설에서 조지 랜도우George P. Landow가 바르뜨로부터 차용한 용어로서 지금은 일반적으로 하이퍼텍스트의 서술조각들을 가리키는 데에 사용된다. 이 조각들은 저자에 의해 그러한 텍스트로서 만들어졌으며 그럼에도 독자에 의해 고안된 질서로 배열된 것이다.

매개mediation, 모방적 동기화mimetic motivation

텍스트 요소들에 의한 과정으로서 그것들이 (특정 모델의) 현실에 부합한 결과로서 불가피하게 만들어진 것이다. 모방적 동기화는 두 가지 주요한 파생물, 즉 존재론적 원리(객관적 현실로서 간주되는 무엇에 호소하는 것)와 원근법적 원리(현실에 대해 오류를 범하기 쉬운 주체의 특이한 시각을 보여주는 것)를 지닌다.

매체medium

전달의 채널 혹은 정보 내용의 지원 유형을 의미한다. 서술이론의 관점에서 매체는 서술정보를 암호화하고 전달하는 양식이며 서술정보는 어떠한 종류의 스토리들이 이야기되는지, 그것들이 어떻게 이야기되는지, 그리고 어떻게 경험되는지에 의해서 차별화된다. 인쇄는 매체의 한 종류이며 영화는 또 다른 매체의 종류이다. 매체는 내용의 실현에 본질적 특성들과 제약들로서 구성된다는 점에서 장르와 구별된다. 반면에 장르는 인간이 만든 관습들에 의해 규정된다.

대체(代替)용법metalepsis

발화의 층위들 사이에서 관습적 장애물을 파괴하는 것을 의미한다. 예를 들면, 존 파울즈John Fowles가『프랑스 중위의 여자』에서 이종화자적 서술자를 가질 때 주인공인 찰스 스미슨의 발화(서사세계)가 유입되는 것을 들 수 있다. 또한, 디에게시스die-gesis를 참고할 것.

모방적mimetic / 미메시스mimesis

'모방적'은 있을 수 있는 사람을 흉내내도록 지시된 인물의 요소를 구체적으로 참조하는 것이다. 일반적으로, 소설을 넘어선 세계 즉 "현실"로서 일컫는 무엇을 흉내내는 것과 관련된 허구적 서술의 구성요소를 가리킨다. 미메시스는 모방적 효과가 만들어지는 과정 즉 일련의 관습들을 가리킨다. 시대에 따라 변화하는 관습들에 의해 모방의 적합성의 정도가 판별된다.

미장 아빔mise en abyme

큰 텍스트를 축소하여 거울 텍스트mirror text를 갖도록 하는 장치를 의미한다. 예를 들면 세익스피어의 〈햄릿〉에서 극 내부에 극을 두어 활용한 것을 들 수 있다.

동기화motivation

러시아형식주의 이론에 따르면, 텍스트의 요소들(특히 전적으로는 아니지만 '담론' 혹은 "장치"의 요소들)에 의한 과정으로서 임의적이 아닌 불가피한 것으로서 변칙적이 아닌 필수적인 것으로서 만들어진 것이다. 텍스트의 요소들은 동기가 부여되며 그것들의 존재는 정당화되는데, 그것은, 미적, 수사학적 효과에 기여하는 관점에 의해서거나 혹은 현실의 특정모델에 호소하는 "리얼리즘적" 관점에 의해서이다. 의도적으로 동기화되지 않고 남겨진 요소들은 더 큰 구성적 패턴 혹은 모방적 패턴에 동화되기보다는 형식적 요소들로서 노출되어 "낱낱이 밝혀진다."

서술자적 청중narratee

저자가 직접 말을 건네는 청중을 뜻한다. 서술자적 청중을 특징짓는 방식은 폭넓고 다양하게 나타난다.

서술 청중narrative audience

소설세계 내부의 관찰자 역할로서 실제 독자들은 허구적 행위를 실제의 것으로서 다루는 관찰자 의식의 관점을 취하게 된다. 서술청중의 자리는 서술자적 청중처럼 '저자적 청중'이 놓인 영역 내부에 포함된다.

서사성narrativity

비서술과 서술을 구별짓고 '담론'의 "서사적 속성"의 단계를 특징짓는 형식적, 문맥적 특성을 의미한다. 혹은 서술의 생산이나 해석을 떠받치는 수사학적 원리들을 의미한다. 혹은 서술재현의 과정에 본질적인 구체적 책략의 종류들을 의미한다.

네오서술neonarrative

어떤 장르에서 이전부터 서술할 수 없는 것이 되어온 문제를 포괄하도록 일반 경계들을 확장시키는 전략을 의미한다.

역언법逆言法에 의한 강조paralepsis

서술자가 지니는 것으로 추정되는 것보다 그 이상의 광범위한 앎의 영역이 있음을 나타내는 서술을 의미한다. 이러한 서술에서 서술자는 자신이 알고 있는 것 그 이상의 것을 이야기한다.

역언법paralipsis

서술자가 주변의 관련된 것들을 충분히 알지 못하고 있음을 나타내는 서술을 의미한다. 역언법의 서술에서 서술자는 자신이 알고 있는 범주 내에서 이야기한다.

서술할 수 있는 것을 벗어난 것paranarratable

이 책의 글에 의하면 문학적 관습으로 인해 이야기되어서는 안 되는 서술을 의미한다.

행인passant

수행하는 행위의 관점에서가 아니라 각인되는 인상의 관점에서 바라보는 인물을 의미한다. 이 용어는 행위자와는 대조되는 것으로서 이 책의 라비노비츠의 장에서 소개되고 있다.

패스path

'스토리' 혹은 '담론'에서 사건들의 질서가 모두 일치할 수도 있고 그렇지 못할 수도 있는 인물의 경험적 질서를 의미한다.

수행적인performative

"사실 확인적인" 것이 아닌 언술을 명명하기 위해 오스틴J. L. Austin에 의해 고안된 발화 행위이론의 용어를 가리킨다. 다시 말해, 진실 혹은 거짓이 될 수 있는 사실에 관한 추정적 진술이 아니라 무엇인가를 발생하도록 하는 발화행위이다. '수행적인'은, 오스틴의 맥락에서, 말로써 무엇인가를 행하도록 하는 것을 의미한다. 예를 들면, 성직자 혹은 아주 권위 있는 관리가 결혼식의 말미에 "나는 지금 여러분이 남편과 아내임을 선언합니다"라고 말할 때 두 사람은 결혼의 행위를 수행하고 있다.

초두성 효과primacy effect

동일한 글에서 이후에 반박되는 정보가 있음에도 맨 처음 주어진 정보를 유효한 것으로 받아들이려는 경향을 의미한다.

예기prolepsis, 예기의proleptic

미래장면 삽입flash-forward으로서 회상analepsis과는 시간적으로 상반된 대위법적 관계이다. '예기의' 단락은 서술의 미래에 놓인 제재를 서술하는 것이며 서술시간의 안정된 진행을 방해한다.

인물연구prosopography

축어적으로는 가면 혹은 퍼소나(프로소폰)를 글로 쓰는 것(이미지로 표현하는 것)을 의미한다. 인물연구는 의인법의 수사를 포함하며 인물연구의 수사에서는 죽거나 혹은 부재한 존재에게 퍼소나와 목소리가 주어진다. 인물연구는 인물의 이름과 초상화와 전기의 모음집에서 국가 혹은 공동체의 역사를 일련의 대표인물들로서 재현해내는 관습을 가리킨다. 그리고 고대 혹은 중세 시대의 일군의 사람들의 삶의 자료들 — 기록이 거의 없는 — 혹은 혈통, 결혼, 혹은 여생에 관한 통계자료들이 충분한 현대 인물들의 자료들을 비교하는 역사적인 분석 방법을 가리킨다. 또한 일반적으로, 인물연구는 격식에 덜 구애받는 짤막한 전기들(집합적 전기)의 모음을 가리킨다.

지시성reference

지시표현의 사례(고유명사, 한정 명사구, 대명사, 혹은 지시사)와 지시대상(특정인, 대상, 장소, 사건, 기타) 사이의 관계를 의미한다. 지시성에 의한 결정은 주어진 문맥의 지시표현의 사례를 특정한 지시대상(화용론적, 의미론적 기저에 관한)에 속한 것으로 정하는 해석적 행위이다. '동일 지시성coreference'은 속성을 나타낼 수 있거나(추론적인 관점에서) 혹은 참조적으로(지시대상의 관점에서) 각각 확인될 수 있는 동일하거나 상이한 지시표현들 그 두 사례 사이의 관계를 의미한다.

2급 텍스트second-degree text

과거의 기존 텍스트를 장난스럽게 사용한 텍스트를 의미한다. 2급 텍스트의 전적인 사례로는 패러디, '확장' 그리고 속편을 들 수 있다.

자의식self-consciousness

담론자가 청중 일부와 소통하고 있음을 의식하는 것을 의미한다. 자의식은 저자의 특권으로서 정의되며 서술자들(혹은 화자들 / 서술 바깥의 저자들)에 의해 대리되는 반면에 정보제공자들에 의해서는 부인된다. 정보제공자의 개별 전달자로서의 역할이 작용하고 의미를 만드는 방법은 중요한 함축적 의미를 지닌다.

동시적 서술simultaneous narration

서술된 사건 혹은 경험의 시간 그리고 서술의 시간 사이에 명백한 간극이 없는 현제 시제의 서술을 의미한다. 동시적 서술에서 살아가는 것과 말하는 것은 동시에 발생한다. 또한 '역사적 현재' 항목을 참조할 것.

슈제sjuzhet

구체적 서사 '담론'에서 만들어지는 '파불라'로서 스토리와 담론을 통합하는 것이다..

소리풍경soundscape

풍경에 상응하는 소리의 대응물로서 특히 청취자 혹은 청취자들에 의해 지각되고 이해되는 소리의 환경을 의미한다. 머레이 셰퍼가 '세계 소리풍경 프로젝트'에서 처음 사용한 용어로서, 소리표지(표지물), 소리신호(형상), 주조음(토대) 그리고 듣고 전하는 이(목격자)와 같이, 소리환경을 논의하는 다른 용어들과 연계하여 만들어진 용어이다.

발화행위|speech act

발화행위 이론의 관점에서 볼 때 발언은 사실적인 것(어떤 것을 말하는)이며 또한 수행적인 것(어떤 것을 행하는)이다. 목적을 지닌 소통적 언어를 사용하는 행위로서, 발화 행위(문법적 발언을 생산하는), 발화수반 행위(확신, 약속, 경고, 요구, 명령 등과 같이 발화행위의 수행과정에서 목적이 성취되는), 그리고 잠재적인 발화매개 행위(고지, 확인, 설득 등과 같이 발화수반 행위의 수행에 의해 목적이 성취되는)를 포함한다. 발화행위 이론은 사용하는 언어가 문맥과는 관계없이 이해될 수 있거나 혹은 명제의 진리치(值)와 순수하게 관련하여 이해될 수 있다는 가정을 거부한다. 또한 '수행적' 항목을 참고할 것.

스토리|story

서술의 무엇으로서 인물, 사건, 그리고 배경이 스토리의 구성요소이다. 연대기적 질서의 사건들은 '담론'으로부터 추려진 스토리를 구성한다.

서술할 수 있는 수준 아래에 있는 것|subnarratable

이 책의 글에 의하면 너무나 "일상적"이어서 말할 가치가 없기 때문에 이야기할 필요가 없는 서술을 의미한다.

서술할 수 있는 수준 위에 있는 것|supranarratable

이 책의 글에 의하면 형언할 수 없거나 이루 말로 다할 수 없기 때문에 이야기할 수 없는 서술을 의미한다.

치환|transposition

새로운 텍스트가 모방 텍스트를 변화시키는 과정을 의미한다. 새로운 텍스트는 원본과의 명확한 관련성을 보유하지만 배경, 어조, 플롯, 그리고 인물을 수정함으로써 원본의 의미를 변경하며 심지어는 역전시키기도 한다. 패러디, 패스티쉬와 달리 모방 텍스트는 진지한 목적을 지닌다.

결정할 수 없는 것|undecidable

두 개의(혹은 그 이상의) 양립할 수 없는 독해들에 개방적인 텍스트를 기술하는 데에 사용되는 용어이다. 독해들 각각(혹은 모두)은 텍스트의 증거에 의해 충분히 지지될 수 있는 것이다.

서술하지 않음unnarration

서술자가 발생한 무엇이 말로써 다시 이야기될 수 없음을 주장하거나 혹은 그렇게 하는 것이 불가능하기 때문에 발생한 무엇이 서술되지 않게 될 것임을 명백히 지시하는 기법에 해당된다.

신뢰할 수 없는 서술unreliable narration

서술에 관한 수사학적 이론에서 볼 때, 서술자의 보도, 독해(혹은 해석), 그리고 / 혹은 간주(혹은 평가)가 암시된 저자의 그것과 일치하지 않는 서술을 의미한다. 신뢰할 수 없는 서술은 여섯 가지 주요 유형들, 즉 잘못된 보도, 잘못된 독해, 잘못된 간주, 불충분한 보도, 불충분한 독해, 불충분한 간주로 분류될 수 있다. 주요한 두 범주는 그것이 저자적 청중의 역할에 관해 요구하는 활동에 의해 차별화될 수 있다. 즉 첫 번째 범주에 관해서 — 잘못된 보도, 잘못된 독해, 잘못된 간주 — 청중은 서술자의 말을 거부하고 대안을 재구성해야 한다. 두 번째 범주에 관해서 — 불충분한 보도, 불충분한 독해, 불충분한 간주 — 청중은 서술자의 견해를 보충해야 한다. 야코비의 보충적인 접근법에서, 비신뢰성은 매개, 지각, 혹은 소통의 요소들 일부 — 특히 전면적인 서술자 — 를 희생하고 암시된 저자와 불화하면서 텍스트의 문제들(설명할 수 없는 세부로부터 자기모순적인 것에 이르는)을 해결하도록 만들어진 독해-가설의 종류이다. 또한 통합 기제integration mechanism를 참고할 것.

목소리voice

전통 설화론의 서사 '담론'에서 "누가 말하고 있는가?"라는 질문에 대한 답변이다. 좀 더 일반적으로, 이 용어는 어법과 구문의 선택이 가치, 그에 따른 화자의 의식을 전달하는 방식을 가리킨다. 목소리의 지정(누가 말하게 되는가)과 권한(발화가 얼마나 비중을 차지하는가)에 관한 연구는 서술의 정치학에 관한 연구의 한 방법이다.

참고문헌

Ackerman, J. S., "Satire and Symbolism in theSong of Jonah", B. Halpern and J. Levenson(eds.), *Traditions in Transformation*, Winona Lake, WI : Eisenbrauns, 1981.

Alter R., *The David Story : A Translation with Commentary of 1 and 2 Samuel*, New York : W. W. Norton, 2000.

Burrows, M., "The Literary Character of the book of Jonah", H. Thomas Frank and W. L. Reed(eds.), *Translating and Understanding the Old Testament*, New York : Abington Press, 1970.

Day, J., "Problems in the Interpretation of the Book of Jonah", A. S. Van de Woude(ed.), *Quest of the Past. Studies on Israelite Religion, Literature and Prophetism*, Leiden : Brill, 1990.

Eagleton, T., "J. L. Austin and the Book of Jonah", R. Schwartz(ed.), *The Book and the Text : The Bible and Literary Theory*, Oxford : Blackwell, 1990.

Fausset, A. R., Jamieson, R., and Brown, D., *A Commentary, Critical and Explanatory, on the Old New Testaments*, Hartford, CT : Scranton, 1871.
(http://Blueletterbible.org/Comm/jfb/Jon/Jon001.html)

Felman, S., "Turning the Screw of Interpretation", *Yale French Studies 55-6*, 1977.

Good, E. M., *Irony in the Old Testament*, Philadelphia : Westminster Press, 1965.

Halpern, B., *David's Secret Demons : Messiah, Murderer, Traitor, King*, Grand Rapids, MI : Eerdmans, 2001.

Holbert, J. C., "Deliverance Belongs to the Lord : Satire in the Bbook of Jonah", *Journal for the Study of the Old Testament 21*, 1981.

Ibn Ezra, Avraham ben Meir, Commentary on Jonah in *Mikraot : Nevi'im u-ketuvim*, New York : Pardes, 1951.

Johnson, B., "Melville's Fist : The Execution of Billy Budd", *The Critical Difference. Essays on the Contemporary Rhetoric of Reading*, Baltimore and London : Johns Hopkins University Press, 1985.

Mckenzie, S. L., *King David : A Biography*, New York : Oxford University Press, 2000.

Mekilta de-rebbe Ishmael, vol.3, J. Lauterbach(ed. and trans.), Philadelphia : Jewish Publication Society of America, 1961.

Paine, T., *The Age of Reason*, 1794~95.(http://libertyonline.hypermall.com/paine/AOR- Frame.html)

Rabinowitz, P. J., *Before Reading : Narrative Conventions and the Politics of Interpretation*, Columbus : Ohio State University Press, [1987]1998.

Richter, D. H., "Farewell My Concubine : The Difficult, the Stubborn, and the Outrage of Gibeah", M. L. Raphael(ed.), *Agendas for the Study of Midrash*, Williamsburg, VA : William and Mary Press, 1999.(http://www.qc.edu/ENGLISH/Staff/richter/concubine.html)

Rosenberg, D., *The Book of David*, New york, Harmony, 1997.

Sternberg, M., *The Poetics of Biblical Narrative : Ideological Literature and the Drama of Reading*, Bloomington : Indiana University Press, 1985.

_____, "Time and Space in Biblical (Hi)story Telling : The Grand Chronology", R. Schwartz(ed.), *The Book and the Text : The Bible and Literary Theory*, Oxford : Blackwell, 1990.

19장 ──────────────────── 왜 우리의 용어들이 머물러 있지 않으려 할까?

Chatman, S., *Story and Discourse : Narrative Structure in Fiction and Film*, Ithaca, NY : Cornell University Press, 1978.

Genette, G., *Narrative Discourse : An Essay in Method*, Jane E. Lewin(trans.), Ithaca, NY : Cornell University Press, [1972]1980.

_____, *Narrative Discourse Revisited*, Jane E. Lewin(trans.), Ithaca, NY : Cornell University Press, [1983]1988.

Phelan, J., "Gender Politics in the Showman's Discourse; or, Listening to *Vanity Fair*", *Narrative as Rhetoric : Techniques, Audiences, Ethics, Ideology*, Columbus : Ohio State University Press, 1996.

Proust, M., *Remembrance of Things Past, vol.I*, C. K. Scott Moncrieff and Terence Kilmartin(trans.), New York : Random House, [1913]1981.

Rabinowitz, P. J., "Truth in Fiction : A Reexamination of Audiences", *Critical Inquiry 4*, 1977.

Rimmon-Kenan, S, *Narrative Fiction : Contemporary Poetics*, London : Methuen, 1983.

Shaw, H. E., "Loose Narrators : Display, Engagement, and the Search for a Place in History in Realist Fiction", *Narrative 3*, 1995.

Shaw, H. E., *Narrating Reality : Austen, Scott, Eliot*, Cornell University Press, 1999.

Thackeray, W. M., *Vanity Fair*, Peter L. Shillingburg(ed.), New York : Norton, [1848]1994.

Warhol, R. R., *Gendered Interventions : Narrative Discourse in the Victorian Novel*, New Bruswick, NJ : Rutgers University Press, 1989.

20장 ——————————————————————— 서술이론의 젠더와 역사

Case, A., *Plotting Women : Gender and Narration in the Eighteenth-and Nineteenth-Century British Novel*, Charlottesville : Virginia University Press, 1999.

Dickens, C., *Bleak House*, Oxford : Oxford University Press, 1987.

_____, *David Copperfield*, Oxford : Oxford University Press, 1989.

Dyson, A. E.(ed.), *Dickens's Bleak House : A Casebook*, London : Macmilla, 1969.

Foley, B., *Telling the Truth : The Theory and Practice of Documentary Fiction*, Ithaca, NY : Cornell University Press, 1986.

Foster, J., *Life of Charles Dickens*, London : Chapman & Hal, 1907.

Phelan, J., *Narrative as Rhetoric : Technique, Audiences, Ethics, Ideology*, Columbus : Ohio State University Press, 1996.

Warhol, R. R., "The Look, the Body, and the Heroine of *Persuasion*", K. Mezei(ed.), *Ambiguous Discourse : Feminist Narratology and British Women Writers*, Chapel Hill : University of North Carolina Press, 1996.

21장 ——————————————————— 서술판단과 서술의 수사학적 이론

Battersby, J. L., *Unorthodox Views : Reflections on Reality, Truth, and Meaning in Current Social, Cultural, and Critical Discourse*, Westport, CT : Greenwood Press, 2002.

Bierce, A., "The Crimson Candle", *The Collected Writings of Ambrose Bierce*, New York : The Citadal Press, 1946.

Booth, W. C., *The Rhetoric of Fiction*, 2nd edn., Chicago : University of Chicago Press, [1961]1983.

McEwan, I., *Atonement*, New York : Double-da, 2001.

Olson, E., *On Value Judgements in the Arts and Other Essays*, Chicago : University of Chicago Press, 1976.

Phelan, J., *Reading People, Reading Plots : Character, Progression, and the Interpretation of Narrative*,

Chicago : The University of Chicago Press, 1989.

_____, "Narrative as Rhetoric and Edith Wharton's 'Roman Fever' : Progression, Configuration, and the Ethics of Surprise", W. Jost and W. Olmsted(eds.), *A Companion to Rhetoric and Rhetorical Criticism*, Oxford : Blackwel, 2004.

_____, *Living To Tell About It : A Rhetoric and Ethics of Character Narration*, Ithaca, NY and London : Cornell University Press, 2005.

Sacks, S., *Fiction and the Shape of Belief*, Berkeley : University of California Press, 1964.

22장 ──────────────────────── 러쉬모어 산의 변화하는 얼굴들

Adams, T. D., *Light Writing and Life Writing : Photography in Autobiography*, Chapel Hill, NC : University of North Carolina Press, 2000.

Aird, C., "Read that Countenance", D. Salwak(ed.), *The Literary Biography*, Iowa City : University of Iowa Press, 1996.

American Experience "Mount Rushmore", PBS Online / WGBH, 2002.
(www.pbs.org/wgbh/amex/rushmore/index.html)

American Park Network "Mount Rushmore History", 2001.
(www.americanparknetwork.com/parkinfo/ru/history/carve.html)

Anderson, B., *Imagined Communities*, revised edn., London : Vers, 1991.

Banks, L. A., *The Illustrated Story of the Hall of Fame*, New York : Christian Heral, 1992.

Boag, P., "Thinking like Mount Rushmore : Sexuality and Gender in the Republican Landscape", V. J. Scharff(ed.), *Seeing Nature Through Gender*, Lawrence : University Press of Kansa, 2003.

Bolzoni, L., *The Gallery of Memory*, trans. J. Parzen, Toronto : University of Toronto Press, 2001.

Booth, A., *How to Make It As a Woman : Collective Biographical History from Victoria to the Present*, Chicago : University of Chicago Press, 2004a.

_____, "Bibliography of Collective Biographies of Women in English, 1830～1940", 2004b.
(etext.lib.virginia.edu/Womens Bios/)

Brady, F., *James Boswell, the Later Years, 1769～1795*, New York : McGraw Hil, 1984.

Brilliant, R., *Portraiture*, Cambridge, MA : Harvard Universty Press, 1991.

Bronx Community College "Hall of Fame for Great Americans", City Universty Press of New York, 2004.(www.bcc.cuny.edu/HallofFame/)

Colley, L., *Lewis Namier*, New York : St. Martin', 1989.

De Man P., "Autobiography as Defacement", *MLN 94*, 1979.

D'Israeli, I., *Curiosities of Literature*, abridged and ed. E.V. Mitchell, New York : Appleton, [1791 ~ 1834]1932.

Folkenflik, R., *Samuel Johnson, Biographer*, Ithaca, NY : Cornell Universty Press, 1978.

Fred, V., *Art and Empire*, New Haven, CT : Yale Universty Press, 1992.

Heehs, P., "Narrative Painting and Narratives About Paintings : Poussin among the Philosophers", *Narrative 3*, 1995.

Jameson, A., *Memoirs of the Beauties of the Court of Charles II. With Their Portraits, after Sir Peter Lely and Other Eminent Painters : Illustrating the Diaries of Pepys, Evelyn, Clarendon, and Other Contemporary Writers*, London : Bentley, 1833.

Le Guin, C. A., "The Language of Portraiture", *Biography 6*, 1983.

Lehman College Art Gallery(n.d.), *Public Art in the Bronx*, Susan Hoeltzl, Project Director. (bronxart.lehman.cuny.edu/pa/)

Literary of Congress "Language of the Land : Exhibition Overview", 2004. (www.loc.gov/exhibits/land/landover.html)

McShane, L., "The Original Hall of Fame : Are its 15 minutes up?", The JournalNews.com, May30, 2004.(www.thejournalnews.com/newsroom/053004/b4web4travelhallof.html)

Mitchell, W. J. T., *Iconology*, Chicago : University of Chicago Press, 1986.

Modern Library "100 Best Novels", 2003.(www.randomhouse.com/modernlibrary/100best.html)

Murray, C., *Human Accomplishment*, New York : HarperCollin, 2003.

Office of The Governor of New York, "Governor : I Love New York Halls of Fame Passport Program Under Way", Press Release, June 20, 2001.(www.state.ny.us/governor/press/)

Piper, D., *The Image of the Poet : British Poets and Their Portraits*, Oxfoed : Clarendo, 1982.

Roach, J., *Cities of the Dead : Circum-Atlantic Performance*, New York : Columbia University Press, 1996.

Schoug, F., "Public Face, Respected Name : The Conditions of Fame", *Ethnologia Scandinavica 31*, 2001.

Schweinberger, S. R., Burton, A. M. and Kelly, S. W., "Priming the Access to Names of Famous Faces", *British Journal of Psychology 92*, 2001.

Sebesta, E. H.(n.d.), "Hall of Fame : A Favored Shrine of the United Daughters of the Confederacy".(www.templeofdemocracy.com/HallFame.htm)

Stedman, A., "A Gallery of Authors : The Politics of Innovation and Subversion in Monpensier's *Divers Portraits*", *Genre 33*, 2000.

Shaff, H. and Shaff, A. K., *Six Wars at a Time : The Life and Times of Gutzon Borglum, Sculptor of Mount Rushmore*, Sioux Falls, SD : Center for Western Studie, 1985.

Taliaferro, J., *Great White Fathers : The Story of the Obsessive Quest to Create Mount Rushmore*, New York : PublicAffairs, 2002.

Tichi, C., *Embodiment of a Nation*, Cambridge, MA : Harvard University Press, 2001.

Wallen, J., "Between Text and Image", *Auto / biography Studies : a / b 10*, 1995.

Waller, D., "Reagan Bills? Not Yet", *Time June 21*, 2004.

Wendorf, R., "Ut Pictura Biographia : Biography and Portrait Painting as Sister Arts", *Articulate Images · : The Sister Arts from Hogarth to Tennyson*, ed. R. Wendorf, Minneapolis : University of Minnesota Press, 1983.

Wendorf, R., *The Elements of Life : Biography and Portrait-Painting in Stuart and Georgian England*, Oxford : Clarendo, 1990.

Weimann, J. M., *The Fair Women*, Chicago : Academ, 1981.

Winograd, E. and Church, V. E., "Role of Spatial Location in Learning Face-Name Associations", *Memory and Cognition 16*, 1988.

Wood, J., "Bookdumb", *New Republic August 17 / 24*, 1998.

23장 ——————————————————————— 자서전의 곤혹스러움

Ahmad, A., "The Politics of Literary Postcoloniality", *Race and Class 36-3*, 1995.

Allende, I., *Paula*, New York : HarperCollins, 1994.

Bal, M., "Autotopography : Louise Bourgeois as Builder", S. Smith and J. Watson(eds.), *Interfaces : Women, Autobiography, Image, Performance*, Ann Arbor : University of Michigan Press, 2002.

Bruner, J., "The Autobiographical Process", R. Folkenfilk(eds.), *The Culture of Autobiography*, Palo Alto, CA : Stanford University Press, 1993.

Cartú, N. E., *Canícula : Snapshots of a Girlhood en la Frontera*, Albuquerque : University of New Mexico Press, 1995.

Chambers, R., "Orphaned Memories, Foster Writing, Phantom Pain : The Fragments Affair", N. K. Miller and J. Tougaw(eds.), *Extremities : Trauma, Testimony, and Community*, Urbana : University of Illinois Press, 2002.

Cliff, M., *Abeng : A Novel*, Trumansburg, NY : Crossing Press, 1984.

————, *No Telephone to Heaven*, New York : Dutton, 1987.

Cóndé, M., *Hérémakhonon : A Novel*, R. Philcox(trans.), Waghington, DC : Three Continents Press, 1982.

Couser, G. T., *Vulnerable Subjects : Ethics and Life Writing*, Ithaca, NY : Cornell University Press, 2004.

Dangarembga, T., *Nervous Conditions*, London : Women's Press, 1998.

El Saadawi, N., *Woman at Point Zero*, S. Hetata(trans.), London : Zed Press, 1983.

Gilmore, Leigh., "Endless Autobiography", A. Hornung and E. Ruhe(eds.), *Postcolonialism and Autobiography*, Amsterdam : Rodopi, 1998.

Henson, M. R., *Comfort Woman : A Filipina's Story of Prostitution and Slavery Under the Japanese Military*, Lanham, MD : Rowman & Littlefield, 1999.

Hirsch, H. A., *Family Frames : Photography, Narrative, and Postmemory*, Cambrdge, MA : Harvard University Press, 1997.

Jacobs, H. A., *Incidents in the Life of a Slave Girl : Written by Herself*, L. M. Child and J. F. Yellin(ed. and with introductions), Cambridge, MA : Harvard University Press, 1987.

Kaplan, C., "Resisting Autobiography : Out-law Genres and Transnational Feminist Subjects", S. Smith and J, Watson(eds.), *De / Colonizing the Subject : The Politics of Gender in Women's Autobiography*, Minneapolis : University of Minnesota Press, 1992.

Keller, N. O., *Comfort Woman*, New York : Viking, 1997.

Kincaid, J., *The Autobiography of My Mother*, New York : Farrar Straus Giroux, 1996.

Koolmatrie, W., *My Own Sweet Time*, Broome, Australia : Magabala Books, 1994.

Ken bugul, *The abandoned Baobob : The Autobiography of a Senegalese Woman*, M. de Jager(trans.), Brooklyn : Lawrence Hill Books, 1991.

Lazaroo, S., *The Australian Fiancé*, Sydney : Picador, 2000.

Lejeune, P., "The Autobiographical Pact", K. Leary(trans.), P. J. Eakin(ed.), *On Autobiography*, Minneapolis : University of Minnesota Press, [1975]1989.

Lionnet, F., "Logiques Métisses", *Postcolonial Representations*, Ithaca, NY : Cornell University Press, 1995.

Menchú, R, *I, Rigoberta Menchú : An Indian Woman in Guatemala*, E. Burgos-Debray(ed.), Ann Wright(trans.), London : Verso, 1984.

Nelson, H. L., *Damaged Identities, Narrative Repair*, Ithaca, NY : Cornell University Press, 2001.

Phelan, P., *Unmarked : The Politics of Performance*, New York : Routledge, 1993.

Pratt, M. L., "*I, Rigoberta Menchú* and the Culture Wars", A. Arias(ed.), *The Rigoberta Menchú Controversy*, Minneapolis : Minnesota University Press, 2001.

Rimmon-Kenan, S., "Illness and Narrative Identity", *Narrative 10-1,* 2002.

Ruff-O'Herne, J., *50 Years of Silence : Comfort Women of Indonesia*, Singapore : Toppan Company, 1996.

Ryan, M.-L., "Postmodernism and the Doctrine of Panfictionality", *Narrative 5-2,* 1997.

Salomon, C., *Charlotte Salomon : Life? or Theatre?*, L. Vennewitz(trans.), introduction by J. C. E. Belinfante et al. Zwelle : Waanders / London : Royal Academy of Arts, 1998.

Schaffer, K. and Smith, S., *Human Rights and Narrated Lives : The Ethics of Recognition*, New York : Palgrave / St. Martin's Press, 2004.

Smith, S., "Performativity", S. Smith and J. Watson(eds.), *Women, Autobiography, Theory : A Reader*, Madison : University of Wisconsin Press, 1998.

Smith, S. and Watson, J., *Reading Autobiography : A Guide for interpreting Life Narratives*, Minneapolis : University of Minnesota Press, 2001.

Spivak, G. C., "Three Women's Texts and Circumfession", A. Hornung and E. Ruhe(eds.), *Postcolonialism and Autobiography*, Amsterdam and Atlanta : Rodopi, 1998.

Stoll, D., *Rigoberta Menchú and the Story of All Poor Guatemalans*, Boulder, CO : Westview, 1998.

Warner-Vieyra, M., *Juletane*, B. Wilson(trans.), London : Heinemann, 1987.

Wilkomirski, B., *Fragments : Memoires of a Wartime Childhood*, C, B. Janeway(trans.), New York : Schocken Books, 1996.

24장 ———————————————————————— 포스트콜로니얼 서술론

Benvenist, E., *Problèmes de linguistique générale II*, Paris : Gallimar, 1974.

Caldwell, R. C. Jr., "*Créolité* and Postcoloniality in Raphaël Confiant's *L'Allée des soupirs*", *The French Review 73*, 1999.

Cohn, D., "Discordant Narration", *Style 34*, 2000.

Fludernik, M., *Towards a "Natural" Narratology*, London : Routledg, 1996.

Gymnich, M., "Linguistics and Narratology : The Relevance of Linguistic criteria to Postcolonial Narratology", M. Gymnich, A. Nünning, and V. Nünning(eds.), *Literature and Linguistics : Approaches, Models, and Applications. Studies in Honour of Jon Erickson*, Trier : WVT Wissenschaftlicher Verlag Trie, 2002.

Herman, D.(ed.), *Narratologies : New Perspectives on Narrative Analysis*, Lincoln : University of Nebraska Press.

Herman, D., *Story Logic : Problems and Possibilities of Narrative*, Lincoln : University of Nebraska Press,

2002.

Ireland, K., *The Sequential Dynamics of Narrative Energies ay=t the Margins of Fiction*, London : Associated University Press, 2001.

Jahn, M., "Frames, Preferences, and the Reading of Third-person Narrative : Toward a Cognitive Narratology", *Poetics Today 18*, 1997.

Lanser, S. F., "Toward a Feminist Narratology", *Style 20*, 1986.

Maher, D., "Precious Time : Pushing the Limits of Narrative in the Seventeenth Century", *Narrative 10*, 2002.

Mathieu-Colas, M., "Frontières de la Narratologie", *Poétique 17*, 1986.

Mezei, K.(ed.), *Ambiguous Discourse. Feminist Narratology and British Women Writers*, Chapel Hill : University of North Carolina Press, 1995.

van Peer, W. and Chatman, S.(eds.), *New Perspectives on Narrative Perspective*, Albany : State University of New York Press, 2001.

Prince, G., "On Narratology : Criteria, Corpus, Context", *Narrative 3*, 1995.

Punday, D., "A Corporeal Narratology?" *Style 34*, 2000.

Reaz, F., *Les Textes d'action*, Metz : Université de Met, 1997.

Richardson, B., "Narrative Poetics and Postmodern Trangression : Theorizing the Collapse of Time, Voice, and Frame", *Narrative 8*, 2000.

Ryan, M-L., "The Modes of Narrativity and Their Visual Metaphors", *Style 26*, 1992.

_____, "The Narratorial Functions : Breaking Down a Theoretical Primitive", *Narrative 9*, 146-5, 2001.

25장 ──────────────────────── 모더니즘의 소리풍경과 지적인 귀

Caserio, R., *The Novel in England, 1900 ~1950 : History and Theory*, New York : Twayne, 1999.

Clutton-Brock, A., "The Magic Flute", *Times Literary Supplement* June 29, 1916.

Cuddy-Keane, M., "Virginia Woolf, Sound Technologies, and the New Aurality", P. Caughie(ed.), *Virginia Woolf in the Age of Mechanical Reproduction : Music, Cinema, Photography, and Popular Culture*, New York : Garland, 2000.

Danius, S., *The Senses of Modernism : Technology, Perception, and Aesthetics*, Ithaca, NY : Cornell University Press, 2002.

Foster, E. M., *Howards End*, O. Stallybrass(ed.), London : Edward Arnold, [1910]1973.

Friedman, S, S., "Definitional Excursions : The Meaning of Modern / Modernity / Modernism", *Modernism / Modernity 8*, 2001.

Handel, S., *Listening : An Introduction to the Perception of Auditory Events*, Cambridge, MA : MIT Press, 1993.

_____, "Timbre Perception and Auditory Object Identification", B. C. J. Moore(ed.), *Hearing*, San Diego, CA : Academic, 1995.

Hines, T. S., "'Then Not Yet "Cage"' : The Los Angeles Years, 1912~1938", M. Perloff and C. Junkerman(eds.), *John Cage : Composed in America*, Chicago : University of Chicago Press, 1994.

Howells, W. D., *London Films*, New York : Harper and Brothers, 1915.

Kahn, D., "Introduction : Histories of Sound Once Removed", D. Kahn and G. Whitehouse(eds.), *Wireless Imagination : Sound, Radio, and the Avant-Garde*, Cambridge, MA : MIT Press, 1922.

Lyotard, J.-F., *The Inhuman : Reflections of Time*, Geoffrey Bennington and Rachel Bowlby(trans.), Cambridge, UK : Polity, [1988]1991.

Moore, B. C. J., *An Introduction to the Psychology of Hearing*(5th edn.), San Diego, CA : Academic, 2003.

Pater, W., *The Renaissance : Studies in Art and Poetry*(2nd edn.), London : Macmillan, 1877.

Picker, J. M., *Victorian Soundscapes*, Oxford : Oxford University Press, 2003.

Plomp, R., *The Intelligent Ear : On the Nature of Sound Perception*, Mahwah, NJ : Erlbaum, 2002.

Richards, I. A., *Principles of Literary Criticism*, New YorkL Harcourt, Brace and World, 1925.

Sampson, G., "Mimetic Relationships Between Music and Literature in England", *The Humanities Association Review 25*, 1974.

Schafer, R. M.(ed.), *The Vancouver Soundscape*, Vancouver : A. R. C. Publications, 1978.

Sherry, V., *Ezra Pound, Wyndham Lewis, and Radical Modernism*, New York : Oxford University Press, 1993.

Sullivan, J. W. N., "Music and Other Arts", *Times Literary Supplement*, Sept.7, 1922.

Stewart, G., *Reading Voices : Literature and the Phonotext*, Berkeley : University of California Press, 1990.

Turner, W. J., "The False Isolation of Music", *The New Statesman*, Oct.14, 1922.

Truax, B., *Acoustic Communication*, Norwood, NJ : Ablex Publishing, 1984.

Woolf, V., "Modern Fiction", *The Common Reader : First Series*, A. McNeillie(ed.), London : Hogarth, [1925]1984.

_____, "Kew Gardens", *The Complete Shorter Fiction of Virginia Woolf*, S. Dick(ed.), London : Hogarth, 1985.

_____, *To the Lighthouse*, M. Drabble(ed.), Oxford : Oxford University Press, [1927] 1992.

_____, *The Years*, H. Lee(ed.), Oxford : Oxford University Press, [1937]1992.

_____, *A Passionate Apprentice : The Early Journals, 1897~1909*, M. Leaska(ed.), London : Hogarth, 1992.

_____, *Between the Acts*, F. Kermode(ed.), Oxford : Oxford University Press, [1941] 1998.

_____, *Mrs. Dalloway*, D. Bradshaw(ed.), Oxford : Oxford University Press, [1925] 2000.

Zimring, R., "Suggestions of Other Worlds : The Art of Sound in The Years", *Woolf Studies Annual 2*, 2002.

26장 ——————————————————————— 두 목소리, 또는

Arterburn, J. and Arterburn, S., *How Will I Tell My Mother?*, revised and expanded. Nashville, TN : Oliver-Nelso, 1990.

Bakhtin, M., "Author and Hero in Aesthetic Activity", M. Holquist and V. Liapunov(eds.), V. Liapunov and K. Brostrom (trans.), *Art and Answerability : Early Philosophical Essays by M. M. Bakhtin*, Autin : University of Texas Pressm [1920~23]1990.

Butler, S. and Rosenblum, B., *Cancer in Two Voices*, Denver, CO : Spinsters In, 1991.

Charon, Rita "Doctor-Patient / Reader-Writer : Learning to Find the Text", *Soundings 72*, 1989.

Chatman, S., *Story and Discourse*, Ithaca, NY : Cornell University Press, 1978.

Couser, T. G., Recovering Bodies. Illness, Disability, and Life Writing. Madison : The University of Wisconsin Press, 1997.

Felman, S., "Turning the Screw of Interpretation", *Yale French Studies 55 / 6*, 1977.

Fetterley, J., *The Resisting Reader : A Feminist Approach to American Fiction*, Bloomington : Indiana University Press, 1978.

Frank, A. W., "The Rhetoric of Self-Change : Illness Experience as Narrative", *Sociological Quarterly 34*, 1993.

Frank, A. W., *The Wounded Storyteller : Body, Illness, and Ethics*, Chicago : University of Chicago Press, 1995.

Freud, S., "Mourning and Melancholia", *The Standard Edition of the Complete Psychological Works*, ed. and trans. J. Strachey, London : The Hogarth Press, [1917]1957.

Freud, S., "Remembering, Repeating, and Working Through", *The Standard edition of the Complete Psychological Works*, ed. and trans. J. Strachey, London : The Hogarth Press, [1914]1958.

Genette, G., *Figures III*, Paris : Seui, 1972.

Hammerman, I. and Nieraad, J., *Under The Sign of Cancer : A Journey of No Return*(in Hebrew), Tel Aviv : Am Ove, 2001.

Heller, J. and Vogel, S., *No Laghing Matter*, New York : Putnam Grou, 1986.

Iser, W., *The Implied Reader : Patterns of Communication in Prose Fiction from Bunyan to Beckett*, Baltimore, MD : Johns Hopkins University Press, 1974.

Johnson, B., "The Frame of Reference : Poe, Lacan, Derrida", *Yale French Studies 55 / 6*, 1977.

Kristeva, J., "On the Melancholic Imaginary", S. Rimmon-Kenan(ed.), *Discourse in Psychoanalysis and Literature*, London : Methue, 1987.

McHale, B., "Free Indirect Discourse : A Survey of Recent Accounts", *Poetics and Theory of Literature 3*, 1978.

Rabinowitz, P. J., "Truth in Fiction : A Reexamination of Audiences", *Critical Inquiry 4*, 1977.

Reches, A., "Dying Notes", *Ha'aretz*, 25 Januar, 2002.

Rimmon-Kenan, S., Narrative Fiction : Contemporary Poetics. London : Methue, 1983.

_____, "Narration as Repetition : The Case of Gunter Grass's *Cat and Mouse*", S. Rimmon-Kenan(ed.), *Discourse in Psychoanalysis and Literature*, London : Methue, 1987.

_____, "The Story of "I" : Illness and Narrative Identity", *Narrative 10*, 2002.

27장 —————————————————————— 법에서의 서술과 법의 서술

Amsterdam, A. and Bruner, J., *Minding the Law*, Cambridge, MA : Harvard University Press, 2000.

Binder, G. and Weisberg, R., *Literary Criticism of Law*, Princeton, NJ : Princeton University Press, 2000.

Delgado, R., "Storytelling for Oppositionists and Others : A Plea for Narrative", *Michigan Law Review 87*, 1989.

Dershowitz, A., "Life is Not a Dramatic Narrative", P, Brooks and P. Gewirtz(eds.), *Law's Stories*, New Haven, CT : Yale University Press, 1994.

Doyle, A. C., *The Adventure of the Spckled Band and other Stories of Sherlock Holmes*, New York : Signe, 1965.

Miranda v. Arizona, 384 US 43, 1966.

Noonan, J. T., *Persons and Masks of the Law*, New York : Farrar, Straus & Girou, 1976.

Old Chief v. United States, 519 US 17, 1997.

Palsgraf v. Long Island Railroad Co., 248 NY 33, 1928.

Planned Parenthood v. Casey, 505 US 83, 1992.

Rusk v. State, 43 Md. App. 476, 406 A.2d 62, 1979.

State v. Rusk, 289 Md. 230, 424 A.2d 720, 1981.

28장 ─────────── 이차적 자연, 영화적 서술, 역사적 주체 그리고 〈러시안 아크〉

Balazs, B., "The Close-up", G. Mast, M. Cohen, and L. Braudy(eds.), *Film Theory and Criticism*, 4th
    edn., New York : Oxford University Press, 1992.

Barthes, R., *Mythologies*, trans. A. Lavers, New York : Noonday Press, 1972.

Bordwell, D., *Narration in the Fiction Film*, Madison : University of Wisconsin Press, 1985.

Bordwell, D., Staiger, J., and Thompson, K., *The Classical Hollywood Cinema : Film Style and Modes
    of Production to 1960*, New York : Columbia University Press, 1985.

Burch, Noel., *Theory of Film Practice*, trans. Helen R. Lane, Princeton, NJ : Princeton University Press,
    1969.

Certeau, M. de *The Writing of History*, trans. T. Conley, New York : Columbia University Press, 1988.

Certeau, M. de *The Practice of Everyday Life*, trans. S. Rendall, Berkeley : University of California Press,
    2002.

Chatman, S., *Story and Discourse : Narrative Structure in Fiction and Film*, Ithaca, NY : Cornell
    University Press, 1978.

Frye, N., *The Anatomy of Criticism*, Princeton, NJ : Princeton University Press, 1957.

Oudart, J. -P., "Cinema and Suture", *Screen 18(4)*, 1977~78.

White, H., *Metahistory : The Historical Imagination in Nineteenth-Century Europe*, Baltimore, MD :
    Johns Hopkins University Press, 1973.

White, H., *The Tropics of Discourse*, Baltimore, MD : Johns Hopkins University Press, 1978.

White, H., *The Content of the Form : Narrative Discourse and Historical Representation*, Baltimore, MD
    : Johns Hopkins University Press, 1987.

29장 ─────────────────────────── 끝을 이야기하기

Abbate, C., *Using Voices : Opera and Musical Narrative in the Nineteenth Century*, Princeton, NJ :
    princeton University Press, 1991.

Bronfen, E., "Death and Aesthetics", M. Kelly(ed.), *Encyclopedia of Aesthetics, vol. 1*, New York : Oxford University Press, 1998.

Brooks, P., *Reading for the Plot : Design and Intention in Narrative*, New York : Knop, 1984.

Conrad, P., *A Song of Love and Death : The Meaning of Opera*, New York : Poseidon Press, 1987.

Dollimore, J., *Death, Desire and Loss in Western Culture*, London : Routledg, 1998.

Elam, K., *The Semiotics of Theatre and Drama*, London and New York : Routledg, 1980.

Flachmann, M., "Fitted for Death : *Measure for Measure* and the *Contemplatio Mortis*", *English Literary Renaissance 22*, 1992.

Freud, S., "Psychopathic Characters on the Stage", J. Strachey(ed.), *The Standard Edition of the Complete Psychological Works of Sigmund Freud, vol. 7*, London : Hogarth Press and the Institute of Psycho-Analysis, [1905]1953.

Goodman, N., *Languages of Art*, New York : Bobbs-Merri, 1968.

Jahn, M., "A Guide to the Theory of Drama. Part II of Poems, Plays, and Prose : Guide to the Theory of Literary Genres", 2003.(www.uni-koeln.de/∼ame02/pppd.htm)

Kermode, F., *The Sense of an Ending : Studies in the Theory of Fiction*, New York : Oxford University Press, 1967.

Kramer, L., *Music as Cultural Practice, 1800∼1900*, Berkeley : University of California Press, 1990.

Lindenberger, H., *Opera : The Extravagant Art*, Ithaca, NY : Cornell University Press, 1984.

Mattingly, C., *Healing Dramas and Clinical Plots : The Narrative Structure of Experience*, Cambridge, UK : Cambridge University Press, 1998.

Miller, J. H., "Narrative", F. Lentricchia and T. McLaughlin(eds.), *Critical Terms for Literary Study*, Chicago : University of Chicago Press, 1990.

Montagu, H., *Contemplatio Mortis et Immortalitatis*, Amsterdam and New York : DaCapo Press, [1631]1971.

Nattiez, J.-J., *Music and Discourse : Toward a Semiology Music*, trans. C. Abbate, Princeton, NJ : Princeton University Press, 1990.

Nietzsche, F., *The Birth of Tragedy* and *The Case of Wagner*, trans. W. Kaufmann, New York : Vintage, [1895]1967.

Nuland, S. B., *How We Die : Reflections on Life's Final Chapter*, New York : Knopf, 1994.

Nuttall, A. D., *Why Does Tragedy Give Us Please?*, Oxford : Clarendon Press, 1996.

Phelan, J., *Narrative as Rhetoric : Technique, Audiences, Ethics, Ideology*, Columbus : Ohio State University Press, 1996.

Schechner, R., "Ritual and Performance", T. Ingold(ed.), *Companion Encyclopedia of Anthropology :*

Humanity, Culture and Social Life, London and New York : Routledg, 1994.

Schmidt, H. J., *How Dramas End : Essays on the German Sturm und Drang, Büchner, Hauptmann, and Fleisser*, Ann Arbor : University of Michigan Press, 1992.

Steiner, G., *The Death of Tragedy*, London : Faber and Fabe, 1961.

Taruskin, R., "She Do the Ring in Different Voices", *Cambridge Opera Journal 4*, 1992.

Turner, V., "Dewey, Dilthey, and Drama : An Essay in the Anthropology of Experience", V. Turner and E. M. Bruner(eds.), *The Anthropology of Experience*, Urbana : University of Illinois Press, 1986.

Zopelli, L., *L'opera come racconto : narrativi nel teatro musicale dell'Ottocento*, Venice Marsilio Editori, 1994.

30장 ──────────────── 음악과 영화-서술, 영화-서술로서의 음악 또는

Breton, A., *Manifestes du Surréalisme*, Paris : Gallimar, 1996.

Brown, R. S., "Serialism in Robbe-Grillet's *L'Eden et après* : The Narrative and Doubles", *Literature / Film Quarterly 18(4)*, 1990.

_____, *Overtones and Undertones : Reading Film Music*, Berkeley : University of California Press, 1994.

Carter, E., *The Writings of Elliott Carter : An American Composer Looks at Modern Music*, ed. Else and Kurt Stone, Bloomington : Indiana University Press, 1977.

Gorbman, C., *Unheard Melodies : Narrative Film Music*, Bloomington and Indianapolis : Indiana University Press, 1987.

Greimas, A. J., *Du sens II*, Paris : Seui, 1983.

Jander, O., "Beethoven's Orpheus in Hades : The *Andante con moto* of the Fourth Piano Concerto", *19th Century Music 8(3)*, 1985.

Langer, S. K., *Philosophy in a New Key : A Study in the Symbolism of Reason, Rite, and Art*, 3rd edn., Cambridge, MA : Harvard University Press, [1942]1957.

Lévi-Strauss, C., *Structural Anthropology*, trans. C. Jacobson and B. Grundfest Schoepf, New York : Basic Book, 1963.

_____, *The Raw and the Cooked : Introduction to a Science of Mythology, I*, trans. J. and D. Weightman, New York : Harper / Colopho, 1969.

Levin, D. M.(ed.), *Modernity and the Hegemony of Vision*, Berkeley : University of California Press,

1993.

Lotman, J., "The Origin of Plot in the Light of Typology", trans. J. Graffy, *Poetics Today 1(1-2)*, 1979.

Mallarmé, S., "Crise de vers", *Oeuvres complètes*, Paris : Gallimard / Bibliothèque de la Pléiade, [1886]1996.

McClary, S., *Feminine Endings : Music, Gender, and Sexuality*, Minneapolis : University of Minneapolis Press, 1991.

McGilligan, P., *Alfred Hitchcock : A Life in Darkness and Light*, New York : Regan Book, 2003.

Meyer, L. B., 1956) : *Emotion and Meaning in Music*, Chicago : University of Chicago Press.

Peradotto, J., "Oedipus and Erichthonius : Some Observations of Paradigmatic and Syntagmatic Order", ed. L. Edmunds and A. Dundes. *Oedipus : A Folklore Casebook*, New York and London : Garlan, 1984.

Perle, G., *Style and Idea in the Lylic Suite of Alban Berg*, HIllsdale, NY. Pendragon Press, 1995.

Prendergast, R., *Film Music : A Neglected Art*, New York : W. W. Norto, 1977.

Ragland, E., "Lacan and the Subject of Law : Sexuation and Discourse in the Mapping of Subject Positions that Give the Ur-form of Law", *Washington and Lee Law Review 54(3)*, 1997.

Robbe-Grillet, A., *For a New Novel : Essays on Fiction*, trans. R. Howard, Evanston, IL : Northwestern University Press, [1961]1989.

Schopenhauer, A., *The World as Will and Idea, vol.1*, trans. E. F. J. Payne, New York : Dove, 1969.

Shepherd, J., *Music as Social Text*, Cambridge, UK : Polity Press, 1991.

Tarasti, E., *A Theory of Musical Semiotics*, Bloomington : Indiana University Press, 1994.

Truffaut, F., *Hitchcock*, New York : Simon and Schuste, 1984.

Turner, T. S., "Oedipus : Time and Structure in Narrative Form", R. F. Spencer(ed.), *Forms of Symbolic Action : Proceedings of the 1969 Annual Spring Meeting of the American Ethnological Society*, Seattle and London : American Ethnological Society / University of Washington Press, 1969.

31장 ———————————————————— 고전적 기악 음악과 서술

Abbate, C., *Unsung Voices : Opera and Musical Narrative in the Nineteenth Century*, Princeton, NJ : Princeton University Press, 1991.

Babbitt, M., "Review of Felix Salzer, Structural Hearing : Tonal Coherence in Music", *The Collected Essays of Milton Babbitt*, Princeton University Press, [1952]2000.

_____, *The Collected Essays of Milton Babbitt*, Princeton, NJ : Princeton University Press, 2003.

Berger, K., *A Theory of Art*, Oxford : Oxford University Press, 1999.

Berlioz, H., *The Art of Music and Other Essays*, trans. E. Csicsery-Rónay, Bloomington : Indiana University Press, 1994.

Brett, P., "Piano Four-Hands : Schubert and the Performance of Gay Male Desire", *19th -Century Music 212*, 1997.

Burnham, S., *Beethoven Hero*, Princeton, NJ : Princeton University Press, 1995.

Caputo, V. and K. Pegley "Growing Up Female(s) : Retrospective Thoughts on Musical Preferences and Meanings", P. Brett, G. C. Thomas, E. Wood(eds.), *Queering the Pitch : The New Gay and Lesbian Musicology*, New York : Routledg, 1994.

Cone, E. T., *The Composer's Voice*, Berkeley : University of California Press, 1974.

Cook, N., "Music as Performance", M. Clayton, T. Herbert, R. Middleton(eds.), *The Cultural Study of Music : A Critical Introduction*, New York : Routledg, (2002.

Fisk, C., *Returning Cycles : Contexts for the Interpretation of Schubert's Impromptus and Last Sonatas*, Berkeley : University of California Press, 2001.

Guck, M. A., "A Woman's (Theoretical) Work", *Perspectives of New Music 32(1)*, 1994a.

_____, "Analytical Fictions", *Music Theory Spectrum 162*, 1994b.

_____, "Rehabilitating the Incorrigible", A. Pople(ed.), *Theory, Analysis and Meaning in Music*, Cambridge, UK : Cambridge University Press, 1994c.

Hanslick, E., *On the Musically Beautiful : A Contribution Towards the Revision of the Aesrhetics of Music*, trans. G. Payzant, Indianapolis : Hacket, 1986.

Kerman, J., "Representing a Relationship : Notes on a Beethoven Concerto", *representations 39*, 1992.

_____, *Concerto Conversations*, Cambridge, MA : Harvard University Press, 1999.

Kivy, P., *Sound and Semblance : Reflections on Musical Representation*, Princeton, NJ : Princeton University Press, 1984.

_____, "A New Music Criticism?", *The Fine Art of Repetition : Essays in the Philosophy of Music*, Cambridge, UK : Cambridge University Press, 1993.

Maus, F. E., "Music as Drama", *Music Theory Spectrum 10*. Also in J. Robinson(ed.) *Music and Meaning*, Ithaca, NY : Cornell University Press, 1997.

_____, "Music as Narrative", *Indiana Theory Review 12*, 1991.

_____, "Love Stories", *Repercussions 42*, 1996.

_____, "Musical Performance as Analytical Communication", I. Gaskell and S. Kemal(eds.), *performance and Authenticity in the Arts*, Cambridge, UK : Cambridge University Press, 1999.

_____, "Narratology, Narrativity", Grove Music Online, ed. L. Macy, 2001.

(www.grovemusic.com)

_____, "The Disciplined Subject of Musical Analysis", A. Dell'Antonio(ed.), *Beyond Structural Listening Listening : Postmodern Modes of Hearing*, Berkeley : University of California Press, 2004.

McClary, S., "A Musical Dialectic from the Enlightenment : Mozart's Piano Concerto in G Major, K. 453, Movement 2", *Cultural Critique 4*, 1986.

_____, *Feminism Endings : Music, Gender, and Sexuality*, minneapolis : University of Minnesota Press, 1991.

Nattiez, J-J., "Can One Speak of Narrativity in Music?" *Journal of the Royal Musical Association 115*, 1990.

Newcomb, A., "Once More 'Between Absolute and Program Music' : Schumann's Second Symphony", *19th-Century Music 7*, 1983 ~ 84.

_____, "Schumann and Late Eighteenth-Century Narrative Strategies", *19th-Century Music 11*, 1987.

_____, "Narrative Archetypes and Mahler's Ninth Symphony", S. Scher(ed.), *Music and Text : Critical Inquires*, Cambridge, UK : Cambridge University Press, 1992.

_____, "Action and Agency in Mahler's Ninth Symphony, Second Movement", J. Robinson(ed.), *Music & Meaning*, Ithaca, NY : Cornell University Press, 1997.

Powers, H., "Reading Mozart's Music : Text and Topic, Syntax and Snse", *Current Musicology 57*, 1995.

Rink, J.(ed.), *The Practice of Performance : Studies in Musical Interpretation*, Cambridge, UK : Cambridge University Press, 1995.

Tarasti, E., *A Theory of Musical Semiotics*, Bloomington : Indiana University Press, 1994.

Taruskin, R., *Text and Act : Essays on Music and Performance*, Oxford : Oxford University Press, 1995.

Tovey, D. F., "The Classical Concerto", *Essays in Musical Analysis, 3 : Concertos*, Oxford : Oxford University Press, [1903]1935.

Walton. K., *Mimesis as Make-Believe : On the Foundations of Representational Arts*, Cambridge, MA : Harvard University Press, 1990.

Will, R., *The Characteristic Symphony in the Age of Haydn and Beethoven*, Cambridge, UK : Cambridge University Press, 2002.

Recordings of Beethoven, Symphony No.5, Op.67.

Roger Norrington, London Classical Players *Ludwig van Beethoven, 9 Symphonies*, EMI CDS 7 49852, 1989.

Artur Rodzinski, New York Philharmonic Orchestra *The Beethoven Recordings Vol.2*, Fono Enterprise
    AB 78 92, 1944.

Arturo Toscanini, New York Philharmonic Orchestra *Toscanini Concert Edition*, Naxos 8, 11080, 1933.
    _____, NBC Symphony Orchestra *Ludwig van Beethovan, 9 Symphonies, vol.2*, BMG 74321
    55836 2, 1952.

32장───────────────────────────────── "나는 스파르타쿠스다!"

Adorno, T., *The Culture Industry : Selected Essays on Mass Culture*, ed. J. M. Berstein, London :
    Routledg, 1991.

Adorno, T. and Horkheimer, M., *Dialectic of Enlightenment*, trans. J. Cumming, New York :
    Continuum Publishing Company, [1944]1989.

Appian, *The Civil Wars*, trans. H. White, Cambridge, MA : Harvard University Press, [1913]1995.

Barrios, R., *Screened Out : Playing Gay in Hollywood from Edison to Stonewall*, New York : Routledg,
    2003.

Bedford, B.(ed.), *The Spartacus International Gay Guide, 2001 ~2002*, Berlin : Bruno Gmünder Verla,
    2001.

Benjamin, W., *Gesammelte Schriften, vol.5*, part I(*Das Passagen-Werk*), ed. R. Tiedemann, Frankfurt am
    Main : Suhrkamp Verla, 1982.

Bergson, H., Mind-Energy : Lectures and Essays, trans. H. W. Carr. Westport, CT : Greenwood Press,
    1975.

Bird, R. M., *The Gladiator*, In A. G. Halline(ed.), *American Plays : Selected and Edited with Critical
    Introductions and Bibliographies*, New York : American Book Compan, 1935.

Bradly, K. R., *Slavery and Society at Rome*, Cambridge, UK : Cambridge University Press, 1994.

_____, *Slavery and Rebellion in the Roman World, 140 B.C. ~70 B. C.*, Bloomington : Indiana
    University Press, [1989]1998.

Brown, M. C., *Art under Stalin*, New York : Holmes & Meie, 1991.

Butler, J., *The Psychic Life of Power : Theories in Subjection*, Palo Alto, CA : Stanford University Press,
    1997.

Craine, D. and Mackrell, J.(eds)., *The Oxford Dictionary of Dance*, Oxford : Oxford University Press,
    2000.

Deleuze, G., *Cinema 1 : The Movement-Image*, trans. H. Tomlinson and B. Habberjam, Minneapolis

: University of Minnesota Press, [1983]1996.

de Man, P., "Semiology and Rhetoric", *Allegories of Reading : Figural Language in Rousseau, Nietzsche, Rilke, and Proust*, New Haven, CT : Yale University Press, 1979.

Edelman, L., "The Future is Kid Stuff : Queer Theory, Disidentification, and the Death Drive", *Narrative 6(1)*, 1998.

Fast, H., *Being Red*, Armonk, NY : M. E. Sharp, 1990.

_____, *Spartacus*, Armonk, NY : North Castle Books / M. E. Sharpe, [1951]1996.

Faulkner. W., "Upon Receiving the Nobel Prize for Literature, 1950", J. B. Meriwether(ed.), *William Faulkner : Essays, Speeches, and Public Letters*, London : Chatto & Windus, 1967.

Foucault, M., *Language, Counter-Memory, Practice : Selected Essays and Interviews*, ed. Donald F. Bouchard, Ithaca, NY : Cornell University Press, 1977.

Heath, M., "War of the Gladiators", *The New York Times*, 3 February, 1953.

Husserl, E., "Eidetic Variation and the Acquisition of Pure Universals", D. Welton(ed.), *The Essential Husserl : Basic Writings in Transcendental Phenomenolgy*, Bloomington : Indiana University Press, 1999.

Jakobson, R., "Two Aspects of Language and Two Types of Aphasic Disturbances", K. Pomorska and S, Rudy(eds.), *Language in Literature*, Cambridge, MA : The Belknap Press, [1956]1987.

Jennings, L., "Night at the Ballet : The Czar's Last Dance", *The New Yorker*, 27 March, 1995.

Kellogg, E., "Spartacus to the Gladiators", G. S. Hillard(ed.), *The Sixth Reader*, Boston : Brener, 1864.

Koestler, A., *The Gladiators*, trans. E. Simon, postscript by the author, New York : The Macmillan Company, [1939]1965.

Kon, I., "Sexual Minorities", I. Kon and J. Riordan(eds.), *Sex and Russian Society*, Bloomington : Indiana University Press, 1993.

Lessing, G. E., Laocoön : An Essay on the Limits of Painting and Poetry, trans. E. A. McCormick. Baltimore : Johns Hopkins University Press, 1984.

Lukács, G., "Critical Observations on Rosa Luxemburg's 'Critique of the Russian Revolution'", *History and Class Consciousness : Studies in Marxist Dialectics*, trans. Rodney Livingstone, Cambridge, MA : The MIT Press, 1971.

Marx, K., Letter to Frederick Engels of February 27, 1861, *Selected Correspondence of Karl Marx and Frederick Engels(1846~1895)*, trans. Dona Torr, New York : International Publisher, 1942.

Miller, D. A., *Narrative and its Discontents : Problems of Closure in the Traditional Novel*, Princeton, NJ. Princeton University Press, 1981.

_____, *The Novel and the Police*, Berkeley : University of California Press, 1988.

_____, *Bringing out Roland Barthes*, Berkeley : University of California Press, 1992.

Miller, J. H., "Narrative", F, Lentricchia and Thomas McLaughlin(eds.), *Critical Terms for Literary Study*, 2nd edn., Chicago : The University of Chicago Press, [1990]1995.

Morrison. P., *The Explanation for Everything : Essays on Sexual Subjectivity*, New York University Press, 2001.

Morson, G. S., *Narrative and Freedom : The Shadows of Time*, New haven, CT : Yale University Press, 1994.

Nelson, T. A., *Kubrick : Inside a Film Artist's Maze*, Bloomington : Indiana University Press, 1982.

Pelz, W. A., *The Spartakusbund and the German Working Class Movement, 1914~1919*, Lewiston, ME and Queenston, ONT : The Edwin Mellen Press, 1988.

Plutarch., *Fall of the Roman Republic*, trans. R. Warner, introductions and notes by Robin Seager, London : Penguin Books, [1958]1972.

Roof, J., *Come as You Are : Sexuality and Narrative*, New York : Columbia University Press, 1996.

Rubinsohn, W. Z., *Spartacus'Uprising and Soviet Historical Writing*, trans. J. G. Griffith, Oxford : Oxbow Books, 1987.

Russo, V., *The Celluloid Closet*, revised edn., New York : Harper & Row, [1981]1987.

Shaw, B. D., *Spartacus and the Slave Wars : A Brief History with Documents*, Boston : Bedford / St. Martin's Pre, 2001.

Schneerson, G., *Aram Khachaturian*, trans. X. Denco, Moscow : Foreign Languages Publishing Hous, 1959.

Swados, H., "Epic in Technicolor", *The Nation*, 5 April, 1952.

Waldman, R., *The Spartacist Uprising of 1919*, Milwaukee, WI : The Marquette University Press, 1958.

Ward, C. O., *The Ancient Lowly : A History of the Ancient Working People from the Earliest Known Period to the Adoption of Christianity by Constantine, vol.I*, Chicago : Charles H. Kerr & Company, 1907.

Werth, A., *Musical Uproar in Moscow*, Westport, CT : Greenwood Press, [1949]1974.

Yuzefivich. V., *Aram Khachaturyan*, trans. N. kournokoff and V. Bobrov, New York : Sphinx Press, 1985.

33장 ———————————————————— 퍼포먼스 예술사의 파편들

Austin, J. L., *How To Do Things With Words*, Oxford : Oxford University Press, 1962.

Benjamin, W., "A Sfort History of Photography", Alan Trachtenberg(ed.), *Classic Essays on Photography*, New Haven, CT : Leete's Island Books, [1931]1980.

Clay, J., "Hans Namuth : Art Critic", *Macula 2*, 1977.

Cohn, D., *The Distinction of Fiction*, Baltimore, MD : Johns Hopkins University Press, 1999.

Colacello, R., *Holy Terror : Andy Warhol Close Up*, New York : HarperCollin, 1990.

Fleischman, S., *Tense and Narrativity : From Medieval Performance to Modern Fiction*, Austin : University of Texas Press, 1990.

Goodnough, R., "Pollock Paints a Picture", *Artnews 50(3)*, 1951.

Greenberg, C., "The Crisis of the Easel Picture", *Partisan Review*, 15 April. Also reprinted in *Clement Greenberg : The Collected Essays and Criticism, Volume. 2 : Arrogant Purpose, 1945~49*, ed. J. O'Brian. Chicago : University of Chicago Press, [1948]1986.

Foucault, M., *The History of Sexuality, Volume 1 : An Introduction*, New York : Random House, 1978.

Jones, A., *Body Art : Performing the Subject*, Minneapolis : University of Minnesota Press, 1998.

Karmel, P., "Pollock at Work : The Films and Photographs of Hans Namuth", K. Varnedoe with P. Karmel, *Jackson Pollock*, New York : The Museum of Modern Art / Harry N. Abram, 1998.

Krasner, L., "An Interview with Lee Krasner Pollock by B. H. Friedman", B. Rose(ed.) *Pollock Painting*(n.p.), New York : Agrinde Publication, 1980.

Krauss, R., "Reading Photographs as Texts", B. Rose(ed.), *Pollock Painting*(n.p.), New York : Agrinde Publication, 1980.

_____, *The Originality of the AvantGarde and Other Modernist Myths*, Cambridge, MA and London : The MIT Press, 1985.

McEvilley, T., "Stages of Energy : Performance Art Ground Zero?" In M. Abramović, *Artist Body, Performances 1969~1998*, Milan, Italy : Chart, 1998.

McKenzie, J., *Perform-Or Else!*, New York and London : Routledg, 2000.

Namuth, H., "Jackson Pollock", *Portfolio : The Annual of the Graphic Arts 3*, n.p., 1951.

_____, "Hans Namuth Oral History Interview Conducted by Paul Cummings", Smithsonian Archives of American Art, 1971.(artarchives.si.edu/oralhist/namuth71.htm)

_____, "Photographing Pollock : A Memoir", B. Rose(ed.), *Pollock Painting*(n.p.), New York : Agrinde Publication, 1980.

Orton, F., "Action, Revolution and Painting", F. Frascina(ed.), *Pollock and After : The Critical Debate*, New York : Routledge, 2nd ed, 2000.

Phelan, J., "Present Tense Narration, Mimesis, the Narrative Norm, and the Positioning of the Reader in *Waiting for the Barbarians*", J. Phelan and P. J. Rabinowitz(eds.), *Understanding Narrative*,

Columbus : Ohio State University Press, 1994.

Phelan, P., *Unmarked : The Politics of Performance*, New York and London : Routledg, 1993.

_____, "Lessons in Blindness from Samuel Beckett", *PMLA 119.5*, 2004.

Potter, J., *To a Violent Grave : An Oral Biography of Jackson Pollock*, New York : G. P. Putnam's Son, 1985.

Roueché, B., "Unframed Space", *The New Yorker 2624)*, 5 August, 1950.

Rose, B., "Namuth's Photographs and the Pollock Myth", B. Rose(ed.) *Pollock Painting* (n.p.), New York : Agrinde Publication, 1980.

Rosenberg, H., "The American Action Painters", *Artnews 51(8)*, 1952.

Trachtenberg, A.(ed.), *Classic Essays on Photography*, New Haven, CT : Leete's Island Book, 1980.

Schimmel, P., *Out of Actions : Between Performance and the Object 1949~1979*, Los Angeles : Museum of Contemporary Art, 1998.

Soussloff, C. M., "Jackson Pollock's PostRitual Performance : Memories Arrested in Space", *TDR : A Journal of Performance Studies 48*(1, T181), 2004.

34장 ──────────────────────────── 서술과 디지털적인 것

Aarseth, E., *Cybertext : Perspctives on Ergodic Literature*, Baltimore, MD : Johns Hopkins University Press, 1997.

_____, "Quest Games as Post-Narrative Discourse", M.-L. Ryan(ed.), *Narrative Across Media : The Languages of Storytelling*, Lincoln : University of Nebraska Press, 2004.

Abbott, H. P., *The Cambridge Introduction to Narrative*, Cambridge, UK : Cambridge University Press, 2002.

Blank, M., *Deadline*, Cambridge, MA : Infoco, 1982.

Bolter, J., *Writing Space : The Computer, Hypertext, and the History of Writing*, Hillsdale, NJ. Lawrence Erlbaum, 1991.

Campbell, P. M., "Interactive Fiction and Narrative Theory : Towards an Anti-Theory", *New England Review and Bread Loaf Quarterly X(1)*, : 76-8, 1987.

Douglas, J. Y., *The End of Books : or Books Without End? Reading Interactive Narratives*, Ann Arbor, MI : University of Michigan Press, 2000.

Hayles, N. K *Writing Machines*, Cambridge, MA : MIT Press, 2002.

Jackson, S., *Patchwork Girl*, Cambridge, MA : Eastgate System, 1995.

Joyce, M., *afternoon, a story*, Cambridge, MA : Eastgate System, 1987.

Joyce, M., 1996, *Twelve Blue : Story in Eight Bars*, World Wide Web hyperfiction. Postmodern Culture and Eastgate Systems, 1997.(www.eastgate.com/TwelveBlue)

Landow, G., *Hypertext 2.0 : The Convergence of Contemporary Critical Theory and Technology*, Baltimore, MD : Johns Hopkins University Press, 1997.

Lialina, O., *My Boyfriend Came Home From the War*, 1996.(www.teleportacia.org/war/)

Manovich, L., *The Language of New Media*, Cambridge, MA : MIT Press, 2001.

Morrissey, J., *The Jew's Daughter*, 2000.(www.thejewsdaughter.com/)

Montfort, N., "Toward a Theory of Interactive Fiction", 2003.(nickm.com/if/toward.html)

Moulthrop, S., *Victory Garden*, Cambridge, MA : Eastgate Systems, 1991.

Murray, J., *Hamlet on the Holodeck : The Future of Narrative in Cyberspace*, New York : Free Press, 1997.

Plotkin, A., *Spider and Web*.(ftp://ftp.gmd.de/ifarchive/games/infocom/Tangle.z5)

Pinsky, R., *Mindwheel : An Electronic Novel*, S. Hale and W. Mataga(programmers), San Rafael, CA : Brøderbund Software Corporatio, 1984.

Ryan, M-L., *Narrative as Virtual Reality : Immersion and Interactivity in Literature and Electronic Media*, Baltimore, MD : Johns Hopkins University Press, 2001.

_____, "Beyond Myth and Metaphor : Narrative in Digital Media", *Poetics Today 23(4)*, 2002.

35장 ———————————————————————— 모든 서술적 미래들의 미래

Aarseth, E. J., *Cybertext : Perspctives on Ergodic Literature*, Baltimore, MD : Johns Hopkins University Press, 1997.

Barthes, R., S / Z, trans. R. Miller, New York : Noonday Press, [1970]1974.

Bruni, F., *Ambling Into History : The Unlikely Odyssey of George W. Bush*, New York : HarperCollin, 2002.

Casparis, C. P., *These Without Time : The Present Tense in Narration*, Bern : Francke Verla, 1975.

Coetzee, J. M., *Waiting for the Barbarians*, Harmondsworth, UK : Pengui, 1980.

Cohn, D., *The Distinction of Fiction*, Baltimore, MD : Johns Hopkins University Press, 1998.

Cortázar, J., *Hopscotch*, trans. G. Rabassa, New York : New American Library, [1966]1971.

Culler, J., "Story and Discourse in the Analysis of Narrative", *The Pursuit of Signs : Semiotics, Literature, Deconstruction*, Ithaca, NY : Cornell University Press, 1981.

Douglas, J. Y., *The End of Books : or Books without End? Reading Interactive Narratives*, Ann Arbor :

University of Michigan Press, 2000.

Fludernik, M., *Towards a "Natural" Narratology*, London : Routldg, 1996.

Forster, E. M., *Aspects of the Novel*, New York : Harcourt, Brace & Worl, 1927.

Fowles, J., *The French Lieutenant's Woman*, New York : New American Librar, 1969.

Frayn, M., A Very Private Life. New York : Vikin, 1967.

Fukuyama, F., *The End of History and the Last Man*, New York : The Free Press, 1992.

Gibson, A., *Towards a Postmodern Theory of Narrative*, Edinburgh University Press, 1996.

Gifford, H.(ed.), *Leo Tolstoy : A Critical Anthology*, Harmondsworth, UK : Pengui, 1971.

Goodman, N., "Twisted Tales : or Story, Study, and Symphony", W. J. T. Mitchell(ed.), *On Narrative*, Chicago : University of Chicago Press, 1981.

Johnson, B. S., *The Unfortunates*, London : Panther Books / Secker & Warburg, 1969.

Kendall, R., *A Life Set for Two*, Cambridge, MA : Eastgate System, 1996.

Kermode, F., *The Sense of an Ending : Studies in the Theory of Fiction*, London : Oxford University Press, 1966.

Landow, G. P., *Hypertext 2.0 Baltimore*, MD : Johns Hopkins University Press, 1997.

Lyotard, J.-F., *The Inhuman : Reflections on Time*, trans. G. Bennington and R. Bowlby, Stanford, CA : Stanford University Press, [1988]1991.

Murray, J. H., *Hamlet on the Holodeck : the Future of Narrative in Cyberspace*, New York : The Free Press, 1997.

Phelan, J., "Present Tense Narration, Mimesis, the Narrative Norm, and the Positioning of the Reader in *Waiting for the Barbarians*", J. Phelan and P. J. Rabinowitz(eds.), *Understanding Narrative*, Columbus : Ohio State University Press, 1994.

Prince, G., *A Dictionary of Narratology*, Lincoln : University of Nebraska Press, 1987.

Ryan, M.-L., *Narrative as Virtual Reality : Immersion and Interactivity in Literature and the Electronic Media*, Baltimore : Johns Hopkins University Press, 2001.

Sapora, M., *Composition No 1*, trans. Richard Howard, New York : Simon and Schuster, [1960]1963.

Taylor, M., *Imaginary Compositions and the Children who Create them*, New York : Oxford University Press, 1999.

Warkins, M., *Invisible Guests : The Development of Imaginal Dialogues*, Hillsdale, NJ : The Analytic Press, 1986.

Woodward, B., *Bush at War*, New York : Simon and Schuster, 2002.

용어 색인

작품 색인

인명 색인

서술이론 I, II 필자 소개

H. Poter Abbott

캘리포니아대학교 산타 바바라 캠퍼스UCSB 영문과 교수이다. 주로 내러티브, 모더니즘, 자서전, 문학과 진화론, 그리고 소설가이자 극작가, 사무엘 베케트Samuel Beckett의 작품들을 연구하였다. 최근의 저서로 *The Cambridge Introduction to Narrative*(2002)가 있으며 현재, 다윈, 모더니즘, 그리고 회개체험의 재현과 관련한 연구를 하고 있다.

Alison Booth

영문과 교수, 1986년부터 버지니아대학교에서 강의해 왔다. 저서로는 *Greatness Engendered : George Eliot and Virginia Woolf*(1992), *Famous Last Words : Changes in Gender and Narrative Closure*(1993)가 있으며, *Narrative*, *Victorian Studies*, *American Literary History*, *Kenyon Review* 등의 학회지에 논문을 발표하였다. 인물연구에 관한 관심에서 촉발하여 "homes and haunts" 그리고 작가들의 집과 관련한 국가적 정전의 배치 프로젝트를 진행하고 있다.

故 Wayne C. Booth(1921~2005)

20세기 가장 영향력 있는 내러티브 이론가 중 한명이다. *The Rhetoric of Fiction*(1961), *A Rhetoric of Irony*(1974), *The Company We Keep*(1988)을 저술했고, 다른 중요한 책과 논문들을 쓰는 등, 작가와 서술자와 독자 사이에서 수사적·윤리적 원활한 소통방식을 보여주는 획기적인 성과를 내었다. 이 책 발간에 즈음한 저자의 말은 다음과 같다. Wayne C. Booth는 학생들을 가르치고 책과 논문을 쓰면서 소통의 증진을 위해 일생 동안 노력하였다. 이 노력의 결과물이 이 책에 있는 그의 논문이다. 대부분의 경우 특히 문학작품의 독해에 있어서 암시된 저자를, 평범한 인간으로서의 작가와 다양한 인물들과 서술자와는 구별짓는 것으로부터 충분한 이해의 길이 열릴 것이다. 모든 작가와 화자는 일상의 자신보다 월등한, 암시된 존재를 만들려고 시도한다. 둘이나 가끔은 셋이 되는 대조적인 페르소나의 차이점을 알아챌 수 있도록 충분히 귀 기울이지 않는다면 누구도 암시된 존재를 이해할 수 없을 것이다.

Peter Brooks

The Melodramatic Imagination(1976), *Reading for the Plot*(1984), *Body Work*(1993), *Troubling Confessions*(2000) 등 많은 책을 썼으며 발간 진행 중인 *Realist Vision*이 있다. 예일대학교에서 여러 해 동안 비교문학과 프랑스문학을 강의하였으며 현재 버지니아대학교의 영문학 및 법학 교수이다.

Royal S. Brown

뉴욕시립대학교의 퀸즈대학 교수이며, 유럽언어와 문학과 학과장이며 음악, 프랑스어, 영화 연구 분야 박사과정 대학원장이다. 저서로 *Focus on Godard*(1972), *Overtones and Undertones : Reading Film Music*(1994)이 있고 영화와 영화음악을 다룬 많은 논문과 비평들을 썼다.

Alison Case

미국 메사추세츠주 윌리엄스타운에 있는 윌리엄스대학의 영문학 교수이다. 저서로 *Plotting Women : Gender and Narration in the Eighteenth and Nineteenth Century British Novel*(1999)이 있고, 빅토리아 여왕시대 서술과 서술기법에 관한 다수의 논문이 있다. Harry Shaw와 협력하여 19세기 영국 소설에 관한 연구를 진행하고 있다.

Semour Chatman

캘리포니아대학교 버클리 캠퍼스UCB의 수사학 및 영화 연구 분야 명예교수이다. *Story and Discourse*(1978), *Coming to Terms*(1990), *Antonioni, or the Surface of the World* (1985), *Antonioni : The Complete Films*(2004)를 저술했다. 최근 논문들은 서사학, 영화 각색, 패러디 그리고 문예이론의 용어들에 관한 논의를 포함하고 있다.

Melba Cuddy-Keane

토론토대학교의 영문학 교수이고, Northrop Frye 연구기금을 받았으며, 국제 버지니아 울프 학회 회장을 역임하였다. 저서로 *Virginia Woolf, the Intellectual, and the Public Sphere*(2003)가 있고, 모더니즘 내러티브, 매체, 문화 등에 관하여 폭넓은 글을 써왔다.

Monika Fludernik

독일 프라이부르크대학교 영문학 교수이다. 저서로 *The Fiction of Language and the Languages of Fiction*(1993), *Towards a "Natural" Narratology*(1996), *Echoes and Mirrorings :*

Gabriel Josipovici's Creative Oeuvre(2000)가 있으며 1998년에 서사문학연구학회로부터 퍼킨스Perkins 상을 받았다. 학회지 *Style*에서 이인칭 소설 특별판을, 학회지 *EJES*에서 특별판 "Language and Literature(Donald와 Margaret Freeman과 공동 편집)"을, 학회지 *Poetics Today*에서 특별판 "Metaphor and Beyond : New Cognitive Developments"을 편집하였다. 1250년~1750년대 영문학 서술 구조의 전개양상에 관해 연구하고 있다.

Susan Stanford Friedman

위스콘신메디슨대학교에서 강의하고 있다. 저서 *Mappings : Feminism and the Cultural Geographies of Encounter*(1998)로 2000년에 서사문학연구학회로부터 퍼킨스Perkins 상을 받았다. 또한 *Psyche Reborn : The Emergence of H.D.*(1991), *Penelope's Web : Gender, Modernity, H.D.'s Fiction*(1990), *Analyzing Freud : Letters of H.D., Bryher, and Their Circle*(2002), *Joyce : The Return of the Repressed*(1993) 등의 저서와 서술 시학에 관한 많은 논문을 썼다.

David Herman

오하이오주립대학교의 영문학과에서 강의하고 있다. 네브라스카대학교 출판부에서 발간한 시리즈 *Frontiers of Narrative*를 편집했으며, *Universal Grammar and Narrative Form*(1995), *Narratologies*(1999), *Story Logic*(2002), *Narrative Theory and the Cognitive Sciences*(2003), *Routledge Encyclopedia of Narrative Theory*(Manfred Jahn, Marie-Laure Ryan과 공동 편집, 2005), *The Cambridge Companion to Narrative*(2007) 등을 포함하여 내러티브와 내러티브 이론에 관한 많은 책을 저술하였으며 편집하였다. 새로운 책 *Basic Elements of Narrative*가 Wiley-Blackwell에서 발간될 예정이다.

Linda Hutcheon과 Michael Hutcheon

Linda Hutcheon은 토론토대학교에서 영문학 및 비교문학 석좌교수이다. Michael Hutcheon은 토론토대학교의 의학 교수이다. 이 두 교수는 *Opera : Desire, Disease, Death* (1996), *Bodily Charm : Living Opera*(2000), *Opera : The Art of Dying*(2004)을 저술했다.

Emma Kafaleons

세인트루이스에 있는 워싱턴대학교에서 비교문학을 강의한다. *Poetics Today, Comparative Literature, 19th-Century Music, Visible Language, Studies in Twentieth Century Literature, Narrative* 등의 학회지에 종종 시각예술 및 음악과 관련한 서술이론의 연구 논문들을

폭넓게 발표했다. 학회지 *Narrative*의 2001년 5월 판 초청 편집자로서 현재의 서사학 발달에 기여하였다.

Catherine Gunther Kodat

뉴욕 주재의 해밀턴대학교 영문학 및 미국 연구 부교수이다. 학회지 *American Quarterly*, *Representations*, *Mosaic*에 춤, 음악, 영화, 문학에 관한 논문들을 발표하였다. Faulkner 와 Godard에 관한 논문이 Blackwell 출판사의 *Companion to William Faulkner*에 수록될 예정이다.

Susan S. Lanser

영문학 및 비교문학 교수이며 브랜다이스대학교의 여성학연구프로그램 학과장이다. 서술이론, 젠더연구, 18세기 유럽문화와 문학을 연구하고 있다. 내러티브 관련 저서, *The Narrative Act*(1981), *Fictions of Authority : Women Writers and Narrative Voice*(1992) 를 비롯한 많은 논문들과 기고문들이 있다.

Fred Everette Maus

버지니아대학교의 음악 부교수이다. 이론과 분석, 젠더와 섹슈얼리티, 대중음악, 미학, 기악의 극적 서술방식 등, 폭넓은 연구 분야에 관하여 저술하였다. 최근 저술로 음악백과사전인 *New Grove Dictionary of Music and Musicians*에 수록된 "Criticism : General Introduction"과 "Narratology, Narrativity"가 있다.

Brian McHale

오하이오주립대학교의 영문학과 인문학 석좌교수이다. 공동 편집자를 맡는 등 수년 간 학회지 *Poetics Today*와 함께해왔다. 저서로 *Postmodernist Fiction*(1987), *Constructing Postmodernism*(1992), *The Obligation Toward the Difficult Whole : Postmodernist Long Poems*(2004)가 있고, 모더니즘, 포스트모더니즘의 시학, 서사학, 과학소설에 관한 많은 논문을 썼다.

J. Hillis Miller

존스홉킨스대학교와 예일대학교에서 수년간 강의하였으며, 1986년에 캘리포니아 대학교 어바인 캠퍼스UCI로 옮겨 석좌 연구교수로 있다. 19세기와 20세기 영문학, 미국문학, 유럽문학 그리고 문예이론에 관한 많은 논문들과 책을 썼다. 최근 저서로 *Others*(2001), *Speech Acts in Literature*(2002), *On Literature*(2002), *Zero Plus One*(2003)이 있다. Henry James의 장편 및 산문에서의 발화행위 관련 연구를 진행 중이다. 곧 *J. Hillis Miller Reader*가 출간된다.

Alan Nadel

뉴욕주에 있는 렌셀러폴리테크닉대학의 문학 및 영화 교수이다. 미국문학, 영화, 문화에 관한 많은 책과 논문들을 썼다. 저서로 *Invisible Criticism*(1988), *Containment Culture*(1995), *Flatlining on the Field of Dreams*(1997)가 있고, *White America in Black-and-White : Cold War Television and the Legacy of Racial Profiling*이 발간될 예정이다. 학회지 *Modern Fiction Studies*와 PMLAPublications of the Modern Language Association of America에서 논문상을 받았으며, *Georgia Review*, *New England Review*, *Paris Review*, *Pakistan Review*, *Shenandoah* 등의 지면에 시를 발표하였다. 이 책에서 그가 쓴 논문은 거의 완성된 그의 저서 *The Historical Performative : Essays on the Cogency of Narrative Media*에서 발췌한 것이다.

Ansgar Nünning

꼴론대학교에서 10년간 근무한 후 1996년부터 독일 기센대학교의 영문학, 미국문학 그리고 문화연구 학과장 및 교수로 있다. 기센대학교 인문학대학원GGK 설립 책임자이며 '문학과 문화연구Literary and Cultural Studies' 국제박사 과정의 프로젝트 코디네이터이다. George Eliot의 소설에서 서술 전달의 구조와 서술자의 기능, 역사기술적 메타픽션, 1950년 이후 잉글랜드의 역사소설의 발전, 20세기 영국 소설 등에 관한 논문들을 썼다. 편저로서 *Metzler Encyclopedia of Literary and Cultural Theory*(1998), 신뢰할 수 없는 서술과 다중-투시주의에 관한 논문집으로서 *Metzler Encyclopedia of English Authors*(Eberhard Kreutzer와 공동, 2002), *Konzepte der Kukturwissenschaften-Theoretische Grundlagen-Ansätze-Perspektiven*(2003), *Kulturwissenschaftliche Literaturwissenschaft*(Roy Sommer와 공동, 2004)가 있다.

James Phelan

오하이오주립대학교의 영문학 석좌교수이다. *Narrative* 학회지의 편집자이며 서술 이론과 관련한 많은 책을 썼다. 최근 저서로, *Living to Tell About It : A Rhetoric and Ethics of Character Narration*(2005), *Experiencing Fiction : Judgements, Progressions, and the Rhetorical Theory of Narrative*(2007)가 있다. Peter J. Rabinowitz와 오하이오주립대학교 출판부에서 서술이론과 해석에 관한 기획시리즈를 공동 편집하였다.

Peggy Phelan

스탠퍼드대학교의 드라마 교수이며, 인문대학 Ann O'Day Maples 학과장이다. 연구 논문, *Art and Feminism*(Helena Reckitt와 공동편집, 2001)과 *Pipilotti Rist*(2001)를 썼다. 또한 *Mourning Sex : Performing Public Memories*(1997), *Unmarked : The Politics of Perform-ance*(1993)를 저술하였다. Jill Lane과 *The Ends of Performance*(1997)를 공동 편집하였으며, 故 Lynda Hart와 *Acting Out : Feminist Performances*(1993)을 공동 편집하였다. 현재 *Twentieth Century Performance*라는 제목의 책을 쓰고 있다.

Gerald Prince

펜실베이니아대학교의 로맨스어(프랑스어, 이탈리아어, 스페인어 등) 교수이다. *Narratology*(1982), *A Dictionary of Narratology*(1987), *Narrative as Theme*(1992) 등의 책을 썼고, 학회지 *French Forum*의 편집자이며, 존스홉킨스대학교 출판부의 시리즈 출판물 "Parallax", 네브라스카대학교 출판부의 시리즈 출판물 "Stages"의 공동 편집자이다.

Peter J. Rabinowitz

해밀턴대학 비교문학과 교수이며 학과장이다. 저서로 *Before Reading*(1987), *Authoriz-ing Readers*(Michael Smith와 공저, 1998)가 있다. 또한 음악 비평가로서, 음악 전문 잡지 *Fanfare*의 객원 편집자이다. 오하이오주립대학교 출판부에서 서술이론과 이해에 관한 시리즈 출판물을 James Phelan과 공동 편집하고 있다.

Brian Richardson

매릴랜드대학교의 영문학과에서 강의하고 있다. 저서로 *Unlikely Stories : Causality and the Nature of Modern Narrative*(1997)가 있고, 편저로 *Narrative Dynamics : Essays on Time, Plot, Closure, and Frames*(2002)가 있다. 서술이론과 독자의 반응에 관한 많은 논문들을 썼고, 현재 현대소설에 나타난 극단적 서술과 평범하지 않은 서술자에 관한 책을 마무리하고 있다.

David H. Richter

뉴욕시립대학교의 퀸즈대학과 대학원 교수이다. 저서로 *The Progress of Romances* (1996)와 *Fable's End*(1974), 편저로 *The Critical Tradition*(1998)과 *Falling into Theory* (2000)가 있다. '성서 서술의 불확정성' 그리고 '18세기 후반 신원 도용 사례'에 관한 두 가지 연구 프로젝트를 진행 중이다.

Shlomith Rimmon-Kenan

예루살렘에 있는 히브루대학교의 영문학 및 비교문학 교수이고, 인문학연구 학과장이자 인문대 학장이다. 최근 연구분야는 심리분석, 역사기록학, 법률 등 다양한 분야에서의 서술개념에 관한 것이다.

Marie-Laure Ryan

스위스 제네바 태생이며 콜로라도 주에 근거지를 둔 학자이다. 저서로 *Possible Worlds, Artificial Intelligence and Narrative Theory*(1991)가 있고, *Narrative As Virtual Reality : Immersion and Interactivity in Literature and Electronic Media*(2001)으로 현대언어학회로부터 Jeanne and Aldo Scaglion 비교문학상을 받았다. 편저로 *Cyberspace Textuality*(1999), *Narrative Across Media*(2004), *Routledge Encyclopedia of Narrative*(David Herman and Manfred Jahn과 공동, 2004)가 있다.

Harry E. Shaw

코넬대학교의 영문학교수이며, 영문과 학과장을 맡았으며 현재는 문리대 학장이다. 저서로 *The Forms of Historical Fiction : Scott and his Successors*(1983), *Narrative Reality : Austen, Scott, Eliot*(1999)이 있다. Scott, J. L. Austin 및 서술이론 관련 논문들을 *JEGP, diacritics, Narrative, European Romantic Review* 등의 학회지에 발표하였다. 현재 19세기 일반 대중을 상대로 한 영국의 사실주의 소설에 관하여 Alison Case와 함께 저술 작업을 진행 중이다.

Dan Shen

베이징대학교의 영문학 교수이며 유럽 및 미국문학연구소 소장이다. 중국에서 많은 책과 논문들을 썼으며, 서술이론, 문체론, 문학이론, 번역연구 등에 관한 30편 이상의 논문을 북미지역과 유럽에서 발표하였다.

Sidonie Smith

미시간대학교의 영문학과 학과장이며 영문학 및 여성학 교수이다. Julia Watson과 공동저술 및 공동편저를 냈으며 자서전에 관한 다섯 권의 책을 썼다. 최근 자서전 관련 책으로 Kay Schaffer와 공동 저술한 *Human Rights and Narrated Lives : The Ethics of Recognition*(2004)이 있다.

Meir Sternberg

텔아비브대학교의 시학 및 비교문학 교수이며 학회지 *Poetics Today* 편집장이다. 저서로 *Expositional Modes and Temporal Ordering in Fiction*(1978), *The Poetics of Biblical Narrative : Ideological Literature and the Drama of Reading*(1985), *Hebrews Between Cultures : Group Portraits and National Literature*(1998)가 있으며, 학회지 *Poetics Today*에 학제 간 비평으로서 "Universals of Narrative and their Cognitivist Fortunes"를 썼다.

Richard Walsh

영국 요크대학교에서 영문학 및 연관문학을 강의하고 있다. 저서로, *Novel Arguments : Reading Innovative American Fiction*(1995)이 있으며 학회지 *Poetics Today*, *Style*, *Narrative*에 서술 관련 논문들을 발표하였다.

Robyn R. Warhol

버몬트대학교 영문학 교수이다. 저서로, *Having a Good Cry : Effeminate Feelings and Popular Forms*(2003), *Feminisms*(1997), *Gendered Interventions : Narrative Discourse in the Victorian Novel*(1989)이 있다.

Julia Watson

오하이오주립대학교 비교학 부교수이다. 저서로 Sidonie Smith와 공저인 *Reading Autobiography : A Guide for Interpreting Life Narratives*(2001), 공동 편저는 최근에 *Interfaces : Women, Autobiography, Image, Performance*(2002)를 비롯한 네 권의 논문집이 있다.

Tamar Yacobi

텔아비브대학교에서 강의하고 있다. 주요 관심분야는 서술, 신뢰할 수 있는 것, 독해, 에크프라시스ekphrasis, 극적 독백, 덴마크 작가 Isak Dinesen 등이다. 최근 저술로, Erik Hedling, Ulla-Britta Lagerroth와 함께 편집한 *Cultural Functions of Intermedial Exploration*(2000)에 수록된 "Ekphrasis and Perspectival Structure"가 있다. 또한 학회지 *Poetics Today*, *Narrative*에 많은 논문들을 발표하였다.